rowohlt
POLARIS

Ulrike Schweikert

Berlin Friedrichstraße: *Tränenpalast*

Roman

Rowohlt Polaris

Originalausgabe
Veröffentlicht im Rowohlt Taschenbuch Verlag, Hamburg, Juni 2022

Redaktion Heike Brillmann-Ede
Covergestaltung FAVORITBUERO, München
Coverabbildung Ildiko Neer/Trevillion Images;
Berlin, Postkarte, ca. 1900; Shutterstock
Satz aus der Quadraat
bei Pinkuin Satz und Datentechnik, Berlin
Druck und Bindung CPI books GmbH, Leck, Germany
ISBN 978-3-499-00010-2

Die Rowohlt Verlage haben sich zu einer nachhaltigen Buchproduktion verpflichtet. Gemeinsam mit unseren Partnern und Lieferanten setzen wir uns für eine klimaneutrale Buchproduktion ein, die den Erwerb von Klimazertifikaten zur Kompensation des CO_2-Ausstoßes einschließt.
www.klimaneutralerverlag.de

FSC www.fsc.org
MIX
Papier | Fördert gute Waldnutzung
FSC® C083411

In Liebe für Peter und
zur Erinnerung an meine treue Chakira

Wolfszeit

Von der «Niemandszeit» sprach man, von der «Wolfszeit»,
in der «der Mensch dem Menschen zum Wolf» geworden war.
Dass sich jeder nur um sich selbst oder sein Rudel kümmerte ...

HARALD JÄHNER

Prolog

Es war ein trüber Novembertag, seit fünf Jahren war Adolf Hitler Reichskanzler. Johannes stand vor den eben erst gelieferten Kisten, doch das Auspacken konnte er sich sparen. Schon wieder hatten sie mehrere Bündel Zeitungen unbrauchbar gemacht. Die letzten beiden Male hatten die rechten Rüpel Bier über die Zeitungen geschüttet, die auf dem Verkaufstresen ausgebreitet lagen, dieses Mal hatten sie sich etwas Neues überlegt. Johannes rümpfte die Nase. Dem Gestank nach zu urteilen, hatte jemand einen Eimer Jauche ausgekippt, und da Johannes nicht davon ausging, dass man die zufällig am Bahnhof Friedrichstraße mit sich rumtrug, musste er sich eingestehen, dass diese Anschläge auf ihn geplant waren. Vermutlich sollte er noch dankbar sein, dass sie ihn dieses Mal weder verprügelt noch den Kiosk angezündet hatten.

Johannes starrte auf die stinkende Bescherung zu seinen Füßen und überlegte, wie er diese am besten entsorgen könnte, ohne selber tagelang nach Schweinejauche zu stinken. Dann durchzuckte ihn ein zweiter Gedanke: Wo sollte er möglichst schnell neue Zeitungen herbekommen? Soweit er es überblicken konnte, war die Ausgabe der *Berliner Morgenpost* an diesem Tag verschmutzt sowie andere Zeitungen aus den jüdischen Verlagshäusern Ullstein und Mosse. Die Bündel aus dem rechten Verlagshaus Hugenberg, wo der *Berliner Lokal-Anzeiger* und die *Tägliche Rundschau* erschienen, waren nicht betroffen. Das passte, dennoch wunderte sich Johannes, dass die Schmutzfinken sich überhaupt die Mühe gemacht hatten, nachzusehen, was sie vernichteten. Wobei ihn der hingeschmierte Judenstern in Alarm versetzte.

Johannes seufzte tief. Zwar stand seit dem Brand vor einigen Jahren nicht mehr der Name *Johannes Rosenstein* als Eigentümer auf dem Kioskschild, sondern *Lilli Wagenbach*, trotzdem war er selbst nur allzu bekannt. Zudem – was scherte es die Rechten, dass bereits sein Vater sich zum Christentum bekannt hatte und auch er selbst getauft war? Für die Nationalsozialisten blieb er der Jude und musste unter ihrem Rassenwahn leiden. Wie lange sollte das noch so weitergehen? Und wo würde das enden?

Unbehagen breitete sich in ihm aus, als er an die Berichte dachte, die er in den vergangenen Tagen gelesen hatte: Tausende Juden wurden mit Sonderzügen an die polnische Grenze gebracht. Deportiert. Aus der Heimat vertrieben.

Ein ungutes Gefühl ergriff von ihm Besitz und breitete sich wie eine eiskalte Welle in ihm aus. Der Gedanke war ihm schon einige Male gekommen, und er hatte ihn stets rüde beiseitegeschoben: So schlimm würde es schon nicht werden. So schlimm *durfte* es nicht werden. Doch heute ließen sich seine innersten Befürchtungen nicht mehr unterdrücken: Es *würde* schrecklich werden, vermutlich schrecklicher, als es sich irgendeiner vorstellen konnte!

«Ich werde weggehen», sagte Johannes, als er am nächsten Abend am gediegenen Esszimmertisch in der großen Wohnung seines Freundes Robert Platz genommen hatte. «Aus Deutschland weggehen!»

Alle Augen richteten sich auf ihn. Fragend, verwundert, entsetzt. Robert, der Gastgeber, mit dem er schon zur Schule gegangen war und dann in den Großen Krieg, Roberts Tochter Lilli, die inzwischen zwölf Jahre alt war und das Gymnasium in Charlottenburg besuchte, und Johannes' erfolgreiche ältere Schwester Ilse, deren Modeentwürfe bei den Reichen und Schönen Berlins noch gefragter waren als früher.

Lilli reagierte als Erste. Sie sprang von ihrem Stuhl auf, lief um den Tisch und schlang ihre Arme um Johannes. «Nein, Onkel Johannes, das darfst du nicht. Du wirst mich doch nicht alleine lassen.»

Johannes drückte einen Kuss auf ihr wie eine Kastanie glänzendes Haar und sah in ihre Augen, in denen Tränen zu schwimmen begannen. Es waren Luises Augen, deren Blick ihm bis ins Mark fuhr, selbst wenn Lillis Augen eher grünlich als blau waren. Auch das herrlich blonde Haar ihrer Mutter hatte sie nicht geerbt, war mit ihrer Lockenpracht aber nicht minder hübsch als Luise in diesem Alter.

«Und was ist mit mir?», schaltete sich Ilse ein. «Mich willst du auch so einfach hier sitzen lassen?»

Johannes schüttelte den Kopf. «Nein, ich möchte dich bitten, mit mir zu kommen.»

Robert machte eine abwehrende Handbewegung. «Unterlass solche Scherze. Was sollte denn dann aus dem Kiosk werden?»

«Vielleicht komme ich irgendwann wieder zurück.» Johannes hob die Schultern.

Roberts Augen weiteten sich. «Dir ist es wirklich ernst? Aber warum denn? Ich meine, ist etwas passiert?»

«Ein neuer Anschlag auf meine Zeitungen. Der Schaden hält sich in Grenzen, aber das ist es nicht. Nicht allein. Wir leben zunehmend in einem Klima von Misstrauen und Angst. Seht ihr denn nicht, was da läuft? Wer jemals dachte, die Nazis würden sich schon mäßigen, wenn Hitler erst einmal Reichskanzler ist, der hatte in den vergangenen Jahren genug Zeit, sich vom Gegenteil zu überzeugen. Die Hetze wird immer schärfer, inzwischen schrecken sie nicht einmal mehr davor zurück, Menschen aus ihren Häusern zu vertreiben und gegen ihren Willen über die Grenze nach Polen zu schieben!»

«Ja, das ist schrecklich», stimmte Ilse ihrem Bruder zu. «Im Osten auf dem Land gehen seltsame Dinge vor sich, aber wir sind hier in Berlin!»

Sie schwiegen, als sich die Tür öffnete und Elfriede, die Haushälterin, den Servierwagen hereinschob. Sie verteilte die Platten mit Braten, Soße, Gemüse und Kartoffelklößen auf dem Tisch, wünschte den Herrschaften einen guten Appetit und zog sich wieder in die Küche zurück.

«Lilli, setz dich bitte auf deinen Platz», meldete sich die fünfte Person am Tisch zu Wort, die bisher geschwiegen hatte.

Widerstrebend löste sich Lilli von Johannes und kehrte zu ihrem Stuhl neben ihrer Großmutter zurück. Gertrud Richter hatte in diesem Jahr ihren siebzigsten Geburtstag gefeiert. Der frühe Tod ihrer Tochter Luise hatte sie hart getroffen, dennoch hielt sie sich mit eisernem Willen aufrecht. Johannes war sich sicher, dass ihre Enkelin, von der sie ja nur ein Stockwerk entfernt wohnte und die die Zeit nach der Schule häufig bei ihr verbrachte, ihren Lebensmut aufrechterhielt. Zwar kümmerte sich auch Ilse um ihr Patenkind, doch sie war beruflich eingespannt und hatte längst nicht so viel Zeit wie Lillis Großmutter.

Nun übernahm Gertrud das Zepter und verteilte das Essen auf die Teller. Eine Weile aßen alle schweigend, bis Ilse ihre Gabel beiseitelegte und ihren Bruder fixierte.

«Und wohin willst du gehen?»

«Nach Frankreich.»

«Wohin in Frankreich?», erkundigte sie sich, während Robert gleichzeitig aufbegehrte: «Ausgerechnet zu den Franzosen? Sind wir nicht in den Schützengräben gelegen, um unsere Erbfeinde zu töten?»

«Das stimmt. Aber hast du je einen dieser *Erbfeinde* näher kennengelernt?»

Robert schnaubte. «Nicht im Krieg, denn wenn nicht *ich* geschossen hätte, hätten *sie* es getan, und du könntest mich das jetzt nicht mehr fragen.»

«Paris», murmelte Ilse, und plötzlich begannen ihre Augen zu funkeln. «Ja, Paris wäre nicht schlecht. Dort ließe sich etwas anfangen. Vielleicht sollte ich Französisch lernen?»

«Ich will auch mit!», rief Lilli und sah zwischen Johannes und ihrer Patentante hin und her.

Ilse sackte ein wenig in sich zusammen. «Nein, Schatz, das geht nicht. Außerdem willst du doch sicher bei deinem Papa und der Großmutter bleiben.»

Lilli schob die Unterlippe vor und verschränkte die Arme vor der Brust. «Ich will, dass *alle* bleiben!»

Erneut senkte sich betretenes Schweigen herab, während Elfriede die Teller abräumte, den Pudding mit eingemachten Kirschen servierte und Kaffee und Tee einschenkte.

Lilli blieb bockig und rührte ihren Pudding nicht an. «Ich will das nicht», beharrte sie.

«Es können sich aber nicht alle nach dir richten», bemerkte ihr Vater streng und fuhr dann, zu Johannes gewandt, fort: «Vielleicht hast du recht. Vielleicht ist es besser, wenn ihr für eine Weile weggeht und abwartet, bis der ganze Spuk vorbei ist. Es wird ja wohl nicht ewig so weitergehen! Irgendwann haben die Leute von Hitlers und Goebbels Kampfreden die Nase voll und werden wieder vernünftig.»

«Wenn es nur keinen neuen Krieg gibt», sagte Gertrud leise.

«Aber es wird Krieg geben!», behauptete Johannes. «Hört euch nur Hitlers Reden an.»

«Und was willst du mit dem Kiosk machen?», wollte Robert wissen. «Ihn verkaufen?»

«Das darfst du nicht!», begehrte Lilli auf. «Der Kiosk gehört mir. Da steht *Lilli Wagenbach* auf dem Schild!»

Johannes nickte. «Ich denke, ich werde mich nach einem Pächter umsehen.»

«Du willst tatsächlich gehen.» Ilse seufzte. Sie schob Lilli die verschmähte Puddingschale wieder hin. «Iss, du magst ihn doch so gerne. Ich bleibe ja bei dir.»

«Und Onkel Johannes?»

«Der schaut sich in Paris um, wie das dort so ist, und wenn er eine hübsche Wohnung gefunden hat, dann besuchen wir ihn und sehen uns zusammen den Eiffelturm an.»

«Versprochen?» Lilli schaute zu Johannes hinüber, bis dieser nickte. Erst dann griff sie nach ihrem Löffel und schaufelte sich Vanillepudding mit Kirschen in den Mund.

Am nächsten Tag schoss der polnische Jude Herschel Grynszpan auf den deutschen Botschafter in Paris, NSDAP-Funktionär Ernst vom Rath, nachdem Grynszpan erfahren hatte, dass seine Familie von Deutschen aus ihrem Haus vertrieben worden und mit vielen anderen Juden ins Niemandsland zwischen Deutschland und Polen deportiert worden war. Mit Schaudern las Johannes ein paar Zeilen aus dem Leitartikel des *Völkischen Beobachters*:

> Es ist klar, daß das deutsche Volk aus dieser neuen Tat seine Folgerungen ziehen wird. Es ist ein unmöglicher Zustand, daß in unseren Grenzen Hunderttausende von Juden noch ganze Ladenstraßen beherrschen, Vergnügungsstätten bevölkern und als «ausländische» Hausbesitzer das Geld deutscher Mieter einstecken, während ihre Rassengenossen draußen zum Krieg gegen Deutschland auffordern und deutsche Beamte niederschießen.

Johannes fragte sich, ob er überhaupt noch nach einem Pächter suchen oder lieber sofort aufbrechen sollte.

In dieser Nacht brannten die ersten Synagogen, jüdische Einrichtungen und Friedhöfe wurden zerstört, Scheiben eingeschlagen und Läden verwüstet oder in Brand gesetzt. In Zivil gekleidete Männer zerrten Juden aus ihren Wohnungen und misshandelten sie auf offener Straße unter den Augen und dem Beifall der Umstehenden. Johannes war sich sicher, dass viele der aufgebrachten Bürger, die mit Hand anlegten und die Umstehenden anstachelten, üblicherweise die Uniformen von SA oder SS trugen. Er verrammelte seinen Kiosk, so gut es ging, und floh in Ilses Wohnung in die Kommandantenstraße. Während der Mob auf dem nahen Hausvogteiplatz tobte, hatten die Geschwister Glück und blieben in ihrer Wohnung unbehelligt.

Am nächsten Tag, dem 10. November 1938, bestieg Johannes einen Zug, der ihn nach Paris brachte. Weder Robert noch Ilse versuchten, ihn aufzuhalten.

Kapitel 1

Um genau 3:38 Uhr begann in den ersten Morgenstunden des 2. Februar 1945 das anschwellende Heulen der Sirenen. Fliegeralarm. Schon wieder.

Lilli fuhr aus ihrem kurzen, unruhigen Schlummer und schwang die dick bestrumpften Beine über die Bettkante. Sie fühlte eine tiefe Erschöpfung und war unendlich müde, gleichzeitig war sie hellwach und versuchte, neben dem an- und abschwellenden Warnton die Geräusche der Nacht einzufangen und zu sortieren. Eine der Zwillinge fing an zu schreien. Ihre Schwester stieg mit schrillem Geheul ein, das sogar die Sirenen übertönte. Rasch schlüpfte Lilli in ihre Schuhe und warf sich den Mantel über, der neben dem Bett bereitlag. Sie hatte sich eh vollständig angezogen ins Bett gelegt, was einerseits der Winterkälte und ihren kärglichen Kohlevorräten geschuldet war, andererseits bei nächtlichem Alarm kostbare Zeit sparte.

Alle Handgriffe waren vielfach eingeübt. Lilli schlüpfte in die Riemen ihres schweren Rucksacks und griff dann nach den Henkeln der beiden Weidenkörbe, die seit den zunehmend nächtlichen Bombenangriffen zu Bettchen für die nun drei Monate alten Zwillinge umfunktioniert worden waren. In jedem strampelte und schrie eines der Mädchen, lautstark gegen die nächtliche Störung protestierend.

«Ihr habt völlig recht», murmelte Lilli und wankte mit Rucksack und den Säuglingen Cornelia und Anne zur Wohnungstür. Gerade als sie den Treppenabsatz betrat, wurde auch gegenüber die Tür aufgerissen. Ein trüber Lichtschein schälte Wände, Treppenstufen und Geländer aus der nächtlichen Finsternis, während ihre Nachbarn ebenso eilig die Wohnung verließen: Mutter Erika mit Marie, ihrer Jüngsten, an der einen Hand, in der anderen den Kellerkoffer, gefolgt von der dreizehnjährigen Margret und dem bereits fünfzehnjährigen Rainer, der einen Rucksack mit einer aufgenähten Hakenkreuzfahne geschultert hatte.

«Hilf Lilli», drängte die Mutter, als Rainer schon die Hand nach einem der übergroßen Henkelkörbe ausstreckte. Dankbar überließ Lilli ihm eines der schreienden Kinder, griff mit der freien Hand nach dem Geländer und hastete hinter den Nachbarn die Treppe hinunter. Aus der Erdgeschosswohnung wankte Frieda Niedham, die den kleinen Laden direkt neben der Wohnung betrieb, der früher einmal ihrem Vater, Herrn Stöckler, gehört hatte. Nun ja, streng genommen war ihr Mann Reinhard jetzt der Chef über das nur noch spärliche Warenangebot, doch der kämpfte seit vielen Monaten, wie alle anderen Männer des Hauses auch, irgendwo an der Front.

Alle außer Friedas Onkel Werner Volkhardt, im letzten Krieg schwer verwundet, der als einziger Mann im Haus an der Kommandantenstraße den Posten als Luftschutzwart für diese Hausgemeinschaft übertragen bekommen hatte. Damit war er verantwortlich für die Einteilung weiterer wichtiger Posten. Da war, ganz wichtig, die Hausfeuerwehr: Marion, Gerda und Christa aus dem zweiten Stock, die beim Einsatz von Brandbomben Löschversuche unternehmen mussten, bis – wenn überhaupt – die richtige Feuerwehr eintraf. Da war aber auch Erika als Laienhelferin, die eine Schulung als medizinische Hilfskraft hatte besuchen müssen. Und dazu gehörte der sogenannte Melder, der bei Bombentreffern noch während des Angriffs sofort zum nächsten Polizeirevier laufen musste, um Bericht zu erstatten. Für diese Aufgabe hatte sich Rainer freiwillig gemeldet und wartete sehnlich darauf, endlich eine Heldentat vollbringen zu dürfen, wobei der Rest der im Keller Versammelten mit Inbrunst hoffte, dass ihr Haus auch dieses Mal von Treffern und Feuersbrünsten verschont bleiben möge.

Noch auf dem Weg in den Keller konnte Lilli beim Abschwellen des Sirenentons die ersten Flugzeugmotoren hören. Wieder die Briten, da war sie sich sicher. Es waren immer die Briten, die die Berliner mit ihren Bomben nachts aus dem Schlaf rissen; die amerikanischen Flieger griffen bei Tag an. Noch waren die Tommys weit genug weg – und sie mussten in ihrem nur spärlich beleuchteten Keller nicht beim Pfeifen der fallenden Bomben ängstlich die Köpfe einziehen. Die ersten Detonationen klangen wie fernes Gewitter, die Flak begann zu bellen.

Erschöpft stellte Lilli den Korb mit der weiter schreienden Cornelia auf den Boden, streifte den Rucksack ab und ließ sich auf ihren niederen gepolsterten Stuhl an der Wand fallen. Rainer stellte den anderen Korb, in dem Anne lag, daneben und setzte sich dann zu seiner Familie. Jeder hatte seinen festen Kellerplatz, den er sich so wohnlich wie möglich eingerichtet hatte. Lilli rückte sich zwei Kissen in ihrem schmerzenden Rücken zurecht und streichelte mit jeder Hand eines der vom Schreien erhitzten Kindergesichter, während ihr Blick durch den Raum wanderte. Die Petroleumlampe, die an einem Balken hing, spendete ein wenig Licht. Weiter hinten aus den Schatten leuchteten die auf Augenhöhe rundum mit Phosphor bestrichenen Balken in diffusem Grün, damit keiner mit dem Kopf dagegenstieß, sollte die Lampe verlöschen. Das Gas war sicher schon mit der ersten Vorwarnung abgestellt worden, und der Strom fiel sowieso häufig aus.

Lilli spürte die missbilligenden Blicke einiger der Kellergestalten auf sich ruhen. Und Luftschutzwart Volkhardt hatte tatsächlich gerade gesagt: «Stellen Sie das ab!»

Ja, Bomben und Kindergeschrei mitten in der Nacht waren für die Nerven vermutlich zu viel. Lilli sah nicht einmal zu ihm auf. Stattdessen nahm sie Cornelia aus dem Korb, griff nach der Decke, die das Mädchen weggestrampelt hatte, und wickelte sie darin ein. Unter ihrem halb offenen weiten Mantel knöpfte Lilli die Bluse auf und entblößte ihre Brust. Gierig schloss sich der Kindermund um ihre Brustwarze und saugte sich geradezu gewaltsam daran fest. Vermutlich war nicht mehr viel zu holen. Kein Wunder, wenn sie daran dachte, was sie in den vergangenen Wochen gegessen hatte: überlagerte Kartoffeln, Grießbrei, mit Wasser gekocht, oder Brotsuppe und die allgegenwärtigen Rüben, die nach allem oder nichts schmecken konnten. Doch mit was sollte man ihnen auch Geschmack verleihen? Alles war knapp und teuer oder einfach nicht zu bekommen, und zum Ende des Winters gab es nicht einmal mehr Kräuter zu sammeln, die noch im Sommer am Ufer des Kanals und in den Ruinen zerbombter Häuser zu finden waren. Löwenzahn und Brennnesseln gegen Skorbut! So weit waren sie schon gekommen!

Nun, da Cornelias Gebrüll verklungen war, konnte man neben den fernen Bombeneinschlägen und dem Bellen der Flak das Greinen ihrer zweitgeborenen Schwester Anne hören. Lilli spürte einen Anflug von schlechtem Gewissen. Von Anfang an hatte sich Cornelia, was ihr zustand, energisch erkämpft. Sie kam Lilli wie ein Kuckuckskind vor, das die Schwächere gnadenlos aus dem Nest drängt. Anne dagegen war zart und ruhig, weniger robust und kam immer ein wenig zu kurz, fürchtete Lilli. Sie schob Anne den alten Schnuller in den Mund, den sie selbst nach ihrer Geburt geschenkt bekommen hatte. Natürlich war der Schnuller mit dem Beißring alt, und es hatte in besseren Tagen modernere Dinge für ein Baby gegeben, doch Lilli hing mit zärtlichen Erinnerungen daran, die sie jedes Mal überfluteten, wenn sie den Ring in den Fingern hielt. Es war ihr dann, als könne sie die Stimme ihrer Mutter hören und spüren, wie die warme Hand über ihr Haar strich. «Den hat dir der liebe Onkel Johannes kurz nach deiner Geburt geschenkt», hatte Luise oft gesagt, und Lilli lauschte in Gedanken dem Klang ihrer Stimme, die in diesen Momenten anders klang. Zärtlich und traurig zugleich. So wie Lilli sich fühlte, wenn sie an ihre früh verstorbene Mutter dachte. Und an all die anderen, die sie mit so viel Liebe aufgezogen hatten und von denen sie sich auf die eine oder andere Weise verlassen fühlte. Ihren Vater, Ilse, Johannes und ... Nein, an den Vater der Zwillinge wollte sie jetzt nicht denken.

Einsamkeit, das Gefühl, verlassen zu sein, teilte Lilli dieses Schicksal nicht mit fast allen Nachbarn hier unten im Keller? Berlin war eine Stadt der Frauen und Mädchen geworden. Väter, Ehemänner und Söhne waren an der Front, gefallen oder verschollen. Nur Alte und Versehrte wie Volkhardt oder Jungs wie Rainer waren noch da. Menschen eben, die Hitler in seinem Krieg nicht gebrauchen konnte. Wobei der Kreis derer, für die der Führer keine Verwendung fand, immer mehr schrumpfte, je schlechter die Lage auf den Schlachtfeldern rund um Deutschland zu werden schien. Im vergangenen September hatte der Führer propagandawirksam den Volkssturm ins Leben gerufen, in dem alle waffenfähigen Männer zwischen sechzehn und sechzig Jahren, die noch nicht der Wehrmacht dienten, zur Verteidigung des Heimatbodens eingesetzt werden sollten. Die ersten Verbände waren den Berlinern zum Jahrestag der Völkerschlacht von Leipzig im Oktober bei einer Parade vorgeführt worden, wie üblich begleitet von aufpeitschenden Reden des Reichspropagandaministers Goebbels. Ob er auch nur ein einziges Wort seiner Reden selbst glaubte? Die Leute, die Lilli kannte, misstrauten den tönenden Phrasen jedenfalls schon lange.

Dass man aus Zeitungen und dem Radio nicht die Wahrheit erfuhr, war nicht nur Lilli klar. Die Fetzen, die man aus verbotenen Flugblättern oder aus der Gerüchteküche vernahm, waren jedenfalls so niederschmetternd, dass kein vernünftiger Mensch mehr ernsthaft auf den Endsieg hoffen konnte, den die Partei so verbissen beschwor.

Endlich schien Cornelia zufrieden, und Lilli packte sie in ihren Korb zurück, ehe sie der kleinen Anne die andere Brust anbot. Ihr Blick streifte Volkhardt, der herüberstarrte, der alte Idiot. Und auch Rainer, der wie seine beiden Schwestern an einem belegten Brot kaute, sah immer wieder zu Lilli, die sich bemühte, ihren nackten Busen unter dem Mantel zu verbergen. Als sich ihre Blicke kreuzten, schaute der Junge rasch zu Boden. Vermutlich wurde er sogar rot, aber das konnte sie in dem trüben Licht nicht erkennen. Erika wühlte in ihrem Bunkerkoffer und brachte noch eine zusammengeklappte Brotscheibe zum Vorschein. Sie nickte Lilli mit einem Lächeln zu, und schon kam Margret mit dem Brot in der Hand und hielt es ihr hin. Dankend nahm Lilli an. Hunger hatte sie eigentlich immer. Kein Wunder, ihre beiden kleinen Vampire saugten sie ja förmlich aus. Das dunkle Brot war mit irgendeiner Paste aus Gott weiß was beschmiert, die aber gar nicht schlecht schmeckte.

Während irgendwo in einem der benachbarten Stadtviertel Bomben fielen, Dächer und Wände barsten und Dachstühle in Flammen aufgingen, lächelte Lilli zu Erika hinüber und ließ sich den sorgsam vorbereiteten Luftangriffsproviant schmecken. So saßen sie in ihrer Zwangsgemeinschaft beisammen, bis um 4:31 Uhr Entwarnung gegeben wurde. Alle schleppten sich und ihr Notgepäck in die Wohnungen zurück, um wenigstens noch zwei, drei Stunden Schlaf zu bekommen.

♦

Einen Tag später stand Lilli gegen halb elf beim Bäcker an, um ihre Brotmarken einzulösen und vielleicht noch irgendetwas anderes Essbares zu ergattern, als die Sirenen erneut losheulten. Eine öffentliche Luftwarnung. Lilli fluchte laut. Jetzt stand sie schon über eine Stunde hier – Erika beaufsichtigte die Zwillinge –, und nun sollte sie ohne was nach Hause kommen? Die ersten Frauen rannten bereits in alle Richtungen davon. In der Innenstadt gab es öffentliche, unterirdische Bunker und riesige Hochbunker in den Flaktürmen, die bei einem Treffer viel eher Schutz boten als die meisten U-Bahnhöfe und heimischen Keller.

Lilli straffte die Schultern, schob sich in den Laden und ergatterte tatsächlich noch zwei Brote. Erst dann rannte sie, die Beute fest unter den Arm geklemmt, im Schatten der Häuserfronten zurück in ihre Straße, während die Flugzeuge weiter südlich, vermutlich Richtung Tempelhofer Feld, erste Bombenladungen herabregnen ließen. Die vielen Explosionen verschmolzen zu einem auf- und abschwellenden Dröhnen, das immer näher kam. Die Erde rumorte und bebte.

An einer Ecke blieb Lilli mit Seitenstechen kurz stehen und sah die Straße nach Süden runter. Vor Schreck bekam sie einen Schluckauf. Der Himmel schien übersät von Flugzeugen, ein Schwarm schwarzer Rieseninsekten tauchte über den Dächern auf und raste auf sie zu, als wollte er ganz Berlin verschlingen. Das mussten viele Hundert Maschinen sein! Lilli rannte weiter. Hoffentlich war Erika mit den Kindern schon im Keller. Das Pfeifen der herabfallenden Bomben schrillte in ihren Ohren. Das ohrenbetäubende Krachen der Explosionen, dann das Donnern zusammenstürzender Mauern. In Wellen umwehten sie der Rauch und der Geruch nach Brandbomben. Luftminen, Spreng- und Phosphorbomben regneten vom Himmel. Und dann traf nicht weit von Lilli entfernt einer der berüchtigten Wohnblockknacker, wie sie genannt wurden, die unvorstellbare Verwüstungen anrichteten.

Die Druckwelle der Explosion war so stark, dass Lilli gegen eine Hauswand geschleudert wurde. Asche und Kalk hüllten sie ein, sie konnte nur noch husten. Blut rann ihr über die Hände, tropfte von Kopf und Gesicht. Sie hatte das Gefühl, taub zu sein, dennoch bestand ihr Kopf aus einem einzigen Fauchen und Brüllen. Die Hände an die Ohren gepresst, wankte sie auf den rettenden Eingang zu, stolperte und kullerte fast die Kellertreppe ihres Wohnhauses hinunter. Helfende Hände zogen sie hinein und führten sie zu ihrem Platz, neben dem bereits die Körbe mit den Zwillingen standen. Gott sei Dank!

Lilli sah Erika, die auf sie einredete, doch sie verstand kein Wort und konnte nur den Kopf schütteln. «Mir ist nichts passiert», versuchte sie zu sagen, während Erika ein Tuch in einen Wassereimer tauchte und damit Blut und Dreck aus Lillis Gesicht wusch. Bebend ließ sich Lilli auf ihren Stuhl sinken. Erika war hilfsbereit und lieb, dennoch sehnte sich Lilli plötzlich nach den Menschen, die ihr so vertraut waren und die sie aufgezogen hatten: nach ihrem Vater Robert und ihrer Patin Ilse, nach ihrer Großmutter Gertrud und nach Ella Weber, die auch draußen in Charlottenburg wohnte. Die treue Ella ihrer Kindertage aus dem Hinterhaus, die später mit ihrem Sohn Michael bei Großmutter zur Untermiete gewohnt hatte. Und sie sehnte sich nach Johannes, Ilses Bruder, der immer für sie da gewesen war und den sie sogar noch mehr liebte als ihren Vater.

♦

Die Innenstadt von Berlin war nicht mehr wiederzuerkennen. Nicht einmal zwei Stunden hatte der Fliegeralarm am 3. Februar 1945 gedauert, bis der erlösende Entwarnungston in die Berliner Keller und Bunker drang. Und nicht einmal zwei Stunden waren nötig gewesen, um weite Teile des Zentrums und des unmittelbar angrenzenden Stadtbezirks Kreuzberg mit Sprengsätzen und Brandbomben zu zerstören. Fast eintausend amerikanische Bomber hatten den Angriff geflogen.

Als die Menschen aus den Kellern auf die Straßen hinausquollen, war die Luft von Staub und dichtem Qualm erfüllt, der den Himmel verbarg und den Stand der Sonne nur noch vage erahnen ließ. Lilli stand mit den Körben in beiden Armbeugen neben der Haustür und starrte ihre Straße hinunter, wo aus geborstenen Wänden und zerstörten Dächern Flammen in die Höhe schlugen. Von den Häusern, die bisher den Blick nach Süden verwehrt hatten, waren nur Trümmerhaufen geblieben. Auch Richtung Stadttheater und Reichsdruckerei stieg schwarzer Rauch auf. Zumindest waren die Feuerwehrleute der Hauptwache so nah dran, dass sie nicht einmal ihre Feuerwehrwagen besteigen mussten, zu zahlreichen anderen Bränden in der Stadt rückten sie mit jaulenden Sirenen aus. Kleinere Brände mussten die Hausgemeinschaften eh selbst bekämpfen. Dazu musste man – seit Goebbels Aufruf zur ständigen Luftschutzbereitschaft von 1943 – stets wassergefüllte Badewannen und Eimer vor allem in den oberen Stockwerken sowie Gartenschläuche bereithalten und, wenn kein Wasser da war, Sandsäcke und Feuerpatschen.

Warum haben wir nicht einen Gedanken daran verschwendet, was da auf uns zukommen könnte?, wunderte sich Lilli nicht zum ersten Mal, als sie jetzt mit ihren Kindern auf dem Gehweg stand. Dabei war bereits zwei Jahre vor dem Einmarsch in Polen der Polizeipräsident von Berlin auch zum Leiter des Luftschutzes ernannt worden. Zudem hatte eine Verordnung die Berliner Bevölkerung angewiesen, aus Brandschutzgründen alle Dachböden zu entrümpeln und das Holz mit Feuerschutzmittel zu behandeln. Und bereits im Mai 1939 war eine Verdunklungsverordnung erlassen worden.

Herr Volkhardt und Erika kamen von ihrer üblichen Hausinspektion nach jedem Angriff zurück und vermeldeten, dass die Schäden überschaubar waren. Die letzten intakten Scheiben waren zu Bruch gegangen und das Dach von einem Blindgänger durchschlagen worden, der nun im Dachboden steckte und mit einer nassen Decke gesichert worden war. Lediglich eine Ecke des Daches war eingestürzt, und infolgedessen fehlte auch ein Mauerstück im zweiten Stock, doch der Rest der Außenwand schien stabil zu sein.

«Wir haben mal wieder Glück gehabt», sagte Erika und nahm Lilli einen der Körbe ab.

«Ganz im Gegensatz zu vielen anderen», stellte Lilli fest.

Auch das Nachbarhaus hatte deutlich mehr abgekriegt. Die Fassade war fast vollständig eingestürzt, und die Trümmer versperrten die Eingangstür. Zum Glück hatten die beiden Hausgemeinschaften im zweiten Kriegsjahr gemäß der *Aufforderung für Sicherungsmaßnahmen gegen Luftangriffe* eine Wand zwischen beiden Kellern durchgebrochen und einen Zugang geschaffen, durch den die Nachbarn gerade auf die Straße traten. Die ersten Frauen begannen schon die Trümmer vor der Haustür wegzuräumen. Die Wohnungen waren vermutlich nur noch zum Teil bewohnbar. Die Südwand fehlte fast völlig, und an der Westseite klafften riesige Löcher, durch die man in die Zimmerreste sehen konnte. Im zweiten Stock ragte ein halbes Kinderbett mit einer hellblauen Decke gefährlich über die Bruchkante. Das dazugehörende Bürschchen kam zum Glück gesund und munter auf dem Arm seiner Mutter aus dem Keller.

«Lass uns hochgehen», schlug Erika vor. «Ich helfe denen oben beim Aufräumen, und du legst dich hin und ruhst dich ein bisschen aus.»

Lilli musste ihr die Worte von den Lippen ablesen, denn in ihren Ohren dröhnte und rauschte es noch immer, ihr Kopf schmerzte, und ihr war übel, daher widersprach sie nicht. Nachdem sich die

Nachbarin verabschiedet und Lilli den Mädchen die Brust gegeben hatte, sank sie aufs Bett und fiel in einen ohnmachtstiefen Schlaf.

Später gab es Graupensuppe unten bei Frieda, die meist nach den Luftangriffen für alle im Haus einen großen Topf Suppe oder Eintopf kochte und dafür auf die Ladenvorräte zurückgriff. Ihr Vater, der alte Stöckler, hätte sicher nicht anders gehandelt. Bei Friedas Mann allerdings hatte Lilli so ihre Zweifel, und Volkhardt beschwerte sich eh über alles. Seine Kritik zu überhören, darin hatte Frieda Übung. Jedes Mal versuchte der Luftschutzwart durchzusetzen, dass die Hausbewohner ihre Suppe bezahlten, doch davon wollte seine Nichte nichts wissen. Dank Friedas Großzügigkeit blieb es ihnen erspart, sich in die Schlangen vor den städtischen Suppenküchen einzureihen, die nach Luftangriffen erstaunlich schnell in den Notunterkünften für Ausgebombte Essen anboten. Draußen in Hohenschönhausen hatte die Nationalsozialistische Wohlfahrt auf einem Fabrikgelände eine Großküche errichtet, von der aus das Stadtzentrum und die nahen Wohnviertel versorgt wurden.

Nun saßen sie also alle um Friedas Esstisch: Lilli und Erika mit ihren Kindern, Herr Volkhardt und seine Schwester, die verwitwete Lehrerin Johanna Förster, die zusammen die kleine Wohnung im zweiten Stock bewohnten, sowie die Familie Leonhardt aus der großen Wohnung über Erika. Dem dazugehörigen Großvater würden sie später eine Schüssel Suppe hochbringen müssen.

Frieda verschwand noch einmal in den Kellerräumen des Ladens und kam mit zwei Flaschen Wein zurück. «Dass wir diesen Tag so gut überstanden haben – na, wenn das kein Grund zum Trinken ist!», verkündete sie und griff nach einem Korkenzieher.

«Ja, wer weiß, wie lange wir noch trinken können», grummelte Johanna und stürzte den Inhalt ihres Glases in einem Zug hinunter.

«Auf die, die wir lieben», sagte Lilli und dachte an ihren Vater und all die anderen, die sie so lange schon nicht mehr gesehen hatte. «Auf dass sie alle gesund wiederkehren mögen.»

♦

Wie betäubt saß Michael 1944 seiner Mutter am Tisch gegenüber. Sie streckte den Arm aus, um ihn zu berühren, doch er zog seine Hand so hastig zurück, dass der Stuhl, auf dem er saß, mit einem unangenehmen Geräusch über den Boden scharrte.

«Ich musst es dir sagen, bevor's zu spät is», fügte Ella unsicher an.

«Ehe es zu spät ist», wiederholte Michael langsam. «Na ja, dann hält mich hier ja nichts mehr fest, oder? Dann brauche ich nicht im Untergrund mein Leben zu riskieren und ab und zu wie ein Verbrecher nachts zu Ilses Wohnung schleichen. Der Genosse wird sich freuen, wenn ich mich seiner Reise nach Moskau anschließe. Er sagt, dort können sie einen Mann wie mich mit solch einem ungewöhnlichen Gedächtnis und dem Blick für das Verborgene gut gebrauchen. Die KPD wird mein Talent schätzen! Ich werde studieren dürfen, denn dort muss man nicht die richtigen Eltern haben, um auf die Technische Hochschule zu gehen. Ich war in der Schule immer der Beste in Mathematik und Physik, und trotzdem hatte keiner den Einfall, ich solle Abitur machen!»

«Du hast doch zur Polizei wolln», erinnerte Ella.

Michael starrte sie an. «Ja, weil ich sonst keine Möglichkeiten hatte. Ich wäre gern Ermittler bei der Kripo geworden, und ich würde das gut machen! Ich sehe einfach Dinge und Zusammenhänge, die anderen nicht auffallen. Aber das Polizei-Institut hier in Charlottenburg wurde ja zu einer Führerschule der Sicherheitspolizei umgewandelt. Weißt du, was bei denen neben Kriminalwissenschaft und Rechtskunde noch auf dem Stundenplan steht? Zur

Praxisnähe gehört der Besuch eines Konzentrationslagers. Hast du eine Ahnung, was die SD-Leute dort mit Menschen wie Johannes und Ilse machen?»

Ella war blass geworden und schüttelte wild den Kopf. Sie wollte das nicht hören – und lenkte ab. «Wirste ihr Bescheid sagen?»

«Ich? Warum ich? Nein, ich werde morgen nach Moskau abreisen und verschwinden. Für immer.»

Kapitel 2

An diesem Abend im März 1945 traf sich in Thüringen an den Südausläufern des Harzes eine Gruppe von Männern, um in einem der hübschen Fachwerkhäuser des mittelalterlichen Städtchens Nordhausen ein Glas zu heben.

«Willst du nicht mit?»

Robert schüttelte den Kopf.

«Ach, komm. Nur auf ein Bier. Die Kollegen treffen sich im Gasthaus Zum Kreuz, das wird sicher lustig. Ich denk, nach so einem Tag haben wir uns das verdient.»

«Nein, Karl, danke, aber ich bin müde», wehrte Robert ab. «Ich geh lieber ins Bett.»

«Schlafen kannst du, wenn du tot bist!», widersprach Karl, einer der Waffeningenieure und Experte für Raketenantrieb.

«Wenn ich tot bin, kann ich hoffentlich endlich durchschlafen.»

Karl verdrehte die Augen. «Sind dir die Nachrichten derart aufs Gemüt geschlagen? Der Führer glaubt an unseren Sieg, also sollten wir es auch tun. Schließlich bauen wir hier seine Wunderwaffe, die den ganzen Krieg wenden wird. Vertrau mir, ich hab das Ding mitentwickelt!» Karl grinste und klopfte Robert auf den Rücken. «Los jetzt. Trink mit uns auf den Führer, danach darfst du in dein Bett.»

Auf den Führer zu trinken war das Letzte, was Robert wollte, dennoch tappte er mit Karl die engen, gewundenen Gassen der Altstadt entlang. Nicht nur, dass Robert diesen Krieg nie befürwortet hatte, er hatte nicht einmal den Führer gewählt, der nichts Besseres im Sinn gehabt hatte, als das Reich in die Katastrophe zu stürzen.

Ohne mich!

Es war nur konsequent gewesen, nicht an die Front zu gehen. Nicht erneut auf Menschen zu schießen, die er nicht kannte und die ihm nichts getan hatten. Seitdem Krieg herrschte, kroch Robert in seinen Albträumen erneut durch die schlammigen Felder der Westfront, die ihm in der Blüte seines Lebens die Seelenruhe geraubt hatten. Heute vermischten sich die Bilder mit neuem Gräuel.

Ich bin Ingenieur, Statiker, sagte er sich. *Wie kann das etwas Schlechtes sein?* Trotzdem stöhnte Robert innerlich. Die Welt des Führers und seiner Partei hatte es geschafft, aus vielen Dingen, die ursprünglich gut und konstruktiv gewesen waren, etwas Schlechtes, Zerstörerisches zu machen. Und so klebte auch an seinen Händen das Blut vieler Menschen, obwohl er nie eine Waffe oder die Hand gegen sie erhoben hatte.

Aber er hatte auch niemals *Nein!* gesagt. War niemals den Schreien seines gequälten Gewissens gefolgt, hatte nie seine gute Stellung und sein Ansehen riskiert, um dem täglich erlebten Unrecht zu widersprechen. Er war einfach in diese Rolle hineingerutscht und darin stecken geblieben ...

Zu Anfang hatte er nur den Wunsch, nie wieder eine Waffe tragen zu müssen. Und bei Lilli, seiner Tochter, in Berlin zu bleiben. Wie gut, dass er sich als erfahrener Ingenieur beim Bau unterirdischer Bahnhöfe und Tunnel unentbehrlich gemacht hatte. Das war nicht möglich gewesen, ohne einen gewissen gesellschaftlichen Umgang mit wichtigen Männern der Partei zu pflegen, seine eigene Meinung zu schlucken und mitzuschwimmen.

Dazu gehörte ebenfalls, der NSDAP beizutreten und den Kontakt zu Wissenschaftlern zu pflegen, die der Führer um sich scharte. Das waren keine Nazis im eigentlichen Sinn, das waren brillante Köpfe mit bahnbrechenden Ideen. Leider verhalfen diese Ideen auch dazu, modernere Waffen zu entwickeln, die noch mehr Menschen schneller und präziser töten konnten. Dennoch bewunderte Robert Männer wie Wernher von Braun, Robert Lusser oder Fritz Gosslau, die schon in Peenemünde auf Usedom die Raketenproduktion vorangebracht hatten. Die immer intensiver werdende Luftschlacht über deutschem Gebiet hatte es dann notwendig gemacht, die Produktion an einen sicheren Ort zu verlegen. Die Wahl war auf das Bergwerksstollensystem bei Nordhausen im Harz gefallen. Und in einer Zeit zunehmender Bedrängnis für die Wehrmacht, in der jeder waffenfähige Mann zur Verstärkung an die Front geschickt wurde, kam Robert mit seinen Erfahrungen ins Spiel.

Es ging um den Ausbau und die statische Sicherung der Bergwerksstollen für die Produktion der bahnbrechenden V2-Raketen. Bomben, die ohne Pilot von der Heimat aus bis an ihr Ziel gelenkt werden könnten, Hunderte Kilometer weit entfernt. Waffen, die keine eigenen Verluste fordern würden! Wie viele Opfer es geben würde, wenn diese Raketen ihr Ziel erreichten, darüber wollte Robert nicht nachdenken. Alle Waffen wurden gebaut, um dem Feind zu schaden. Das lag in der Natur des Krieges.

Also war Robert im September 1943 in den Harz gereist, zum Südhang des Kohnsteins, wo die deutsche Mittelwerk GmbH aufgebaut wurde. Ein teils staatliches, teils privatwirtschaftliches Rüstungsunternehmen, an dem auch das Rüstungsministerium und die SS unternehmerisch beteiligt waren.

Es war ein Pakt mit dem Teufel, bei dem er seine Seele verlieren würde, und tief in seinem Innern hatte Robert das auch gewusst, doch er wollte sich noch immer einreden, dass dies die beste Wahl gewesen war.

Für Lilli? Damit sie nicht auch noch ihren Vater verlieren würde, der ja, streng genommen, gar nicht ihr Vater war. Für ihn selbst? Damit er am Ende des Krieges unversehrt sein würde, nicht zum Krüppel geschossen wie sein Freund Johannes während ihres gemeinsamen Kriegseinsatzes 1917?

Robert betrachtete seine Hände, sah runter auf die Füße. Dieser Plan war bisher aufgegangen, er hatte noch alle seine Glieder. Die unterirdischen Tunnel hatten ihn und die anderen wichtigen Männer des Führers geschützt. All diejenigen jedoch, die die schwere Arbeit zu leisten hatten, starben zu Tausenden wie die Fliegen.

Natürlich, dachte Robert, Zwangsarbeiter hatte es immer schon gegeben, Gefangene, die beispielsweise im Straßenbau schuften mussten. Und sicher waren sie nie mit Samthandschuhen angefasst worden. Das Leben im Gefängnis oder im Arbeitslager war hart, es sollte ja eine Strafe sein und kein Vergnügen.

Für diejenigen, die gegen das Gesetz verstießen, Gewalt ausübten, jemanden beraubten oder gar ermordeten, fand Robert solch eine Strafe durchaus angemessen. Doch in den Lagern rund um die Mittelwerk GmbH traf das vermutlich nur auf wenige zu. Seit Hitler sich zum Reichskanzler hatte ernennen lassen, schienen Arbeitslager wie Pilze aus dem Boden zu schießen – das wusste auch Robert –, und zwar nicht, weil das Reich von immer neuen Verbrechenswellen heimgesucht wurde. Zumindest nicht von solchen, die man *früher* mit Zuchthaus bestrafte. Seit Hitler an der Macht war, genügte es schon, nicht die «richtige» Meinung zu vertreten oder von der «richtigen» Blutlinie abzustammen, um enteignet, verhaftet und in ein Lager verschleppt zu werden.

Auch wenn Zwangsarbeiter in den Straßen und Fabriken von Berlin längst ein alltägliches Bild geworden waren, begriff Robert das Ausmaß der Menschenverachtung erst, als er mit seiner Arbeit im Mittelwerk angefangen hatte. Der Stollenausbau, die

Sicherung der Kavernen und die Produktion der Raketen stützten sich maßgeblich auf den Einsatz von Häftlingen, die aus dem KZ Dora-Mittelbau kamen, einer Außenstelle des KZ Buchenwald bei Weimar.

Die deutschen Kräfte waren hauptsächlich bei der Planung und Kontrolle der Produktion tätig und für die Beaufsichtigung der fünftausend Zwangsarbeiter verantwortlich, von denen viele beim Ausbau der Stollen eingesetzt wurden, um Raum für weitere Unternehmen zu schaffen, die hierher verlagert werden sollten, sicher vor den Luftangriffen der Alliierten.

Gebaut wurden die A4-Raketen, auch V2 genannt, aber zeitweise auch die Fieseler Fi 103, genannt V1. Ziel war es, London mit diesen Fernwaffen zu zerstören, um die Briten zu Verhandlungen zu zwingen und die Angriffe der Royal Air Force auf deutsche Städte und Fabriken zu stoppen. Seit Herbst 1944 wurde auch der sogenannte Volksjäger, die Heinkel He 162, im Harz gefertigt. Die Zwangsarbeiter trieben die benötigten Stollen ohne technische Geräte vor, nur mit dem Gebrauch ihrer Muskelkraft. Und bauten Stollen, die ursprünglich als Treibstofflager dienten, in eine Raketenfabrik um.

Die gesamte Anlage bestand aus zwei parallelen, zweihundert Meter voneinander entfernt verlaufenden Tunneln – in Nord-Süd-Richtung von einer Bergseite zur anderen mit einer Höhe von gut dreißig Metern. Diese sogenannten Fahrstollen wurden mit mehr als vierzig Querstollen verbunden, in denen die Produktion angesiedelt war. Eisenbahnschienen wurden verlegt, um zunächst die Einzelteile, dann die fertigen Raketen transportieren zu können. Die Häftlinge errichteten sogar einen Güterbahnhof, der über einen Gleisanschluss in Nordhausen an alle wichtigen Bahnstrecken des Reichs angebunden wurde.

Robert sah sie vor sich, die ausgemergelten Gestalten mit geschorenen Köpfen und knochigen Körpern. Die hohlwangigen Gesichter verrieten, wie armselig ihre Essensrationen sein mussten. Zum Leben zu wenig und ein Todesurteil angesichts der harten Arbeit. An jedem Tag brachen Arbeiter aus schierer Erschöpfung zusammen. Die Aufseher versuchten, sie mit Schlägen und Fußtritten zum Aufstehen zu zwingen und sie weiterzutreiben, doch viele blieben einfach liegen und starben. Mit Loren wurden die Leichen aus den Stollen transportiert, Tag für Tag, und irgendwo auf Haufen geworfen, um sie dann von anderen Häftlingen in Massengräbern verscharren oder verbrennen zu lassen. Nachdem man sie zuvor entkleidet und ihre Kittel, Hosen und Schuhe für die nächsten Zwangsarbeiter eingesammelt hatte.

Robert hatte nie einen Häftling geschlagen oder getreten, doch reichte das aus, um ein guter Mensch zu sein, vor sich selbst bestehen zu können? Hatte er solche Szenen nicht nahezu täglich mitangesehen und dazu geschwiegen? Was aber würde geschehen, wenn er widerspräche? Kein einziger Häftling würde dadurch gerettet. Viel wahrscheinlicher wäre es, dass Robert ihr Schicksal teilen müsste, bis zum Tod.

Die Bedingungen für die Häftlinge waren von Anfang an menschenunwürdig gewesen. Zuerst hausten sie in provisorischen Zelten, bis sie sich selbst einen vom Haupttunnel abzweigenden Schlafstollen gegraben hatten. Danach sahen sie das Tageslicht nicht mehr, hatten nie mehr frische Luft zum Atmen, waren nur noch umgeben vom Gestank verwahrloster Körper, von Exkrementen und dem lebensgefährlichen Staub nach den Sprengungen, der die Lungen schädigte und den Verfall beschleunigte. Erst 1944 «durften» sie draußen ein Lager errichten, umgeben von Wachtürmen und mit Hochspannung geladenem Stacheldraht …

«Robert? Hast du mir überhaupt zugehört?» Karl blieb stehen und wandte sich dem Kameraden zu.

«Oh ja, klar», log Robert und versuchte sich an einem Lächeln. Sie hatten den Gasthof erreicht. Vor ihnen betraten gerade zwei SS-Offiziere das Lokal.

«Das erste Bier geht auf mich», sagte Robert, um Karl auf andere Gedanken zu bringen.

Wie erwartet schlug ihm dieser grinsend auf die Schulter. «Du bist ein braver Kamerad.»

In der rauchgeschwängerten Gaststube mischten sich schwarze Totenkopfuniformen mit grauen und braunen Anzügen. *Herrenmenschen unter sich*, dachte Robert. Er fühlte, wie die Übelkeit in ihm aufstieg, und hoffte, dass er sein Bier nicht gleich wieder von sich geben würde.

♦

Ende März ließ Lilli die Zwillinge nachmittags bei Erika und machte sich auf den Weg in die Friedrichstraße. Die Brände des letzten Großangriffs der Amerikaner waren gelöscht, die Aufräumarbeiten hatten begonnen, aber noch verkehrten keine Straßenbahnen. Also lief Lilli über den Hausvogteiplatz und den Gendarmenmarkt zur Friedrichstraße hinüber, der sie bis zum Bahnhof folgte. Von den Warenhäusern rund um den Hausvogteiplatz stand nicht mehr viel, das Kirchenschiff des Französischen Doms auf dem Gendarmenmarkt war bereits im Frühling des vergangenen Jahres ausgebrannt, die Kuppel wenig später eingestürzt.

Lilli umrundete den Bahnhof Friedrichstraße, dessen Fassade ebenfalls Schaden genommen hatte. Zwei kleine Trupps magerer Männer und Frauen in blau-weiß gestreifter Sträflingskleidung waren dabei, den Platz und die Halle von Trümmern zu befreien. Vermutlich waren es Zwangsarbeiter aus dem Lager *Am Zirkus*, das nur zwei Minuten entfernt auf der anderen Spreeseite lag.

Lilli strebte direkt auf den Kiosk zu, der, seit Johannes abgereist war, bereits drei Pächter gesehen hatte. Der aktuelle war offensichtlich heute nicht aufgetaucht, denn es lag noch ein verschnürtes Bündel Zeitungen vor dem geschlossenen Rollladen. Lilli entriegelte das Schloss und schob den Laden hoch. Die Regalbretter waren fast leer, und das Hinterzimmer bot auch nicht viel. Lilli packte einige Schachteln Zigaretten und zwei Flaschen Schnaps in ihren Rucksack und schrieb einen Zettel, den sie unter die Kasse klemmte. Dann schloss sie sorgsam wieder ab. Sie musste unbedingt Milch für die Zwillinge organisieren sowie Haferflocken oder Grieß und ein wenig gutes Fett. Mit Lebensmittelmarken kam sie momentan nicht weit, so blieb nur der Schwarzmarkt, und dort waren Zigaretten und Alkohol die beste Währung.

Lilli durchquerte die Bahnhofshalle, um sich auf den Rückweg zu machen, als ihr Blick plötzlich an einer Gestalt hängen blieb, die ihr vertraut schien. Sie blieb abrupt stehen und betrachtete die Frau, die auf einem verschlissenen Koffer saß. Sie trug einen alten Mantel, unter dem ein graues Kleid hervorschaute, dazu dicke Strümpfe, robuste Schuhe und ein Kopftuch, unter dem graue Haarsträhnen vorlugten. Unbeweglich saß sie da, die Arme um die angezogenen Beine geschlungen, den Blick auf die Schuhspitzen gerichtet. Bilder ihrer Kindheit tauchten aus Lillis Erinnerungen auf. Ihr Herz krampfte sich zusammen.

«Ella?», rief sie ungläubig.

Die Frau hob die Lider. Aus ihrem Blick sprach ein Leben voller Arbeit und Leid, doch dann glomm eine Wärme in ihnen auf, die Lilli berührte.

«Lilli?»

Die Frau rappelte sich auf, öffnete die Arme und ließ sie mit verlegener Miene sogleich wieder sinken. Dennoch eilte Lilli auf sie zu und drückte sie an sich.

«Ella, du bist es wirklich! Wir haben uns die letzten Male nicht gesehen, als ich Großmutter in Charlottenburg besucht habe.»

Nun schossen Tränen in Ellas Augen. «Es is heut ganz früh passiert, es war noch dunkel, das Haus, der ganze Block – wir wurden schwer getroffen. Is alles ausgebrannt.»

Lilli spürte, wie sie blass wurde und die Knie weich. «Wir hatten auch Alarm und einige Treffer in der Nähe. Heute Nacht so gegen halb vier?», fragte sie.

Ella nickte. «So viele Bomben! Das Haus is einfach zusammengekracht. Dabei hatten wir Glück, ein Kellerzugang war nich verschüttet.»

«Und ... Und Großmutter?», stieß Lilli hervor.

Ella schüttelte den Kopf. «Es war zu viel für ihr Herz. Als wir sie aus dem Keller gezogen ham, hat sie sich umgesehen. All die Zerstörung, das Feuer. Sie is einfach zusammengeklappt. Wir konnten sie nich mehr wach kriegen, und ein Arzt war auch nich da. Sanitäter ham sie dann mitgenommen, aber da war nix zu machen. Frau Richter is tot!»

«Oh Gott, Großmama. Nein!» Lilli klammerte sich an Ella. «Ich habe versucht, sie zu erreichen, und gedacht, nur die Leitung sei kaputt.» Tränen stürzten in ihre Augen.

«Ich wollt zu dir und es dir sagen, aber ich war so erschöpft. Ich wusst nich sicher, ob du noch in Ilses Wohnung bist und wie ich es mit dem Koffer bis zu dir schaffen soll. Ich kann ihn nirgends lassen, is alles, was ich noch hab. Ich sollt mich wohl erst bei der Volkswohlfahrt melden, um in 'ne Sammelunterkunft reinzukommen. Aber ich weiß nich, ob es klug is, meine Sachen dort zu lassen. So unbeobachtet.»

Lilli sah zwischen Ella und dem ramponierten Koffer hin und her. Viel konnte nicht drin sein. Wichtige Papiere, vielleicht ihre Marken, ein paar Lebensmittel, Kleidungsstücke, was man halt in einem Luftschutzkoffer transportierte. Sie griff nach Ellas Hand. «Komm erst mal mit zu mir. Wir können deinen Koffer zusammen tragen.»

«Biste sicher? Ich mein, du brauchst den Platz für euch – für dich und die Kinder. Es sind doch nur zwei Zimmer.»

«Und in wie vielen Zimmern hast du früher mit deiner Familie gelebt?»

Ella schüttelte den Kopf. «Das is was anderes. Ich komm aus'm Hinterhaus. Du bist in 'ner großen Wohnung vorn an der Straße aufgewachsen.»

«In so einer hast du inzwischen viele Jahre bei Großmutter gelebt. Und du hast dich, als ich noch ein Kind war, um mich gekümmert und mich genauso gut behandelt wie deinen Michael.» Lilli brach ab und schluckte.

Ella sah zu Boden.

«Dieser Krieg hat die alte Ordnung zerstört», fuhr Lilli fort. «Nun, man könnte fast sagen, er sei gerecht. Es trifft die Reichen wie die Armen, keiner ist vor den Bomben sicher. Es genügt ein Augenblick, um alles, was Generationen aufgebaut haben, zu verlieren. Wir müssen uns gar glücklich schätzen, solange wir mit dem nackten Leben davonkommen.» Lilli bückte sich und hob den Koffer auf. «Komm mit, ehe es wieder Alarm gibt.»

Schweigend gingen sie nebeneinanderher, bis Ella sich nach Johannes erkundigte.

«Haste was von ihm gehört?»

«Nicht in letzter Zeit. Er hat Ilse geschrieben, als er Paris verließ. Wer hätte gedacht, dass die SS ihn auch dort kriegen könnte?» Ella wartete, bis Lilli weitersprach. «Wir kennen den Ort nicht, an den er geflüchtet ist. Er hat nur geschrieben, er sei dort, wo er schon einmal Trost und Hilfe gefunden hätte.»

«Aveline», sagte Ella, und Lilli wunderte sich, dass sie den Namen der Frau kannte, die Johannes zum Ende des ersten Großen Krieges gepflegt hatte, sodass er zwar ohne Hand und mit einem steifen Bein, aber ansonsten gesund hatte heimkehren können.

«Ja, stimmt. Eine Frau des Feindes beschützt den uns so lieben und wichtigen Menschen. Ist das nicht verrückt?»

Ella schüttelte den Kopf. «Verrückt is, dass die Deutschen sich alle zum Feind machen. Dass sie so viele Leben zerstören und trotzdem sagen, Gott wär auf ihrer Seite.»

Überrascht blieb Lilli stehen. «Ich wusste nicht, dass du gläubig bist.»

«Bin ich nich.» Ella hob die Achseln. «Es is nur, ich weiß nix andres, das vielleicht Hoffnung gibt. Also versuch ich zu beten, dass er den Wahnsinn übersteht und lebend zurückkommt.»

Lilli war klar, dass Ella nicht mehr nur von Johannes sprach, sondern auch von ihrem Sohn Michael, der im vergangenen Frühjahr das letzte Mal in Berlin gewesen war. Zumindest hatte Lilli seitdem nichts mehr von ihm gehört. Sie brachte es nicht über sich, Ella zu fragen, seit wann sie keinen Kontakt mehr zu ihm hatte.

Die beiden Frauen erreichten das Haus und trugen den Koffer die Treppe hinauf.

«Hier wohnste also noch immer», stellte Ella fest, als sie die Wohnküche betraten. Auf dem Herd stand ein Kessel mit Windeln, und so roch es auch. Lilli entschuldigte sich und öffnete die mit Brettern und Pappe notdürftig reparierten Fenster, um so etwas wie frische Luft hereinzulassen.

Ella trat heran und sah hinaus auf die geschwärzten Ruinen. So weit das Auge reichte. «Ilse is schon lange fort, oder? Ich hatte immer Angst, dass die Gestapo sie holt. Nich nur, weil sie Rosenstein heißt.»

Lilli wusste genau, was Ella meinte. «Anders zu sein ist zu einem lebensgefährdenden Verbrechen geworden.»

«Ja, jeder, der den Nazis nich passt, wird ins Lager gesteckt.»

«Oder Schlimmeres», sagte Lilli düster und dachte erleichtert daran, dass Ilse in Sicherheit war. «Dabei wollen wir doch alle nur leben und glücklich sein.»

Kapitel 3

Es war an einem Frühlingstag 1939, als Ilse wie angewurzelt vor einem Plakat stehen blieb. Der Name der Sängerin sprang ihr ins Auge. Sie wusste nicht, ob sie eher Freude oder Schmerz empfand. *Clara Brandel.*

Wie lange hatten sie nichts voneinander gehört! Seit sie nach Wien gegangen war, um berühmt zu werden. Und es war Ilses Schuld, dass der Kontakt abgebrochen war. Sie liebte Clara zu sehr, um sich mit einer Brieffreundschaft und wenigen Besuchen begnügen zu können. Ilse hatte gehofft, mit der Zeit vergessen zu können, doch jetzt, als sie vor dem Plakat stand, riss alles wieder auf, die Sehnsucht nach Clara und ihrer gemeinsamen Zeit brach sich Bahn.

War es klug, den wiedererwachten Schmerz zu nähren? Ilse wusste es nicht, aber sie musste sie sehen und ergatterte tatsächlich noch eine Karte in einer der letzten Reihen.

Gut sah Clara aus, um keinen Tag gealtert, noch immer schlank und zierlich und so begehrenswert, noch mehr berührte ihre Stimme, Ilse musste ihre aufsteigenden Tränen wegblinzeln.

Sie sang viele altbekannte Stücke, die Erinnerungen aufsteigen ließen, aber auch beliebte Schlager wie Lale Andersens *Lilli Marleen* und *Nur nicht aus Liebe weinen* von Zarah Leander.

Nur nicht aus Liebe weinen
Es gibt auf Erden nicht nur den einen
Es gibt so viele auf dieser Welt
Ich liebe jeden, der mir gefällt

Am Ende des Konzerts blieb Ilse unentschlossen in der Eingangshalle stehen. Sollte sie Clara in ihrer Garderobe aufsuchen? Wollte Clara sie überhaupt sehen, oder würden ein kühler Blick und ein peinliches Schweigen ihren Schmerz noch vertiefen?

Da erklang hinter ihr die Stimme, die sie eben noch auf der Bühne gehört hatte. «Ilse? Bist du das?»

Langsam wandte Ilse sich um und sah in Claras so geliebtes Gesicht. «Ich dachte, ich höre mir mal an, wie du dich entwickelt hast.»

Clara zögerte, dann trat sie näher. «Ilse.» Es hörte sich an, als müsse sich ihr Mund erst wieder an den Klang dieses Namens gewöhnen. Einige Augenblicke suchte sie sichtlich nach Worten, dann sagte sie in neutral höflichem Tonfall: «Wie schön, dass du gekommen bist. Ich wollte in den nächsten Tagen bei dir vorbeischauen. Wohnst du überhaupt noch in der Kommandantenstraße?»

Ilse nickte, ging aber nicht darauf ein. «Hast du in Wien gefunden, was du gesucht hast?»

Nun wurde Claras Blick feucht. «Ja und nein. Auf der Bühne hatte ich den Erfolg, von dem ich geträumt habe.»

«Ich habe davon gelesen», murmelte Ilse, doch Clara fuhr schon fort: «Aber ... Aber das allein hat mich nicht glücklich gemacht. Ich hätte dir schreiben sollen, doch ich habe mich davor gefürchtet, dass es alles noch schwerer machen würde. Ich dachte, es sei besser für uns beide, zu vergessen. Es tut mir so leid. Das war ein Fehler.»

«Dass du dich nicht gemeldet hast?»

«Dass ich dich verlassen habe!»

Sie starrten einander an.

«Ich wollte schon lange nach Berlin zurück, richtig, nicht nur für ein einzelnes Konzert, und nun endlich habe ich ein Engagement in einer Operette im Großen Schauspielhaus.»

«*Theater des Volkes* heißt das jetzt», korrigierte Ilse und zog eine Grimasse.

«Ja, ich weiß, es wurde modernisiert und eine Führerloge eingebaut. Nächste Woche beginnen die Proben zum *Vogelhändler*.»

Noch immer standen sie zwei Meter voneinander entfernt, und Ilse war es, als würde eine unsichtbare Mauer zwischen ihnen stehen.

«Und warum wolltest du bei mir *vorbeischauen*? Damit wir da weitermachen, wo wir aufgehört haben?» Ilse war selbst erstaunt, wie schroff ihre Worte klangen.

Clara stürzten Tränen aus den Augen und rannen über ihre Wangen.

«Ach, Kleines, nicht weinen, das wollte ich nicht», rief Ilse und zog die Schluchzende in ihre Arme.

Clara presste sich an ihre Brust. «Ich war so dumm. Ich liebe dich. Immer noch. Ich kann und will dich nicht vergessen, aber ich habe so lange nicht gewagt, dich zu besuchen. Ich dachte, ich könne es nicht ertragen, wenn du mich wegschickst. Ich dachte, du hast längst eine andere ...»

Ilse küsste erst Claras Stirn, dann ihre nasse Wange und zuletzt ihren Mund.

«Ach, Clara, nein, ich habe keine andere. Ich liebe dich. Nur dich!»

Clara wischte sich ihre Tränen aus dem Gesicht und lächelte zu Ilse hoch. «Komm, lass uns gehen!»

♦

Ilse eilte den Ku'damm entlang. Ein eisiger Wind fuhr ihr um die Beine und zerrte an ihrem Mantel. Sie dachte an Clara und an ihre gemütliche Wohnung und freute sich, wie jeden Tag, zu ihr nach Hause zu kommen. Doch jetzt war sie sicher noch nicht daheim. Die Proben würden noch einige Stunden andauern.

Wie eine Erlösung drang unterhalb des in den Abendhimmel ragenden Turms der Kaiser-Wilhelm-Gedächtniskirche warmes Licht durch die Fenster des Romanischen Cafés. Das heimelige Gefühl, das sie überkam, verflog umgehend, als sie sich näherte und einen Blick nach drinnen warf.

Nein, dieses Café war nicht mehr das Heim der Künstler, das Außenbüro von Journalisten und Schriftstellern, ein Ort der freien Diskussion, wo junge Frauen wie sie selbst hingeströmt waren, um sich fürs Theater oder den Film entdecken zu lassen. Heutzutage trafen sich hier diejenigen Künstler, die sich für die Rassenideologie der Nationalsozialisten begeisterten und sich unter den Augen zahlreicher Gestapoleute wohlfühlten.

Angewidert glitt Ilses Blick über schwarze SS-Uniformen und rote Hakenkreuzarmbinden. Die Lust auf eine Tasse Kaffee war ihr vergangen, zumindest an diesem Ort. Schaudernd wandte sie sich ab und hielt das nächste Taxi an.

«Fahren Sie mich bitte zum *Kabarett der Komiker* am Lehniner Platz», sagte sie zu dem Fahrer. Als er kurz darauf vor dem Café hielt, drückte sie ihm einen Geldschein in die Hand und sprang aus dem Wagen. Mit einem Seufzer der Erleichterung trat sie ins Warme. Ein Kellner half ihr aus dem Mantel, als ihr Blick an einer bekannten Gestalt hängen blieb.

Ilse spürte, wie sich ein warmes Lächeln in ihr ausbreitete. Sie steuerte auf den Herrn zu, der alleine an einem Tisch saß, ein schulheftgroßes Notizbuch aufgeschlagen vor sich, das er offenbar eifrig Zeile für Zeile füllte.

«Einen schönen guten Abend, Herr Kästner, darf ich mich ein wenig zu Ihnen setzen?»

Sein Blick huschte zu ihr hoch, und sie sah, dass auch er sie wiedererkannte. «Fräulein Ilse, was für eine Freude! Wir haben uns ja lange nicht mehr gesehen. Setzen Sie sich! Was möchten Sie trinken?»

Er winkte einen Kellner herbei und bestellte Kaffee mit viel Zucker und Sahne.

Ilse leckte sich die Lippen, nahm Platz und sah den Autor an, dessen Kinderbücher sie Lilli so gerne vorlas. Ihr Patenkind mochte *Emil und die Detektive* und ganz besonders *Das fliegende Klassenzimmer*.

«Ja, es sind tatsächlich schon einige Jahre seit unserem letzten Treffen vergangen, dennoch habe ich häufig an Sie gedacht. Wenn ich Ihre Texte und Gedichte aus dem Regal ziehe und lese, fühle ich mich mit Ihnen verbunden. Ihnen gelingt es, meine diffusen Gefühle in Worte zu fassen. Und ich liebe Ihren *Fabian*! Wie haben Sie die Zeit verbracht, Herr Kästner? Wie geht es Ihnen?»

Kästner lächelte fein. «Nun, liebes Fräulein Ilse, den Umständen entsprechend gut. Ich arrangiere mich.»

«Heißt das, Sie schreiben weiter?» Bei ihrem letzten Zusammentreffen waren seine Werke auf dem Berliner Opernplatz verbrannt worden, darunter auch der Großstadtroman *Fabian*. Kästner war einer der verfemten deutschen Dichter und Denker!

«Ein wenig, ich kann nicht anders.» Er zwinkerte ihr zu. «Und hier in meinem Arbeitszimmer lässt es sich aushalten.»

«Ganz im Gegensatz zum Romanischen Café, nicht wahr?», gab Ilse zurück. «Dort hat uns die Kabarettistin Claire Waldoff vor vielen Jahren miteinander bekannt gemacht.»

Kästner nickte. «Ja, das Leon ist mein zweites Heim geworden. Und natürlich ist mir nicht entgangen, was für Leute heutzutage im Romanischen verkehren.»

Sie sahen einander an, und Ilse entdeckte Traurigkeit in seinem Blick. Ohne darüber nachzudenken, legte sie die Hand auf seinen Arm. «Dass Sie überhaupt noch hier leben», sagte sie. «Wo doch die meisten Ihrer *entarteten* Kollegen Deutschland längst verlassen haben. Woran arbeiten Sie denn?»

Kästner hob die Schultern. «Ich habe ein paar Gedichte geschrieben, die ich an einen Schweizer Verlag gegeben habe. Mit meinem *Zauberlehrling*, einem weiteren Roman für Erwachsene, komme ich allerdings nicht so recht voran. Aber ich texte nach wie vor ein wenig für die *Komiker* hier im Haus.»

«Stimmt, Sie haben doch auch vor Jahren das Programm für Trude Hesterberg geschrieben», erinnerte sich Ilse. «Ich habe mal eine ihrer Vorstellungen hier im Kabarett der Komiker gesehen.»

«Ach, Sie kennen die Trude?»

«Wir wurden einander von Claire Waldoff vorgestellt, bei einem gemeinsamen Treffen mit Kurt Tucholsky. Er hat für beide Künstlerinnen Texte geschrieben.»

Wieder hob Kästner die Schultern. «Ja, das war alles noch, bevor unsere Bücher auf dem Scheiterhaufen in Flammen aufgegangen sind.» Er beugte sich vor und meinte leise: «In diesen schlimmen Zeiten muss man sich eben neu erfinden – oder seinen neuen Werken einen neuen Autorennamen aufdrucken lassen.»

«Dass man zu so einer Verstellung gezwungen wird!» Mit Nachdruck schüttelte Ilse den Kopf. «Das Leben bei uns wird immer schwieriger. Mein Bruder ist nach Paris gegangen. Er will, dass ich nachkomme.»

«Werden Sie's tun?»

«Ich weiß nicht. Berlin ist mein Zuhause. Berlin *war* immer mein Zuhause, manchmal erkenne ich es gar nicht wieder.»

Kästner blätterte gedankenvoll in seinen beschriebenen Notizbuchseiten.

«Was wird das?», erkundigte sich Ilse. «Falls Sie mir das verraten wollen.»

«Das ist eine Art Tagebuch. Manchmal denke ich, ich müsse festhalten, was hier alles passiert.» Er schlug die erste Seite auf und drehte das Buch so, dass sie ein paar Sätze lesen konnte.

> In jener Nacht fuhr ich, im Taxi auf dem Heimweg, den Tauentzien und Kurfürstendamm entlang. Auf beiden Straßenseiten standen Männer und schlugen mit Eisenstangen Schaufenster ein. Überall krachte und splitterte Glas. Es waren SS-Leute, in schwarzen Breeches und hohen Stiefeln, aber in Ziviljacken und mit Hüten. Sie gingen gelassen und systematisch zu Werke. Jedem schienen vier, fünf Häuserfronten zugeteilt. Sie hoben die Stangen, schlugen mehrmals zu und rückten dann zum nächsten Schaufenster vor. Passanten waren nicht zu sehen. (Erst später, hörte ich am folgenden Tag, seien Barfrauen, Nachtkellner und Straßenmädchen aufgetaucht und hätten die Auslagen geplündert.)
>
> Dreimal ließ ich das Taxi halten. Dreimal wollte ich aussteigen. Dreimal trat ein Kriminalbeamter hinter einem der Bäume hervor und forderte mich energisch auf, im Auto zu bleiben und weiterzufahren.

«Das war letztes Jahr, in der Nacht, die die Nazis *Reichskristallnacht* nennen.» Ilse schauderte und senkte die Stimme ein wenig. «Es war schrecklich. Ich selbst bin ohne Schaden davongekommen, doch ich habe von etlichen Freunden – jüdischen Freunden – gehört, dass ihre Wohnungen verwüstet wurden. Angeblich wurde nach Waffen gesucht, aber die, die es miterlebt haben, erzählen von einer Orgie der Zerstörungswut. Mit Äxten und Brecheisen drangen SA-Leute in die Häuser ein und schlugen alles kurz und klein. Ich kenne eine

Familie, die am nächsten Tag nicht mal mehr eine heile Tasse besaß. Bilder wurden aufgeschlitzt, Möbel zertrümmert, Geld und Schmuck geklaut.»

«Ich kenne auch Menschen, die leiden mussten.» Kästner nickte. «Nicht nur ihr Besitz wurde zerschlagen, sie prügelten auf Männer und Frauen ein, wen auch immer sie in die Finger bekamen. Und etliche Männer wurden verhaftet und unter Schlägen zum Polizeigefängnis getrieben. Einen älteren Kollegen ließen sie gehen. Er erzählte mir, andere seien in ein Lager nach Dachau gebracht worden.»

Kapitel 4

Der Ring um Berlin begann sich zu schließen. Und es wurde geflüstert: *Küstrin ist eingenommen, Seelow und Müncheberg auch*. Die Ortsnamen klangen vertraut, märkisch, verdammt nah. Wie viele Tage noch? Selbst die ganz Hartgesottenen gerieten ins Grübeln. Der Endsieg würde kommen, aber nicht die Deutschen würden auf dem Siegertreppchen stehen!

Die 1. Weißrussische Front näherte sich von Nordosten, die 1. Ukrainische schlug einen Bogen nach Süden und kam erschreckend gut voran. Offensichtlich hatte – trotz anderslautender Beteuerungen auf den Durchhalteflugblättern – die Wehrmacht den Russen nichts mehr ernsthaft entgegenzusetzen.

Lilli machte sich mit ihrem Fahrrad noch einmal zum Kiosk am Bahnhof Friedrichstraße auf, während die Mädchen bei Erika waren. Sie umkurvte die Trümmer auf den Straßen und hoffte, nicht von einem Fliegeralarm überrascht zu werden. Immer wieder hielt sie inne, wenn sie ein fernes Rumpeln hörte. Es gelang ihr nicht, die Richtung auszumachen. Es klang wie ein sich näherndes Gewitter, doch die kleinen weißen Wolken am blauen Himmel sprachen dagegen. Konnte das schon die Artillerie der Russen sein? Lilli wusste es nicht, spürte aber, wie ein eisiger Schauder über ihren Rücken rann.

Den nächsten Schreck bekam sie, als sie sich der Eisenbahnbrücke näherte, die sich über die Friedrichstraße hinwegspannte. Zwei leblose Körper schwangen dort, Stricke um den Hals, leise knarrend ein Stück über der Straße. Lilli wollte wegsehen, es gelang ihr nicht. Es waren Wehrmachtssoldaten, junge Männer mit Schildern um den Hals, auf denen zu lesen stand: *Ich habe mein Sturmgewehr nicht so gepflegt, wie es der Führer befohlen hat.*

Was ist nur aus unserer Welt geworden? Lilli konnte es nicht fassen. Doch wie alle anderen Menschen passierte sie die Erhängten, ohne auch nur den Versuch zu starten, die Leichen herunterzuholen.

Am Kiosk erwartete Lilli eine weitere böse Überraschung. Nicht nur der Kiosk selbst, auch der Lagerraum war vollständig geplündert, die Einrichtung zerstört. Nicht einmal mehr ein paar Holzstücke zum Verfeuern waren übrig geblieben. Nichts, was sie in ihren Rucksack hätte packen können. Dafür war der zerstörte Kiosk zur Verrichtung der Notdurft benutzt worden, von wem auch immer. Es stank schlimmer als im Schweinestall. Schnell kehrte Lilli ins Freie zurück, dieser Weg war umsonst gewesen. Ihr Blick glitt hinüber zur halb eingefallenen Halle des einst so prächtigen Bahnhofs und zu den Abgängen zur U-Bahn. Wie üblich trieben sich hier Schwarzhändler herum. Lilli hatte nichts mehr, was sie hätte eintauschen können, und ihr Fahrrad hütete sie wie ihren Augapfel. Enttäuscht trat sie den Heimweg an. Sie war froh, dass sie wenigstens nicht laufen musste, denn die Füße taten weh und in ihrem Bauch rumorte der Hunger. Während sie in die Pedale trat, überlegte sie, was an Essbarem noch in der Wohnung oder im Keller war. Ein paar getrocknete Erbsen? Ein paar Graupen? Die letzten Kartoffeln? Lilli stöhnte. Sie brachte das Rad in den Hof und wollte gerade die Haustür öffnen, als diese direkt vor ihrer Nase aufgerissen wurde und Erika sie fast umrannte. Die Nachbarin umklammerte einen leeren Sack, hinter ihr erschien Gerda aus dem zweiten Stock mit einer großen Stofftasche.

«Die Kinder sind bei Ella», rief Erika und griff nach Lillis Arm. «Komm schnell!»

Lilli ließ sich zunächst mitziehen, bevor sie rief: «Was ist eigentlich los?»

«Drüben in der Schützenstraße hat jemand in einem Keller ein Lager mit Lebensmitteln entdeckt. Keine Ahnung, wer sich da eine Reserve gebunkert hat. Vielleicht die Leute von der Wache? Jedenfalls wird nichts mehr für uns da sein, wenn wir uns nicht beeilen!»

Die drei Frauen rannten, so schnell sie konnten, und erreichten wenig später die Schützenstraße. Frauen mit Mehl- und Zuckerpackungen und Konservendosen in den Armen kamen ihnen entgegen. Zwei Männer trugen eine Kiste mit Weinflaschen vorbei.

«Schnell, schnell!», drängelte Erika.

Lilli sah rasch die Straße hinauf und hinunter. Keine Uniform war zu sehen, weder Polizei noch SS. Und vor allem keine SiPo! Die machte nämlich bei Plünderungen gerne mal kurzen Prozess und erschoss ein paar Leute, um ein Exempel zu statuieren.

Die Frauen brauchten nur der Spur des verstreuten Mehls und anderer Lebensmittel zu folgen, als sie sahen, wie sich Menschen in einen Kellerabgang drängten, aus dem sich gleichzeitig andere mit ihrer Beute herauskämpften. Dabei ging die eine oder andere Flasche zu Bruch, Pakete mit Graupen und Linsen platzten auf, Kartoffeln wurden zertreten. Eine Frau geriet ins Straucheln und schrie um Hilfe. Gerade noch rechtzeitig gelang es zwei anderen Frauen, sie hochzuziehen, sonst wäre sie womöglich zertrampelt worden.

Erika hielt Lilli fest an der Hand, während sie sich ins Gewühl stürzten. Im Keller war es dunkel, nur ein schwacher Lichtschein kam von irgendwoher. Deshalb ertasteten sie sich ihre Beute eher, als dass sie sie erkennen konnten. Was sie da in ihre Säcke stopften, wussten sie nicht. Alles war wertvoll, konnte selbst gebraucht oder getauscht werden. Wie reich ihre Beute war, würden sie erst daheim in Ruhe herausfinden können.

«Ich glaube, hier gibt es Mehl», raunte Lilli Erika zu und schob noch eine Tüte in ihren Rucksack. Erika griff ebenfalls beherzt zu und stieß dabei eine andere Frau mit dem Ellenbogen weg. Lilli schnappte sich noch eine Flasche mit schlankem Hals, zwei metallene Dosen und ein weiteres Päckchen, aus dem etwas herausrieselte. Lilli spürte etwas Körniges zwischen den Fingern. Was war das? Sie schob den Zeigefinger in den Mund und schmeckte Seife oder Waschmittel. Auch gut. Vielleicht fand sie im nächsten Regal etwas Essbares. Plötzlich ertönte draußen ein Pfiff. Panik stieg in Lilli auf. War das eine Warnung? Sie fasste nach Erika, zog sie zum Ausgang. Auf der Treppe fanden sie auch Gerda wieder, die ihre volle Tasche gegen einen älteren Mann verteidigte, der mit einem Stock auf ihren Arm schlug, um sie ihr zu entreißen. Lilli stieß dem Alten mit ihrem Schuh gegen das Knie und entriss ihm den Stock. Gemeinsam traten die drei Frauen im Laufschritt die Flucht nach vorn an. Keinen Augenblick zu früh, schon näherten sich Trillerpfeifen, und Schüsse erklangen.

Wie die Hasen schlugen sie Haken um die Trümmer herum und schlüpften schwer atmend um die nächste Straßenecke. Kurz hielten sie inne, um sicherzugehen, dass sie noch zu dritt waren. Dann liefen sie in der Dämmerung mit ihrer Beute nach Hause.

Sie trafen sich bei Frieda zwischen den leeren Regalen und packten die Taschen und Rucksäcke auf dem großen Ladentisch aus.

Lilli hatte tatsächlich Waschpulver erbeutet, dazu zwei Dosen mit eingelegtem Fisch, eine Packung Grieß, eine Flasche Essig und mehrere Packungen Puddingpulver.

Auch Erika legte Waschpulver und Fischkonserven auf den Tisch, dazu gab es Mehl und Graupen.

Natürlich teilten sie ihre Beute mit Frieda. Diese hatte schon so oft für die ganze Hausgemeinschaft gekocht und sprang immer ein, wenn ein Kind zu betreuen war. Zudem waren die Vorräte für ihren Laden aufgebraucht.

«Danke!» Frieda blickte lächelnd in die Runde.

«Und was hast du mitgebracht?», erkundigte sich Lilli und drehte sich zu Gerda.

Gespannt sahen alle zu, was die aus ihrer Tasche holte: Marmelade, Margarine und Milchpulver! Das hatte sich gelohnt. Bei Gerda gab es viele Mäuler zu stopfen, dennoch starrte Lilli begierig auf das Milchpulver.

Gerda fing ihren Blick auf und reichte ihr ein Paket. «Hier, das brauchst du für die Mädchen. Hast du vielleicht etwas Waschpulver für mich?»

Lilli überlegte nicht lange. Sie tauschte noch eine Packung Puddingpulver gegen Margarine und eine weitere gegen Graupen ein. Hochzufrieden kehrte jede von ihnen in ihre eigene Wohnung zurück.

♦

Zwei Tage später stand Lilli am geöffneten Küchenfenster. Die Kinder schliefen fest, während sie ihren Gedanken nachhing und ein paar Minuten für sich allein genoss, trotz aller Anspannung und Gefahr.

Stück für Stück zerfiel das normale Leben unter ihren Händen. Das Fensterglas war zerborsten, die Hälfte des Rahmens fehlte. Daneben war ein mehr als zwei Meter breites und fast ebenso hohes Stück Mauer weggebrochen und auf die Straße gestürzt. Wasser gab es noch im Haus, der Strom war seit gestern weg. Aber die Berliner Philharmoniker hatten noch vor einer Woche ein Konzert gegeben. Ihr letztes, Wagners *Götterdämmerung*. Wie passend, durchzuckte es

Lilli. Ja, das Reich war dabei, im Weltenbrand unterzugehen, doch ob daraus eine neue schöne Welt hervorgehen würde, konnte erst die Zukunft zeigen. Noch wagte sich das keiner vorzustellen.

Und ihr oberster Führer? Der hatte gestern seinen sechsundfünfzigsten Geburtstag gefeiert. Lilli versuchte, sich die Schar der Gratulanten unten im Führerbunker vorzustellen: hochdekorierte Männer in Uniform, ein paar elegant gekleidete Frauen, Champagner? Hatten sie sich mit viel Alkohol Mut und Hoffnung angetrunken oder nur die Angst betäubt?

Sie ließ den Blick von den geschwärzten Ruinen auf der anderen Straßenseite in den blauen Frühlingshimmel hinaufwandern. Keine Flugzeuge am Himmel, die Flak schwieg, dennoch waren deutlich Detonationen zu hören. Schwere Artillerie. Längst konnte sie nicht mehr einordnen, aus welcher Richtung sie kam.

Gestern Nacht hatten die Sirenen um drei in einem minutenlangen Dauerton zu heulen begonnen. Was sich lange niemand, nicht einmal in seinen schlimmsten Träumen, hatte ausmalen können und was die Propaganda noch Tage zuvor abzustreiten versucht hatte, war längst Tatsache: Feindalarm! Die Russen mit ihren Panzern und ihrer Artillerie hatten die Grenzen des Stadtgebiets überschritten. *Götterdämmerung*. Wie hatte es nur so weit kommen können?

Mit zitternden Händen zündete sich Lilli eine Zigarette an, doch auch der bittere Rauch kam nicht gegen ihre innere Unruhe an. Zu viele Geschichten kursierten, die sich in den Bombennächten in den Kellern zugeraunt wurden. Wie die Russen auf ihrem Vormarsch durch die deutschen Ostgebiete Dörfer verwüsteten, Menschen abschlachteten, Frauen vergewaltigten. Lilli wollte es sich nicht eingestehen, doch die blanke Angst ließ sie zittern.

Wir haben es verdient, dachte sie, was ihre Furcht nicht kleiner machte. Der Bolschewiki, das wilde Tier in Uniform, kam als Rächer der unmenschlichen Verbrechen, die die Wehrmacht und vor allem die SS in Polen und Russland verübt hatten. Selbst hier in Berlin konnte jeder erleben, was die Nazis mit Menschen machten, deren Abstammung oder Gesinnung nicht zu ihrer Ideologie passte. Lilli gab sich keiner Illusion darüber hin, dass es die Gräueltaten der Nazis im Osten tatsächlich gegeben hatte.

Wie lange würde dieser Weltenbrand noch andauern? Noch immer schlossen Hitler und seine Getreuen eine Kapitulation kategorisch aus und verheizten lieber die versprengten Reste der Ostarmee und die Berliner Bürger, die noch geblieben waren, in einem aussichtslosen Kampf gegen die anrückenden Russen. Keiner schien mehr zu alt, zu versehrt oder zu jung zu sein, um nicht mit einer Panzerfaust losgeschickt zu werden. Selbst Erikas Rainer, diesen dummen Jungen mit seinen fünfzehn Jahren, hatten sie zum Volkssturm geholt. Lilli schüttelte sich. Was sollten spärlich bewaffnete Hitlerjungen gegen russische Panzer ausrichten können? Sie fühlte mit Erika, die schier verzweifelte, weil Rainer voller Abenteuerdurst und in dem Glauben an seine Wichtigkeit dem Scharführer gefolgt war. Es war so absurd! Dabei war das auserwählte Herrenvolk schon seit 1943 darauf angewiesen, die Kämpfer auf den Flaktürmen in Berlin durch Hitlerjungen und alte Männer zu ergänzen. Die *echten* Soldaten wurden ja nach Osten befohlen, um die Lücken zu füllen, die der Feind gerissen hatte.

Warum nur schrie das Volk nicht: Genug ist genug!

Warum schwieg sie selbst?

War nicht auch sie stumm vorbeigegangen an den beiden Männern, die von der Eisenbahnbrücke am Bahnhof Friedrichstraße baumelten? Hatte sie nicht auch Angst vor SS, SD, ja, sogar vor Nachbarn, die einen anschwärzen konnten? Die Einschüchterung des Volkes funktionierte einwandfrei.

Lilli nahm einen tiefen Zug und ließ den Rauch langsam in die

Frühlingsluft entweichen. Plötzlich dachte sie an Ilse, ihre schöne, energische Patentante. Sie hätte bei ihr bleiben können, auf dem Land, wo Ilse inkognito bei Claras Verwandten lebte. War es klug von ihr gewesen, Ilse und das abgelegene Bauernhaus im letzten November zu verlassen, um die Zwillinge in der Berliner Charité zur Welt zu bringen? Aber hatte nicht die Hebamme vor einer komplizierten Geburt gewarnt? Hatte nicht die Gefahr bestanden, dass sie und die Kinder sterben würden? Und danach, mitten im Winter, hatte es keinen Weg mehr zurück gegeben. Nicht mit den Neugeborenen in einem Viehwaggon bei klirrender Kälte. Also war ihr gar nichts anderes übrig geblieben, als sich mit den Kindern in Ilses verlassener Wohnung einzurichten.

Und hier stand sie nun, rauchte, sah aus dem Fenster und wartete auf das bittere Ende, dem sie nicht entrinnen konnte. Lilli legte die Arme um ihre Taille, als könne sie sich so selbst stützen und trösten. Sie hatte einmal ein Leben gehabt. Voller Fröhlichkeit, voller Wärme und Liebe. Dann war dieser Krieg gekommen und hatte ihr Stück für Stück alles weggenommen. Doch das war noch erträglich gewesen, solange *er* bei ihr gewesen war. Sie hatte alles ertragen, bis das Schicksal ihr vor einem Jahr ganz unvermittelt den Boden unter den Füßen weggezogen hatte.

♦

Sie hatte wieder von ihm geträumt, wie jede Nacht, seit er so plötzlich verschwunden war, dabei war sie doch nur ganz kurz auf dem Sofa eingenickt. Draußen dämmerte es. Der Frühlingstag neigte sich seinem Ende entgegen.

Lilli wusste genau die Anzahl der Tage, die vergangen waren, seit er sich mit einem flüchtigen Kuss von ihr verabschiedet hatte, um seine Mutter aufzusuchen. Er wollte am Abend wieder zurück sein, doch seitdem hatte sie kein Wort mehr von ihm gehört. Was war nur geschehen? Ein Unglück, anders konnte sie es sich nicht erklären. Er würde sie doch nicht verlassen. Nicht nachdem er sie um ihre Hand gebeten hatte!

Lilli war allein. Sie lag auf Ilses Sofa, doch sie fror unter der warmen Decke. Die Einsamkeit umklammerte ihr Herz.

Ilse war schon lange weg, Johannes noch länger, und auch ihren Vater hatte sie seit Monaten nicht mehr gesehen. Es war ihr, als hörte sie eine geisterhafte Stimme, die immer wieder sagte: «Ich werd da sein, wenn du mich brauchst, Lilli. Ich versprech's dir. Immer!»

Es tat so weh! Lilli wickelte sich fester in die Decke ein und schluchzte, dass es sie schüttelte. *Ich bin so allein, das macht mir Angst. Wo bist du?* Alle hatten sie verlassen. Wie sollte es nur weitergehen? Verzweiflung stieg in ihr auf, und ihr war, als stünde sie am Rand eines tiefen Lochs und starrte in die Tiefe.

Drüben, in der Wohnung gegenüber, wurde ein Radio angestellt, sie konnte gedämpfte Musik hören.

Erika, dachte sie. Lilli rappelte sich auf und angelte nach ihren Schuhen. Ohne Licht anzumachen, ging sie hinaus auf den Treppenabsatz und klopfte an die Tür der Nachbarin.

Erika öffnete, einen Teller und ein Geschirrtuch in der Hand. «Oh Lilli, grüß dich, komm rein. Was machst du für ein Gesicht? Ist was?»

Lilli hob die Schultern. «Ich bin eingeschlafen und hab geträumt, und dann bin ich aufgewacht und hab mich so schrecklich allein gefühlt.» Ihre Augen füllten sich mit Tränen.

«Ach, Liebes!», rief Erika, legte Tuch und Teller achtlos auf die Kommode im Flur und zog Lilli in die Arme. «Das geht uns allen manchmal so in dieser schrecklichen Zeit, aber du bist nicht allein. Wir sind füreinander da. Sind wir nicht mehr als Nachbarinnen? Sind wir nicht längst Freundinnen, die sich nicht unterkriegen lassen?»

Lilli drückte Erika an sich. «Danke, das habe ich jetzt gebraucht.»

In diesem Augenblick erklang aus dem Radio Zarah Leanders rauchige Stimme.

Wenn mal mein Herz unglücklich liebt
Ist es vor Kummer unsagbar betrübt
Dann denk ich immer
Alles ist aus
Ich bin so allein
Wo ist ein Mensch, der mich versteht
So hab ich manchmal voll Sehnsucht gefleht
Tja, aber dann gewöhnt ich mich dran
Und ich sah es ein ...

Erika löste sich von Lilli, hob theatralisch die Arme und begann zusammen mit der Leander zu schmettern:

Davon geht die Welt nicht unter
Sieht man sie manchmal auch grau
Einmal wird sie wieder bunter
Einmal wird sie wieder himmelblau
Geht mal drüber und mal drunter
Wenn uns der Schädel auch graut
Davon geht die Welt nicht unter
Sie wird ja noch gebraucht
Davon geht die Welt nicht unter
Sie wird ja noch gebraucht

«Los, sing mit, das befreit!»

Lilli summte die ersten Noten und fiel dann mit ein. Erika packte ihren Arm und zog sie in die Küche.

«Komm, setz dich. Wir trinken was zusammen, das heitert dich auf.» Sie holte eine halb volle Flasche aus dem Versteck hinter den Kochbüchern.

«Flüssiger Problemlöser», kommentierte Lilli mit einer Grimasse, ließ sich ordentlich einschenken und ihr Glas gegen Erikas klirren.

«Ist er nicht, aber er hilft über schwarze Stunden hinweg.»

«Ich hab einfach Angst», gab Lilli zu.

Draußen schlug die Haustür, schnelle Schritte, dann stürmte ein Bursche in der Uniform eines Hitlerjungen in die Küche. «Mutter, wann gibt's Essen?», erkundigte er sich und ließ sich neben Lilli auf einen Stuhl fallen.

Erika gab sich empört. «Ich möchte erleben, dass mein Sohn mich einmal respektvoll begrüßt, sich nach meinem Befinden erkundigt. Aber nein, er interessiert sich nur dafür, wann was auf den Teller kommt. Du wirst es abwarten können. – Und du, Lilli, du bleibst doch zum Essen, nicht wahr? Ich bestehe darauf! Und weißt du was? Danach gehen wir zwei Hübschen ins Kino, und Rainer wird auf seine Schwestern aufpassen. Nein, keine Widerrede!»

Rainer zog zwar ein Schmollgesicht, fügte sich aber der Anweisung seiner Mutter. So zogen die beiden Frauen nach dem Essen zusammen los und hofften, es werde in dieser Nacht keinen Fliegeralarm geben.

«Was schauen wir uns an?», erkundigte sich Lilli. «Hast du eine Idee?»

Erika nickte. «Ich weiß ein Kino in der Nähe, da läuft *Die Feuerzangenbowle* noch.»

«Der Rühmann-Film? Oh ja, den habe ich im Januar verpasst. Ich mag ihn, den Heinz Rühmann. Als Letztes habe ich *Quax der Bruchpilot* gesehen. Und ganz prima war er in *Der Mann, der Sherlock Holmes war*. Ach, Erika, ich glaube, das wird richtig lustig.» Dankbar streifte Lilli den Arm der Nachbarin.

«Das wird es», versprach diese. «Ich denke, das ist es, was wir jetzt brauchen.»

♦

Es konnte sich nur noch um Tage handeln. In Moskau herrschte gelöste Stimmung, doch auch eine gewisse Nervosität. Der Tag, auf den sich die führenden KPD-Genossen um Walter Ulbricht vorbereitet hatten, war fast da. Es wurde Zeit, nach Berlin zurückzukehren, um dort, nach dem Zusammenbruch, das Ruder in die Hand zu nehmen.

Michael hatte im vergangenen Jahr viel gelernt. Zwar war aus seinem Traum vom Studium an einer Hochschule nichts geworden, dennoch hatten die Genossen sein Talent erkannt und gezielt gefördert. Er hatte ein fotografisches Gedächtnis, prägte sich ganze Seiten und ihren Inhalt mit einem flüchtigen Blick ein und verfügte über eine ungewöhnliche Begabung, Muster zu erkennen, was ihn schnell zu einem wertvollen Mitglied der Dechiffrierabteilung hatte werden lassen – was sich nicht so sehr von seiner Arbeit im Jahr zuvor in Berlin unterschied. Natürlich gehörte Michael nicht zum engen Kreis um Ulbricht, dennoch würde er Mitglied der Gruppe sein, die sich bereit machte, nach Berlin zurückzukehren.

Berlin.

Viele gute und schlechte Erinnerungen verbanden ihn mit seiner Heimatstadt. Der Platz vor dem Bahnhof Friedrichstraße, wo er bei Johannes so viele schöne Kindheitstage verbracht hatte, wo er mit Lilli gespielt hatte.

Lilli.

Er wollte nicht an sie denken, konnte aber nicht verhindern, dass die Erinnerungen in ihm aufstiegen.

♦

Der Platz vor dem Bahnhof war noch immer ihr Treffpunkt, doch seit Johannes nicht mehr da war, mochte Lilli nicht mehr zum Kiosk gehen. Er fehlte ihr – ihnen beiden. Sie wussten nur, dass er vor den Nazis nach Frankreich geflohen war, aber wo genau er sich aufhielt und ob er ihren Schergen nach der Eroberung von Paris entkommen war, konnte ihnen niemand sagen. Daher hatten sie es sich angewöhnt, sich an der Flussseite des dreieckigen Platzes zu treffen, am Spreeufer entlangzuschlendern und sich alles zu erzählen, was sich in den Tagen seit ihrem letzten Treffen in ihrem Leben ereignet hatte.

Im vergangenen Jahrhundert hatten hier noch Gebäude einer Akademie gestanden, die von der benachbarten Kaserne genutzt worden waren, im Zuge des repräsentativen Bahnhofsumbaus waren sie abgerissen worden. Seit den Zwanzigerjahren hatte es Architektur-Ausschreibungen gegeben, um den Platz an der Spree wieder zu nutzen, doch keine der kühnen Ideen war verwirklicht worden, und so lag der nördliche Bahnhofsvorplatz noch immer brach. Michael und Lilli spazierten im Abendlicht neben der zu ihren Füßen rauschenden Spree entlang. Es war winterlich kalt, doch das machte ihr nichts aus.

«Großmutter sagt, ich soll nicht mehr in die Stadt und vor allem nicht abends hier herumlaufen. Das sei zu gefährlich», berichtete Lilli.

«Du bist ja nicht alleine hier», beruhigte Michael und legte schützend den Arm um ihre Schulter.

«Oh ja, das Auge des Gesetzes wacht über mich», ergänzte Lilli und lachte mutwillig. Sie legte ihren Arm um Michaels Taille und presste sich eng an ihn.

Michael blieb stehen.

«Solange du bei mir bist, kann mir nichts geschehen», sagte sie mit geradezu kindlicher Naivität, wobei in dem Blick, mit dem sie zu ihm aufsah, ganz und gar nichts Kindliches war. Ihr zweiter Arm legte sich um ihn und drückte ihn noch enger an sich, sodass er deutlich spüren konnte, dass es nicht der Körper eines Kindes war, den er in den Armen hielt. Sie war erwachsen geworden. Süße achtzehn Jahre alt, und der Augenaufschlag war geradezu herausfordernd.

Ja, er liebte Lilli schon immer, nun erwachte etwas Neues in ihm. Oder zumindest nahm er dies zum ersten Mal bewusst wahr. Verlangen pulsierte durch seine Adern, und plötzlich wollte er sie nicht mehr nur vor allem Bösen dieser Welt beschützen. Er beugte sich herab und küsste sie zärtlich. Erst kurz und dann, als sich ihm ihre Lippen erwartungsvoll darboten, länger und inniger.

Lilli seufzte wie befreit. Als habe sie lange auf diese Erlösung gewartet.

Kapitel 5

Lilli hatte Ilses drängenden Briefen endlich nachgegeben und war, mit zwei Koffern ausgerüstet, zu ihr aufs Land gefahren, nach Thüringen. Sie fühlte sich elend, und so war es ihre Mitreisende Clara, die Lillis beide Koffer aus dem Bahnhof trug, wo sie von einem Fuhrwerk erwartet wurden, ein robustes Kaltblut vor den Wagen gespannt. Der Knecht auf dem Kutschbock lüftete den Hut und ließ die Damen einsteigen. Sie holperten und ratterten über ausgefahrene Feldwege zu dem Gehöft, wo Ilse ihr Patenkind ungeduldig erwartete und herzlich in die Arme schloss. Dann küsste sie Clara innig, die sich vertrauensvoll an sie schmiegte.

«Endlich seid ihr da!» Ilse hatte Tränen in den Augen, als sie Lilli betrachtete. «Ich hätte euch selbst vom Bahnhof abgeholt, aber die Riemers sehen es nicht gern, wenn ich das Haus verlasse. Sie wissen nicht, wer ich bin, aber dumm sind sie nicht, und es ist ihnen klar, dass es einen Grund gibt, warum Clara sie gebeten hat, mich aufzunehmen und möglichst nicht darüber zu sprechen. Sie fürchten natürlich auch um ihre eigene Familie. Man bekommt heutzutage verdammt schnell Schwierigkeiten. Ich bin hier einfach die schweigsame, fast unsichtbare entfernte Cousine Ilse Trinkaus aus Ostpreußen.»

Lilli wusste, dass es vor allem Clara gewesen war, die Ilse nach Beginn des Krieges und den zunehmenden Verhaftungen und Deportationen von Juden und anderer unerwünschter Personen gedrängt hatte, sich weit weg von Berlin zu verstecken. Die Modeschöpferin Ilse Rosenstein war in der Hauptstadt bekannt wie ein bunter Hund, da hätten auch die falschen Papiere nichts genutzt, die Clara über irgendwelche dunklen Kanäle beschaffen konnte. Wie gut diese waren, wollte keine von ihnen allzu häufig auf die Probe stellen. Und nun, im Juni 1944, saß sie noch immer hier auf dem Land fest.

«Wenn ich nicht bald nach Berlin zurückkann, werde ich hier draußen noch verrückt», behauptete Ilse, als sie später im Sonnenschein zusammen an der Kaffeetafel saßen. Die Bauersleute hatten sich höflich zurückgezogen, außerdem war auf dem Hof sicher genug zu tun. Das Gebräu, das dem Namen nach Kaffee sein sollte, schmeckte ähnlich schrecklich wie in Berlin, trotzdem war die Versorgung mit Eiern und Fett hier auf dem Land offensichtlich besser, denn es gab sogar noch warm duftenden Obstkuchen mit eigenen Erdbeeren obendrauf, der nach den vielen Monaten magere Kost einfach himmlisch schmeckte.

«Was machst du denn den ganzen Tag?», wollte Lilli wissen und strich sich unbewusst über den Bauch. «Hilfst du den Bauersleuten auf den Feldern und mit dem Vieh?» Sie lachte auf. «Ich stelle mir gerade vor, wie du in deinen schicken Kleidern und hohen Schuhen mit der Mistgabel hantierst.»

Ilse zog eine Grimasse und deutete auf ihre derben Schuhe. «Du siehst, wie ich rumlaufe. Ich bin froh, dass meine Freunde mich so nicht sehen können. Und das» – sie nahm den derben Stoff zwischen zwei Finger – «ist kein Kleid, das ist eine Beleidigung des weiblichen Körpers! Aber nein, ich gehe weder mit aufs Feld, noch muss ich bei den Kühen misten. Ich bin für die Hühner zuständig und die Gänse, diese bissigen Viecher, und ich übernehme einen Teil der Hausarbeit. Kochen, abwaschen, putzen. Tag für Tag.»

«Arme Tante Ilse. So sieht eben das Los der guten deutschen Hausfrau aus.» Lilli kicherte und warf Ilse einen schelmischen Blick zu.

«Ach, es ist schrecklich. Mein Körper mag abends müde sein, aber mein Geist langweilt sich zu Tode! Clara hat mir verboten, Entwürfe zu zeichnen und neue Kollektionen zu entwerfen!» Ilse zog eine Grimasse. «In meiner Not lerne ich abends Russisch. Ein Teil der Familie Riemers lebt in Ostpreußen, nahe der Grenze. Ich habe ein Wörterbuch und einige russische Bücher im Haus gefunden. Anton, ich meine der alte Herr Riemers, hilft mir mit der Aussprache.» Ilse rang gespielt tragisch die Hände. «Was tut man nicht alles in seiner geistigen Not!»

Clara beugte sich zu ihr und küsste sie auf die Wange. «Du weißt selbst, dass du dein Inkognito wahren musst. Du darfst nicht auffallen, unter keinen Umständen! Es ist inzwischen noch viel gefährlicher geworden. Alles, was auch nur entfernt jüdisch riecht, wird deportiert. Ich weiß nicht, ob es in Berlin überhaupt noch Juden gibt.»

Lilli nickte, auch ihr war klar, wie überlebenswichtig diese Verbannung aufs Land für Ilse war. «Ich kann dir zum Beispiel nicht sagen, was aus den Blumenbergs im zweiten Stock geworden ist. Die Wohnung wurde an einen SS-Offizier und seine Familie vergeben, doch als es mit den Luftangriffen auf Berlin immer schlimmer wurde, sind sie zu Verwandten gezogen, ich glaube, nach Bayern. Nun leben Ausgebombte in der Wohnung: zwei Schwestern um die dreißig, eine Cousine, ungefähr so alt wie ich, drei Kinder und der Großvater.»

Sie gönnten sich jede noch ein Stück Kuchen. So etwas Köstliches gab es selbst auf dem Land eher selten. Lilli war froh, dass sie sich meist nur am Vormittag so elend fühlte, dass sie sich übergeben musste. Es wäre wirklich schade um den schönen Kuchen.

Sie lehnte sich entspannt zurück, als sie Ilses Blick auf sich ruhen spürte.

«Wie weit bist du?»

Lilli tat erst gar nicht so, als verstehe sie nicht, was Ilse meinte. Da Clara ebenfalls Bescheid wusste, antwortete sie ohne Umschweife: «Vermutlich Ende November, sagt der Arzt.»

«Du bist zu dünn», stellte Ilse fest. «Das ist nicht gut. Du musst jetzt für zwei essen.»

«Weiß ich, aber so einfach ist das in Berlin nicht. Oft ist nicht mal das zu bekommen, was uns für unsere Lebensmittelkarten zusteht. Ohne Beziehungen und Hamsterfahrten aufs Land oder Tauschmittel für den Schwarzmarkt kann man kaum überleben.» Lilli sah zu Clara. «Bist du wirklich sicher, dass die Riemers einverstanden sind?»

«Aber ja, ich habe mit ihnen gesprochen. Sie freuen sich, wenn wieder junges Leben im Haus ist. Ihr jüngerer Sohn ist an der Front gefallen, und vom älteren haben sie lange nichts gehört.»

Ilse ergriff Claras Hand. «Wenn du nur auch bleiben könntest.»

Clara schüttelte den Kopf. «Ich bin froh über mein Engagement und kann jetzt nicht einfach davonlaufen. Ich singe die Glawari! Dafür habe ich zu lange gearbeitet, um jetzt die Hauptrolle als *Lustige Witwe* abzulehnen. Solange auf den Theaterbühnen in Berlin gespielt wird, so lange bleibe ich.»

«Und wer ist dein Graf Danilo?», fragte Ilse. «Hat Johannes Heesters nicht in München diese Rolle lang gespielt?»

«Stimmt, aber jetzt dreht er gerade *Die Fledermaus.*»

Eine Nacht blieb Clara noch. Die Riemers richteten ihr in einer der Kammern ein Bett, in dem Clara auch ganz brav am Morgen erwachte. Dass sie die Nacht in Ilses Armen verbracht hatte, musste die Verwandtschaft ja nicht unbedingt wissen. Hier auf dem Land wäre es unmöglich, eine lesbische Beziehung offen zu leben, wobei das, seit die Nazis an der Macht waren, auch in der Hauptstadt nicht mehr ratsam war.

♦

Diese Nacht Ende April war geradezu bedrohlich still gewesen. Lilli hatte wie betäubt geschlafen, auch die Kinder hatten sich noch nicht gerührt. Jetzt sickerte langsam das Grau des Morgens durch die notdürftig verkleideten Fenster. Lilli reckte sich und lauschte einem Moment dem Gesang der Vögel ...

Artilleriefeuer!

Es klang deutlich näher als am Vortag. Die einzelnen Abschüsse verschmolzen zu einem einzigen Dröhnen, darüber erhoben sich immer neue Detonationen schwerer Kaliber, deren Einschläge die Erde auch noch in größerer Entfernung erzittern ließen.

Herr Volkhardt hatte gehört, dass die Russen den Treptowkanal im Südosten Berlins überschritten hätten, zudem würden die schwersten Kämpfe rund um das Tempelhofer Feld gefochten. Dann lag jetzt nur noch der Landwehrkanal zwischen den russischen Panzern und ihr und den Zwillingen. Lilli zitterte. Sie sah im Osten den Himmel glühen, doch es war nicht die Morgensonne. Es waren Brände, die den Horizont röteten. Offensichtlich zog sich der Ring um Berlin immer enger und drückte den Bewohnern zunehmend die Luft ab.

Zeitungen gab es seit Tagen nicht mehr, auch das Radio war verstummt. Ab und zu tauchten hastig gedruckte Flugblätter auf, die an Baumstämmen befestigt waren oder neben Geschäften an Häuserwänden klebten. Darin wurde von erfolgreichen Vorstößen der Wehrmacht berichtet und behauptet, dass der Sieg noch immer möglich sei, wenn die Berliner entschlossen genug gegen den Feind vorgingen, aber daran konnte Lilli nicht glauben.

Was sie und ihre Mitbewohner allerdings noch stärker vermissten als objektive Nachrichten, waren Strom, Gas und Wasser – aus den Wasserhähnen kam kein Tropfen mehr. So mussten sie trotz aller Gefahren aus dem Haus. Die nächste Handpumpe, die noch funktionierte, war am Dönhoffplatz, ein altes Ding, früher einmal für die Droschkenkutscher aufgestellt, dass sie ihre Pferde tränken konnten. Heute sicherte sie das Leben der Menschen im umliegenden Viertel.

Fürs Kochen mussten sie ebenfalls improvisieren: Angekohltes Holz aus den Ruinen, heimlich abgesägte Äste, aber auch Möbelstücke, Akten und Bücher lösten sich für ein wenig Feuer in Asche und Rauch auf. Eine Suppe, ein Brei, gekochte Kartoffeln. Nicht nur Lilli wollte leben. Alle, die sie kannte, versuchten klarzukommen mit dem, was zu kriegen war. Im gesamten Tiergarten stand inzwischen kaum mehr ein Baum!

Nachdem Lilli die Zwillinge gefüttert hatte, ging sie in die Küche hinüber und begutachtete ihre Wasservorräte. Zu gerne hätte sie sich mal wieder richtig gewaschen; wenn man sein Wasser in Eimern mühsam herschleppen musste, wurde man im Umgang mit dem Nass sparsam. Mehr als eine kleine Schüssel voll, um sich notdürftig zu säubern, war nicht drin. Sie brauchte eh für die Zwillinge mit ihren Windeln viel mehr Wasser als andere Hausbewohner.

Ihre Mädchen! Trotz all der Schwierigkeiten kamen sie besser mit den Umständen zurecht, als Lilli befürchtet hatte. Sie waren jetzt fünf Monate alt, und was ihnen an Essen fehlen mochte, bekamen sie an Zuneigung und Liebe doppelt und dreifach. Denn nicht nur Erika stand zur Verfügung, um für Cornelia und Anne zu sorgen. Ella war, seitdem sie in Charlottenburg ausgebombt worden war, im Haus in der Kommandantenstraße geblieben. Und auch wenn sie sich weigerte, Lilli in ihrer Wohnung zu stören, und lieber in einer der fast unbeschädigten Kammern unter dem Dach schlief, liebte sie es, sich um die beiden zu kümmern, sie herumzutragen oder sie mit kleinen, selbst gebastelten Spielsachen von ihrem Hunger abzulenken.

♦

Seit die ersten russischen Panzer auf der Lindenstraße im nahen Kreuzberg gesehen worden waren, saß die Hausgemeinschaft im Keller und lauschte den Granateinschlägen, die vom Rattern der Stalinorgeln begleitet wurden. Dann war wieder die Flak zu hören, die sich jetzt auf Panzer statt auf Flugzeuge konzentrierte.

Es waren alle da, nur Rainer fehlte, und Lilli wagte nicht, Erika schon wieder zu fragen, ob sie etwas von ihrem Sohn gehört habe. Ella hatte sich einen Platz neben Lilli eingerichtet und schaukelte Cornelia auf ihren Knien, die nicht schlafen wollte. Auch Anne hatte die Augen offen, lag aber friedlich in ihrem Korb.

Als der Beschuss nachließ, vernahmen sie schwere Stiefeltritte auf der Treppe, und schon wurde gegen die Tür gehämmert. Niemand rührte sich, keiner sagte etwas. Alle sahen sich nur an, mit ängstlich aufgerissenen Augen. Dann wummerte etwas Schweres gegen die Tür. Cornelia fing an zu schreien. In diesem Moment gab die Verriegelung nach, und die Tür flog gegen die Wand. Im schwachen Licht der Petroleumlampe erkannten sie fünf Gestalten. Männer in Uniform mit Gewehren in den Händen. Unbekannte Uniformen, weder Wehrmacht noch SS.

Russen!

Die Gewehre im Anschlag, sahen sie sich aufmerksam um. Keiner der Kellerbewohner wagte sich zu rühren, selbst Cornelia war verstummt. Ein Schwall unverständlicher Worte. Lilli schielte zu den Männern hin, sah, wie einer der Soldaten auf Marion zeigte, die Cousine der ausgebombten Familien aus dem zweiten Stock.

«*Chasy!*», forderte der Soldat.

«Uhri», übersetzte ein anderer.

Marion deutete auf ihre Armbanduhr, die Soldaten nickten. Mit einem Seufzer der Erleichterung öffnete sie das Band und drückte dem Iwan die Uhr in die Hand. Er band sie sich neben zwei anderen Damenuhren ums Handgelenk und grinste, dann ging sein Blick zurück zu der jungen Frau.

«*Zhena davay!*»

Marion starrte ihn nur an, also versuchte er es noch einmal: «Frau – mitkommen!», befahl er mit deutlich östlichem Akzent.

Marion, gerade einmal unschuldige zwanzig, klammerte sich an ihre um fast zehn Jahre ältere Cousine Gerda, die mit ihren beiden Kindern ebenfalls im zweiten Stock eingezogen war.

«*The toze* – du auch!», befahl der Soldat und richtete seine Waffe jetzt auf beide Frauen, die sich in Verzweiflung aneinanderpressten.

«Nein!» Der alte Großvater, den sie dieses Mal mit in den Keller geschleppt hatten, hob seinen Krückstock. «Lasst sie in Ruhe!»

Der Soldat zögerte nicht und schoss in die Decke. «Frau – mitkommen!» Dann fügte er fast weich zu Marion gewandt hinzu: «*The krasivy.*»

Krasivy – schön! Wie wenig das Wort zu dieser Situation passte.

«Nun gehen Sie doch schon mit», flehte Volkhardt. «Sonst bringen die uns alle um.»

Die anderen Frauen im Keller schwiegen, wagten nicht, zu den beiden hinüberzusehen. Doch die Russen hatten fürs Erste offenbar genug. Je zwei Soldaten packten Marion und Gerda an den Armen und zogen sie hinaus.

Weit verschleppten sie ihre Beute nicht. Die Geräusche, die durch die offene Kellertür drangen, verrieten, was sich abspielte.

Die ältere Tante, deren Namen Lilli vergessen hatte, nahm Gerdas verstörte Söhne in die Arme und versuchte, sie zu trösten.

Lilli hätte sich am liebsten die Hände an die Ohren gepresst, um den Geräuschen zu entgehen, die furchtbare Bilder vor ihrem inneren Auge entstehen ließen. Die Vereinigung zwischen Mann und Frau sollte etwas Schönes sein, ein Geschenk, die Vollendung der Liebe und kein Akt der Macht und Demütigung. Nicht Schmerz und Zerstörung. Lilli wusste nicht, wie sie diese Minuten, die sich eine Ewigkeit zogen, überstehen sollte, und Erika ging es offensichtlich ähnlich. Sie drückte ihre Töchter so fest an sich, dass sich Marie zu wehren begann.

«Die Russen bringen sie noch um», schluchzte Ella und barg ihr Gesicht in den Händen.

«Besser wär's», polterte der Großvater. «Lieber tot als diese Schande!»

Noch ehe Lilli darüber nachgedacht hatte, sprang sie von ihrem Stuhl auf. «Ach ja? Schande? Darum geht es? Und die Kinder sollen ohne Mutter aufwachsen?»

Sie starrten sich quer durch den Keller zornig an, bis Ella Lilli am Ärmel zog und diese sich wieder hinsetzte. Sie nahm ihre Zwillinge in den Arm und presste abwechselnd ihre Lippen auf die zarten Wangen.

Die Zeit rann zäh dahin. Die Frauen zitterten, während auf der anderen Seite der Mauer das Unfassbare, das Schreckliche geschah, das sich wie ein blutrünstiges Monster all ihrer Gedanken bemächtigte. Aber sie konnten nichts tun. Sie konnten nicht helfen. Ihnen nichts von ihrer Angst, ihrem Schmerz, ihrer Erniedrigung nehmen.

Dann Stiefel auf der Treppe, die sich entfernten. Kurz darauf wankten Marion und Gerda in den Keller zurück, ihre Blöße notdürftig mit ihren schmutzigen und zerrissenen Kleidern bedeckt, die Gesichter von Tränen und Blut verschmiert. Gerda umklammerte einen ihrer Schuhe, den anderen trug sie noch am Fuß.

Die alte Tante erhob sich. «Lasst uns hochgehen. Ihr müsst euch waschen und umziehen. Ich habe noch ein Kleid, aber leider nur noch einmal Wäsche.»

«Marion kann von mir was haben», meldete sich Lilli, weil sie nicht wusste, was sie sonst hätte sagen können. Es gab keine Worte, die in dieser Situation die richtigen gewesen wären. Wie könnte man trösten? Wie die Seele heilen? Nein, sich dem Körper zuzuwenden, war leichter. «Und zur Not sind auch in Ilses Schrank noch Kleidungsstücke ... Eine gute Salbe hätte ich auch», fügte sie leise hinzu.

Auch Erika nahm ihre Mädchen an die Hand. «Ja, gehen wir hinauf. Der Keller bietet uns ohne Tür eh keinen Schutz mehr.»

Frieda versprach, Brotsuppe für alle zu kochen und später hinaufzubringen. Auch die anderen erhoben sich von ihren Plätzen. Nur der Großvater thronte noch auf seinem hochlehnigen Stuhl und klopfte mit seinem Stock auf den Boden, bis sich seine jüngere Enkelin Christa erbarmte und ihm beim Aufstehen half. Lilli sah, dass sie ungewöhnlich grob mit ihm umsprang. Offensichtlich nahm auch sie dem Alten seine Worte über Gerda und Marion übel.

♦

Seit ein paar Stunden war es still. Unheimlich still. Selbst die Flak im Tiergarten, eine der letzten Verteidigungsbastionen von Berlin, schwieg. Etwas später rollten russische Panzer vorbei und eine Stalinorgel, von deren Aufbau aus parallel angeordneten Stahlträgern Salven mehrerer Dutzend Raketen innerhalb von Sekunden abgefeuert werden konnten. Dann hörte man Hufgeklapper: Karren wurden von Pferden gezogen, hochbeladen mit Hühnern in kleinen

Käfigen, Kisten und Fässern. An einigen Karren waren Kühe mit einem Strick festgebunden, die stumpfsinnig hinterhertrotteten. Ein ganzer Treck aus Wagen und erschöpft wirkenden Soldaten klapperte über das Pflaster. Offensichtlich war die russische Armee dabei, nach Lagerplätzen zu suchen. Hatten sie ein Gebäude entdeckt, das ihnen passte, wurden die Leute auf die Straße geschickt, und die Soldaten ließen sich in den Wohnungen häuslich nieder. Oder sie bauten in Höfen und Parks ihre Zelte auf.

Der mörderische Kampf war endlich vorüber. Berlin hatte sich bedingungslos ergeben, die Kapitulationsurkunde war vom russischen Marschall Georgi Schukow und von General Helmuth Weidling, dem letzten Kampfkommandanten von Berlin, unterzeichnet worden, wie jetzt überall bekannt gemacht wurde.

Auch eine weitere Nachricht Weidlings wurde mittels Flugblättern und von Lautsprecherwagen verkündet: «Am 30. April 1945 hat sich der Führer selbst erschossen und damit uns, die wir ihm Treue geschworen hatten, im Stich gelassen.» Zwei Tage war der Führer bereits tot, als Weidling am 2. Mai den Befehl an die deutschen Truppen unterschrieb, sofort alle Kampfhandlungen einzustellen. Jeder Soldat der Wehrmacht und der SS wurde aufgefordert, seine Waffe niederzulegen. Bereits am 24. April war der russische Oberbefehlshaber Generaloberst Nikolai Bersarin in Erwartung des baldigen Endes zum 1. Stadtkommandanten von Berlin ernannt worden.

Doch nicht nur Hitler hatte sich, zusammen mit seiner in letzter Stunde geehelichten Geliebten Eva Braun, dem weltlichen Gericht entzogen. Auch Goebbels, so war zu hören, hatte sich und seine ganze Familie umgebracht. Zahlreiche andere Hitler-Getreue waren im letzten Moment aus der Hauptstadt geflohen.

«Feige davongemacht hat sich unser großer Führer», schäumte Erika, «und sein Volk darf nun die Folgen ausbaden von all dem, was er angezettelt hat. Und den Tod ihrer Kinder beweinen», fügte sie leise hinzu und wischte sich über die Augen. Lilli griff nach ihrer Hand. «So sinnlos, so menschenverachtend, Kinder wie deinen Rainer am Ende noch zu opfern.»

Erika schnäuzte sich. «Hast du gesehen, was jemand an die Brandmauer von gegenüber geschrieben hat?»

Lilli nickte und zitierte die Worte: «Dafür hat Hitler zwölf Jahre gebraucht.»

«Vielleicht kann man diese Welt nur noch mit schwarzem Sarkasmus ertragen.» Erika schüttelte sich. «Hat es wirklich den Untergang unserer ganzen Welt gebraucht, damit die Leute wieder vernünftig werden?»

«Ha, vernünftig wollen bestimmt alle schon immer gewesen sein. Mal sehen, ob es überhaupt noch Nazis gibt», mutmaßte Lilli nach kurzem Nachdenken. «Es wird doch keiner mehr zugeben, dass er sie gewählt oder ihnen zugejubelt hat. Wer will sich schon leichtfertig den Russen ausliefern? Und natürlich wird auch niemand freiwillig Hitlers Befehle befolgt haben.»

Lilli, Erika und Ella saßen am Küchentisch in Ilses Wohnung und tranken etwas, das die Bezeichnung Kaffee nicht verdiente. «Muckefuck», das traf die Sache schon eher. Dazu gab es hartes Brot mit einem Hauch ranziger Margarine und einem Aufstrich aus Brennnesseln und anderen Kräutern, die in den Ruinen wuchsen. Ella hatte den Aufstrich zusammengerührt, und er schmeckte gar nicht so schlecht.

«Wir haben fast kein Wasser mehr», stellte Lilli fest. «Das wird sicher dauern, bis die Leitungen wieder funktionieren. Ich fürchte, wir müssen zur Pumpe.»

Erika stand auf und trat an das Loch, das eine der letzten Bomben in die Küche gerissen hatte. Etwa ein Drittel der Mauer vom Fenster bis zum Herd fehlte. «Wir können da jetzt nicht raus.» Sie stöhnte und drehte sich zu Lilli und Ella um, ihre Augen vor Entsetzen geweitet. Zaghaft traten Lilli und Ella zu ihr und sahen gerade noch, wir zwei zerlumpt aussehende Russen nach einem Mädchen griffen und es grob um die nächste Ecke zerrten. Die Frauen wichen hinter den Küchentisch zurück, wo man sie von der Straße aus nicht sehen konnte.

«Sie sind überall», sagte Ella.

Lilli nickte. «Ja, und das wird sich nicht so schnell ändern. Wir müssen Wasser sparen, wo es nur geht.»

Als es dunkel wurde, trennten sie sich. Lilli blieb in der Küche sitzen, Ella stieg nach oben unters Dach, und Erika kehrte in ihre Wohnung gegenüber zurück. Als sich die Zwillinge meldeten, fütterte Lilli sie mit wässrigem Brei, den Cornelia trotzig verweigerte. Lilli gab ihr die Brust, auch wenn sie nicht mehr viel Milch hatte, Cornelia nuckelte zufrieden und schlief endlich ein. Sie legte die Kleine neben die schlafende Anne auf das Sofa und gab beiden einen leichten Kuss. Dann setzte sie sich auf ihr Bett. Morgen würde sie auf alle Fälle zur Pumpe runtermüssen, sie brauchten Wasser. Trockenes Brot und Grieben hatte sie noch, einen Rest Kartoffelbrei, ein paar Zwiebeln, runzlige Äpfel, gestrecktes Mehl, aber kein Milchpulver mehr. Sie zog die Stirn kraus. Es war so mühselig, sich immer wieder mit kärglichen Resten zu behelfen. Sie schob die Angst beiseite, dass die Kinder krank werden könnten, und schlüpfte, ohne sich zu entkleiden, unter die Decke.

Lilli war gerade dabei einzudösen, als ein Geräusch sie hochschrecken ließ. Ein Krachen unten an der Haustür, Stimmen, Männerstimmen, eine fremde Sprache, Stiefel im Flur. Lilli spürte, wie ihr der Schweiß ausbrach. Sie hatte die Lehne eines Küchenstuhls unter die Klinke der Wohnungstür geklemmt, aber würde das ausreichen? Unten schrie jemand auf. Eine Frau. War das Frieda? Oh Gott. Ihre Hände verkrampften sich. Sie biss sich auf die Fingerknöchel, als sie hörte, dass jemand die Treppe hochstapfte. Wieder ein Krachen, eine Tür schlug hart gegen die Wand. War das drüben bei Erika? Ihr Körper begann sich zu verkrampfen. Lilli fürchtete, sich übergeben zu müssen, doch sie rührte sich nicht von der Stelle. Die Kinder schliefen, hoffentlich wachten sie nicht auf.

Jetzt rüttelte jemand an ihrer Tür. Ach, wenn sie sich doch einfach in Luft auflösen, unsichtbar werden, verschwinden könnte.

Etwas schlug gegen die Tür. Ein Gewehrkolben? Lilli hörte ein Knacken, Holz zerbarst, die Tür sprang auf. Nur wenige Schritte durch die Wohnküche, dann standen sie in der Zimmertür. Einer hielt eine Lampe in der Hand.

Lilli saß mit angezogenen Knien auf dem Bett und starrte die Eindringlinge an. Sie waren zu zweit, unrasiert und vermutlich noch keine dreißig Jahre alt. Einer trug einen schmuddeligen Verband um seinen Arm. Er grinste sie an und zeigte seine gelben Zähne. Lilli war wie versteinert.

«*Zhena*», stieß er mit einem tiefen Seufzer aus. Er lächelte, als er auf das Bett zutrat. «*Zhena lyubov*», schob er inbrünstig hinterher. «Frau Liebe.»

Lilli kannte inzwischen beide Wörter. Sie rührte sich noch immer nicht, als er sie geradezu sanft gegen die Schulter drückte. Der andere stellte die Lampe ab. Das Lächeln des verwundeten Soldaten verschwand. «*Klast!*»

Auch ohne das Wort zu verstehen, wusste sie genau, was er wollte. Er griff nach dem Saum ihres Rocks, drückte wieder gegen ihre Schulter, härter diesmal, und zwang sie, sich hinzulegen.

Cornelia! Anne!

Lilli konnte nur noch an die Kinder denken, die drüben auf dem Sofa schliefen, verdeckt von den Polstern davor, die verhinderten, dass die Mädchen über die Kante rollten und auf den Boden fielen.

Die Soldaten durften sie nicht entdecken. Sie durften den Kindern nichts tun.

Ihre Hände rutschten von ihren Knien, als er sie aufs Bett stieß. Schon zog der Soldat ihren Rock hoch, zerriss ihren Schlüpfer, fummelte an seiner Hose herum. Seine Knie drückten die ihren auseinander, sein Oberkörper presste sie auf die Matratze, während seine Zunge versuchte, in ihren Mund zu dringen.

Lilli gab keinen Laut von sich, als der Schmerz sie durchzuckte. Er stöhnte lustvoll, küsste wild ihr Gesicht und murmelte Worte, die sie nicht verstand, während der andere mit gehobenem Gewehr im Zimmer stand. Lilli biss sich die Lippe blutig, während sich ihre Hände am Bettgestell festklammerten. Ein paar kräftige Stöße, dann stöhnte der Mann ein letztes Mal auf.

Nun legte der andere seine Waffe weg, zog den Kameraden von ihr herunter und fiel über sie her.

Der erste Laut vom Sofa drüben. So leise, dass Lilli hoffen konnte, die Männer hätten es nicht gehört. Dann ein Quäken. Der Ruf nach der Mutter, nach Milch, nach Liebe. *Nein, nein, nein, seid ruhig. Sie dürfen euch nicht finden!*, beschwor sie die Zwillinge stumm. Doch waren die Kinder erst einmal wach und hungrig, konnte sie keiner überhören. Entsetzt beobachtete Lilli, dass der Russe mit dem Verband ans Sofa trat. Er beugte sich herab und griff nach einem der Mädchen. Lillis Muskeln spannten sich an, doch sie schaffte es nicht, den Mann, der immer noch auf ihr lag, wegzustoßen.

«NEIN!», brüllte sie. «Lass meine Mädchen in Ruhe!»

Das Kind in den Händen, kam der Russe zum Bett und griff nach der Schulter seines Kameraden. Ein Schwall russischer Wörter. Endlich rollte sich der zweite Soldat von Lilli herunter und begann seine Kleider in Ordnung zu bringen.

«Mladenec golgd», sagte der Soldat mit dem Verband und drückte Cornelia an seine Uniform. Dann streckte er den gesunden Arm aus, und seine Hand schloss sich um Lillis Brust. Leicht drückten seine Finger zu, ein feiner Milchstrahl schoss aus ihrer Brustwarze.

«Mladenec golgd», wiederholte er nachdrücklicher und schob ihr das Baby in den Arm. Auch der andere hatte sich inzwischen wieder angezogen und stand mit aufmerksamem Blick neben dem Kameraden.

«Yest!», forderte der erste Lilli auf, spitzte die Lippen und ahmte das Saugen eines Babys nach. Verwirrt hob sie Cornelia an ihre Brust, die sich sofort schmatzend festsaugte. Die beiden Russen lächelten. Der Verletzte holte nun auch Anne vom Sofa und schaukelte sie in seinen Armen, während der andere sich auf einem der beiden Sessel niederließ und eine Zigarette anzündete, ohne die stillende Mutter aus den Augen zu lassen.

«*Ya* Darian», sagte er zwischen zwei Zügen, legte die Hand auf die Brust und neigte den Kopf, als würden sie sich auf einer Party einander vorstellen. *«Kak vas zovut?»*

Der Verletzte reichte ihr die kleine Anne. «Yasha», stellte er sich vor. *«The? Imya?»*

«Lilli», krächzte sie, während sie Cornelia neben sich aufs Bett legte und Anne stillte. Es war so absurd, so völlig verrückt. Die Gewehre lagen am Boden, die Männer saßen rauchend und zufrieden in den beiden Sesseln.

«Sigaretta?», erkundigte sich Yasha und legte ihr dann eine Zigarette auf den Nachttisch.

Cornelia war wieder eingeschlafen, doch Anne begann zu greinen. Die Quelle war versiegt. Was sollte sie ihr füttern? Wässrige Brotsuppe mit Graupen? Vielleicht den Rest Kartoffelbrei? Und das alles in Anwesenheit der Russen?

«Moloko!», sagte der eine streng und deutete auf Anne. *«Golgd – moloko!»* Suchend sah er sich um.

Lilli glaubte zu verstehen. Bedauernd schüttelte sie den Kopf. «Nein, keine Milch. Es gibt keine Milch.»

Die beiden Männer drückten ihre Zigaretten aus, ein rascher

Wortwechsel, dann hoben sie grüßend die Hand, nahmen ihre Gewehre und die Lampe und polterten aus der Wohnung. Lilli blieb völlig verwirrt mit den Zwillingen zurück. Erst als Annes Protest immer lauter wurde, humpelte sie in die Küche, um den Rest Kartoffelbrei mit Wasser zu mischen und dem Kind einzuflößen. Ihr Leib schmerzte, sie war wund und klebrig und hätte sich gerne gewaschen, aber das wenige Wasser konnte sie dafür nicht verschwenden.

Nachdem sie den nächsten Stuhl unter die Klinke der aus dem Rahmen gesplitterten Tür geschoben hatte, was nicht einmal einen Hauch von Sicherheit versprach, kehrte Lilli ins Bett zurück. Sie drückte die Mädchen an sich und versuchte, nicht zu denken. Nur an die Kinder. Sie mussten überleben, und deshalb musste auch sie selbst überleben. Sie atmete den vertrauten Babygeruch ein, und endlich, endlich schlief sie ein. Sie träumte von ihrem Vater und von Johannes. Wo waren sie? Ob sie überhaupt noch lebten? Ob sie je zurückkommen würden?

Kapitel 6

«Berlin ist gefallen!», verkündete Aveline und reichte Johannes die Zeitung vom 3. Mai 1945. Er überflog die erste Seite. «Die Russen haben Berlin eingenommen. General Weidling hat die Kapitulation unterzeichnet. Hitler und Goebbels haben Selbstmord begangen», fasste er zusammen.

«Ist der Krieg damit zu Ende?», wollte Aveline wissen.

Johannes hob die Schultern. «Das Deutsche Reich hat noch nicht kapituliert, aber die Amerikaner stehen an der Oder, die Tommys sind in Hamburg und rücken weiter vor. Und die Russen haben Berlin in der Hand. Ich denke, es geht nur noch um ein paar Tage.»

Aveline seufzte tief. Sie schenkte sich Kaffee ein und rührte Milch darunter, bis er eine perfekte hellbraune Färbung angenommen hatte. Zumindest vom Aussehen her schien es guter Milchkaffee zu sein.

Trotz einiger Entbehrungen hatten sie hier auf dem Land, weit weg von Kämpfen und Bomben, die Zeit gut überdauert. Johannes hatte Aveline mit ihrem kleinen Hof geholfen, die Scheune war wieder aufgerichtet, das Haus renoviert, im Garten grünte und blühte es. Die deutschen Besatzer hatten sie nur wenige Male zu Gesicht bekommen, doch mit Jerômes Pass als Versehrter aus dem Großen Krieg hätte Johannes auch nichts zu fürchten gehabt. Und außer ihrer so lange sorgsam gehüteten Kuh, die sie sogleich beschlagnahmten, war bei Aveline eh nichts zu holen, daher ließen die Nazis sie in Ruhe. Johannes gelang es, als Ersatz wenigstens eine Ziege aufzutreiben. Mit dem Gemüse aus dem Garten, den Hühnern im Stall und einem Wald voller Holz mussten sie nicht hungern und nicht frieren.

«Du scheinst das Ende nicht herbeizuwünschen», stellte Johannes fest.

Avelines Augen glänzten. «Du wirst wieder zurückgehen, nicht wahr? Ich weiß, es war ein schrecklicher Krieg, aber wir haben hier draußen wie in einer eigenen kleinen Welt gelebt. Es war fast so, als wäre mein geliebter Junge nicht gefallen.»

Johannes ergriff über den Tisch hinweg ihre runzelige Hand. «Ach, Aveline, ich muss zurück zu meiner Familie, das verstehst du doch.»

«Ja, ich weiß. Ich habe es immer gewusst. Ich hätte nie gedacht, dass mir überhaupt noch ein paar Jahre mit dir vergönnt sein würden. Seltsam, wieder ist es das Ende eines Krieges, das mir Kummer bereitet und mich alleine zurücklässt, aber dieses Mal bin ich eine alte Frau. Jetzt kann ich in Frieden sterben und meinen Jerôme in einer besseren Welt wiedersehen.»

Johannes sprang von seinem Stuhl auf, kam zu ihr herüber und legte seine Arme um ihre Schultern. «Sprich nicht vom Sterben. Warum solltest du, Aveline? Du bist gesund und ...»

«... alt, *mon chéri*. Sieh mich an. Ich bin jetzt sechsundsiebzig! Meine Kräfte schwinden.»

«Und du kannst das hier alles nicht mehr alleine bewältigen», erkannte Johannes mit unvermittelter Klarheit.

Aveline rührte sich nicht, doch er wusste, dass er recht hatte.

«Dann nehme ich dich mit», rief er spontan. «Du bist mir wie eine Mutter, ich werde für dich sorgen.»

Die alte Frau, die Johannes so liebte wie einst ihren eigenen Sohn, nahm seine Hand und küsste sie. «Wohin mitnehmen? Nach Berlin?

Ich habe in der Zeitung Bilder von den einst großartigen deutschen Städten gesehen. All die vielen Häuser und prächtigen Bauten nur noch Ruinen. Wer weiß, was von deinem Berlin geblieben ist.»

«Gerade deshalb muss ich nach meiner Familie suchen, nach Ilse, meiner Schwester, und nach Lilli, meiner Tochter.» Es fielen ihm noch mehr Namen ein, doch er sprach sie nicht aus.

«Und das sollst du auch», bekräftigte Aveline und schmiegte ihre Wange an seine Hand. «Ich überlege, den Schwestern der Abtei mein Haus und mein Stückchen Land zu vermachen. Bei ihnen könnte ich meinen Lebensabend verbringen. Und falls es dich noch einmal nach Frankreich zieht, weißt du, wo du mich finden kannst.»

«Noch ist der Krieg nicht aus», wiegelte Johannes ab. «Warten wir es ab.»

♦

Als Lilli erschreckt aus ihren Träumen fuhr, war es noch nicht einmal richtig hell. Sie blinzelte, doch die Männer, die in ihrem Zimmer standen, waren keine Gebilde ihrer Träume. Russen, dieses Mal waren es drei. *Oh Gott, hab Erbarmen, nicht schon wieder.*

Ihr Blick fiel auf den schmuddeligen Verband am Arm des einen. Da erkannte sie Yasha und daneben Darian. Was wollten die Iwans jetzt in aller Frühe? Lilli drückte Anne an sich und starrte zu dem dritten hoch, der sie interessiert, ja, vermutlich auch begehrlich betrachtete.

«Viktor.» Yasha deutete auf den Unbekannten. Der war deutlich älter als die beiden anderen, sein Haar bereits von grauen Strähnen durchsetzt.

«Mladenec pit», sagte Yasha und stieß Viktor auffordernd in die Seite.

«Baby trinken», übersetzte dieser, während Yasha einen Rucksack von den Schultern nahm und ihn aufschnürte. Er zog eine Dose nach der anderen hervor, dann mehrere kleine Pakete. *«Moloko»*, meinte er und zeigte stolz auf die Dosen.

«Milch, Zucker, Butter, Haferflocken. Für Babys. Wie heißen?», fragte Viktor.

Lilli starrte die Russen an. Ihre Gewehre hatten sie achtlos in der Küche abgelegt. «Das ist Cornelia und das Anne», erklärte sie bereitwillig. «Sie sind jetzt sechs Monate alt.» Sie hob sechs Finger in die Höhe.

Yasha strahlte sie an. Als Letztes zog er eine Flasche Wodka aus dem Rucksack. *«Snaps»*, sagte er und grinste. *«Pit!»* Er ging in die Küche und holte Gläser, dann schenkte er reichlich ein, gab Lilli ein Glas und den Kameraden je eines.

«Wyipitj nado!», riefen die drei im Chor und stürzten den Schnaps runter.

Lilli trank auch. Vielleicht würden dann die körperliche und seelische Pein weniger. *«Zdorovye»*, wünschte sie «Gesundheit». Es war das einzige russische Wort, das ihr einfiel.

«Au zdorovye», wiederholten die Soldaten und schenkten gleich noch einmal nach.

Lilli spürte, wie ihr schwindelig wurde, dennoch war ihr bewusst, wie Viktor sie anstarrte.

«Frau, Liebe machen», sagte er.

Lilli schüttelte den Kopf. «Nein, bitte nicht. Es tut so weh!»

Sein Blick wurde flehend. «Mein Frau fünf Jahre nicht sehen, nix Liebe, nix Frau schlafen. Bitte. *Pojaluista!*»

Lilli schluchzte und schüttelte den Kopf.

Yasha hob Cornelia aus dem Bett und trug sie zum Sofa hinüber.

«Wir waren in Dorf, russisches Dorf. Alle Frau und Kind tot», berichtete Viktor. «Alter Mann, hat sich vor *soldat* versteck. Hat gesehen, Männer schwarz mit Vogel hier», er tippte sich an den Kopf. «Frau und Mädchen Gewalt – *styd* –, dann Baby an Fuß aufheben, und *bumm!*, gegen Mauer, bis Kopf kaputt. Erst alle Kind tot, dann Frau erschießen.»

Lilli starrte ihn entsetzt an. Die Bilder, die in ihrem Kopf aufstiegen, waren so schrecklich, dass sie aufschluchzte. *War das möglich? Hatten deutsche Soldaten solche Dinge getan? Die Männer der SS?*

Widerstandslos ließ sich Lilli auch Anne aus den Armen nehmen und wehrte sich nicht, als Viktor sie auf die Matratze drückte und ihren Rock hochstülpte. Einen neuen Schlüpfer, den er hätte zerreißen können, hatte sie noch nicht angezogen.

♦

Als Ella später mit ihren beiden Wassereimern herunterkam, blieb sie stumm in der Tür stehen. «Sie waren auch bei dir», stellte sie mit einem Blick auf Lilli fest. «Frieda sieht schlimm aus. Ich weiß nich, wie viele es waren.»

«Und du?», fragte Lilli. Jede Faser ihres Körpers und ihrer Seele schmerzten, doch sie war entschlossen, sich von ihrer Pein nicht niederringen zu lassen.

Ella schüttelte den Kopf. «In meine Dachkammer kam keiner, und auch im zweiten Stock warn sie nich.» Sie sahen einander für einige Augenblicke stumm an, dann hob Ella ihre leeren Eimer. «Ich muss Wasser holen, hab Frieda ’nen Eimer voll versprochen. Ich kann dir was mitbringen ...»

Lilli wehrte ab. «Du gehst nicht alleine zur Pumpe!»

«Erika und Christa kommen mit.»

«Eine Frau oder drei, das macht vermutlich keinen großen Unterschied, wenn ihr auf Russen trefft», sagte Lilli leise.

«Wir wollten Volkhardt überreden mitzukommen, doch der weigert sich. Er sagt, er kann uns nich helfen. Die Russen würden ihn sonst erschießen.»

«Ein tapferer deutscher Mann!» Lillis Stimme troff vor Sarkasmus. Sie schlüpfte in einen alten, unförmigen Mantel, obgleich es ein sonniger Tag zu werden versprach, und griff nach ihren beiden Eimern. «Ich muss Windeln waschen. Und ich will mich sauber machen. Meinst du, ich kann die Kinder trotz allem zu Frieda bringen?»

Ella nickte. «Das wird sie ablenken.»

Also zogen die Frauen los zum Dönhoffplatz. Natürlich begegneten sie auf der Straße Russen, zu zweit oder in kleinen Gruppen, und mieden deren Blicke. Erstaunt stellte Lilli fest, dass sogar russische Frauen in Uniform dabei waren. Ansonsten waren viele deutsche Frauen unterwegs, manche führten ihre Kinder mit sich, ein paar hatten sich das Gesicht und die Haare mit Asche beschmiert. Ob das die Russen abhalten würde? Deutsche Männer sah sie nicht.

Schon von Weitem vernahmen die Frauen das Quietschen der alten Pumpe und reihten sich mit ihren leeren Eimern in die Schlange ein. Immer wieder tauchten Russen auf, die ebenfalls Wasser zapfen wollten und die sich natürlich nicht hinten anstellten. Die Frauen wichen mit gesenktem Blick zurück. Zweimal geschah es, dass Frauen von Russen mitgenommen wurden. Sie wussten natürlich, was ihnen bevorstand, trotzdem hatten sie geistesgegenwärtig ihre Eimer mitgenommen, es gab keinen Ersatz.

Endlich waren die vier Frauen mit ihrer Beute zurück in der Kommandantenstraße. Auf der untersten Stufe im Treppenhaus fanden sie Marion. Sie lehnte zusammengekauert an der Wand, die Augen geschlossen. Ihr ganzer Körper bebte. Keine musste fragen, was ihr zugestoßen war. Sie blutete aus dem Mund, hatte am Hals eine Bisswunde, ihr Rock war zerrissen und voller Blut. Was für Verletzungen sie unter dem zusammengerafften Stoff verbarg, wollte sich Lilli lieber nicht vorstellen.

Die Ärmste! Hatte es nicht genügt, was sie und Gerda unten im Keller erleiden mussten? Nun also noch einmal, wobei sie heute offenbar deutlich schlimmere Verletzungen davongetragen hatte.

Christa und Erika halfen Marion in den zweiten Stock hoch, während Ella Frieda ihren Eimer Wasser brachte und zusammen mit Lilli die Zwillinge abholte.

«Die Iwans, es waren mindestens zehn», berichtete Erika, als sie später zu Lilli kam. «Das arme Ding. Ich hab ihr meine Kamillensalbe gegeben. Sie will sich jetzt unterm Dach bei Ella verstecken. Anscheinend meiden die Russen die oberen Stockwerke.» Erika umarmte Lilli. «Was soll nur aus uns werden?»

Lilli drückte die Nachbarin stumm an sich, eine Antwort wusste sie nicht. Nachdem Erika gegangen war, um nach ihren eigenen Kindern zu sehen, schloss Lilli, so gut es eben ging, die Tür. Sie dachte an Marion und an ihre eigenen Erlebnisse. Sie fühlte sich so schrecklich beschmutzt, hilflos und benutzt. Ihr Blick glitt zu Cornelia und Anne, die noch in ihren Körbchen lagen und an einem Stück Stoff nuckelten. Lilli nutzte den Moment der Ruhe und zweigte einen halben Eimer Wasser ab, um sich zu waschen. Die Windeln würde sie später in dem kostbaren Nass auswaschen.

Am Abend stand Yasha wieder in der Wohnung. Er strahlte Lilli an, packte eine neue Flasche *Snaps* aus, hatte jedoch auch drei Dosen mit Fleisch dabei und ein dunkles Brot, das er in dicke Scheiben schnitt.

«*Zhena* – Frau – komm essen.» Er winkte auffordernd.

Lilli deutete auf sich und sagte deutlich: «Ich Lilli.» Sie setzte sich zu ihm an den Tisch. Die Zwillinge schliefen dank einem guten Brei mit echter Milch satt und zufrieden auf dem Sofa.

«Lilli», wiederholte Yasha ein paarmal und fügte dann bewundernd hinzu: «Lilli *krasivyy!*»

Ihr war klar, dass er für seine Gaben auch etwas von ihr wollte, daher ließ sie sich reichlich Schnaps einschenken. Sie fühlte sich so wund und zerschlagen, dass sie nicht wusste, wie sie das noch einmal überstehen sollte. Würde sie jemals wieder aus Liebe mit einem Mann schlafen?

Dieses Mal zog sie sich aus, bevor Yasha sie nahm. Sie hatte den Frauen im zweiten Stock mit Wäsche ausgeholfen und besaß nun selbst nicht mehr viel. Sie musste auf ihre wenigen Kleidungsstücke achten! Vielleicht sollte sie sich auch den Rest ihrer Vaseline zurückholen? Wer konnte schon sagen, wie lange das so weitergehen würde?

♦

Dieser Maitag war ungewöhnlich warm, Robert war froh, einen Schattenplatz ergattert zu haben. Er saß auf der Erde, die Hose starrte vor Schmutz, und sein Hemd war derart zerrissen, dass er eines der gestreiften Oberteile darüber trug. Für einen Moment überlegte er, wer die KZ-Kluft wohl schon getragen hatte. Ob derjenige noch lebte? Vermutlich nicht.

Gequält schloss Robert die Augen, doch die schrecklichen Bilder, die in ihm aufstiegen, wurden nur noch eindringlicher. Hatte auch er sich schuldig gemacht? Hatte er zum Leid von Abertausenden beigetragen, auch wenn er das nie gewollt hatte? Ob im KZ Mittelbau-Dora oder anderswo?

Robert saß inzwischen selbst in einem Lager, den Rücken gegen eine der Baracken gelehnt. Vor zwei Monaten, im März, war die Raketenproduktion plötzlich eingestellt worden. Die Alliierten rückten vor. Die wichtigen Männer des Werks, Techniker und Ingenieure, brachten sich Richtung Bayern in Sicherheit, die Häftlinge wurden zu Marschkolonnen zusammengestellt und von der SS weggeführt. Wohin? Es hieß, nach Ravensbrück oder in ein anderes KZ, doch wahrscheinlich trieb man sie nur immer weiter in irgendeine Richtung, um zu verhindern, dass die anrückenden Amerikaner sie befreiten.

Robert hatte gehört, wie die SS-Offiziere von *Todesmärschen* sprachen, und er konnte sich nur zu gut vorstellen, dass viele der Häftlinge keine Chance hatten, zu überleben. Ihr Tod war der einzige Zweck diese Märsche. Es galt, noch mehr Leben zu vernichten. KZ-Häftlinge arbeiteten und starben.

«Das ist das Einzige, wozu diese Untermenschen uns nützen», hatte einer der Kollegen einmal zu Robert gesagt.

Roberts Gedanken wanderten zurück: Als die Produktion aufgegeben wurde, gab es für ihn keine Verwendung mehr. Er war kein Rüstungsexperte, daher hatte keiner etwas dagegen, dass er sich der Evakuierung Richtung Süden nicht anschloss. Seine Arbeit für den Führer war getan.

Für ein paar Tage gelang es Robert, sich in Nordhausen in eine Pension zurückzuziehen. Er wollte so schnell wie möglich nach Berlin, zu Lilli. Ob sie überhaupt noch lebte? Er hatte Schreckliches vom Zustand der Städte gehört, seit neben der Royal Air Force auch die US-Bomber regelmäßig Großangriffe flogen. Aber noch ehe sich Robert darüber im Klaren war, wie und wann er nach Berlin zurückkehren konnte, wurde Nordhausen nahezu vollständig zerstört. Am 4. April 1945 entfachten Sprengbomben und Phosphorbehälter der britischen Luftwaffe einen Feuersturm, der durch die eng bebaute mittelalterliche Stadt raste. Auch die Boelcke-Kaserne wurde schwer getroffen. Hier befand sich unter anderem ein

Gefängnis der Gestapo, zugleich diente die Kaserne als zentrales Kranken- und Sterbelager für das KZ Dora-Mittelbau. Viele der Häftlinge fielen den Bomben zum Opfer.

Am Morgen danach flohen die letzten Mitarbeiter des Werks mit Tonnen geheimer Akten, doch Robert wollte sich ihnen nicht anschließen. Daher war er vor Ort, als Truppen der 3. US-Panzerdivision von Süden und Westen heranrückten. Die Stadt ergab sich kampflos, die wenigen noch bewohnbaren Häuser wurden für die US-Truppen requiriert. Am 11. April befreiten die Amis das Lager. Sie fanden nur noch wenige, völlig entkräftete Menschen vor, dafür ein Vielfaches an Leichen, deren Verwesungszustand bewies, dass die Menschen lange vor dem Feuersturm gestorben waren. Die Überlebenden wurden in Lazarette verlegt. Doch dabei beließen es die GIs nicht. Das eigene Entsetzen ins Gesicht geschrieben, riefen sie die Bewohner von Nordhausen zusammen und trieben sie zur Kaserne. Sie sollten mit eigenen Augen sehen, wozu die Todesmaschinerie ihres Führers fähig gewesen war. Überdies wurde zunächst verboten, Nahrungsmittel in die Stadt zu liefern, die für eine Woche zum Plündern freigegeben wurde. Alle Männer, auch Robert, mussten die Leichen im Lager bergen und zu einem Sonderfriedhof bringen. Nur wer an der anschließenden Trauerfeier teilnahm, wurde registriert und erhielt ein Anrecht auf Lebensmittelkarten. Die Frauen mussten für den Erhalt ihrer Karten Blumen zu den Gräbern bringen.

Robert fühlte sich geradezu erleichtert, als die Amerikaner ihn verhafteten und mit anderen Kriegsgefangenen kasernierten. Nicht in der Boelcke-Kaserne, zum Glück, aber in einer anderen umzäunten Barackenanlage, in der wahrscheinlich ähnlich Grauenhaftes geschehen war, da machte sich Robert nichts vor.

Er schüttelte sich. Die Erinnerungen klammerten sich an ihm fest. Würde er sie je aus seinem Geist vertreiben können?

Plötzlich wurde es unruhig um ihn herum, Männer gingen schnellen Schrittes an ihm vorüber. Da legte sich eine Hand auf seine Schulter. Ein Fremder beugte sich zu ihm herunter.

«Sie haben auch im Mittelwerk gearbeitet, nicht wahr?», fragte der Mann und stellte sich vor: «Herbert Lange mein Name. Kommen Sie, es gibt was zu essen. Das wollen Sie doch nicht versäumen.»

Er reichte Robert die Hand und zog ihn hoch. Sie ließen sich einen Blechnapf geben und stellten sich zusammen in die Schlange vor der Suppenausgabe.

«Mein Gott, was wollen die Amerikaner nur von uns? Ich hoffe, sie lassen uns bald gehen. Ich will zu meiner Familie nach Cuxhaven.»

«Und ich möchte nach Berlin, zu meiner Tochter», sagte Robert, der von der intensiven Bilderflut in seinem Geist noch immer ein wenig verwirrt war.

Lange stöhnte. «Das ist nicht recht, dass sie uns hier festhalten. Wir sind keine Soldaten. Wir haben nur unsere Arbeit gemacht.»

«Haben Sie das Lager gesehen?», wollte Robert wissen. «Haben Sie auch Leichen geborgen?»

«Und haben Sie gesehen, was diese Leute in der Stadt angerichtet haben?», konterte Herbert Lange. «Was die Briten nicht in Schutt und Asche gelegt haben, haben die befreiten Lagerinsassen geplündert oder niedergebrannt!»

«Die Häftlinge, die ich gesehen habe, waren zu schwach, um sich auf den Beinen zu halten», widersprach Robert. «Die sind ganz sicher nicht plündernd durch Nordhausen gezogen.» *Und selbst wenn*, durchzuckte es ihn, *wir haben es nicht anders verdient.*

«Es wird schlimm, wenn all dieses befreite Pack bald unkontrolliert durch unser Land zieht», prophezeite Herbert Lange.

Robert nickte. «Ja, das denke ich auch.» *Wie sollte es auch anders kommen, nachdem wir ihnen alles genommen haben? Ihren Besitz, ihre Heimat, ihre Familie, ihre Gesundheit. Ihre Würde.*

♦

Der Krieg war zu Ende, nicht nur in Berlin. Endlich! Am Dienstag, dem 8. Mai, hatte ganz Deutschland kapituliert, bedingungslos. Die Waffen schwiegen. Jetzt lag es in der Hand der Sieger, was weiter aus diesem Volk werden würde, das so viel Leid in die Welt getragen hatte.

Seit der Kapitulation war die Hauptstadt in einer Art Schockstarre gefangen, nun aber sollte das Leben irgendwie wieder beginnen. Für den kommenden Sonntag war eine Parade der Sieger geplant, das verkündete der Zettel, der neben der Pumpe an einem Pfosten angeschlagen war. Lilli und Frieda reihten sich mit ihren Eimern in die Schlange ein.

«Unser Berliner Kammerorchester wird an dem Tag ein Konzert im Schöneberger Rathaus geben», wusste eine rothaarige Frau zu berichten, die mit ihren Eimern hinter den beiden stand.

«Nur für unsere Eroberer?», wollte Lilli wissen.

Die Frau zuckte mit den Achseln. «Das weiß ich nicht. Aber ich habe auch gehört, dass die ersten Kinos wieder aufmachen», erzählte sie weiter.

«Kino und Konzert.» Lilli lauschte den Worten nach, die so seltsam fremd klangen. Sie sah sich in dem verwüsteten kleinen Park um, der von Ruinen und Schutt umgeben war, und konnte sich nicht vorstellen, jemals wieder ein Kino zu besuchen oder einem Konzert zu lauschen.

Kultur interessierte die Frauen nicht, ein ganz anderes Gerücht versetzte sie in Angst und Schrecken: Zur Feier des Tages sollte es für jeden Soldaten mehrere Extrarationen Wodka geben. Sieges-

und alkoholtrunkene Männer, das war eine gefährliche Mischung. So beratschlagten die Frauen, was sie tun könnten, um sich und die jungen Mädchen zu schützen. Solche Tage, wie sie im April gleich nach der Eroberung Berlins erlebt hatten, wollte keine von ihnen mehr durchmachen müssen.

«Ich habe gehört, die meisten Iwans kommen vom Land und kennen keine hohen Häuser. Sie haben Angst, in die oberen Stockwerke zu steigen», schaltete sich eine etwas ältere Frau in Kittelschürze und Mantel ein. «Wir haben die jungen Mädchen auf dem Hängeboden versteckt. Da ist keiner raufgekommen.»

«Es sollte heute Abend auf alle Fälle keine Frau auf die Straße gehen», riet Lilli.

«Wenn euch einer greift, sagt, dass ihr die Syphilis habt», schlug Frieda vor. «Davor haben sie mächtig Angst.»

«Das stimmt. Ich weiß von einer Ärztin, die hat etliche Frauen bei sich im Keller versteckt und ein Schild mit der Aufschrift *Typhus* an die Tür gehängt. Die Frauen haben sich recht scheußlich die Gesichter bemalt. Das hat anscheinend funktioniert», berichtete die Rothaarige.

Also drängte sich Lilli mit den Zwillingen die Nacht über in Ellas winziger Dachkammer auf einem notdürftigen Lager am Boden zusammen und lauschte ängstlich in die Nacht. Doch falls die Russen tatsächlich noch einmal Beute machten, in die Kommandantenstraße kamen sie nicht.

♦

Als Lilli am nächsten Tag mit ihren nur spärlich mit Brot und ein wenig Gemüse gefüllten Taschen vom Einkaufen nach Hause kam, stand eine Gestalt in ihrer Küche. Die Fremde trug einen hellen Sommermantel mit einem seltsam fehl an diesem Platz wirkenden modischen Hut. Offenbar interessiert, betrachtete sie das riesige Loch in der Wand, durch das man vom Tisch aus bequem beobachten konnte, was auf der Straße so vor sich ging. Als die Besucherin Schritte hinter sich vernahm, fuhr sie herum. Einige Augenblicke starrten sie sich stumm an – Lilli und die Besucherin –, dann stürzten sie aufeinander zu und schlossen einander in die Arme.

«Ilse!»

«Lilli!»

Ilse hielt Lilli auf Armlänge von sich und musterte ihr Patenkind. Lilli war es, als könne sie sich selbst durch Ilses Augen sehen: das stumpfe Haar, die müden Augen, den mageren Körper.

«Ach, mein Kind, es bricht mir das Herz. Es müssen furchtbare Monate gewesen sein. Wir haben auf dem Land natürlich von Bombennächten gehört, aber vorstellen kann sich das wohl keiner, der es nicht erlitten hat.»

Lilli schmiegte sich an ihre Patentante. «Hast du meine Briefe bekommen?»

«Von der Geburt deiner Mädchen? Ja! Zum Glück ist alles gut gegangen.»

«Es war eine sehr schwere Geburt», gestand Lilli. «Eines der Mädchen lag falsch herum.»

Ilse nickte. «Die alte Hebamme der Riemers hatte also recht, dich in die Charité zu schicken. Du weißt, ich war dagegen, dass du nach Berlin zurückfährst, aber vielleicht war die Entscheidung richtig.»

Lilli ließ Ilse los. «Möchtest du die beiden sehen?»

«Ja natürlich! Was denkst du denn? Darauf freue ich mich schon die ganze Fahrt.»

«Warte kurz!» Lilli lief rüber zu Erika und berichtete von dem überraschenden Besuch. «Danke dir!», rief sie und drückte Erika einen Kuss auf die Wange. Dann nahm sie ihre beiden Mädchen in die Arme und trug sie in ihre Wohnung.

Ilse, die am Küchentisch Platz genommen hatte, sprang auf.

«Darf ich die jungen Damen vorstellen? Das ist Cornelia, meine Erstgeborene, und das ist Anne.»

Ilse streckte die Arme aus und nahm ihr die zartere Anne ab. Ihr Blick wechselte sichtlich kritisch zwischen den beiden hin und her, dann lächelte sie erleichtert. «Ich bin ja so froh, dass deine beiden in so gutem Zustand sind.»

Sie gingen nach nebenan und betteten die Kinder zwischen die Polster auf dem Sofa.

«Außer Erika von drüben hat mir auch Ella viel geholfen», berichtete Lilli.

«Ella? Unsere Ella vom Stuttgarter Platz?», erkundigte sich Ilse verwundert.

Lilli seufzte tief «Sie wurde in Charlottenburg ausgebombt. Meine Großmutter Gertrud ist bei diesem Angriff ums Leben gekommen.»

«Ach, Lilli, wie schrecklich.» Ilse nahm sie tröstend in die Arme. «Ich habe deine Großmutter sehr gemocht. Sie war eine patente Frau und immer für dich da, nachdem du so früh die Mutter verloren hast.»

Lilli rieb sich die Augen, bevor sie fortfuhr: «Ella hat bei dem Angriff alles verloren, und nicht nur sie. Auch Papas Wohnung wurde zerstört und viele meiner Habseligkeiten, die ich dort gelassen hatte. Seitdem wohnt Ella hier in der Kammer unterm Dach. Sie ist den Mädchen eine liebe Ersatzgroßmutter.»

«Ella, die gute Seele», sagte Ilse.

Lilli kochte Brei, während Ilse bei den Kindern blieb, bis Anne einschlief. Mit Cornelia auf dem Arm kam sie in die Küche zurück und betrachtete die Milchdosen. «Mo-lo-ko», las sie vor und hob die Augenbrauen.

«Was machst du eigentlich hier?», wollte Lilli wissen. Sie trug den Brei ins Nebenzimmer und begann Cornelia zu füttern. Ilse folgte den beiden.

«Das tun, was ich schon den ganzen Krieg über hätte tun sollen: für dich da sein und mich um dich kümmern.»

«Das konntest du nicht. Sie hätten dich sofort verhaftet.»

Ilse nickte. «Ich weiß, aber als ich hörte, dass sich Berlin ergeben hat und Hitler tot ist, habe ich mich sofort auf den Weg gemacht.»

Auf dem Tisch neben dem Bett stand eine halb leere Flasche Wodka und eine der beiden Fleischbüchsen, die Yasha gestern mitgebracht hatte.

«Ich denke, es gibt viel zu berichten», sagte Ilse mit sanfter Stimme.

Lilli schluckte. «Lass mich erst die Kinder füttern», bat sie.

«Ich habe Zeit», sagte Ilse mit großer Ruhe in der Stimme. «Ich bleibe jetzt bei dir.»

Als sie später bei einer Tasse Kräutertee zusammen am Küchentisch saßen, fand Lilli keine Worte. Wie sollte sie erzählen, wie es hier in den vergangenen Wochen zugegangen war? Oder gar über das sprechen, was sich in ihrer eigenen Wohnung abspielte, seit die Russen da waren?

«Wie bist du hergekommen?», fragte Lilli stattdessen.

«Die längste Strecke in einem Viehwaggon», berichtete Ilse geradezu heiter.

«Ich meine, haben die Russen dich einfach so in die Stadt gelassen? Und ... Und haben sie dir nichts getan?»

In ihrem Blick sah Lilli, dass Ilse genau verstand, wovon sie sprach.

«Mir hat niemand etwas getan», versicherte Ilse. «Komm, lass mich dir zeigen, was ich mitgebracht habe.» Sie öffnete ihre Reisetasche. Unter ein paar Kleidern zog sie ein Päckchen mit Speck hervor, dazu Butter, Gläser mit Marmelade und Honig und ein ganzes Brot. Sie erhob sich, holte ein Brett und das große Messer und begann dicke Scheiben abzuschneiden. «Sicher hast du Hunger.»

Lilli nickte. «Die Versorgung wurde immer schlechter. Oft hat man nicht einmal alles bekommen, was auf den Karten stand. Aber ... Aber wir haben zusammengehalten, all die Frauen hier im Haus mit ihren Kindern.»

«Greif zu, Liebes, du bist ja nur noch ein Strich in der Landschaft!»

Lilli war gerade dabei, zwei Scheiben Brot mit Butter und Marmelade zu bestreichen, als die nur notdürftig reparierte Tür aufschwang und «ihre» zwei Russen hereinstolperten. Als Erstes Yasha mit der Armbinde, der zwei Dosen Milch in den Händen schwenkte, die er nun Lilli mit einem Lächeln überreichte, dahinter stand Darian.

«Danke», sagte Lilli gequält und blickte resignierend zu den beiden Soldaten, die offensichtlich noch mehr «Morgengaben» dabeihatten und sicher nicht ohne Bezahlung gehen würden. Abwehrend verschränkte sie die Arme vor der Brust.

Da sprang Ilse von ihrem Stuhl auf und drängte sich dazwischen. *«Bolshoye spasibo»*, bedankte sie sich bei dem Mann mit dem Armverband und rasselte dann einige Sätze in Russisch herunter. *Commander* war das einzige Wort, das Lilli verstand. Ihre Rede klang jedenfalls sehr streng. Die beiden Soldaten hörten Ilse erstaunt zu, Unsicherheit stahl sich in ihren Blick. Dann wichen sie zurück und schlossen die Tür. Von außen.

Erleichtert stieß Ilse die Luft aus und ließ sich wieder auf ihren Stuhl fallen. «Puh, zum Glück hat das funktioniert.»

Lilli starrte sie an. «Ich ... Ich wusste gar nicht, dass du so gut Russisch kannst.»

«Ich hatte bei den Riemers viel Zeit», meinte Ilse. «Offensichtlich war es die richtige Entscheidung, ihre Sprache zu lernen.»

«Und was hast du zu ihnen gesagt?»

Ilse zuckte mit den Schultern. «Nicht ganz die Wahrheit, aber ich hoffe, es wirkt zumindest eine Weile.»

«In was für einem Ton du gesprochen hast! Als wären die beiden Schulbuben, die etwas ausgefressen haben, und keine Soldaten.»

Ilse nickte. «Ja, in der Gruppe mit ihren Waffen fühlen sie sich stark. Sie sind es gewohnt, dass Frauen Angst haben, sich kleinmachen und betteln. Wenn man sich ihnen aber entgegenstellt, vor allem, wenn sie alleine sind, dann verhalten sie sich tatsächlich wie Buben, die Angst vor der strengen Hand der Mutter haben. Jedenfalls hat es funktioniert.»

«Sie waren zu zweit, da hätte es auch anders laufen können», vermutete Lilli.

«Ist es aber nicht», beharrte Ilse.

«Hast du ihnen mit einem Vorgesetzten gedroht?», bohrte Lilli weiter.

«So ähnlich. Weißt du, sie sind alle nur Männer, und da geht es ein wenig zu wie in einem Wolfsrudel. Sie nehmen sich, was sie wollen, solange sie es leicht haben können. Wenn aber der Leitwolf Anspruch darauf erhebt, kneifen sie den Schwanz ein und ziehen sich zurück.»

«Und wer ist dieser *Commander*?»

Ilse zuckte mit den Schultern. «Keine Ahnung. Jedenfalls brauchen wir jetzt einen Leitwolf, der das Rudel von dir fernhält.»

«Ist dir klar, auf was du dich da einlässt?» Lilli musterte ihre Patentante. «Außerdem versorgen die beiden meine Mädchen mit Milch. Ich wüsste nicht, wo ich sonst welche bekommen sollte.»

Ilse erhob sich und legte ihr die Hände auf die Schultern. «Liebe Lilli, ich denke, du hast schon mehr als genug bezahlt. Lass das jetzt meine Sorge sein, und ich verspreche dir, ich werde für Milch und Getreideflocken sorgen und auch dafür, dass wir Erwachsenen nicht hungern müssen.»

Lilli schwieg. Sie fragte nicht, wie Ilse das hinkriegen wollte – und beschloss im selben Augenblick, einfach daran zu glauben. Weil sie nicht wusste, wie viel Schmerz sie noch ertragen würde.

Kapitel 7

Ilse war nicht nur wegen Lilli und der Kinder nach Berlin zurückgekehrt, es gab noch einen weiteren Grund. Seit Wochen hatte sie nichts von Clara gehört und sorgte sich um ihre Liebste. Nach Schließung der Theater hatte Clara den kalten, ungewöhnlich harten Winter mit Ilse zusammen bei ihren Verwandten auf dem Land verbracht, wo die Versorgungslage deutlich besser gewesen war als in Berlin. Im März aber, zwei Monate vor Kriegsende, als der Schnee endlich schmolz, war Clara zurück in die Hauptstadt gereist, um einige wichtige Dinge aus ihrer Wohnung zu holen. Ilse wusste, dass Clara gut in Berlin angekommen war. Sie hatte vom Postamt aus telegrafiert, aber dann hörte sie nichts mehr. Eine Zeit lang redete sie sich ein, dies könne nur an den allgegenwärtigen Schwierigkeiten liegen, alles würde eben länger dauern, auch das Reisen. Doch in den letzten Wochen des Krieges und angesichts der Nachrichten von allerletzten Gefechten, von Bomben und Verwüstung war Ilses Angst stetig gewachsen. Nun war sie endlich selbst in Berlin und konnte vor Ort nach ihr suchen.

Ein Besuch bei Claras Wohnung bestätigte, was sie befürchtet hatte: Das Haus in Schöneberg war zerbombt, das ganze Ausmaß der Zerstörung versetzte Ilse einen Schock: Von den drei aneinandergereihten Mietshäusern war kaum etwas übrig geblieben. Es musste einer dieser berüchtigten Wohnblockknacker gewesen sein, der im mittleren Haus eingeschlagen war, den Rest hatte dann wohl der Feuersturm vernichtet. Trostlos und schwarz ragten die letzten tragenden Wände in den Himmel. Ein paar Frauen und Kinder waren dabei, die Straße vom Schutt zu befreien. Ilse sprach sie an und fragte nach Clara, niemand wusste was. Zwei der Frauen kannten Clara vom Sehen, doch seit der Bombennacht Ende März, als die Häuser eingestürzt waren, hatte sie niemand mehr gesehen.

Ilse spürte, wie ihr kalt wurde. War Clara umgekommen? Lag ihr Körper womöglich noch unter diesem Schuttberg? Sie musste sich gegen eine Mauer lehnen, zu sehr fürchtete sie, ihre Knie würden nachgeben. Sie biss die Zähne zusammen, unterdrückte den Impuls, mit ihren eigenen Händen den Schuttberg umzugraben, um in den Trümmern nach Clara zu suchen. Selbst wenn sie bei dem Angriff verschüttet worden war: Seitdem waren mehrere Wochen ins Land gegangen. Es gab nicht die geringste Chance, dass sie noch am Leben wäre.

Ilse kämpfte gegen den Kloß in ihrem Hals. Erst als sie sicher war, dass ihre Stimme ihr wieder gehorchte, sprach sie die Frauen noch einmal an. Ja, es hätte Überlebende gegeben, die in eine der zahlreichen Notunterkünfte gegangen waren, so die Auskunft. Ob auch Clara Brandel sich dort befand oder inzwischen woanders untergebracht war, wer konnte das sagen? Eine Mutter mit ihren Kindern war zurückgekehrt und hatte Unterschlupf bei einer Bekannten im Haus gegenüber gefunden. Aber all die anderen? Die Frauen zuckten mit den Schultern.

Ilse bedankte sich trotzdem und machte sich auf den Rückweg. Dabei ballte sie unwillkürlich die Fäuste und sagte wieder und wieder: «Wenn du noch lebst, dann finde ich dich, Clara! Und wenn ich jedes Notlager und jedes Krankenhaus nach dir absuchen muss.»

Die beiden Notunterkünfte, die Claras zerstörter Wohnung am nächsten lagen, suchte sie sofort auf. «Nein, eine Clara Brandel haben wir in unseren Unterlagen nicht verzeichnet», lauteten die Antworten. Dennoch sah Ilse in jeden Raum und fragte überall herum, ohne Erfolg. Sie würde morgen weitermachen. Schließlich hatte sie noch eine andere Mission zu erfüllen, und auch da hieß es, keine Zeit zu verlieren. Die Nacht würde bald hereinbrechen – und sie hatte sich selbst geschworen, Lilli und die Mädchen zu schützen.

♦

Bereits am nächsten Tag war die große stolze Frau mit dem modischen Hut *das* Gesprächsthema in den umliegenden Hausgemeinschaften. Die schaffte es sogar, in ihren schwingenden Kleidern und eleganten Schuhen unbeschadet über die Trümmer zu steigen! Viele der Soldaten grüßten die *Gradschanka*, die Bürgerin, höflich.

Und Ilse? Die nahm den Trubel um ihre Person mit dem ihr eigenen Charme, grüßte freundlich zurück und brauchte ansonsten nicht lange, ihren *Commander* zu finden, mit zahlreichen Orden dekoriert, den sie noch in derselben Woche mit nach Hause brachte. Sie aßen und tranken zu dritt in der Küche, ehe Ilse ihn zu seinem Quartier begleitete. Das Revier des Wolfes war abgesteckt! Jedenfalls trauten sich Yasha und die anderen nicht mehr in die Wohnung, und Ilse brachte fortan so viele Lebensmittel mit – oder auch Wodka und Zigaretten, die man auf dem Schwarzmarkt tauschen konnte –, dass weder die Kinder noch Lilli, Ella oder sie hungern mussten.

Lilli traute sich nicht, Ilse auszufragen, schmiegte sich aber voller Dankbarkeit an ihre Patentante. Sie mussten auch gar nicht darüber sprechen. Sie wussten beide, was es bedeutete, und es schweißte sie noch enger zusammen als in den Tagen nach dem Tod von Luise, als Lilli noch ein Kind gewesen war.

Während Ilse die Nächte mit ihrem Offizier verbrachte, setzte sie bei Tag ihre Suche nach Clara fort. Vergeblich. Ihre Verzweiflung wuchs. Hatten sie sich nur zu dem Zweck gefunden, um sich wieder zu verlieren? Sollte sie noch einmal solchen Schmerz durchleben? Und dieses Mal vielleicht ohne jede Hoffnung?

Nein, Ilse war nicht bereit aufzugeben. Sie würde jeden Stein in Berlin umdrehen!

Doch das Einzige, was sie fand, war Elend und noch mehr Elend und schreckliche Geschichten von all dem Leid, das die Menschen, mit denen sie sprach, ausgestanden hatten.

Es war für die Berliner Frauen weiterhin ein Risiko, sich auf die Straße zu wagen, und doch wurde die Zahl der Übergriffe durch Soldaten jeden Tag weniger. Stalin hatte eine Order erlassen und Vergewaltigungen unter schwere Strafe gestellt. Seine Soldaten sollten sich von deutschen Frauen fernhalten und nur die Bordelle besuchen, in denen die Frauen sauber waren und seine Männer sich keinen Tripper oder die Syphilis holen konnten. Ein kollektives Aufatmen ging durch die Stadt.

Außerdem hatte sich die russische Führung entschieden, die Besiegten nicht verhungern zu lassen. Es gab wieder Lebensmittelkarten. Die Tagesrationen bestanden aus 200 Gramm Brot, 400 Gramm Kartoffeln, zehn Gramm Zucker, zehn Gramm Salz, zwei Gramm Malzkaffee und 25 Gramm Fleisch. Fett gab es keines, und die Verteilung des zugesagten Brots ließ noch auf sich warten. Immerhin waren die ersten Ladungen Mehl bereits angeliefert, als die Bäcker noch ihre Backstuben entrümpeln und reinigen mussten.

Auch Ella und Lilli halfen mit, Friedas Laden und Bäcker Karstens' Backstube ein paar Häuser weiter herzurichten. Es stank überall nach Exkrementen, denn die Russen benutzten verlassene Wohnungen, Läden und Höfe für ihr Geschäft oder pinkelten ungeniert an jede Mauer. Dazu kamen die Hinterlassenschaften von Pferden und Kühen.

♦

Ilse wusste nicht mehr, wo sie noch nach Clara suchen sollte, aber sie gab nicht auf. Dann würde sie eben noch einmal von vorne anfangen und alle ausfragen, die ihr über den Weg liefen. Und am besten versuchte sie das noch einmal in der Charité.

Als sie auf das Gebäude der Chirurgie zuging, sah sie einen Mann mit einem Kopfverband und einem Arm in der Schlinge auf der Bank vor dem Eingang sitzen.

«Fräulein Ilse? Ilse Rosenstein?», rief er aus.

Ilse fuhr herum und starrte ihn ein. Erst nach einer Weile fügte sich der Anblick des Verwundeten mit Bildern aus dem Romanischen Café zusammen, wo sie sich vor Jahren am Tisch der Theaterleute ein paarmal mit ihm unterhalten hatte. Jetzt fiel ihr auch sein Name wieder ein. Max Hofmann, ein Journalist, der früher fürs Feuilleton geschrieben hatte.

«Fräulein Ilse, Sie sind es, tatsächlich. Ach, tut das gut, Menschen wiederzusehen, die man mit schöneren Erinnerungen an bessere Zeiten in Verbindung bringt.»

Ilse lächelte ihn an. «Herr Hofmann, ich grüße Sie. Wie geht es Ihnen?»

«Auf dem Weg der Besserung», sagte er, «nachdem ich schon seit Wochen hier festgehalten werde.» Er versuchte sich an einem Grinsen und deutete auf den leeren Platz an seiner Seite.

«Mögen Sie sich nicht für einen Moment setzen und sich mit mir unterhalten? Ich sage Ihnen, die Langeweile ist schlimmer als die Schmerzen.»

«Haben Sie etwa die letzten Kriegstage in der ehrwürdigen Charité verbracht?», erkundigte sich Ilse.

Hofmann nickte. «Im kläglichen Rest der einst großartigen Klinik, muss man sagen.»

Nachdem es im Verlauf des Krieges mit den Luftangriffen auf Berlin immer schlimmer geworden war, mussten die meisten Kliniken in einen weniger umkämpften Vorort verlegt werden. Der Reichsverteidigungskommissar hatte das Städtische Krankenhaus in Buch angewiesen, zuerst die beiden medizinischen Kliniken für innere Krankheiten aufzunehmen. Es folgten die Kinder- und die Frauenklinik sowie die Augen- und Hals-Nasen-Ohren-Klinik. Das ebenfalls in Buch gelegene Ludwig-Hoffmann-Krankenhaus nahm die Neurologie und die Psychiatrie auf.

Für die Chirurgie dagegen wurde eigens auf dem Gelände der Charité ein Bunker gebaut, in dem der Chefarzt Professor Sauerbruch und sein Team rund um die Uhr operierten, vor Bomben sicher, erzählte Max Hofmann. Er berichtete so eindrücklich vom Einmarsch der Russen, als habe er diesen an der Seite Sauerbruchs miterlebt.

«Draußen schlugen die Granaten ein. Der Boden zitterte. Aber er stand mit seinem Team im Dämmerlicht von Petroleumfunzeln und Kerzen am Operationstisch und rang um das Leben eines Verwundeten, als vor der Tür wüstes Geschrei erklang. Plötzlich standen einige Russen mit ihren MPs in den Händen im Raum. Sie fuchtelten mit ihren Waffen herum und forderten alle auf, die Hände hochzunehmen, aber Sauerbruch ließ sich nicht beeindrucken. ‹Entweder Sie lassen mich hier jetzt weitermachen, oder Sie können den Mann hier auf dem Tisch auch gleich erschießen. Ich rette hier Leben!› Keine Ahnung, ob die Russen verstanden haben, was er sagte, jedenfalls ließen sie ihn weiteroperieren.»

Ilse schlug sich die Hand vor den Mund. «Wie entsetzlich! Ich will mir gar nicht vorstellen, unter welchen Bedingungen die Ärzte und Schwestern arbeiten mussten.»

«Ja, sie haben Großartiges geleistet. Es fehlte ja an allem – Medikamenten, Desinfektionsmitteln, sauberen Verbänden und Geräten. Dabei standen die Patienten quasi Schlange, es ging Schlag auf Schlag. Es muss mitunter so gewesen sein, als würde man im 19. Jahrhundert operieren.»

«Wie meinen Sie das?»

«Nun», fuhr Max Hofmann fort, «ein aseptischer OP-Saal war nicht mehr zu gewährleisten. Was vermehrt zu Blutvergiftungen und Wundbrand aller Art führte. Insofern habe ich richtig Glück, noch am Leben zu sein. Außerdem war auch im Krankenhaus das Wasser knapp. Als die Charité in die Hauptkampflinie geriet, gab es nur noch an einer einzigen Pumpe auf dem weiten Gelände Frischwasser. Bei dem Versuch, Wasser zu holen, ließen einige der Krankenschwestern ihr Leben.»

Der Journalist hatte sich offensichtlich intensiv mit den Vorgängen beschäftigt und freute sich sichtlich, in Ilse eine geduldige Zuhörerin gefunden zu haben. «Wenn ich wieder draußen bin, werde ich eine Reportage über den Professor schreiben. Vor einigen Tagen hatte ich das unerwartete Glück, mich mit ihm unterhalten zu dürfen ... Aber nun erzählen Sie! Was hat Sie hergeführt?»

«Clara, meine Lebensgefährtin. Clara Brandel. Sie haben früher einige Artikel über sie geschrieben.»

«Oh ja, ich erinnere mich gut. Fräulein Brandel war eine ganz Tapfere, ich schätze sie sehr. Bis zur letzten Aufführung der *Lustigen Witwe* hat sie auf der Bühne gestanden und war eine wundervolle Glawari! Aber dann wurde am 1. September 1944 der Totale Krieg ausgerufen, und alle Berliner Theater mussten auf Anweisung der NSDAP geschlossen werden. Da war's mit den Vergnügungen aus. Und wer nicht eh schon an der Front stand, wurde jetzt in die Schlacht geschickt!»

«Ja, ich weiß», sagte Ilse. «Ich musste mich in der Provinz verstecken, trotzdem habe ich natürlich vieles mitbekommen.»

«Das war sehr klug von Ihnen», befand Max Hofmann. «Wer

nicht vor 39 das Land verlassen hatte, musste dafür bitter bezahlen!»

Ilse krampfte sich das Herz zusammen. Sie wollte jetzt nicht darüber nachdenken, was mit den jüdischen Mitbürgern passiert war. Täglich gab es neue Berichte über spezielle Lager und unfassbare Gräueltaten bis zum Tod – vor allem an Juden. Aber auch Kommunisten, Schwule, Zigeuner und viele andere Menschen, die als *unbequem* galten, waren verfolgt worden. Also wechselte sie das Thema und kehrte zurück zu Clara. «Ich konnte während des Krieges keine einzige ihrer Vorstellungen besuchen, dabei hätte ich sie von Herzen gern als Operettenstar auf der Bühne bewundert.»

Max Hofman lächelte Ilse an. «Es ist eine Freude, mit Ihnen zu plaudern, doch ich will nicht egoistisch sein und das Fräulein Brandel noch länger Ihrer Gesellschaft berauben. Grüßen Sie sie herzlich von mir und sagen Sie ihr, ich wünsche ihr von Herzen, dass alles gut wird und sie irgendwann wieder auf der Bühne stehen kann.»

Ilse sog scharf die Luft ein. «Was ... Was meinen Sie? Ich ... Ich suche Clara seit Wochen. Ist sie hier, in der Charité?»

Max Hofmann schluckte. «Ach, das wussten Sie nicht? Nun, also ... Ja, Fräulein Brandel liegt in der Chirurgie. Ich saß hier auf meinem Stammplatz, als man sie vor zwei Tagen hergebracht hat. Zwei Schwestern erwähnten ihren Namen. Ich weiß nicht, wo sie vorher behandelt worden ist, aber dort wussten sie anscheinend nicht mehr weiter. Jetzt soll Professor Sauerbruch ihr helfen.»

Ilse starrte den Journalisten für einige Augenblicke ungläubig an, dann spürte sie, wie ein Glücksgefühl in ihr aufstieg.

CLARA!, schrie es in ihr. *Clara, ich habe dich gefunden!* Sie umarmte Max Hofmann stürmisch, der sie verdutzt anstarrte. «Danke! Danke! Oh, ich bin ja so erleichtert.» Dann stürzte sie in die Eingangshalle der Klinik und hielt die erste Krankenschwester an, die sie entdecken konnte.

Die Schwester bestätigte ihr, dass sich Clara Brandel tatsächlich in der Charité befand. Sie wäre vor wenigen Stunden operiert worden und würde im Moment im Aufwachzimmer betreut.

«Dann war die Operation erfolgreich?», drängte Ilse.

Die Schwester zögerte. «Ich darf dazu nichts sagen», wehrte sie ab. «Aber Sie können zu ihr, wenn Fräulein Brandel in ihr Zimmer zurückgebracht wird. Ich denke, so in einer Stunde.»

Wie ein gefangenes Raubtier tigerte Ilse den Krankenhausflur auf und ab, bis die Schwester sie endlich erlöste und in eines der Zimmer führte. Dort, im zweiten Bett, lag eine schmale, blasse Gestalt, die sie aus tief liegenden Augen ansah.

CLARA!

Zuerst erhellte ein Lächeln ihr Gesicht – und erlosch so schnell wieder, wie es aufgeleuchtet war.

Ilse trat leise ans Bett und griff nach der schmalen Hand, die auf dem weißen Laken ruhte. «Da bist du. Endlich! Ich habe dich überall gesucht, ich hatte solche Angst, dich verloren zu haben.»

Clara schwieg, doch in ihren Augen sammelten sich Tränen, die stumm an ihren Wangen herabrannen, als sie schwach Ilses Händedruck erwiderte.

«Sag doch was», bat Ilse.

«Ich … Ich hab dich so vermisst», flüsterte Clara mit rauer Stimme.

Ilse beugte sich vor und küsste sie zärtlich auf den Mund, obgleich sie erstaunte und missbilligende Blicke in ihrem Rücken spürte. «Ich liebe dich so sehr. Jetzt wird alles gut.»

Noch immer weinte Clara stumm vor sich hin.

«Was ist denn, mein Schatz? Der Krieg ist vorbei, wir haben beide überlebt, und wir haben uns wiedergefunden. Jetzt wird alles gut. Du wirst doch wieder gesund, oder? Was sagen die Ärzte?»

Clara räusperte sich. «Ich werde … Ich werde nie wieder auf einer Bühne stehen.»

«Ist es deine Stimme? Ach, Clara, das wird schon», behauptete Ilse.

Die Tränen flossen nur noch mehr, als Clara den Kopf hin und her drehte. «Sieh mich doch an!»

Ilse hatte wohl die Spuren einer Verbrennung an ihrer rechten Wange und am Hals gesehen. Die Hälfte ihres Kopfes war rasiert worden, und eine genähte Narbe leuchtete rot zwischen den blonden Stoppeln hervor. Auf der anderen Seite wellte sich jedoch ihr wunderschönes Blondhaar. Der rechte Arm war verbunden.

«Ach, meine Süße, weine nicht. Deine Haare werden wachsen, die Krusten verschwinden, und wenn man dann noch etwas sieht, gibt es schöne Theaterschminke. Du bist so wunderbar. Dein Publikum wird nach dir gieren, wenn du auf die Bühne zurückkehrst.»

Clara schaute Ilse unverwandt an. Ihre gesunden Finger krallten sich in das Deckbett. Langsam zog sie es hoch. Ein hübscher Fuß erschien, eine schlanke Fessel, eine wohlgeformte Wade. Ilse starrte auf Claras Bein, und dann auf den leeren Platz daneben.

Nein, das konnte nicht sein! Zitternd tastete Ilse die rechte Seite ab, aber da war nichts. Voller Entsetzen suchte sie Claras Blick.

«Willst du noch mehr sehen?»

Ilse schüttelte den Kopf, hob das Deckbett dann aber doch noch ein Stück an, bis sie das dick umwickelte Ende des rechten Oberschenkels sehen konnte.

«Es war völlig zerquetscht. Die Ärzte haben alles versucht, aber es wurde eher schlimmer statt besser. Und dann haben sie mich in die Charité geschickt, doch auch hier konnte man nichts mehr für das Bein tun. Sie sagten, die einzige Chance, mein Leben zu retten, wäre, mir mein Bein zu nehmen.»

«Und sie haben dir dein Leben gerettet», sagte Ilse sanft und küsste die Tränen von der unversehrten Wange. «Mein Liebes, du wirst trotzdem wieder singen. Du verzauberst die Menschen mit deiner Stimme und kannst sie zu Tränen rühren. Die Tanzerei überlass anderen. Wir werden zusammen einen Weg für dich zurück auf die Bühne finden! Ich bin bei dir und werde tun, was in meinen Kräften steht!»

♦

Die Kapitulation war keine zehn Tage alt, als die ersten Züge vom Schlesischen Bahnhof aus wieder Richtung Frankfurt an der Oder fuhren oder vom Stettiner Bahnhof in den Norden. Mit den Linien ab Anhalter und Potsdamer Bahnhof nach Süden und Westen hatten es die Russen nicht so eilig. Und auch die Stadtbahn stand noch immer still.

Lilli reihte sich in die Schlange beim Fleischer ein und lauschte den Gesprächen der anderen Frauen. Ella würde heute den Bäcker übernehmen und Ilse auf dem Rückweg von ihrem Besuch in der Charité Gemüse mitbringen, wenn sie dann noch welches bekam. Ansonsten gab es halt wieder Erbsensuppe, oder sie könnten unten bei Frieda nachfragen, ob etwas übrig sei. Frieda hatte über verschwiegene Kanäle einige Kisten für ihren Laden besorgt.

An der Hauswand neben dem Schaufenster des Metzgerladens war seit ein paar Tagen ein Plakat angeschlagen. *Nachrichten für Deutsche.* Ein Bericht über das Ende der Kämpfe an allen Fronten und die bedingungslose Kapitulation, Wort für Wort, für jeden zum Nachlesen. Daneben stand die Mitteilung, dass Göring gefangen genommen worden war. Ein anderer Anschlag gab die neue Verteilung von Lebensmittelrationen bekannt, wobei die Bevölkerung in fünf Gruppen aufgeteilt wurde. Insgesamt bekam jeder Berliner mehr zugesprochen, als ihr und ihm in den letzten Kriegsmonaten vom Führer zugeteilt worden war. Vor allem die Liste für die Gruppe der «Schwerarbeiter» klang ermutigend: «Brot, Kartoffeln, Nährmittel, Kaffeeersatz, aber auch Bohnenkaffee, Zucker, Salz und sogar Fett!» Mit den angegebenen Mengen konnte man überleben – vorausgesetzt, man bekam sie auch. Wobei es im Moment so aussah, als ob die Russen es mit der Versorgung der Bevölkerung ernst meinten. Lastwagen mit Mehl rollten durch die Straßen, außerdem bekam auch Bäcker Karstens eine Fuhre Kohlen, um seinen Ofen anheizen zu können.

Das also waren die grausamen Untermenschen, die Bolschewisten, die ihre Feinde grausam ermordeten oder dem Hungertod überließen, dachte Lilli. Bis zum allerletzten Blutstropfen sollten wir gegen sie ankämpfen, so hat es uns Goebbels jahrelang eingetrichtert.

Müßig waren die Russen jedenfalls nicht, das musste man ihnen lassen, auch wenn zwei der wenigen russischen Wörter, die Lilli inzwischen kannte, *zavtra* war für «morgen» oder *scoro* für «bald».

Es tat sich was in Berlin. Eine Querstraße weiter hatten sie gestern den ersten Hydranten angeschlossen, aus dessen Hähnen sauberes, klares Wasser sprudelte. Eine Wohltat! Nun mussten die Frauen nicht mehr bis zu der rostigen Handpumpe am Dönhoffplatz laufen.

♦

Mit ihren Lebensmittelkarten gehörten Lilli, Ella und Ilse übrigens nur zur «sonstigen Bevölkerung». Auch den Kindern waren eigene Karten zugeteilt worden, dennoch war alles sehr knapp bemessen. Zum Glück gab es noch immer Ilses Russenoffizier, der die drei Frauen und die beiden Mädchen so großzügig bedachte, dass sie so manches auch an die anderen im Haus abgeben konnten.

Vor allem an Milch, Getreideflocken und Zucker mangelte es ihnen dieser Tage nicht. Lilli verbot sich, darüber nachzudenken, wie hoch der Preis dafür war. Ilses Preis. Daneben profitierten alle Frauen des Hauses noch auf andere Weise. Seit sie sich mit ihrem Offizier traf, waren keine Soldaten mehr da gewesen, weder bei Lilli noch bei einer der anderen Frauen im Haus.

Als Lilli ihre Patentante doch noch einmal darauf ansprach, gab sich diese kurz angebunden. «Ich habe den Krieg ohne größere Opfer auf dem Land überstanden. Wir haben auf dem Hof weder gehungert, noch sind uns Bomben aufs Dach gefallen. Du hast genug gelitten. Jetzt trage ich meinen Teil zu unserem Überleben bei.» Als sie Lillis Gesichtsausdruck bemerkte, nahm sie ihr Patenkind in die Arme, ihre Stimme wurde weich. «Zerbrich dir meinetwegen nicht den Kopf, mein Herz. Kümmere dich um deine Kinder, sie brauchen deine ganze Kraft.»

Nur wenige Tage später kam Ilse ungewöhnlich früh nach Hause. Lilli und Ella stapelten gerade ihre Holzausbeute in einer Küchenecke auf. Viel hatten sie nicht gefunden, obgleich sie weit gelaufen waren. Kein Wunder, schließlich mussten noch Tausende andere ihre Mahlzeiten kochen. Lilli wollte sich gar nicht vorstellen, wie es erst im Winter werden würde. Der gesamte Tiergarten war eine einzige Wüstung. Jeder Baum abgehackt und verbrannt, um Suppe, Grütze und Kaffee kochen zu können. Dafür wurde jedes Stückchen Land, auch am Ufer der Kanäle, in den Parks und zwischen den Ruinen, unter die Hacke genommen, kleine Parzellen wurden abgesteckt, von Schutt und Munitionsresten befreit, die Erde wurde gelockert, jeder kleinste Samen gesät. Dummerweise musste man solche Parzellen, sobald sich auch nur das erste Grün zeigte, Tag und Nacht bewachen, denn das Verständnis von Eigentum hatte in den vergangenen Monaten einen radikalen Wandel erfahren. Die Menschen waren zu Wölfen geworden. Man nahm, was man kriegen konnte. Man schloss sich zu Rudeln zusammen. Wer stärker war, gewann, was nicht bewacht wurde, war weg. Und manches Mal nutzte nicht einmal das, zumindest nicht gegen die Russen. Neben Armbanduhren, die sie auch weiterhin mit Leidenschaft sammelten, hatten es ihnen Fahrräder angetan. Wenn sie eines dieser begehrten Stücke zu Gesicht bekamen – meist mit einer Frau im Sattel –, stellten sie sich ihr in den Weg und streckten fordernd die Hand aus. Welche Frau würde widersprechen und um ihr Rad kämpfen? Konnte sie doch froh sein, wenn der Russe nur das Gefährt an sich nahm und sie unbehelligt ziehen ließ. Auch Lilli hatte ihr Rad auf diese Weise verloren und musste nun alle Strecken zu Fuß gehen. Bis die S- und die U-Bahn Richtung Süden wieder fahren würde, konnten Jahre vergehen. Gerüchte besagten, es wären die Deutschen selbst gewesen, die, die Kapitulation der Hauptstadt vor Augen, den Tunnel unter dem Landwehrkanal gesprengt hätten. Die SS hatte die entsprechenden Sprengladungen verlegt. Die Wassermassen hatten die Tunnel gefüllt und waren in die unterirdischen Stockwerke des riesigen Bunkers am Anhalter Bahnhof eingedrungen, in den sich Tausende Ausgebombte und Verletzte geflüchtet hatten. Lilli wollte sich die Panik und die Todesangst nicht vorstellen, die die Menschen in den überfüllten Bunkerräumen ergriffen haben musste. Man sprach von unzähligen Opfern, die ertrunken oder totgetrampelt worden waren. Offizielle Meldungen gab es allerdings nicht. Doch wer auch immer dafür verantwortlich war, selbst die Tunnel unter dem Bahnhof Friedrichstraße waren von der Flutung betroffen.

Lilli sah zu Ilse auf und stellte fest: «Du bist früh dran.»

«Sie ziehen ab!», sagte diese, sichtlich um Fassung ringend.

«Was? Wer?»

«Die Russen!»

Lilli erhob sich. «Die Russen ziehen aus Berlin ab?»

Ilse schüttelte den Kopf. «Nein, nicht alle Russen. Nur Alexejs Kompanie. Keine Ahnung, wohin, jedenfalls weit weg, nehme ich an. Er sagte *do svidania*, hat mir noch einmal Butter und Zucker gegeben und ist zu seinen Männern gegangen.»

«Vielleicht ist es gut so», meinte Lilli. «Dann ist das jetzt auch vorbei.»

Ilse zuckte mit den Schultern. «Na ja, du weißt, dass ich mich nicht gerade darum reiße, mit einem Mann ins Bett zu gehen – vor allem jetzt, da Clara vermutlich bald aus dem Krankenhaus entlassen wird. Aber satt werden wir in Zukunft vermutlich nicht so schnell wieder werden.»

Lilli ergriff Ilses Hände. «Zusammen schaffen wir das! Du, Ella und ich, wir sind eine gute Truppe – und die anderen Frauen im Haus sind schließlich auch noch da. Frieda wird uns nicht verhungern lassen, wenn sie den Laden wieder öffnen darf.»

«Wir müssen dennoch sehen, dass wir auf eigenen Füßen stehen können», beharrte Ilse und sinnierte einige Augenblicke, den Blick in die Ferne gerichtet. «Weißt du, er war kein schlechter Kerl.»

«Alexej? Dein *Commander*?»

«Ja. Er war ein gebildeter Mann. Hat viel gelesen. Ich konnte mit ihm über Tolstoi sprechen, über Gorki und Puschkin. Erstaunlich, nicht wahr? Was hinter Uniformen und Gewehren so alles steckt.»

«Meine Russen waren, glaube ich, eher Burschen vom Land», vermutete Lilli. «Außer vielleicht Viktor, der konnte Deutsch und hat mir von Gräueltaten der SS in russischen Dörfern erzählt. Ich weiß es nicht sicher, aber ich fürchte, dass das alles wahr ist.»

«Alexej hat auch von solch sinnlosen Grausamkeiten erzählt. Alles nur, um neues Land fürs deutsche Volk zu erobern. Um Menschen in Herren- und Untermenschen zu unterteilen. Um mit einer irren Ideologie Tod und Vernichtung zu rechtfertigen. Ich wusste von manchem, habe aber durch Alexej und andere noch so viel

Schlimmeres erfahren. Es ist unvorstellbar, wozu die Nazis fähig waren.»

Lilli stieß einen Laut des Abscheus aus. «Herrenmenschen? Ja, diese angeblich allen so überlegenen Arier haben eine echte Herrenrasse hervorgebracht.»

«Oder es kam das an die Oberfläche, was schon immer in den Deutschen steckte», gab Ilse zu bedenken.

♦

Er war wieder in Berlin! Michael konnte es noch immer nicht fassen. Vielleicht auch, weil von dem Berlin seiner Kindheit nicht viel übrig geblieben war. So viele Erinnerungen suchten ihn heim, vor allem in seinen Träumen. Die schönsten, aber auch die schrecklichsten, die ihn mit Berlin verbanden. Und mit dem Jahr 1944.

Er wusste nicht mehr genau, was für ein Tag es gewesen war, und er konnte sich auch nicht mehr erinnern, warum er sich an diesem kalten Tag im Februar am Kiosk ein Bier geholt und sich zu dem Unbekannten gestellt hatte, der dort am Tresen stand und rauchte.

Sie kamen ins Gespräch. Michael spürte, dass der andere sich verspannte und sich jeden Satz überlegte, ehe er ihn aussprach. Es war keine Angst, die er wittern konnte, aber Vorsicht und Ablehnung. Ein Nazi war der Mann jedenfalls nicht, und obwohl Michael nicht im Dienst war, schien der andere so etwas wie Gefahr zu spüren. Michaels Ehrgeiz war erwacht. Er versuchte, sich aus den vielen kleinen Hinweisen und Andeutungen ein Bild von dem Fremden zu machen. Aus den Worten, die er wählte oder vermied.

Schnell gelangte Michael zu der Überzeugung, einen Roten vor sich zu haben. KPD? Vermutlich. Einer, der überzeugt davon war, verfolgt zu werden. Michael amüsierte sich über das Katz-und-

Maus-Spiel. Sollte er sich als Polizeibeamter zu erkennen geben? Dann würde er ihn aber verhaften oder zumindest einen der SD-Leute auf den Roten aufmerksam machen müssen. Michael wusste, was dann passieren würde, und allein die Vorstellung stieß ihn mehr denn je ab! Nein, er wollte nicht Schicksal spielen und am Tod dieses Mannes schuld sein. Sollte er seiner Wege ziehen.

Der Fremde drückte gerade seine Zigarette aus, als Michael der Name zu dem Gesicht einfiel, das er einmal auf einem Foto gesehen hatte. KPD, *Ernst Obermann, gesucht.* Ja, er hatte mit seiner Einschätzung richtiggelegen. Hastig verabschiedete sich der Genosse und eilte in die Bahnhofshalle, während Michael sein Bier austrank und seiner Wege ging.

Er hätte an diese Begegnung vermutlich nicht wieder gedacht, wenn ihm nicht zwei Abende später ein SS-Offizier, den er von der Polizeischule kannte, am Spreeufer in Sichtweite des Kiosks aufgelauert hätte und ihn zur Rede stellte. Einen Maulwurf nannte er ihn, einen Verräter, einen dreckigen Kommunisten und zerrte an seinem Kragen. Michael schlug die Hand des SS-Mannes weg und tat so, als wüsste er nicht, wovon dieser sprach.

«Ein Bier am Kiosk? Ja, ich habe mit einem Kerl geredet, den ich nicht kenne, und?»

Das nahm ihm der SS-Mann nicht ab. «Sieh zu, dass Obermann gefasst wird, oder das wird Folgen haben!», zischte er, ehe er von ihm abließ und verschwand.

Michael machte sich auf einen Rüffel oder gar ein Disziplinarverfahren gegen ihn gefasst, doch nichts geschah. Sein Vorgesetzter schien von dem Vorfall nichts zu wissen. Dafür trat der Offizier der SS eine Woche später wieder in seinen Weg, und dieses Mal hatte er Verstärkung mitgebracht.

Michael wollte sich an diesem Abend mit Lilli in Ilses Wohnung treffen. In der Wohnung ihres Vaters in Charlottenburg war neuerdings die Familie eines hohen NS-Beamten einquartiert, und bei ihrer Großmutter würden sie nicht ungestört sein.

In Gedanken schon bei Lilli, betrat Michael den winterlich öden Dönhoffplatz, als sich der Mann in der Totenkopfuniform aus der Dunkelheit schälte.

«Den roten Freund gewarnt?», fragte er mit gespielter Freundlichkeit.

«Keine Ahnung, von was Sie reden», wehrte Michael ab, doch die Zeit für Geplänkel war vorbei. Er gewahrte die Schläger, die der SS-Offizier mitgebracht hatte. SA oder auch SD, ganz egal. Jedenfalls Typen mit Schlagringen und Knüppeln, die es verstanden, einen Menschen zusammenzuschlagen, ohne ihn gleich umzubringen. Schließlich sollte ihr Opfer etwas von der Tortur haben!

«Wir werden dich im Auge behalten», drohte der SS-Mann, als sie endlich von ihm abließen. «Und ich schwöre dir, wir kriegen dich, und dann wanderst du zu deinen roten Genossen nach Buchenwald.»

Michael fühlte sich wie ein blutiges Stück Fleisch, das nur noch aus Schmerz bestand. Als er sich davon überzeugt hatte, dass alle wichtigen Knochen heil geblieben waren, schleppte er sich zu Ilses Wohnung, wo Lilli in Tränen ausbrach, als sie ihn sah. Doch sie bewies auch, dass sie kein zimperliches Mädchen mehr war. Sie wurde nicht hysterisch, sondern half ihm aus den blutigen Kleidern, wusch seine Wunden aus und verband sie. Als er Fieber bekam, kühlte sie seine Stirn, schlief neben ihm und hielt seine Hand, als wirre Träume ihn heimsuchten, und kochte ihm Suppe, als er sich langsam wieder erholte. Lilli wich nicht von Michaels Seite, bis er sich wieder wie ein Mensch fühlte und seine Lippen so weit verheilt waren, dass er sie zumindest vorsichtig küssen konnte.

Kapitel 8

Die letzten Rationen des *Commanders* waren nur allzu schnell aufgebraucht. Nun war die zusammengewürfelte Familie aus dem ersten Stock auf die Lebensmittelmarken der russischen Besatzer angewiesen, wobei es nicht einfach war, die zugesagten Rationen auch zu bekommen. Immer wieder standen sie an und kamen zu spät. Dann gab es doch wieder Grütze, oder es musste eine Suppe aus allem, was man irgendwie zusammenklauben konnte, improvisiert werden. Was Lilli für sich und die beiden anderen Frauen als nicht so schlimm empfand, war für die Kinder ein echtes Problem. Man konnte sie nicht nur mit Erbsen-, Kohl- oder Rübensuppe füttern, sie brauchten Milch, frisches Obst und Haferflocken! Die Preise auf dem Schwarzmarkt stiegen beständig, während ihre Tauschwaren schrumpften. Jetzt verzichtete sie sogar gänzlich aufs Rauchen, um jede Zigarette, die durch ihre Hand ging, in Milch eintauschen zu können.

Lilli las noch einmal die Einteilung der Marken für die fünf Gruppen durch. Irgendwie musste sie es schaffen, an die Ration für Schwerstarbeiter zu kommen. Was für Kinder und die «sonstige Bevölkerung» bewilligt wurde, war einfach zu wenig. Aber was würde sie dafür tun müssen? Und ging das mit den Kindern überhaupt? Wie beim Anstellen fürs Essen würden sie sich aufteilen müssen. Ella, Ilse und sie. Sie beratschlagten sich, doch ehe sie eine Lösung gefunden hatten, erledigte sich die Sache mit der Arbeitssuche von einem Tag auf den nächsten. Am 23. Mai wurden Handzettel mit einem Arbeitsaufruf an die Bevölkerung verteilt. Volkhardt setzte eine wichtige Miene auf und rief alle Bewohner zusammen, um die Neuigkeiten aus dem russischen Hauptquartier zu verkünden. Volkhardt war jetzt Hausobmann – eine *Obfrau* war offensichtlich nicht vorgesehen, obgleich sich viele geeignete Kandidatinnen in jedem Haus gefunden hätten.

Und damit auch keiner sagen konnte, er habe von der Sache nicht erfahren, drehte am frühen Nachmittag ein Ausrufer seine Runden durch die Straßen. Ein wenig wie im Mittelalter, bevor der Papierdruck erfunden worden war.

Jedenfalls wurden alle arbeitsfähigen Männer und Frauen zwischen fünfzehn und fünfundfünfzig Jahren aufgefordert, sich zum Rathaus zu begeben, um sich für einen der Arbeitseinsätze einteilen zu lassen.

Na, hoffentlich bekommen wir dafür wenigstens die Schwerarbeiterration, dachte Lilli. Die anderen Frauen im Haus beschäftigten ähnliche Fragen, weshalb sie aufgeregt besprachen, was das für sie und ihren Alltag bedeuten würde. Keine von ihnen hörte mehr auf Volkhardt. Der Krieg hatte sie unabhängiger gemacht, als sie je gedacht hätten. Sie mussten auch weiterhin für sich und ihre Kinder das eigene Leben in die Hand nehmen und wichtige Entscheidungen treffen.

Wer würde also mitkommen zum Rathaus? Und wer beim Nachwuchs bleiben? Sie konnten die Kinder schließlich nicht alle zu Opa Wilhelm in den zweiten Stock schicken. Nein, nicht zu ihm, so unsensibel und ohne Verständnis er sich immer wieder zeigte. Lilli musste nur an seine Reaktion damals im Luftschutzkeller denken, als sie alle hören konnten, wie Marion und Gerda vergewaltigt wurden. Ein Gefühl von Ekel stieg in ihr hoch. Außerdem schien es der alte Wilhelm auch nicht als seine Aufgabe anzusehen, auf die «Brut» aufzupassen, um damit die Frauen zu unterstützen.

Elfriede, die Tante von Gerda und Christa, war dagegen gerne bereit, alle Kinder zu beaufsichtigen. Und Johanna, Volkhardts Schwester, würde auch helfen. Frieda versprach zwar mitzumachen, wollte aber erst einmal die Sache mit ihrem Laden voranbringen. Sie wollte möglichst bald regulär öffnen, dazu benötigte sie aber eine Lizenz, um Lebensmittel und andere wichtige Güter von den Russen geliefert zu bekommen, und diese – so hatte es der Bäckermeister erzählt – müsse sie im Rathaus beantragen.

Margret bedrängte ihre Mutter, sie zum Arbeitseinsatz mitzunehmen. «Ich kann auch helfen», behauptete die Dreizehnjährige und reckte sich. «Ich bin stark!»

Aber Erika schüttelte nachdrücklich den Kopf. «Das kommt gar nicht infrage! Dich nehme ich ganz bestimmt nicht auf dem Weg durch die ganze Stadt mit. Da draußen ist es immer noch gefährlich!»

Lilli und Erika tauschten Blicke. Während Margret über die Ungerechtigkeit schimpfte, wie ein kleines Kind behandelt zu werden, war Lilli klar, welche Furcht Erika antrieb. Auf keinen Fall wollte sie, dass ihre etwas frühreife Tochter den Russen ins Auge fiel. Die Zahl der Vergewaltigungen war seit Stalins Verordnung zwar zurückgegangen, dennoch gab es weiterhin Übergriffe auf Frauen, auch am helllichten Tag. Meist waren die Soldaten zu zweit oder zu dritt, Kumpane, die sich gegenseitig deckten, wenn sie ihre Opfer in einen abgelegenen Hof oder Keller zerrten. Jede angezeigte Vergewaltigung wurde zwar bestraft, die Einschätzung der Frauen, ob überhaupt eine Notzucht stattgefunden hatte, unterschied sich jedoch häufig von der Beurteilung durch die Militärbehörde.

Trotz Margrets wütendem Aufstampfen wurde also entschieden, dass sie bei ihrer kleinen Schwester Marie und den anderen

Kindern bleiben und der Tante Elfriede zur Hand gehen würde. Außerdem blieb Marion daheim. Sie litt noch sehr an Unterleibsverletzungen und konnte sich kaum aufrecht halten. An körperliche Arbeit war gar nicht zu denken. Seit jenem Tag, als sie die junge Frau blutend auf der Treppe vorgefunden hatten, war Marion nicht mehr außer Haus gewesen. Meist verbarrikadierte sie sich auf dem Dachboden neben Ellas Kammer in einem niederen Verschlag, in dem zwei alte Matratzen lagen. Einmal hatte es Gerda geschafft, einen Arzt zu ihr zu schleppen, doch der konnte nicht viel für die junge Frau tun.

Alle anderen Bewohnerinnen machten sich heute auf den Weg zum Platz vor dem Roten Rathaus. Das Rathaus selbst war weitgehend zerstört. Bereits 1943 war der Festsaal von einer Bombe getroffen worden, und beim Vormarsch der Russen hatten Artillerietreffer dem Turm und einem der Seitenflügel massive Schäden zugefügt, auch der Ratsherrensaal war völlig zerstört. Und einige Tage nach der Kapitulation brannte die Bibliothek ab! Die meisten Räume waren unbrauchbar, sodass der von den Russen eingesetzte neue antifaschistische Magistrat und die Stadtverordneten zwei Straßenecken weiter ins *Neue Stadthaus* an der Parochialstraße gezogen waren, wohin Frieda auch für ihren Lizenzantrag gehen musste.

Der neue Magistrat war dafür zuständig, die notwendigste Versorgung der überlebenden Bevölkerung sicherzustellen. Zum Bürgermeister von Berlin hatte der sowjetische Stadtkommandant Bersarin den deutschen Ingenieur Arthur Werner ernannt.

Lilli und die anderen Frauen überquerten die Waisenhausbrücke, deren rote Sandsteinverkleidung nur noch an ihren beiden Brückenköpfen erhalten war. Den südlichen Bogen hatte die Wehrmacht gesprengt, was den Vormarsch der Roten Armee nicht aufhalten konnte. Nun verband ein wenige Meter breiter, hölzerner

Steg die beiden Brückenstücke und damit die beiden Hälften der Stadt an den gegenüberliegenden Ufern der Spree. Über diese Behelfsbrücke musste sogar der Verkehr geleitet werden, denn andere Brücken in Berlin-Mitte wie die Jannowitz- und die Mühlendammbrücke waren ebenfalls von den Nazis gesprengt worden.

Die Frauen hielten inne und sahen sich um. Manche von ihnen waren seit Monaten nicht mehr in diesem Teil der Stadt gewesen, der kaum wiederzuerkennen war. Die Königstraße wurde in ihrer Länge von einem Graben zerschnitten, auf dem Platz vor dem Roten Rathaus türmten sich Trümmer, während die Treppe vor dem zerstörten Rathaus bereits von Menschen bedeckt war. Hunderte waren dem Aufruf der Russen gefolgt. Von einem Lastwagen luden Soldaten Schaufeln und Eimer und gaben sie an die *freiwilligen Helfer* aus, die dann in Arbeitsbrigaden eingeteilt wurden.

Ein Teil der Straßenbahnschienen in der König- und der Spandauer Straße waren bereits vom Schutt befreit. Lilli sah lorenartige Wagen auf den Schienen stehen, daneben einen Russen, der hier wohl das Sagen hatte. Er gestikulierte wild, mit Mühe versuchte ein Übersetzer, die Anweisungen zu dolmetschen.

Endlich traten Männer in Zivil dazu, die als Aufseher vorgestellt wurden. Deutsche Männer! Lilli biss die Zähne zusammen. Wenn sie den Blick schweifen ließ, konnte sie die Zahl der Männer an wenigen Fingern abzählen. Die übergroße Mehrheit bildeten Frauen, dazu ein paar junge Mädchen und Jungs, die sicher nicht älter als vierzehn, fünfzehn waren. Der Jahrgang von Erikas Rainer war nahezu vollständig im letzten Aufgebot des Führers gegen russische Artillerie und Panzer aufgerieben worden.

Viele der Frauen waren in Kleidern und Schuhen erschienen, die ursprünglich eher für einen Stadtbummel geeignet gewesen waren. Lilli befühlte instinktiv den derben Stoff ihres eigenen Kleides, das die bessere Wahl schien, doch vermutlich hatten die meisten gar nichts anderes mehr zum Anziehen, weil sie ihre besten Kleider bis zum Schluss aufbewahrt und geschont hatten.

Ilse warf Lilli einen Blick zu, als würde sie aufmunternd in die Hände klatschen. Dann reihten sie sich zusammen mit Ella und den anderen in die Ketten von Frauen ein, die Eimer um Eimer weiterreichten. Andere füllten die Eimer mit schwarzem Brandschutt, Sand und Ziegeltrümmern. Von dort wanderten sie entweder zu den Loren, oder sie wurden direkt in den Graben, der die Königstraße zerteilte, geleert.

Später gab es Brot und Suppe, danach ging die schweißtreibende Arbeit weiter. Während Erika, Lilli und Gerda schaufelten, waren Ella, Ilse und Christa in einer Eimerkette eingeteilt. Später gesellte sich noch Frieda zu ihnen. Sie lächelte und erzählte, dass sie ihren Laden bald wieder öffnen dürfe. Allerdings würde sie davor noch so manche Formularschlacht schlagen müssen.

«*Rabota, rabota, bystry!*», rief einer der Russen und fuchtelte mit seinem Gewehr herum.

«Schnell an die Arbeit!», wiederholte der deutsche Aufseher.

Am Abend fühlte sich Lilli völlig zerschlagen. Sie hatte Blasen an den Händen, ihre Schultern schmerzten, ihr rechter Knöchel, der von einem herabfallenden Ziegel getroffen worden war, schwoll an und tat weh. Stöhnend ließ sie sich neben Ilse aufs Sofa fallen. Auch die sonst so zupackende Ilse jammerte über blutige Schrammen und Blasen; sie hatte völlig ungeeignete Schuhe getragen, nun schmerzten die Füße und schwollen an.

«Wenn das so weitergeht, lege ich mich zu Clara in ihr Krankenhausbett», verkündete Ilse.

So war es Ella, die am Feuer stand und den Zwillingen Brei kochte. Lilli sah ihr bewundernd zu. Ella war gut dreißig Jahre älter als sie selbst, hatte genauso viel geschuftet und fühlte sich vermutlich ähnlich müde und zerschlagen. Doch sie riss sich zusammen und spülte sogar noch das Geschirr der letzten beiden Tage ab, ehe sie sich verabschiedete, um sich in ihre Kammer zurückzuziehen.

«Gute Nacht, Lilli», wünschte sie von der Tür her, als diese gerade die schläfrige Anne zudeckte.

Lilli humpelte auf Ella zu und umarmte sie fest.

«Wofür is das denn?»

«Weil du so ein lieber, guter Mensch bist.»

Ella lachte verlegen. «Ach, Lilli, *ich* muss dankbar sein, dass du mich mitgenommen hast und ich ein Dach überm Kopf hab.» Sie warf einen Blick in Ilses Richtung. «Und dir auch, Ilse!»

Ilse winkte vom Sofa und schickte einen Luftkuss herüber, während Lilli Ellas Blick suchte. «Es tut so gut, dich zur Freundin zu haben. Für mich gehörst du zur Familie, seitdem ich denken kann. Es ist tröstlich, dass du bei uns bist – bei mir, den Zwillingen und bei Ilse.»

♦

Über Lillis letzte Sätze dachte Ella nach, während sie zu ihrer Kammer unter dem Dach hinaufstieg. *Familie*. Wer oder was war Familie? Ihre Mutter war noch vor dem Krieg in der Psychiatrie der Charité gestorben, ihr Vater und ihr Bruder Max im ersten Großen Krieg gefallen. Und die kleine Minna war bereits mit acht Jahren gestorben, an einem Fieber. Jetzt gab es nur noch sie selbst und vielleicht ihren älteren Bruder Paul. Der hatte es immer geschafft, sich zwischen der Straße, seinen illegalen Geschäften und dem Gefängnis durchzuwinden. Seit er in den Zwanzigerjahren Bruder eines Ringvereins geworden war, hatten seine Zuchthausaufenthalte meist nicht mehr so lang gedauert, wie er es von Rechts wegen vermutlich verdient hätte. Bis die Nazis gegen die Ringvereine vorgegangen waren und diese zerschlagen hatten.

Ella fragte sich wieder einmal, wo Paul sein könnte und ob er den Krieg überlebt hatte. Sie hatte ihn seit mindestens fünf Jahren nicht gesehen. Natürlich hatte er 1939 versucht unterzutauchen, um dem Dienst an der Front zu entgehen. Dienst an der Waffe fürs Vaterland war Pauls Sache nicht, so viel stand fest. Ob er den Schergen des Führers hatte entgehen können? Wenn Hitler gegen jemanden vorgegangen war, dann mit aller Konsequenz, Härte und Brutalität. Ob es sich dabei um die verhassten Roten handelte, Juden, Schwule ... Auch die Brüder der Ringvereine mit ihrem Einfluss in den Berliner Stadtvierteln waren dem Führer ein Dorn im Auge gewesen, denn alles hatte sich stets um Macht und Kontrolle gedreht.

Natürlich hätte Ella gern gewusst, wie es ihrem Bruder ging, aber diese Ungewissheit raubte ihr nachts nicht den Schlaf. Es war der Gedanke an Michel, ihren geliebten Michel, den sie mit so viel Schmerz und Mühe aufgezogen hatte, der sie nie losließ. Sie dachte an die Opfer, die sie für ihren Sohn in Kauf genommen hatte, um sein Überleben zu sichern und einen anständigen Menschen aus ihm zu machen. Er sollte in eine bessere Zukunft gehen können als sie und ihr Bruder zu ihrer Zeit. Sie war gern Mutter gewesen, hatte ihm bei allen Fragen und Nöten zur Seite gestanden – bis sie ihn am Ende enttäuscht hatte und er sich im Zorn von ihr abwandte.

Ach, mein Michel, ich liebe dich, dachte sie und spürte, wie Tränen in ihre Augen traten. *Ich vermiss dich. Was würd ich tun, um dich wiederzusehen?*

Alles, fast alles. Doch diese eine Entscheidung würde sie nicht zurücknehmen. Wenn sie heute noch einmal in demselben Dilemma stecken würde, könnte sie nicht anders handeln. Selbst mit dem heutigen Wissen, wie viel Leid ihre wenigen Worte ausgelöst hatten.

Ja, sie würde sich nicht anders entscheiden können.

Nicht anders handeln dürfen.

Der Fehler war viel früher gemacht worden. Nicht nur von ihr.

Aber hatte sie aus diesen Fehlern gelernt? Und wenn ja, würde das nicht bedeuten, offen und ehrlich zu den Menschen zu sein, die sie liebte, selbst wenn dies im ersten Moment Schmerz bedeutete? Wogen Geheimnisse nicht mit der Zeit schwerer und schwerer, bis sie ganze Leben zerstörten?

♦

Er verbarg sich im Schatten einer Brandmauer in der Ruine gegenüber und beobachtete die Haustür. Ein einnehmend hübscher junger Mann von dreiundzwanzig Jahren mit einem markanten Gesicht, dichtem dunklem Haar und braunen Augen. Er war groß und von drahtiger Statur, schlank, aber nicht so mager wie die meisten Menschen, die hier durch die Trümmerlandschaft schlurften.

Wenn seine Information richtig war, dann wohnte sie dort drüben in der Wohnung ihrer Patentante. Es war bereits das vierte Mal, dass er sich hier herumtrieb und Ausschau hielt. Hier, wo es noch schlimmer aussah als in vielen anderen Bezirken Berlins. Eine intakte Wohnung zu bekommen war geradezu aussichtslos. Außer natürlich für die Mitstreiter der Partei, die aus Russland gekommen waren: Politiker und befreite Kommunisten, deren Aufgabe es nun sein würde, den Faschismus endgültig auszurotten und Deutschland zu einem guten, gerechten Land zu formen, in dem alle gleiche Chancen hatten, die Arbeiter die Macht in ihren Händen hielten und ihr eigenes Leben gestalten durften. Was für ein schöner Gedanke. Er spürte, wie sich sein Mund zu einem Lächeln verzog ...

Und dann sah er sie!

Er hatte in seiner Zeit in Moskau häufig an sie gedacht. Sich gefragt, wie sie diese Endzeit überstanden hatte. Ob sie überhaupt zu den Überlebenden gehörte. Aber ja! Da war sie, Lilli, die wunderschöne, lebensfrohe, quirlige Lilli mit ihrer Lockenpracht, die im Sonnenlicht wie Kastanien leuchtete. Mit ihren tiefgründigen graugrünen Augen, die bis in die tiefsten Winkel einer Seele blicken konnten. Sie hatte überlebt! Endlich konnte er sicher sein, konnte aufhören, sich zu sorgen. Er musste nicht mehr von ihr träumen, nicht mehr, von Ängsten geplagt, aus dem Schlaf hochschrecken. Da war sie, es schien ihr gut zu gehen. Er konnte diesen Teil seines Lebens endlich abschließen und sich Neuem zuwenden. Nicht unbedingt einer anderen Frau, obgleich das natürlich auch möglich wäre. Nein, er wollte seinen neuen Lebensweg zusammen mit der Partei beschreiten, die die Zukunft von Berlin und vielleicht des ganzen Landes bestimmen würde.

Er sah noch einmal zur anderen Straßenseite hinüber. Lilli. Der Krieg hatte wenig von dem betörenden Mädchen übrig gelassen. Das Kleid formlos, die Gestalt viel zu dünn, das Gesicht grau und übernächtigt. Das Haar war achtlos im Nacken zusammengebunden und von einem Kopftuch bedeckt, wie es alte Weiber trugen.

Die Haustür öffnete sich, und zwei weitere Frauen traten heraus. Die eine kannte er nicht, doch beim Anblick der anderen spürte er einen Druck auf seinem Herzen. Er rieb sich die Augen. War das möglich? Aber ja, das dort war zweifelsfrei seine Mutter. Wie kam sie hierher? Als er sie das letzte Mal gesehen hatte, hatte sie in Charlottenburg bei Gertrud Richter, Lillis Großmutter, zur Untermiete gewohnt. Er war dort gewesen und hatte gesehen, dass das Haus in Trümmern lag. Jetzt spürte er Erleichterung, dass sie überlebt hatte und seine Befürchtungen, sie sei unter den Trümmern begraben worden, sich nicht bewahrheiteten. Aber dass seine Mutter ausgerechnet zu Lilli gegangen war, stieß ihm übel auf.

Michael hatte genug gesehen. Erst als er die Kommandantenstraße längst hinter sich gelassen hatte, fiel ihm auf, was ihn daran so störte, seine Mutter bei Lilli zu finden. Er hatte sich entschieden, spurlos von der Bildfläche zu verschwinden. Er wollte Lilli nie mehr begegnen. Und das musste nun auch für Ella gelten, seine Mutter.

♦

Radio und Zeitungen verkündeten Neuigkeiten. Es hieß, bei einer der Konferenzen der Alliierten hätten Amerikaner und Briten Teile ihrer eroberten Gebiete an der Oder gegen die Hälfte von Berlin getauscht, das sie nun – zusammen mit den Russen – verwalten würden. Die Amerikaner, weit nach Osten vorgestoßen, zogen sich bereits nach Bayern zurück, und auch die Briten hatten sich mit den Russen auf neue Grenzen geeinigt. Außerdem würde Frankreich als Vierter im Bund der Siegermächte aufgenommen werden. Bald schon würden westliche Truppen nach Berlin einziehen. Was das für die Bevölkerung bedeutete, konnte noch keiner sagen.

Bereits am ersten Juniwochenende schwirrte das Haus geradezu vor Neuigkeiten. Tausende britische und amerikanische Soldaten sollten auf den notdürftig freigeräumten Flugfeldern gelandet sein. Berlin würde in vier Sektoren aufgeteilt: Der Süden und Westen mit Tiergarten, Charlottenburg, Schöneberg, aber auch Kreuzberg und Neukölln würden zum amerikanischen, britischen und französischen Sektor. Das Zentrum der Stadt, Friedrichshain und Pankow blieben in russischer Hand. Auch der Stettiner und der Schlesische Bahnhof würden russisch bleiben ebenso wie der Bahnhof Friedrichstraße.

Trotz allem sollte es weiterhin eine gemeinsame Berliner Stadtverwaltung geben. Zu diesem Zweck war bereits Anfang Mai, am Tag vor der Kapitulation Berlins, Walter Ulbricht mit einer ganzen Gruppe deutscher KPD-Politiker aus dem Moskauer Exil zurückgekehrt. Sie sollten tatkräftig die 1. Belarussische Front bei der «Neuorganisation des öffentlichen Lebens und der Verwaltung Berlins und der anderen russisch besetzten Gebiete» unterstützen, so die neue rote Führungsspitze. Zur Feier der Alliierten war die Stadt in den Farben der vier Sieger zu beflaggen, lautete es in einem Aufruf.

Und die fleißigen Berlinerinnen? Sie räumten nicht nur die Trümmer beiseite, sie holten auch ihre Nähmaschinen hervor und saßen in Gruppen abends beisammen, um Flaggen zu nähen und die neuen Herren der Stadt willkommen zu heißen. Roter Stoff war in rauen Mengen vorhanden, alte Nazifahnen gab es ja genug. Weißer Stoff war auch nicht schwierig zu beschaffen, problematisch gestaltete sich, an blauen Stoff heranzukommen. Konnte diese Schwierigkeit überwunden werden, war eine Trikolore schnell genäht. Schwieriger waren der Union Jack der Briten und gar die US-Stars-and-Stripes. Ein mühsames Gefummel. Jede der Frauen hatte ihre eigenen Tricks, um wenigstens ein paar kleine Fähnchen vor den Fenstern befestigen zu können. Auf den deutschen Eifer war Verlass!

Nun ja, eifrig waren nicht alle im Haus. Ilse weigerte sich grundsätzlich, gab aber immerhin ihre Nähmaschine her und einen Rest blauen Stoff, den sie noch in ihrem Schrank hatte. Und auch Lilli kümmerte sich lieber um die Kinder im Haus und kochte für alle Erbsen- und Graupensuppe, während Ella, Erika, Frieda und die anderen Frauen emsig Tuche zerschnitten, säumten und zusammennähten.

Am Dienstag, dem 5. Juni, folgte eine Deklaration, der sie in kleinen Gruppen vor den Radioempfängern lauschten. Der Alliierte Kontrollrat übernahm hochoffiziell die Regierung im gesamten, noch zu Deutschland gehörenden Gebiet. Außerdem ordnete der neu gebildete Magistrat von Berlin an, dass alle Banken ihre Bestände an die neu gegründete Stadtbank Berlin auszuliefern hätten.

«Jetzt geht's ans Tafelsilber», kommentierte Ilse sarkastisch.

«Soweit die Plünderer was übrig gelassen haben», meinte Lilli. «Ich weiß, dass in unserer Bankfiliale alle Schließfächer aufgebrochen und leer geräumt wurden.»

Und so beobachteten sie, wie die Tage der Eroberung und der Niederlage von ersten Schritten des Neuanfangs und des Wiederaufbaus abgelöst wurden.

Für die Hausgemeinschaft war die Aufteilung der Stadt besonders spannend, da niemand sagen konnte, wo genau die Grenzen verlaufen sollten. Die Amerikaner landeten mit ihren Maschinen auf dem Tempelhofer Feld, und es war klar, dass sie Kreuzberg bekommen würden. Doch zu welchem Sektor würde die Kommandantenstraße gehören? Sowohl amerikanische als auch russische Soldaten marschierten regelmäßig von der Lindenstraße hinüber zur Alten Jakobstraße am Haus vorbei.

Und dann stand es fest: «Ihre» Kommandantenstraße bildete einen Teil der Grenze zwischen zwei Sektoren. Ihr Haus gehörte den Russen, die Häuser auf der anderen Straßenseite in südlicher Richtung gehörten den US-Amerikanern.

«Das darf doch nicht wahr sein», schimpfte Erika. «Wir müssen weiter für die Russen arbeiten!»

Frieda versuchte, sie zu trösten. «Wer weiß, wie es die Amerikaner handhaben. Sicher müssen die Leute in ihrem Sektor auch beim Aufräumen helfen.»

«Wir werden es bald wissen», meinte Ilse. «Warten wir's ab.»

Die nächsten Tage wurden sie an einem anderen Ort eingesetzt. Nach welchen Kriterien die Russen entschieden, war schleierhaft. Die Innenstadt glich einer einzigen Trümmerwüste, und auch in den Vororten sah es schlimm aus. Aber irgendwo musste man ja anfangen. Also sammelten die Frauen die Ziegel, die noch brauchbar schienen, aus den Trümmern, befreiten sie von Mörtel und schichteten sie sauber zu kleinen Paketen auf. Andere schaufelten den unbrauchbaren Schutt in Eimer und füllten weiter die Loren. Mit der Zeit wurde klar, dass es zunächst darum ging, die wichtigen Straßen so zu säubern, dass die Straßenbahnen wieder fahren konnten. Außerdem mussten die Routen freigeräumt werden, die für die Versorgung der Bevölkerung wichtig waren. Lebensmittel und Brennmaterial mussten mit Lastwagen transportiert werden, Baumaschinen an Orte gelangen, wo Wasser- oder Gasleitungen repariert werden mussten. Noch waren die meisten Berliner zu Fuß unterwegs, auf verschlungenen Trampelpfaden, die sich durch die Ruinenlandschaft zogen. Zwischen ausgebrannten Panzern und Trümmern spielten Kinder im warmen Sonnenschein.

«Sie graben nach Schätzen», erzählte Erika, während sie mit einem Hammer Zementreste zertrümmerte. «Sie sammeln Waffen und Munition. Ich habe es den Mädchen verboten, aber ich glaube nicht, dass sie sich von alldem fernhalten, wenn sie mit ihren Freunden draußen sind.

«Sie spielen Krieg», meinte Ella. «Etwas andres ham se auch nich gelernt.»

«Es ist gefährlich!» war alles, was Ilse dazu einfiel, aber das wussten die anderen auch.

«Glaubst du, das ist mir nicht bewusst?», begehrte Erika auf. «Ich lebe jede Stunde in Angst, dass ich nach Rainers sinnlosem Opfer an einem der letzten Kriegstage auch noch eines meiner Mädchen verliere. Aber ich kann sie doch nicht für die nächsten Jahre einsperren, das ist auch kein Leben.»

Immer waren irgendwo in der Stadt Explosionen zu hören, und verzweifelte Mütter versuchten, verletzte Kinder ins Krankenhaus zu bringen, wenn es nicht bereits zu spät war und sie nur noch ihren Tod beklagen konnten.

Auch die Frauen stießen bei ihrer Arbeit auf Blindgänger, die explodieren konnten. Doch fast genauso häufig fanden sie Leichen oder Teile menschlicher Körper. Noch immer hing Verwesungsgeruch über der Stadt, der nur ab und zu vom blumigen Juniwind vertrieben werden konnte.

Zwei Tage später hatte Ilse genug.

«Ich komme heute nicht mit, Lilli. Ich habe Clara schon seit Tagen nicht besucht. Ich hoffe, es gibt endlich eine Aussage dazu, wann sie aus dem Krankenhaus entlassen wird. Ich mache mir große Sorgen. Ihr Beinstumpf will einfach nicht heilen.»

Lilli widersprach nicht. Sie wusste, wie sehr Ilse um Claras Leben bangte. Auch jetzt noch war Penicillin knapp, und es starben viel zu viele Patienten an ihren Verletzungen.

«Ja, geh zu ihr. Das ist alles sicher sehr schwer für sie.» Lilli dachte daran, wie sehr Clara schon bald auf Ilses Hilfe angewiesen sein würde, um in den Alltag zurückzufinden. Aber auch Johannes hatte es damals irgendwie geschafft, nach seiner Verwundung im Großen Krieg seinen versehrten Körper zu akzeptieren und das Leben wieder aufzunehmen, auch ohne Hand und mit steifem Bein.

Lilli nickte Ilse ermunternd zu, rieb sich den schmerzenden Rücken und machte sich auf zum nächsten Trümmerberg. Wie gerne hätte auch sie eine Pause gemacht, aber für die Russen gab es nur Arbeitstage – von Montag bis Sonntag. Und nur wer hart arbeitete, bekam zu essen. So einfach war das.

«Ich versuche, auf dem Rückweg etwas auf dem Schwarzmarkt zu organisieren», versprach Ilse und packte für alle Fälle zwei leere Säcke und die letzten Zigaretten in ihre Tasche.

♦

Eigentlich hatte er nicht noch einmal herkommen wollen, doch jetzt führte ihn sein Weg schon wieder in die Kommandantenstraße, nur um einen Blick auf seine Mutter zu werfen, wie er sich vergeblich einzureden versuchte.

Michael verharrte in seinem Versteck und ließ die Haustür nicht aus den Augen. Er sah, wie Lilli heimkam und wenig später seine Mutter. Eigentlich gab es nun keinen Grund mehr, weiter auszuharren, da erschienen Lilli und Ella noch einmal – mit zwei kleinen Mädchen, die sie in einen gepolsterten Bollerwagen setzten. So wie Lilli mit den Kindern umging, kam ihm nicht der Hauch eines Zweifels, dass es sich nicht um ihre eigenen handelte. Michael starrte zu ihnen hinüber. Wie alt mochten die Kinder sein? Sie konnten bereits sitzen, aber noch nicht laufen. Michael versuchte, den plötzlich stechenden Schmerz in seinem Innern zu ignorieren.

Wann war er weggegangen? Im März des vergangenen Jahres?

Der Schmerz wurde von aufwallender Wut verdrängt. Lange getrauert hatte Lilli offensichtlich nicht! Hatte er ihr so wenig bedeutet, dass sie sich schnell mit einem anderen trösten und auch noch gleich Kinder machen musste?

Seine Mutter hatte ihn davor gewarnt, sein Herz leichtfertig zu verschenken. Und hatte sie Lilli nicht eh für verwöhnt und flatterhaft gehalten?

Michael ballte die Hände zu Fäusten. Wie gut, dass er das jetzt gesehen hatte. Nun würde er keinen sentimentalen Gedanken mehr an seine Jugendliebe verschwenden müssen. Hatte er sich nicht sogar schuldig gefühlt, ihr das Herz gebrochen zu haben? Pah, offensichtlich besaß sie gar kein Herz, jedenfalls war sie keinen einzigen wehmütigen Gedanken mehr wert. Mit heißem Zorn stapfte er davon.

♦

In der Nacht träumte er. Zuerst war er noch ein Kind. Der Junge, der alleine auf dem Schulhof stand. Egal, in welcher Klasse, er war immer ein Einzelgänger ohne Freunde gewesen. Er konnte sich nicht öffnen und vertrauen. In den Pausen hatte er lieber an Rätseln herumgeknobelt oder schwierige Rechenaufgaben gelöst, als mit anderen Kindern Ball zu spielen.

Bis Lilli kam. Das kleine Mädchen, dass offen war für zwei und ihm gar keine andere Wahl gelassen hatte, als sich auf sie einzulassen. Sie hatte ihn erobert und nicht wieder losgelassen. Er musste für sie da sein und sie beschützen. Sie verließ sich auf ihn, und es war, als habe er das passende Puzzlestück gefunden, das genau zu dem gähnenden Loch in seinem Herzen passte.

Was wäre geschehen, wenn seine Mutter *nicht* mit ihm gesprochen hätte? Wenn er mit Lilli Berlin verlassen hätte? Nach Amerika oder so. Weit weg von all diesem zerstörerischen Wahnsinn?

Dann würde sie jetzt neben ihm liegen. Er müsste nur die Hand nach ihr ausstrecken und könnte über ihre seidenweiche Haut streichen. Sie würde sich glücklich seufzend zu ihm umwenden, ihre Arme um ihn schlingen und ihn an sich ziehen. Ihre Lippen leicht geöffnet auf die seinen pressen. Und dann würden sie sich lieben. Die ganze Nacht. Es würde keinen Krieg geben, keine Angst, keine Trennung. Nur Lilli und ihre Liebe. Doch selbst in seinen Träumen wusste er, dass er dies alles verloren hatte, und sein Herz krampfte sich schmerzhaft zusammen.

Kapitel 9

Nach ihrem Besuch in der Charité passierte Ilse den Bahnhof Friedrichstraße. Was für ein trauriger Anblick! Das stolze Werk ihres Vaters, noch unter dem Kaiser feierlich eingeweiht, unter Roberts Mitarbeit ausgebaut und modernisiert – und nun? Nach sechs Jahren Krieg nur noch Zerstörung, wo man auch hinsah. Die gebogenen Stahlträger, die das gläserne Dach getragen hatten, ragten wie Rippenbogen eines riesigen, verendeten Tieres in den Himmel. Für Ilse wirkte der Bahnhof wie ein gestrandeter Wal, der den Kampf ums Überleben verloren hatte und nun langsam verrottete und verfiel, denn wie sollte man das alles jemals wieder aufbauen? Nicht nur Bahnhöfe und U-Bahn-Stationen, fast alle Brücken, Kirchen, öffentlichen Gebäude, von den Tausenden Wohnhäusern gar nicht erst zu sprechen. Was nur war aus Berlin geworden, dieser einst so lebhaften, freien, beschwingenden Metropole, in der die Welt zu Gast gewesen war? Aus *ihrer* Stadt?

Wie so häufig zog es Ilse zu der Ecke am Bahnhofsplatz, wo noch die letzten Buchstaben zu lesen waren: *Lilli Wag …* Der Kiosk und sein Nebenraum waren zwar nicht direkt von einem Bombentreffer zerstört worden, doch man sah die Spuren gewaltsamen Eindringens. Von der Einrichtung war nichts geblieben. Traurig ließ Ilse den Blick über die Verwüstungen schweifen. Der Kiosk, lange Zeit ein Treffpunkt für all die Menschen, die sie liebte. Der Ort, an dem sie und Johannes sich wiedergefunden hatten, als der Bruder nach dem ersten Großen Krieg versehrt aus Frankreich nach Hause zurückgekehrt war.

Sie wollte sich gerade wegdrehen, als sie aus den Augenwinkeln eine Gestalt wahrnahm, die, von der Halle kommend, auf den Vorplatz hinaustrat. Sie bemerkte das Hinken und schloss für einen Moment die Augen. Ein Streich ihrer Fantasie. Der Wunsch, ihren Bruder wiederzusehen, war offenbar so stark, dass sich ihr Herz an diesem besonderen Ort ein Trugbild vorgaukelte.

Ilse hörte den ungleichen Rhythmus der sich nähernden Schritte, bis sie verstummten. Sie spürte den Blick der Verwunderung über sich gleiten, als sie die Augen öffnete und das Gesicht vor sich sah, das sie – vielleicht ein wenig jünger und weniger bärtig – gerade noch in ihrer Fantasie gesehen hatte.

«ILSE!»

Seine Hand griff nach der ihren, fest und stark. «Dass ich dich hier treffe!»

Ilse konnte nichts sagen. Ihr Herz klopfte, ihr Gesicht glühte. Sie umfasste den Bruder mit beiden Armen und drückte ihre Wange an sein verschlissenes Hemd. Worte stiegen in ihr auf, viele Worte, und doch kam nur eines über ihre Lippen: «JOHANNES!»

Er drückte seine Lippen auf ihr Haar. «Dass wir uns an diesem magischen Ort wiedersehen. Nach so vielen Jahren. Ich habe es wohl tief im Herzen gespürt, dass ich dich am ehesten hier finden kann.»

Ilse löste die Umarmung und trat einen Schritt zurück. «Ach, Johannes, welch ein Glück in dieser Trümmerzeit. Du bist da, endlich. Wir haben so oft von dir gesprochen, gehofft, dass du überleben wirst im fernen Frankreich.»

«Ja, ich habe überlebt. Noch einmal dank Aveline. Aber ich musste zurückkommen, konnte nicht dortbleiben. Ich musste sehen, wie es hier aussieht. Und hatte eine solche Sehnsucht danach, dich zu finden. Und Lilli, Robert, Ella, Michel …»

«Aveline, die Frau, die dich schon damals gerettet hat.»

Er nickte. «Ja, sie hat mich ein weiteres Mal als ihren Sohn Jérôme ausgegeben. Das hat mir das Leben gerettet.» Er betrachtete Ilse. «Du bist dünner geworden, aber du siehst gut aus!» Er schluckte, als würde das, was er zu sagen hatte, nur schwerlich auszusprechen sein. «Ich ... Ich weiß, ich habe mich selbstsüchtig und feige all dem Grauen entzogen. Schon allein, was ich auf meiner Reise hierher gesehen habe, lässt mich verzweifeln. Natürlich haben wir das eine oder andere gehört, Aveline und ich. Aber ...»

«Ach, Johannes», stieß Ilse noch einmal seufzend hervor. «Nicht nur du bist in Deckung gegangen und hast so deinen Kopf aus der Schlinge gezogen. Clara hat mir falsche Papiere besorgt und mich bei Verwandten auf dem Land versteckt. Ich gehöre auch zu denen, die unverdient großes Glück gehabt haben. Ich bin an Körper und Seele unversehrt, was so unendlich vielen nicht vergönnt ist.»

Seine Hand umschloss ihr Handgelenk jetzt so fest, dass es schmerzte. «Sag es mir. In meinen Träumen wurde ich von den grausigsten Vorfällen heimgesucht. Ich hatte solche Angst um euch alle, aber ich wusste nicht, was ich für euch hätte tun können. Was für ein Irrsinn, dass allein unser Name und unsere Herkunft für Freunde und Familie todbringendes Verderben bedeutet hätten.»

«Am Ende haben wir es richtig gemacht», sagte Ilse sanft. «Denn so konnten auch unsere Liebsten überleben, ohne dass wir sie noch größerer Gefahr ausgesetzt hätten. Komm, Johannes, lass uns nach Hause gehen.»

«Nach Hause? Wie seltsam das klingt. Das Wort hat für mich keine Bedeutung mehr. Was ist das, *zu Hause*?»

Ilse lachte bitter. «Inzwischen ist das wieder meine Wohnung in der Kommandantenstraße. Und du wirst dich wundern, wer dort noch lebt.»

«Lilli?», fragte er hoffnungsvoll, und als Ilse heftig nickte, hakte er sich geradezu schwungvoll bei ihr unter. Erleichterung ließ sein Gesicht nun weich erscheinen. «Meine Lilli! Wie bin ich froh, dass ihr einen sicheren Ort habt, der nicht zerstört wurde.»

Glücklicherweise mussten sie nicht laufen, ein Fuhrwerk brachte die Geschwister *nach Hause*. Auf der Fahrt spürte Ilse, wie die Freude auf dem Gesicht ihres Bruders einer Anspannung wich, doch sie schwieg. Er sollte erst mal ankommen.

Mit staunenden Augen betrachtete Johannes die Wohnung, vielmehr das, was noch übrig geblieben war. Es war den Frauen gelungen, ein Stück Gemütlichkeit zu bewahren – trotz des bodentiefen Lochs in der Außenwand, das über dem Boden nur mit ein paar Brettern abgesichert war. Als er sich am Küchentisch niederließ, goss Ilse eine Tasse Tee ein, schob die kostbare Zuckerdose daneben und stellte ein paar trockene Kekse auf den Tisch.

«Ich bin so froh, dass Lilli lebt. Aber wie geht es unseren Freunden?» Johannes seufzte tief. «Ich weiß nicht einmal, wer überlebt hat.»

«Von Robert haben wir schon viele Monate nichts gehört. Vielleicht ist er in Gefangenschaft geraten. Er war zum Ende des Krieges im Harz und hat für das Mittelwerk gearbeitet. Dort haben sie unterirdisch in irgendwelchen Stollen diese Raketen gegen England produziert. Vielleicht hast du von der Wunderwaffe des Führers gehört, die uns den Endsieg hätte bringen sollen!»

«Ich denke, wir müssen dankbar sein, dass das nicht funktioniert hat!», sagte Johannes.

«Jedenfalls haben wir herausgefunden, dass die Gegend von den Amerikanern erobert wurde», erzählte Ilse.

«Dann hätte er Glück gehabt. Man sagt, die Amis würden ihre Kriegsgefangenen gut behandeln», meinte Johannes und dachte mit Wehmut an seinen besten Freund seit Kindheitstagen. Zusammen waren sie in Charlottenburg aufgewachsen. Charlottenburg? «Ilse, weißt du, wie es um Charlottenburg steht? Wie es Lillis Großmutter geht, Ella und Michael?»

Ilse drückte seinen Arm. «Das Haus existiert nicht mehr. Der ganze Block ist nach einem schweren Bombenangriff abgebrannt. Gertrud Richter hat den Angriff nicht überlebt, obwohl sie noch rechtzeitig aus dem Keller gerettet wurde. Es war ihr Herz, sagte Ella. Sie war bei ihr.»

«Willst du damit sagen, dass Ella überlebt hat?», drängte er.

«Ja, du wirst sie bald sehen», versprach Ilse und lächelte.

«Und Michael?»

«Das wissen wir nicht. Ella hat lange nichts von ihm gehört und leidet sehr darunter.»

Johannes schwieg. Still rührte er in seiner Tasse, während er über all das nachdachte. Über gute und schlechte Nachrichten, die er für sich erst einmal würde sortieren müssen. Der Tee war längst kalt geworden, da streckte er die Hand aus, lächelte und strich seiner Schwester über den Arm. «Dass ich dich wiedergefunden habe!»

Die Wohnungstür klappte auf. Johannes fuhr herum. Eine Frau betrat die Küche und ließ zwei kleine Mädchen sacht zu Boden gleiten. Neugierig krabbelten die beiden auf den Fremden zu.

Vorsichtig stand Johannes auf. Staunend versuchte er zu verstehen, was er sah. Dann fand er seine Stimme wieder und rief: «Ella!»

Der Wohnungsschlüssel entglitt ihrer Hand und fiel zu Boden, wo eines der Mädchen nach ihm griff und ihn sogleich in den Mund steckte. Ella achtete nicht darauf. Sie riss die Augen auf und stieß einen Schrei aus. «Hannes!»

Johannes strahlte. «Ella, wie schön, dich wohlauf zu finden.»

Da war sie schon bei ihm und klammerte sich an ihn. «Oh Hannes, du bist wieder da.»

Ilse sah offensichtlich interessiert und zugleich irritiert zu. Dann bückte sie sich, nahm eines der Mädchen auf den Arm und entzog ihm unter Protest den Schlüssel.

Johannes ließ Ella los und sah zu den beiden Kindern. «Und wer sind die beiden?»

«Das sind Cornelia und Anne», stellte Ella vor. «Lillis Zwillinge, im November geboren.»

Davon hatte er nichts gewusst, woher auch, er war so viele Jahre weg gewesen. Entgeistert starrte er Ella und Ilse an. «Lilli ist Mutter? Hat sie geheiratet? Sie ist doch selbst noch fast ein Kind.»

Ilse schaltete sich ein und schüttelte mit Nachdruck den Kopf. «Sie ist neunzehn, und nein, verheiratet ist sie nicht. Wir wissen nicht, wer der Vater der Zwillinge ist.»

«Sie ... Sie hat es nicht einmal dir erzählt?», rief Johannes. Das Grauen, das ihn überkam, verzerrte seine Züge. «Sie ist doch nicht etwa ...?» Er konnte es nicht aussprechen.

Ilse trat zu ihm und legte den Arm um seine Schulter. «Nein, es sind keine Kinder der Gewalt, zum Glück. Alles, was ich weiß, ist, dass sie sich in den Vater der Kinder verliebt hat und von ihm enttäuscht und verlassen wurde.»

Johannes sah, dass Ella zu Boden blickte, aber da sprach Ilse schon weiter: «Nun ziehen wir alle gemeinsam die Zwillinge mit auf. Wir vier wohnen hier unten, Ella schläft oben in einer Dachkammer.»

Noch einmal klappte die Wohnungstür, dann stand Lilli mit einem gefüllten Korb am Arm und einem Rucksack auf dem Rücken im Türrahmen.

«Da bin ich endlich. Entschuldigt, ich habe das letzte Brot ergattert und ein paar Kartoffeln, aber kein Fett, dabei hieß es gestern, es würde ein Lastwagen mit Sonnenblumenöl kommen.»

Sie erstarrte. Dann löste sich ein Schluchzer aus ihrer Kehle.

«Johannes? Du? Du bist wieder da?»

«Lilli! Mein Liebes, bist du das wirklich?»

Er verschlang Lilli mit seinen Augen. Als Johannes vor dem Krieg weggegangen war, war sie noch ein junges, unschuldiges Mädchen gewesen. Fröhlich, ein wenig verzogen, hübsch und wohlgenährt, die Augen voller Neugier auf die Welt gerichtet. Freude und Lebensdurst wären die Begriffe, die ihm sofort zu der einstigen Lilli einfielen. An der knochigen Frau mit den eingefallenen Wangen und den dunklen Ringen unter den Augen erinnerte nichts mehr an das Mädchen von damals. Die Hände voller Schwielen, die Arme von blauen Flecken und Kratzern übersät, das kurzärmelige Kleid hing wie ein Sack um ihren dünnen Körper. Das Haar fiel ihr in grau bestaubten Strähnen über die Schultern, die Schuhe waren ausgetreten und schmutzig. Doch das Schlimmste war ihr Blick. Etwas war in ihr gestorben: die Leichtigkeit der Jugend, ihr Frohsinn, das Vertrauen in das Gute der Menschen. Dafür glitzerten jetzt Entschlossenheit und Härte in ihren schönen graugrünen Augen.

Johannes und Lilli umarmten einander, wollten sich gar nicht mehr loslassen.

«Wie ... Wie lange bist du schon in Berlin?», stieß Lilli hervor, den Kopf an seine Schulter gelehnt.

«Seit gestern», erklärte Johannes. «Ich bin aus Frankreich zurückgekommen, wo ich mich versteckt hatte. Und heute bin ich Ilse am Bahnhof Friedrichstraße über den Weg gelaufen. Oder besser gesagt: Der alte Kiosk hat uns zusammengeführt, dort haben wir uns nach so vielen Jahren wiedergesehen.»

Lilli lächelte zart. «Der Kiosk am Bahnhof Friedrichstraße, der Nordstern unserer Familie.»

Später, als die Zwillinge bereits schliefen, trat Johannes noch einmal an das Sofa. Er konnte sich offensichtlich nicht an Lillis Kindern sattsehen.

Ella trat unter die Tür und winkte ihn in die Küche hinüber. Ein letzter Blick, dann schloss Johannes leise die Tür. Zu viert saßen sie um den Küchentisch, teilten die Graupensuppe mit Brot und etwas Schmalz, während Lilli von ihrem Arbeitseinsatz an diesem Tag berichtete.

«Die Russen haben in Hohenschönhausen, wo die Nazis die Kriegsküche betrieben hatten, ein Lager für Kriegsgefangene eingerichtet. Und die deutschen Häftlinge müssen nun beim Aufräumen mithelfen. Ein paar von uns Frauen sind heute zusammen mit einem Häftlingstrupp zu einer Lagerhalle am Schlesischen Bahnhof transportiert worden. Wir Frauen mussten Metallteile in Kisten verpacken und zu Güterwaggons schleppen. Die Männer haben derweil Schienen abmontiert. Es heißt, unsere Züge werden bald nur noch eingleisig fahren. Die Schienen der zweiten Spur verfrachten sie nach Russland. Aber nicht nur Schienen, Züge, Maschinen, Werkzeuge, alles, was sie finden, nehmen die Russen mit, um die Schäden zu begleichen, die die Wehrmacht in Russland angerichtet hat.»

Lilli betrachtete ihre geschundenen Hände. «Die Metallteile sind schwer und haben scharfe Kanten. Keine von uns Frauen hatte Handschuhe, um sich zu schützen.»

Wortlos stand Ilse auf, ging nach nebenan und kam mit einem Paar weicher Lederhandschuhe zurück. «Hier, nimm die.»

«Aber nein», wehrte Lilli ab, «die sind viel zu fein und empfindlich. Vermutlich würden sie nicht lange halten. Ich möchte sie nicht kaputt machen.»

«Nimm sie!», befahl Ilse. «Ich denke, es dauert noch, bis wir wieder schöne Handschuhe zum Ausgehen brauchen.»

Da gab Lilli nach, steckte die Handschuhe ein und sah zu Ella hinüber. «Und wie ist es dir heute ergangen? Abgesehen davon, dass du meine beiden wieder gut behütet hast.»

Ella zeigte ihre geröteten Hände. «Ich hab die schmutzigste Wäsche gewaschen, die mir je untergekommen ist. Unterwäsche, Handtücher, Hemden, Uniformhosen. Mit viel zu wenig Wasser, und Seife gab's auch kaum. Aber unsre Aufpasser ham ordentlich Mittagessen besorgt und mit uns Waschfrauen geteilt. Ich will nich klagen!»

Lilli erkundigte sich auch nach Clara, und Ilse berichtete strahlend, dass die Freundin bald entlassen würde. Sie lächelte ganz zart, und Lilli freute sich an ihrem Glück. Dann deutete sie auf ihren fast leeren Rucksack. «Ich habe nicht viel Feuerholz gefunden. Wir müssen später noch mal los, sonst können wir morgen nicht kochen.»

Ilse seufzte, Ella beugte sich vor. Ihr Gesicht nahm einen verschwörerischen Ausdruck an. «Ich hab mit Frieda und Erika gesprochen. Sie wollen, wenn es dunkel is, zum Anhalter Bahnhof. Dort soll ein Zug mit Kohle kommen. Wir müssen nur dafür sorgen, dass er anhält, bevor er in den gesicherten Bereich vom Bahnhof fährt. Vielleicht können wir die Weiche blockieren?»

Lillis Augen blitzten unternehmungslustig. «Gute Idee. Wir fragen, ob Bäcker Karstens seine beiden Jungs mitschickt. Das sind geübte Kletterer, die sollen uns die Kohlen vom Wagen runterwerfen.»

«Margret wird auch helfen. Erika sagt, sie is geschickt und kann klettern wie 'n Affe.»

Ilse stöhnte. «Ich vermute, ich soll auch mitkommen.» Sie schlüpfte aus ihren Schuhen und besah sich die von dicken roten Blasen bedeckten Fersen.

«Nein, musst du nicht.» Lilli schüttelte den Kopf. «Ich habe Kamille gepflückt. Für deine wehen Füße. Du machst dir besser ein Fußbad, bevor die Blasen aufplatzen und sich entzünden.»

Sie reichten einander die Hände. «Außerdem muss jemand bei den Mädchen bleiben.»

Johannes, der die ganze Zeit fast atemlos zugehört hatte, räusperte sich. «Ihr seid unglaublich. Wie schafft ihr das alles nur?»

Die drei Frauen blickten ihn voll Erstaunen an.

«Wir sind eine Familie», sagte Ilse.

«Gemeinsam schaffen wir alles», meinte Lilli.

«Wir halten zusammen», ergänzte Ella.

«Weißt du, Bruderherz, wir haben beschlossen, diese Zeiten zu überleben», schloss Ilse. «Denn wir haben ein Recht auf ein richtiges Leben, das den Namen auch verdient. Da arbeiten wir drauf hin.»

«Wenn ich euch so sehe, fange ich an zu bezweifeln, ob wir Männer je das starke Geschlecht waren.»

Ilse schenkte ihrem Bruder einen durchdringenden und zugleich liebevollen Blick. «Die Männer waren stark, als es darum ging, alles zu vernichten, vor allem das Leben von Unzähligen. Und viele andere haben sich totschießen lassen. Was also bleibt uns Frauen anderes übrig, als unser Leben in unsere eigenen Hände zu nehmen? Wir wollen leben! Und wir wollen dieses Land wiederaufbauen!»

♦

Lilli hatte in den Ruinen noch ein wenig Holz ausgegraben, um ihre aus ein paar Backsteinen gebaute Feuerstelle zu beheizen. Die Haushaltsführung war mühsam und erforderte mitunter sehr kreative Ideen. Die Leitungen waren nach wie vor an unzähligen Stellen beschädigt, es würde noch dauern, bis der Gasherd lief. Aber wenigstens gab es wieder Wasser in allen Wohnungen. Was für eine Freude! Mitten am Tag hatte sich Lilli eine ganze Wanne voll gegönnt, um sich von Kopf bis Fuß gründlich zu waschen, und hatte danach auch gleich die Zwillinge gebadet, die fröhlich herumgeplantscht hatten. Das machte den Alltag ein Stück leichter.

Die Stromversorgung ließ dagegen immer noch zu wünschen übrig. Die Stromwerke waren am Ende des Krieges zwar nur für wenige Tage komplett ausgefallen, doch bis alle Haushalte wieder ans Netz angeschlossen sein würden, konnte es noch dauern. Der Kühlschrank jedenfalls war momentan nur ein unnützes Möbelstück.

Dafür hatte das Zentralkomitee der KPD den Magistrat angewiesen, die Schulen zu öffnen, vorausgesetzt, die Lehrerschaft war «von faschistischen Kräften» gesäubert, wie in der noch immer kärglich ausfallenden Presse zu lesen war.

Heute waren Lilli und Ella allein. Ilse war bei Clara, die das Krankenhaus endlich verlassen durfte, und begleitete sie in das Erholungsheim außerhalb der Stadt, in dem man ihr eine Prothese anpassen wollte, mit der sie das Laufen neu erlernen würde. Und Johannes wollte den Kiosk säubern, um ihn möglichst bald in Betrieb zu nehmen. Cornelia und Anne schliefen tief und fest.

«Haste mitgekriegt? Das erste Kino macht heut wieder auf», erzählte Ella. «Kann man sich gar nich vorstellen, ins Kino geh'n und ganz normale Sachen mach'n wie vorm Krieg.»

Lilli nickte. «Ja, aber genau danach gieren wir doch, nicht wahr? Nach Kino, Musik, Theater, Tanz. Alles, was den Alltag ein wenig fröhlicher macht, war so lange verboten oder ist immer noch geschlossen. Wir brauchen diese Orte, an denen wir lachen und träumen können so wie zuvor. Ehe der Krieg nach Berlin kam.»

«Da haste recht.»

«Ich bin ... wir sind während des Krieges ein paarmal tanzen gewesen!», schwärmte Lilli, und ein Lächeln erhellte ihr Gesicht. «Er war ein guter Tänzer», sagte sie und brach dann ab. Ihr Lächeln erlosch. «Es ist erst zwei Jahre her und fühlt sich doch wie eine Ewigkeit an, wie ein anderes Leben.»

«Willste mir nich mal von ihm erzählen?», begann Ella im Plauderton.

«Von wem?»

«Dem Vater von den Zwillingen.»

Lilli warf Ella einen Blick zu. Widerstreitende Gefühle in den Augen, der Mund ein dünner Strich. «Ach, Ella, was gibt's da zu erzählen? Was nützt es, sich an die Zeit zu erinnern. Die kommt nicht wieder. Es ist so viel passiert. So viel Unsagbares. Uns, den Frauen. Wie viele schleichen heimlich zum Arzt, um loszuwerden, was ihnen die Russen angehängt haben? Und wehe denen, die keine mitleidige Seele finden, denn es ist nach wie vor verboten abzutreiben.»

Ella sah Lilli forschend an. «Sag jetzt nich, du warst da nich einverstanden, ich mein bei den Zwillingen.»

«Ich wollte auf keinen Fall schwanger werden, in dieser Zeit mitten im Krieg!», beharrte Lilli.

«Das glaub ich, aber du bist zu nix gezwungen worden. Dazu biste viel zu lieb mit den Kindern. Wie du sie schon anguckst.»

Lilli verdrehte die Augen. «Klar liebe ich sie. Sie sind meine Mädchen, und ich habe ihren Vater geliebt, aber nein, ich will nicht über ihn sprechen. Er ist auf und davon und hat mich ohne ein Abschiedswort oder eine Erklärung sitzen lassen. Dabei hatte er mir geschworen, mich immer zu lieben und mich zu heiraten!»

«Ja, Männer behaupten das, weil sie die Mädchen rumkriegen woll'n.» Ella zog eine Grimasse.

«Hast du das so mit Michael erlebt?», fragte Lilli barsch. «Hat sein Vater dir versprochen, dich zu heiraten, und sich dann einfach aus dem Staub gemacht?»

«Nee, er hat mir nie was versprochen. Ich war halt in ihn verliebt. Hab nix erwartet.»

Lilli schüttelte ungestüm den Kopf. «Weißt du, ich hätte es nicht geglaubt, hätte mich jemand zuvor gewarnt. Ich hab ihm vertraut.» Tränen schossen in ihre Augen, und sie wischte sie mit einer hastigen Handbewegung weg.

«Es ... Es tut mir leid ... das hab ich nich gewollt.» Ella verstummte.

«Schon gut, Ella, das weiß ich doch. Und ich weiß auch, dass du deinen ganz eigenen Kummer mit dir herumträgst.»

Ella zwinkerte, ihre Augen glänzten feucht. «Ich hab nix von meinem Michel gehört», sagte sie mit Verzweiflung in der Stimme. «Nix seit dem Frühling, als er noch mal gekommen is und gesagt hat, er will mit 'nem Genossen von der KPD nach Moskau.»

Lilli starrte sie an. «Michael ist nach Moskau gegangen? Das wusste ich ja gar nicht. Er hat mir mal erzählt, er wolle sich dem Widerstand anschließen, aber ich habe ihn gewarnt, dass das viel zu gefährlich sei. Dann würden sie ihn das nächste Mal ganz totschlagen.»

«Ich wollt das auch nich», bekannte Ella. «Wenn die dich kriegen, erschießen die dich, hab ich gesagt. Wir ham uns gestritten. Dann is er weg.» Ella nahm sich ein Tuch und wischte sich die Tränen ab.

«Ja, es ist schwer ohne ihn. Auch für mich.» Lilli berührte die Ältere sanft. «Er war meine ganze Kindheit immer da, wenn ich jemanden zum Reden brauchte. In der Schule hat er mich beschützt, keiner der Jungs aus meiner Klasse hat sich an mich herangetraut.»

Ella hob den Blick. «Ich kann nich mal beten und Gott bitten, dass er ihn mir wiederbringt. Ich glaub da nich dran.»

«Gott!», rief Lilli verächtlich. «Der Gott, der Millionen Menschen auf den Schlachtfeldern und unter den Bombenteppichen hat sterben lassen?»

«Ich denk halt manchmal, beten wär 'n Trost und könnt mir beim Einschlafen helfen. Aber ich kann's nich.» Ella zuckte resigniert die Schultern.

♦

Lilli träumte. Sie sah zu dem von dunklem Haar umrahmten Jungengesicht hoch, das sich zu ihr herabbeugte und sie anlächelte.

«Was ist denn los? Du weinst doch nicht etwa?»

Er streckte ihr die Hände entgegen. Hastig wischte sie sich mit dem Handrücken über ihre Wangen, ehe sie die seinen ergriff.

«Die anderen waren gemein zu mir, da bin ich weggelaufen, aber dann war ich so allein. Das hat mir Angst gemacht», gab Lilli bedrückt zu.

Michael zog sie hoch und führte sie aus der dunklen Hofecke hinter den abgestellten Kisten. «Ich bin doch da. Du bist nicht allein.»

Sie wagte ein zaghaftes Lächeln. «Aber später, wenn du groß bist, dann bist du nicht mehr da.»

«Ich werd immer da sein, wenn du mich brauchst, Lilli. Ich versprech's dir. Immer!»

Sie schlang die Arme um ihn. «Immer! Du wirst mich nie verlassen?»

Nun war es das Antlitz eines jungen Mannes, das sich über sie beugte und sanft ihre Lippen küsste. Sie erwiderte den Kuss und dachte, das Glück müsste ihr Herz bersten lassen. Sie griff nach ihm, um ihn an sich zu ziehen, doch ihre Hand griff ins Leere.

♦

Ilse wollte an diesem Tag mit zum Kiosk kommen und Johannes helfen.

Clara war in ihrem Erholungsheim gut untergebracht. Den umständlich langen Weg aus der Stadt raus würde Ilse am Wochenende wieder auf sich nehmen, um sie zu besuchen. Jetzt musste es erst einmal bei Johannes vorwärtsgehen.

Im Hausflur begegneten sie Erika, deren Miene ungewöhnlich besorgt schien.

«Was ist los?», erkundigte sich Ilse.

«Ich muss ins Krankenhaus.»

Ilse sah die Nachbarin fragend an. «Was ist passiert?»

Erika nickte Johannes kurz zu und berichtete sichtlich erregt weiter. «Ich fürchte, die Iwans haben mir was angehängt. Da gibt's jetzt eine Untersuchungsstation für vergewaltigte Frauen. Ich hoffe, es ist nur ein Tripper oder so und nicht die Syphilis! Die Ärzte werden von Patientinnen überrannt, was ja wohl keinen verwundert! Vielleicht solltet ihr euch alle untersuchen lassen. Vorsichtshalber, ehe sich was Schlimmes entwickelt.»

«Vielleicht hast du recht.» Ilse nickte nachdenklich.

«Ach, und übrigens: Haltet euch heute vom Schwarzmarkt fern. Ich habe läuten hören, dass die Russen eine große Razzia planen.» Erika eilte davon.

Ilse sah in Johannes' schockierte Miene. Hatte er je daran gedacht, was passieren würde, wenn die Rote Armee Berlin einnahm? Er war doch selbst im Krieg gewesen und müsste wissen, was mit den Frauen der Besiegten geschah. Ilse schüttelte den Kopf. Vermutlich malten sich Männer das lieber nicht aus, wenn es um die Frauen der eigenen Familie ging. Ob vielleicht sogar ihr Bruder oder Robert Frauen als Beute genommen hatte in jenem ersten Großen Krieg, nach den erfolgreichen Eroberungen in Belgien und Frankreich? Nein, Ilse schüttelte innerlich den Kopf. Nein, das war ganz unmöglich, dachte sie und verbot sich, den Gedanken auch nur im Stillen weiterzuverfolgen.

Johannes schluckte trocken. «*Das* ... ist *das* allen Frauen ... passiert», stotterte er.

«Ich war in der schlimmsten Zeit noch nicht hier, aber soweit ich es mitbekommen habe, blieben nur Erikas Töchter, die Schwester unseres Hausobmanns und die noch ältere Tante aus dem zweiten Stock verschont.» Sie hörte selbst, wie kalt ihre Stimme klang, doch die brutale Wahrheit musste ausgesprochen werden. Auf das Zartgefühl eines Mannes konnte sie in diesem Fall keine Rücksicht nehmen. Nicht einmal auf ihren geliebten Bruder Johannes. Die Frauen in Berlin hatten Schreckliches durchmachen müssen. Und sicher auch die Frauen in anderen Teilen Deutschlands.

«Lilli», stöhnte Johannes, doch Ilse nahm ihm diese Last nicht ab. Sie nickte nur. «Wie du gesehen hast, ist sie ohne größeren körperlichen Schaden davongekommen.»

Johannes sank auf die Treppenstufe, barg das Gesicht in der Hand und weinte.

Ilse tätschelte unbeholfen seine Schulter. «Ja, weine darüber, aber mach ihr ja keine Vorwürfe oder so. Du wärst nicht der erste Mann, der die Entehrung einer ihm nahestehenden Frau nicht aushält. Drüben in der Leipziger Straße hat ein Vater seine beiden Töchter erschossen, nachdem die Russen sie vergewaltigt haben. Er sagte, er könne mit der Schande nicht leben! Und das ist bei Weitem nicht der einzige Fall dieser Art.» Sie sank neben ihm auf die Stufen. «Viele Frauen haben sich selbst das Leben genommen. Manche schon vor dem Einmarsch aus Angst, was geschehen könnte, andere, nachdem die Iwans sie in den Fingern hatten. Wir anderen aber haben uns entschieden, zu überleben und weiterzumachen. Für uns, die Familie und die Kinder. Wer soll Berlin wieder aufbauen, wenn wir alle das Handtuch werfen?», fügte sie in bemüht leichtem Tonfall noch hinzu.

♦

Johannes begleitete Lilli ein Stück auf dem Weg zu ihrem Arbeitseinsatz. Er selbst musste ins Neue Stadthaus, das noch immer als

Rathaus diente, um sich registrieren zu lassen und irgendwie an Lebensmittelkarten ranzukommen. Es ging nicht, dass er weiter auf Kosten der Frauen lebte, die ihre eh schon schmalen Tagesrationen so klaglos mit ihm teilten. Johannes übernahm zwar einige Aufgaben für die zusammengewürfelte Familie, war auch ein gewiefter Feilscher auf dem Schwarzmarkt, aber er hatte nicht viel mitgebracht, was man hätte eintauschen können. Nein, er musste offiziell wieder zu Johannes Rosenstein werden. Mit seiner Geburtsurkunde, die sich zum Glück noch bei Ilses Unterlagen befand, konnte er Ersatz für seinen – offiziell während des Krieges verloren gegangenen – Pass beantragen. Außerdem brauchte er für den Kiosk eine Lizenz von den Russen, um mit Waren beliefert zu werden.

Glücklicherweise funktionierte inzwischen der Straßenbahnverkehr wenigstens auf manchen Abschnitten wieder. Wenn der Kiosk wieder lief, würde Johannes den zwei Kilometer weiten Weg zum Bahnhof Friedrichstraße mit der Bahn zurücklegen können. Das sparte Kräfte, seine Hüfte wurde ja nicht besser. Und es würde bestimmt eine Weile dauern, bis er sich wieder daran gewöhnte, den ganzen Tag zu stehen und Kunden zu bedienen.

Lilli berichtete, dass die instand gesetzten Straßenbahnwagen mit zweisprachiger Beschilderung in Russisch und Deutsch ausgestattet wurden. Bis Ende Juli sollten zwölf Linien wieder fahren und die Berliner für zwanzig Pfennig pro Fahrt durch die Stadt befördern.

Bis die S- und U-Bahnen der Nord-Süd Linie wieder fahren würden, konnte dagegen noch viel Zeit vergehen. Zwar hatte der russische Oberbefehlshaber Bersarin mit seinen Anweisungen für Strom, Wasser und Gas auch bestimmt, dass die Tunnel auszupumpen seien, keiner konnte jedoch sagen, wie schnell dieses Unternehmen von Erfolg gekrönt sein würde.

Vor dem Stadthaus verabschiedeten sie sich voneinander, und Johannes wagte sich in die Höhle der Papierkrieger.

Er ließ sich von einer Warteschlange zur nächsten schicken. Geduld war das Wichtigste, was man mitbringen musste, dann war es endlich so weit. Der zuständige Beamte ließ Johannes einige Formulare ausfüllen, prüfte seine Angaben und die Geburtsurkunde mit Argusaugen. Schließlich gab es all die Stempel und Unterschriften, die ihn wieder zu einem Bürger Berlins mit allen Rechten und Pflichten machten.

Als Johannes das Gebäude verließ, schien die Stimmung draußen seltsam explosiv. Er gesellte sich zu einer Gruppe Frauen, die sich über ein vermutlich frisch gedrucktes Blättchen beugten.

«Tot? Er ist wirklich tot?», hörte er eine Frau fragen.

«Ja, bei einem Motorradunfall», sagte eine andere. «Er ist in einen Lkw-Konvoi der Roten Armee geraten, drüben in Friedrichsfelde», las die Frau, die das Extrablatt in den Händen hielt, vor.

Betretenes Schweigen.

«Wer ist gestorben?», platzte Johannes dazwischen.

Die Frauen wandten sich ihm mit ernsten Mienen zu. Er erkannte Furcht und Bestürzung. «Unser Stadtkommandant, der Russe. Bersarin ist bei einem Unfall gestorben!»

Nein, das war keine gute Nachricht. Der General hatte sich klug und mit Weitsicht um einen Neuanfang in Berlin bemüht. Er hatte Menschlichkeit und Verständnis gezeigt, war für klare Regeln, Recht und Ordnung eingetreten. Nun würde ein anderer übernehmen. Johannes sah in die Runde der Frauen und konnte wie sie nur hoffen, dass die Russen erneut einen besonnenen Mann zum Stadtkommandanten beriefen.

Lange warten mussten die Berliner nicht. Der Nachfolger hieß Alexander W. Gorbatow, Generaloberst, Befehlshaber der 3. Armee und seit dem Durchbruch seiner Truppen durch die feindlichen deutschen Verteidigungslinien in Ostpreußen offiziell *Held der Sowjetunion*. Zur allgemeinen Erleichterung übernahm er das Amt ohne Aufsehen und führte Bersarins Arbeit mit gleicher Besonnenheit weiter.

Kapitel 10

Lilli begleitete Johannes zum Kiosk, um ihm beim Wiederaufbau zu helfen. Er hatte zwar schon einiges geschafft, doch für viele Dinge waren einfach zwei Hände nötig, besser noch drei.

In der Straßenbahn trafen sie zwei der Frauen aus dem zweiten Stock, Marion und Gerda. Marion sah seit Tagen elend aus und hielt sich gebückt wie eine alte Frau.

«Gerda bringt Marion in die Klinik», erzählte Lilli ein wenig später, als sie sich mühten, einige Regalbretter zu befestigen. Sie sah Johannes nicht an. «Die Russen haben ihr mehr als den Tripper angehängt. Sie ist schwanger!»

«Das arme Ding!», sagte er mitleidig und rang sichtlich nach den richtigen Worten, sagte dann aber nur: «Und nun?»

«Die in der Frauenklinik fragen nicht viel, sondern tun, was nötig ist.»

Johannes war klar, was sie meinte. «Sie wollen ...? Ich meine, ist das erlaubt?»

«Offiziell nicht», sagte Lilli, «aber sind wir nicht schon genug gestraft? Müssen wir jungen Frauen uns auch noch mit russischen Bastarden das Leben versauen?»

Lilli beobachtete, wie Johannes bleich wurde. Er biss die Zähne so fest aufeinander, dass die Kieferknochen spitz hervortraten.

«Oh Gott, Lilli! Ilse hat angedeutet, dass auch du von den Russen ...» Er konnte es nicht aussprechen. «Bist du etwa auch ...?»

«Nein, ich muss wohl sagen, dass ich Glück gehabt habe. Mir haben sie beim Zwangsverkehr – wie das bei der Behörde so schön heißt – weder die Syphilis noch ein Kind angehängt.»

Johannes stöhnte auf – und schwieg. Es gab keine passenden Worte. Außerdem konnte sie sehen, wie tief es ihn traf. Dass er litt, für sie.

Zuerst verspürte Lilli Mitleid mit ihm, doch dann loderte Zorn in ihr auf. Die Frauen hatten Vergewaltigungen durch die Russen hinnehmen müssen, und keiner fragte, wie sie mit den körperlichen und seelischen Verletzungen zurechtkamen. Sollten sie sich nun auch noch um die verletzten Gefühle deutscher Männer kümmern und auf diese Rücksicht nehmen? So wie all die Frauen und Mädchen, die die Schande nicht ertragen konnten und ihrem Leben ein Ende bereiteten? Häufig vermutlich von männlichen Familienmitgliedern dazu gedrängt oder sogar vom Vater oder Ehemann gleich eigenhändig von der Schande befreit!

♦

Dieser Julitag verhieß heiß zu werden. Ilse war schon im Morgengrauen aufgebrochen, um Clara zu besuchen. Ella hatte heute Kinderdienst, während Lilli zum Trümmerwegräumen antreten musste. Johannes versprach, sie zu begleiten, und so machten sie sich gemeinsam auf den Weg.

Lilli dachte an ihre Unterredung gestern, und sie fühlte so etwas wie Erleichterung, dass Johannes es jetzt wusste. Sie konnte zwar noch immer nicht über Einzelheiten sprechen, doch sie spürte, dass er sie nach wie vor ohne Wenn und Aber liebte und akzeptierte. Er würde niemals einen Fleck der Schande an ihr entdecken, und dafür war sie ihm dankbar.

Der Trampelpfad durch die Ruinen führte sie an knallrot gestrichenen Holzsäulen vorbei, die in den Trümmern steckten. Sie waren hüfthoch und jeweils mit einer kleinen Tafel versehen: ein handgeschriebener Zettel mit einem Namen und dem Todesdatum, geschützt von einer kleinen Glasscheibe.

Überall in der Stadt gab es diese roten Stelen. Vor allem an den schwer umkämpften Kreuzungen und Brücken bildeten sie im rußgrauen Schutt ganze Gruppen, wirkten wie blutrote, geköpfte Bäume. Jede Stele ein gefallener Russe. Erschossen, von einer Granate zerrissen, in seinem Fahrzeug verbrannt. Ja, auch sie ließen weinende Witwen und Waisen irgendwo im fernen Russland zurück, durchfuhr es Lilli.

Doch nicht nur die Stelen ließen sie immer wieder innehalten. Sie hörte, wie auch Johannes mitunter nach Luft schnappte. Die Sommerhitze stülpte sich wie eine sirrend stinkende Glocke über die Stadt, darunter eine Mischung aus Exkrementen, verwesenden Leichen und Fliegen. Dicke, schillernde Fliegen, die bei jedem Schritt aufflogen, die sich überall niederließen, die man verscheuchen musste, ehe man einen Löffel in den Mund schob oder von seinem Brot abbiss. Und nicht nur der Gestank belästigte die Überlebenden. Typhus und Ruhr gingen um, die Krankenhäuser und ihre provisorischen Sanitätslager platzten aus allen Nähten. Das große Sterben war längst nicht zu Ende. Nun hielten die winzigen Feinde aus Bakterien und Viren in den hungergeschwächten Körpern reiche Ernte.

♦

Nach ihrer Entlassung aus der Chirurgischen Klinik vor zwei Monaten hatte Clara, in dem Erholungsheim, das südlich von Spandau an der Scharfen Lanke lag, eine Prothese für ihren Beinstumpf angepasst bekommen und die Wochen genutzt, sich mit dem künstlichen Bein vertraut zu machen. Es war so unendlich mühsam, wieder gehen zu lernen. Noch brauchte sie die Unterstützung von zumindest einer Krücke, gleichwohl machte der Arzt ihr Hoffnung, dass sie bald auch auf diese verzichten könnte. Dass sie überhaupt so schnell eine Prothese bekommen hatte, lag an einem einflussreichen Verehrer aus ihrer Bühnenzeit – und an Ilses Hartnäckigkeit, die sich jedem Behördenkampf stellte und nicht lockerließ.

Nun also durfte sie Clara abholen und ließ sich, nachdem sie sich daheim wieder eingerichtet hatte, mit ihr als Erstes zum Ku'damm fahren. Sie wollte mit Clara in ein Café, sich mit ihr zusammen ein Stück vom normalen Leben zurückholen.

Einerseits freute sich Ilse, andererseits war sie entsetzt zu sehen, was aus dem Prachtboulevard geworden war. Das Romanische Café hatte schon 1943 bei einem Luftangriff solch massive Schäden davongetragen, dass man es vermutlich nicht wieder aufbauen würde. In unmittelbarer Nachbarschaft ragte der ausgebrannte Turm der Gedächtniskirche in den Sommerhimmel. Es war ein so trauriger Anblick, dass sich die Frauen abwandten und sich auf den Weg zu einem anderen Café machten, das tatsächlich schon wieder geöffnet hatte.

Draußen auf der Terrasse saßen wohlgekleidete Frauen und ein paar ältere Männer mit ihren Kaffeetassen und gar einem Stück Sandkuchen auf dem Teller. Die Einrichtung wirkte ein wenig zusammengewürfelt, doch das machte nichts. Hier konnte man sich Illusionen hingeben und von besseren Tagen träumen. Clara ließ sich auf einem Stuhl im Schatten nieder, während Ilse die geforderten Lebensmittelkarten abgab und Kaffee und Kuchen orderte, die von einem adretten jungen Mädchen serviert wurden.

«Der Kaffee schmeckt besser als das, was wir uns zu Hause aufbrühen», verkündete Ilse. «Der Kuchen ist ein wenig trocken, dennoch ist es himmlisch, mit dir hier zu sitzen und den Menschen zuzusehen, die den Ku'damm entlangflanieren.» Sie ergriff Claras Hand, zog sie zu sich und küsste sie zärtlich.

Clara lächelte wehmütig. «Man darf nur nicht daran denken, wie es früher hier war und was wir alles verloren haben.» Eine Träne rollte über ihre Wange.

Ilse wischte sie weg. «Ach, mein Liebes, wir haben überlebt, und wir werden uns unser Leben zurückholen.»

«Du vielleicht», sagte Clara traurig. «Ich werde es mit nur einem Bein nie wieder auf die Bühne schaffen.»

«Doch, das wirst du!», behauptete Ilse. «Ich verbiete dir, so pessimistisch in die Zukunft zu blicken. Wir werden dieses Land wieder aufbauen, und wir werden unser Glück finden – gemeinsam!»

Clara hob den Blick. In ihren Wimpern glitzerten Tränen. «Bist du dir ganz sicher, dass du das willst? Als es mir gut ging, habe ich dich verlassen, und jetzt bin ich ein Krüppel und wäre dir ein Klotz am Bein.»

Ilse beugte sich vor und nahm Claras Gesicht in ihre beiden Hände. «Nein, bist du nicht. Du bist die Liebe meines Lebens, und ich bin sehr glücklich, dass du überlebt hast.»

«Ich erinnere mich gut, wie du für die schönen Beine von Marlene Dietrich geschwärmt hast! Und sie hatte ja auch wirklich tolle Beine.»

«Das eine hat mit dem anderen nichts zu tun», wehrte Ilse ab.

«Doch! Wie könnte ich mit meinem abgesägten Beinstumpf das Bett mit dir teilen, ohne mich in Grund und Boden zu genieren.»

Ilse stieß einen tiefen Seufzer aus. «Hm, so sind wir Frauen, nicht wahr? Weißt du, wie viele Männer versehrt aus diesem Krieg heimkehren? Denkst du, sie werden sich von ihren Frauen fernhalten, weil sie sich *genieren*? Nein, ihre Frauen sind froh, dass sie noch leben und heimgekehrt sind, und die Männer sind glücklich, wieder bei ihrer Familie zu sein. Und genauso schaffen wir das auch.

Überall werden Clubs und Tanzlokale in den Kellern der Ruinen aufgemacht. Die Leute haben so viel gelitten, sie hungern nach Leben, Liebe, Lachen. Und vor allem nach Musik! Und genau da wirst du anfangen! Ein langes Kleid, ein Barhocker auf der Bühne, und jeder wird nur dein schönes Gesicht sehen und sich von deiner wundervollen Stimme verzaubern lassen.»

Clara umklammerte Ilses Hand und küsste jeden ihrer Finger. «Ich habe dich gar nicht verdient. Ich habe schon früher deine Stärke und deinen Mut bewundert. Du hast nichts davon verloren.»

«Ich kann für uns beide stark sein, bis du deinen eigenen Mut wiedergefunden hast», versprach Ilse.

♦

Sie saßen alle um den Tisch in Ilses Küche. Erika hatte ihnen einen ihrer Stühle geliehen. Viel zu essen gab es nicht, aber Ella hatte Suppe gekocht und sie gerecht auf fünf Teller verteilt: Ilse, Clara, Lilli, Johannes und Ella löffelten schweigend ihre Mahlzeit. Die Zwillinge schliefen nebenan.

Es war Johannes, der aussprach, was sie vermutlich alle dachten. «Das geht so nicht. Wir können hier nicht weiter zu viert mit zwei Kindern in Ilses zwei Zimmern wohnen. Außerdem haben Ilse und Clara das Recht auf ein wenig ungestörte Zeit miteinander, nachdem sie so lange voneinander getrennt waren.»

«Wir können in meine Kammer noch 'ne Matratze legen», schlug Ella vor.

«Da werden wir nicht drum herumkommen», bestätigte Lilli düster.

Sie freute sich von Herzen für Ilse, dass sie Clara zurückhatte, gleichzeitig standen sie nun vor einem neuen Problem, da Clara ja ebenfalls ausgebombt worden war und nichts mehr besaß. Die erste Nacht hatten Ilse und Clara gemeinsam in Ilses Bett verbracht, Lilli auf dem Sofa, die Zwillinge auf einem Lager am Boden davor und Johannes mit einer Decke und einem Kissen in der Küche.

«Ich werde euch nicht länger zur Last fallen», fuhr Johannes fort und ließ keinen Protest gelten. «Ich habe meinen Kiosk und das Hinterzimmer so weit entrümpelt und gesäubert, dass ich dort schlafen kann. Am Bahnhof wird schon gebaut. Wasser gibt es, und vermutlich kriege ich dort auch schneller Strom als ihr hier. Meine Lizenz habe ich beantragt, also wird hoffentlich bald die erste Ware geliefert, und dann muss ich sowieso auch nachts dortbleiben, will ich nicht riskieren, dass geplündert wird.»

«Dort willst du wieder leben?», nahm Ilse seine Worte auf, und ihre Miene zeigte deutlich, was sie davon hielt. «Du bist kein junger Mann mehr und wirst es in dieser Ruine alles andere als bequem haben.»

Johannes sah seine Schwester mit hochgezogenen Brauen an, dann begann er zu lachen, dass ihm Tränen in die Augen traten.

«Was? Was ist? Lachst du mich aus?», verlangte Ilse zu wissen.

Johannes wischte sich mit dem Ärmel über das Gesicht. Seine Hand schien mit einer ausladenden Geste die Küche zu erfassen: den noch immer unbrauchbaren Herd, die mittelalterliche Feuerstelle mit dem Topf darauf, das riesige Loch in der Wand, durch das der Rauch abzog, sein karges Bodenlager, die mit Pappe verkleideten Fenster, die sie nicht öffnen mussten, da durch die Wand ja genug Licht und Luft hereinkam. «Ja, es wird unbequem für mich, wenn ich deinen Palast verlasse», sagte er noch immer mit einem Lachen in der Stimme.

Lilli war seiner Geste mit ihrem Blick gefolgt und fing nun ebenfalls zu lachen an. Ella kicherte leise. Da fielen auch Ilse und Clara in die Heiterkeit ein, die seltsam befreiend auf alle wirkte. Die bedrückte Stimmung verwehte.

«Im Ernst», nahm Johannes das Thema wieder auf. «Ich ziehe gerne wieder in den Kiosk. Es ist ein Gefühl von Neuanfang, von Wiederaufbau, von Hoffnung!»

Ilse nickte. «Ich verstehe, was du meinst.»

Somit war es entschieden.

«Bevor ich gehe, müssen wir allerdings das Loch zumauern», mahnte Johannes an, «damit die Kinder nicht doch irgendwann in Gefahr geraten. Sie sind ganz schön fix geworden in den vergangenen Wochen.»

Lilli verdrehte die Augen. «Das kannste laut sagen», brummte sie. «Auch wenn sie noch krabbelnd ihre Welt erkunden, schnell sind sie. Ich bin nur noch am Hinterherrennen und muss ihnen dauernd alles wegnehmen, was ihnen interessant erscheint, aber nicht als Spielzeug geeignet ist!»

«Dann wären wir mit den Kindern nachts aber immer noch zu fünft drüben im anderen Zimmer, wenn keiner in der Küche schläft», griff Ilse das Platzproblem erneut auf.

«Und wenn wir die zweite Kammer unterm Dach herrichten?», schlug Ella vor. «Ich mein, wenn wir die kriegen würden ...»

«Wir bräuchten ein oder zwei Betten oder zumindest Matratzen», wandte Lilli ein.

«Die brauchen wir eh», erinnerte Ilse. «Die Kinder können nicht oben schlafen. Sie gehen so viel früher zu Bett und wachen immer mal wieder auf. Da dürfen sie nicht unterm Dach allein sein.»

«Ich könnte auf sie aufpassen», schlug Ella vor.

Lilli wehrte ab. «Jeden Abend dort oben sitzen? Nein, das ist keine Lösung.»

«Da haste recht. Ich muss ja auch helfen, Brennholz sammeln und so», fiel Ella ein.

Am Ende war es Erika, die die Lösung präsentierte, als Lilli ihr den geliehenen Stuhl zurückbrachte.

«Ach, lass doch den Stuhl drüben bei euch. Wir sind momentan eh nur zu dritt, und selbst wenn Willi wiederkommt, brauche ich den Stuhl nicht unbedingt.» Sie schwiegen beide und dachten an Rainer und sein sinnloses Opfer kurz vor Kriegsende.

Erika fand als Erste die Sprache wieder. «Weißt du, es würde mir helfen, wenn ich das Schlafzimmer untervermieten könnte – ich meine, solange mein Willi in russischer Gefangenschaft ist. Ich ziehe in Rainers kleines Zimmer», sagte sie mit einem tiefen Seufzer, «dann fühle ich mich meinem Jungen nachts ein wenig näher.»

Über die Miete waren sie sich rasch einig, und da im Schlafzimmer ein großes Ehebett stand, war auch das Problem mit den Zwillingen gelöst.

Lilli umarmte Erika. «Danke, du bist eine wirklich gute Freundin.»

Erika drückte Lilli an sich. «Wie soll es sonst auch funktionieren? Wir Frauen müssen einander helfen.»

Und so waren die Wohnungstüren zu beiden Seiten des Treppenabsatzes meist nur noch angelehnt. Irgendeine der Frauen oder Margret, die seit dem Tod des älteren Bruders der Mutter ganz selbstverständlich zur Seite stand, waren immer daheim, um auf die Zwillinge und die fünfjährige Marie zu achten, die ihre Spielsachen – mehr oder weniger gerne – mit Cornelia und Anne teilte. Und auch für Clara war das praktisch, da sie zwischen den Wohnungen keine Treppen überwinden musste, was ihr noch schwerfiel.

Vormittags ging Margret wieder zur Schule, was sie erzählte, klang aber recht chaotisch. Es fehlte an Büchern, Heften und Stiften und vor allem an Lehrkräften. Viele der Lehrer waren tot oder in Gefangenschaft, oder sie fielen unter das Entnazifizierungsprogramm und wurden entlassen. Auch so manche Lehrerin verlor ihren Posten, wenn sie in ihrer Beurteilung als Nazi eingestuft wurde. Und nicht nur an Personal fehlte es. Die Schulgebäude waren häufig alles andere als sicher und die Räume nur noch zum Teil nutzbar.

«Wir kriegen bald *Neulehrer*», berichtete Margret eines Tages.

«Neue Lehrer? Woher?», erkundigte sich Lilli.

«Nein, *Neulehrer* heißt das. Es sind Arbeiter oder andere Leute, die irgendwas studiert oder gearbeitet haben und keine Nazis waren. Die müssen einen Kurs machen, der ein paar Monate dauert, und dann dafür sorgen, dass die deutsche Jugend richtig erzogen wird», erklärte das Mädchen.

«Das wäre doch was für dich», meinte Ilse, als Lilli ihr am Abend davon erzählte. Ilse stellte ihr eine Schüssel mit warmem Kamillensud hin, in dem sie ihre geschundenen Hände badete. «Trümmer wegräumen ist keine Arbeit für dich.»

Lilli wischte sich über die vom vielen Staub tränenden Augen. «Leicht ist es nicht, da hast du recht, aber was soll ich machen? Ich brauche die Lebensmittelkarten.»

«Ich kann in Zukunft mehr beisteuern als bisher», verriet Ilse. «Wir werden schon nicht verhungern. Clara und ich arbeiten ab September abends in einer Tanzbar, sie mixt an der Theke die Drinks, ich serviere an den Tischen. Tagsüber werden wir also meist daheim sein.»

Auch die anderen Frauen im Haus bemühten sich um andere Arbeit. Die Russen begannen zum Räumen vermehrt schweres Gerät einzusetzen und verpflichteten zusätzlich die Insassen der nahe gelegenen Lager, beispielsweise aus Hohenschönhausen. Allerdings geriet so manche Frau mit ihrer neuen Arbeit vom Regen in die Traufe. Es wurde nicht mehr zwischen Männer- und Frauenarbeit unterschieden, und was am meisten gebraucht wurde, waren Kräfte für den Bau. So arbeiteten die Trümmerfrauen Gerda und Christa inzwischen als Maurerinnen, derweil Marion die drei Kinder beaufsichtigte. Sie schaffte es immer noch nicht, sich der Welt da draußen zu stellen. Die alte Tante Elfriede aus dem zweiten Stock kochte nun in einer Großküche Essen für die benachbarte Flüchtlingsunterkunft und brachte ab und zu einen Rest Eintopf mit in die Kommandantenstraße. Und Volkhardts Schwester Johanna half Frieda mit dem Laden, denn ihre Entnazifizierung und damit die Frage, ob sie als Lehrerin wieder arbeiten durfte, war noch nicht abgeschlossen. Friedas Mann galt als verschollen, während ihr Onkel der Meinung war, in seinem Leben genug geleistet zu haben und dem Land nichts mehr schuldig zu sein. So saß er meist auf einem Hocker im Laden und kommentierte die Arbeit der Frauen, an der er vieles verbesserungswürdig fand.

Lilli, die gerade heruntergekommen war, um ein paar ihrer Marken in Lebensmittel zu tauschen, sah, wie Frieda und Johanna grimmig die Zähne zusammenbissen. Offenbar hatte der ehemalige Luftschutzwart und jetzige Obmann die beiden Frauen wieder heftig kritisiert. Lilli fragte sich, warum sie sich das überhaupt bieten ließen, als Johanna endlich der Kragen platzte. Sie richtete den Besen wie ein Schwert auf ihren Bruder und schrie: «HALT DEN MUND! Verflucht noch mal.»

«Ich bin Kriegsversehrter!», entgegnete Werner Volkhardt, als würde das alles entschuldigen. «Ich habe im ersten Großen Krieg für unser Vaterland gekämpft. Für euch alle hier!», fügte er scharf hinzu.

«Das habt ihr Männer – damals wie heute – ja großartig hingekriegt!», schnaubte Johanna. «Ich sag dir mal was. Von heute an ist Schluss mit: Du machst dir einen faulen Tag, setzt dich abends an den Tisch und schimpfst noch übers Essen, das ich organisiert und gekocht habe.»

«Was ... Was erlaubst du dir da eigentlich ...», empörte sich ihr Bruder, doch Johanna war so in Rage, dass sie ihm das Wort abschnitt: «ICH denke, dass wir Frauen hier im Haus schuften, bis wir umfallen, um zu verhindern, dass das Land und wir selbst vor die Hunde gehen, und dass du dir nur deinen Hintern breit drückst und Befehle erteilst. Damit ist jetzt Schluss! Ihr Männer habt euer Recht, Befehle zu erteilen, ENDGÜLTIG verwirkt.»

«Aber ich bin Kriegsversehrter», versuchte er es noch einmal, ohne Erfolg.

«Ach ja? Du hast ein steifes Bein, na und? Johannes arbeitet auch mit einem steifen Bein und hat sogar nur eine Hand. Selbst Clara wird schon bald ohne Bein arbeiten. Also verschwinde und komm mir erst wieder an den Tisch, wenn du Arbeit gefunden hast!»

Volkhardt öffnete und schloss ein paarmal tonlos den Mund. So hatte bestimmt noch keine Frau mit ihm gesprochen. Lilli fing Friedas Blick auf, die offenbar die gleiche Befriedigung empfand wie sie selbst.

«Ihr seid ja völlig durchgeknallt», schimpfte er. «Weiber!» Dennoch erhob er sich und humpelte davon.

«Bin ja gespannt, ob er sich wirklich Arbeit sucht», murmelte Frieda. «Aber wenigstens sind wir ihn für den Moment los.»

Johanna lächelte ein wenig gequält. «Das wollte ich ihm schon lange mal sagen. Komisch, dass wir Frauen immer das Gefühl haben, wir müssten uns zurückhalten und Auseinandersetzungen vermeiden. Hätten wir das Sagen gehabt, hätte bestimmt keiner dieser Kriege überhaupt stattgefunden!»

♦

Er war am Ziel. Endlich. Schwer atmend blieb er vor der Haustür stehen und ließ den Blick über die Schilder neben den Klingelknöpfen wandern.

Zuerst hatte er es in Charlottenburg versucht, doch das Haus stand nicht mehr. Seine nächste Anlaufstelle war daher Ilses Wohnung in der Kommandantenstraße. War nicht Lillis letzter Brief von dort gekommen? Als sie ihm geschrieben hatte, dass er nun Großvater von zwei Enkeltöchtern wäre. Seine kleine Lilli. Er konnte sich das noch immer nicht recht vorstellen.

Robert hatte sich noch nicht dazu durchgerungen, die Glocke zu betätigen, als sich die Haustür öffnete und Lilli heraustrat, deren Bild er in seinem Innern gerade noch als bezopfte Göre mit Schulranzen auf dem Rücken vor sich gesehen hatte. Sie beachtete ihn nicht und wäre fast an dem bärtigen Mann in seiner zerlumpten Kleidung vorübergelaufen. Erst als sie vermutlich spürte, wie er sie anstarrte, hielt sie inne und erwiderte seinen Blick.

«Lilli», flüsterte er mit rauer Stimme, und in diesem Moment erkannte sie ihn.

«PAPA? DU? Bist du es wirklich?» Sie trat auf ihn zu und nahm ihn in die Arme, dann wich sie unschlüssig zurück. «Papa, ich muss zur Arbeit. Leider. Ich bin eh schon spät dran. Willst du nicht einfach hochgehen? In die Wohnung. Clara und Ilse sind auch oben ...» Bedauernd sah sie ihn an.

Robert betrachtete seine Tochter, die ihm zwar zu dünn erschien, doch in ihren Augen schimmerten Tatendurst und Entschlossenheit.

«Arbeit? Was für eine Arbeit?»

«Ich arbeite in einer Schule, da warten fast fünfzig Kinder auf mich. Die kann ich nicht unbeaufsichtigt lassen. Wir sind noch immer knapp an Lehrern.

«Du bist Lehrerin geworden? Wie schön!», stellte er fest und umarmte sie so fest, als wollte er sie gar nicht wieder loslassen.

«Nun ja, fast. Eigentlich bin ich noch in der Ausbildung.»

«Und deine Kinder? Die Zwillinge?»

«Cornelia und Anne, ihnen geht es gut. Du wirst sie oben sehen. Du kennst ja Ilses Wohnung, erster Stock, links. Papa, ich weiß, das ist jetzt alles viel zu viel, aber ich muss wirklich los.» Unschlüssig trat sie von einem Bein aufs andere, offensichtlich hin- und hergerissen zwischen Wiedersehensfreude und Pflichtgefühl.

«Aber natürlich musst du los», sagte Robert. «Ich habe so lange auf diesen Augenblick gewartet, da kommt es auf ein paar Stunden nicht an. Ich bin da, wenn du zurückkommst.»

Lilli hielt ihrem Vater die Tür auf, küsste ihn auf die Wange, dann eilte sie davon. Mit schweren Schritten erklomm Robert die Treppe und blieb vor Ilses Wohnung stehen. Die Tür war nur angelehnt, von drinnen erklang Kindergeplapper. Robert brauchte eine Weile, bis er sich entschied anzuklopfen, dann trat er ein.

Ilse saß am Tisch, ein kleines Mädchen auf dem Schoß, bei dessen Anblick er sofort an Lilli in diesem Alter denken musste. Ein zweites, das dem ersten zum Verwechseln ähnlich sah, spielte auf dem Boden und schob ein paar Holzautos hin und her. Ein etwas älteres Mädchen hockte daneben und gab Anweisungen. Es war wohl gerade dabei, mit ein paar Stöcken Straßenzüge zu bauen.

Wie versteinert stand Robert im Raum, nahm die Szene in sich auf und genoss das Geplapper heller Mädchenstimmen. In diesem Augenblick schaute Ilse auf.

«ROBERT! Robert, bist du das tatsächlich? Wo kommst du denn her?» Sie setzte das Mädchen zu den anderen auf den Boden, machte ein paar Schritte auf ihn zu und schloss ihn in die Arme.

Er drückte sie kräftig, schob sie dann ein Stück von sich. «Ilse! Du bist gesund und siehst gut aus. Ich hätte nicht erwartet, dich mit einer Kinderschar vorzufinden.»

Ilse schmunzelte. «Alle nur geliehen! Eigentlich ist es nicht an mir, dir die beiden jüngsten Damen vorzustellen, aber Lilli kommt erst heute Nachmittag zurück. Das da sind deine Enkeltöchter Cornelia und Anne. Und unsere Straßenbauerin ist die Marie von gegenüber.»

Robert erzählte, dass er Lilli auf dem Weg zur Schule noch vorm

Haus getroffen hatte. Er starrte seine Enkeltöchter staunend an. Cornelia zog sich am Stuhl hoch, richtete sich auf und blickte dem fremden Mann forschend ins Gesicht, während Anne sich krabbelnd hinter Ilse versteckte.

«Das ist euer Opa Robert», stellte Ilse den Fremden vor.

Robert spürte, wie er zu lächeln begann. Er wollte sich nach vorne beugen und die beiden begrüßen, als ihm schwindlig wurde. Er griff nach der Lehne einer der Stühle und ließ sich niedersinken. «Verzeih, Ilse, ich bin seit Tagen unterwegs. Ich fühle mich ein wenig müde und schwach.»

«Ach, Robert, natürlich. Sicher bist du hungrig und durstig.» Ilse strich den beiden Kleinen über die Locken, setzte zuallererst Wasser für den allgegenwärtigen Kaffeeersatz auf, dann verkündete sie munter: «Ich will mal nachsehen, was wir sonst noch zu bieten haben.»

Nur wenig später saß Robert vor einem Teller und schaufelte heißen Eintopf in sich hinein. Immer wieder blickte er auf, sah zu den Mädchen und lächelte. Wohlige Wärme durchdrang ihn, was nicht nur an Suppe und Kaffee lag.

♦

Als Nächstes lernte Robert Clara kennen, die er bisher nur von Erzählungen kannte. Er hatte seinen Suppenteller gerade geleert, als die Tür zum Nebenzimmer aufging. Cornelia krähte begeistert und wackelte auf die Frau zu, die sichtlich verschlafen in die Küche gehumpelt kam. Das Kind warf sich so stürmisch gegen sie, dass Clara ins Wanken geriet und sich an der Tischplatte festhalten musste, um nicht zu stürzen.

«Cornelia, was haben wir gesagt? Du darfst bei Tante Clara nicht so ungestüm sein! Sie fällt sonst hin und tut sich weh.»

Ilse stellte sie einander vor. Robert begrüßte Clara freundlich und rückte ihr einen Stuhl zurecht. Sein Blick wanderte zum Saum ihres Rockes und fiel auf die Prothese, die darunter hervorschaute.

«Wie, ich meine, was ist passiert?», stotterte er, als sie ihm die Hand reichte.

«Nicht allein Soldaten haben in diesem Krieg mit ihren Armen und Beinen Tribut geleistet.» Clara sah Robert zögernd an, auch sie kannte Lillis Vater nur aus Erzählungen, dann fuhr sie schonungslos fort: «Wir Frauen haben unsere Glieder statt im Schützengraben unter Bombentrümmern gelassen.»

«Das ... Das tut mir sehr leid.»

«Mir auch, das kannst du mir glauben», stimmte ihm Clara zu, die Robert ganz selbstverständlich duzte. Sie schenkte ihm ihr schönes Lächeln und nahm ihm gegenüber Platz.

Am Nachmittag war Lilli endlich da. Robert wollte seine Tochter gar nicht mehr loslassen und drückte sie so lange an sich, bis Cornelia sich, eifersüchtig quäkend, zwischen sie drängte.

«Sie haben schon ihren eigenen Kopf», sagte Lilli entschuldigend, doch Robert trat lächelnd zurück, und Lilli hob die Kleine hoch.

«An das Bild muss ich mich erst gewöhnen», bekannte er. «Meine Lilli ist jetzt selbst Mutter.»

«Komm, setzen wir uns rüber aufs Sofa. Dann kannst du erzählen», forderte ihn seine Tochter auf und nahm die Kinder mit.

Robert schüttelte den Kopf. «Da gibt es nicht viel zu sagen. Ich habe bis zum Ende der Kämpfe im Mittelwerk gearbeitet, dann war ich eine Weile bei den Amerikanern in einem Gefangenenlager.»

«Und nun hatten die Amerikaner genug von dir?», spöttelte Ilse.

Robert zuckte mit den Achseln. «Sie haben uns gut behandelt, die meisten wurden jetzt nach Hause entlassen. Aber, Lilli, mein Liebes, wie ist es *dir* ergangen?»

Lilli wand sich. Es gab so viele Dinge, über die sie nicht sprechen wollte, nicht sprechen konnte. Es würde ihm nur das Herz schwer machen. Also berichtete sie von ihrer Ausbildung zur Lehrerin und von den zukünftigen Kollegen: Sekretärinnen, Verkäuferinnen, Land- und Fabrikarbeitern, die wie sie quereinsteigen würden. «Der netteste ist Frank. Er drückt neben mir die Schulbank. Ein Arbeiter aus einem Stahlwerk, der bei einem Unfall verletzt wurde und nicht mehr zu den Stahlkochern zurückwill.»

Robert hörte aufmerksam zu, doch sie spürte, dass er mehr wissen wollte. Aus der Zeit davor. Daher erzählte Lilli von der Gemeinschaft der Frauen in der Kommandantenstraße und wie sie Ella gefunden hatte, nachdem das Haus in Charlottenburg getroffen worden war. Und sie berichtete von Gertrud, seiner Schwiegermutter.

Robert schüttelte traurig den Kopf. «Sie war dir immer eine gute Großmutter – und nach Luises frühem Tod auch für mich da.»

Lilli griff nach seiner Hand und fuhr dann mit leuchtenden Augen fort: «Aber weißt du, wer noch zurück ist?»

Robert sah sie ratlos an.

«Johannes! Er baut seinen Kiosk wieder auf und hat sogar schon eine neue Verkaufslizenz.»

Es wurde eine lange Nacht, denn obwohl sie zu müde zum Sprechen wurden, wollten sie sich noch nicht wieder trennen. Robert hatte die ganze Zeit den Arm um ihre Schulter gelegt und sie an sich gedrückt, während die Kinder schon lange friedlich schliefen. Weit nach Mitternacht richtete ihm Lilli ein Bodenbett und ging dann rüber zu Erika, wo sie zu den Mädchen ins große Bett schlüpfte. Sie musste am Morgen ja pünktlich zur Schule.

Nach einem zeitigen Frühstück umarmte Robert seine Tochter noch einmal, dann verkündete er, er wolle zuerst zu Johannes gehen und danach «alles andere, was notwendig ist, in die Hand nehmen».

Lilli runzelte verwirrt die Stirn. «Was meinst du damit?»

Robert machte eine ausladende Geste. «So kannst du mit den Kindern doch nicht leben. Ich bin dein Vater und von nun an dafür verantwortlich, dass es euch gut geht. Warte nur ab. Ich habe gehört, dass die Wehrmacht den Bahn-Tunnel unter dem Landwehrkanal gesprengt hat und der Nord-Süd-Tunnel bis zur Friedrichstraße und darüber hinaus geflutet ist. Das muss alles wieder aufgebaut werden. Auch die Bahnhöfe sind in traurigem Zustand. Du wirst sehen, ein erfahrener Statiker wird gebraucht. Sobald ich eine Arbeit und eine menschenwürdige Wohnung gefunden habe, ziehst du mit den Kindern zu mir!»

Lilli schwieg. Robert wirkte wie verwandelt. Gestern noch der Heimkehrer aus Kriegsgefangenschaft, heute schon der tatkräftige Ingenieur und Vater Robert Wagenbach. War das nicht schön? Müsste sie sich nicht freuen, ihn so voller Lebensmut zu sehen? Den Vater, der ihnen Halt bieten wollte und Schutz?

Ein bitterer Geschmack breitete sich in ihrem Mund aus, und sie wusste plötzlich nicht mehr, ob sie ihm wirklich Erfolg wünschen wollte. Jetzt, gleich, sofort. Sie lebten hier doch gar nicht so schlecht. Ja, die Wohnung war nicht die größte und wies einige Schäden auf, aber ihre zusammengewürfelte Familie und dazu Erika mit ihren Kindern in der Wohnung gegenüber waren zu einer verschworenen Gemeinschaft zusammengewachsen. Sie hatten als Frauen bewiesen, dass sie alle Herausforderungen meistern konnten, getragen von Liebe und Vertrauen zwischen ihnen.

Lilli fühlte plötzlich Angst, das alles zu verlieren.

Kapitel 11

Der erste Geburtstag! Ein großer Tag, auch wenn die eigentlichen Hauptpersonen sich dessen noch nicht bewusst waren. Immerhin gab es für Cornelia und Anne an diesem Tag bereits am Frühstückstisch sichtbare Veränderungen.

Lilli hatte sich große Mühe gegeben. Es war ihr tatsächlich gelungen, alle Zutaten für zwei kleine Rührkuchen aufzutreiben. Liebevoll hatte sie ihre Werke mit ein wenig Zuckerguss und Schokolade verziert und zudem aus Kerzenresten zwei Geburtstagskerzen gezogen, die nun auf dem Frühstückstisch brannten und von den Mädchen mit großen Augen bewundert wurden. Bei Johannes hatte sie eine Illustrierte mit lustigen Bildern gefunden, in deren Seiten sie die Geschenke der Kinder eingewickelt hatte: zwei kleine Plüschbären, für die Ella aus Wollresten farbige Kleidchen gestrickt hatte.

Sogar Robert hatte an ein Geschenk gedacht, was Lilli überraschte. Selbst wenn er seine Enkelinnen spürbar lieb hatte, wirkte er häufig sehr zerstreut. Nur zwei Daten waren unauslöschlich in seinem Gedächtnis eingebrannt: Luises Geburtstag und ihr Todestag.

An diesem Morgen jedenfalls war Lilli genauso gespannt wie die Kinder, was sich in dem Paket verbarg, das der Opa mitgebracht hatte.

«Tschutsch!», rief Cornelia entzückt, als sie die Blechlokomotive in die Luft hielt. Anne drückte derweil glücklich ihren Teddybären. Außerdem enthielt das Paket noch einen Kohlentender und einen Reisewagen erster Klasse.

Lilli umarmte ihren Vater. «Das ist ja wunderschön. Wo hast du das denn her?»

«Es hat eben seine Vorteile, für die Reichsbahn zu arbeiten.» Robert schmunzelte. Tatsächlich hatte er nach seiner Rückkehr nur ein paar Tage gebraucht, um dort eine feste Anstellung zu bekommen. Verträumt beobachtete er die beiden Mädchen, die sich ihren Geburtstagskuchen schmecken ließen und mit schokoladenverschmierten Mündern am Tisch saßen.

«Wenn ich die beiden so ansehe, fühle ich mich in die Zeit zurückversetzt, als wir mit dir deinen ersten Geburtstag gefeiert haben. Als Luise noch da war und wir eine glückliche Familie ...» Er brach ab und wischte sich die Tränen aus den Augen.

Lilli ergriff seine Hand. «Ach, Papa, ich vermisse sie auch, immer noch.»

Robert nickte bedächtig. «Aber du hast ein eigenes, erfülltes Leben. Wenn ich an sie denke, dann kommt es mir vor, als würde ich seit Ewigkeiten am Bahnsteig stehen und auf den Zug warten, der mich endlich zu ihr bringt.»

«Papa», sagte sie sanft und bemühte sich, die Beklemmung zu verscheuchen, die seine Worte in ihr auslösten. «Du hast auch ein Leben. Du hast uns und deine Arbeit, die du gerne machst.»

Fast überrascht blickte Robert über den Tisch. «Oh ja, natürlich, du hast recht, Lilli», sagte er. Er erhob sich. «Es ist schon spät, ich muss los zur Arbeit. Und du solltest dich ebenfalls bald auf den Weg machen, wenn du deine Schüler nicht warten lassen willst.»

♦

Anfang Dezember tat Ilse tagelang sehr geheimnisvoll. Es begann damit, dass sie Maß nahm und zu ihrem Patenkind sagte, es wäre vielleicht gut, wenn sie mal in eines von Ilses alten Kleidern schlüpfen würde. Schließlich wäre sie als Lehrerin nun eine Respektsperson für so viele Kinder. Da müsse sie doch was hermachen.

Lilli widersprach nicht. Es würde noch eine Weile dauern, bis sie genug verdiente, um sich neue Kleider zu kaufen. Und wenn jemand Ahnung davon hatte und mit Schere und Nadel umgehen konnte, dann Ilse. Sie besaß sogar noch ihre alte Nähmaschine, die dem Schwarzmarkt bislang entgangen war.

Als Ilse, Clara und Lilli einige Tage später beim Abendessen saßen, legte Ilse zwei in Zeitungspapier gewickelte Pakete neben deren Teller mit Graupensuppe, vielen Zwiebeln und wenig Speck.

Bevor Clara etwas sagen konnte, fragte Lilli verwundert: «Was ist das? Habe ich nicht richtig mitgezählt, und wir haben schon Weihnachten?»

Ilse schüttelte den Kopf. «Nein, aber dann ist es zu spät. Ich finde, ihr habt euch nach diesem Jahr schon vorher etwas Besonderes verdient. Los, packt aus!»

Ilse hatte Kleider aus der Zeit vor dem Krieg so geändert, dass der Rock von Lillis Kleid nun modisch bis zum Knie reichte. Eine Art Trachtenjacke, die irgendwann vermutlich zu einer Uniform gehört hatte, gab dem Ensemble das besondere Etwas. Claras Kleid dagegen war fließend lang bis zu den Fußknöcheln, als Alltagskleid entschieden zu fein.

Strahlend schauten beide zu Ilse, die nun drei bedruckte graue Karten auf den Tisch legte. «Wir gehen morgen Abend nach Steglitz ins Schlosspark Theater. Dort wird *Ein Spiel um Tod und Liebe* gegeben, und ich habe Karten besorgt!», verkündete sie fröhlich.

«Ins Theater? Wir drei? Das kann ich mir gar nicht mehr vorstellen.» Lilli schüttelte den Kopf.

«Irgendwann müssen wir wieder anfangen, richtig zu leben, und dazu gehören Musik und Theater! Jede von uns muss übrigens ein Brikett mitbringen, damit sie das Theater ein wenig beheizen können.»

Lilli lachte. «Im Abendkleid mit einem Brikett in der Handtasche. Wenn uns das früher jemand gesagt hätte ...»

«Seit es kalt geworden ist, muss man auch ins Kino was zum Heizen mitbringen», erinnerte Clara und strahlte vor Freude.

«Los, zieht euch mal um, damit ich sehen kann, wie gut ich gearbeitet habe!», forderte Ilse die beiden auf und war nach Vorführung mit ihren Werken hochzufrieden. Sie klatschte in die Hände. «Ihr beide seht prächtig aus! Und das Stück wird euch bestimmt gefallen. Ich habe gehört, dass Else Bongers, die Besetzungschefin bei der UFA, von einer jungen Nachwuchsdarstellerin in höchsten Tönen schwärmt. Hildegard Knef heißt das junge Ding, die UFA dreht bereits einen Film mit ihr. Sie spielt die Hauptrolle in unserem Stück, und ike bin jespannt wie 'n Flitzebogen!»

Lilli sah vergnügt an sich herunter, dann wurde ihre Miene betroffen. «Die Mädchen! Ich kann abends nicht einfach ins Theater gehen.»

Ilse winkte ab. «Das wird Ella übernehmen. Ich habe ihr dafür eine Kinokarte versprochen. Sie will mit Erika ins Kino gehen, dann sind *wir* die Kindertanten.»

♦

Sie waren noch aufgekratzt von ihrem ersten Theaterabend nach so langer Zeit. Wie hatten sie die Schauspielkunst und einfach auch nur die festliche Atmosphäre in vollen Zügen genossen.

«Ich finde die Hildegard Knef wundervoll», schwärmte Ilse beim Sonntagsfrühstück. «Ich sag euch, die macht Karriere.»

«Muss ich etwa eifersüchtig werden?», neckte Clara. «Soweit ich mich erinnern kann, hast du seit Marlene Dietrich nicht mehr so geschwärmt.»

«Außer für dich, mein Schatz», wandte Ilse sofort ein, beugte sich vor und küsste Clara auf den Mund.

Es war kalt in der Küche, und so hatten sie den Tisch näher an den Herd geschoben, von dem wenigstens ein wenig Wärme ausging. Außerdem wärmte der heiße Malzkaffee von innen. Viel zu essen gab es nicht. Gerade jetzt, wo es wieder kälter wurde, plagte sie der Hunger noch stärker als in den warmen Monaten. Die Briketts, die sie gestern im Theater hatten abgeben müssen, wurden nun eben eingespart. Zum Glück hatten Cornelia und Anne bei Ella oben geschlafen, und die war mit den Kindern noch nicht aufgetaucht.

Geheizt wurde eh nur die Küche. Das Loch in der Küchenwand hatten sie inzwischen zugemauert, doch Glasscheiben blieben teuer und waren nur schwer aufzutreiben. In der Küche mit den zugeklebten Fenstern war es also entweder dunkel oder kalt oder dunkel und kalt wie heute. Nur eine kleine Scheibe, die Ilse hatte organisieren können, ließ ein wenig Licht herein, so konnten sie sich tagsüber meist die Lampe sparen.

Ein Klopfen an der Tür, dann trat Robert herein. «Guten Morgen, die Damen», grüßte er ungewöhnlich überschwänglich.

«Guten Morgen, Papa», sagte Lilli. «So fröhlich heute? Möchtest du Malzkaffee? Zu essen haben wir leider kaum mehr was da.»

Robert nahm das Angebot an und ließ sich auf einen freien Stuhl sinken. «Danke, Hunger habe ich eh nicht», behauptete er. Er nickte Ilse und Clara freundlich zu und richtete dann seinen Blick wieder auf die Tochter, die er mit einem ungewöhnlich angespannten Gesichtsausdruck fixierte.

Seit Robert aus der Gefangenschaft zurück war, tauchte er meist einmal in der Woche auf, saß eine Stunde bei den Frauen und eilte wieder davon. Lilli wusste nicht genau, was er tat und ob er noch immer sein Mammutprojekt verfolgte: seiner Familie ein besseres Leben bieten zu wollen.

Wenn ihr Vater da war, schwieg er oft. Er wollte weder von seiner Zeit bei der Mittelwerk GmbH noch von den Wochen im Kriegsgefangenenlager der Amerikaner berichten. Und eigentlich wollte er auch nicht so genau wissen, was die Frauen im Einzelnen während der letzten Kriegsmonate und danach durchgemacht hatten. Zumindest kam es Lilli so vor. Daher redeten sie meist über den Alltag, Lilli erzählte von der Schule, und natürlich freute sich Robert an den Enkelinnen, die er zärtlich liebte.

Wenn er erzählte, dann von seiner Arbeit als Ingenieur bei der Reichsbahn, von den Tunneln, die instand zu setzen waren. Verantwortlich für die Bauarbeiten war neben der Reichsbahn die Siemens-Bauunion, die für den richtigen Einsatz der Pumpen und die Stabilität der Tunnel zu sorgen hatte. Treibstoff, Öl und Material lieferten die Russen.

Vom Fortschritt der Bauarbeiten berichtete Robert gern auch mit vielen technischen Details. Lilli spürte, dass er sich auf diesem Gebiet sicher fühlte und keine emotionalen Klippen befürchten musste.

Heute jedoch verbreitete er eine andere Stimmung, schien fast euphorisch zu sein. Und dann platzte die Neuigkeit aus ihm heraus: «Lilli, ich habe eine Wohnung bekommen!», verkündete er strahlend. «Nördlich der Innenstadt, in der Linienstraße zwischen Rosenthaler Platz und Schönhauser Tor. Eine Nebenstraße, in der viele Häuser den Krieg gut überstanden haben. Das war früher nicht gerade die beste Wohnlage, aber man muss momentan ja froh sein, wenn man überhaupt etwas findet, das keine halbe Ruine ist. Wenn du magst, kannst du noch heute deine Koffer packen, und wir ziehen in eine intakte Wohnung mit vier Zimmern, Küche und Bad! Nur die Toilette ist im Treppenhaus wie in so vielen Mietshäusern der Stadt.»

Lilli versuchte, den Knoten in ihrer Brust zu ignorieren. «Wie hast du das denn hingekriegt?», lenkte sie sich ab. «Ich hätte gedacht, in ganz Berlin gibt es keinen trockenen Quadratmeter Wohnraum, der nicht belegt ist.»

Robert wand sich ein bisschen. «Ja, schon, das ist richtig. Einfach ist es nicht. Viele der intakten Häuser wurden nach der Kapitulation erst von der russischen Armee und später auch von den Alliierten requiriert, um Offiziere unterzubringen. Aber Menschen ziehen aus, Offiziere werden versetzt – und so gibt es immer mal wieder freie Wohnungen.»

«Und du bekommst solch eine Wohnung?», wunderte sich Lilli. Sie schaute zu Ilse und Clara, doch die beiden blieben still, in stummer Übereinkunft, dass dies allein Sache von Vater und Tochter war.

«Ja», bestätigte Robert. «Wer einen wichtigen Posten beim Wiederaufbau der Stadt hat und mit dem Magistrat, den die Russen eingesetzt haben, eng zusammenarbeitet, der kommt eher zum Zug. Und das gilt auch für führende Mitarbeiter der Reichsbahn.»

«Ich ... Ich gratuliere dir!» Lilli wartete, bis sich ihr Herzschlag beruhigte. Das Ganze ging ihr viel zu schnell. Was war mit Ilse und Clara? Mit Ella und Erika und deren Kindern und all den anderen Hausbewohnern, denen sie sich so eng verbunden fühlte? Gleichzeitig ahnte sie, wie wichtig die Wohnungsfrage für ihren Vater war ... Ein wenig ruhiger fuhr sie fort: «Aber, Papa, ich kann nicht einfach von heute auf morgen hier ausziehen.»

«Es ist Sonntag», beharrte Robert, «ein guter Tag für den Umzug. Was denkst du, brauchen wir einen Wagen oder können wir deine Sachen in der Straßenbahn mitnehmen?»

Da fiel Lilli *das* Argument ein. «Ich muss morgen früh wieder in die Schule. Wer wird dann auf die Kinder aufpassen?»

Robert blinzelte. Daran hatte er offensichtlich nicht gedacht. «Vielleicht gibt es jemanden im Haus ...», begann er, doch Lilli hob abwehrend die Hände.

«Du würdest deine Enkeltöchter jemand Fremdem überlassen?»

«Nein, nein, das ist natürlich keine gute Idee», wehrte Robert verlegen ab. «Aber vielleicht reicht das, was ich verdiene, für uns alle. Du und die Zwillinge, ihr bekommt ja trotzdem Lebensmittelkarten. Dann könntest du dich selbst um die beiden kümmern. Wäre das nicht viel schöner, als fremde Kinder zu unterrichten?»

Dieser Gedanke stimmte Lilli alles andere als fröhlich. «Papa, lass uns nichts überstürzen. Ich bin froh, eine Stelle zu haben, dafür bin ich monatelang zu dieser Ausbildung gegangen. Du hast recht, natürlich wäre ich gerne mehr mit meinen Mädchen zusammen, aber ich denke, es ist nicht gut, wenn ich mich jetzt ins Haus zurückziehe. Müssen wir nicht alle helfen, das Land wieder aufzubauen?»

Robert stöhnte. «Vielleicht ist es dazu wirklich noch zu früh. Es sind noch so viele Männer in Gefangenschaft. Da müsst ihr Frauen wohl noch eine Weile mit anpacken.»

Jetzt war ein Punkt erreicht, wo Ilse das Wort ergriff. Vehement und klar. «Und danach? Wenn die überlebenden Soldaten wieder hier sind, was wird dann aus den Frauen?», erkundigte sie sich, und nicht nur Lilli konnte die Schärfe in ihrem Ton nicht überhören. «Sollen sich die Frauen wieder an den Herd und zu den Kindern begeben und alles, was sie sich inzwischen erkämpft haben, den zurückgekehrten *Helden* überlassen? Von denen im Übrigen keiner weit und breit zu sehen war, als wir Frauen sie wirklich gebraucht hätten!»

«Das kannst du den Männern nicht vorwerfen», entgegnete

Robert. «Wir können nichts dafür. Der Krieg war nicht mehr zu gewinnen. Hätten sich am Ende alle sinnlos opfern sollen, statt in Gefangenschaft zu gehen?»

Das erboste Ilse nur noch mehr. «Oh ja, niemand hat Schuld. Es hat ja auch keiner Hitler gewählt, ihn in seinem Wahn unterstützt, ihm selbst dann noch zugejubelt, als Goebbels den Totalen Krieg ausrief!»

«Auch Frauen haben die Nazis gewählt», stellte Robert klar.

«Das stimmt. Aber wir sind nicht Schläger in der SA oder Massenmörder in der SS geworden! Wir haben nicht Millionen von Menschen in Lager verschleppt und mit Vorsatz umgebracht!»

Lilli sah, wie Robert erblasste. Seine Hände fingen an zu zittern, sein Atem ging hektisch. «Papa, was ist mit dir?», rief sie besorgt, sprang auf und eilte zu ihm.

«Ach nichts, Lilli. Ilse hat ja recht. Es ist so viel Furchtbares geschehen, und neben denen, die gequält und getötet haben, haben auch diejenigen Schuld auf sich geladen, die das Unrecht sahen und dennoch nichts dagegen unternommen haben. Die zu feige waren aufzubegehren. So wie ich.» Tränen schimmerten in seinen Augen.

Lilli beugte sich zu ihm und drückte ihn fest. «Ich komme gerne mit und sehe mir die Wohnung an. Und dann überlegen wir in Ruhe, wie wir das mit dem Umzug und der Betreuung der Kinder regeln.»

Damit war Robert zufrieden. Die Ruhe am Sonntag kehrte wieder ein. Clara und Ilse versprachen, mit Cornelia und Anne eine Runde in der frischen Dezemberluft spazieren zu gehen, damit Robert und Lilli mit der Straßenbahn zum Schönhauser Tor fahren konnten. Von dort gingen sie zu Fuß weiter. Nach all der Zerstörung von Kreuzberg bis über den Alexanderplatz hinaus schien es hier tatsächlich noch Häuser zu geben, die man zu Recht als solche bezeichnen konnte. Einige Straßen waren sogar freigeräumt, und selbst am heutigen Sonntag wurde an irgendwelchen Leitungen gearbeitet.

Robert blieb in der Linienstraße vor einem Mietshaus stehen und zog einen Schlüssel aus der Tasche. «Dann los, sieh sie dir an», drängte er und wirkte wie ein Kind, dass gespannt darauf wartete, ob der Mutter das mit Mühe gebastelte Geschenk auch gefiel.

♦

Zwei Tage vor Weihnachten drängte sich Lilli zusammen mit Ella zu den Hamsterern in den Zug Richtung Fürstenwalde im Südosten Berlins.

Es kam darauf an, weit genug aus der Stadt herauszufahren, um Höfe zu finden, die noch nicht von Berlinern überrannt wurden. Gleichzeitig durften sie nicht so weit entfernt von der nächsten Zugstation liegen, dass man nicht am selben Tag wieder nach Berlin zurückkehren konnte, denn das Reisen war für Deutsche streng reglementiert. Papiere zu bekommen war nicht einfach, die Reise in den Westen Deutschlands strikt untersagt. Nur in Berlin selbst konnte man problemlos zwischen den einzelnen Zonen der Alliierten hin und her wechseln.

Vom Hamstern im eigentlichen Wortsinn, also dem Anlegen von Vorräten, konnte man allerdings gar nicht sprechen. Es ging eher darum, seine letzten eintauschbaren Gegenstände oder Kleidung und Schuhe bei einem der Bauern gegen Lebensmittel einzutauschen, um ein paar Tage weniger zu hungern. Sich richtig satt essen konnte niemand außer den wenigen Reichen, deren Villen dem Bombenhagel entgangen waren oder die ihre Schätze rechtzeitig aus den Bankschließfächern geholt und versteckt hatten.

Da sowohl Lilli als auch Ella ausgebombt waren, hatten sie

nicht viel zum Tauschen, das sie in ihren Rucksäcken aus der Stadt herausbrachten.

Es gab Gedrängel und Geschubse, als der Zug einfuhr, und dann den Kampf, sich irgendwie durch die Türen ins Innere zu quetschen. Ella kam noch bis zur Treppe oben, Lilli schaffte das nicht. Ihr blieb nur der Platz auf dem Puffer, den sie außerdem mit einer anderen Frau teilte. Andere standen auf den Trittbrettern und klammerten sich an den Haltegriffen außen fest. Wieder andere kletterten gar aufs Wagendach.

Der Zug ruckte an und begann zu beschleunigen. Lilli krallte sich am Puffer fest. Zuerst hatte sie Angst, dann machte es ihr auch ein wenig Spaß. Ein Abenteuer war es allemal.

Am ersten Bahnhof verließen nur wenige Menschen den Zug, am zweiten schon ein paar mehr. Nun konnte Lilli zu Ella ins Wageninnere klettern. Einige Halbwüchsige hatten es sich in den Gepäcknetzen bequem gemacht, auf der ersten Zweierbank saß eine Frau mit drei Kindern. Lilli war froh, dass sie die Zwillinge nicht mitschleppen musste. Sie waren bei Ilse und Clara gut aufgehoben.

Nun ja, vielleicht hätte der Anblick der beiden süßen Mädchen auf ihrer Tour so manches Herz erweicht, aber die Gefahr, der sie die Kinder auf solch einer Fahrt ausgesetzt hätte, war Lilli zu groß.

Noch zwei Stationen, dann stiegen auch sie aus, um ihr Glück zu versuchen, leider waren sie nicht die Einzigen. Die Berliner machten sich in verschiedene Himmelsrichtungen auf.

«Und wohin woll'n wir?», fragte Ella.

Lilli schaute sich um. Die beiden Wege, die zu Höfen führten, die sie kannte, wurden bereits beschritten. Es brachte meist nicht viel, als Zweiter oder Dritter am gleichen Tag nach Lebensmitteln zu fragen.

«Gehen wir in diese Richtung», entschied sie und deutete auf einen Feldweg, der nach Norden führte.

«Warste da schon mal?», wollte Ella wissen.

Lilli schüttelte den Kopf. «Es ist ein Risiko, aber vielleicht haben wir Glück.»

«Oder die anderen hatten 'nen Grund, warum sie den Weg hier nich genommen ham.»

«Versuchen wir's trotzdem.»

Am ersten Hof wurden sie barsch abgewiesen, beim zweiten, eine Stunde entfernt, hetzte die Bäuerin gar ihre Hunde auf sie. Lilli schäumte vor Zorn und stapfte stumm brütend vor Ella durch die Kälte. Dann begann es auch noch zu schneien! Die Nässe kroch durch ihre Schuhe und durchweichte die Socken. Wenn sie nur nicht krank wurde, das konnte sie sich nicht leisten! Lilli dachte einen Moment an all die Menschen, die wie die Fliegen an Tuberkulose und Influenza starben, darunter hauptsächlich Kinder. Ihre von Hunger ausgezehrten Körper waren zu schwach, um sich gegen die Krankheiten zu wehren.

«Wenn wir nicht bald einen weiteren Hof finden, müssen wir umkehren, sonst verpassen wir unseren Zug zurück», schimpfte Lilli, doch da entdeckten sie eine Rauchsäule über den Bäumen, und zwei Biegungen weiter stand noch ein Gehöft. Zwar kläfften auch dort die Hunde, aber Lilli schritt mutig auf das Tor zu und sprach die Bäuerin an, die unter der Tür erschienen war.

«Wir haben selbst nicht mehr viel», sagte die Frau abweisend. «Es ist bald Weihnachten.»

Lilli nickte. «Ja, und ich würde meinem Vater und meinen beiden Töchtern so gern wenigstens etwas Schönes zu essen machen.»

«Wie alt sind denn Ihre Kinder?», erkundigte sich die Bäuerin.

«Gerade ein Jahr alt geworden. Zwillinge», berichtete Lilli. «Cornelia und Anne heißen sie.»

Die Bäuerin lächelte plötzlich. «Ich habe auch Zwillingsmädchen, aber die sind schon fast aus dem Haus. Ich weiß noch, das war am Anfang eine schwere Zeit mit den beiden.»

Das Eis war gebrochen. Die Bauersfrau lud sie auf einen Becher Tee in die Küche ein und goss einen ordentlichen Schuss Selbstgebrannten hinein. «Das wärmt», versprach sie und stellte gar Honig auf den Tisch. Lilli mühte sich, nicht zu unbescheiden zuzulangen.

«Was haben Sie denn zum Tauschen mitgebracht?», erkundigte sich die Frau.

Lilli und Ella packten die Kleidungsstücke aus, die hauptsächlich aus Ilses Kleiderschrank stammten. Lilli hatte zudem noch eine Kette mit einem goldenen Anhänger dabei und Ella eine warme Jacke, die sie aus Wollresten in mühevoller Arbeit gestrickt hatte.

Die Bäuerin deutete auf Ilses Kleider und ein paar auffällig glitzernde Sandalen mit hohen Absätzen. «Wer soll hier draußen denn so was tragen?» Sie griff stattdessen nach der Strickjacke, die in einem guten Zustand war. «Die nehme ich auf alle Fälle.»

Da ging die Tür auf, und eine junge Frau trat herein. Sie war nicht dick, aber gut genährt. Fröhlich wie ein Frühlingshauch begrüßte sie ihre Mutter mit einem Kuss auf die Wange und stieß dann einen Schrei des Entzückens aus.

«Mutter, diese Schuhe! Ich werd verrückt. So was hat hier keine. Ich muss sie haben und an meiner Hochzeit tragen!»

«Probieren Sie die Schuhe doch einmal an», schlug Lilli vor, was die junge Frau, die sich als Hanna vorstellte, auch gleich tat. «Und das Kleid», fuhr sie fort. «Wär das nichts für Else? Sie hat mir erst gestern gesagt, dass sie zu meiner Hochzeit nichts Passendes anzuziehen hat.»

Lilli sah von dem Kleid zu Hanna und wieder zurück. Ihr würde es ganz sicher nicht passen, doch Hanna sprach die Sache gleich selbst an. «Meine Schwester Else hat einige Pfunde weniger auf den Rippen», berichtete sie fröhlich.

Lillis Kette wünschte sie sich noch als Hochzeitsgeschenk, und so verließen Lilli und Ella das Gehöft mit prall gefüllten Rucksäcken: Mehl, Haferflocken, Öl und Zucker und gute Kartoffeln! Sogar eine Speckseite hatte die Bäuerin noch obendrauf gelegt.

Der Rückweg war beschwerlich, die beiden Berlinerinnen allerdings bester Laune, während sie überlegten, was sie daraus alles zaubern könnten. Dabei knurrten ihre Mägen, und das Wasser lief ihnen im Mund zusammen. Endlich erreichten sie den Bahnhof, wo sich bereits andere eingefunden hatten, ebenfalls gut beladen.

«Jetzt müssen wir nur noch beten, dass es am Bahnhof in Berlin keine Razzia gibt», raunte Lilli Ella zu, als sie sich zusammen auf eine Sitzbank quetschten. Mit jeder Station füllte sich der Zug mehr, bis sie sich Berlin näherten und die Ersten mit ihrer Beute ausstiegen.

«Verdammt!», zischte Ella und zog Lilli am Ärmel.

Sie beugte sich vor und konnte nun ebenfalls die Gruppe Uniformierter sehen, die die Aussteigenden nacheinander abfingen, durchsuchten und ihnen das teuer Eingetauschte abnahmen. Lilli sah, dass Ella Tränen in die Augen traten.

«Warum is die Polizei so gemein und nimmt den Leuten das wenige Essen weg? Die sollen lieber echte Verbrecher jagen.»

«Weil das Hamstern auf dem Land der Grund dafür ist, warum in den Berliner Läden so wenig ankommt», erklärte Lilli. «Du weißt ja, dass wir für unsere Marken oft nichts kriegen. Die Bauern halten das meiste zurück, weil sie beim Hamstern den größeren Reibach machen. Oder bei den Geschäften mit Schwarzmarkthändlern, die sich dann wiederum in der Stadt an der Not der Leute eine goldene Nase verdienen.»

«Denkste, wir ham mehr im Laden, wenn's kein Hamstern gibt und keinen Schwarzmarkt?»

«Ja.»

Ella legte die Stirn in Falten und nickte dann. «Trotzdem hoff ich, dass sie uns nich erwischen.»

«Ich auch, Ella, das kannst du mir glauben. Sonst wird das ein sehr hungriges Weihnachten!»

♦

Sie trafen sich zum Fest alle in der neuen Wohnung. Vier Zimmer und eine Wohnküche, dazu ein eigenes Bad. Die Wohnung war ordentlich, wenn auch ein wenig altmodisch möbliert, und nachdem Lilli tagelang Küche und Bad geschrubbt hatte, roch es endlich nach Putzmitteln statt nach Exkrementen und ungewaschenen Körpern.

Robert hatte sogar einen kleinen Tannenbaum besorgt, den Lilli mit Strohsternen geschmückt hatte. Nun, am Heiligen Abend, kamen Ilse, Clara, Ella und Johannes zu Besuch, um das Mahl, das Lilli aus den Lebensmitteln der Hamsterfahrt und einigen Schwarzmarkttouren gezaubert hatte, in fröhlicher Runde zu genießen.

Viel Fleisch gab es nicht, aber genug Kartoffelklöße, reichlich Soße für jeden und Gemüse mit Speckwürfeln, später sogar einen Kuchen und Haferkekse. Vor allem die Kekse fanden bei den Zwillingen reißenden Absatz.

So saßen sie eng beieinander um den Esstisch mit den sechs Stühlen, Ella und Lilli je mit einem der Mädchen auf dem Schoß. Die Rillen von Messern und die Wasserflecken auf der einst edlen Nussbaumplatte verhüllte ein weißes Betttuch, das Lilli mit Tannenzweigen und Sternen aus buntem Papier geschmückt hatte. Im Schrank hatte sie gar genügend Weingläser gefunden, in denen nun der für den Festtag organisierte Rotwein kreiste, als sie die Gläser erhoben und sich gegenseitig schöne Weihnachten und ein besseres kommendes Jahr wünschten. Die bauchigen Gläser klangen wie helle Glocken. Johannes hatte eine Flasche Cognac mitgebracht, den sich die erwachsenen Gäste ebenfalls schmecken ließen, und für die Kinder gab es heiße Schokolade! Sogar echter Kaffee stand in zwei großen Kannen bereit. Was für ein Fest!

Ilse beschenkte Clara, Lilli und Ella mit je einem neu geschneiderten Kleid aus ihrem Schrank. Für Lilli hatte sie sogar passende Schuhe.

Lilli beschenkte die Freundinnen mit jeweils zwei Garnituren Silberbesteck. Ein wenig drückte das Gewissen, denn sie hatte das Besteck hier in der Wohnung gefunden, als sie bei Robert eingezogen war. Wem das Silber wohl gehört hatte? Wer hatte hier gelebt, und was war mit den Bewohnern geschehen? Waren sie von den Nazis verjagt worden oder von den Russen? Würde irgendwann jemand vor der Tür stehen und Anspruch auf all die Möbel, Kleider und Haushaltsgegenstände erheben, die sie hier vorgefunden hatten?

Niemand konnte das sagen. Von der Familie, die zuletzt hier gewohnt hatte, wusste keiner der Nachbarn, die Lilli sogleich befragt hatte, etwas. Also würde sie die Sachen benutzen, ein paar Dinge verschenken oder auf dem Schwarzmarkt eintauschen.

«Ich habe eine nette Frau im Nachbarhaus gefunden, die neben ihrer Tochter auch Cornelia und Anne betreuen wird, wenn es nach den Feiertagen mit meinem Unterricht wieder losgeht», berichtete Lilli und sah, dass Ellas Blick traurig wurde. Dennoch betonte Ella, dass es gut wäre, wenn sie nun länger arbeiten könnte. Sie hatte vor, die Frauen aus dem zweiten Stock in ihrer Maurerbrigade zu unterstützen, und hätte damit auch ein Anrecht auf eine Schwerarbeiterlebensmittelkarte. Auch Ilse und Clara verkündeten Neuigkeiten: Sie hatten eine Wohnung in Schöneberg gefunden, in die sie zusammen einziehen wollten.

«Willst du nicht unsere Wohnung im ersten Stock übernehmen?», fragte Ilse und sah Ella aufmunternd an. «Im Moment bezahle ich gar keine Miete. Der Vermieter ist gefallen, und bisher haben sich keine Erben gemeldet.»

Ella überlegte nicht lange. «Ach, Ilse, das wär zu schön! Ich kann im Haus bleiben, mit Erika, ihren Kindern und all den anderen!»

Sie prosteten sich mit geradezu sündig viel Cognac zu.

«Auf die neuen Zeiten und dass sie uns in eine bessere Zukunft führen!», rief Johannes.

Kapitel 12

Es begann mit einem lauten Knacken in der Nacht, dann ertönte ein Rumpeln, das in viel Getöse überging. Ella war mit einem Satz aus dem Bett, schlaftrunken und verwirrt. Ihr erster Gedanke: Fliegeralarm!

Ich muss in den Keller runter, der nächste Gedanke. *Wo is die Tasche mit allem Wichtigen? Sie steht doch immer griffbereit neben dem Bett, aber da is nix.* Ella spürte, wie Panik in ihr aufwallte. *Wo is die verdammte Tasche?*

Von draußen drangen aufgeregte Stimmen zu ihr. Dann rumpelte es noch einmal, und der Boden bebte wie nach einem Bombeneinschlag.

Noch während Ella zur Tür stürzte und sie aufriss, fiel ihr ein, dass der Krieg längst vorbei war. Aber was war da los? Bekriegten sich nun die Russen und die Amis?

Aus der Wohnung gegenüber wankte Erika mit den beiden Mädchen auf den Treppenabsatz hinaus. «Was ist los?»

Ella schüttelte nur verstört den Kopf. «Ich weiß nich. Geh'n wir in den Keller?», fragte sie.

«Lieber raus!», entschied Erika und schob ihre Töchter Richtung Treppe. Ella folgte ihnen. Von oben polterten schon die anderen aus dem zweiten Stock herunter. Auch Frieda war wach und kam mit raus auf die Straße.

Es war noch dunkel, doch im Mondlicht sahen sie, dass die Hälfte der großen Brandmauer, die rechts neben ihrem Haus gestanden hatte, umgekippt war. Zu erkennen war auch, was die Mauer hatte einstürzen lassen. Der Keller war eingebrochen und hatte der Mauer Grund und Boden entzogen. Jetzt gähnte am Fuße der umgekippten Brandmauer ein tiefer Krater, in den der Schutt rutschte.

Das an sich war nicht tragisch, da sich in dieser Ruine eh keiner mehr aufgehalten hatte, die Erschütterung hatte jedoch auch einen Teil des Daches ihres Hauses einbrechen lassen, und nun klaffte in der Decke der obersten Wohnung, in der Johanna und Werner Volkhardt lebten, ein riesiges Loch. Und auch das war noch nicht alles. Mit offenem Mund starrte Werner die Fassade hoch, sein ausgestreckter Zeigefinger zitterte in der Luft. Alle konnten das Knacken hören. Instinktiv rückte die Hausgemeinschaft zur anderen Straßenseite hinüber und beobachtete mit Entsetzen, wie sich von rechts oben ein Riss schräg über die gesamte Fassade des Hauses zu ziehen begann. Steine polterten auf die Straße, dann war es still.

«Mein Gott, das Haus kracht zusammen.» Frieda presste die Hand vor den Mund.

«So ein Blödsinn», grummelte der Großvater, der sich am Arm seiner Enkelin zu ihnen gestellt hatte. «So ein Theater mitten in der Nacht», schimpfte er, verstummte dann aber, als auch er den sich ausbreitenden Riss mit den Augen verfolgte.

«Was sollen wir jetzt tun? Wir können den Rest der Nacht doch nicht auf der Straße zubringen», jammerte Marion.

«Wir gehen wieder rein», schlug Elfriede vor und humpelte schon, auf ihren Stock gestützt, auf den Eingang zu, als sich drüben der Rest der Brandmauer neigte und dann unvermittelt einstürzte. Dann ein Blitz und ein Donnerschlag. Gesteinsbrocken flogen, die Druckwelle rissen den Alten und die kleine Marie von den Füßen.

«Eine Bombe!», schrie Erika.

Entsetzt beobachteten sie, wie sich der Riss in ihrer Fassade weitete und sich zahlreiche Abzweigungen bildeten.

Zum Glück hatte die Explosion des Blindgängers keinen von ihnen ernsthaft verletzt. Ihre Nachtgewänder waren grau von Schutt und Mörtel, und sie bluteten aus kleinen Wunden im Gesicht und an den Armen. Noch einige Minuten blieben sie beisammen stehen, dann beschlossen sie, dass Frauen und Kinder draußen warten sollten, während Volkhardt ankündigte, nachsehen zu wollen, ob es sicher genug sei, wieder reinzugehen.

♦

«Ella, was für eine Überraschung. Komm doch rein!»

Ella trat zaghaft über die Schwelle und folgte Lilli in die Wohnküche, wo die Zwillinge einträchtig mit zwei von Lillis selbst genähten Puppen spielten.

«Kann ich dir etwas anbieten? Ella, was ist denn los? Woher stammen die Schnitte an deiner Wange. Du bist doch nicht etwa ...?»

Ella setzte sich, bat um einen heißen Tee und schüttelte den Kopf. «Nee, das is nich passiert. Schlimm is es trotzdem. Vom Nebenhaus is die Brandmauer umgekippt und ein Blindgänger hochgegangen. Uns allen is nix passiert, aber der Mann von der Behörde, der das angeguckt hat, sagt, es is nich mehr sicher. Wir müssen alle raus, die reißen das Haus ab.»

«Wie entsetzlich!», rief Lilli aus. Sie brühte Tee auf und stellte Ella und sich je eine Tasse hin.

«Ich weiß gar nich, wohin», gestand Ella. «Ich hab doch niemanden mehr. Und ich kann nich zu Hannes gehen und fragen, ob er Platz in seinem Kämmerchen hat.»

«Nein, das kannst du nicht», bestätigte Lilli und überlegte. «Es ist schwer, eine Unterkunft in Berlin zu finden. Zu viele Häuser sind zerstört oder so beschädigt, dass nur Teile bewohnbar sind. Und in die Baracken, die für Flüchtlinge hochgezogen werden, kommt man auch schlecht rein.»

«Is vielleicht hier im Haus 'ne Kammer frei», begann Ella hoffnungsvoll, doch Lilli schüttelte den Kopf.

«Aber wenn du willst, bleib ein paar Nächte bei uns. Du kannst in meinem Zimmer schlafen, ich ziehe so lange zu den Zwillingen. Und dann helfen wir dir bei der Suche nach einer neuen Unterkunft.»

«Und Robert? Hat der nix dagegen? Willste nich erst fragen?»

Lilli reckte sich. «Er darf nichts dagegen haben. Wir beide haben die schlimmsten Zeiten gemeinsam überstanden, wir stehen füreinander ein!»

«Danke», sagte Ella leise. «Das mit dem Haus is schlimm, aber irgendwie war es nich mehr richtig mein Zuhause, wo du mit den Mädchen weg bist und auch noch Ilse und Clara. Nee, nich nur die Mauern sind zerbrochen.»

Lilli schwieg. Sie spürte, was Ella meinte. «So schlimm die Zeit war, die wir dort gemeinsam verbracht haben», ergänzte sie, «keine will das noch mal erleben. Aber das, was wir aneinander hatten, war viel wert. Es fühlt sich auch in mir so an, als hätte ich etwas sehr Teures verloren.»

«Du hast deinen Vater wieder», erinnerte Ella.

«Das stimmt, und diese Wohnung ist viel besser, aber hier in mir drinnen fühlt es sich so an, als sei wieder ein Loch mehr aufgerissen worden.»

Sie schwiegen beide, legten ihre Hände um die warmen Becher und tranken den Tee.

«Soll ich mit dir kommen, um deine Sachen zu holen?», fragte Lilli, doch Ella verneinte.

«So viel hab ich nich. Bleib du nur bei den Mädchen. Ich komm nachher wieder.»

Ein paar Tage später erledigten Bagger den Rest. Das Haus wurde eingerissen und der Schutt abgetragen. Es war eines der letzten Häuser gewesen, die dort überhaupt noch standen. Nun führte die Grenze zwischen dem sowjetischen und dem amerikanischen Sektor in der Kommandantenstraße nur noch zwischen Ruinen und Schutt hindurch, und bis auf ein paar abgerissene Gestalten, die irgendwelche Kellernischen nutzten, wohnte in diesem Abschnitt niemand mehr. Der Ort war endgültig zu einem steinernen Grab geworden.

♦

Ella wohnte kaum eine Woche bei Lilli und Robert, als – unerwartet und auf tragische Weise – eine kleine Dachwohnung in ihrem Haus in der Linienstraße frei wurde.

Lilli traf Herrn Kratow von oben im Treppenhaus, der in Begleitung zweier Herren in unauffälligen grauen Anzügen die Treppe herunterkam. Lilli erkannte die Panik in seinem Blick und wunderte sich für einen Moment, als der alte Exilrusse nach ihrem Handgelenk griff. «Ich hab es immer gewusst. Irgendwann kommen sie.»

Lilli starrte ihn fragend an, schon hatte einer der grauen Herren Herrn Kratows Finger von ihrem Arm gelöst.

«Kommen Sie mit. Wir haben nur ein paar Fragen an Sie», sagte der Mann geradezu sanft.

«Die *Tscheka* hat nie nur ein paar Fragen», flüsterte Herr Kratow, musste aber den Anzugträgern zu ihrem Wagen folgen, der vor dem Haus stand.

Lilli dachte in den nächsten Tagen nicht an diese Begegnung. Sie fiel ihr erst wieder ein, als sie Herrn Solewitsch aus dem Erdgeschoss vor dem Haus traf, der wie Kratow zu den Exilrussen gehörte, die vor der bolschewistischen Revolution geflohen waren. Solewitsch war ein hochbelesener Mann Mitte sechzig, mit dem sie sich immer wieder gerne unterhielt.

«Haben Sie Herrn Kratow gesehen?», erkundigte sich Lilli, die plötzlich von einem unguten Gefühl bedrückt wurde. Sie schilderte die Szene und wiederholte, was der Mieter von oben gesagt hatte. «Was ist die *Tscheka?*», wollte sie wissen und sah, wie Solewitsch blass wurde.

«So hieß sie früher. Später nannte man sie GPU, die wurde dann zum *Volkskommissariat für innere Angelegenheiten.* Sie können auch SMERSch sagen, aber am besten sprechen Sie gar nicht darüber. Das alles meint die Abteilungen der Geheimpolizei und den russischen Geheimdienst, die Jagd auf Menschen machen, die sie als *Klassenfeind* ansehen. Ihre Aufgabe ist es, die Konterrevolution zu bekämpfen und alle *gefährlichen Subjekte* zu neutralisieren. Gemeint sind politische Gegner aller Ausrichtungen, die im Exil leben. Das können auch *gefährliche* Deutsche sein. Tag für Tag werden mehr Menschen verhaftet. Ich kenne das aus früheren Zeiten. Es ist eine Wiederholung dessen, was 1936 und die Jahre danach geschah und was wir Russen den *Großen Terror* nennen. Hunderttausende von Stalins echten oder vermeintlichen Gegnern verschwanden spurlos oder wurden gleich ermordet.»

Lilli schauderte. Was hatte sie da nur mit ihrer Frage ausgelöst?

Doch Solewitsch schien ihre Irritation nicht zu bemerken. Stattdessen fragte er: «Sie erinnern sich doch an die Großküche in Hohenschönhausen, von der aus die Nazis die Berliner Bevölkerung mit Essen versorgt haben?»

Lilli nickte.

«Nun», fuhr Solewitsch fort, «der NKDW, das ist das russische Innenministerium, hat dort das *Speziallager 3* errichtet. In der von den Russen besetzten Zone gibt es bestimmt ein Dutzend solcher

Lager. Dorthin bringen sie die *feindlichen Elemente*, zu denen auch Nazis gehören, hauptsächlich aber diejenigen, die ihnen widersprechen oder sonst wie verdächtig erscheinen. Es gibt keine Ermittlungen, keine Prozesse. Die Gefangenen werden gesammelt und dann in *Gulags* verfrachtet. Nach Sibirien, wo die meisten für immer verschwinden.»

Lilli spürte Übelkeit in sich aufsteigen. Waren das die Befreier von der braunen Pest der Nazis, als die sie sich selbst so gern inszenierten?

In diesem Moment fuhr ein schwerer Wagen die Straße langsam entlang und hielt zwei Häuser weiter an. Es waren nicht dieselben Anzugmänner, die Kratow geholt hatten, aber Lilli vermutete, dass auch diese Männer zum Geheimdienst gehörten, denn Solewitsch packte sie und zog sie unter dem Eingang in Deckung. Sie spürte, wie er zitterte, während er immer wieder um die Ecke lugte. Lilli rührte sich nicht, folgte nur seinem Blick. Es dauerte nicht lange, da kehrten die Männer zurück, zwischen ihnen eine Frau in Kittelschürze und ein Mann in Hose und offenem Hemd. Die Frau weinte, dass es sie schüttelte, der Mann wirkte wie versteinert. Sie stiegen alle in den Wagen und fuhren davon.

Es war das letzte Mal, dass Lilli Solewitsch oder sonst ein Mitglied seiner Familie sah. Am nächsten Tag waren sie verschwunden und blieben es. Ob sie ebenfalls von den Russen geholt worden waren oder ob ihnen noch rechtzeitig die Flucht gelungen war, konnte niemand sagen. Allerdings sah es in der Wohnung nach einer überstürzten Abreise aus.

«Wie früher die jüdischen Familien», sagte Robert betroffen, als Lilli ihm abends davon berichtete. «Ändert sich denn niemals etwas? Ist die Menschheit so unverbesserlich?»

♦

Der Weg von der Linienstraße zum Nollendorfplatz, wo ein paar Straßen weiter Ilses und Claras Wohnung lag, war weit. Da bot es sich an, sich in der Mitte am Bahnhof Friedrichstraße zu treffen, wo man außerdem bei Johannes eine Molle oder Kaffeeersatz bekam und die wärmende Frühlingssonne genießen konnte.

Robert, Lilli, Ilse und Clara trafen sich an diesem Samstag im März bei Johannes vor dem Kiosk. Die Zwillinge tippelten auf ihren kurzen Beinen über den Platz und spielten miteinander, während Lilli sie wehmütig betrachtete und an ihre eigene Kindheit dachte, die sie in ihren Erinnerungen eng mit diesem Platz, dem Kiosk und mit Johannes verband, der gerade mit einem vollen Tablett zu ihrem Tisch hinkte. Lilli sprang auf, lief ihm entgegen und nahm es ihm ab.

«Danke», sagte er, wirkte aber nicht erfreut.

«Ich weiß, dass du das selber kannst, doch da stehen zwei Kunden, die du sicher nicht warten lassen willst», entschärfte sie die Situation.

Johannes wandte sich den Kunden zu, während Lilli die Getränke verteilte: Bier für die Erwachsenen, Saft für die Kinder. Plötzlich musste sie an Michael denken, wie gern sie hier mit ihm gesessen und Onkel Johannes' beste Brause geschlürft hatte. Der Gedanke schmerzte so sehr, dass sie ihn mit Nachdruck wegschieben musste, was nicht einfach war. Zum Glück lenkte Ilse sie ab.

«Werdet ihr euch diesen Film ansehen?», fragte sie gerade.

«Was für einen Film?» Lilli hatte nicht mitbekommen, worum es ging.

«*Todesmühlen*. Wenn es nach dem Willen der Amis geht, muss ihn sich jeder Deutsche angucken, um zu begreifen, was unser Volk getan hat.»

Lilli erinnerte sich. «Ein Lehrerkollege hat so was in der Pause erwähnt. Werdet ihr reingehen?»

Clara nickte. «Ja, heute Abend.»

«Dann würde ich mitkommen», sagte Lilli zögernd und sah zu ihrem Vater. «Könntest du so lange auf die Mädchen achtgeben?»

Sichtlich erregt sprang Robert von seinem Stuhl auf. «Nein, auf keinen Fall!»

Lilli runzelte verwirrt die Stirn. «Aber Papa, was ist denn los? Hast du heute noch was vor?»

«Nein, das meine ich nicht. Wenn du ins Kino willst, gerne, aber nicht in diesen Film! Bitte, Lilli, so was musst du dir nicht ansehen. Davon bekommst du Albträume.»

«Aber der Film zeigt die Wahrheit», protestierte Lilli.

Ilse und Clara nickten, doch Robert war nicht bereit nachzugeben.

«Die Wahrheit, ja. Und was geschehen ist, kann man nicht wiedergutmachen. Aber du, Lilli, du bist noch so jung. Du trägst am wenigsten Schuld an alldem!» Robert setzte sich wieder, sichtlich angespannt.

Lilli griff nach seiner Hand. «Glaub mir, Papa, es werden nicht die Bilder auf der Leinwand sein, die mich in meinen Träumen heimsuchen. Wenn ich aus dem Schlaf gerissen werde, dann von dem Grauen, das ich selbst erlebt habe.»

«Ich ... Ich habe diese Lager nach der Befreiung gesehen, mit eigenen Augen. Die Bilder verfolgen mich, den Gestank werde ich nie mehr los. Ich musste helfen, die Leichen zu bergen. Nein, tu dir das nicht an, mein Kind. Bitte.»

Doch Lilli blieb stur, auch wenn sie am Abend mit einem mulmigen Gefühl in ihrem Kinosessel Platz nahm.

Der Film dokumentierte, wie die Alliierten die Konzentrationslager vorgefunden hatten, und berichtete über die Lebensbedingungen der Gefangenen, aber auch darüber, wie die Nazis an ihren Todeslagern noch verdient hatten. Kleider, Wertgegenstände, Brillen, Schuhe, Zahngold, einfach alles, was ihren Opfern gehört hatte, wurde zu Geld gemacht. Selbst die Asche aus den Krematorien hatten sie den Bauern als Dünger verkauft.

Als sie zu dritt das Kino verließen, konnten sie sich nur stumm ansehen. Der Schock saß zu tief, um Worte zu finden.

♦

Michael nahm seinen Platz in einer der hinteren Reihen des großen Saals im Admiralspalast ein. Neugierig ließ er den Blick schweifen. Er erkannte ein paar Genossen, die ihm grüßend zuwinkten.

Bereits kurz nach seiner erfolgreichen Flucht nach Moskau hatte er sich den kommunistischen Exilanten angeschlossen und war am Ende des Krieges zusammen mit den wichtigsten KPD-Leuten nach Berlin zurückgekehrt. Walter Ulbricht, Anton Ackermann und Gustav Sobottka waren nun die neuen Anführer, von den russischen Brüdern geschult, um die Geschicke des neuen Deutschlands zu bestimmen.

Heute war also der große Tag, an dem sich alle Sozialisten in diesem Vergnügungstempel vereinten, um den Grundstein für ein neues Deutschland zu legen.

Die SPD gewann in ganz Berlin zunehmend an Anhängern, weshalb es sinnvoll erschien, die sozialistischen Kräfte in einer einzigen Partei zu bündeln. Während Otto Grotewohl, eines der Gründungsmitglieder der Nachkriegs-SPD, sich für die Verschmelzung aussprach, war der Vorsitzende im Westen, Kurt Schumacher, vehement dagegen. So war heute auch nur ein Teil der Westabgeordneten der SPD erschienen, um den Bund mit der KPD einzugehen. Insgesamt waren immerhin mehr als tausend Delegierte gekommen!

Der Parteitag begann feierlich mit den Klängen Beethovens und seiner Ouvertüre zu *Fidelio*. Die Melodie des Freiheitschors der Gefangenen ließ Michaels Augen feucht werden. *Was für ein erhabener Augenblick.* Es war ihm bewusst, dass er Zeuge eines großen historischen Ereignisses war. Der Beginn des Weges in eine neue, bessere Zukunft für Deutschland – oder zumindest für seinen östlichen Teil, in dem die sowjetischen Brüder das Sagen hatten.

Stürmischer Jubel brandete auf, als sich von beiden Seiten der Bühne die Vertreter von SPD und KPD einander näherten. Wilhelm Pieck und Otto Grotewohl reichten sich die Hände. Die Vereinigung war vollzogen. Aus SPD und KPD wurde die SED, die neue Einheitspartei aller Werkstätigen, auf deren roten Fahnen die vereinten Hände als stete Erinnerung an den 21. April 1946 erhalten bleiben würden.

♦

Ilse schwenkte einen Brief in der Hand, als sie zu Clara ins Wohnzimmer trat. Clara saß auf einem hochlehnigen Stuhl, das Bein ausgestreckt auf einem Hocker, die Prothese lag am Boden.

«Hast du wieder Schmerzen?», erkundigte sich Ilse besorgt.

Clara zog eine Grimasse. «Ich bin heute zu viel gelaufen. Jetzt muss ich Pause machen, damit ich mir nicht wieder den Stumpf aufscheuere. Mit den Krücken kann ich nicht hinter der Bar stehen und Cocktails mixen!»

Ilse küsste zärtlich ihr Haar. «Ach, mein Schatz, es ist traurig, dass du noch immer diese Arbeit machen musst. Aber ich habe die Frauen von zwei amerikanischen Offizieren aufgetan, für die ich neue Kleider entwerfen darf. Vielleicht ist schon bald eine Änderung in Sicht.»

«Du weißt, dass ich nicht daheim rumsitzen will, während du für uns arbeitest», widersprach Clara und wechselte dann das Thema. «Sag, wer hat geschrieben?»

«Claire Waldoff», rief Ilse erfreut und entfaltete das Blatt. «Offenbar hat sie meinen Brief erhalten.»

«Lies vor!», forderte Clara sie auf. Ilse nahm Platz und begann zu lesen.

Liebste Ilse,

wie wunderbar war mir zumute zu hören, dass Du diesen Wahnsinn heil an Leib und Seele überlebt hast und gar wieder mit Clara zusammen sein kannst. Und Du bist zurück in Berlin. Das ist mehr, als ich von uns behaupten könnte.
Ja, Olly und ich haben rechtzeitig in Bad Reichenhall Zuflucht vor den Bomben gefunden. Wir haben hier überwintert zwischen all den Flüchtlingen und Verletzten, die zunehmend das Straßenbild bestimmten. Wir hatten stets Fliegeralarm, wenn sich die Alliierten näherten, aber sie flogen nach München und warfen dort ihre todbringende Last auf die einst so schöne Stadt. Doch wie wir hören, sieht es in Berlin noch schlimmer aus. Ich kann es mir fast nicht vorstellen. Ich sehne mich so sehr nach der Heimat, die es nicht mehr so gibt, wie ich sie in Erinnerung habe. Und nach den Menschen, die den Geist und das Herz der Stadt ausgemacht haben, wie Ringelnatz und Vater Zille, die es auch schon längst nicht mehr gibt. Sie sind tot oder in alle Winde zerstreut, wie Rudolf Nelson, Friedrich Hollaender und unsere bewunderte Marlene Dietrich, die bereits vor den GIs gesungen hat, als ich noch beim «Wehrmachtswunschkonzert» Kraft durch Freude gespendet habe. Ich wollte immer zu diesen fanatischen Braunen so weit auf Distanz gehen wie nur möglich, aber die Luft war schon zu dünn, um weiter draußen überleben zu können.
Habe ich mein eigenes Lied zum Spott auf Hermann Göring umgedichtet? Nein, aber das spielte keine Rolle. Wenn es frech auf den Straßen klang …

Rechts Lametta, links Lametta,
und der Bauch wird immer fetta,
und in Preußen isser Meester
– Hermann heeßt er! Hermann heeßt er!

... dann dachten sie stets an die ungeliebte Waldoff!
Ich schäme mich, dass ich ihm gegenüber gar beteuert habe, dass ich nichts mit diesen Zeilen zu tun hätte. Aber es war vergebliche Mühe. Goebbels sagte: «Wenn ich diese Person, diese Waldoff, noch einmal auf der Bühne sehe, verlasse ich die Scala.» Ich aber weigerte mich störrisch, mich auf diese Weise totsagen zu lassen, und trat auf. Goebbels verließ wirklich und demonstrativ den Saal – und ich war als Künstlerin Geschichte. Und nicht nur das. Auch mein Privatleben mit Olly schien direkt in die Kerker der Gestapo zu weisen. Wir waren gezwungen, Berlin zu verlassen!

Dass die braunen Kerle mich wirklich tot sehen wollten, konnte ich gar in der Zeitung lesen. Wusstest du, dass sie einen Nachruf auf mich veröffentlicht hatten? Ich hätte mich erhängt, so hieß es. Mein guter Freund Max Hermann-Neiße, der die Todesnachricht glaubte, schrieb über mich: «Sie war eine resolute Person, die kein Blatt vor den Mund nahm, Gezier, Getu, Erfolgsanbeterei nicht ausstehen konnte ...»
Jaja, und das bin ich noch immer!
Man berichtete mir, die ganze Straße, in der ich damals wohnte, sei pulverisiert. Bomben hätten meine wunderschöne Wohnung mit all meinen so voller Liebe gesammelten Büchern vernichtet. Nichts, nichts ist mir geblieben. Außer Olly!
Ach, Ilse, dürfte ich doch wenigstens kommen und ein wenig Berliner Luft atmen. Aber eine Fahrt durch die russische Zone ist ganz unmöglich, noch ist uns nicht mehr erlaubt, als den Ort ein paar Kilometer weit zu verlassen. Also müssen wir warten. Ich hoffe, zuerst in

München die Möglichkeit zu einem Auftritt zu bekommen, und dann singe und reise und singe und reise ich mich in mein Berlin zurück!

Ich umarme Dich herzlich und sende Grüße von Olly,
Deine Claire

♦

Im Oktober 1946 ging Lilli zum ersten Mal wieder tanzen. Ella, die in die kleine Russenwohnung unterm Dach gezogen war, übernahm bereitwillig, die Zwillinge zu Bett zu bringen, falls ihr Großvater, wie so häufig, erst spät von der Arbeit heimkommen würde. Lilli zog also mit Ilse und Clara los, wobei Clara natürlich nicht vorhatte zu tanzen.

«Ich sehe euch beiden gerne zu», behauptete sie.

Zunächst aber verbrachten sie die ersten Stunden des Abends im Admiralspalast, der nicht nur für politische Versammlungen gebucht werden konnte. Hier gastierte derzeit auch die Staatsoper. Heute aber fand dort die Premiere eines neuen Films statt: *Die Mörder sind unter uns*, hieß der Streifen, in dem Hildegard Knef als junge Fotografin und Überlebende eines Konzentrationslagers die Hauptrolle spielte.

«Ich habe es euch ja gesagt, diese Frau ist ein großes Talent.» Ilse strahlte.

Nach dem Dokumentationsfilm der Amerikaner hatte Lilli sich zwar geschworen, zu diesem Thema keinen Film mehr anzuschauen, Ilse wollte jedoch unbedingt Hildegard Knef sehen, und so gab Lilli nach. Außerdem war ein Spielfilm dann vielleicht doch noch etwas anderes.

Clara hätte auch lieber etwas Heiteres gesehen, doch das äußerte sie erst, als sie bereits in den Kinosesseln Platz genommen hatten.

«Mein Herz, warum sagst du das erst jetzt?», rief Ilse bestürzt.

«Du wolltest den Film so gerne sehen, da mach ich nicht den Spielverderber.»

Ilse küsste ihre Wange. «Gut, dann ist es abgemacht. Nächstes Mal etwas Heiteres, etwas mit Musik, und ihr beiden sucht aus!»

Nun aber traten sie erst einmal in die Nachkriegswelt der Fotografin Susanne Wallner und des Militärarztes Hans Mertens ein. Die Umstände zwingen die beiden, sich zusammen in Susannes durch Bomben beschädigter Wohnung zu arrangieren. Eine Zwangsgemeinschaft mit viel Konfliktpotenzial.

In Lilli stiegen Erinnerungen an ihre Zeit in der Kommandantenstraße auf. So karg wie in dieser ersten Zeit nach Ende des Krieges war das Leben längst nicht mehr. Zum Glück! Die Gedanken an die anderen Bewohner jedoch, die sich in alle Winde zerstreut hatten, waren voller Wehmut. Erika hatte mit ihren Mädchen Berlin verlassen und war zu ihrer Schwester nach Bayern gezogen. Wo die anderen genau untergekommen waren, wusste Lilli nicht, nur Frieda hatte sie einmal wiedergetroffen. Sie lebte jetzt mit ihrem aus der Gefangenschaft zurückgekehrten Mann in Kreuzberg. Johanna Förster durfte als Lehrerin wieder unterrichten und kam ausgerechnet in der Volksschule am Arkonaplatz unter, in der auch Lilli unterrichtete, worüber beide Frauen sich herzlich freuten.

Als die drei später den Admiralspalast verließen, gingen sie erst einmal ein paar Schritte zu Fuß. Es hatte etwas geregnet, die Oktoberluft war würzig.

Lilli schob sich zwischen Ilse und Clara und hakte sich rechts und links bei ihnen unter. «Ich bin ja so froh, dass ich euch beide habe. Wenn man euch so ansieht, wagt man es, noch immer an die große Liebe zu glauben. Übrigens, was tragt ihr da für wunderschöne Ringe? Die sind mir bisher gar nicht aufgefallen.»

Sie blieben unter einer Straßenlampe stehen, und Ilse und Clara hielten ihre Hände mit dem golden schimmernden Reif, den je ein kleiner roter Edelstein zierte, in die Höhe.

«Die habe ich uns aus einem Schmuckstück, das ich von Mutter geerbt habe, machen lassen», verriet Ilse. «Zu Claras Geburtstag. Warum sollen nur Mann und Frau Eheringe tragen dürfen?»

Lilli strahlte. «Oh, ich gratuliere euch. Da haben wir heute ja noch richtig was zu feiern!» Sie küsste Clara auf die Wange und stellte sich dann auf die Zehenspitzen, um auch Ilse einen Kuss zu geben.

Jetzt waren sie bereit, in die Welt der Tanzkeller abzutauchen, von denen im nun gemeinsamen Sektor der Westmächte bald an jeder Ecke einer aufzumachen schien. Fetzige Jazzmusik schlug ihnen entgegen, als sie sich in dem dunklen, verräucherten Raum mit seinen rußigen Wänden an einen Tisch quetschten. Junge Leute, so alt wie Lilli oder nur wenig älter, tanzten ausgelassen, ja tobten, sprangen, wirbelten herum, als versuchten sie auf diese Weise, alle schlechten Gedanken und Erfahrungen aus ihren Köpfen herauszuschleudern. Zumindest für heute Nacht. Jeder schien geradezu nach Leben zu gieren! Es wurde geflirtet, was das Zeug hielt, und in den dunklen Ecken knutschten ungeniert die Pärchen. Überall wurde Englisch gesprochen oder auch Französisch, obgleich offiziell noch immer das Fraternisierungsverbot galt, das den Soldaten private Kontakte mit den Deutschen verbot. Richtig streng wurde das schon lange nicht mehr eingehalten.

Sie beobachteten ein hübsches, junges Paar auf der Tanzfläche, das sehr verliebt schien.

«Man kann für diese Paare nur hoffen, dass das Eheverbot bald fällt», sagte Ilse.

Clara stimmte ihr zu. «Ja, denn sonst gibt es bald noch eine Generation Kinder ohne Väter, die längst wieder anderswo stationiert sind.»

Kapitel 13

Es ging voran in der Sowjetischen Zone! Bereits im Sommer zuvor hatte die KPD – natürlich in Absprache mit den sowjetischen Stellen – in Sachsen einen «Zum Schutz von Haus und Hof, Vieh und Ernte» genannten Volksentscheid initiiert. Offiziell ging es um die «Enteignung der Betriebe von Kriegs- und Naziverbrechern». Das wirklich Entscheidende für die Partei war allerdings, dass mehr als eintausend sogenannte Schlüsselbetriebe den alten Eliten entzogen wurden und damit in die Hände der Partei gelangten.

Es musste jedem vernünftig denkenden Menschen einleuchten, dass diese Maßnahme zum Vorteil aller Werktätigen war, so zumindest hatte die KPD diesen Schritt massiv beworben, und drei Viertel der Stimmberechtigten hatten zugestimmt.

Jetzt, im Sommer 1947, nachdem der Schulterschluss mit der SED vollzogen war, mussten weitere Schritte folgen, sollte das Konzept, die gesamte freie Wirtschaft umzubauen, vorangetrieben werden.

«Wird es wieder einen Volksentscheid geben?», erkundigte sich Michael, als er die Listen der Betriebe, die er hatte zusammenstellen müssen, seinem direkten Vorgesetzten vorlegte.

Genosse Neuberger schüttelte den Kopf. «Nein, das ist nicht mehr nötig. Wir haben mit Sachsen einen Präzedenzfall geschaffen. Das Volk ist auf unserer Seite. Die Sowjetische Militäradministration in Deutschland ist dabei, eine Wirtschaftskommission einzurichten, die hauptsächlich mit Genossen der Partei besetzt ist. Sie wird die zentrale Verwaltungsinstanz für alle ökonomischen Belange und steuert so zentral den Umbau zur Planwirtschaft.»

Klar, dass die SMAD mitreden wollte.

«Das heißt, diese ganzen Betriebe werden jetzt enteignet?», versicherte sich Michael, der auf seine mehrseitige Liste deutete.

Der Genosse nickte. «Richtig. Das ist die Voraussetzung, damit die Partei auf alle Produktionsmittel direkt zugreifen kann und auch die Arbeiter selbst und die Abläufe der Produktionen steuert.»

«Und somit gelangen auch alle Gewinne in die Hände der Partei und können auf diese Weise zum Wohl des Volkes wieder eingesetzt werden?», ergänzte Michael und zog fragend die Brauen hoch.

«Genau!» Der Genosse schien daran nichts auszusetzen zu haben. «So hat es Genosse Ulbricht angewiesen. Wir als sozialistische Partei haben die Aufgabe, alle wirtschaftlichen und planenden Organisationen zu leiten.»

«Und wer sich diesem Anspruch auf absolute Macht entgegenstellt, wird die Konsequenzen tragen müssen», murmelte Michael vor sich hin, doch der Genosse hatte die Worte wohl vernommen und musterte ihn verwundert.

«Wie meinen Sie das?»

«Ich spreche von der CDU», schob Michael schnell nach. «Hat der SMAD ihre Führung nicht aus diesem Grund schon einmal abgesetzt? Ich habe von CDU-Abgeordneten wieder deutliche Widerworte vernommen und denke, dass ihnen das noch einmal passieren könnte, wenn sie sich unseren Maßnahmen erneut in den Weg zu stellen versuchen.»

Nun lächelte Genosse Neuberger breit. «Da könnten Sie recht haben!»

♦

Seit Neuestem passte tagsüber nicht mehr Nachbarin Elke Krautstern auf Anne und Cornelia auf. Ihre Tochter Lena besuchte nun die Schule, sodass sich die Mutter auf Arbeitssuche machte. Zum Glück hatte nur wenige Minuten zu Fuß entfernt, im Haus des Linienstraßen-Kindergartens, vor Kurzem eine Betreuung für Kleinkinder eröffnet, in der sich nun eine ausgebildete Krankenschwester und eine Erzieherin um das Wohl der Ein- bis Dreijährigen kümmerten. Lilli war froh, für die Zwillinge zwei Plätze ergattert zu haben, denn solche Betreuungsmöglichkeiten waren natürlich begehrt.

So machte sie sich am Morgen mit den Mädchen an der Hand auf den Weg zu Tante Erna und Schwester Lieselotte, die von Cornelia erst einmal skeptisch begutachtet wurden. Erst nachdem Schwester Lieselotte den Mädchen versicherte, dass selbstverständlich auch ihre beiden Teddybären in der Gruppe willkommen seien, waren die Zwillinge einverstanden, bis zum Nachmittag zu bleiben, und ließen Lilli ziehen, die sich beeilen musste, um nicht zu spät zur Schule zu kommen. Sie traf bereits auf dem Arkonaplatz mit Johanna zusammen und begrüßte sie erfreut.

«Ich habe eine Wohnung an der Ecke zur Prenzlauer Allee gefunden», berichtete sie begeistert.

Lilli gratulierte ihr.

«Die Zeit in der Notunterkunft, seit das Haus abgerissen wurde, war wirklich grauenhaft», erzählte sie. «Der einzige Vorteil war, dass ich mit Werner nicht das Zimmer teilen musste.» Sie zog eine Grimasse.

«Und jetzt? Wohnst du wieder mit deinem Bruder zusammen?»

Johanna verdrehte die Augen. «Das ließ sich nicht vermeiden. Ich habe zwei Zimmer, da konnte ich es ihm nicht verwehren.»

«Hat er denn eine Arbeit?», wollte Lilli wissen.

Johanna schnaubte. «Ein paar Monate hat er bei der Straßenbahn kontrolliert, aber jetzt ist ihm das zu anstrengend, und er bleibt lieber wieder daheim und legt die Füße hoch.»

Lilli drückte ihr ehrliches Bedauern aus. Nein, Werner Volkhardt war sicher kein angenehmer Mitbewohner. Gemeinsam betraten sie das Schulhaus, in dem es bereits von Kindern mit ihren Ranzen auf dem Rücken wimmelte, obwohl bis zum Beginn der ersten Stunde noch fast eine halbe Stunde Zeit war. Lilli und Johanna verabschiedeten sich voneinander und wünschten sich einen guten ersten Schultag.

Ein neues Schuljahr begann mit neuen Klassen und vielleicht auch mit dem einen oder anderen neuen Kollegen. Daran dachte sie gerade, als sie vor der Tür des Lehrerzimmers fast mit einem Mann zusammengestoßen wäre.

«Entschuldigung!», sagte sie ein wenig atemlos.

«Lilli? Ja, seh ich denn recht? Lilli Wagenbach, Sie sind es wirklich!», rief der Mann und strahlte sie an. Jetzt erkannte Lilli ihn auch. Frank Lüttig, der während des Krieges bei seiner Arbeit verwundete Stahlkocher, der sich zum Neulehrer hatte umschulen lassen und im Laufe ihrer Ausbildung eine Weile neben ihr gesessen hatte.

«Frank, wie schön, Sie wiederzusehen.» Sie reichte ihm die Hand. «Wie geht es Ihnen? Gut sehen Sie aus. Unterrichten Sie jetzt auch hier?»

Er nickte und ging, ohne zu hinken, ein paar Schritte auf und ab. «Ich bin wieder ganz hergestellt, danke der Nachfrage. Ich werde die Drittklässler in Werken und Turnen, aber auch in Lesen und Rechtschreibung unterrichten.» Er zog eine Grimasse.

Lilli drückte seinen Arm. «Das schaffen Sie!»

Gemeinsam betraten sie das Lehrerzimmer, wo Lilli ihn gleich zu Rektorin Roth führte, einer ältlichen Witwe, die bereits nach dem ersten Krieg hier an der Volksschule am Arkonaplatz unterrichtet hatte. Sie begrüßte den neuen Kollegen und stellte ihn der Runde vor. Dann begleitete sie ihn zu seiner Klasse und zur ersten Unterrichtsstunde, während Lilli sich auf den Weg zu ihren Zweitklässlern machte.

Als sie Frank am Mittag wiedertraf, erkundigte sie sich gleich nach seinen ersten Erfahrungen. «Lassen Sie uns rüber zum Bäcker gehen und uns was zu essen holen, dann erzählen Sie mir, wie es Ihnen ergangen ist.»

Kurz darauf saßen sie auf einer Bank in der Sonne und kauten an ihren Schrippen. Während Lilli aufmerksam Franks Bericht lauschte, ließ sie ihren Blick über den einst so schönen Arkonaplatz schweifen. Bereits 1918 war hier ein wunderschöner Kinderspielplatz erbaut worden, mit einem Planschbecken, neben dem eine bronzene Kindergruppe aufgestellt wurde. Noch besser hatten Lilli damals als Kind die großen Figuren aus Kalkstein gefallen: ein Pelikan, ein Seehund und ein Pinguin. Mit ihrer Großmutter war sie einige Male hier gewesen.

Heute waren vermutlich ein Drittel der Häuser rundherum zerstört, und auch der Platz selbst war nicht mehr schön zu nennen.

«Es war kein schlechter Anfang», erzählte Frank. «Die Kinder sind in Ordnung, und ich hatte keine Schwierigkeiten mit der Disziplin. Aber dann ist mir ein böser Fehler unterlaufen. Ich habe an der Tafel ein Wort falsch geschrieben, worauf mich eine der Schülerinnen aufmerksam machte. Sie hatte ja recht, und ich musste es korrigieren, aber alle kicherten.»

Lilli winkte ab. «Ach, das kann schon mal passieren. Lassen Sie sich durch so was nicht irritieren.»

Frank schüttelte jedoch mit besorgter Miene den Kopf. «Rechtschreibung ist für mich wirklich ein Problem. Ich habe es in den wenigen Jahren, die ich selbst zur Schule gehen durfte, nicht richtig gelernt und bin mir häufig unsicher, was man wie schreibt.» Er zog ein Notizbuch aus seiner Tasche und hob es hoch. «Dabei habe ich meine Tafelaufschriebe genau vorbereitet und gestern noch die Schreibweise vieler Wörter nachgeschlagen.»

«Haben Sie die nächsten Stunden auch schon vorbereitet?», erkundigte sich Lilli.

«Alles da drin», bestätigte Frank.

«Würden Sie es mir zeigen?», erkundigte sie sich vorsichtig. «Ich habe mit der Rechtschreibung keine Schwierigkeiten.»

«Sie haben auch eine ganz andere Schulbildung genossen», stellte Frank fest und reichte ihr das Notizbuch.

Lilli schlug es auf und überflog die Eintragungen. Frank hatte sich viel Mühe gegeben, und sie ahnte, wie viel schwieriger es für ihn sein musste.

«Es sind nur wenige Fehler drin», sagte sie vorsichtig, als sie seinen fragenden Blick sah.

Frank reichte ihr einen Stift. «Oh bitte, streichen Sie mir die Wörter an. Es wird mir zwar immer wieder passieren, aber wenigstens meine vorbereiteten Aufschriebe sollten fehlerfrei sein.»

«Wenn Sie mögen, kann ich mir Ihre Aufzeichnungen gerne ansehen, für eine Weile, bis es schon bald nicht mehr notwendig sein wird», bot Lilli an und hoffte, er fühlte sich nicht gekränkt.

Nein, offensichtlich nicht, denn er strahlte sie an und drückte ihr dankbar die Hand. «Oh Lilli, das wäre mir eine große Erleichterung. Vielen Dank! Ganz verhindern kann ich nicht, auch mal spontan etwas an die Tafel schreiben zu müssen, und spätestens dann wird mir wieder ein Fehler reinrutschen.»

«Na und?», entgegnete Lilli.

«Es ist nicht angenehm, von seiner Klasse ausgelacht zu werden», bekannte er. «Ich kam mir so dumm vor und habe mich in Grund und Boden geschämt.»

«Sprechen Sie mit den Kindern!», schlug Lilli vor. «Erzählen

Sie ihnen von Ihrer eigenen Schule und wie schwer es damals war. Sprechen Sie über Ihre Arbeit als Stahlarbeiter und wie Sie sich abgemüht haben, Lehrer zu werden. Ich denke, das wird Ihnen viel Anerkennung und Respekt einbringen.»

Frank riss die Augen auf. «Meinen Sie?»

«Ja, Kinder sind mitfühlend, wenn man ihnen die Chance gibt, die Dinge zu verstehen.»

♦

Lilli hatte mit den Mädchen den sonnigen Herbsttag für einen Spaziergang im Tiergarten genutzt. Nun, auf dem Weg nach Hause machten sie noch wie üblich einen Abstecher zu Johannes, der bedauerlicherweise keinen Kakao und nicht einmal Milch für die Mädchen hatte, doch diese waren auch mit einem bunten Lolli zufrieden, während Lilli mit Johannes ein Bier trank und eine Zigarette rauchte.

Johannes bewunderte die beiden selbst genähten Rucksäcke der Mädchen, in denen je ein Teddy saß: Kopf und Arme schauten oben heraus, die Beine lugten unten durch zwei eingefügte Löcher hervor.

«Das ist ja mal ein guter Einfall, um eure haarigen Kinder zu transportieren», lobte Johannes.

Cornelia lächelte. «Von Tante Ella», verriet sie.

Lilli nickte. «Die gute Seele. Ihr fällt doch immer wieder was ein, um die Kinder glücklich zu machen. Wobei an diesem Einfall ich schuld bin. Ich habe mich beschwert, dass die beiden darauf bestehen, ihre Bären überallhin mitzunehmen, aber dann keine Lust mehr haben, sie zu tragen, und ich dann mit Einkaufskorb und zwei Bären unterm Arm herumlaufe.»

Anne packte ihr Bärenkind aus und wiegte es in den Armen,

dann hielt sie ihm den klebrigen Lolli vor die Schnauze, damit es auch mal lecken könne.

«Zum Glück kann man die waschen.» Lilli verdrehte die Augen.

Johannes zündete sich auch eine Zigarette an. «Wie geht es in der Schule?»

Lilli strahlte und berichtete von Johanna und von ihrem Kollegen Frank, mit dem sie nun gewöhnlich die Mittagspause verbrachte und dem sie nicht nur bei seinen Rechtschreibproblemen half. «Ich kann so gut mit ihm reden. Er hört zu und ist verständnisvoll», bekannte sie.

Johannes hob die Augenbrauen. «Du magst ihn?»

Lilli nickte. «Ja, manches Mal ist es schade, dass wir nach der Schule immer gleich nach Hause müssen. Ich würde mich gern mal länger mit ihm unterhalten.»

«Bist du verliebt?», fragte Johannes unverblümt.

Energisch schüttelte sie den Kopf. «Nein, ich mag ihn einfach als Kollegen und vielleicht als Freund. Er ist zwar nicht viel älter als ich, hat aber Frau und Kind. Also, nein, ich werde mich ganz sicher nicht in Frank verlieben!»

«Wenn das mit den Gefühlen immer so einfach wäre», murmelte Johannes.

Sie sahen den Zwillingen zu, die forsch über den weitläufigen, dreieckigen Platz auf der Bahnhofsnordseite tappten. Sie waren schon recht sicher auf den Beinen und sehr ausdauernd in ihrem Bewegungsdrang. Lilli ließ sie nicht aus den Augen, um rechtzeitig eingreifen zu können, sollte es notwendig werden.

«Bald werden sie hier Fangen spielen», vermutete sie.

«Wie du und Michael früher», erinnerte sich Johannes, doch dieses Thema wollte Lilli noch viel weniger anschneiden.

«Ein so großer Platz mitten im Zentrum, schön an der Spree gelegen, und er wird gar nicht genutzt», lenkte sie ab.

Johannes ließ seinen Blick bis zur Ufermauer wandern. «Ja, es ist lange her, dass hier die Gebäude der Akademie standen. Die wurden abgerissen, als ich noch ein Kind war.»

«Und seitdem liegt dieses Grundstück brach.» In Lilli stiegen Erinnerungen auf, an einen kalten Winterabend und an einen Kuss. Schmerz begleitete den Gedanken und wollte sich nicht unterdrücken lassen, sodass sie Schwierigkeiten hatte, Johannes' Worten zu folgen.

«Vielleicht wird hier jetzt nach dem Krieg mit neuer Energie und neuer Kraft etwas Schönes entstehen.»

Lilli versuchte zu lächeln. «Ja, vielleicht. Neues und Schönes können wir in Berlin wirklich gebrauchen.» Sie sprang auf und eilte zu den Mädchen, um Cornelia ein rostiges Metallteil wegzunehmen, nach dem sie sich gerade gebückt hatte.

♦

Es kam Ilse vor, als wären sie in die Zeit von 1923 zurückgeschickt worden. Nur dass Berlin zusätzlich noch in Trümmern lag.

«Schlimmer geht immer», schimpfte sie vor sich hin.

Wieder schossen die Preise wöchentlich neuen Höchstständen entgegen. Wieder wurden die Waren nur unwillig gegen das immer wertloser werdende Papier getauscht, und das Angebot in den Geschäften wurde immer karger. Der Schwarzmarkt erreichte eine neue Blüte, wobei hier wie gewohnt statt Geld nur Tauschobjekte zählten. Am praktischsten waren Zigaretten. Klein, handlich, wertbeständig, wurden sie zu einer Art Schattenwährung. Aber auch Schnaps, Schmuck, Silberbesteck und anderes, so man noch darüber verfügte!

Lilli, die so etwas zum ersten Mal erlebte, konnte nur fassungslos den Kopf schütteln. Wenn Robert nicht bevorzugt Zuteilungen auf seine Karten bekommen würde, wäre es noch schwieriger, die Zwillinge auch nur halbwegs ordentlich zu ernähren. Dies war auch der Grund, warum sie Ilses Drängen widerstand, in einen der Westsektoren überzusiedeln.

«Papas Stelle sichert unser Auskommen. Das S-Bahn-Netz untersteht den Russen und wird noch viele Jahre Arbeit für einen Ingenieur bereithalten. Und ich habe hier meine Stelle als Lehrerin. Was sollte ich drüben tun? Meine Ausbildung zur Neulehrerin wird im Westteil der Stadt nicht anerkannt. Und ich bin hier nicht auf eine private Unterbringung der Zwillinge angewiesen. Die Partei arbeitet daran, für die Betreuung aller Kinder zu sorgen, auch der ganz kleinen. Es werden Erzieherinnen ausgebildet, sodass wir Mütter schon bald nach der Geburt wieder arbeiten und Geld verdienen können.»

Ilse betrachtete Lilli forschend. «Ich frage mich, ob das so erstrebenswert ist. Wird der Mutter dadurch nicht die Erziehung der Kinder aus der Hand genommen?»

«Und das ausgerechnet aus deinem Mund!», rief Lilli empört. «Ich denke, du hast für die Gleichberechtigung der Frau gekämpft?»

«Ich fühle mich auch ganz seltsam bei diesen Gedanken.» Ilse grinste reumütig. «Trotzdem habe ich ein ungutes Gefühl, wenn ich mir vorstelle, wie die Partei immer tiefer in das Leben der Menschen eingreift und ihnen damit auch die Freiheit der Entscheidung nimmt, wie sie ihr Leben gestalten wollen.»

«Die Freiheit, die nur die Menschen haben, die mit Privilegien geboren wurden oder sich eine gute Schulbildung leisten konnten», widersprach Lilli. «Menschen wie Ella hatten früher keine Chance. Erst jetzt verschwindet der Unterschied zwischen den Bürgerlichen und den Arbeitern.»

Ilse grübelte eine Weile. «Tut er das? Vielleicht. Es gibt jetzt nur noch die Werktätigen, aber sind wirklich alle gleich? Warum hat

Robert diese Wohnung bekommen und erhält bevorzugt Lebensmittel? Weil die Partei seine Arbeit für wichtig hält – und ist er inzwischen nicht auch Mitglied der SED?»

Lilli nickte widerstrebend.

«Es wird immer eine Gruppe von Menschen geben, die mehr hat und besser lebt als alle anderen», führte Ilse ihre Gedanken weiter. «Früher der Adel, dann die reichen Bürger und Fabrikanten, und heute, im angehenden Sozialismus, sind es die Parteispitze und die ihnen wichtig erscheinenden Leute.»

Lilli überlegte und zuckte dann mit den Schultern. «Hätte Robert die Stelle etwa ablehnen sollen?»

«Nein, das sage ich ja gar nicht.» Ilse stöhnte. «Ich behaupte nur, die Mär vom gerechten Kommunismus ist genau das: eine Mär!»

Lilli antwortete nicht.

«Ach, komm, schau mich nicht so finster an. Wir werden in ein paar Jahren sehen, welche Politik sich besser bewährt. Mich interessiert im Augenblick nur, ob du es über dich bringen könntest, mit deiner alten Patin am kapitalistischen Ku'damm auszugehen? Wir könnten ins Kabarett der Komiker gehen. Ich lade dich auch ein!»

«Warum? Hast du in der Lotterie gewonnen?», wollte Lilli wissen.

Ilse lachte. «Nein, aber ich habe weitere Kundinnen mit einem lukrativen Kleiderbudget gewonnen. Eine amerikanische und zwei französische Offiziersfrauen und eine Dame der alten Schule, deren Mann groß im Stahlgeschäft mitmischt. Sie alle legen Wert darauf, nichts von der Stange zu tragen, das ihnen womöglich an einer anderen Frau noch einmal über den Weg läuft!»

Lilli legte den Kopf schief. «Du hast gewonnen! Ich komme gerne mit, wenn Ella die Mädchen hütet.»

«Und was ist mit Robert? Ist er abends nicht zu Hause? Oder sind ihm seine Enkeltöchter zu anstrengend?»

«Er arbeitet hart für uns, und da braucht er seinen Feierabend zur Erholung ...» Lilli wand sich innerlich, selbstverständlich könnte der Opa auf die Kinder aufpassen.

«Hör dir mal selber zu!», widersprach Ilse prompt. «Ist deine Arbeit an der Schule weniger anstrengend? Und dann kommst du heim, kochst, machst die Wohnung sauber und kümmerst dich um die Mädchen. Oder gar Ella, die täglich auf Baustellen schuftet! So viel zum Thema Gleichberechtigung in der täglichen Praxis.»

Am Abend trafen sie sich also auf dem Ku'damm. Vergessen die Diskussion über Grundsatzfragen, Lilli hakte sich bei ihrer Patentante unter und freute sich auf Kultur und Ablenkung. «Ich wusste gar nicht, dass es das Kabarett der Komiker wieder gibt», sagte sie. «Im August 1944 war ich mit Erika in der letzten Vorstellung des KadeKo. Denkst du, es wird wie vor dem Krieg sein?»

«Ich weiß nicht genau. Unter den Nazis wurden die Nummern – nun ja, zwangsweise – immer zahmer, die Reichskulturkammer hat so viele Berufsverbote verhängt. Und heute? Ich weiß nicht. Man wird nicht so einfach anknüpfen können an die Rulands, Lale Andersen, Heinz Erhardt und all die anderen. Auch die Comedian Harmonists sind hier aufgetreten.» Ilses Gedanken schweiften ab zu dem jungen Harry Frommermann, den sie gut gekannt hatte. Mit wie viel Enthusiasmus und Talent hatte er damals sein Ensemble gegründet!

«Und was wird heute Abend geboten?», erkundigte sich Lilli.

«Auf dem Aushang im Schaukasten wird es *Kleinkunst* genannt», erklärte Ilse. «Ach, ich bin früher so gern dorthin gegangen! Lassen wir uns überraschen. Es wird auf alle Fälle viel Musik geben und etwas zu lachen.»

Der Kurfürstendamm war noch immer eine Ruinenlandschaft, allerdings war der lose Schutt inzwischen weggeräumt und vor die Stadt geschafft worden. Viele Kinos waren bei den Luftangriffen zerstört worden, trotzdem erhellten inzwischen zahlreiche Leuchtreklamen das Pflaster, über das an einem Freitagabend wie heute die Menschen flanierten, in Gruppen beisammenstanden, sich unterhielten und lachten. Die, die es sich leisten konnten, ließen sich in Cafés und Restaurants bewirten. Lilli blickte sich um. Es fühlte sich gut an, ungewohnt leicht und frei. Die Atmosphäre unterschied sich deutlich von der am Alex oder in der Friedrichstraße, aber es fiel ihr schwer zu beschreiben, was genau es war, dass die Luft hier frischer schmeckte.

♦

Obwohl er es eigentlich gar nicht wollte, dachte Michael in letzter Zeit immer häufiger an seine Mutter. Sicher war sie nicht unschuldig an der verfahrenen Situation gewesen, aber es gab andere, deren Schuld schwerer wog, und immerhin hatte sie den Mut besessen, ihn davor zu bewahren, sich noch tiefer in dieser Katastrophe zu verstricken. Sie war seine Mutter, die ihn aufgezogen hatte, die jedes Opfer für ihren Sohn auf sich genommen hatte. Er beschloss, sich mit ihr zu versöhnen.

Dass es das Haus in der Kommandantenstraße nicht mehr gab, wusste er. Mit Baggern waren die letzten Trümmer in Lkws geschaufelt worden, die alles zu einem der Schuttberge brachten, die überall am Rande der Stadt immer weiter in die Höhe wuchsen.

Zum Glück hatte sich Michael ein funktionierendes Netzwerk unter den Russen und den Beamten des Sektors aufgebaut, sodass einige Handlanger für ein paar Zigaretten und eine Flasche Wodka die Ummeldungen für ihn durchforsteten. Auf seinem Gang durch die Flure des Neuen Stadthauses in der Parochialstraße, das noch immer als Rathausprovisorium dienen musste, begegnete Michael dem Genossen Erich Mielke und grüßte höflich.

Er hatte Mielke bereits nach ihrer Ankunft in Berlin kennengelernt. Ulbricht schien viel von seinen Fähigkeiten zu halten, und Michael hatte gleich gespürt, dass diesem Mann eine große Karriere bevorstand. Gut kannte er ihn nicht, Mielke war fünfzehn Jahre älter und verkehrte mit den höchsten Funktionären. Michael wusste nur, dass er seit jungen Jahren KPD-Mitglied war, im Spanischen Bürgerkrieg gekämpft und in der NS-Zeit mehrmals verhaftet worden war.

Der Ältere gab sich jovial und schüttelte dem jungen Parteigenossen die Hand. «Ich habe mitbekommen, dass Sie Ihre Mutter suchen. Ich bin Ihnen gerne behilflich, junger Freund. Sagen Sie mir Bescheid, wenn ich etwas für Sie tun kann.»

Erstaunt sah ihn Michael an, und Mielke verstand die stumme Frage.

«Sie sind ein eifriger junger Mann mit Ehrgeiz», erklärte er. «Ich habe von Ihrer hervorragenden Arbeit in der Dechiffrierabteilung gehört. Sie verfügen über eine ganz außergewöhnliche Begabung. Und ein wenig erinnern Sie mich an mich selbst, als ich mit heißem Herzen in die KPD eintrat, um für eine neue Welt zu kämpfen.» Er griff nach Michaels Oberarm und drückte ihn. «Solche Männer braucht die SED!»

Tatsächlich hielt Michael bereits wenig später einen Zettel mit einer Adresse in der Linienstraße, nahe dem Schönhauser Tor, in der Hand. Gleich am Abend machte er sich auf den Weg und bezog in einem Hofeingang gegenüber Position. Erst einmal die Lage auskundschaften. Das war ihm in seiner Zeit im linken Widerstand in Fleisch und Blut übergegangen.

Er brauchte nicht lange zu warten, da kam eine gebeugte Gestalt die Straße entlang. Graue Haarsträhnen lugten unter dem verstaubten Kopftuch hervor. Auch ihre Kleidung sah aus, als habe sie sich im Schutt der Ruinen gewälzt. Ihr Schritt wirkte erschöpft, doch

Michael fühlte Stolz für seine Mutter, die sich für nichts zu schade war und für den Aufbau offenbar all ihre Kraft einsetzte.

Er wollte schon die Straße überqueren und sie in die Arme schließen, als sich die Haustür öffnete und Lilli ihr entgegentrat. Das durfte doch nicht wahr sein! Ein Déjà-vu wie damals in der Kommandantenstraße!

Nur dass die Mädchen, die inzwischen an der Hand der Mutter gingen, sich gut entwickelt hatten. Vermutlich besuchten sie bereits den Kindergarten, doch die verstrichene Zeit nahm nichts von dem Schmerz, der sich bei ihrem Anblick sofort wie ein Stachel in sein Herz bohrte.

Er betrachtete Lilli. Sie war noch immer zu dünn, dennoch sah sie gut aus. Sie trug ein sauberes Kostüm, ordentliche Schuhe, und ihr schönes kastanienbraunes Haar wirkte frisch gewaschen und frisiert. Was für ein Gegensatz zu seiner Mutter, die ganz offenbar harte Arbeit leisten musste!

Lilli! Sie war schon immer ein eitles, verwöhntes Geschöpf gewesen, das nur die Augen verdrehen musste, um von ihrem Vater oder Johannes alles zu bekommen, was sie sich wünschte. Und auch Ilse, ihre Patin, hatte sie stets vergöttert. Um den kleinen Michel, der ohne Vater aufwuchs und mit seiner Mutter jahrelang im Hinterhaus leben musste, hatte sich keiner geschert!

All die anderen Erinnerungen, die nicht zu seinem Zorn passten, schob er beiseite und suchte nach der Genugtuung, die er empfinden wollte. Die Zeit der bürgerlichen Privilegien war vorbei. Nun waren die Arbeiter an der Macht, und sie würden diese nicht mehr loslassen! Menschen wie er und seine Mutter waren jetzt endlich dran, und das Leben würde sich für sie und alle anderen Werktätigen zum Besseren wenden!

Kapitel 14

Es muss etwas geschehen! Darin waren sich alle einig, so konnte es nicht weitergehen. Die Versorgungslage der Berliner Bevölkerung kehrte auf ein Niveau zurück, das schlechter war als in den letzten Kriegstagen. Zumindest kam es vielen Bewohnern so vor.

«Bist du eigentlich für eine Währungsreform?», wollte Lilli von ihrem Vater wissen.

«Jeder Mensch, der ein wenig von Wirtschaft versteht, muss dafür sein», bestätigte Robert, der in dem hochlehnigen Ledersessel vor dem Radioempfänger saß.

Lilli stellte die Musik leiser. «Seit Monaten wird darüber geredet, und so wie es scheint, sind sie sich in der Westzone darüber einig, dass die Zeit drängt, aber im Kontrollrat können sich die vier Sieger nicht einigen. Warum stellen sich die Sowjets stur? Käme eine neue, stabile Währung nicht auch ihrem Einflussgebiet zugute?»

«Ja, sicher», stimmte Robert zögernd zu. «Aber die Sowjets sind eben gegen die freien Kräfte eines Marktes. Sie streben wirtschaftliche Verbesserungen durch sorgfältige Planung an. Kluge Köpfe an der Parteispitze entscheiden, was für alle das Beste ist. Danach muss das Volk an einem Strang ziehen.»

«Aber warum geht es dann in Westberlin schneller voran als bei uns im Ostsektor? Das kannst du überall sehen: Es wird schneller geräumt, gebaut, und in den Läden gab es schon viel früher mehr zu kaufen. Sind unsere planenden Köpfe der Sowjets und der SED doch nicht so schlau? Oder ist das Volk zu träge, ihre Pläne umzusetzen?»

Robert sah seine Tochter mit wachsendem Erstaunen an. «Das sind Fragen, die du lieber nur in unseren eigenen vier Wänden stellst», merkte er an, gab ihr aber keine Antwort und drehte stattdessen die Musik wieder lauter.

Also versuchte Lilli ein paar Tage später bei Johannes Antworten auf ihre Fragen zu finden. Da gerade nicht viel los war, setzten sie sich zusammen an den kleinen, etwas wackligen Tisch, den sich Johannes beschafft hatte, und tranken im warmen Sonnenschein Limonade. *Wie früher*, durchzuckte es Lilli. *Ob Johannes wohl auch mal daran denkt, wie es war, als wir hier bei ihm gespielt haben? Und es immer Limonade und etwas Süßes für uns Kinder gab?*

In diesem Moment legte ihr Johannes die Hand auf den Arm. «Also, Lilli, was beschäftigt dich so, dass du deine schöne Stirn krausziehst?»

«Alle reden davon, dass es in der Westzone neues Geld geben wird.»

«Richtig», sagte Johannes. «Ludwig Erhard hat vor ein paar Tagen den Erfolg einer Währungsreform prophezeit. Außerdem warnte er davor, dass dem wirtschaftlichen Chaos das politische Chaos folgen kann, wenn nicht schnell etwas passiert.»

«Heißt das, die Währungsreform ist notwendig für Ruhe in der Politik und für unseren Wohlstand?», hakte Lilli weiter nach.

«Ja, jedenfalls nach den Regeln des Kapitalismus. Der Kommunismus sieht das naturgemäß anders.»

«Deshalb wollen die Russen nicht mitmachen?»

Johannes überlegte. «Weißt du, Lilli, das politische System der Westalliierten misst sich am wirtschaftlichen Erfolg, daher ist es besonders wichtig, die Lebensbedingungen der Menschen zu verbessern. Die Politiker wollen ja wiedergewählt werden, und das passiert nur, wenn die Menschen mit ihrer Politik zufrieden sind.»

Zufriedene Menschen, was für eine schöne Vorstellung, dachte Lilli und lauschte weiter Johannes' Worten.

«Die SED braucht dagegen nicht um ihre Macht zu fürchten. Diese wird von den Russen garantiert. Der Wohlstand der Menschen hat beim Aufbau des Sozialismus keine so große Priorität», führte Johannes aus. «Was die Sowjets tatsächlich anstreben, ist mehr Einfluss, sie wollen ihr Machtgebiet ausdehnen. Daher versuchen sie, ihre Zustimmung zur Währungsreform möglichst teuer an die Westalliierten zu verkaufen. Doch anscheinend haben sie den Bogen überspannt, denn die Militärgouverneure der drei Westzonen haben die Reform jetzt beschlossen.»

«Dann kriegen wir also auch die D-Mark?»

«Nein, die D-Mark wird nur im Einflussgebiet der Westmächte eingeführt, außer in Westberlin. Das haben sie den Russen zugesichert.»

Lilli nahm einen großen Schluck und genoss das kurze Prickeln auf der Zunge. Dann fragte sie mit einem deutlichen Zweifel in der Stimme: «Und das soll funktionieren? Eine neue Währung, die nur im Westen gilt? Und die Menschen hier in der ganzen Ostzone und in Berlin leben weiter mit der alten Reichsmark?»

«Stimmt, das kann nicht gut gehen, das glaube ich auch», sagte Johannes nachdenklich. «Stell dir alleine vor, du hast was gespart, aber die Reichsmark ist nur noch im Osten gültig, im Westen verliert sie dagegen ihren Wert, weil dort nur noch die D-Mark gilt. Was würdest du tun?»

«Natürlich im Osten einkaufen, wenn es dort was zu kaufen gibt», sagte Lilli.

«Genau. Und das bedeutet, der Osten würde mit altem Geld überschwemmt. Das Ostgeld würde dadurch noch weiter an Wert verlieren und die Inflation steigen. Im Endeffekt müssen die Russen mit einer eigenen Geldreform nachziehen.»

«Also, warum machen sie nicht gleich mit?» Lillis Stimme klang so vorwurfsvoll, dass Johannes traurig lächelte.

«Weil Vernunft nicht der stärkste Trieb der Menschen ist. Das hast du in deinem jungen Leben selbst auf schlimmste Weise erfahren.»

Lilli stand auf und umschlang ihn mit beiden Armen. «Ach, Johannes, ich bin so froh, dass ich dich habe.»

«Ich danke dir. Aber vergiss nicht, dass du auch deinen Vater hast», sagte er vorsichtig, doch das Geräusch, das sie von sich gab, als sie sich wieder setzte, klang eher dumpf.

«Ich weiß. Ich hab ihn lieb, ich bin ihm dankbar für alles, was er mir und den Kindern ermöglicht. Aber er verändert sich, seit er zurück ist. Er wird immer grüblerischer, wirkt manchmal wie abwesend. Er liebt uns, ganz sicher, aber ich habe oft das Gefühl, dass wir drei ihm zu lebendig sind, zu laut, zu quirlig.»

Johannes wehrte ab.

«Nein, du brauchst gar nicht so gucken. Ich bilde mir das nicht ein, Johannes. Papa ist jeden Tag froh, wenn er zur Arbeit gehen kann.»

«Bedenke, dein Vater musste beide Kriege mitmachen. Wissen wir, was er im Harz wirklich miterleben musste? Ich denke, seine Arbeit lenkt ihn ab, das haben Zahlen und Berechnungen schon immer getan.»

Lilli stöhnte. «Aber war er denn niemals jung und verwegen? Hat er nie über die Stränge geschlagen? Ich weiß, dass er Mama sehr geliebt hat. Seit ihrem Tod hüllt ihn die Traurigkeit immer wieder wie ein Mantel ein, aber früher konnte er mit mir auch fröhlich und unbeschwert sein. Seit er aus dem Harz zurück ist, ist es viel schlimmer geworden.»

«Nun, ich kenne Robert seit Kindertagen. Glaube mir, vor 1914 war er ein junger Draufgänger voller verrückter Ideen und sprühender Lebensfreude.»

«Verrückt und sprühend?» Traurig schüttelte Lilli den Kopf. «Ach, es wäre schön, wenn das heute noch durchblitzen würde.»

«Er hat Schlimmes erlebt», betonte Johannes noch einmal.

«Und du? Und ich? Meint er denn, der Krieg war leicht für uns, hier in Berlin? Und dann die Russen …»

«Jeder verarbeitet das Grauen auf seine Weise», sagte Johannes. «Ich bin sehr froh, dass es dir deinen Mut und deinen Lebenswillen nicht zerstört hat.»

«Was für eine Wahl habe ich denn? Cornelia und Anne brauchen mich!»

♦

Am 20. Juni 1948 wurde in der Trizone an jeden Bürger das «Kopfgeld» – vierzig D-Mark in bar – ausgegeben. Und siehe da, wie von Zauberhand füllten sich die Läden mit Lebensmitteln und allen anderen Gütern, die seit Monaten immer schwerer zu bekommen gewesen waren.

Bereits zwei Tage später befahl die SMAD, auch in der Ostzone sofort eine Währungsreform durchzuführen, die für *ganz* Berlin gelten sollte. Einer der SED-Abgeordneten donnerte in seiner Rede: «Berlin ist der Brückenkopf im Kampf gegen die Demokratie!»

So lagen die Karten auf dem Tisch. Allerdings waren die Russen auf diesen Schritt – anders als die Westmächte – offenbar nicht vorbereitet. Daher wurden die alten Geldnoten mit einem Aufkleber, kleiner als eine Briefmarke, versehen, und schon war die Ostmark geboren, der die Leute den Spitznamen «Tapetenmark» gaben. Sogleich widersprach der Stadtkommandant im Westen der Einführung der Ostmark in seiner Zone. Er ließ als Zahlungsmittel auch die D-Mark zu, mit einem B für Berlin gekennzeichnet und daher auch «Bärenmark» genannt.

Die Lage für die geteilte Stadt wurde kompliziert. Dazu kam, dass die Sparguthaben der Berliner und die Gelder der Sozialversicherungen in den Banken des sowjetischen Sektors lagen. Doch das war nicht das einzige Druckmittel, zu dem die Russen griffen.

«Sie piesacken die Westsektoren schon wieder, und diesmal meinen sie es ernst.» Mit diesen Worten begrüßte Johannes seine Schwester, als diese ihn am 24. Juni in seinem Kiosk am Bahnhof Friedrichstraße aufsuchte.

Ilse wusste sofort, was er meinte. «Ja, jetzt haben uns die Russen einfach den Strom abgedreht! Man fühlt sich geradewegs in die ersten Nachkriegswochen zurückversetzt.»

«Und ich befürchte, das war nur der Anfang. Einer der Stellwerker war vorhin hier und hat Zigaretten geholt, weil er nichts zu tun hat. Seit heute Morgen um sechs ist der Güter- und Personenverkehr auf allen Schienen und Straßen von Westen durch die Sowjetzone unterbrochen», ergänzte Johannes.

«Meinst du, die wollen Westberlin aushungern?» Ilse runzelte die Stirn und beantwortete ihre Überlegung gleich selbst. «Blödsinn! Das können die nicht machen.»

Johannes war nicht so überzeugt. «Der SMAD-Chef hat angekündigt, dass Westberlin weder aus der Trizone noch über Ostberlin versorgt werden darf.»

«Heißt das, wir werden abgeschnitten? Von Waren, Kohle, Treibstoff? Aber … Aber das geht doch nicht!» Vor lauter Empörung blieb Ilse fast die Luft weg.

«Nun, sie werden den Warentransport sicher streng kontrollieren und auch hart gegen Schmuggler vorgehen. Also pass auf, was du in deinen Taschen mit herumträgst!» Ihr Bruder grinste, wenn auch verhalten.

Ilse schüttelte den Kopf. «Überleg mal, wie viele Straßen es in Berlin gibt, die über die Grenze führen. Wie viele Tage können die Russen so was durchhalten?»

Johannes blickte sie ernst an. «Die Frage müsste eher lauten, wie lange das die westlichen Sektoren durchhalten können!»

«Willst du mir etwa Angst machen?»

«Nein, Schwesterherz, natürlich nicht.» Johannes legte ihr den gesunden Arm über die Schulter und zog sie kurz an sich. «Ich stelle jedoch fest, dass der Graben zwischen den Alliierten tiefer wird.»

«Und was bedeutet das für uns? Für die Menschen in Westberlin und für die Deutschen im Osten?»

«Die Russen provozieren eine Spaltung. Und ich glaube, dass sie das nicht nur in wirtschaftlicher Hinsicht tun.»

«Das müssen die westlichen Alliierten verhindern! Wobei», sagte Ilse, «sie werden Russland sicher nicht militärisch angreifen. Trotzdem, sie müssen ein Zeichen setzen.»

«Ich befürchte, das wird schwierig. Hier geht es um mehr. Viel mehr!», erwiderte Johannes düster.

Abends saßen Ilse und Clara zusammen in ihrer Schöneberger Wohnung. Clara hatte ein Auge für außergewöhnliche Dinge und wusste sie in Szene zu setzen, sodass die Wohnung trotz ihrer noch spärlichen Möblierung eine eigene Gemütlichkeit ausstrahlte. Ilse dagegen sammelte, sobald sie auch nur ein wenig Geld übrig hatte, Bücher, für die die Leute in dieser Lage kaum mehr den Papierpreis bekamen. So zierten nun die wertvollsten Klassiker, aber auch neue Werke das riesige Einbauregal im Wohnzimmer, das Ilse beim Einzug lediglich frisch hatte streichen müssen.

Clara war die Arbeit in der Bar, wo sie doch fast immer stehen musste, zu anstrengend geworden. Zudem verdiente sie dort einfach zu wenig. Momentan übernahm sie an Ilses Nähmaschine Änderungs- und Ausbesserungsarbeiten, was sicher nur eine Zwischenlösung sein konnte, bis sie etwas anderes fand. Heute jedoch hatte sie den Nähkorb weggeräumt und das Kochen übernommen. Auch am Herd war Clara kreativ und zauberte aus dem, was Ilse auftreiben konnte, einen Auflauf aus Gemüse, Kartoffeln, Speck, ein wenig Quark, Käse und einem Ei. Zum Nachtisch hatte sie die Erdbeeren zubereitet, die Ilse von einer ihrer Auftraggeberinnen geschenkt bekommen hatte. Außerdem hatte Ilse eine Flasche Weißwein ergattert, den sie nun entkorkte und Clara reichlich davon einschenkte.

«Und, was denkt Johannes über die Sache?», erkundigte sich Clara nach dem ersten Schluck.

«Er hat meine Befürchtungen nicht gerade zerstreut», begann Ilse. «Er fürchtet sogar, dass die Einführung der D-Mark die Vorstufe für eine Trennung in zwei Staaten ist. Die Amerikaner, Briten und Franzosen hätten die Russen in ihre Geldpolitik einbeziehen müssen, aber Johannes meint auch, die Russen hätten zu hoch gepokert und zu viele Zugeständnisse gefordert. Sie wollten tatsächlich, dass Berlin von all diesen Entscheidungen ausgenommen wird. Es geht halt in der Politik immer nur um Einfluss und Macht.»

Clara nickte. «Ja, das war schon immer so. Traurig, aber wahr.»

«Die Amerikaner haben anscheinend auch den Oststaaten angeboten, an ihrem Aufbauprogramm teilzuhaben, aber die Russen lehnten das ab. Deshalb hat der Westen für sich alleine entschieden und damit die Russen in Zugzwang gebracht. Das Programm nennen sie Marshallplan.»

Clara brauchte eine Weile, um all diese Informationen aufzunehmen. Sie zog die Stirn kraus und überlegte dann laut: «Ja, gut, aber die Russen haben jetzt im ganzen Osten doch auch eine eigene

Währung eingeführt. Was soll denn dann die Blockade? Nur weil sie sauer sind, dass der Westen früher dran war?»

«Johannes meint, auf diese Weise versuchen sie, die Westalliierten in Berlin loszuwerden. Sie fordern, die Westmächte sollen sich gefälligst auf die Gebiete im Westen beschränken und Berlin eine ‹neutrale› Stadt werden.»

«Und, wäre das nicht eine gute Sache?», wollte Clara wissen.

Ilse schnaubte. «Ich befürchte, das heißt, *wir* befürchten, denn Johannes hat diesen Gedanken formuliert, dass die Russen nur darauf warten, sich ganz Berlin einzuverleiben.»

Clara lehnte sich zurück, trank in Ruhe, dachte nach. «Dein Bruder verkauft nicht nur all die verschiedenen Zeitungen, er liest sie auch. Ich weiß, er ist sehr gut informiert. Seine Schlussfolgerungen sind beängstigend, gleichzeitig kommt es auch mir so vor, als würden die Russen immer mal wieder ausloten, wie weit sie gehen können. Was die Westalliierten bereit sind, hinzunehmen, um den Konflikt nicht zu schüren.»

«Richtig. Genau das tun die Russen jetzt, indem sie ganz Westberlin von der Versorgung abschneiden. Keine Waren, keine Kohle, kein Treibstoff, so hat es Johannes auf den Punkt gebracht. Wo soll das enden?»

«Nicht wieder in einem Krieg!», rief Clara entsetzt. Sie spielte nervös mit ihrem rubinbesetzten Ring.

Ilse griff über den Tisch nach ihrer Hand und streichelte zärtlich über den Handrücken. «Lass uns hoffen, dass die Alliierten doch noch eine Lösung finden.»

«Und dass die Westmächte uns nicht verhungern lassen», fügte Clara hinzu, die Augen weit aufgerissen.

♦

Als eine Einigung mit den Russen nicht zu erreichen war und die Versorgung der Bevölkerung mit dem Nötigsten innerhalb kürzester Zeit zusammenzubrechen drohte, taten die Westalliierten genau das: Sie ließen sich eine Lösung einfallen. Sie handelten schnell und konsequent und sehr effektiv! Nachdem erkannt worden war, dass die Lebensmittel in der Stadt nur einen Monat ausreichen würden, ebenso wie die Kohle, einigten sie sich darauf, die Stadt ausschließlich über den Luftweg zu versorgen.

Es war unglaublich. Ilse und Clara standen auf einem Schutthügel, die Köpfe in den Nacken gelegt, und sahen zum Blau des Himmels hoch, wo im Minutentakt britische und amerikanische Maschinen einflogen und mit ihrer Fracht auf dem Tempelhofer Flugfeld landeten. Es wurde zum Herzen von Berlin. Nur solange der Flughafen pulsieren und Lebensmittel in die Straßen der Stadt pumpen würde, nur so lange konnte der Körper Westberlin überleben.

Drei Luftkorridore standen den Alliierten vertraglich zwischen den Westsektoren und Berlin zu, die nun klug genutzt werden mussten: Die Briten flogen von Nordwesten aus Hamburg heran, die Amerikaner starteten in Frankfurt am Main und kamen aus Südwesten. Der Korridor direkt nach Westen Richtung Hannover war den zurückkehrenden Maschinen vorbehalten, die aufgetankt und dann wieder beladen werden mussten. Es war eine Meisterleistung der Planung, der Beschaffung benötigter Güter und Flugzeuge, des Be- und Entladens und nicht zuletzt der Flugkünste jedes einzelnen Piloten in seiner Maschine, die Perlenketten gleich in regelmäßigen Abständen einschwebten, landeten, entladen wurden und wieder starteten. Und es war eine Leistung jedes einzelnen Berliners im Westen der Stadt, so kurz nach dem Ende des verheerenden Krieges erneut Rationierung und Hunger zu akzeptieren. Nein, sie würden sich nicht von den Russen schlucken lassen, obwohl diese sich jetzt als Wohltäter feiern lassen wollten, indem sie Milch für Westberliner Kinder zur Verfügung stellten. Doch so leicht ließen sich die Berliner nicht bestechen.

Ilse und Clara verschränkten ihre Hände ineinander. Nicht nur sie waren bereit, durchzuhalten, um ihre demokratische Freiheit zu verteidigen!

♦

Auch die Post aus dem Westen konnte nun nur noch mithilfe der Luftbrücke zugestellt werden. Es wunderte Ilse, dass sich die Alliierten überhaupt die Mühe machten, neben Lebensmitteln, Treibstoff und der so dringend benötigten Kohle auch Briefe und Päckchen zu befördern. Wobei die Päckchen meist nahrhaften Inhalt hatten und so ebenfalls zur Versorgung der Eingeschlossenen beitrugen.

Ilse zog einen Brief aus dem Briefkasten und trug ihn in die Wohnung. Freudig schlitzte sie den Umschlag auf, als sie den Absender erkannte, und zog zwei Blätter mit unterschiedlichen Handschriften heraus. Sie runzelte die Stirn. Beide waren ihr unbekannt. Der eine Brief begann krakelig wie von einem Kind geschrieben und fuhr dann mit der elegant geschwungenen Schrift des anderen Briefs fort, um mit einer krakeligen Unterschrift zu enden. Ilse traten Tränen in die Augen, als sie den Namen entzifferte: *Claire.* Das zweite Blatt war von Olly unterschrieben. Ilse spürte, wie sich ihr Magen schmerzhaft zusammenzog. Etwas war geschehen, und es bedeutete nichts Gutes!

Meine liebste Ilse,

ich hasse es, einen Brief auf diese Weise an Dich zu schreiben. Ich hätte es früher tun sollen, Dir von meinen Auftritten erzählen, aber ich schob

es vor mir her. Vielleicht wollte ich Dir von einem ersten großen Erfolg schreiben, von Bewunderern, die mich wieder in ihre Arme schließen. Nun ja, so war es nicht. Es gibt nur wenige, die mich von früher kennen, und vor allem die Amerikaner wollen kein German Volkslied hören, sie wollen Swing- und Jazzrhythmen mit englischen Texten.
Da mir Berlin noch immer verwehrt war, fuhren wir nach Norden, zu den Briten. In der stolzen Hansestadt Hamburg stand ich auf einer eisigen Bühne, die Menschen froren auf ihren Sitzen, ab und zu fiel der Strom aus, aber sie gierten nach Musik und Unterhaltung, die nicht nach Kriegspropaganda klingt. Vielleicht bin ich mit meiner Musik nicht mehr modern, aber in diesen Gesichtern habe ich Freude und Dankbarkeit gelesen.
Und dann war plötzlich alles dunkel und ich finde mich an Schläuchen angeschlossen im Krankenhaus wieder. Schlaganfall sagen die Ärzte. Und dass es dauern wird, falls ich mich überhaupt noch einmal erhole. Aber noch will ich hoffen. Ich bin nicht bereit abzutreten.
Ich möchte Berlin endlich wiedersehen und Dich, meine liebe Ilse.

Ich umarme Dich!
Deine Claire

Ilse musste sich erst die Tränen aus den Augen wischen, ehe sie Ollys Nachricht in die Hand nahm. Und es wunderte sie nicht, dass diese Zeilen eine Bitte um finanzielle Unterstützung enthielten.

Liebe Ilse,

ich weiß, wie zuwider Claire diese Bettelbriefe für sich selbst sind. Doch wir haben ein ernstes Problem, wir können die Behandlungskosten nicht aufbringen. Durch die Einführung der D-Mark haben wir alles verloren, was wir ein Leben lang angespart haben. Die Frist, alte Spar-

guthaben umzutauschen, wenn auch zu einem furchtbar schlechten Kurs, ist verstrichen. Wir konnten ja nicht nach Berlin reisen, um unsere Angelegenheiten zu regeln! Man mag es ungerecht nennen, das hilft aber nichts. Wir stehen hier buchstäblich mit nichts in den Händen da.

Unsere Künstlerfreunde Mae und Dennis Batton unterstützen uns, soweit es ihnen möglich ist, doch das wird nicht reichen, wenn wir Claires Behandlung, derer sie dringend bedarf, nicht vorzeitig abbrechen wollen.

Also, bitte, wenn Du etwas hast, das Du entbehren kannst, dann schicke es Claire, um ihr die Chance auf noch ein paar gute Jahre zu geben.

In tiefer Dankbarkeit
Olly

In Gedanken ging Ilse sofort ihre Besitztümer durch, und sie überlegte auch, wen sie ansprechen könnte. Robert fiel ihr ein. Vielleicht würde er irgendetwas hergeben, das man dann hier in Westberlin gegen D-Mark eintauschen könnte? Doch würde er das für eine ihm kaum bekannte Künstlerin tun? Er musste schließlich auch zusehen, dass es seiner Familie gut ging.

Nein, viele Leute, die noch etwas hatten und die sie würde fragen können, fielen ihr nicht ein.

♦

Es war ein Spiel auf Zeit von beiden Seiten, denn noch war keiner bereit nachzugeben. Und so dröhnten die Flugzeuge Tag und Nacht über Berlin, den ganzen Sommer lang. Ende August meldeten die Zeitungen euphorisch, dass die benötigte Frachtmenge von viertausendfünfhundert Tonnen pro Tag erreicht werde, und so flogen die *Rosinenbomber* weiter in den Herbst hinein, bis die Blätter fielen.

Doch die Russen gaben nicht nach.

Und die Versorgungsprobleme verschärften sich, je tiefer das Thermometer fiel.

Schätzungen sprachen davon, dass um die zehntausend Tonnen täglich nötig seien, bestand doch schon zuvor ein Drittel der eingeflogenen Fracht aus Kohle, zum Heizen, zum Kochen, aber auch für die Kraftwerke, für den Strom und um die Frischwasser- und die Abwasserpumpen zu betreiben. Eine Stadt war ein komplizierter Organismus, in dem alle Organe versorgt werden mussten. Zumindest so, dass es zum Überleben reichte. Die tägliche Ration, die einem Normalbürger zugebilligt wurde, sank auf eintausendfünfhundert Kilokalorien. Viele Menschen magerten ab, manche von ihnen lebensbedrohlich, und froren daher umso mehr. Nun musste auch noch der Anteil an Kohle pro Haushalt gekürzt werden, nur ein Bruchteil der benötigten Menge konnte verteilt werden.

Es war solch ein Irrsinn! Lilli besuchte Ilse und Clara und brachte ein paar Lebensmittel mit, die sie entbehren konnte. Viel war es nicht. Kartoffeln und Kohle gab es nach wie vor nur auf Karte, und die Rationen waren knapp bemessen.

Dafür besuchten die beiden Robert, Lilli und die Kinder ab und zu in der Linienstraße, auch um sich dort aufzuwärmen. Sogar das Angebot, mal wieder warm zu baden, schlugen sie nicht aus, und Ilse trug aus lauter Dankbarkeit Briketts für eine ganze Woche aus dem Keller nach oben.

In den Wohnungen im Westteil der Stadt wurde in diesem Winter also wieder nur ein Zimmer beheizt, meist die Küche, wo die Wärme zum Kochen mitverwendet wurde. In manchen Mietshäusern schlossen sich Familien zusammen, um gemeinsam nur eine Küche betreiben zu müssen. Auch Ilse und Clara hatten in Schöneberg mit der Familie von nebenan solch eine Vereinbarung geschlossen, und da es dort zwei kleine Kinder gab, blieb ihre eigene Wohnung nun den gesamten Winter über kalt, während ihre Kohlen nach drüben wanderten, wo sie sich alle zusammen am wärmenden Feuer tummelten. Zum Glück fiel dieser Winter milder aus als gewöhnlich, denn an so manch nebeligem Tag konnte nur ein Bruchteil der Maschinen landen.

Dafür eröffneten im November im Ostteil der Stadt die ersten HO-Läden. Die *Handelsorganisation* war ein staatlich geführtes Unternehmen, dessen Geschäfte Lebensmittel und Haushaltswaren anboten, die man ohne Marken einfach kaufen konnte – wenn man denn über genug Geld verfügte, da die Preise maßlos überzogen waren! Für Lebensmittel zahlte man im Schnitt das Doppelte! In Friedrichshain eröffnete ein HO für Schuhe und Textilien, aber welcher Arbeiter konnte schon einen ganzen Monatslohn für ein Paar Schuhe ausgeben? Und im Süßwaren-HO in der Neuen Königstraße kostete eine Tafel Schokolade zwanzig Mark.

Daher fanden sich in diesen Läden bald mehr West- als Ostberliner ein, die die Waren, zum Unmut vieler Ostbürger, in den Westen hinübertrugen.

«Das muss den Russen doch ein Dorn im Auge sein», vermutete Clara, als sich Ilse mit ihrer leidlich gefüllten Einkaufstasche in der U-Bahn neben sie setzte.

Ilse wiegte den Kopf. «Ich weiß nicht. Ich denke, da steckt auch eine gewisse Absicht dahinter. Sie wollen die Westberliner für sich einnehmen. Ich denke, sie hoffen noch immer, ihren Einfluss auf die gesamte Stadt ausdehnen zu können, ohne dass jemand zu den Waffen greifen muss.»

♦

Lilli stand am Fenster und sah nach Südwesten, wo die winzigen Flugzeuge am Himmel einer Art Choreografie zu folgen schienen. Die Luftbrücke! Diesmal kamen sie nicht, um die Stadt in Staub und Asche zu verwandeln, diesmal hingen das Überleben und alle Hoffnung der Westberliner an den britischen und amerikanischen Fliegern. Der Fluglärm war bis weit in die Sowjetische Zone zu hören. Lilli wandte sich zu ihrem Vater um, der am Tisch saß und stumm seine halb geleerte Tasse zu fixieren schien.

«Wie lange kann das noch so weitergehen?», fragte sie kopfschüttelnd. «Die Russen können das unendlich lange durchhalten. Sie haben die Zeit auf ihrer Seite.»

Robert hob den Kopf. «Nicht ganz, Lilli. Diese Blockade schadet nicht nur denen im Westen der Stadt.»

«Was meinst du damit?»

«Merkst du nicht, wie es mit unserer eigenen Wirtschaft immer rascher bergab geht?»

«Was ich merke, ist, dass wir hier im Osten stets härter haben arbeiten müssen und schlechter versorgt wurden! Die Frauen im Osten Berlins mussten nach ihrem normalen Arbeitstag noch *freiwillig* zum Trümmerräumen antreten. Im Westen haben die Amerikaner dagegen schweres Gerät eingesetzt, da waren Frauenhände nicht vonnöten!»

«Willst du behaupten, dass es drüben allen Menschen besser geht? Das wird nie passieren. Nur die, die schon unter dem Kaiser und während der Republik die Nase vorn hatten, gewinnen ihre Stärke und ihre Privilegien zurück. Was man eben Kapitalismus nennt. Bei uns hier soll alles gerechter werden, und die Klassengrenzen wird es nicht mehr geben.»

Lilli furchte unwillig die Stirn. «Papa, ist das dein Ernst? Lautet so die Propaganda, die du bei der Arbeit hörst? Ich habe selbst mitbekommen, wie die Russen nach dem Krieg abtransportierten, was immer sie zerlegen oder abschrauben konnten. Für Russland. Das heißt, wir können bald gar nichts mehr produzieren. Mit welchem Material und in welchen Fabriken? In den leeren Hallen, die sie vermutlich auch noch mitnehmen würden, wenn das möglich wäre?»

Widerwillig gab Robert zu, dass die wirtschaftlichen Probleme im Osten auch hausgemacht waren. «Es stimmt, wir können auf den Baustellen schon seit Wochen nur noch eingeschränkt arbeiten. Entweder fehlen Beton und Bagger, oder die Lkws haben keinen Treibstoff. Irgendwas ist immer. Der Gegenboykott des Westens schmerzt uns zunehmend. Was die Russen und die SED jedoch nicht zugeben werden.»

Lilli seufzte. «Dann sind wir mit unseren Einschätzungen ja gar nicht so weit voneinander entfernt. Zumindest, was das Wirtschaftliche angeht.»

«Was meinst du damit?»

«Nun, es freut mich für alle Menschen da drüben, wenn sie ihre Freiheit retten können. Im Gegensatz zu uns hier versuchen sie es drüben im Westen mit freien Wahlen und echter Demokratie!»

«Für uns wäre es besser, wenn ganz Berlin zum Osten gehören würde», wandte Robert ein.

«Meinst du jetzt für uns normale Menschen, oder sprichst du für die Partei, in der du jetzt Mitglied bist?»

«Für uns alle wäre es besser, wenn die Stadt nicht länger geteilt wäre! Und die Partei will doch nur das Beste für uns.»

«Die Partei macht das, was die Russen sagen und was für sie selbst und ihre Funktionäre am besten ist», widersprach Lilli. «Was die treiben, ist reiner Machtmissbrauch. Sie riskieren Menschenleben im Namen ihrer Ideologie. So was Ähnliches haben wir Deutschen schon erlebt, nicht wahr?»

«Du willst die Russen wohl nicht mit den Nazis vergleichen!», protestierte Robert mit Nachdruck. «Um was es heute geht, sind

Kapitalismus und Kommunismus. Jeder glaubt an die Überlegenheit seines Systems. Ist es nicht besser, wenn der Mensch und sein Wohlergehen im Mittelpunkt stehen statt das Geld großer Unternehmen, die nur die Eigentümer reich machen, weil sie ihre Arbeiter ausbeuten?»

«Papa, wann bist du denn Kommunist geworden?»

Robert wand sich. «Ich möchte an irgendwas Gutes glauben. Bisher haben mich alle Regierungen hintergangen und getäuscht. Vielleicht haben die Roten recht? Vielleicht brauchen wir den Kommunismus, um eine für alle gerechte Welt zu erschaffen.»

Lilli fühlte sich plötzlich älter und erfahrener. Konnte ihr Vater so naiv sein? «Willst du wirklich nicht sehen, dass die Russen so handeln wie die Nazis zuvor? Wie kam denn Ella zu ihrer Wohnung hier im Haus? Weil die Geheimpolizei alle abholt und verschleppt, die ihnen nicht linientreu erscheinen. Die Nazis haben ihre Gegner in KZs gesperrt, die Russen schicken sie in Gulags. Und die Kriegsgefangenen? Die Amerikaner wollen bis Ende des Jahres alle deutschen Kriegsgefangenen freilassen, aber wo sind die Kriegsgefangenen der Roten Armee?»

«Ach, mein Kind, willst du mir alle Hoffnung auf eine bessere Zukunft rauben?», sagte Robert mit einem Seufzer. «Du bist noch so jung und klingst schon verbittert.»

Lilli schüttelte vehement den Kopf. «Wie gerne würde auch ich daran glauben, aber ich halte nichts davon, wegzusehen und sich selbst was vorzumachen. Das hat schon mit Hitler nicht funktioniert, und das wird auch mit den Kommunisten und der SED nicht funktionieren.»

♦

In den Westzonen hatten die Alliierten Tatsachen geschaffen. Am 23. Mai 1949 verkündeten sie das Grundgesetz und legten für den 7. September allgemeine, freie, geheime Wahlen zu einem Parlament fest, dem Bundestag, der in Bonn zusammenkommen würde.

Stalin hatte das lange schon vorausgesehen – behauptete zumindest Genosse Mielke. Ulbricht und ein paar andere führende Genossen wurden prompt nach Moskau einbestellt, und es wurde die Gründung eines eigenen Staates in der Ostzone beschlossen.

«Ein sozialistischer Staat, wie unser Bruder in der Sowjetunion», sagte Michael, doch Mielke schüttelte den Kopf.

«Nein, mein Freund, davon ist nicht die Rede. Dieser Staat wird die Deutsche Demokratische Republik heißen!»

«Demokratische Republik?», wiederholte Michael verdutzt. «Dann wird es auch bei uns freie Wahlen geben?»

Mielke zog eine Grimasse. «Wo denken Sie hin? Es stimmt, die SED hat bereits zwei Millionen Mitglieder, und mit ihrem Bild der Arbeiterpartei können sich große Teile der Bevölkerung identifizieren. Es gibt auch keinen nennenswerten Widerstand. Dennoch müssen wir uns absichern, dass die SED alles in der Hand behält – mit den russischen Brüdern, die uns eng zur Seite stehen werden.»

«Wie will Ulbricht das sicherstellen?», wunderte sich Michael. «So wie ich das mitbekommen habe, werden doch auch wir ein Parlament haben: die Volkskammer.»

«Ja, Genosse, das ist schon richtig, doch Ulbricht und der engste Führungsstab haben bereits den Entwurf für eine Regierungsanweisung ausgearbeitet. Gesetze und Verordnungen von Bedeutung müssen vor ihrer Verabschiedung durch die Volkskammer oder der Regierung zunächst dem Politbüro zur Beschlussfassung vorgelegt werden.»

«Es handelt sich also faktisch um die Alleinherrschaft der SED?»

Mielke grinste breit. «Nein, so dürfen Sie das nicht sagen. Den

Bürgern wird eine Einheitsliste von uns treu ergebenen Parteien zur Wahl vorgelegt, die dem Ganzen einen pluralistischen Anstrich gibt, aber keine Gefahr für uns birgt.»

«Deutsche Demokratische Republik», murmelte Michael.

Und so übergab im Zuge der Staatsgründung die SMAD am 10. Oktober 1949 offiziell die Verwaltung der neuen Republik an die provisorische Regierung der DDR.

Sie selbst nannte sich von nun an SKK – Sowjetische Kontrollkommission –, blieb aber weiterhin die bestimmende Instanz. Und damit hatte letztlich Stalin in der DDR das Sagen, der unangefochtene Führer der Sowjetunion.

Schild und Schwert

Am 5. Februar 1950 wurde das Ministerium für Staatssicherheit,
die Stasi, gegründet. Es galt als das «Schild und Schwert»
der Sozialistischen Einheitspartei Deutschlands.

«Orwells Schreckensvision einer totalen Kontrolle des Individuums hatte sich zur Alltagsrealität entwickelt. Wie ein riesiger Krake lag die Staatssicherheit über dem Land und drang mit ihren Saugnäpfen in den verborgensten Winkel der Gesellschaft.»

STEFAN WOLLE, DIE HEILE WELT DER DIKTATUR,
BERLIN 1998

Kapitel 15

Berlin war, solange sich Robert zurückerinnern konnte, eine pulsierende Stadt voller Leben gewesen, bis im Krieg die Bomben der Alliierten und dann die anrückenden Panzer der Sowjetarmee die deutsche Hauptstadt fast ausgelöscht hatten.

Doch erstaunlich schnell kehrte Leben zurück, jedenfalls deutlich schneller, als es gelang, den Schutt wegzuräumen, die beschädigten Häuser auszubessern und anstelle der zerstörten neue Gebäude zu errichten.

Robert besuchte den Westteil Berlins eher selten, dennoch drängte sich ihm der Eindruck auf, dass es dort schneller voranging, obwohl doch hier im Osten, in der vor zwei Jahren gegründeten Deutschen Demokratischen Republik, alle Werktätigen viel freudiger und engagierter anpacken müssten. Schließlich wurden sie hier – im Gegensatz zu drüben – nicht von wenigen superreichen Unternehmern unterdrückt und ausgebeutet. Die SED mit ihrer Einheitsliste der Nationalen Front hatte bei den ersten Wahlen 1950 99,7 % erhalten. Nun ja, eine Auswahl hatte es nicht gegeben. Man faltete halt den Wahlzettel und warf ihn in die Urne.

Irgendwie hakte es noch in der neuen DDR. Sicher lag das nicht am Engagement der Menschen, das konnte sich Robert nicht vorstellen. Es war die Verteilung, die nicht klappte. Die Planung und Umsetzung gestalteten sich offenbar schwieriger als von der SED gedacht. Und selbst als enthusiastisch gestimmter DDR-Bürger konnte man die Augen nicht davor verschließen, dass die Sowjets – der große Bruder – so viele Betriebe demontiert, Maschinen, Züge, ja selbst Schienen gen Osten abtransportiert hatten, dass in der DDR einfach zu wenig produziert und dann nur mit Hindernissen transportiert werden konnte.

Man musste Geduld haben. So eine neue, gerechte Gesellschaft ließ sich nicht über Nacht aufbauen, dachte Robert und war gewillt, daran zu glauben, während er sich seinen Weg im Strom der Reisenden durch die Schalterhalle des Bahnhofs Friedrichstraße suchte.

Früher, nach dem Ersten Weltkrieg, war er eher ein Anhänger der liberalen Parteien gewesen, während Luise das Engagement der Sozialdemokraten unterstützt hatte.

Luise! Erinnerungen an Luise, die Liebe seines Lebens, schmerzten, weshalb er seine Gedanken zwang, zur Politik zurückzukehren. Wer offenen Auges durch die Stadt ging, konnte sich der Notwendigkeit gar nicht verschließen, dass etwas für die verarmte Masse der Arbeiter, Kriegsheimkehrer und kleinen Angestellten getan werden musste. Es musste einen Ausgleich geben mit den Kriegsgewinnlern, die dank der Kriegswirtschaft einen Großteil des ganzen Landes und seines Vermögens an sich gerissen hatten. Zumindest im Osten sollte das jetzt korrigiert werden. Robert setzte seine Hoffnung in die neue Führung der Ostdeutschen. Dem Westen ging es momentan zwar wirtschaftlich besser, doch ob es gut für die Gesellschaft war, dass die alten Eliten wieder zu Macht und Reichtum zurückkehrten, war fraglich.

Für ihn selbst hatte es sich seit seiner Rückkehr aus der Gefangenschaft erstaunlich gut entwickelt. Ein funktionierendes Eisenbahn- und S-Bahn-Netz war für diese Stadt überlebenswichtig, und da dieses – im Gegensatz zu Berlin selbst – ungeteilt erst in den Händen der sowjetischen Militärverwaltung und seit der Staatsgründung in den Händen der DDR-Behörden lag, war Roberts Zukunft gesichert. Fähige Ingenieure waren so begehrt und rar, dass sich niemand genau für seine Vergangenheit interessiert hatte und ihm erstaunlich schnell die berufliche Wiederzulassung gelungen war. Er hatte mit seiner Erfahrung gleich nach seiner Rückkehr im Herbst 1945 die Trockenlegung und den Wiederaufbau des Nord-Süd-Tunnels vorangetrieben, in dem bereits seit Sommer 1946 wieder Züge verkehrten.

Robert hatte die Bilder noch vor Augen, als er nach der Entlassung aus der Gefangenschaft hier angekommen war, in *seinem* Bahnhof: Berge von Schutt und Dreck im gesamten Bahnhofsgebäude. Und all die abgerissenen Gestalten, die nicht wussten, wohin, mit leerem Blick, ihre letzten Habseligkeiten umklammernd, in den Warteräumen und Tunnelschächten umherirrend. Dazwischen Schwarzmarkthändler, die Margarine gegen Zigaretten tauschten, oder Ganoven, die ihre Chance suchten. Der großartige Bahnhof Friedrichstraße war zu einem Ort der Zerstörung und Verzweiflung geworden.

Doch dann hatte sich die Partei das Ziel gesetzt, das Tor Berlins neu erstrahlen zu lassen. War denn nicht dieser berühmte Bahnhof das Erste, was die Menschen zu Gesicht bekamen, wenn sie Ostberlin erreichten? Sie sollten gleich sehen, wie es hier voranging!

Und tatsächlich: Tunnel, Brücken und Bahnhöfe hatten beim Aufbau absolute Priorität. Zu Roberts Aufgaben gehörten neue Planungen und Berechnungen, um das Bahnhofsgebäude mit den prächtigen Hallen über den Gleisen wiederauferstehen zu lassen. Alles besser und neu, so das Ziel, wozu auch der Name gehörte: «Berliner Zentralbahnhof» sollte er fortan heißen! Robert erinnerte sich an die enthusiastischen Zeilen, die 1948 in der *Berliner Zeitung* zu lesen waren:

> Wer seit einigen Wochen nicht Gelegenheit hatte, in die Nähe des Bahnhofs Friedrichstraße zu kommen, wird ihn kaum wiedererkennen. Weiß leuchtet die neu verputzte Fassade zur Weidendammer Brücke. In schwindelnder Höhe turnen Arbeiter über das Hallendach, wo die letzten haustürgroßen Bombenlöcher mit Beton ausgegossen werden.

Und kaum war die Schalterhalle fertig, wurde der Maler Horst Strempel beauftragt, sie mit einem passenden monumentalen Gemälde zu schmücken. Er entschied sich für ein riesiges Triptychon, das er *Trümmer weg, baut auf* betitelte. Sein Bild zeigte Arbeiter als riesige Figuren, die die Schäden des Krieges beseitigen.

Westzeitungen wie *Der Kurier*, der in der französischen Zone erschien, oder der *Telegraf*, eine Zeitung aus der britischen Zone, kritisierten die finsteren Gesichter mit vorgeschobenem Unterkiefer als «Einheitsmenschen östlicher Prägung». Andere belustigten sich darüber, dass das Gemälde über dem Eingang zu den Toiletten angebracht worden war. Selbst in der DDR war es umstritten. Die *Tägliche Rundschau* schrieb, die Berliner seien zu Recht entrüstet, da die dargestellten Arbeiter eher an Roboter erinnerten. Und dann war das Bild plötzlich verschwunden. Ausgetilgt, weiß übermalt. Robert stieg noch der Geruch von frischer Farbe in die Nase. Lang konnte diese Nacht-und-Nebel-Aktion noch nicht her sein.

Robert verließ die Schalterhalle und stieg die Treppe zu den Bahnsteigen hoch. Er ließ den Blick zum gewölbten Dach über den Gleisen hinaufsteigen. Wie hatte ihn der Anblick bei Ankunft des Zuges 1945 geschmerzt: zerbrochenes Glas, geborstene Stahlträger – die einzigartig gebogene Bahnhofshalle, auf die er bei ihrer Eröffnung 1923 so stolz gewesen war, zerstört. Doch jetzt stand sie wieder und beschirmte die Reisenden, die hier ankamen und abfuhren.

Sein Blick folgte den Menschen mit ihren Bündeln und Koffern, die sich in Richtung der eingefahrenen Bahn drängten, deren nächster Halt sie in den Westteil der Stadt bringen würde. Einige Volkspolizisten schoben sich zwischen ihnen hindurch und hielten den ein oder anderen Reisenden an. So auch ein junges Paar mit zwei Koffern in den Händen. Robert glaubte, Angst in ihren Blicken zu erkennen, während die beiden Beamten sie zur Treppe eskortierten.

Ein mulmiges Gefühl ergriff ihn, zumal er sich in letzter Zeit mit dem Bau von Kontrolltürmen an den Bahnsteigen B und C beschäftigen musste. «Zur besseren Überwachung der Reisenden», wie es hieß. Zu viele Menschen, das stand in der Zeitung, passierten den Bahnhof Friedrichstraße Richtung Westteil der Stadt, um nicht wieder zurückzukehren. Daher hatte die Reichsbahn mit dem Bau eines Außenrings um Westberlin begonnen. Die im Fern- und S-Bahn-Betrieb zur Bundesrepublik gehörenden Sektoren sollten – wo möglich – umfahren werden. Und wenn doch westliches Gebiet durchquert werden musste, durfte kein Zug an einem der dortigen Bahnhöfe halten. Alles wurde getan, um eine Flucht in den Westen zu erschweren. Volkspolizisten und Mitarbeiter vom Zoll kontrollierten und hatten nicht nur Schwarzhändler und Schieber im Visier. Im Fokus stand, die *Republikflucht* zu verhindern. Die noch junge DDR verlor nicht nur Intellektuelle, Künstler und Menschen aus bürgerlichen Kreisen, deren Verlust sie zu verschmerzen glaubte. Nein, auch junge Familien, Arbeiter und Bauern, für die dieser Staat doch gegründet worden war, kehrten ihm freiwillig den Rücken, um unter den ausbeuterischen Kapitalisten zu leben. Robert schüttelte den Kopf. Waren diese Menschen alle dumm und wussten nicht, was gut für sie war? Oder wirkten die vergifteten Lügen der kapitalistischen Faschisten derart narkotisierend, dass diese Menschen die Wahrheit nicht erkannten?

Ja, die Beeinflussung von der anderen Seite war die einzige Erklärung. Die Propaganda des Westens verführte die Bürger der DDR wie einst der Rattenfänger die unschuldigen Kinder von Hameln. Was für ein schreckliches Leben sie im Westen erwartete, erkannten sie wohl erst, wenn es zu spät war. Robert teilte die Sorge der Partei, die junge DDR würde Schaden nehmen, wenn sie weiterhin junge Werktätige verlor, die doch das Land mitaufbauen sollten. Gleichzeitig ergriff ihn manchmal der Gedanke, ob Verbote und Kontrolltürme der richtige Weg waren, Menschen vom Gegenteil zu überzeugen.

Als die Bahn abgefahren war, trat Robert an die Kante des Bahnsteigs und zog eine rote Nelke aus seiner Jackentasche. Er hätte Luise zu ihrem neunzehnten Todestag lieber Rosen gebracht, doch das war um diese kalte Jahreszeit nahezu unmöglich. Er schloss die Augen, küsste die blutroten Blütenblätter und ließ die Blume auf die Gleise fallen.

«Luise», flüsterte er, als er hart am Arm gegriffen und von der Kante zurückgerissen wurde.

«Mann, was tun Sie da?», rief eine barsche Stimme. Die Finger drückten sich hart durch seine Jacke.

«Nichts», murmelte Robert und sah dem Uniformierten ins Gesicht.

«Sie haben etwas auf die Gleise geworfen!», widersprach ihm der Volkspolizist.

«Nur eine Blume», gab Robert verlegen zu.

«Nur eine Blume?», wiederholte der Vopo. «Und das soll ich Ihnen glauben? Wir haben strikte Anweisung, auf Saboteure zu achten. Die Agenten des Westens lassen nichts unversucht, um unserem Land zu schaden. Ich denke, das sollten Sie meinem Hauptmann erklären. Kommen Sie mit!»

Robert verdrehte die Augen, folgte aber widerstandslos zu den Räumen der Volkspolizei, die im Labyrinth des mehrstöckigen

Bahnhofsgebäudes untergebracht war. Er machte sich keine Sorgen. Er war einer der leitenden Ingenieure der Reichsbahn, solch ein Missverständnis ließ sich mit ein, zwei Sätzen aufklären.

♦

Michael langweilte sich. Das hatte er sich anders vorgestellt. Sollte der radikale Umbau einer Gesellschaft nicht spannender und aufregender sein? Er hatte so viel über die Revolutionäre der ersten Stunde gelesen und hatte im Krieg am eigenen Leib das Versteckspiel vor den Nazis, Verfolgung und Flucht bis ins ferne Moskau erlebt. Diese lebensbedrohlichen Zeiten lagen hinter ihm, und das war auch gut so, aber diese stumpfe Schreibtischarbeit für die Partei war nichts für ihn. Er wollte raus, mitanpacken, wirklich etwas bewegen – und nicht die Produktion von irgendwelchen Gütern für die nächsten Jahre planen, ohne jetzt schon wissen zu können, wer wann wo wie viel überhaupt brauchte. Das konnte doch nicht funktionieren. Genervt blätterte er in seinen Listen und Tabellen.

Das Politbüro hatte festgelegt, vorerst das Hauptaugenmerk auf die Schwerindustrie zu legen, was natürlich von Moskau bestimmt worden war. Das hieß, dass Konsumgüter für die Bevölkerung erst mal keine Priorität hatten. Alle mussten verzichten, um der jungen DDR zu Größe zu verhelfen, danach würde jeder seinen Anteil an den Früchten erhalten.

Es klopfte, unvermittelt stand Erich Mielke, Staatssekretär im Ministerium für Staatssicherheit, in der Tür. Michael war derart verdattert, dass er den Genossen gar nicht ausdrücklich begrüßte, was Mielke nicht weiter zu stören schien. Er war kein Mann umständlicher Reden. «Ich suche fähige Mitstreiter», kam er direkt zur Sache. «Schon als ich zum ersten Mal von Ihrer besonderen Begabung und Ihrem einzigartigen Gedächtnis hörte, wollte ich Sie kennenlernen.

Die wenigen Male, die ich mich mit Ihnen unterhalten habe, überzeugten mich, in Ihnen einen ehrgeizigen Genossen gefunden zu haben, der bereit ist, zu tun, was notwendig ist. Sind Sie interessiert?»

Michael starrte den mächtigen Mann der Partei an. «Was ... Wie meinen Sie das? Sprechen Sie vom Ministerium für Staatssicherheit?»

Mielke trat an Michaels Schreibtisch und ließ den Blick über die getippten Listen schweifen. «Das hier ist doch nichts für einen hochintelligenten Genossen wie Sie», sagte er verächtlich. «Sie sind jung und tatendurstig. Ein Mann für den Kampf, den wir jetzt brauchen für den Aufbau der Republik. Kommen Sie zu mir! Na, wie hört sich das an? Als Leutnant der Staatssicherheit.»

Michael sprang auf, stürzte hinter seinem Schreibtisch hervor und streckte Mielke die Hand hin. «Danke, danke für Ihr Vertrauen, Genosse Mielke. Auf gute Zusammenarbeit!», rief er, noch ganz überwältigt.

Später, beim Mittagessen, saß er mit einem Genossen zusammen, den er noch von seinen Anfängen bei der KPD kannte und der zu den MfS-Mitarbeitern der ersten Stunde gehörte.

«Weißt du, Gerd, was mich wundert? Warum haben sie Erich Mielke bei der Gründung des MfS im vergangenen Jahr nicht gleich zum Minister gemacht? Warum haben sie ihm diesen Wilhelm Zaisser vor die Nase gesetzt? Hast du mir nicht selbst erzählt, dass Mielke die ganze Aufbauarbeit geleistet hätte? Ist er nicht von Ulbricht für diese hervorragende Arbeit ausdrücklich belobigt worden? Das muss ein Affront für ihn gewesen sein.»

Gerd nickte, dann beugte er sich zu Michael über den Tisch, damit kein Unbefugter mithören konnte. «Ich denke, wenn es allein nach Ulbricht gegangen wäre, wäre Mielke Minister geworden. Es war Stalin, der ihm nicht vertraute, wie ich gehört habe.»

«Was?» Michael senkte sofort wieder die Stimme. «Das kann ich mir gar nicht vorstellen.»

«Nun, Zaisser ist ein langjähriger russischer Agent, ohne jeden Fleck auf seiner Weste.» Gerd warf noch einen Blick nach links und nach rechts, ehe er weitersprach. «Du weißt doch, dass Mielke während des Krieges in Frankreich und später in Belgien war. Zunächst interniert, gelang ihm die Flucht, aber wie genau, weiß man nicht. Für die Sowjets gehört er jedenfalls zu den *Westemigranten* und ist daher schon verdächtig.»

Michael war schockiert. «Die Sowjets misstrauen ihm?»

«Ja, und das aus gutem Grund. Wir haben letztes Jahr im August Reichsbahndirektor Kreikemeyer unter Spionageverdacht verhaftet und verhört. Der behauptete, Erich Mielke hätte während des Krieges in Frankreich unter dem Namen *Fritz Leistner* auf der Gehaltsliste der Amerikaner gestanden.»

«Das kann nur eine Verwechslung sein, oder? Das wurde im Laufe des Prozesses doch sicher geklärt!» Michael riss die Augen auf.

Gerd zuckte mit den Achseln. «Kreikemeyer starb kurz darauf, noch während er in Untersuchungshaft saß, völlig überraschend, und die Vernehmungsprotokolle verschwanden in der Versenkung. Dem unglaublichen Vorwurf wurde nicht nachgegangen.»

Michael lehnte sich zurück und überlegte. «Also war da vermutlich nichts dran. Für mich bleibt Mielke der geeignete Mann fürs Ministerium, keiner ist mit den Details so vertraut wie er. Das ganze Ministerium ist *sein* Werk.»

«Das hat er mir auch so erzählt.» Gerd grinste. «Und daher wird er nicht eher ruhen, bis diese Besetzung an der Spitze korrigiert wird.» Er löffelte den etwas künstlich rosa gefärbten und sehr süßen Nachtisch in sich hinein, dann grinste er noch breiter. «Heißt das jetzt, wir sind Kollegen?»

«Ja», bestätigte Michael und drückte Gerds Hand. «Ich freue mich darauf.»

♦

Anfang August fanden in Ostberlin die III. Weltfestspiele der Jugend statt. Ihre Premiere hatten sie 1947 in Prag, zwei Jahre später wurde die Jugend nach Budapest eingeladen – und nun versammelte sie sich in der noch jungen Deutschen Demokratischen Republik. Eine Ehre, wie die Führung immer wieder betonte. Aus ganz Deutschland reisten Schüler und Studenten in den Osten Berlins, um die Wettkämpfe aller Art anzuschauen und zwei Wochen lang an einem friedlichen Zusammensein der Nationen mitzuwirken. Von zwei Millionen war im *Neuen Deutschland* die Rede.

> 26000 Gäste aus 104 Staaten der Welt sind zu den Spielen angereist. Die Jugend der Welt kehrt zu Gast bei uns ein, und der Friede wird gut und uns näher sein!

Die vielen Besucher mussten natürlich irgendwo untergebracht werden, Hotels und Herbergen reichten kaum für die Prominenz aus dem Ausland. Für die DDR-eigene Jugend suchte man deshalb nach anderen Möglichkeiten. Unzählige Häuser waren durch Kriegsschäden noch immer unbewohnbar, anstelle abgerissener Ruinen waren meist noch keine neuen Häuser gebaut. Man musste improvisieren.

Soweit möglich, wurden in Schulen und Turnhallen Nachtlager errichtet. Auch Lilli und ihre Kollegen waren schon Tage vorher im Dauereinsatz.

Neben Lehrern waren jüngere Schüler mit ihren Pioniergruppen und – ab der achten Klasse – die Gruppen der Freien Deutschen

Jugend, die FDJler, eingespannt, die ihren Aufgaben mit Eifer nachgingen. Die Aussicht, mit anderen jungen Leuten – vor allem aus dem Ausland – zusammenzutreffen, war Ansporn genug. Andere Schüler wollten sich selbst sportlich beweisen und Medaillen erringen – für Partei und Vaterland oder auch nur für die heimische Wohnzimmervitrine, wo sie jedem Besucher stolz präsentiert werden konnten.

Auch Privatinitiative war gefragt. Hausgemeinschaften meldeten freie Betten und brachten Besucher in ihren Wohnungen oder auf Dachböden unter, was für alle Seiten aufregend war. Auf dem Dachboden, zwei Stockwerke über der Wagenbach'schen Wohnung, campierte eine Jungengruppe aus Ungarn, und zwei Mädchen aus Rostock schliefen die Woche über im Wohnzimmer auf dem Sofa und einem Bodenlager. Robert war nicht sehr begeistert über den Trubel, während die Zwillinge die um einige Jahre älteren Mädchen von der Ostsee neugierig ausquetschten.

Am 5. August zogen die Vertreter der teilnehmenden Länder mit ihren Fahnen feierlich in das neue Walter-Ulbricht-Stadion ein und wurden persönlich vom DDR-Präsidenten Wilhelm Pieck und dem FDJ-Vorsitzenden Erich Honecker begrüßt. «Es lebe der Führer und Bannerträger des Friedens in der Welt, der Lehrmeister der Jugend aller Länder, unser geliebter Josef Stalin», erklang es zur Einstimmung auf die Spiele des Weltbunds der demokratischen Jugend.

Lilli hatte für das Spektakel keine Karten mehr bekommen, daher lauschte sie mit Robert und den Mädchen der Übertragung im Radio.

Und es singt die Ukraine ihr blühendes Lied, und Jungafrika lacht in der Sonne. Das siegreiche China ins Stadion zieht und die

Warschauer Maurerkolonne. Klatscht beim Spaniertanz Kim aus Korea, grüßt Kitty aus Mexiko ihn, reichen Hände sich Jimmy und Thea im August, im August in Berlin.

Die Zwillinge sangen fröhlich mit und hatten gegen die Hymne nichts einzuwenden, Lilli dagegen tauschte mit ihrem Vater einen kritischen Blick aus. «Noch pathetischer geht es wohl nicht?», meinte sie und schaltete zum RIAS um, dem amerikanischen Sender, der aus dem Westberliner Ortsteil Schöneberg berichtete. Dort wurde Bundeskanzler Konrad Adenauer zitiert, der die Eröffnungsveranstaltung in Ostberlin als «kommunistischen Zwangsaufmarsch» bezeichnete. Die britische Labour Party hatte ihren jungen Mitgliedern gar bei Androhung des Parteiausschlusses die Teilnahme verboten.

Das alles interessierte Cornelia und Anne natürlich nicht, sie fieberten den Ereignissen entgegen und wollten unbedingt den großen Umzug für den Frieden sehen. Also machte sich Lilli am Sonntag mit den beiden in die Friedrichstraße auf. Sie selbst reizte so ein Propagandaspektakel nicht, aber sie wollte die Gelegenheit nutzen, um Johannes zu besuchen und mit ihm zu plaudern. Der Bahnhof Friedrichstraße war einer der zentralen Plätze der Stadt, und entsprechend viele Menschen drängten sich hier, um zuzusehen.

Johannes begrüßte die drei. Er hatte ein wenig Limonade für die Kinder zur Seite gestellt, die sich nun mit der Flasche in der Hand unter die Zuschauer entlang der Absperrgitter mischten. Schon am dritten Tag war Johannes das Bier ausgegangen, wie er Lilli erzählte, auch Zigaretten, Süßigkeiten und Schnaps waren Mangelware, denn neue Ware war so schnell nicht zu bekommen. Er ließ den Rollladen herunter, stellte das «Geschlossen»-Schild auf und setzte sich zu Lilli an den alten Tisch. Sie begnügten sich mit Kaffeeersatz, während der ferne Klang von Marschmusik zu hören war. Dann zogen die verschiedenen Gruppen am Bahnhofsplatz vorbei. Einige FDJler trugen sichtlich stolz ein mehrere Meter hohes, mit Tannengrün umkränztes Porträt von Staatssekretär Walter Ulbricht, andere schleppten ein kaum kleineres Bild von Marx und Engels, mit frischem Lorbeer bekränzt. Dahinter schritten Dutzende junge Mädchen, jedes ein Marx-Porträt an einer Stange in die Höhe gereckt. Die nächste Kapelle kündigte sich an, der Klangteppich ging von einem bekannten Kampf- und Fahnenlied zum nächsten über, meist im gleichmäßigen Vierertakt, zu dem man schön marschieren konnte.

Als die Parade vorüber war, stürmten die Kinder mit glühenden Wangen heran. «War das schön!», rief Cornelia, und Anne strahlte über das ganze Gesicht.

Johannes strich ihnen liebevoll über das Haar, zwinkerte Lilli aufmunternd zu und wünschte viel Spaß mit ihren jungen Gästen.

Ja, die Gäste! Sie schliefen nicht nur in ihren Privatunterkünften, sie mussten auch verköstigt werden. Die Erfahrung der vergangenen Jahre hatte Lilli gelehrt, zu planen und Vorräte anzulegen. Man konnte sich nicht darauf verlassen, spontan das zu bekommen, worauf man gerade Appetit verspürte. Zumal jetzt, mit so vielen zusätzlichen Essern in der Stadt. Es gab bereits zum Ende der ersten Weltspiele-Woche ernste Versorgungsengpässe. Die Läden waren wie leer gefegt und die Gemeinschaftsküchen für die DDR-Jugendlichen, die an Kriegszeiten erinnernde Suppen und Eintöpfe anboten, waren nicht sonderlich beliebt.

Da lud die Westberliner Stadtverwaltung über ihre Medien Jugendliche zu sich in den Westteil der Stadt ein, ließ Bananen und Zigaretten verteilen und lockte mit kostenlosen Kinobesuchen. Davon machten auch Lillis Gäste Gebrauch und folgten dieser Einladung erfreut.

Der Zorn der FDJ-Führung war schnell entzündet – und Erich Honecker reagierte trotzig. Sie wollten Besuch aus dem Osten? Den konnten sie haben! Er sammelte, noch während die Spiele in vollem Gang waren, zehntausend seiner Mitglieder und marschierte mit ihnen in militärisch sauberen Kolonnen nach Westberlin. Das wiederum wollte die dortige Polizei nicht dulden, was kurz darauf zu Krawallen und Straßenschlachten führte, bei denen Hunderte junge Leute verletzt wurden.

Lilli hörte davon aus erster Hand, denn Ilse kam für ein paar Stunden zu Besuch, um das Spektakel aus nächster Nähe zu betrachten.

«Ich denke nicht, dass das Politbüro über Honeckers Aktion erfreut war», überlegte Lilli. «Es kann nicht in Stalins Interesse sein, die Westalliierten derart zu provozieren. Aber ob Honecker für diese Aktion von Ulbricht einen Rüffel einstecken musste, weiß ich natürlich nicht. In den Zeitungen stand jedenfalls nichts.»

«Unsere Polizei hat sich auch nicht gerade mit Ruhm bekleckert», meinte Ilse. «Es wurde sogar ein Untersuchungsausschuss einberufen, der meinte, dass das Vorgehen ‹unverhältnismäßig› gewesen sei, so die Presse.»

Lilli sah sie nachdenklich an. «Siehst du, genau das ist der große Unterschied. Natürlich werden auch im Westen Fehler gemacht, es wird überreagiert oder auch etwas vernachlässigt, aber die Medien berichten offen darüber. Man darf diskutieren und sagen, was man denkt. Bei uns kannst du für Kritik an der Partei, dem Vorsitzenden oder den russischen Freunden verhaftet werden und für Jahre im Gefängnis oder einem Lager in Sibirien verschwinden.»

«Dann komm doch zu uns rüber!», schlug Ilse nicht zum ersten Mal vor, aber wie immer schüttelte Lilli den Kopf.

«Robert hängt an seiner Arbeit, und ich glaube, einen Wechsel würde er nicht verkraften. Außerdem scheint seine Verbindung zur Vergangenheit immer stärker zu werden. Manchmal, wenn die Mädchen schon im Bett sind und wir abends noch zusammensitzen, habe ich den Eindruck, dass er gar nicht bei mir ist. Wenn ich ihn darauf anspreche, winkt er ab.»

«So viele von uns hat der Krieg verändert. Und Robert war immer eher zurückhaltend, deine Mutter dagegen temperamentvoll und voller Lebensfreude.» Ilse strich Lilli über den Arm. «Wirkt sich diese Zerstreutheit auf seine Arbeit aus?»

Lilli schüttelte den Kopf. «Nein, nein, er findet in seinen Berechnungen Trost. Ich glaube, sie sind so etwas wie eine Art stabile, unveränderliche Zuflucht, an der er sich festhalten kann.»

«Aber er könnte doch auch für die Reichsbahn arbeiten, wenn ihr in Westberlin leben würdet», hakte Ilse nach.

«Nein, die Reichsbahn würde das bestimmt nicht gerne sehen. Er würde dann ja zu einem der verhassten Grenzgänger ...»

«... die im Osten billig wohnen und einkaufen und im Westen D-Mark verdienen», unterbrach sie Ilse. «Aber Robert würde es genau andersherum machen und weiter sein Geld im Osten verdienen.»

Lilli war nicht überzeugt. «Weißt du, Ilse, es geht ja auch um mich und die Mädchen. Bei mir in der Schule gäbe es Probleme, und mit meiner Ausbildung kann ich im Westen gar nicht unterrichten. Ich habe ja nicht studiert. Und die Zwillinge haben hier ihre Freunde ... Außerdem könnten wir uns eine Wohnung zu viert gar nicht leisten.»

«Du hast in vielem recht, aber Clara und ich sind ja auch noch da. Wir verdienen unseren Unterhalt im Westen und würden euch gerne unterstützen.»

«Nein!» Lilli schüttelte vehement den Kopf. «Ich werde mit meiner Familie nicht auf eure Kosten leben. Lassen wir es einfach, wie es ist. Wir besuchen uns auch weiterhin, so oft wir wollen. Es sind ja nur ein paar Haltestellen mit der Bahn. Das ist doch wirklich nicht zu aufwendig.»

♦

Der Tag der Einschulung in die 8. Volksschule Berlin-Mitte in der Gipsstraße am 1. September 1951 war schon aufregend gewesen und monatelang herbeigesehnt, auch wenn in den Schultüten nicht so viele Süßigkeiten zu finden waren, wie Cornelia und Anne vielleicht erhofft hatten. Dafür hatte Tante Ilse noch echte Schokolade und Kaugummis mitgebracht, die bei den Kindern im Osten der Stadt besonders selten und daher heiß begehrt waren. Ella hatte Kuchen gebacken, Johannes Limonade abgezweigt und Lilli die Kaffeetafel festlich gedeckt. Sogar Robert hatte sich freigenommen und spielte am Nachmittag mit den anderen Karten.

Die ersten Schulwochen verliefen problemlos. Lilli war den kurzen Schulweg von wenigen Minuten mit den Kindern ein paarmal gegangen, bis Cornelia protestierte: «Mama, das können wir alleine.» Die Mädchen besuchten dieselbe Klasse und durften nebeneinandersitzen. Auf der Schiefertafel wurden Buchstaben gemalt, die Zahlen von 1 bis 20 hatte Lilli ihnen bereits beigebracht. Doch nun fieberten die beiden dem 13. Dezember entgegen. Ab heute würden sie und alle anderen Erstklässler wirklich dazugehören!

Der «Pioniergeburtstag» stand bevor, an dem die Neuen feierlich bei den Jungpionieren aufgenommen wurden. Angetan mit einem kurzen blauen Rock zur weißen Bluse, machten sich die Zwillinge am Morgen noch zappeliger als sonst mit ihren Ranzen auf dem Rücken zur Gipsstraße auf. Dort wurden ihnen während einer Zeremonie, bei der die Rektorin Werschnitzky viel über die glorreichen Taten des Piniervaters Ernst Thälmann sprach, endlich die begehrten blauen Halstücher überreicht. Nun unterschieden sich

Cornelia und Anne nicht mehr von den anderen Jungpionieren der zweiten und dritten Klasse, wenn sie beim Fahnenappell ihren Platz einnahmen. Die älteren Schüler ab der vierten Klasse durften sich Thälmannpioniere nennen. Erst ab der achten konnte man Mitglied der FDJ werden, der Freien Deutschen Jugend der DDR, und das blaue Hemd mit dem Sonnenaufgangswappen am Ärmel tragen.

Nun standen sie also streng nach Gruppen sortiert in sauber ausgerichteten Reihen auf dem Schulhof. Das Kinn stolz gereckt, blickten die Kinder zur Fahne, die feierlich am Mast hochgezogen wurde.

Der FDJ-Vorsitzende der Schule rief die übliche Losung: «Für Frieden und Sozialismus. Seid bereit!»

Und aus den Kinderkehlen schallte es zurück: «Immer bereit!»

Die neu aufgenommenen Jungpioniere traten vor und sprachen im Chor die zehn Pioniergebote:

Wir Jungpioniere lieben unsere Deutsche Demokratische Republik.
Wir Jungpioniere lieben unsere Eltern.
Wir Jungpioniere lieben den Frieden.
Wir Jungpioniere halten Freundschaft mit den Kindern der Sowjetunion und aller Länder.
Wir Jungpioniere lernen fleißig, sind ordentlich und diszipliniert.
Wir Jungpioniere achten alle arbeitenden Menschen und helfen überall tüchtig mit.
Wir Jungpioniere sind gute Freunde und helfen einander.
Wir Jungpioniere singen und tanzen, spielen und basteln gern.
Wir Jungpioniere treiben Sport und halten unseren Körper sauber und gesund.
Wir Jungpioniere tragen mit Stolz unser blaues Halstuch.

Dann sangen Lehrer und Schüler gemeinsam das *Rote-Fahne*-Lied:

Hast du deine Waffe schon erkannt?
Halte hoch im Kampf die rote Fahne!
Trag sie täglich über Stadt und Land,
deine scharfe Waffe: «Rote Fahne!»

Zum Schluss trugen die Erstklässler mit großem Ernst das Lied *Kleine weiße Friedenstaube* vor, das sie in den Wochen zuvor einstudiert hatten:

Kleine weiße Friedenstaube, fliege übers Land;
allen Menschen, groß und kleinen, bist du wohlbekannt.
Du sollst fliegen, Friedenstaube, allen sag es hier,
dass nie wieder Krieg wir wollen, Frieden wollen wir.

Cornelia und Anne hielten sich an den Händen und sahen einander in die Augen. Sie mussten nicht darüber sprechen. Sie spürten beide, was für ein erhebender, wichtiger Tag der Pioniergeburtstag war.

«Es ist der Beginn, der euch alle zu besseren Menschen werden lässt», sprach die Rektorin feierlich. «Ihr gehört nun zu dieser Gemeinschaft, in der der Einzelne aufgehen wird.»

So ganz verstanden sie nicht, was das bedeuten sollte, aber es hörte sich großartig an.

«Und, wie war es?», erkundigte sich Lilli am Nachmittag, als sie von beiden Töchtern stürmisch umarmt wurde. Begeistert redeten Cornelia und Anne durcheinander und berichteten von jeder Kleinigkeit, die ihnen im Gedächtnis geblieben war.

Lilli hatte die Bilder klar vor Augen, die Fahnenappelle liefen in ihrer Schule ähnlich ab. Die Klassen mussten in Reih und Glied

Aufstellung nehmen – *wie Soldaten auf dem Paradeplatz*, dachte Lilli nicht zum ersten Mal –, und es wurden die immer gleichen Lieder geschmettert. Leider blieb es nicht dabei. Denn die Genossen drängten auch sie jedes Mal aufs Neue, sich mehr einzubringen für die sowjetische Freundschaft und für die Partei, doch bisher hatte sich Lilli erfolgreich allen Überredungskünsten, Mitglied in der SED zu werden, entzogen.

Kapitel 16

Mielke ließ Michael zu sich rufen. «Genosse Weber, ich habe einen Auftrag für Sie. Da können Sie sich bewähren und zeigen, was in Ihnen steckt.»

Michael streckte sich und hob die Faust zum Gruß. «Immer bereit, Genosse!»

«Das wollte ich hören, Leutnant», gab Mielke zurück, rief nach seiner Sekretärin, ließ Kaffee bringen und forderte Michael auf, auf einem der bequemen Sessel Platz zu nehmen.

«Sie wissen ja, dass wir viel zu viele illegale Grenzübertritte verzeichnen. Nicht nur hier in Berlin, die Grüne Grenze ist überall noch offen. Ganze Familien gehen mit Sack und Pack und entziehen unserer Republik nicht nur ihre Arbeitskraft, sondern auch Vieh und Vermögenswerte, die sie mit in den Westen nehmen.»

«Und dem soll jetzt ein Riegel vorgeschoben werden, ich meine, endgültig?», schlussfolgerte Michael.

«Genau! Vor ein paar Tagen wurde die *Verordnung für Maßnahmen zur Sicherung der Demarkationslinie* beschlossen und ich mit deren Umsetzung betraut.»

Michael nippte an seinem Kaffee, nahm erneut Haltung an und hörte gebannt zu.

«*Aktion Ungeziefer* ist der Deckname», fuhr Mielke fort. «Wir werden einen Sicherheitsstreifen entlang der gesamten Grünen Grenze einrichten. Dort dürfen nur noch vertrauenswürdige Leute wohnen und sich aufhalten. Das wird natürlich regelmäßig kontrolliert. Wer keine Genehmigung vorweisen kann, wird festgesetzt.»

«Und wie genau wollen Sie vorgehen?»

«Alle SED-Sekretäre in den Rathäusern sind bereits informiert. Sie befragen ihre Vertrauten vor Ort und senden uns ab sofort Listen mit den Namen von Leuten mit Westkontakten, alten Faschisten, Kirchgängern und Bauern, die ihr Soll nicht erfüllen.»

Ein paar Tage später bekam Michael eine eigene Liste mit Namen und Adressen. Sein Auftrag lautete, ins thüringische Meiningen zu fahren, um die Aktion zu überwachen. Schon im Vorfeld hatte Michael die nötigen Polizeikräfte organisiert, die auf den Straßen rund um die betroffenen Orte größere Fahrzeuge requirierten und zu ihren Einsatzorten beorderten; die Lastwagenfahrer wurden zwangsverpflichtet.

Als Michael in Meiningen eintraf, wurde er vom dortigen Kreisvorsitzenden freundlich begrüßt. Der Genosse sicherte ihm seine volle Unterstützung zu, um den *Klassenauftrag* gewissenhaft umzusetzen. Michael hatte den Verladebahnhof Grimmenthal als erste Sammelstelle bestimmt. Die Orte, um die es ging, waren Bettenhausen, Meiningen, Grimmenthal und Schwarza-Bettenhausen. Zu seinen Aufgaben als Vertreter des MfS gehörte es auch, Männer, die ihm geeignet erschienen, zu benennen. Sie sollten mit den Bürgermeistern zusammen für einen reibungslosen Ablauf sorgen. Michael selbst übernahm Bettenhausen, von wo allein vierzehn Familien umgesiedelt werden sollten.

Los ging es am 5. Juni mit der Aufforderung an die betroffenen Familienvorstände, sich mit allen Ausweispapieren der Familie in ihrem Bürgermeisteramt einzufinden. Michael nahm Unsicherheit wahr, Furcht, aber auch unterdrückte Aggression und versuchte, sich davon nicht irritieren zu lassen. Es ging einzig darum, den Auftrag auszuführen. Befehl und Gehorsam. So funktionierte das.

«Was soll das?», rief einer der Bauern. «Wie kann ich mein Soll erfüllen, wenn ihr mich vom Arbeiten abhaltet? Ich muss aufs Feld und das Wetter ausnützen.»

«Das ist heute nicht wichtig», sagte Michael mit Nachdruck. Hier würde keiner wagen, sich ihm oder seinen Männern zu widersetzen. «Kümmern Sie sich darum in Ihrer neuen Heimat, Sie alle werden umgesiedelt. Es geht um einen Beschluss der Partei, die unsere Grenze vor möglichen Übergriffen des Feindes schützen muss. Wir brauchen Unterkünfte für die Grenztruppen, die zu unser aller Sicherheit hier stationiert werden.»

Michael hob die Stimme, um das anschwellende Gewirr an Protesten zu übertönen. «Sie haben zwei Stunden Zeit, um Ihre Sachen zu packen. Transportmöglichkeiten stehen zur Verfügung. Alles Weitere erfahren Sie bei der Sammelstelle am Verladebahnhof in Grimmenthal.»

Von den Vopos abgeschirmt, verließ er den Versammlungssaal und ging nach draußen, um auf den als besonders kritisch eingestuften Gehöften selbst nach dem Rechten zu sehen und, wenn nötig, durchzugreifen. «Wenn Sie weniger mit mir diskutieren und die Zeit stattdessen nutzen würden, um zu packen, hätten Sie mehr davon», sagte er zu einem anderen Bauern, der ihn erregt anschrie, er habe alte Eltern und kleine Kinder, die Ulbricht und seine Handlanger doch nicht einfach deportieren könnten.

Michael zeigte so etwas wie ein Lächeln. «‹Deportieren›? Ich bitte Sie. Keiner will Sie nach Sibirien bringen. Sie ziehen nur in ein anderes Dorf, bekommen andere Felder zugewiesen, die Sie bearbeiten, und Sie dürfen Ihre Habseligkeiten mitnehmen.»

Der Bauer zeigte erst auf das zweistöckige Wohnhaus und die Nebengebäude und dann auf den einen Transporter, der ihm und seiner vielköpfigen Familie zur Verfügung gestellt wurde. «Was kann ich in zwei Stunden mitnehmen? Was passt da rein? Wir haben alte Möbel, über Generationen vererbt. Wir haben Vieh und Maschinen!»

«Jeder bekommt in der neuen Heimat alles, was ihm zusteht. Das kann ich Ihnen versichern.»

Doch statt sich zu beruhigen, wetterte der Bauer weiter. «Hören Sie sich eigentlich selber zu? Sie tauchen hier auf und entwurzeln Familien, die niemals etwas verbrochen haben. Zwei Stunden, um ein Leben über Generationen an diesem Ort auszulöschen? Wie zynisch kann man sein, solches Unrecht zuzulassen? Das ist von oben organisierter Diebstahl!»

Michael blieb äußerlich gelassen. «Ich verstehe jetzt, warum gerade Ihr Name auf der Liste steht.» Er streckte die Hand aus. «Sie können mir die Schlüssel zum Haus gleich geben. Sie müssen nicht abschließen, wenn Sie gehen.»

Vielleicht wäre ihm der Bauer an den Kragen gegangen, wenn nicht seine Frau mit einem Säugling auf den Armen herausgekommen wäre und ihn angefleht hätte, ihr beim Packen zu helfen. «Und Sie besorgen uns noch ein zweites Transportfahrzeug! Das können Sie uns nicht verwehren», forderte sie Michael mit emporgerecktem Kinn auf. «Meine alten Schwiegereltern werden nicht auf der Ladefläche mitfahren!»

Sie weinte stille Tränen und versuchte dennoch, stark zu bleiben und das Beste für die Familie aus dem Unvermeidbaren herauszuholen. Das berührte Michael mehr als das Poltern ihres Mannes.

«Das ist kein Problem, ich werde das veranlassen.» Er nickte seinen Männern zu und ging, konzentriert auf das, was jetzt wichtig war. Das Ehepaar gab sich geschlagen und kehrte ins Haus zurück.

Im Bewusstsein, dem Vertrauen, dass das Ministerium in ihn gesetzt hatte, gerecht geworden zu sein, nahm Michael vom 9. bis zum 12. Juli 1952 an der II. SED-Parteikonferenz teil. Hatte Walter Ulbricht 1945 noch gesagt, es müsse «demokratisch aussehen, aber wir müssen alles in der Hand haben», so klang der Generalsekretär der SED inzwischen noch entschiedener: «Das Bewusstsein der Arbeiterklasse ist so weit entwickelt, dass der Aufbau des Sozialismus zu unserer grundlegenden Aufgabe geworden ist. Die Verschärfung des Klassenkampfes ist unvermeidlich. Die Werktätigen müssen den Widerstand der feindlichen Kräfte brechen!»

Wobei er mit den *Werktätigen* eigentlich die Führung der Partei meinte, das war nicht nur Michael klar. Und mit den feindlichen Kräften, von denen er sprach, war nicht nur das faschistische Ausland gemeint, sondern jeder, der gegen die Pläne der Partei etwas einzuwenden hatte. Michael schürzte die Lippen. Der Aufbau des Sozialismus erforderte höchste Anstrengungen. Dazu gehörten betriebliche Enteignungen, die Kollektivierung der Landwirtschaft und die Absicht, die Macht der Kirche zu beschneiden.

Wobei es jedoch nicht allein um die inneren Angelegenheiten der DDR ging. Dies hier war der Klassenkampf gegen den Westen, wozu eine weitere Maßnahme passte, die Generalsekretär Ulbricht postulierte: die Militarisierung.

Und es blieb nicht bei wohlformulierten Parteitagsbeschlüssen. Nicht nur die Abriegelung der Grenze wurde massiv betrieben. Im selben Zug übernahm die Partei mit ihren Kadern alle wichtigen Sektoren: Boden, Produktion, Finanzen. Die Schwerindustrie sollte massiv ausgebaut werden. Die *Kasernierte Volkspolizei* wurde als Ersatz für eine eigene Volksarmee geschaffen, die es laut Vier-Mächte-Abkommen *noch nicht* geben durfte. Der Aufbau der sozialistischen Strukturen in der Landwirtschaft durch die Landwirtschaftlichen Produktionsgenossenschaften (LPGs) und in der Industrie durch die Volkseigenen Betriebe (VEBs) wurde vorangetrieben. Gleichzeitig stiegen die Steuern für alle selbstständigen Ladenbesitzer,

Händler oder Landwirte. Irgendwie musste der Umbau ja finanziert werden. Und wer sein Soll nicht erfüllen konnte oder wollte, dem drohten empfindliche Strafen. Enteignungen und hohe Gefängnisstrafen waren an der Tagesordnung.

Michael verfolgte die Entwicklung genau und fühlte sich mitunter zwischen Parteitreue und gesundem Menschenverstand zerrissen. Was passierte da? Bestraft und verurteilt wurde nicht der Klassenfeind – die Faschisten und Kapitalisten im Westen. Ins Visier gerieten unzählige Bauern und Arbeiter, für die die DDR doch gegründet worden war, oder nicht?

Michael war entsetzt, als er von einem Heizer hörte, der ein paar Kohlen mit nach Hause genommen hatte, von einer Bäckersfrau, die nicht verkauftes Brot weitergegeben hatte, und von Leuten, die über abgeerntete Felder zogen und die Reste einsammelten: Sie alle sollten für Jahre ins Gefängnis. Er spürte, wie saure Galle in ihm aufstieg.

Was hatte Erich Mielke erst gestern gesagt? Kollateralschäden seien unvermeidbar. Aber hier ging es um Zehntausende! Waren nur sie schuld daran, dass sich die Versorgungslage im Osten verschlechterte? Noch immer gab es auf viele Grundnahrungsmittel Lebensmittelmarken, und es war kein Ende in Sicht. Im Westen waren diese Marken seit mehr als einem Jahr abgeschafft.

♦

Wie jeden Mittwochnachmittag trafen sich die jungen Pioniere nach dem Unterricht, um im Wettstreit mit den anderen Pioniergruppen «Gutes zu tun und zu helfen, den Sozialismus zum Wohle aller zu stärken».

Lilli wusste nicht, ob sie lachen oder eher den Kopf schütteln sollte, als Anne ihr den Sinn des Vorhabens mit pathetischen Worten ankündigte, die sie offensichtlich auswendig gelernt hatte. Sie sah zu Cornelia hinüber, die ihren Blick mit einem spitzbübischen Grinsen erwiderte.

«Na, was habt ihr vor?», fragte Lilli.

«Wir ziehen in kleinen Gruppen los und sammeln bei den Leuten Glasflaschen und Altpapier. Damit in unserer Republik keine wertvollen Rohstoffe verschwendet werden», erklärte Anne. In der vergangenen Woche hatten die beiden bei älteren Leuten, die in der Umgebung der Schule wohnten, mit Begeisterung Kohle aus den Kellern in die Wohnungen hochgetragen.

Lilli fragte sich nicht zum ersten Mal, warum sie eigentlich die eigenen Kohleeimer fast immer selbst schleppen musste ... Nun ja, bei ihr gab es dafür weder eine glänzende Anstecknadel noch eine Urkunde, sie hatte nur warmes Badewasser und heißen Kakao zu bieten.

Am Abend kamen die Mädchen mit stolzgeschwellter Brust zurück und machten sich hungrig über ihre Nudeln mit roter Sauce und Würstchen her.

«Wir haben gewonnen!», verkündete Cornelia. «Beim nächsten Fahnenappell werden wir gelobt.»

Nach dem Essen zeigte Anne ihrem Großvater und Lilli das Pioniergruppenbuch, in das jede Aktion säuberlich eingetragen wurde. Bei den Thälmannpionieren erledigte das der Gruppenbevollmächtigte selbstständig. Für die Jungpioniere schrieb die Lehrerin den gewünschten Eintrag noch genau vor, sodass die achtjährige Anne die Worte nur abmalen musste, was sie ernsthaft und fleißig sogleich erledigte. Ihre Schrift war noch etwas ungelenk, sie arbeitete aber sauberer als ihre Schwester, die ihre Hausaufgaben recht flüchtig erledigte, sodass Robert ihr schon öfters die Übungen auf der Schiefertafel gelöscht und sie diese zu Cornelias Ärger noch einmal hatte schreiben lassen.

Lilli tat ihren Töchtern den Gefallen, das Werk zu bewundern und sie für ihren *Einsatz für den Sozialismus* kräftig zu loben.

Wir wollen fröhlich sein und viele nützliche Taten vollbringen, hatte Anne geschrieben. Daran war nichts Verkehrtes, dachte Lilli, und dennoch hatte sie ein seltsames Gefühl, wenn sie las, was die Leiterin der Pioniergruppe auf das Deckblatt geschrieben hatte: *Wir wollen der Kinder gedenken, die nicht so glücklich sind, in einem sozialistischen Land leben zu dürfen.*

♦

Auf Sport wurde nicht nur in der Schule großen Wert gelegt. Und wenn irgend möglich, fand er draußen statt, was angesichts der wenigen Sporthallen, die sich zudem mehrere Schulen teilen mussten, kein Wunder war; der Aufbau des Sozialismus brauchte Kraft und Geduld. Schwimmbäder waren Luxus, aber das Laufen ging eigentlich immer, und wenn es in einem der Parks stattfand. Dort im Gras war es mit den dünnen Sohlen der Turnschläppchen angenehm zu laufen – zumindest, wenn es nicht regnete oder gar schneite, wobei es laut Turnlehrer Kronewitz eh kein schlechtes Wetter gab. Er war als einfacher Soldat im Winter zu Fuß bis Stalingrad gelaufen und wieder zurück, da würde es einem Schüler nicht schaden, bei Wind und Wetter eine Stunde durch den Park zu rennen! Anne maulte immer ein wenig. Sie liebte es, wenn der Sportunterricht ab und zu in einer etwas weiter entfernten Halle stattfand, dort Matten ausgelegt wurden und sie am Boden turnten. Die eleganten Bewegungen, Sprünge und Drehungen machten ihr Spaß. Cornelia dagegen war wie ein «Gepard», wie Anne sie scherzhaft nannte. Eine geborene Läuferin, die weder Erschöpfung noch schmerzende Füße kannte. Wenn sie lief, dann lief sie, und das schneller als jeder andere Schüler in ihrer und der nächsthöheren Klasse.

«Warum rennst du nur so gern durch die Gegend?», fragte Anne, die gleichzeitig stolz auf die Erfolge ihrer Schwester war.

Cornelia zuckte dann mit den Achseln und grinste. «Es fühlt sich einfach gut an. Und am schönsten ist, wenn ich als Erste im Ziel bin.»

An diesem Samstag fiel der Sportunterricht leider aus, da alle Schüler zur Kartoffelnachlese rausfuhren. *Subbotanik* sagten die Kinder zu so einem «freiwilligen» Arbeitseinsatz zum Wohle der Allgemeinheit, denn da sie meist samstags nach dem Unterricht stattfanden, wurden sie nach dem russischen Wort für Sonnabend – *Subota* – bezeichnet.

Heute also die Kartoffellese auf den abgeernteten Feldern nördlich der Landsberger Chaussee. Sie teilten sich in Dreiergruppen auf und sammelten die Kartoffeln ein, die bei der Haupternte vergessen worden oder verloren gegangen waren. Am Ende winkten Ehrennadeln und Belohnungen für die schwersten Kartoffelsäcke. Die Arbeit an sich war recht langweilig, doch die Säcke füllten sich. Irgendwann überholten Cornelia, Anne und ihre Freundin Bettina die drei Jungen, die sich die Nachbarfurche entlangarbeiteten.

«Mädchen, Streber!», riefen die Jungen ihnen zu.

«Jungs, Faulenzer», gab Cornelia zurück.

Zisch! Eine kleine Kartoffel flog knapp an ihrem Ohr vorbei. Aber da hatten sie sich mit der Falschen angelegt.

«Deckung!», befahl Cornelia, duckte sich und schleuderte eine angematschte Kartoffel zurück, die den dicken Justus mitten auf die Brust traf. Anne tat es ihrer Schwester gleich und erwischte Stefan so hart am Knie, dass der vor Schmerz aufjaulte.

Die Mädchen jubelten. «Wir sind von der Artillerie. Nehmt euch in Acht!»

Ein paar Minuten lang flogen die Geschosse hin und her, bis

die Leiterin der Pioniergruppe wie aus dem Boden gewachsen vor ihnen stand.

«Was ist hier los? Meldung!»

Die Kinder duckten sich unter ihrem Blick, dann trat Cornelia mutig hervor, reckte sich und erhob die Faust zum Pioniergruß. «Melde, die Kartoffeln gesammelt und außerdem geübt zu haben, die angreifenden Faschisten mit Handgranaten außer Gefecht zu setzen.»

Justus presste sich die Hand auf den Mund, um nicht laut loszuprusten.

Die Pionierleiterin ließ ihren Blick über die Kinder schweifen und sagte dann streng: «Den Feind zu bekämpfen, das ist sehr gut, Pioniere! Aber nicht mit guten Kartoffeln, die für unsere Werktätigen bestimmt sind. Also Marsch, zurück an die Arbeit. Von einem offiziellen Verweis werde ich ausnahmsweise absehen.»

Am Abend waren alle Kinder schmutzig und müde. Die Muskeln schmerzten, aber sie durften zur Belohnung einige Kartoffeln mit nach Hause nehmen. Und Lilli erwartete ihre beiden Mädchen mit warmem Badewasser und heißem Kakao. Diesmal hatte der Großvater die Kohlen aus dem Keller geholt.

Cornelia und Anne machten sich über Kakao und Kekse her und berichteten abwechselnd von dem aufregenden Tag auf den Feldern. Lilli und Robert hörten aufmerksam zu.

«Das erinnert mich an die Einsätze mit meinen Klassen im Sommer 1950», erzählte Lilli. «Wir mussten auf den Kartoffelfeldern Unkraut jäten und vor allem Kartoffelkäfer absammeln. Die waren in jenem Sommer eine ganz große Plage.»

Anne schüttelte sich. «Igitt!»

«Mit ihren Streifen sind die doch ganz hübsch», widersprach Cornelia.

«Die haben damals nicht nur Pioniere zu den Feldern rausgefahren», erzählte Robert. «Die Kartoffelvorräte waren so knapp, dass mit Lastwagen alle möglichen Hilfskräfte rangeholt wurden. In den Zeitungen stand, dass wir diese Plage dem Westen verdanken. Eine Verschwörung gegen unseren aufstrebenden Arbeiter-und-Bauern-Staat!»

«Die Käfer sind Faschisten?» Cornelia kicherte.

Robert schüttelte lächelnd, aber entschieden den Kopf. «Nein, das sind sie nicht. Aber es hieß, die Amerikaner hätten die Käfer mit ihren Flugzeugen über unseren Feldern abgeworfen, um uns zu schaden.»

«Wirklich?» Anne sah fragend von ihrer Mutter zum Großvater.

«Diesen Unsinn hat vermutlich keiner geglaubt», antwortete Lilli, legte sich dann aber rasch die Hand vor den Mund. «Das dürft ihr in der Schule aber nicht sagen!»

Die Zwillinge hoben die Finger zum Schwur. «Natürlich nicht. Großes Pionierehrenwort!»

Es war ja nicht das erste Mal, dass ihre Mutter sie darauf hinwies, dass nicht alles, was in der Familie gesprochen wurde, geeignet war, in der Schule wiederholt zu werden.

♦

Es war an einem Samstagabend und schon fast dunkel, als Lilli müde von der Straßenbahnhaltestelle in die Linienstraße einbog. Sie nahm weiterhin regelmäßig an Fortbildungskursen teil, um bald auch Klassen der Oberstufe unterrichten zu dürfen. Da es nach wie vor an geeigneten Lehrkräften mangelte und viele der Neulehrer nur eine rudimentäre eigene Schulbildung mitbrachten, war Rektor Hübner über Lillis Ehrgeiz froh und unterstützte sie in ihren Bemühungen.

Die Füße taten ihr weh. Sie hielt kurz inne und schlüpfte aus ihrem linken Schuh. Sie brauchte dringend neue Schuhe, doch es gab nirgends etwas Passendes. Zum Glück war sie demnächst mit Ilse und Clara verabredet, in Westberlin war das Angebot größer, da würde sie schon das richtige Schuhwerk finden. Allerdings zu astronomischen Preisen. Der Umtauschkurs der Ostmark zur D-Mark schwankte zwischen 4:1 und 5:1, was sie sich von ihrem Lehrerinnengehalt nicht leisten konnte. Aber sie hatte noch ein Geschenk gut bei Ilse.

Lilli war in Gedanken noch bei ihren schmerzenden Füßen, als sie einige Meter vor sich Ella entdeckte, die sichtlich erschöpft dem Hauseingang zustrebte. *Arme Ella*, dachte Lilli. Sie arbeitete zwar schon lange nicht mehr auf dem Bau, aber Schweinehälften in der Kühlkammer des Fleischermeisters in der Münzstraße zu zerlegen, war auch kein Zuckerschlecken. Lilli schlüpfte wieder in ihren Schuh und wollte sich gerade bemerkbar machen, als von hinten ein großer schwarzer Wagen angebraust kam, um dann abrupt neben Ella zu halten.

Lilli sah, wie Ella zusammenzuckte, und ihr selbst blieb jeder Laut in der Kehle stecken. Die beiden rechten Türen der Limousine öffneten sich, zwei Männer stiegen aus. Ella hob abwehrend die Hände, und Lilli war es, als könne sie Ellas Panik beim Anblick dieser Männer in ihren langen dunklen Mänteln bis in ihre Eingeweide spüren. Was sollte sie tun?

Sie erinnerte sich an ähnliche Situationen. Früher war es die Gestapo, nach dem Krieg Stalins Geheimpolizei *Tscheka*, heute kamen die Männer im Auftrag des Ministeriums für Staatssicherheit. Es waren stets die gleichen Typen, die dieselbe Angst verbreiteten. Lilli dachte mit Furcht daran, wie viele Menschen allein aus ihrem Viertel spurlos verschwunden waren. Verschleppt, verhört, ohne Verfahren abgeurteilt und für Jahre in Gefängnisse oder Lager verbracht. Nur ganz wenige waren irgendwann wieder aufgetaucht –

abgemagert, verstört, sprachlos. Dennoch ahnte jeder, was sie erlebt hatten.

Steig nicht ein!, schrie eine Stimme in Lilli, aber sie brachte keinen Ton heraus, während Ella, die Handtasche fest an sich gedrückt, in den Fond des Wagens kletterte.

♦

Ella fühlte sich unsicher, ja ängstlich. Was wollten die Männer von ihr? Auf ihre Frage hatte sie keine Antwort bekommen. Sie wusste auch nicht, wo sie sich befand, als der Wagen in einen Hof fuhr und man Ella anwies auszusteigen. Bemüht höflich forderte einer der Unbekannten sie dann auf, ihm zu folgen.

Waren die Männer vom Staatssicherheitsdienst? Ging das MfS so rücksichtsvoll mit Gefangenen um? Ella wurde eiskalt. Sie rechnete mit dem Schlimmsten, riss sich aber zusammen. Doch statt zu einem Gefängniskerker wurde sie in ein Büro geführt, wo man sie aufforderte, Platz zu nehmen. Ella sank auf den Stuhl und versuchte, den starren Blick zu ignorieren, mit dem Stalin sie aus einer großen Fotografie heraus anstarrte. Natürlich hing auch Ulbrichts Konterfei an der Wand und daneben das Porträt eines Mannes, den sie nicht kannte. Ihr Kopf schnellte herum, als sie das Öffnen der Tür vernahm.

«Guten Tag, Mutter», sagte eine Stimme, die sie viele Jahre nicht vernommen hatte.

Ella sprang auf und starrte den dunkelhaarigen Mann in Uniform an, der nun die Tür hinter sich schloss.

«Darf ich dir etwas anbieten? Kaffee oder ein Bier?»

«Michel!», stieß sie fassungslos aus. Michel, ihr Sohn, stand vor ihr, den sie seit den Kriegstagen nicht mehr gesehen hatte. Tränen schossen ihr in die Augen, das Herz raste. «Wo ... Wo kommste denn her? Du ... Du hast mir gesagt, du gehst nach Moskau ... dann warste weg ... hast dich nie mehr gemeldet.»

Michael trat hinter den Schreibtisch, nahm Platz und forderte seine Mutter auf, sich ebenfalls hinzusetzen. Spröde erwiderte er: «Wundert dich das? Ich dachte, genau das hättest du damals mit deiner schonungslosen Offenlegung bezweckt?»

Ella hielt sich fest an ihrer Handtasche, ihr Herz klopfte, die Beine zitterten. Was sollte sie sagen, wie sollte sie reagieren? Ihr Sohn saß wie ein Wildfremder vor ihr. Sie schüttelte den Kopf. «Ich konnt das doch nich weiterlaufen lassen. Das war nich richtig. Aber ich wollt keinem von euch wehtun. Vor allem nich dir.»

«Das glaube ich dir sogar. Du warst schon immer ein herzensguter Mensch. Für Lilli kann ich nicht sprechen, für mich war es ein Schock, der mich völlig aus dem Gleichgewicht gebracht hatte und mit dem ich lange gehadert habe. Immer wieder habe ich mich gefragt, warum sonst keiner auf die Idee gekommen war, uns rechtzeitig die Wahrheit zu sagen.»

Ella hob die Schultern. «Ich denk, Johannes weiß es, die andren wohl nich. Da hat niemand drüber gesprochen.»

Michel verschränkte die Arme vor der Brust. «Siehst du, und genau das werfe ich der ganzen Bande vor. Lieber wird der Schein bornierter Bürgerlichkeit gewahrt und eine heile Welt vorgespielt, als zu den Tatsachen zu stehen, bis es irgendwann zu spät war.»

«Michel, glaub mir. Ich hab's nich kommen sehen. Bitte sei mir nich mehr böse.»

Angesichts ihrer ehrlichen Bestürzung stand Michael auf, zog seine Mutter vom Besucherstuhl und umarmte sie fest. «Ich bin dir nicht böse. Nicht mehr. Aber ich musste damals erst mal sehen, wie es für mich weitergehen konnte. Nachdem die SS mich auf dem Kieker hatte und fast totschlagen ließ, war es die einzig mögliche Entscheidung, mit Genosse Obermann nach Moskau zu gehen.

Eine Entscheidung, die ich im Übrigen nie bereut habe!» Er löste sich von ihr und trat zurück, sodass sie seine Offiziersuniform bewundern konnte.

Ella tat ihm den Gefallen. «Aus dir is was geworden!»

«Stimmt. Ich habe die Chance, unser Land mitaufzubauen und Karriere zu machen. Tja, und Lilli hat sich ja auch schnell über meinen Verlust hinweggetröstet, nicht wahr?»

«Ich weiß nich.» Ella zögerte. «Wir ham nich viel über so was geredet. Es war Krieg, andres war wichtig.»

«Und der Vater der Kinder? Weißt du nichts über ihn?»

Sie wand sich. «Nee, sie hat nie was gesagt.»

«Nun gut, das ist alles längst vergangen und interessiert mich nicht mehr. Aber du, Mutter, du interessierst mich. Du hast viel für mich geopfert, das weiß ich. Ich will, dass du jetzt ein bequemes und schönes Leben hast und nie wieder in einer zugigen Dachkammer hausen musst wie früher, als ich klein war. Und dann diese Arbeit beim Fleischer! Das sollen jüngere, kräftigere Werktätige übernehmen.»

«Ich komm schon klar, Michel», widersprach sie. «Aber diese Männer in ihrem feinen Auto ... die ham mich zu Tode erschreckt!»

Michael legte seiner Mutter beschwichtigend die Hand auf die Schulter. «Das tut mir ehrlich leid. Aber sie wissen nicht, warum ich dich holen ließ. Und dabei sollte es auch bleiben.»

♦

Lilli stand unter Hochspannung. Selbst Robert und den Zwillingen blieb das nicht verborgen. Hunger verspürte sie nicht. Sie hatte keinen Appetit mehr auf Wurstgulasch mit Kartoffeln. Lilli hatte von dem dunklen Wagen und den Männern, die Ella mitgenommen hatten, berichtet. Sie wählte ihre Worte vorsichtig, um die Mädchen nicht zu ängstigen, doch vielleicht hätte sie sich mehr Sorgen um ihren Vater machen sollen. Der blickte sie zu Tode erschrocken an, obgleich er nie ein enges Verhältnis zu Ella gehabt hatte.

«Ist das denn nie zu Ende?», sagte er in einem rauen Flüsterton. «Erst die Nazis, dann die Russen und heutzutage die Geheimpolizei vom K5.»

Cornelia und Anne blickten hin und her, entschieden sich aber stillschweigend, keine Fragen zu stellen. Lieber löffelten sie ihre süße Nachspeise und hörten unauffällig zu, um nicht etwa aus dem Zimmer geschickt zu werden.

«Die gehören jetzt zum neuen Ministerium für Staatssicherheit», korrigierte Lilli, «aber egal, wie sie sich nennen, es ist Terror gegen Menschen und Meinungen. Ich frage mich nur, wie um alles in der Welt ausgerechnet Ella in ihren Fokus geraten sein konnte. Ist sie nicht *die* Arbeiterfrau, die sich die Partei wünscht?»

«Vielleicht hat sie sich im Ton vergriffen? Ein kleiner Hinweis bei geeigneter Stelle, so hat das schon immer funktioniert», vermutete Robert.

Die Treppe draußen knarzte, dann vernahmen sie das Klappern von Absätzen, die an der Wohnungstür vorbei in den nächsten Stock unterwegs waren. Lilli sprang auf, lief zur Tür und riss sie auf. «ELLA!»

«Lilli, is was passiert?», fragte Ella, als Lilli sie ungestüm in den Arm nahm.

«Das will ich von *dir* wissen! Ich hab gesehen, wie sie dich abgeholt haben!» Sie griff nach Ellas Arm und zog sie in die Wohnung. Das war kein Gespräch fürs Treppenhaus!

Ella nickte Robert zu, gab den Kindern einen Kuss auf die Wange und nahm die letzte Portion Wurstgulasch dankend an. Doch selbst nachdem der Teller leer war und die Mädchen in ihren Betten lagen, blieb sie wortkarg und sprach nur vage von einer Verwechslung.

«Is nix passiert. Müsst euch kein Kopp machen», versicherte sie, doch Lilli glaubte ihr kein Wort.

«Was haben die dir angetan?», drängte sie unter Tränen.

«Ach, Lilli, Schatz, es war nix Schlimmes. Ehrlich. Die ham mir richtigen Kaffee angeboten.»

«Die MfS-Leute?» Lilli richtete sich auf und starrte Ella ungläubig an.

Diese seufzte tief. «Es war mein Michel, der hat den Wagen geschickt. Er wollt nur mit mir reden.»

Lilli presste sich die Handflächen gegen die Brust. Sie warf Robert einen Blick zu, brauchte Zeit, ehe sie ihre Stimme unter Kontrolle hatte. «Michael? Er ist in Berlin ... und ... arbeitet für das MfS?»

«So genau weiß ich das nich. Gesagt hat er nix. Hat aber 'ne gute Uniform angehabt.»

Über Lilli brachen so viele Fragen herein, doch dann fragte sie nur: «Wie geht es ihm?»

Ella sah verlegen zu Boden. «Gut.»

Hat er nach mir gefragt? Weiß er von den Kindern? Hat er irgendeinen Grund genannt, warum er plötzlich verschwunden ist und uns verlassen hat? Warum er sich nie gemeldet hat, wenn er doch in Berlin ist?

Lilli standen Tränen in den Augen. Noch immer sah Ella sie nicht an, und Robert schwieg. Er wirkte verwirrt. Mit großen Emotionen hatte ihr Vater nie umgehen können.

«Ich geh jetzt hoch», murmelte Ella. «Ich bin müde.»

Und dann ging sie. Zog die Wohnungstür leise hinter sich zu und ließ Lilli mit ihrem Chaos sich überschlagender Gefühle zurück.

♦

Am nächsten Morgen ließ sich Michael beim Staatssekretär des MfS anmelden. Mielkes Sekretärin führte ihn in sein Büro.

«Ah, Genosse Weber, was gibt's?»

Michael trat vor den Schreibtisch. «Ich habe nie Privilegien noch sonst was verlangt», begann er vorsichtig.

«Bis heute, nicht wahr?» Mielke sah ihn an, ein breites Lächeln im Gesicht.

Michael nickte. «Ja. Ich möchte wissen, ob es möglich wäre, eine Wohnung in gutem Zustand zu bekommen. Zwei Zimmer, denke ich.»

«Ah, Sie wollen umziehen. Bestimmte Wünsche?»

«Nein, nein, die Wohnung ist nicht für mich. Sie ist für meine Mutter, eine schwer arbeitende Werktätige, die in den Trümmern geschuftet hat, auf dem Bau und nun im Kühlhaus eines Fleischers harte Arbeit verrichtet. Ich finde, sie hat mehr verdient als die Dachkammer, die sie bewohnt.»

Mielke nickte. «Verstehe. Da lässt sich bestimmt was machen.»

Was er nicht aussprechen musste, war: *Dann sind Sie, Genosse Weber, mir aber einen Gefallen schuldig*. Michael war auch so klar, wie das System funktionierte.

«Und hätten Sie etwas dagegen einzuwenden, wenn ich dafür sorgen würde, dass meine Mutter eine weniger schwere Arbeit verrichten muss? Sie ist nicht mehr die Jüngste. Früher hat sie in einem der großen Kaufhäuser als Verkäuferin gearbeitet. Meinen Sie, ich könnte meine Mutter vielleicht im HO-Warenhaus am Alexanderplatz unterbringen?»

«Sie sind ein guter Sohn, Genosse. Wir Pioniere ehren unsere Eltern, nicht wahr? Gehen Sie zum verantwortlichen Personalchef. Wedeln Sie ein wenig mit Ihrem Ministeriumsausweis, dann dürften Sie auf keine Widerstände stoßen.»

Michael hob die Faust zum Gruß. «Danke, Genosse Mielke.»

♦

Als Ella am nächsten Tag von der Arbeit kam, waren zwei Männer in ihrer Kammer und verpackten alle ihre Habseligkeiten in ein paar Kartons. Ella begehrte auf, doch der ältere der beiden hob beschwichtigend die Hände.

«Sie bekommen eine größere Wohnung. Viel schöner als diese Kammer hier. Ist alles geregelt.»

Ella wich ein Stück zurück. «Ich weiß davon nix. Lassn Se meine Sachen!»

«Ein Auftrag vom Ministerium», widersprach der Mann. Sein Kollege drängte sich an ihr vorbei und trug den ersten Karton die Treppe hinunter.

«Das könn Se doch nich machn!», rief Ella.

«Jetzt schauen Sie sich die neue Wohnung doch erst mal an», schlug der Mann vor. «Es ist nicht weit von hier. Sie liegt in der Wolliner Straße.»

«Hat der Michel, ich mein der Herr Weber, hat der Ihnen das gesagt?»

«*Genosse* Weber», korrigierte der Mann, der sich ihr bis jetzt nicht vorgestellt hatte.

«In Ordnung, ich schau's mir an», gab Ella schließlich nach. «Aber ich muss unten Bescheid geben.»

Der Mann ließ sie gewähren, während er selbst die letzten Sachen auf die Straße trug.

«Ich ... Ich zieh um», platzte Ella heraus, als Lilli auf ihr wildes Klingeln hin die Wohnungstür öffnete.

«Was? Davon hast du gar nichts erzählt.»

Ella zuckte mit den Achseln. «Ich wusst das bis grad auch nich. Der Michel hat was besorgt, 'ne richtige Wohnung.»

Lilli starrte Ella an und zog die Augenbrauen hoch. «Das freut mich», sagte sie, obgleich es nicht das war, was sie empfand. Unvermittelt umklammerte sie die mütterliche Freundin, während ihr Tränen in die Augen stürzten.

«Lilli, nich weinen. Ich bin ja nich weit weg. Nur in der Wolliner. Wir sehn uns trotzdem.»

Ein wenig beschämt ließ Lilli von ihr ab. «Ich freue mich wirklich für dich. Du hast eine schöne Wohnung verdient. Wir ... Wir kommen dich bestimmt bald besuchen.»

Nun lächelte Ella. «Ja, und bring die Mädchen mit. Is ja nur zwei Ecken von der Zonengrenze weg. Da könn wir uns dann Eis und Schokolade kaufen.»

Die Wohnung war wirklich schön. Eine Küche, ein Bad, zwei kleine Zimmer. So viel Platz hatte Ella noch nie für sich gehabt. Die Toilette war, wie in fast allen älteren Mietshäusern, draußen auf dem Zwischenstock, das war sie gewohnt. Aber was für ein Luxus, ein Waschbecken mit fließend Wasser in der Wohnung und gar eine Wanne mit einem eigenen Ofen, mit dem sie sich Badewasser heiß machen konnte! Sie dachte daran, wie häufig sie schon frierend zu Bett gegangen war. Das würde sie jetzt nicht mehr müssen – wenn genügend Kohlen da waren. Doch bei dem Gedanken an zwei kleine Mädchen, die ein paar Straßen weiter vermutlich gerade in ihre Betten kletterten, wurde ihr das Herz doch schwer.

Kapitel 17

Der Tag begann wie ein ganz normaler Schultag. Cornelia und Anne packten ihre Pausenbrote in die Schulranzen und zogen gemeinsam Richtung Schule. Unterwegs trafen sie auf Klassenkameraden. Die Jungen und Mädchen betraten wie immer schwatzend das Schulhaus. Die erste Stunde begann. Die Klasse erhob sich, als Deutschlehrer Schuderer eintrat.

«Guten Morgen! Seid bereit!», sagte er fast abwesend.

Die Klasse rief im Chor: «Immer bereit!»

«Setzen.»

Nachdem das Stühlerücken beendet war und wieder Ruhe einkehrte, lehnte sich der Lehrer gegen die Kante des Pults, öffnete den Mund und schloss ihn sofort wieder. Die Zwillinge sahen sich verwundert an. Dass Herrn Schuderer mal die Worte fehlten, das hatten sie noch nicht erlebt. Irgendetwas war passiert. Schließlich fasste er sich. «Ich habe der Klasse eine sehr traurige Nachricht zu überbringen: Genosse Josef Stalin, ‹der weise Vater aller Völker›, ist gestern verstorben. Erhebt euch alle zu einer Gedenkminute für den größten Feldherrn aller Zeiten, den aufrichtigen Freund des deutschen Volkes.»

Er schien wirklich betroffen zu sein. Anne und Cornelia tauschten einen Blick. In der Schule war häufig von Stalin gesprochen worden. Sie wussten, dass er und die russische Armee die Deutschen von den Faschisten befreit hatten. Die raffgierigen Junker und Kapitalisten mussten ihren Besitz abgeben. Die Bauern bestimmten nun über das Land und arbeiteten in LPGs. Und die Arbeiter in den VEBs. Der Großvater hatte ihnen daheim erklärt, was das bedeutete. Gemeinsam arbeite das ganze Volk nun zum Wohle aller.

Noch häufiger als von Stalin hörten sie allerdings vom Genossen Ulbricht, dessen Titel Cornelia sich nicht merken konnte, Anne dagegen hatte sich gemerkt, dass er ihr *Generalsekretär* war. Er sorgte für das Volk und dass alle eine Arbeit und zu essen hatten. Und jedes Kind in die Schule gehen konnte. Einige Lehrer lobten ihn und die SED ständig, nur Fräulein Tauz schien sich lieber auf den Unterricht zu konzentrieren. Sie sagte immer, dass das Rechnen ganz wichtig sei, um später im Leben weiterzukommen. Besonders Cornelia liebte ihren Unterricht. Anne war zwar auch gut im Rechnen, doch lieber noch mochte sie die Zeichenstunden, Werken und die Arbeit im Schulgarten.

Zu Hause angekommen, konnten die Zwillinge es kaum erwarten, dass die Mutter heimkam und sie ihr die Neuigkeit mitteilen konnten.

«Genosse Josef Stalin ist gestorben!», war daher das Erste, was Lilli hörte, als sie die Wohnung betrat.

Sie hängte ihre Jacke an den Bügel. «Ja, ich weiß, das Kollegium hat heute kaum über etwas anderes gesprochen.»

«Bist du sehr traurig darüber?», erkundigte sich Anne und streichelte tröstend ihren Arm.

«Nein, warum sollte ich?», fragte Lilli erstaunt.

Nun riss Anne die Augen weit auf. «Aber er war doch unser *weiser Vater*. Er hat uns befreit von Hitler und den bösen Faschisten. Seine Soldaten haben dich und alle anderen gerettet.»

Uns zu retten, war ganz sicher nicht das vorrangige Ziel von Stalin und seiner Armee gewesen, dachte Lilli und wehrte sich gegen die aufsteigenden Erinnerungen an ihre ersten Begegnungen mit dem Iwan. Sie überlegte, was sie Anne antworten konnte, ohne ihre Meinung über Stalin und seine grausame Herrschaft kundzutun. Seine gnadenlose Verfolgung jedes abweichenden Gedankens hatte wahrscheinlich mehr Menschenleben vernichtet als so mancher Krieg! Nein, sie musste das für sich behalten. Die Mädchen waren noch zu jung für dieses Thema. Die beiden wussten zwar, dass es Dinge gab, die man nur im Familienkreis und nicht in der Schule laut aussprechen durfte, doch Stalin war ein zu heißes Eisen. Da konnte ein unbedachter Satz an falscher Stelle eine ganze Familie ins Unglück stürzen.

«Weißt du, er war ein sehr mächtiger Politiker und ein General. Aber er war auch ein alter Mann. Wir alle müssen irgendwann sterben. Für uns in der DDR ist es wichtig, wer sein Nachfolger wird und welche Politik dieser verfolgt. Wobei ich glaube, dass sich für uns nicht viel ändern wird.»

«Ist der Stat... Statssetär Ulbricht auch schon sehr alt?», wollte Cornelia wissen.

«Generalstaatssekretär», korrigierte Lilli automatisch und überlegte. «Ich glaube, er ist um die sechzig. Ungefähr so alt wie euer Großvater. Nein, das ist noch nicht ganz so alt.»

«Dann stirbt er noch lange nicht?», überlegte sie laut.

«Das kann man nie sagen. Eure Großmama Luise, meine Mutter, ist gestorben, da war ich jünger als ihr beiden jetzt. Euer Großvater dagegen ist noch gesund und arbeitet fleißig, damit alle Tunnel sicher sind, durch die wir mit der U- und S-Bahn fahren.»

«Dann soll Genosse Ulbricht noch lange gesund bleiben. Er ist doch wie der Vater für unser Land und alle Arbeiter und Bauern», sagte Anne. Lilli verzichtete darauf, das zu kommentieren.

♦

Der stählerne Mann war nicht mehr. Michael hielt seine Ohren im Ministerium weit offen, denn natürlich gab es in Moskau einen Machtkampf um seine Nachfolge.

Stalins Stellvertreter Georgi Malenkow nannte sich jetzt Premierminister der Sowjetunion. Der bisherige Staats- und Parteichef der Ukrainischen Sowjetrepublik Nikita Chruschtschow wurde zum 1. Sekretär der Kommunistischen Partei. Der dritte starke Mann war der Chef des berüchtigten Inlandsgeheimdienstes NKWD, Lawrenti Beria. Er war für die stalinistischen Säuberungsaktionen verantwortlich gewesen.

Michael hätte auf Beria gesetzt, doch im Moment hatte wohl Chruschtschow die Nase vorn, und dem gefielen die Nachrichten, die ihm aus dem östlichen deutschen Teilstaat gemeldet wurden, offensichtlich ganz und gar nicht. Alleine im März waren mehr als dreißigtausend Personen über die Grenze in den Westen geflohen. Der Aderlass wurde für die junge Republik lebensbedrohlich, das zumindest schien Chruschtschow zu glauben und bestellte prompt Ulbricht und die wichtigsten Genossen nach Moskau ein.

Erich Mielke schäumte, als er Anfang Juni zurückkehrte. «Weißt du, was Moskau von uns verlangt?» Er war so erregt, dass er offensichtlich gar nicht bemerkte, dass er seinen Leutnant duzte, was er sonst nie tat. «Einen neuen Kurs sollen wir verkünden, um die ‹existenzielle Bedrohung des Bollwerks gegen den Westen› abzuwenden!»

«Und wie soll dieser Kurs aussehen?», wollte Michael wissen, der die Erregung Mielkes verstand. Er selbst hatte noch deutlich die Maßnahmen vor Augen, die er nach Verkündung des Parteikurses im Frühjahr des vergangenen Jahres hatte durchsetzen müssen. Manchmal sah er noch den zornigen Bauern vor sich, den er mit seiner Familie hatte umsiedeln müssen, und die junge Frau mit ihrem Säugling in den Armen ...

Mielke schimpfte weiter vor sich hin. «Privatbetriebe sollen wieder eröffnen können, die Zwangssteuern sollen ausgesetzt werden, Preiserhöhungen und die Kürzungen der Sozialleistungen müssen zurückgenommen werden. Wir sollen die Junge Gemeinde in Ruhe lassen, die Bauern, die noch nicht in der LPG sind, nicht weiter bedrängen. Außerdem werden die während des letzten Jahres gefällten Urteile überprüft. Wer unter drei Jahre bekommen hat, soll entlassen werden.»

Michael riss erstaunt die Augen auf. «Das bedeutet ja eine Umkehrung der gesamten politischen Maßnahmen des vergangenen Jahres. Das kann Moskau nicht ernst meinen.»

«Und ob. Genauso lautet die Anweisung.»

«Aber wenn wir das alles zurückdrehen, ist das eine politische Bankrotterklärung!»

Michael erschrak selbst ein wenig angesichts seiner unverblümten Worte. Mielke hatte den Ruf, aufbrausend und grausam zu sein. Manche bezeichneten ihn als hinterhältig, doch an dem jungen Genossen Weber hatte er offensichtlich einen Narren gefressen.

«Mir brauchen Sie das nicht sagen, Genosse Weber!», polterte Mielke.

«Glauben Sie, das wird die Menschen mit ihrem Land und der Partei versöhnen? Und die Republikflucht eindämmen?», fragte Michael.

«Nun, ich bin gespannt. Immerhin wurde die geplante Erhöhung der Arbeitsnorm von zehn Prozent nicht beanstandet, Genosse Ulbricht ist fest entschlossen, diese durchzuziehen, sonst sprechen wir in diesem Land bald von einem finanziellen Bankrott!»

Michael begann zu rechnen. «Zehn Prozent mehr Arbeit bei gleichem Lohn und damit auch keine Sonderprämien mehr für die Übererfüllung der Pläne innerhalb dieses Rahmens. Dachten die vom Politbüro, die Leute könnten alle nicht rechnen? Oder erwarteten sie gar, dass die nun vorzeitig aus der Haft Entlassenen Dankbarkeit empfinden und die Menschlichkeit der SED preisen würden? Oder bestand nicht eher die Gefahr, dass die Leute noch skeptischer wurden, weil die da oben alle Pläne wieder über den Haufen warfen? Neuerliche Kehrtwendungen nicht ausgeschlossen?

Das blieb abzuwarten. Bisher war die DDR mit den Vorgaben des großen Bruders aus Moskau durchaus gut gefahren.

♦

Am Morgen herrschte Unruhe auf den Baustellen in der Stalinallee im Osten Berlins. Auch die Maurer und Handwerker auf der Baustelle am Krankenhaus Friedrichshain weigerten sich, ihre Arbeit aufzunehmen. Sie forderten die Zurücknahme der Normerhöhung, erfuhr Johannes schon bald von einigen Arbeitern, die bei ihm eine Zigarettenpause einlegten und die Neuigkeiten unbedingt loswerden wollten.

«Wir haben eine Resolution ausgearbeitet», berichtete ihm ein Polier. «Die werden wir Ministerpräsident Grotewohl heute Abend übergeben. Die Normerhöhung muss zurückgenommen werden!»

Doch nicht nur in Berlin wurde gestreikt. Nach und nach trudelten beunruhigende Nachrichten aus verschiedenen Landesteilen ein.

Nachdem abends ein Zug aus Leipzig angekommen war, versammelten sich ungewöhnlich viele Reisende an Johannes' Kiosk und unterhielten sich lebhaft miteinander. Als er alle bedient hatte, nahm auch er sich ein Bier und stellte sich zu den Männern und Frauen, vornehmlich Arbeiter und Arbeiterinnen, denn die Bruchstücke ihrer Gespräche, die er bisher mitbekommen hatte, ließen ihn aufhorchen. Auch hier ging es um Streiks. Im Arbeiter-und-

Bauern-Staat? Das war mehr als ungewöhnlich. Doch die neuerliche Erhöhung der Norm durch das Zentralkomitee erhitzte die Gemüter landesweit. Noch weniger Lohn pro Stunde? Das wollten sie nicht hinnehmen. Die Frauen schimpften hauptsächlich darüber, dass man bei der Versorgung der Bevölkerung keine Verbesserung spürte. Die Belegschaft der Eisengusswerke Nestmann in Gössnitz hatte dagegen heute gestreikt, um damit gegen die ihrer Meinung nach ungerechtfertigte Verhaftung der bis dato noch nicht enteigneten Besitzerin des Betriebes zu protestieren. Eine Frau berichtete, dass im VEB Sanar und in der Schuhfabrik VEB Hammer in Rosswein gegen die Erhöhung der Arbeitsnorm mit Arbeitsniederlegung protestiert wurde. Eine Delegation der Arbeiter habe dort versucht, mit den Funktionären der Kreisleitung zu verhandeln, während sich überall rund um Leipzig vor den Haftanstalten Familien versammelten, die vergeblich auf die angekündigte Entlassung ihrer Angehörigen warteten, deren Haftstrafen, soweit sie unter drei Jahre waren, ausgesetzt werden sollten. So hatte es die Presse verkündet.

«Ich stand mit meiner Frau vor der Haftanstalt in der Südstadt in Leipzig. Es sammelten sich immer mehr Leute», erzählte ein Mann. «Niemand gab uns Auskunft, und dann tauchte die Volkspolizei auf und vertrieb uns alle. Ich wollte doch nur nach meinem Vater fragen, der für Holzdiebstahl zwei Jahre bekommen hat. Ich wollte wissen, wann er rauskommt.»

Auch zwei Frauen, die, wie sie sagten, aus Merseburg an der Saale stammten, berichteten von einem Streik. Bereits am Samstag, also vor zwei Tagen, hätten die Baumwollspinnerinnen ihres Betriebs in Leipzig aus Protest gegen die erneute Normerhöhung für zwei Stunden ihre Arbeit niedergelegt.

Johannes wusste nicht recht, ob er sich darüber freuen sollte, dass die Menschen endlich aufbegehrten, oder ob das der Auftakt zu etwas weitaus Schlimmerem als der Protest gegen eine erhöhte Arbeitsnorm werden würde.

«Bei uns im Nachbardorf ham se am Freitag Fahnen verbrannt», erzählte ihm ein Mann, der mit dem Zug aus Oranienburg gekommen war. «Die Bauern sin zum Rathaus gelaufn und ham geschrien, dass der Bürgermeister und die SEDler abgesetzt sin. Einen ham se zu fassn gekriegt und in die nächste Jauchegrube gestoßn.» Der Mann lachte herzlich, und auch Johannes musste bei der Vorstellung schmunzeln, dennoch dachte er beunruhigt: *«Da kommt noch etwas auf uns zu.»*

♦

Am 16. Juni wurde wieder gestreikt. Die Bauarbeiter vom Block 40 der Stalinallee zogen vereint mit den Arbeitern vom Krankenhausneubau Berlin-Friedrichshain in Richtung Gewerkschaftshaus Unter den Linden des Freien Deutschen Gewerkschaftsbunds (FDGB), der genauso wenig frei war wie die Freie Deutsche Jugend (FDJ) oder der Demokratische Frauenbund Deutschlands (DFD). Ulbrichts Parteifunktionäre hielten alle diese Organisationen fest in der Hand.

Die Gewerkschaftsführung weigerte sich prompt, mit den Arbeitern zu diskutieren. «Die Normerhöhung kann nicht zurückgenommen werden.» Also zogen die Streikenden weiter. Immer mehr Arbeiter und Arbeiterinnen schlossen sich an, bis ein gewaltiger Strom über die Friedrichstraße am Haus der Ministerien und dem Regierungssitz an der Ecke der Wilhelm-/Leipziger Straße ankam. Die Arbeiter warteten noch immer auf eine Antwort von Ministerpräsident Grotewohl auf ihre am Abend zuvor eingereichte Resolution. Jetzt lautete ihre Forderung allerdings nicht mehr nur, die Normerhöhung zurückzunehmen. Es wurde der Rücktritt der Regierung gefordert und dazu freie Wahlen!

«Alle Arbeiter streiken heute», rief Illona, die atemlos in die Damenkleidungsabteilung der HO-Verkaufsräume am Alex gelaufen kam. «Tausende ziehen durch die Straßen. Sie fordern eine Antwort von Ministerpräsident Grotewohl. Endlich sagt mal jemand was. Ich find, wir sollten auch mitlaufen», verkündete das Lehrmädchen, das schon häufig durch mehr Widerspruch als gewünscht aufgefallen war.

Ella, die an der Kasse stand, sah zu ihrer Chefin hinüber, die unwillig die Stirn runzelte. Frau Stetter, Leiterin der Damenabteilung, hatte vor dem Krieg ein sehr erfolgreiches Modegeschäft geführt, in dem sich die modebewusste Kundschaft die Klinke in die Hand gegeben hatte. Nun pendelte sie – nach eigener Aussage – zwischen der Verwaltung schrecklich unkleidsamer Stücke oder deren Mangel hin und her. «Von wegen Chefin!», murrte Frau Stetter leise, wenn sie mal mit Ella allein war. Nichts konnte sie entscheiden. Nicht, was bestellt wurde, nicht, wie viel, und wann Ware kam oder eben nicht, darauf hatte sie ebenso wenig Einfluss.

Und doch war Ella überrascht, dass die Chefin ihren Verkaufskittel auszog und in einen Korb warf.

«Gut, dann lasst uns gehen, wenn wir schon mal die Möglichkeit bekommen, denen ins Gesicht zu schreien, was wir wirklich denken!», forderte Frau Stetter die Kolleginnen auf.

Nur Karin, deren Mann bei der Partei war, bot sich eifrig an, dazubleiben und in der Abteilung die Stellung zu halten. Die anderen zuckten mit den Achseln, verließen die Kaufhalle und traten hinaus auf den Alexanderplatz.

Die Verkäuferinnen reihten sich in den Strom ein, der, vom Regierungssitz kommend, nun wieder zurück zur Stalinallee zog. Manche Demonstranten berichteten, Industrieminister Fritz Selbmann wäre rausgekommen, hätte sich auf einen Tisch gestellt und die Rücknahme der Normerhöhung verkündet. Andere wollten davon nichts mitbekommen haben. Doch inzwischen war die Arbeitsnorm längst nicht mehr allein das Thema der Forderungen.

Sprechchöre waren zu hören, die die Wiedervereinigung mit den deutschen Brüdern und Schwestern im Westen forderten. Es wurde gar zum Generalstreik aufgerufen. Von einem – vermutlich erbeuteten – Lautsprecherwagen wurden alle, «die ihre Freiheit zurückhaben wollen», aufgefordert, sich am nächsten Morgen zu einer Protestversammlung einzufinden. «Morgen, Generalstreik! Treffpunkt: Strausberger Platz, 7:00 Uhr.»

Immer mehr Menschen schlossen sich dem Zug an, der wie eine Welle durch ganz Berlin schwappte. Ella bemerkte unter der Arbeiterschaft auch viele Jugendliche, die fröhlich scherzend mitliefen.

Lilli saß an diesem Nachmittag mit den Mädchen im Wohnzimmer und lauschte den Berichten des RIAS. Sie ahnte, dass sie vom DDR-eigenen Sender kaum die Wahrheit erfahren würde.

Später, als Robert gerade heimgekommen war und die Mädchen schon im Bad rumorten, meldete sich der Vorsitzende des Deutschen Gewerkschaftsbundes (DGB) in Westberlin über den RIAS zu Wort. Er machte den Arbeitern in Ostberlin Mut und rief Männer und Frauen dazu auf, «in allen Orten ihre ‹Strausberger Plätze› aufzusuchen».

«Immer denkt der Westen, er müsse sich bei uns einmischen», schimpfte Robert. «Unsere Werktätigen können für sich selbst sprechen. Sie nehmen ihr in unserer Verfassung garantiertes Streikrecht wahr! Da kann keiner im ZK was gegen sagen.»

Lilli legte die Stirn in Falten. «Aber Papa, das stimmt doch so gar nicht. Unser Freier Gewerkschaftsbund lehnt jeden Streik in der ‹volkseigenen› Wirtschaft ab – mit dem immer gleichen Argument: Da sich die Produktionsmittel offiziell in der Hand der Arbeiter befinden, wäre es ein Streik gegen das eigene Volk.»

Robert schien verunsichert. «Das weiß ich schon, aber wenn es jetzt so viele sind, dann haben die im Politbüro vielleicht ein Einsehen und geben zu, dass etwas falsch gelaufen ist. Wenn sie die Normerhöhung zurücknehmen, ist der Frieden schnell wiederhergestellt.»

«Ich glaube, das wird nicht mehr reichen», vermutete Lilli. «Hast du denn nicht gehört, dass sogar freie Wahlen gefordert werden? Das ist von höchster politischer Brisanz. Das rüttelt an unseren Grundfesten. Wenn das Politbüro jetzt nachgibt, entmachtet es sich selbst. Du denkst doch nicht, dass Ulbricht und Konsorten das riskieren werden.»

♦

Gestern hatte MfS-Chef Wilhelm Zaisser noch den Befehl gegeben «Nicht einschreiten, totlaufen lassen», obwohl am Abend bereits von mehr als zwanzigtausend Streikenden alleine in Berlin ausgegangen wurde. Der DDR-Rundfunk hüllte sich, wie angewiesen, in Schweigen, dafür berichtete der RIAS weiterhin umso ausführlicher und verbreitete die Forderungen der Demonstranten.

Statt abzuflauen, nahmen die Proteste im ganzen Land stündlich zu. Die Menschenmengen, die durch Berlin und andere Städte zogen, wuchsen. Michael war auf Bitten Erich Mielkes schon ganz früh am Morgen in Berlin unterwegs gewesen, um sich selbst ein Bild zu machen und Mielke Bericht erstatten zu können. Als er anschließend ins Ministerium kam, fand er Mielke bei Zaisser. Das Büro des Ministers glich einem Bienenhaus. Ständig kamen Mitarbeiter rein und brachten neue Meldungen. Das Telefon klingelte unaufhörlich.

Minister Zaisser hatte gerade wieder den Hörer am Ohr, als er sich zu seinen Mitarbeitern umdrehte und ihnen mitteilte, dass

Halle am Apparat sei. Alle sollten mithören. «Da sind bald hunderttausend auf der Straße», drang es durch die Ohrmuschel. «Die benehmen sich, als wäre das ein Scheiß-Volksfest, und schreien dabei nach Freiheit!»

«Was ist da nur los? Verdammt», fluchte Mielke. «Wie kann das solche Ausmaße annehmen? Wir haben so viele Leute, die fürs Ministerium arbeiten. Warum hat das niemand kommen sehen? Wie konnten sie uns denken lassen, dass wir alles im Griff haben?»

Das waren längst nicht mehr nur Arbeiter, da liefen Leute aus allen Berufen mit, Frauen und Jugendliche und selbst Schülergruppen. Was war nur in diese Menschen gefahren? Wie konnte ein scheinbar ruhiges Arbeitervolk von einem Tag zum anderen zu einem aufgebrachten Mob werden, der Regierungsstuben stürmte, Gefangene befreite und Feuer legte? Aus allen Stadtteilen her schienen sie zum vereinbarten Treffpunkt zu strömen.

Michael hatte selbst gesehen, wie die Vopos morgens vergeblich versucht hatten, den Strausberger Platz zu räumen, obgleich sie nicht zimperlich vorgegangen waren, doch es waren einfach zu wenige gegen diese aufgewiegelten Massen. Sogleich formierte sich wieder ein Zug, der sich wie gestern Richtung Alex wandte, um dann zum Haus der Ministerien zu ziehen.

Der nächste Anrufer, diesmal aus Berlin, vermeldete einen weiteren Demonstrationszug von Hennigsdorf im Westen her, zur Unterstützung der ostdeutschen Brüder. «Das Zollhäuschen an der Sektorengrenze brennt!», rief er schockiert durchs Telefon. «Überall gibt es Ausschreitungen und Schlägereien. Wir haben zu wenig Polizeikräfte vor Ort!»

Zaissers Augen weiteten sich. «Ich wusste es. Das ist ein von langer Hand geplanter Putschversuch der westlichen Faschisten. Aber denen werden wir die Suppe versalzen!»

Ein anderer Informant kam ins Büro und meldete noch mehr

Demonstranten, die von überall aus dem Umland nach Berlin strömten.

«Dann haltet alle Züge an! Keine S-Bahn fährt heute mehr in die Stadt!», mischte sich Minister Zaisser ein. «Das ist ein Befehl!»

«Ja, ist das denn hier ein Irrenhaus!», brüllte Mielke.

Kurz darauf wurde erneut die Tür aufgerissen, ein Polizeioffizier in Uniform trat ein und salutierte. «Genosse Minister, die Regierung fühlt sich nicht mehr sicher. Sie will sich unter militärischem Schutz nach Karlshorst begeben.»

Als Nächstes verlangte der russische Befehlshaber von Berlin-Karlshorst den Minister persönlich ans Telefon. Zaisser sprach sehr ruhig. Michael sah ihn nur einige Male nicken. «Ja, selbstverständlich, veranlassen Sie, was getan werden muss, um das schnellstmöglich zu beenden.»

Michael spürte plötzlich ein flaues Gefühl im Magen, denn ihm war sofort klar, was diese wenigen, scheinbar harmlosen Worte bedeuteten.

♦

Die Stadt war tatsächlich das reinste Irrenhaus. Zur Sicherheit schloss und verbarrikadierte Johannes seinen Kiosk. Züge fuhren eh keine mehr.

Vielleicht hätte er sich besser in sein Kämmerchen zurückziehen sollen, doch die Macht der Straße riss ihn mit, und so ließ er sich in dem noch immer anschwellenden Zug von Demonstranten Richtung Brandenburger Tor treiben. Schon von Weitem sah er Jugendliche, denen es unter Anfeuerung der Menge gelungen war, das Tor zu erklimmen. Triumphierend zerrissen sie die rote Fahne, die neben der Quadriga gehisst war, und ließen die Fetzen vom Wind davontreiben. Unter dem Jubel der Menge wurde die schwarz-rotgoldene Fahne als gemeinsame Fahne von DDR und BRD gehisst, doch Johannes bemerkte auch besorgte Gesichter. *Wie lange*, so fragte er sich, *würde der große Bruder hier tatenlos zusehen?*

Johannes folgte einer Gruppe Demonstranten über die Ebertstraße Richtung Leipziger Straße. Er ignorierte die Schmerzen in seinem Bein. Er war viel zu aufgewühlt, um sich jetzt in seiner Kammer zu verstecken, derweil die Stadt kochte wie ein Hexenkessel. Heute wurde Geschichte geschrieben. So oder so. Doch dann kam das, was er befürchtet hatte. Er hörte das Geräusch schwerer Kettenfahrzeuge. Man musste kein Prophet sein, um zu erahnen, dass ihr Ziel der Regierungssitz war. Schnell machten Gerüchte die Runde, Feuer sei gelegt worden, Hunderte Demonstranten seien in das Haus der Ministerien eingedrungen.

Aus sicherer Entfernung beobachtete Johannes, wie russische Soldaten in das Gebäude stürmten und schon bald mit den ersten Verhafteten wieder herauskamen. Einige Panzer rollten zum Leipziger Platz. Nein, das wurde ihm jetzt zu brenzlig. Johannes kehrte um Richtung Pariser Platz, doch als er wieder am Brandenburger Tor anlangte, war die Rote Armee auch dort bereits vor Ort, um die Lage wieder unter Kontrolle zu bekommen. Johannes schätzte, dass sich mehrere Tausend Menschen auf dem Platz befanden. Die Russen gaben erste Warnschüsse ab, doch aus der Menge erhoben sich Stimmen, die «Iwan raus!» schrien. «*Domoi, Domoi!* – Nach Hause, nach Hause!» Johannes fühlte, wie ihn ein Entsetzen packte, das er längst überwunden glaubte. Er taumelte rückwärts in einen Hauseingang, denn nun zeigten die Brüder aus Moskau, dass sie es ernst meinten. Ein Maschinengewehr ratterte, Schüsse peitschten über den Platz, Menschen schrien. In Panik versuchten sie, aus der Schusslinie zu laufen, sie rannten einander über den Haufen, drängten sich hinter Säulen, Häuserecken und in Einfahrten, wo sie eben Deckung fanden. Die ersten Getroffenen fielen zu Boden. Ihr

Blut tränkte das Pflaster des Pariser Platzes. Johannes humpelte zu einem verletzten jungen Mädchen, packte es an der Schulter, zog es in den Hauseingang. Das Durcheinander war unbeschreiblich. Als sich der Platz leerte, rollten die ersten Krankenwagen mit Blaulicht heran und begannen die Schwerverletzten zu bergen. Endlich konnte Johannes auch das Mädchen in die Obhut eines Sanitäters entlassen, nachdem er mit seiner Jacke vergeblich versucht hatte, die Blutung an ihrem Oberschenkel zu stillen.

Ohne Jacke und mit Entsetzen im Herzen machte er sich durch Höfe und schmale Gassen auf den Heimweg. Vom Potsdamer Platz her sah man dunklen Rauch aufsteigen. Ein Mann rief begeistert, dass das *Columbushaus* – das Berliner Vorzeige-HO-Kaufhaus – in Flammen stehe und auch das Restaurant im Haus Vaterland brenne.

Noch bäumte sich der Volkszorn in den Straßen der Stadt auf, doch die Sache war entschieden. Der Sieger stand fest, alle Übergänge zu den Westsektoren wurden gesperrt und eine Ausgangssperre verhängt.

♦

Die Zeitungen schrieben alle das Gleiche, und auch der Rektor hatte vor dem Lehrerkollektiv seine vermutlich von irgendjemand aus der Partei vorbereitete Rede gehalten.

Konnte es sein, dass die Werktätigen so massiv gegen ihren eigenen Arbeiter-und-Bauern-Staat aufbegehrten? Nein, das was unvorstellbar. Die Schuldigen waren von außen gekommen. Die von Faschisten regierte BRD war der Feind, deren Agenten sich unbemerkt eingeschlichen und diesen Aufstand angezettelt hatten. Und so waren sich die Partei und damit auch die Presse einig, dass der Aufstand ein aus dem kapitalistischen Westen gesteuerter «faschistischer Putschversuch» gewesen war.

Natürlich hatte es auch im Osten Mitläufer gegeben, und diese galt es nun schnellstens dingfest zu machen. In Windeseile wurde jeder verhaftet, der auch nur im Hauch eines Verdachts stand. Niemand wusste, wohin die Menschen gebracht wurden, aber bald schon konnte man von Prozessen, hohen Haftstrafen und Hinrichtungen lesen.

Lilli war hin- und hergerissen, ob sie die Zeitungsartikel zu Ende lesen oder die Blätter gleich zerknüllen und in den Ofen stecken sollte.

Die Mädchen machten sich für die Schule fertig. Cornelia, die schon am Frühstückstisch saß, pfiff einige Töne, die den Anfang einer Melodie bildeten, die Lilli verstörend vertraut geworden war:

Die Partei, die Partei, die hat immer recht!
Und, Genossen, es bleibe dabei;
Denn wer kämpft für das Recht
Der hat immer recht
Gegen Lüge und Ausbeuterei
Wer das Leben beleidigt
Ist dumm oder schlecht
Wer die Menschheit verteidigt
Hat immer recht
So aus Leninschem Geist
Wächst von Stalin geschweißt
Die Partei – die Partei – die Partei!

Es schüttelte sie. Immer die Partei! Nicht die Arbeiter und Bauern wurden nach ihrer Meinung, ihren Bedürfnissen, ihren Wünschen gefragt. Nur die Führung der Partei entschied. Ein paar in Moskau geschulte Kommunisten maßten sich an, für alle und jeden zu sprechen und über sie zu bestimmen. Und wer nicht ins Raster passte, falsch dachte und sich gar äußerte, der verschwand in Gefängnissen oder Lagern.

«Kleine weiße Friedenstaube», sang Anne jetzt drüben im Badezimmer.

Das Land und die Partei des Friedens, wie sie sich selbst immer so gern darstellten, zusammen mit dem großen russischen Bruder. Doch die Tauben, die in diesen Tagen auf den russischen Panzern in Berlins Straßen herumspazierten, waren ganz sicher keine Friedenstauben!

Kapitel 18

Montagmorgen. Es war noch dunkel und kalt in der Wohnung. Lilli musste nicht in die Kohleeimer sehen, um zu wissen, dass sie wieder einmal fast leer waren. Sie legte die letzten Briketts in den Ofen und stopfte die zerknüllte Zeitung vom Vortag darunter. Vielleicht würde die Glut reichen, das Feuer wieder zu entfachen. Doch egal, ob das funktionierte oder ob sie neu anfeuern musste, um die Küche und das Waschwasser zu erwärmen, musste sie auf jeden Fall in den Keller und die Eimer mit der minderwertigen gepressten Braunkohle füllen.

Lilli zog eine Jacke über ihr knielanges Nachthemd und stieg in ihren Pantoffeln die drei Treppen bis in den Keller hinunter. Als sie um die Ecke bog, flammte plötzlich die Glühbirne an der Decke auf, und sie stieß beinahe mit einem jungen Mann zusammen, den sie nicht kannte. Lilli erschrak so, dass einer der Henkel ihren Händen entglitt und der Eimer mit lautem Scheppern auf den Steinboden knallte. Nun fuhr auch ihr Gegenüber erschreckt zusammen.

«Oh, Entschuldigung!», riefen sie beide gleichzeitig.

«Ich habe den Lichtschalter gesucht. Ich wollte Sie nicht erschrecken», fügte der junge Mann mit angenehmer Stimme hinzu, ein Jugendlicher, wie Lilli bei näherem Hinsehen feststellte. Ein attraktiver Junge mit dichtem dunkelblondem Haar, blauen Augen und einem schmalen Gesicht.

«Sie wohnen hier», vermutete er richtig und stellte sich vor:

«Martin, Martin Ehrberger. Wir sind gestern in die linke Wohnung im ersten Stock eingezogen. Das heißt meine Eltern, meine Schwester Regina und ich. Und jetzt hat mich meine Mutter zum Kohlenraufbringen geschickt.»

Lilli reichte ihm die Hand und stellte sich ebenfalls vor. «Ich wohne mit meinem Vater und meinen Zwillingsmädchen Cornelia und Anne schräg über euch», fügte sie hinzu.

Sie musterten einander, wie sie beide – noch im Schlafgewand, mit Pantoffeln und Jacke – sich frierend im trüben Licht der einzigen Glühbirne gegenüberstanden. Lilli zeigte Martin die Kohlenschütten der verschiedenen Wohnungen. «Hier, die gehört zu eurer Wohnung. Unsere ist dort drüben.»

Rasch begannen sie, die Eimer zu füllen. Martin hatte nur einen Eimer mitgebracht und griff nun nach Lillis zweitem Kohleneimer. «Ich trage Ihnen den gerne hinauf», bot er an.

Was für ein netter Junge, dachte Lilli und hoffte, dass der Rest der Familie ebenfalls eine Bereicherung der Hausgemeinschaft sein würde.

Als Lilli um halb acht das Lehrerzimmer betrat, wurde sie von einem sichtlich erregten Parteisekretär und dem nicht weniger angespannten Rektor Hübner empfangen.

«Wir brauchen Ihre Hilfe, Fräulein Wagenbach», begann der Rektor. Er betonte das «Fräulein» immer ein wenig, denn die beiden anderen Lehrerinnen, die Mitglied der Partei waren, sprach er natürlich mit «Genossin» an. Und dass Lilli – obgleich sie zwei Kinder hatte – nicht verheiratet war, konnte er so auch gleich mit zum Ausdruck bringen.

Lilli sah von einem zum anderen und fragte sich ein wenig bang, was das zu bedeuten habe. Hatte sie etwas falsch gemacht? Mit irgendwem zu offen gesprochen?

«Herr Moser ist aus unserer Schule ausgeschieden und wird nicht mehr unterrichten», sagte Rektor Hübner.

Lilli kannte und schätzte den Kollegen. Er war einer aus der alten, humanistisch geprägten Garde, die noch während der Weimarer Republik studiert hatte, Menschen, denen es nur um die Schüler und den Unterrichtsstoff ging. Die ständige Rotlichtbestrahlung lehnte Kollege Moser ab und machte sich bei allem, was mit der Partei zu tun hatte, so rar, wie es eben ging.

«Ist ihm etwas zugestoßen?», erkundigte sich Lilli besorgt, denn das Pensionsalter hatte der Kollege noch nicht erreicht.

Der Parteisekretär der Schule, Herr Kräutermann, zog eine bittere Miene. «Nein, Moser hat es vorgezogen, uns ohne Vorwarnung im Stich zu lassen und zum Klassenfeind überzulaufen.»

Also noch einer, der hier die Zelte abgebrochen hat, dachte Lilli. Über Genosse Kräutermanns Worte hätte sie lachen mögen, wären sie nicht so traurig. *Ohne Vorwarnung*. Wie hätte Herr Moser das denn anders machen sollen? Sein Vorhaben verstieß gegen das Gesetz und hätte ihm ein paar Jahre Gefängnis eingebracht, wenn er den Genossen seine Absicht mitgeteilt hätte. Natürlich wäre sofort das MfS eingeschaltet worden ...

«Wir sind jetzt in einer schwierigen Lage», erklärte Rektor Hübner.

Wie an fast allen Schulen herrschte auch an der Volksschule am Arkonaplatz Lehrermangel, und so würde das Kollegium den Unterricht des abgängigen Kollegen untereinander aufteilen müssen.

Daher trat Lilli zwei Tage später vor die zehnte Klasse ihres früheren Kollegen und teilte den Schülern mit, dass nun sie die Chemiestunden übernehmen werde.

«Setzen! Gibt's noch etwas?»

Sie sah den Schüler in der ersten Reihe an, der offensichtlich in dieser Woche Klassendienst hatte. Er trug vorschriftsmäßig Hemd und Halstuch der FDJ, meldete, dass die Klasse vollständig angetreten und bereit sei, und bat dann, vortreten zu dürfen.

Lilli nickte und fragte nach seinem Namen.

«Ich heiße Ralf Kotte.» Er legte ihr das Klassenbuch mit den Namen der Schüler vor und deutete auf einen unten ergänzten Namen. «Melde, wir haben einen neuen Schüler, zugezogen aus Magdeburg.»

Und da stand er auch schon auf, der Neue. «Ich heiße Martin Ehrberger.»

Lilli blickte in die blauen Augen, die sie am Montag früh schon einmal gesehen hatte, und versuchte, nicht daran zu denken, wie sie sich im Keller gegenübergestanden hatten. Zu ihrem Ärger fühlte sie, wie Röte in ihre Wangen stieg.

Rasch wandte sie den Blick ab und sagte zu Kotte. «Danke, Sie können wieder Platz nehmen. Fangen wir an. Ich habe mich über den Stand Ihres Unterrichts informiert. Wir können also gleich da weitermachen, wo Sie mit Herrn Moser aufgehört haben. Mit dem spannenden Element Phosphor.»

Sie fühlte Martins Blick auf sich ruhen und ärgerte sich, dass ihr das so bewusst war. Rasch hob sie die Lider und fixierte den Jungen. «Martin, können Sie mir sagen, in welcher Gruppe des Periodensystems wir den Phosphor finden und in welchen Formen er vorkommt?»

«Fünfte Hauptgruppe?», sagte Martin zögernd und verstummte dann.

Das Mädchen schräg hinter ihm meldete sich. Lilli warf einen Blick auf den Sitzplan.

«Ja, Andrea?»

«Es gibt weißen, schwarzen und violetten Phosphor. Der weiße ist ein P_4-Molekül und am einfachsten herzustellen.»

«Sehr gut», lobte Lilli und malte die Struktur mit Kreide an die

Tafel. «Diese Form lässt sich zwar recht einfach herstellen, aber sie ist thermodynamisch nicht stabil. Sprechen wir von den Phosphorverbindungen, die für uns Menschen so essenziell wichtig sind. Fällt Ihnen dazu etwas ein?»

Sie blickte auf den Plan. «Ja, Rüdiger?»

«Weißer Phosphor wurde als Füllmaterial für Brandbomben verwendet, sogenannte Phosphorbomben. In einem Gemisch mit Kautschuk war die Masse klebrig und nicht zu löschen, was sie in ihrer Wirkung besonders effektiv machte.»

Für einen kurzen Moment sah Lilli lichterloh brennende Menschen vor sich, die sie nach solchen Bombenangriffen in Berlin gesehen hatte. Nein, jetzt nicht. Entschlossen schob sie die Erinnerungen von sich, lobte den Schüler für seinen Beitrag, ging aber nicht weiter auf die militärischen Vorzüge von Phosphor ein.

«Wenden wir uns den Phosphorsalzen zu, den Phosphaten, die in der Physiologie aller Lebewesen eine wichtige Rolle spielen. Beispielsweise bilden Phosphate das Gerüst für stabile Knochen und Zähne.»

Die Schüler schrieben mehr oder weniger eifrig mit, als Lilli die Formel für Hydroxylapatit an die Tafel schrieb.

«Phosphor kommt in verschiedenen Mineralien in der Natur vor, doch es gibt noch eine andere Quelle, aus der er gewonnen wird.»

«Scheiße», sagte Martin vernehmlich.

Die Klassenkameraden johlten und sahen gespannt zu ihrer neuen Lehrerin. Wie würde sie reagieren?

Doch statt einer Rüge, die die Klasse wohl erwartet hätte, lächelte Lilli den Neuen an und nickte. «Ich hätte jetzt vielleicht nicht dieses Wort gewählt, aber ja. Im 17. Jahrhundert wurde Phosphor von einem deutschen Apotheker durch das Eindampfen von Urin entdeckt. Und da alle Lebewesen Phosphate ausscheiden, ist der Kot von Vögeln, der sogenannte Guano, ein wichtiger Rohstoff, den beispielsweise Peru und Chile exportieren. Auch die DDR importiert Guano in großen Mengen. Aber wozu brauchen wir so viel Vogelkot?», richtete Lilli die Frage an die Klasse.

Ratloses Schweigen.

«Ich gebe Ihnen einen Tipp: In unserem Land sind die Hauptabnehmer die LPGs.»

«Dünger!», rief ein Mädchen.

«Ganz richtig. Da dieses Element auch für das Wachstum von Pflanzen wichtig ist, sind Phosphate ein entscheidender Bestandteil von Dünger.»

♦

Als Lilli an diesem Tag später als sonst nach Hause kam, fand sie Cornelia und Anne mit ihrem Großvater auf dem Sofa vor. Robert saß zwischen den beiden, ein aufgeklapptes Buch auf den Knien, während sich die Mädchen zu beiden Seiten vertrauensvoll an ihn kuschelten. Lilli blieb in der Türöffnung stehen und betrachtete das traute Bild. Die drei hatten sie noch nicht bemerkt, und so blieb Lilli im Schatten stehen. Sie lauschte der Stimme ihres Vaters und fühlte sich in ihre eigene Kindheit zurückversetzt. Sie hatte es geliebt, wenn ihr Vater, Ilse oder Johannes ihr etwas vorgelesen hatten.

«Fräulein Linnekogel schaut das Bild an. Dann die Besucherin. Dann wieder das Bild. ‹Ich habe zwei Töchter›, sagt die Besucherin leise. ‹Die zweite lebt bei meinem geschiedenen Mann in Wien.›»

Ah, *Das doppelte Lottchen* von Erich Kästner, das Ilse den beiden zu ihrem zehnten Geburtstag geschenkt hatte. Wie passend. Sie selbst hatte in ihrer Kindheit *Emil und die Detektive* verschlungen. Auch dieses Buch war damals ein Geschenk von Ilse, ihrer Patentante, gewesen, die, wie Lilli wusste, den Autor persönlich kannte und schätzte.

Da sah Anne plötzlich auf und entdeckte die Mutter. «Mutti! Komm, setz dich zu uns. Großpapa liest uns vor.»

«Ihr habt das Buch doch längst selbst gelesen», wunderte sich Lilli.

«Zweimal, aber egal», bekannte Cornelia. «Es ist viel schöner, wenn Opa vorliest. Pass auf, gleich kommt die Stelle, wo sich Luise fast verplappert und die Mutter sie Luise nennt und die Teller auf den Boden fallen.»

Lilli quetschte sich noch mit aufs Sofa und lauschte der Stimme ihres Vaters:

«‹Luise!› Krach! Die Teller liegen in Scherben auf dem Boden. Luise hat's herumgerissen. Ihre Augen sind vor Schreck geweitet. ‹Luise!›, wiederholt die Frau sanft und öffnet die Arme weit. ‹Mutti!›»

Anne seufzte tief vor Zufriedenheit. «Jetzt wird alles gut. Jetzt reisen sie nach Wien, wo Lotte krank ist, weil der Vater eine andere heiraten will, aber am Ende ist die Familie wieder zusammen.»

«Ja, so ist das in vielen Büchern», murmelte Lilli.

Gemeinsam aßen sie Abendbrot, dann setzten sie sich noch einmal ins Wohnzimmer.

«Ich habe auch ein Buch mitgebracht», erinnerte sich Lilli und öffnete ihre Schulmappe. «*Tinko* heißt es.»

An ihren Vater gewandt, fuhr sie fort: «Es ist ein neuer Jugendroman von Erwin Strittmatter. Der hat doch für sein Theaterstück *Katzgraben* vor zwei Jahren einen unserer Nationalpreise für Kunst und Literatur bekommen. Ich denke, ich werde die Geschichte im Deutschunterricht bei meinen Siebtklässlern behandeln – wenn der Rektor und der Parteisekretär der Schule zustimmen. Aber ich glaube nicht, dass sie gegen das Buch etwas einzuwenden haben.»

«Worum geht's denn?», wollte Anne wissen.

Und Cornelia ergänzte: «Dürfen wir das Buch auch lesen?»

Lilli nickte. «Ja, natürlich. Ich lese euch mal vor, was hier in der Zusammenfassung steht: ‹Tinko lebt bei seinem Großvater auf einem Bauernhof. Sein Vater ist einer der Heimkehrer aus Kriegsgefangenschaft und ihm fremd. Der Junge ist zwischen der althergebrachten Lebensweise des Großvaters und dem Neuaufbau des Landes, für den sein Vater steht, hin- und hergerissen. Der Vater will, dass Tinko zur Schule geht, statt dem Großvater auf dem Feld zu helfen.›»

«Und gelingt es, den Großvater für die neuen Ideen zu begeistern?», wollte Robert wissen.

«Nein», gab Lilli zu, die das Buch bereits gelesen hatte. «Der Großvater wehrt sich gegen die Kollektivierung, während Tinko erkennt, dass sein Vater recht hat. Der Großvater bleibt uneinsichtig und arbeitet alleine auf seinem Hof, bis er erschöpft stirbt.»

«Mama, das darfst du doch nicht verraten», empörte sich Cornelia, während Robert nachdenklich den Kopf wiegte. «Ja, so ist das. Die am Alten festhalten, müssen aussterben, damit das Neue sich entwickeln kann.»

Anne drückte seine Hände. «Du nicht, Großpapa, du bist ein Ingenieur, der hilft, die Republik aufzubauen. Auf den wir alle stolz sein können.»

♦

Johannes ließ seinen Blick prüfend über die beiden Mädchen gleiten, die sich heute wie ein Ei dem anderen glichen. Er wusste wohl, dass die Zwillinge es eigentlich nicht mochten, wenn sie die gleichen Kleider und Frisuren tragen sollten, heute schienen sie dagegen ganz vergnügt in gleicher Staffage rumzulaufen – und genau das ließ seine Augenbrauen nach oben wandern.

«Was habt ihr beide denn vor?»

Cornelia und Anne gaben sich völlig unschuldig. «Warum? Was meinst du, Onkel Johannes? Was sollten wir denn vorhaben? Wir streifen einfach ein wenig im Bahnhof umher. Du weißt, das machen wir gern – und Mutti hat nichts dagegen.»

«Wirklich? Ich meine, habt ihr Lilli die *ganze* Wahrheit erzählt?»

«Was für eine Wahrheit?», sagte Cornelia mit niedergeschlagenem Blick.

Johannes lachte. Er kannte die beiden zu gut, um darauf reinzufallen. «Ich habe direkt Mitleid mit den Vopos», sagte er mit unterdrücktem Lachen, er kannte das Lieblingsspiel der Mädchen sehr wohl. «Treibt es nicht zu weit! Eure Mutter wird sich nicht freuen, wenn sie euch auf dem Revier abholen und erklären muss, warum sich ihre Kinder einen Spaß daraus machen, die Sicherheitskräfte der Republik zu narren!»

Die Zwillinge lachten und ließen sich nicht Bange machen. Sie warfen ihm noch eine Kusshand zu, dann liefen sie giggelnd davon.

Die Herausforderung bestand darin, dass eine von ihnen die Aufmerksamkeit eines Postens erregte, sich dann scheinbar in Luft auflöste, um aus unerwarteter Richtung wieder aufzutauchen. Natürlich durfte dieses Spiel nicht zu häufig mit denselben Posten betrieben werden, daher suchten sie sich immer wieder ein neues Opfer. Bisher waren sie nie erwischt worden, und nachher lachten sie sich über die verwirrten Gesichter kaputt.

So waren sie also dabei, immer neue Ecken und Verstecke im vielstöckigen Labyrinth des Bahnhofs Friedrichstraße auszukundschaften, die für ihren Plan zweckdienlich zu sein versprachen.

An diesem Tag war es Cornelia, die den ersten Lockvogel spielte und einen Vopo dazu brachte, ihr die Treppe hinunter auf den Bahnsteig zu folgen, von dem aus die S-Bahn Richtung Westen fuhr. Sie flitzte um den letzten Pfeiler und drückte sich in die Nische, die der Pfeiler mit der Wandecke bildete. Cornelia presste ihre Beine gegen das Lüftungsgitter oder was auch immer es war, das hinter ihr in die Wand eingelassen war. Sie linste aus ihrem Versteck hervor und amüsierte sich köstlich über den jungen Mann, der sich verwundert um die eigene Achse drehte und nach dem Mädchen Ausschau hielt, dem er die Treppe hinunter gefolgt war.

Da erklang Annes helle Stimme von der Treppe oben, die sich scheinbar mit jemandem unterhielt. Der Posten fuhr herum und sah hinauf. Cornelia konnte sich seine Verwirrung vorstellen und kicherte lautlos in sich hinein. Plötzlich spürte sie an ihren Waden, wie das Gitter bei Druck ein Stück zurückwich. Neugierig ließ sie sich auf die Knie nieder. Tatsächlich – das Gitter war locker und konnte problemlos aus seinem Rahmen gezogen werden. Es war quadratisch, maß nicht ganz einen Meter und war erstaunlich leicht. Cornelia lehnte es neben der Öffnung an die Wand und blickte neugierig in einen metallenen Schacht, groß genug, um durch ihn hindurchkriechen zu können. Wo der wohl hinführte? Das eröffnete ja ganz neue Möglichkeiten! Vielleicht gelang es ihr, sogar Anne hinters Licht zu führen?

Cornelia zögerte keine Sekunde. Sie atmete einmal tief durch, sah in Vorfreude das überraschte Gesicht ihrer Schwester vor sich und krabbelte behände den Schacht entlang, der schräg nach oben führte. Zweimal bog der Schacht im rechten Winkel ab, dann sah sie wieder einen Lichtschein vor sich. Ja, dort musste der Ausgang sein! Cornelia kroch auf die Lichtquelle zu. Ein Gitter erwartete sie, so groß wie das unten beim Einstieg, und auch dieses ließ sich öffnen. Innerlich jubelnd, wartete sie einen guten Moment ab, schlüpfte nach draußen und verschloss die Öffnung wieder. Wie unten an der S-Bahn war auch dieses in Bodennähe in einer Wandecke angebracht. Eine längst geschlossene Verkaufsbude schirmte den Blick auf das Gitter vor neugierigen Blicken ab. Sehr gut!

Mit einem Gefühl des Triumphes eilte sie auf leisen Sohlen die

Schalterhalle entlang bis zum Abgang zur S-Bahn, in dessen Nähe sich Anne noch immer herumtrieb, den Blick auf die Treppe gerichtet, die ihre Schwester schon längst hätte hochkommen müssen. Der Vopo war nicht mehr zu sehen. Cornelia lehnte sich lässig an einen der Pfeiler und rief nach Anne.

«Cornelia! Wo warst du denn?» Anne stellte sich vor ihre Schwester und musterte sie aufmerksam. «Und wieso bist du so schmutzig? Hast du was angestellt?» Sie deutete auf Cornelias verdreckte Strumpfhose, dann richtete sie ihren Blick auf die große Schalteruhr. «Oje, so spät schon. Wir müssen nach Hause, Mutti macht sich sonst Sorgen.»

«Jaja», sagte Cornelia und grinste verschmitzt. «Ich komm ja schon. Aber du wirst staunen, was ich entdeckt hab. Ich erzähl's dir auf dem Heimweg.»

♦

Anne stand nackt im Bad, nur mit einem Handtuch um die Hüfte, und zitterte vor Kälte. Lilli hatte gerade die letzten Briketts in den Ofen geschoben, die Badezimmer und Wasser für die Wanne erwärmen sollten, doch mit diesem Rest würde das Wasser nicht mal lauwarm werden, daher hatte sie diesmal Cornelia in den Keller geschickt, um Kohlen zu holen. Das war nun schon eine ganze Weile her, doch von ihrer Erstgeborenen keine Spur.

«Mu-tti, mir ist sooo kalt», schnatterte Anne.

Lilli ging nach nebenan und kam mit einer Wolldecke zurück, in die sie Anne einhüllte. Die setzte sich auf den Hocker im Bad und zog die Füße vom kalten Boden hoch.

«Ich schau nach, was da los ist.» Lilli seufzte und machte sich auf den Weg nach unten. Was konnte der Grund sein? Fehlende Kohle sicher nicht. Darum kümmerte sich Robert, der in solchen

Dingen umsichtig war und bevorzugt beliefert wurde. Außerdem hatte Lilli immer im Kopf, wie gut ihre Kohlenschütte im Keller noch bestückt war.

Als sie die Treppe zum Keller erreichte, sah sie nicht nur zwei gefüllte Eimer stehen, sie fand auch ihre Tochter, die auf der Treppenstufe kauerte und offensichtlich vollständig in den Bann eines Jünglings gezogen war, der neben ihr saß. Martin, ihr eloquenter Schüler im vergangenen Schuljahr, der inzwischen in die elfte Klasse der Oberschule ging. Martin, den sie selbst mehr mochte, als sie es sich eingestehen wollte. Und nun himmelte Cornelia den siebzehnjährigen Knaben an, der in ihr doch nur ein Kind sehen konnte.

Sie waren so sehr ins Gespräch vertieft, dass sie nicht auf fremde Schritte achteten.

«Deine Schwester holt sich demnächst Frostbeulen!»

Die beiden fuhren auseinander, als wären sie in einer intimen Situation überrascht worden.

Martin sprang sofort auf. «Oh, Frau Wagenbach. Verzeihung, ich habe Cornelia aufgehalten. Das wollte ich nicht.»

Lilli ging an ihm vorbei und bückte sich nach den ein wenig über die Hälfte gefüllten Eimern. «Die nehme ich mal mit, damit ich einheizen kann. Wenn ihr noch etwas Wichtiges zu besprechen habt, will ich nicht stören.» Rasch stieg sie die Treppe hinauf, doch der Zauber war offensichtlich zerstört, denn kaum hatte sie eingeheizt, klappte die Wohnungstür.

Als sie kurz darauf die Küche betrat, stand Cornelia sichtlich verlegen am Fenster und knetete die Hände. Rote Flecken zierten ihre Wangen. «Mutti?»

Lilli neigte den Kopf. «Ja?»

«Die Ehrbergers von unten sind doch nette Leute, oder?»

«Ja, ich schätze sie», gab Lilli, bemüht ernst, zur Antwort.

«Und Martin? Du hast ihn in Chemie gehabt, nicht wahr?»

«Ein guter und angenehmer Schüler. Ich mag ihn.»

«Meinst du, es wär in Ordnung, wenn ich mir mit ihm einen Film anschauen würde? Ich meine drüben, in einem der Grenzkinos. Wenn man seinen Schulausweis aus dem Osten zeigt, kommt man für fünfundzwanzig Pfennige rein. Das ist doch wirklich billig, oder?»

Lilli verbiss sich ein Grinsen. «Ja, sehr billig. Willst du deine Schwester mitnehmen, oder wäre das ein Abend nur für euch zwei?»

«Anne?» Cornelia nickte. «Aber ja, ich denke, da hätte er nichts dagegen. Seine beiden Kumpels kommen auch mit. Sie heißen Manne und Udo, hat Martin gesagt.»

Offensichtlich war es nicht so ernst, wie sie auf den ersten Blick befürchtet hatte, beruhigte sich Lilli. «Was wollt ihr euch denn anschauen?»

«Der Film heißt *Drei Männer im Schnee* und soll sehr lustig sein.»

Lilli hatte von dem Streifen gehört. «Ja, ich denke, dagegen ist nichts einzuwenden. Tante Ilse hat mir davon erzählt. Erich Kästner hat das Drehbuch geschrieben.»

«Der, der auch *Das doppelte Lottchen* und *Emil und die Detektive* geschrieben hat?», hakte Cornelia nach.

Lilli nickte.

«Oh fein. Das wird sicher klasse. Ich erzähle Anne gleich davon. Die wird sich freuen!»

♦

Der Kinobesuch im Westen ohne Erwachsene war *das* Gesprächsthema an den folgenden Abenden. Am Freitag kamen nach langer Zeit Ilse und Clara zum Essen und hörten die aufregende Neuigkeit, kaum dass sie am Tisch Platz genommen hatten.

Ilse zog die Brauen hoch und sah zu Lilli hinüber. «Und wer ist dieser Wunderknabe Martin, der unserer Cornelia ihr schönes Köpfchen verdreht hat?»

«Ein netter Junge, die Familie wohnt hier im Haus ein Stockwerk tiefer, und ich habe ihn vergangenes Schuljahr in Chemie unterrichtet.»

«Na, dann wird er es sich nicht mit dir verderben wollen und die jungen Damen unversehrt und pünktlich wieder daheim abliefern», vermutete Ilse.

«He, redet nicht so, als würden wir nicht mit am Tisch sitzen», protestierte Cornelia. «Ich kann dir auch sagen, dass er ganz arg nett ist und ganz viele spannende Dinge erzählt.»

Ilse lächelte vergnügt, während Robert etwas von «viel zu jung» murmelte, doch Lilli widersprach. Kino in der Gruppe war durchaus ein Vergnügen, das sie ihren Mädchen gönnte.

«Wir waren auch schon lange nicht mehr zusammen im Kino», sagte Ilse. «Ich finde, wenn die Kinder ausgehen dürfen, dürfen wir das auch. Außerdem haben wir letzthin einen neuen Tanzkeller erkundet, der dir gefallen könnte!»

Ilses Augen glitzerten unternehmungslustig. Ihr Haar wurde inzwischen zwar von grauen Strähnen durchzogen, doch von ihrer Lebenslust und Lebendigkeit hatte sie nichts eingebüßt. Clara hatte auch nichts gegen den Vorschlag einzuwenden. Sie bewegte sich mit ihrer Beinprothese so elegant, dass sie schon längst wieder zum Tanzen ging. Vielleicht probierte sie nicht gerade den Rock 'n' Roll, aber langsamere Tänze, bei denen Ilse sie fest im Arm hielt und über die Tanzfläche dirigierte, genoss Clara in vollen Zügen.

«Ich habe den Mädchen eingeschärft, dass sie nach dem Kino sofort heimkommen müssen», wehrte Lilli bedauernd ab. Zu ihrer Überraschung mischte sich Robert ein.

«Wenn du es erlaubst, dann will ich nichts sagen. Es sind deine

Töchter, doch du musst wegen der beiden nicht zu Hause bleiben. Geh ruhig mit Ilse und Clara und amüsiere dich. Das Leben geht so schnell vorüber, und wir müssen die wenigen Augenblicke festhalten, die uns Glück bescheren», fügte er mit bewegter Stimme hinzu.

Somit war auch das entschieden. Natürlich gingen Ilse, Clara und Lilli in ein anderes Kino als die Kinder. Das wäre den Zwillingen sonst zu Recht peinlich gewesen.

Die drei Frauen entschieden sich für den Film *Jenseits von Eden*, eine Verfilmung des gleichnamigen Romans von John Steinbeck, von dem jedoch keine der drei je was gelesen hatten. Es war die erste große Filmrolle für den jungen amerikanischen Schauspieler James Dean, der anschließend gleich noch in zwei weiteren Filmen gespielt hatte, ehe er vor zwei Monaten bei einem Autounfall tödlich verunglückt war. Die US-Premieren von *Jenseits von Eden* und des Films *... denn sie wissen nicht, was sie tun* hatte er noch miterlebt. Sein letzter Film *Giganten* aber würde erst nächstes Jahr in die Kinos kommen.

«Er ist großartig in seiner Rolle», sagte Ilse. Da waren sich die drei einig.

«Vermutlich würde er ganze Generationen von Mädchenherzen brechen, wäre er nicht so jung gestorben», meinte Lilli und seufzte tief.

«Jung stirbt, wen die Götter lieben», zitierte Clara Menander, den griechischen Komödiendichter.

Lilli zog eine Grimasse. «Na, ich weiß nicht. Nur wenn wir alle nach dem Tod auf den Olymp kommen, und davon kann ich leider nicht ausgehen.»

Sie mussten alle drei lachen.

«So, und weil wir so jung wie heute nicht mehr zusammenkommen», unterbrach Ilse die Heiterkeit, «lassen wir es jetzt auf der Tanzfläche richtig krachen!»

Lilli und Clara hatten dagegen nichts einzuwenden.

Die Stimmung war bereits großartig. Bunte weite Röcke wirbelten, dass die Petticoats flogen. Der Rhythmus ging sofort in die Beine, und Ilse wiegte schon die Hüften im Takt, als sie ihren Mantel an der Garderobe abgab. Ein junger, hübscher Kellner, der vermutlich eher den Tänzern als den Damen nachsah, führte sie zu ihrem Tisch, doch noch ehe er die Getränke brachte, zog Ilse Clara auf die Tanzfläche. Lilli nippte an ihrem Wein und sah mit Vergnügen zu, wie die jungen Männer ihre Partnerinnen auf und nieder schwangen, sodass manch hübsches Bein entblößt wurde. Es kribbelte heftig in ihr, sie war schon so lange nicht mehr ausgegangen. *Wann hatte sie das letzte Mal ausgelassen getanzt?* Ihren Gedanken nachhängend, merkte sie nicht, dass sie irgendwann nicht mehr alleine am Tisch war.

Überrascht starrte sie den Mann an ihrer Seite an. «Ich habe Sie nicht fragen hören, ob Sie sich zu mir setzen dürfen», sagte sie ein wenig pikiert.

Er lächelte sie entwaffnend an. «Ich war mir nicht sicher, ob ich es wagen soll, Sie um einen Tanz zu bitten, Sie wirkten ganz verträumt. Und als ich darüber nachdachte, habe ich so weiche Knie bekommen, dass ich nicht anders konnte, als mich zu Ihnen zu setzen.»

Lilli sah ihn strafend an. «Das ist die unglaubwürdigste Ausrede, die mir je untergekommen ist – aber auch die charmanteste.» Sie lachte, und er begann zu strahlen.

«Sie haben zumindest schon mal mit mir gesprochen, und ich habe Sie zum Lachen gebracht. Zwei Punkte! Jetzt kann ich nur hoffen, dass ich die beim Tanzen nicht gleich wieder verspiele. Ich heiße übrigens Wolfgang.»

«Lilli.» Sie lächelte. «Tanzen Sie denn so schlecht?»

Wolfgang rang die Hände. «Nicht von Natur aus, aber wie

Sie sehen, bin ich ein fortgeschrittenes Semester und habe den Rock 'n' Roll nicht mit der Muttermilch eingesogen. Zu meiner Zeit hat man gerade noch den Charleston getanzt und ist dann in die Welt hinausmarschiert, um die Völker das Fürchten zu lehren – was diese dann gern und umfangreich erwidert haben.»

Lilli fühlte sich berührt, dennoch steuerte sie das Gespräch auf eine heitere Ebene zurück. «Jetzt haben Sie mich aber neugierig gemacht. Wir probieren es mit einem Swing, und wenn das nicht klappt, muss die Band eben einen Charleston für uns spielen. Mal sehen, wie flexibel die Jungs mit ihren Instrumenten sind.»

«Abgemacht!», rief Wolfgang, sprang auf und verbeugte sich vor ihr. Lilli ergriff seine Hand und ließ sich in die swingende Menge ziehen.

«Sie haben mich angelogen!», schimpfte Lilli, als die Musik verklang und sie um Luft rang. «Sie tanzen wunderbar, aber wenn Sie die Musiker zu einem Charleston verleiten können, dann tanze ich auch den!», versprach sie leichtfertig.

«Den Charleston können Sie bekommen, nur leider nicht mit mir», sagte er entschuldigend und sprang leichtfüßig auf die kleine Bühne. Er sprach kurz mit dem Sänger und griff sich dann ein Saxofon. Und schon ging es los. Es war vielleicht kein ganz klassischer Charleston, eher Swing-Jazz, aber es war umwerfend. Ilse, die wie üblich Herrenhose und Hemd trug, kam auf Lilli zu, legte den Arm um sie und tanzte einen so hinreißenden Charleston mit ihr, dass sich die anderen Tänzer mit ihren Damen an den Rand zurückzogen, um dem temperamentvollen Paar Platz zu machen.

Am Ende erhielten die Band und die beiden Frauen viel Applaus, Wolfgang gab das Saxofon zurück, und die Jungs stimmten den nächsten Rock 'n' Roll an.

Zu dritt kehrten sie an ihren Tisch zurück, wo Clara auf sie wartete.

«Ist das Ihre Partnerin?», wollte Wolfgang wissen. «Sie tanzen wunderschön und so voller Leidenschaft miteinander!», sagte er mit Bewunderung, und gleichzeitig klang Enttäuschung in seiner Stimme, dass Lilli laut lachen musste.

«Nein, das ist meine Patin, die Modeschöpferin Ilse Rosenstein, und gleich neben ihr sitzt Clara Brandel, Ilses Lebensgefährtin und von Beruf Sängerin und Schauspielerin.»

Wolfgang küsste den Damen die Hand und sagte zu Lillis Überraschung: «Ach, Sie gehören zu Clara. Das wusste ich nicht.»

Ihr Kellner organisierte noch einen Stuhl, sodass sich Wolfgang zu den Damen setzen konnte.

«Machen Sie das eigentlich überall so, wenn Sie eine Frau beeindrucken wollen?», erkundigte sich Lilli. «Einfach auf die Bühne stürmen, einem Musiker sein Instrument entreißen und eine wilde Nummer zum Besten geben?»

Wolfgang lachte. «Das könnte mir eines Tages schlecht bekommen. Musiker lieben und hüten ihre Instrumente meist besser als ihre Lebensgefährten. Also, nein. Das war mein Saxofon, ich spiele häufig mit den Jungs zusammen. Heute war ich eigentlich nicht eingeplant, aber wir sind so spontan, dass wir das Programm oft noch am Abend den Gegebenheiten anpassen und keiner damit Probleme hat.»

«Haben Sie mich gerade eine ‹Gegebenheit› genannt?», feixte Lilli.

«Besser als eine Gelegenheit», spottete Ilse, und alle lachten.

Während der Tanzpause unterhielten sie sich lebhaft. Erst jetzt fiel Lilli auf, dass sich Wolfgang und Clara duzten, doch ehe sie nachfragen konnte, woher sich die beiden kannten, erhob sich Clara plötzlich und entschuldigte sich.

Lilli sah ihr nach, wie sie sich selbstbewusst ihren Weg zwischen den Gästen hindurchbahnte. Sie trug ein Ensemble mit einem knielangen, weit schwingenden Rock. Wenn man darauf achtete, sah man die Prothese unter den hautfarbenen Strümpfen, doch das schien sie nicht zu stören.

Kurz darauf, als die Band wieder zu ihren Instrumenten griff, erschien Clara auf der Bühne. In ihrem schmalen, geschlitzten Kleid sah sie atemberaubend aus. Es glitzerte und schimmerte bei jeder Bewegung im Scheinwerferlicht.

Clara griff nach dem Mikrofon und sang *Blueberry Hill* von Fats Domino. Die Zuschauer johlten, die Tanzfläche füllte sich erneut. Der nächste Song war von Elvis Presley. Dann wurde es ruhiger. Beim *Mitternachtsblues*, den auch Zarah Leander schon gesungen hatte, rückten die Paare näher zusammen. Danach spielte die Band *Sail Along Silvery Moon*, und sofort zog Wolfgang Lilli auf die Tanzfläche.

Die Nacht verflog, und irgendwann war es Zeit, sich auf den Heimweg zu machen. Ilse und Clara wollten sich ein Taxi nach Schöneberg nehmen, während sich Wolfgang galant erkundigte, ob er Lilli nach Hause bringen dürfe.

Sie wehrte ab. «Das wird nicht Ihre Richtung sein. Ich wohne drüben, in Ostberlin, zwischen Rosenthaler Platz und Schönhauser Tor.»

Wolfgang strahlte. «Das passt ja wunderbar. Ich habe eine Wohnung in Friedrichshain. Dann teilen wir uns ein Taxi, ich setze Sie daheim ab und fahre gleich weiter.»

Sie führten ihre Unterhaltung fort, sobald sie im Fond des Wagens saßen.

«Spielen Sie auch im Osten?», erkundigte sich Lilli.

«Nicht mehr», gab er zu. «Das, was ich dort spielen soll – spielen darf –, ist nicht meine Musik.»

«Oh, dann gehören Sie zu den bösen Grenzgängern, die unsere arme Republik so schändlich ausnützen», stellte sie belustigt fest.

«Bekenne mich schuldig! Ich habe es zumindest versucht, aber die Musik des Rundfunk-Tanzorchesters war nicht meine. Und so habe ich angefangen, mit verschiedenen Musikern im Westsektor aufzutreten.»

«Wenn Sie das glücklich macht, dann ist es auch richtig!», stellte Lilli fest.

Für einige Momente schwiegen sie, bis Wolfgang das Thema wechselte. «Also, Claras Gefährtin ist Ihre Patin Ilse», sagte er. «Und zu wem gehören Sie?»

«Ich muss meine Liebe seit elf Jahren zweiteilen. Ja, schauen Sie nur schockiert. So eine bin ich!» Sie schmunzelte. «Meine Töchter Cornelia und Anne, Zwillinge, sind 1944 geboren.»

«Und der Vater der jungen Damen?», fragte Wolfgang vorsichtig.

Lilli zuckte mit den Achseln. «Sagen wir, den gab es in unserem Leben nie.»

«Gut.»

«Das finden Sie gut? Schauen Sie nicht so zufrieden drein, es war eine verdammt schwere Zeit!»

«Das glaube ich Ihnen, und ich behaupte nicht, mir vorstellen zu können, was Sie in dieser Zeit durchgemacht haben.»

Lilli war versöhnt, und schon bog der Wagen in die Linienstraße ein. Wolfgang war schneller draußen als der Fahrer und hielt Lilli die Tür auf.

«Dann gute Nacht oder was davon noch übrig ist», sagte Lilli und fühlte sich plötzlich befangen. Sie spürte seine Finger, die ihre Hand umschlossen.

«Darf ich Sie wiedersehen und auf eine Wiederholung unseres wundervollen Abends hoffen?»

Lilli nickte. «Mir hat er auch viel Spaß gemacht.»

«Dann schlafen Sie gut, Lilli.» Er beugte sich vor und hauchte einen ganz sanften Kuss auf ihre Wange.

Lilli stieg langsam die Stufen zur Wohnung hinauf. Sie fühlte sich seltsam leicht, beflügelt, schwebend, als wäre die Last von vielen Jahren von ihr abgefallen.

Kapitel 19

Nach ihrem ersten Tanzabend trafen sich Lilli und Wolfgang regelmäßig. Sie begleitete ihn gern zu seinen Auftritten – natürlich nicht jedes Wochenende, Lilli wollte nicht, dass die Kinder zu kurz kamen. Auch ging es Robert oft nicht gut genug. Zwar schien er seiner Arbeit weiterhin nachzukommen, zu Hause jedoch saß er häufig nur da, ein aufgeschlagenes Buch in der Hand, in dem er aber nicht zu lesen schien. Oder er saß neben dem Radio, wobei Lilli meist den Eindruck nicht loswurde, dass er gar nicht zuhörte, sondern irgendwo in seiner eigenen Welt unterwegs war. Außer Johannes, den er ab und zu aufsuchte, hatte er keine Freunde oder auch nur Bekannte, mit denen er sich außerhalb der Arbeit traf. Selbst die Zwillinge konnten ihn nicht immer aus seiner Abwesenheit herauslocken, obwohl er seine Enkelinnen von Herzen liebte und ihnen auch weiterhin vorlas, wenn sie darum bettelten. Er war geradezu nachsichtig mit den Mädchen – und doch schien er oft von einer Wolke aus Traurigkeit umgeben zu sein.

So zögerte Lilli nicht lange und lud Wolfgang zum Essen ein. Robert begrüßte ihn höflich, Cornelia vorsichtig abschätzend, nur Anne war begeistert, als sie hörte, dass er Musiker war. Da er für einen späteren Auftritt seinen Instrumentenkoffer dabeihatte, ließ sie sich das Saxofon zeigen, und er musste unbedingt etwas vorspielen.

Lilli genoss das gemeinsame Abendessen. Endlich war die Wohnung wieder von Lachen und Fröhlichkeit erfüllt. Auch die Mädchen schienen lebhafter als sonst, und selbst Robert steuerte immer mal wieder etwas zur Unterhaltung bei.

Es war einige Wochen später, als Wolfgang Lilli nach einem Tanzabend nach Hause brachte und sie vor der Haustür für einen Abschiedskuss in seine Arme zog, als Lilli eine dunkle Limousine bemerkte, die ihre Straße entlang auf sie zukam. Sie schrak zusammen. Wolfgang wandte sich irritiert um und zog sie schützend noch enger an sich. Der Wagen verlangsamte seine Fahrt. Niemand war zu erkennen, das Licht der Straßenlaterne spiegelte sich auf der Windschutzscheibe, die Seitenfenster waren verdunkelt – trotzdem hatte Lilli das Gefühl, angestarrt zu werden. Dann beschleunigte der Wagen plötzlich und verschwand. Lilli zitterte am ganzen Leib. Wolfgang fragte nicht. Er setzte sich auf die Treppenstufe vorm Haus und zog sie zu sich herunter.

«Es ist alles gut», murmelte er, holte ein Päckchen Zigaretten aus der Tasche und zündete ihnen je eine an. Schweigend saßen sie da und rauchten.

Lilli versuchte sich an einem Lachen, das etwas kläglich ausfiel. «Was sind wir nur für ein verängstigtes Volk, das schon weiche Knie bekommt, wenn ein großer Wagen vorbeifährt.»

«Ein Volk, das gelernt hat, dass so etwas meist nichts Gutes verheißt», sagte Wolfgang ruhig. «Das wurde uns schon in den ersten Monaten nach Kriegsende klargemacht. Mein Vater war ein einfacher Arbeiter, Sozialdemokrat, allerdings gegen den Zusammenschluss mit der KPD. Die Russen haben ihn mitgenommen, wir haben nie wieder von ihm gehört.»

Lilli legte tröstend die Hand auf sein Knie. «Du meinst, die vom sowjetischen Nachrichtendienst haben ihn geholt? Vom SMERSch?»

Wolfgang lachte bitter. «Vermutlich. Ein Wagen, drei Männer –

und schon ist ein Mensch für immer verschwunden. Wenn du damals ihre Reden gehört hast: ‹Die Täter, Nazis, gefährlichen Deutschen werden verhaftet und in Speziallager gebracht.› Wer wollte da etwas gegen sagen? Ich weiß allerdings nur von Leuten wie meinem Vater, Menschen, die mit Sicherheit niemals Nazis waren!»

«Und dann haben das die Männer vom MfS übernommen», fügte Lilli nachdenklich hinzu. «Im Nachbarhaus haben sie einen Jungen verhaftet, erst sechzehn Jahre alt. Und sein Vergehen? Er hat nach der letzten Wahl, bei der man mal wieder nur den Zettel mit der Einheitsliste falten und in den Kasten werfen konnte, ein paar Flugblätter verteilt und echte, freie Wahlen gefordert. Zu fünf Jahren in Bautzen wurde er verurteilt! Seine Mutter ist am Boden zerstört. Sie durfte ihn vergangene Woche besuchen und war von seinem Zustand entsetzt, aber mehr wollte sie mir nicht erzählen. Nicht einmal offen reden darf man darüber!»

♦

Wolfgang und Lilli saßen im Wohnzimmer nebeneinander auf dem Sofa. Die Mädchen hatten Gute Nacht gesagt und durften noch eine halbe Stunde im Bett lesen. Auch Robert hatte sich zurückgezogen. Lillis Blick wanderte zur Standuhr.

«Ich fürchte, für mich wird es auch bald Zeit. Im Gegensatz zu dir kann ich morgen nicht ausschlafen.»

Wolfgang berührte sie sanft. «Ja, das ist wirklich schade, und noch bedauerlicher ist, dass wir meist in Gesellschaft sind, denn bis zu mir nach Friedrichshain hast du es ja noch nicht geschafft.» Er grinste.

Lilli zögerte einen Moment, dann nickte sie. «Wie soll das auch gehen? Ich habe das Gefühl, dass ich meinen Vater immer weniger mit den Mädchen allein lassen kann.»

«Ich verstehe dich, trotzdem wünschte ich mir, du würdest mich mal in meiner Wohnung besuchen. Sie ist nicht so schön wie eure, aber ich werde zuvor aufräumen und einen guten Wein über die Grenze schmuggeln.»

Ein paar Wochen später fasste Lilli Mut. Ja, Mut kostete es sie. Sie war schon so lange nicht mehr mit einem Mann alleine gewesen. Doch heute fuhr sie nach Friedrichshain, zu Wolfgang. Da er am Wochenende Auftritte hatte, besuchte sie ihn an diesem Montag nach der Schule. Wie versprochen hatte er Wein besorgt, und die Bäckertüte sah auch nicht nach Konsum oder HO aus.

Ein wenig befangen saß Lilli in einem abgewetzten Sessel, trank Rotwein und knabberte an ihrem Gebäck.

«Soll ich dir nachschenken?»

«Ja, vielleicht muss ich mir noch ein wenig Mut antrinken», rutschte es ihr heraus.

Wolfgang sah sie besorgt an. «Musst du das? Nein! Fühle dich zu nichts verpflichtet. Wir können uns, wie sonst auch, einfach unterhalten. Dann bringe ich dich zurück und küsse dich vor deiner Haustür.»

«Aber das ist nicht das, was du dir vorstellst», sagte sie geknickt.

Wolfgang setzte sich zu ihr auf die Lehne des alten Sessels, legte den Arm um ihre Schulter und küsste ihr Haar. «Lilli, ich möchte nur das, was du mir geben willst. Was denkst du denn? Ich habe mich in dich verliebt, ja, das gebe ich zu, aber gerade deshalb würde ich dich nicht zu etwas drängen. Ich denke, aus dem Alter, da unsere Triebe den Takt diktieren, bin ich raus. Also, das hoffe ich jedenfalls.»

Darüber musste Lilli lachen. «Weißt du, ich bin ein wenig unsicher, weil ich so viele Jahre nicht mehr mit einem Mann zusammen war.»

«Ich bin auch nicht gerade groß in Übung», gestand er. «Aber wenn wir beide es wollen, werden wir das schon hinkriegen, denkst du nicht?»

Lilli lehnte ihren Kopf an seine Brust. Es fühlte sich gut an, richtig. Sicher, warm, geborgen. Sie hob ihm ihr Gesicht entgegen, und sie küssten sich lang und zärtlich. Ihre Arme umschlangen einander, Wein und Gebäck waren vergessen. Eng umschlungen rutschten sie vom Sessel auf den Boden, ohne einander loszulassen.

Irgendwann hob Wolfgang Lilli auf und trug sie zum Bett. Es war alles natürlich und schön. Als er ihre Bluse aufknöpfte, half sie auch ihm aus seinem Hemd. Bald lagen alle Kleidungsstücke um das Bett verstreut, und ihre Körper pressten sich in heißem Begehren aneinander. Nichts sollte sie mehr trennen. Sie fieberten beide der Vereinigung entgegen. Ihre Körper, ihr Geist, ihre Seelen.

Plötzlich hatte Lilli den Geschmack von kaltem Zigarettenrauch und billigem Wodka im Mund, unrasierte Wangen scheuerten schmerzhaft über ihr wundes Kinn. Eine Zunge drängte sich fordernd zwischen ihre Zähne, sie konnte kaum den Brechreiz unterdrücken. Zwei starke Knie drängten die ihren auseinander. Der erste Stoß war so kraftvoll und wild, dass ihr Kopf gegen die Rückwand des Bettes knallte. Ihr ganzer Körper verkrampfte, der Schmerz war so allerfüllend, dass sie glaubte, auseinanderzubrechen. Sie hörte jemanden schreien, warf sich bebend auf die Seite, zog die Knie an die Brust und umklammerte sie. Zähneklappernd lag sie da und merkte erst jetzt, dass sie es war, die schrie. Wolfgang stand nackt vor ihr, die Hände abwehrend erhoben, völlig geschockt. Mehrmals näherte er sich Lilli, wich dann wieder zurück, unsicher, ob er sie berühren sollte oder ob er damit alles nur noch schlimmer machen würde. Schließlich kauerte er sich auf den Boden, streichelte ihr Haar und sprach mit ruhiger Stimme auf sie ein, bis sie aufhörte, zu zittern und zu schluchzen, und ihr tränenverschmiertes Gesicht hob.

«Es tut mir so leid», stieß sie hervor und griff nach seiner Hand. «Ja, ich hatte Angst vor dem Abend mit dir, davor, dass ich für immer zerbrochen sein könnte, aber dann, vorhin, habe ich nicht mehr damit gerechnet. Alles war so schön, und ich wollte es wirklich. Bitte sei mir nicht böse.»

Wolfgang küsste sanft ihre Hände. «Ich wage gar nicht zu fragen, was du Schreckliches erlebt hast und wer dir das angetan hat. Oh Gott, doch nicht etwa der Vater deiner Kinder?»

Lilli schüttelte den Kopf. «Nein, ich durfte erst die schöne Seite der Liebe kennenlernen. Die Mädchen sind geboren, bevor die Russen kamen.» Sie brach ab. «Ich wusste nicht, dass es noch so tief in mir steckt, obwohl die Albträume nach wie vor kommen.»

«Darf ich mich zu dir setzen?»

Lilli nickte und rutschte zur Seite. Wolfgang ließ sich auf die Matratze sinken, und sie lehnte sich vertrauensvoll an ihn. Die wärmende Decke umhüllte sie.

«Ich will nicht darüber reden!»

«Das sollst du auch nicht, solange du nicht denkst, das würde dir guttun. Hast du es denn überhaupt irgendjemandem gesagt? Ich meine, so richtig darüber gesprochen?»

Lilli schüttelte den Kopf. «Ilse weiß es und Ella und die Frauen aus dem Haus in der Kommandantenstraße, wo ich früher gewohnt habe. Von denen haben einige noch viel Schlimmeres durchgemacht. Aber nein, über Einzelheiten haben wir nie gesprochen. Wir mussten uns darauf konzentrieren, zu überleben und weiterzumachen, gerade auch für unsere Kinder.»

«Und das hast du großartig hingekriegt, wenn ich mir Cornelia und Anne ansehe.» Wolfgang angelte die Zigaretten vom Nachttisch, zündete zwei an und reichte Lilli eine davon. Für ein paar Minuten rauchten sie schweigend.

«Was machen wir jetzt?», fragte Lilli unsicher.

«Wir bleiben jetzt so lange sitzen, wie du möchtest. Wenn du denkst, du musst heim in dein Bett, dann ziehen wir uns an, und ich bringe dich. Und wenn du mich wiedersehen willst, sagst du mir Bescheid: als Musiker, als Tänzer, als Freund oder auch irgendwann als Geliebter. Du entscheidest. Wir haben alle Zeit dieser Welt.»

Lilli weinte, ganz leise. Tränen rannen über ihr Gesicht, und er ließ sie.

«Damals konnte ich nicht weinen», sagte sie später. «Es war zu furchtbar. Ich wusste ja nicht, wie lange das so weitergehen wird. Wir waren plötzlich keine selbstbestimmten Menschen mehr. Nur noch Beute der Sieger. Manche gingen sorgsamer mit ihrem neuen Eigentum um, andere haben nur zerstört und sich daran erfreut.»

♦

Was war da nur in Ungarn los? Selbst in Berlin war eine zunehmende Anspannung zu spüren. Überall standen Menschen in Grüppchen beisammen und unterhielten sich mit gedämpften Stimmen. Näherte sich ein Fremder oder gar einer der Vopos, brach das Gespräch ab, und man ging rasch seiner Wege. War man an den wirklichen Vorgängen interessiert, brauchte man die *Berliner Zeitung* und andere rote Propagandablätter nicht zurate ziehen. Dort waren nur die üblichen Sprüche von der *Aufwiegelung zur Konterrevolution* zu lesen, angeblich gesteuert von westlichen Geheimdiensten. Im Radio musste man schon den RIAS oder einen anderen Westsender einstellen, um mehr zu erfahren. Natürlich durfte man sich nicht erwischen lassen, auch nicht mit Zeitungen, die man heimlich aus dem Westsektor mit nach Ostberlin gebracht hatte.

Es war kühl an diesem Herbstabend. Johannes hatte das alte Ölfass wieder an den Tisch herangerückt und ein Feuer entfacht. Sie saßen alle beisammen: Lilli, Robert, Ilse, Clara, Ella und Johannes.

Sie spürten, wie die Grenzer und Polizisten immer wieder zu ihnen herübersahen. Sechs Leute zusammen, das roch schon fast nach konspirativer Verschwörung. Ilse und Clara hatten Kaffeepulver und Zucker mitgebracht, Lilli und Ella Milch und Berliner Pfannkuchen besorgt, Johannes steuerte Zigaretten bei und Robert einen teuren Hochprozentigen, den er zum letzten Geburtstag bekommen hatte.

«Das wird ganz böse enden», sagte Ilse düster.

Ella sah fragend in die Runde, bis ihr Johannes in wenigen Sätzen die politische Lage umriss.

Clara stimmte Ilses Befürchtung zu. «Ich habe auch nicht viel Hoffnung. Die Russen lassen die Ungarn bestimmt nicht aus ihren Krallen. Denkt nur an den Aufstand bei euch vor drei Jahren. Wie viel schärfer das Klima in der DDR danach geworden ist.»

Am 23. Oktober hatte es begonnen. Eine Demonstration von Studenten der Universität Budapest, die mehr Demokratie gefordert hatten, war rasch zu einer Massendemonstration angewachsen. Bis zum Abend sahen die Behörden zu, dann fingen sie an, in die Menge zu schießen. Die Bürger bewaffneten und wehrten sich. Daraufhin trat die Regierung der ungarischen Einheitspartei geschlossen zurück. Der kommunistische Politiker Imre Nagy bildete eine neue Regierung, in der einige Ministerposten von anderen Parteien besetzt wurden. Selbst die Sozialdemokraten wurden nach einer erneuten Umbildung beteiligt. Dann aber trat Ungarn offiziell aus dem Warschauer Pakt aus, erklärte sich für neutral und forderte die Sowjetarmee auf, das Land zu verlassen.

So weit waren die Fakten klar.

«Die Welt wäre vielleicht friedlicher und dieses ständige Gegenspiel zwischen West und Ost würde aufhören, wenn sich mehr Länder für neutral erklären würden», meldete sich Robert plötzlich zu Wort. «Vielleicht wäre das für uns auch gut.»

«Und du meinst, die Russen würden uns einfach ziehen lassen?», widersprach Lilli und zog die Stirn in Falten. «Papa, diese Vorstellung ist naiv.»

«Aber die Ungarn machen es uns doch vor. Wir müssten einfach aufstehen, alle Deutschen zusammen – im Osten und im Westen –, friedlich, ohne Waffen, und rufen: Wir gehören zusammen! Wir sind eine Nation, und wir sind weder eine Kolonie der Amerikaner noch der Sowjets.»

Ellas Wangen begannen zu glühen. «Ja, das wär gut!»

Johannes legte seine Hand auf Roberts Arm. «Eine sehr schöne Vorstellung, mein Freund, aber ich fürchte, auch in Ungarn ist das letzte Wort noch nicht gesprochen. Die Sowjets werden ihre Armee nicht abziehen, niemals. Sie werden Ungarn nicht preisgeben.»

«Was wollen die denn dagegen unternehmen? Den Dritten Weltkrieg anfangen? Das will doch keiner! Nein, die Russen können die Ungarn nicht einfach mit Gewalt unterwerfen, dann rufen sie die Amerikaner und die Briten auf den Plan, und wir sind wieder da, wo wir vor 1945 schon mal waren. Das wird der große Bruder nicht riskieren!»

♦

Leider sollte Robert nicht recht behalten. Schon wenige Tage später verstärkten die Sowjets ihre Militärpräsenz und griffen – nachdem sich die ungarische Armee geweigert hatte, gegen das eigene Volk vorzugehen – hart durch. Panzer rollten durch Budapests Straßen. Wieder wurde auch auf unbewaffnete Menschen geschossen, wieder floss Blut, wieder gab es Verletzte und Tote, noch viel mehr als vor wenigen Jahren in Berlin.

Als Lilli am Dienstag, dem 6. November, am Arkonaplatz das Lehrerzimmer betrat, summte es wie in einem Bienenstock.

«Was ist denn los?», erkundigte sie sich bei ihrer Kollegin Simone Weiser, die sie von allen am liebsten mochte. Wie früher der Kollege Moser gehörte auch sie zur alten Riege, eine große, hagere Frau, das graue Haar zu einem Dutt gebändigt. Eine großartige Pädagogin, die Mathematik und Physik unterrichtete.

«Ich glaube, Sie wissen, dass die Ehefrau unseres Genossen Rehlinger in der Max-Planck-Oberschule unterrichtet. Dort gibt es ein ganz großes Drama in der Elften, wo Genossin Rehlinger Geschichte unterrichtet. Ein Skandal, über den der Kollege uns gerade ausführlich informiert hat», sagte sie, und Lilli hatte das Gefühl, Frau Weiser würde innerlich schmunzeln.

Da mischte sich Genosse Vitali ein, der den Schülern mit mehr oder weniger großem Erfolg «die wundervolle Sprache des großen Bruders» beizubringen versuchte. «Ja, es ist ein Drama, was Sie, werte Kollegin, offensichtlich noch nicht recht begriffen haben. Schüler der Max-Planck-Oberschule stellen sich auf die Seite der Konterrevolution! Das wird Folgen haben, das kann ich Ihnen jetzt schon sagen, und das ist auch richtig so. So etwas darf es in unserem Land nicht geben.

Noch ist nicht klar, wer die Klasse zu dieser Aktion angestiftet hat, aber das werden unsere Parteigenossen schon herausfinden!»

Lilli starrte Frau Weiser an. «Himmel, was haben die Schüler denn angestellt?»

«Alle reden im Moment über die Vorgänge in Ungarn, wie Sie wissen. Als die Kollegin Rehlinger zum Unterricht in die elfte Klasse kam, blieben die Schüler nach dem Gruß einfach stehen und schwiegen dann. Volle zwei Minuten lang. Sie folgten weder der Anweisung, sich zu setzen, noch antworteten sie auf die Frage, was das Ganze solle.»

«Und das ist alles?», hakte Lilli nach.

«Schüler, die sich für Konterrevolutionäre von ihren Plätzen erheben und durch ihr Schweigen Solidarität mit den westlich gesteuerten Terroristen bekunden!» Genosse Vitalis Stimme schraubte sich zu höchster Erregung hoch. «Frau Wagenbach, ist Ihnen denn wirklich nicht die Tragweite dieser Aktion bewusst?»

Tragweite? Der tut ja gerade so, als hätten die Schüler eine Bombe gebastelt. Mein Gott, nun lasst doch mal die Kirche im Dorf, dachte Lilli, sagte aber nichts mehr. Plötzlich fiel ihr ein, dass Martin auf der Max-Planck in die Elfte ging. Handelte es sich um seine Klasse? Sie würde ihn später selbst fragen, was sich genau zugetragen hatte. Sie wollte seine Sicht hören – und hoffte gleichzeitig, dass sich rasch alle wieder beruhigen würden.

♦

Der Kampf der Sowjets gegen die Aufständischen war eröffnet und in weiten Teilen Ungarns ebenso schnell wieder beendet. Auch in Ungarn hieß es, der Westen würde die Aufständischen unterstützen, doch die NATO griff militärisch nicht ein. In Budapest herrschte so etwas wie Grabesstille. Eine sowjettreue Regierung übernahm, Nagy wurde verhaftet und mit ihm Zehntausende Aufständische und Sympathisanten. Mit solchen «Aufräumaktionen» hatten die Sowjets ja Erfahrung, und diese Vorgehensweise änderte sich auch nicht unter Stalins Nachfolger Nikita Chruschtschow, der inzwischen in Moskau den Ton angab. Es wurden erste Todesurteile verhängt und sogleich vollstreckt; viele weitere sollten folgen. Wer der Verhaftung entging, floh in den Westen, um dort sein Leben noch einmal neu zu beginnen. In den Zeitungen der Bundesrepublik wurden Zahlen genannt, die in die Hunderttausende gingen.

♦

Es war schon spät, als es an der Wohnungstür klopfte. Cornelia sprang sofort auf, um zu öffnen. Lilli hatte das dumpfe Gefühl, dass sie wusste, wer so spät noch zu Besuch kam.

Martin!

«Guten Abend, Frau Wagenbach, also, wenn Sie mich nicht in Ihrer Wohnung haben wollen, verstehe ich das und geh gleich wieder, aber Cornelia hat gemeint, mit Ihnen könnte ich sprechen.»

Lilli schenkte ihrer Tochter ein Lächeln. «Ja, sicher, komm, setz dich.»

Martin ließ sich auf der Kante von Roberts Lesesessel nieder. «Ich ... Ich will niemanden in Schwierigkeiten bringen.»

«Wenn wir alleine sind, kannst du mir alles sagen», bot Lilli an.

Robert verbrachte diesen Abend bei Johannes, doch zu Cornelias großem Ärger meinte Lilli ihr Angebot wörtlich und schickte beide Töchter in ihr Zimmer.

«Aber das geht uns auch was an!», protestierten sie, doch Lilli ließ nicht mit sich reden.

«Es ist für euch wirklich besser, wenn ihr manche Dinge nicht hört.»

«Warum? Meinst du, wir verplappern uns? Wir sind schon zwölf!»

«Ich sagte Nein, und dabei bleibt es.» Lilli gab beiden Mädchen noch einen Kuss auf die Wange, dann zogen die Zwillinge ab. Lillis Aufmerksamkeit galt Martin.

«Also, Martin, was ist passiert?»

«Ich ... Ich will wirklich nicht, dass noch mehr Leute Probleme bekommen.» Martin hatte vor Aufregung ganz rote Wangen.

«Du meinst außer dir und deinen Klassenkameraden?»

Martin nickte. «Wahrscheinlich wurde auch bei Ihnen im Lehrerkollektiv darüber gesprochen. Der Herr Rehlinger unterrichtet doch bei Ihnen.»

«Ja, es hat große Wellen geschlagen. Eine Oberstufenklasse der Deutschen Demokratischen Republik solidarisiert sich mit Konterrevolutionären und faschistischen Terroristen und stellt sich gegen den großen Bruder Sowjetunion.»

Lilli stand auf, holte eine Flasche Limonade aus der Küche und goss ihnen beiden ein Glas ein. Damit gab sie Martin Gelegenheit, sich etwas zu sammeln. Er nahm einen großen Schluck, dann legte er los, und Lilli hörte schweigend zu.

«Eine Schweigeminute für die unbewaffneten Opfer, das war alles! Wir standen alle auf, und als die Rehlinger sagte, wir sollten uns setzen, blieben wir einfach stehen und schwiegen zwei Minuten lang. Dabei kann ich gar nicht sagen, wer damit angefangen hat. Es gab keinen Rädelsführer. Keinen Plan. Wir hatten in der Pause darüber geredet, was in Ungarn vor sich geht, und fanden es eine Schweinerei. Dann kam die Rehlinger rein, die uns die Stunde davor mal wieder von Stalin vorgeschwärmt hatte und was wir ihm nicht alles zu verdanken haben. Aber jetzt lässt sein Nachfolger mit seinen Panzern unsere ungarischen Nachbarn plattwalzen, nur weil sie ein wenig mehr Freiheit wollen! Und wer nicht zu allem nickt, was die Russen vorgeben, ist gleich ein Faschist!»

Martin hob hilflos die Hände. Lilli spürte, wie verunsichert er war. Sie hätte ihn am liebsten in den Arm genommen und getröstet.

«Wie kam Frau Rehlinger denn auf den Gedanken, euer Schweigen mit dem Aufstand der Ungarn in Verbindung zu bringen?», fragte sie mit betont ruhiger Stimme.

«Na ja, sie sagte, noch ehe sie vorn am Pult war: ‹Da der eine oder andere von euch sicher wieder dem Gift aus dem Westen gelauscht hat, werden wir diese Verleumdung unserer russischen Brüder gleich mal richtigstellen.›»

«Und deshalb seid ihr stehen geblieben und habt euch geweigert, auf ihre Fragen zu antworten?»

Martin nickte. «Ja, ich glaube, das war der Auslöser.»

«Und jetzt? Ich habe gehört, ihr seid alle suspendiert und müsst euch ab sofort in der Produktion bewähren.»

«Stimmt. Keiner von uns wird weiter zur Schule gehen. Wir dürfen weder das Abitur machen noch studieren. Die rauben uns unsere ganze Zukunft. Wegen zwei Minuten Schweigen. Es sei denn, wir nennen ihnen den Rädelsführer, dann kommen die anderen ungeschoren davon. Behaupten sie.»

«Meinst du, da ist das letzte Wort gesprochen?»

«Ich fürchte schon», antwortete Martin. «Es ging vom Rektor zur Schulrätin und von dort bis zu Minister Lange. Sie wollen einen Schuldigen. Und wenn es kein Einzelner war, dann müssen wir eben alle büßen.»

«Es wurde sogar der Minister für Volksbildung eingeschaltet?» Lilli konnte es nicht fassen. «Weil ein paar Schüler geschwiegen haben? Da muss man ja fast froh sein, dass sie nicht die NVA mobilisiert und den nationalen Notstand ausgerufen haben.» Lilli spürte, wie der Zorn in ihr hochstieg. Sie musste erst einmal tief durchatmen, um sich wieder zu beruhigen. Was für eine himmelschreiende Ungerechtigkeit! Was maßte sich dieser Staat eigentlich an?

Martin fuhr fort. «Riesige Limousinen fuhren auf unsern Schulhof. Und dann kam Minister Lange in die Klasse und beschimpfte uns. Außerdem beleidigte er unsere Eltern und schien über jeden bestens informiert zu sein. Vor allem die Schüler, die nicht in der FDJ sind oder aus einem christlichen Elternhaus, haben sich was anhören müssen. Sie können sich gar nicht vorstellen, in was für eine Rage der sich geredet hat. Und am Ende machte er uns klar, dass er ein Exempel an uns statuieren wolle.»

Jetzt strich Lilli doch über seinen Arm. Es war herzzerreißend, zu sehen, wie unglücklich er war. Wie abgrundtief der Siebzehnjährige in seinem Vertrauen in diesen Staat erschüttert war.

«Martin, was sagen denn deine Eltern dazu?»

«Unsere Eltern haben sich vor zwei Tagen mit dem ganzen Kollegium getroffen, aber der Rektor sagte, wenn das direkt vom Minister kommt, kann man nichts machen. Das hätten wir uns vorher überlegen sollen. In ein paar Jahren könnte man noch mal darüber sprechen, doch jetzt sei es für uns mit der Schule erst mal vorbei.» Martin warf Lilli einen Blick zu. «Aber das können und wollen wir nicht hinnehmen!»

«Und das heißt?»

«Einige, nein, fast alle wollen weiter zur Schule gehen und das Abitur machen. Und wenn sie uns hier im Osten nicht lassen ...»

«... dann eben im Westen?», vervollständigte Lilli den Satz. «Habt ihr untereinander darüber gesprochen?»

«Ja, in drei Gruppen. Die meisten sind fest entschlossen. Einige haben sogar Verwandte drüben. Ich auch. Eine Tante, Mutters Schwester, die wohnt in Charlottenburg.»

«Und wissen deine Eltern davon?»

Martin starrte sie an. «Nur vom Schulausschluss. Ich kann nicht mit ihnen darüber sprechen. Wenn ich weg bin, kommen die vom Ministerium und nehmen sie in die Mangel. Und wenn die dann denken, meine Eltern hätten was gewusst und es nicht gemeldet, dann wandern sie in den Knast. Wegen Hilfe zur Republikflucht. Nein, das riskier ich nicht. Deshalb rede ich mit Ihnen, auf Sie wird keiner zukommen, Sie sind ja nicht mal mehr meine Lehrerin. Ich glaube nicht, dass ich Sie in Gefahr bringe.»

In diesem Moment war Lilli dankbar, dass ihre Mädchen bereits im Bett lagen. Vor allem Cornelia, für die Martin inzwischen wie ein großer Bruder geworden war, mit dem sie reden konnte und der sie ernst nahm.

«Und was erwartest du nun von mir? Einen Rat? Ich kann dir nicht raten, ob du gehen oder bleiben sollst. Ich kann dir nur raten, denke gut darüber nach, denn bist du erst mal drüben, gibt es kein Zurück. Nicht solange diese Partei das Sagen hat. Das muss dir klar sein. Du wirst deine Familie nicht besuchen dürfen.»

«Ich weiß.» Martin sah plötzlich so reif und erwachsen aus, dass sie wusste, dass er wirklich gehen würde.

♦

Zwei Tage später besuchten Anne und Cornelia ihren Onkel Johannes an seinem Kiosk. Sie erzählten ein wenig von ihrem Tag, als Cornelia plötzlich die Hand hob und auf drei junge Männer zeigte, die geradewegs auf den Zugang zur Bahnhofshalle zustrebten.

«Das sind doch Martin, Udo und Manne!» Sie lief los und Anne gleich hinterher.

«Martin!», rief Cornelia und winkte, doch die Jungs taten so, als würden sie nichts hören.

«MARTIN!», rief Cornelia noch einmal, blieb stehen und stampfte erbost mit dem Fuß auf. Anne stoppte neben ihrer Schwester.

Da hielten die drei inne, tuschelten kurz, dann kam Martin auf die Zwillinge zu. «Mit euch haben wir hier nicht gerechnet.»

«Das habe ich gemerkt», meinte Cornelia beleidigt.

«Bitte, verhalte dich ruhig. Tu jetzt nichts Unüberlegtes! Unser Leben hängt davon ab.»

Cornelia überlegte sich gerade eine schnippische Antwort, als Anne hart ihren Arm umklammerte und sie verstand. Sie spürte, wie ihr Tränen in die Augen stiegen. «Du ... Du gehst?»

«Ja, Cornelia, es ist wichtig, für uns alle. Für unsere Zukunft. Die lassen wir uns nicht wegnehmen!»

Cornelia schluckte trocken.

«Ihr habt doch Freunde drüben, nicht wahr? Sag mir die Adresse. Dann gebe ich dir Bescheid, wo du mich finden kannst.»

«Ilse ... Ilse Rosenstein, Winterfeldtstraße 10 in Schöneberg. Vergiss es nicht!»

«Tu ich nicht. Wir sehen uns.»

Manne und Udo riefen, Martin riss sich los und schloss zu seinen Freunden auf – Richtung Bahnhofshalle. Kein Blick zurück.

Ganz langsam wandte sich Cornelia ab, hakte sich bei Anne unter, und so unauffällig wie möglich verließen die beiden den Bahnhofsvorplatz, ohne noch einmal bei Johannes vorbeizuschauen. Er würde das verstehen.

Kapitel 20

Es war an einem schönen Vormittag im Mai 1957. Die Sonne schien, es war angenehm warm, sodass die Arbeit Spaß machte. Ein perfekter Frühlingstag, die meisten Bahnfahrenden schienen heute guter Laune zu sein und blieben gern auf einen kurzen Plausch am Kiosk stehen, ehe sie weiterzogen und jeder seiner Arbeit nachging.

Da stand unvermittelt Robert am Tresen und ließ seinen Blick unentschlossen über das Angebot schweifen.

«Robert, alter Freund!», grüßte ihn Johannes herzlich. «Was führt dich denn her zu mir? Wir haben uns ja seit Wochen nicht mehr gesehen. Das letzte Mal im März, oder? Zu deinem Geburtstag. Haben sie keine Arbeit für dich, oder soll der Bahnhof mal wieder umgebaut werden?», scherzte er, konnte damit seinem Freund jedoch kein Lächeln entlocken.

«Ach, ich nehme ein Bier, und gib mir bitte ein Päckchen Juwel», sagte Robert und ließ sich von Johannes die Flasche und die Zigaretten reichen. Dieser öffnete noch ein zweites Bier und gesellte sich zu Robert. Sie tranken und zündeten sich dann beide eine Zigarette an.

«Was ist los? Wo drückt der Schuh?»

«Überall», antwortete Robert bitter, «aber so ist es eben, wenn man nicht mehr in das zentral Geplante passt.»

Johannes begriff, dass der Freund nicht wirklich von seinen

Schuhen sprach oder zumindest nicht nur. «Und, was sagt dieser Plan?»

Robert trank noch einen Schluck, dann seufzte er tief: «Dass ich nicht mehr darin vorkomme. Fünfundsechzig, Plansoll erfüllt, ab in die Rente. Dabei gibt es so viele Projekte im kommenden Fünfjahresplan, für die man jemanden mit Erfahrung beim Tunnelbau braucht. Aber nein, es steigen nun junge Leute von der Schule und der Universität ins Arbeitsleben ein. Da muss ich Solidarität zeigen und meinen Platz räumen.»

«Dann bist du also Ruheständler? Komm, Kopf hoch, es gibt schlimmere Schicksale. Sie zahlen dir eine Rente, und die Wohnung dürft ihr sicher auch behalten, oder?»

Robert nickte. «Das schon, aber was soll ich den ganzen Tag alleine tun?»

«Du könntest den Haushalt übernehmen. Lilli würde sich bestimmt freuen.»

«Sei nicht albern, Johannes. Sie würde mich schimpfen, dass ich ihr nichts recht mache.»

Das hielt Johannes zwar für unwahrscheinlich, verfolgte den nicht ganz ernst gemeinten Vorschlag aber nicht weiter.

«Für Lilli ist meine Pensionierung ein Festtag wie ein Geburtstag, den sie am Sonntag mit einem guten Essen und Wein feiern will – du bist natürlich eingeladen –, aber mir ist alles andere als zum Feiern zumute. Du hast es dagegen gut», behauptete Robert und machte eine Handbewegung, die den Kiosk mit seiner Auslage zu erfassen schien. «Du kannst hier so lange arbeiten, wie du willst. Keiner macht dir Vorschriften, und keiner kann dich einfach in den Ruhestand schicken.»

Das konnte Johannes so nicht stehen lassen. «Hm, das ist nur die eine Seite der Medaille – wobei ich mir auch die hart erkämpfe. Die andere Seite ist, dass hier immer wieder die Genossen einen

Versuch starten, meinen Kiosk – wie so viele Läden und Gaststätten – der HO einzuverleiben. Außerdem, lieber Robert, kriege ich keine Rente. Ich *muss* wahrscheinlich arbeiten, bis ich umfalle. Und eine Wohnung bekomme ich auch nicht, solange ich mich weigere, mich ‹vergesellschaften› zu lassen.» Er legte Robert den gesunden Arm über die Schulter und lächelte ihn an. «Du willst nicht ernsthaft sagen, dass du *mich* beneidest?! Du, der du alles im Leben erreicht hast und mit einer wundervollen Familie zusammenlebst? Du hast Lilli und die Zwillinge, und sie lieben dich!»

«Du denkst, ich bin undankbar? Vermutlich hast du recht, und dennoch kann ich deine Worte nur wiederholen: *Du* hast eine wunderbare Tochter und wunderbare Enkelinnen!» Tränen rannen über Roberts Wangen.

Jetzt zog Johannes den Freund ganz nah zu sich heran. «Hast du es noch immer nicht verwunden? Ach, Robert, wir haben sie beide geliebt, und sie hat uns geliebt. Lilli mag biologisch meine Tochter sein, aber das weiß außer dir, mir und Ella niemand. Als Ehemann und als Lillis Vater hat Luise dich gewählt, ich habe das nie infrage gestellt. Es ist deine Familie und wird es immer bleiben!»

Robert wischte sich mit dem Taschentuch über das Gesicht. Ein wenig verlegen richtete er seinen Blick auf Johannes und gab sich einen Ruck. Schon so lange bewegte ihn dieser eine Gedanke. Vielleicht war heute der richtige Zeitpunkt gekommen, den Freund zu fragen.

«Johannes», tastete er sich vorsichtig vor, «die Lilli ... sie ist nicht dein einziges Kind, oder?»

Johannes reagierte nicht, also wurde Robert deutlicher. «Ich ... Ich spreche von Michael. Von Ellas Sohn. Er ist auch dein Sohn, nicht wahr? Ich habe ihn hier aufwachsen gesehen, habe gespürt, wie sehr du den Jungen magst. Warum hast du dich nie offen zu ihm bekannt?»

«Ich wusste nicht, ob Ella das möchte», murmelte Johannes.

«Das ist nicht dein Ernst. Sie hat dich schon geliebt, als wir noch Kinder waren, und sie wäre dir am liebsten nie von der Seite gewichen.»

«Du weißt, ich war lange weg, in Frankreich. Hab euch nicht gesehen, hab sie nicht gesehen. Ich wusste nicht einmal, dass sie schwanger war. Als wir uns dann zufällig hier am Kiosk wiedertrafen, hat sie nichts gesagt. Mit keinem Wort hat sie erzählt, dass aus dieser einen verzweifelten Nacht Michael hervorgegangen ist.»

«Von welcher Nacht sprichst du?», hakte Robert nach.

«Von eurer Hochzeit – deiner und Luises. Ich war da, mit Ella, und habe gesehen, wie ihr die Ringe getauscht habt. Damals in Charlottenburg.»

«Und du hast Michael in unserer Hochzeitsnacht gezeugt? Während sich dein Herz nach Luise sehnte? Arme Ella.»

Beschämt blickte Johannes zu Boden. «Ja, stimmt, du hast recht. Und ich verstehe Ellas Schweigen. Sie ist eine stolze Frau, die es alleine schaffen und keinen Vater aus Pflichtgefühl für Michael haben wollte.»

Die Freunde sahen einander schweigend an.

«Eigentlich wollten wir doch nur lieben und glücklich werden und haben beide so ein Durcheinander angerichtet», sagte Robert leise.

◆

An einem Abend Anfang Juni kam Ella überraschend zu Besuch. Seit Ella nicht mehr mit im Haus wohnte, sahen sie sich nicht mehr so häufig. Es war doch etwas anderes, sich nach einem langen Arbeitstag noch einmal auf den Weg nach draußen zu machen oder nur zwei Treppen runterzusteigen.

Robert zog die Brauen hoch. Zu seiner Zeit war das nicht üblich gewesen, so einfach vor der Tür zu stehen, und noch dazu, wenn anständige Leute beim Abendessen saßen, doch Lilli freute sich und lud Ella zum Essen ein.

«Wie schön, dich zu sehen!», betonte sie. Das letzte Mal hatte sie Ella gesehen, als sie vor zwei Wochen bei ihr im Kaufhaus am Alex einen Pullover gekauft und vergeblich versucht hatte, Strümpfe zu bekommen.

«Oh, ich hab nich dran gedacht, dass es schon so spät ist», entschuldigte sich Ella. «Ich wollt nich stören.»

«Du störst doch nie!», rief Anne. Die Mädchen sprangen auf und umarmten Ella stürmisch. Dann zogen sie sie an den Tisch und rückten ihr einen Stuhl zurecht.

Als Lilli ihr versicherte, dass sie genügend Kartoffeln gekocht habe und auch Pudding für alle da sei, setzte Ella sich endlich.

«Was verschafft uns die Freude?», erkundigte sich Lilli, als alle ihre Teller geleert hatten, denn sie spürte, dass Ella auf den richtigen Zeitpunkt wartete, um etwas loszuwerden. Und richtig, ein Strahlen breitete sich über ihr Gesicht aus.

«Ich wollt fragen, ob ihr am Wochenende Zeit habt. Das Wetter soll gut werden, und ich möcht euch was zeigen.»

«Wir wollten zum Müggelsee», erwähnte Anne leise, doch bei Cornelia siegte die Neugierde. «Wir können doch am Samstag baden, dann kommen wir Sonntag mit zu Ella.»

Somit war das abgemacht.

«Auch wenn du uns nicht sagen willst, um was es geht, was wir anziehen sollen, das verrätst du uns, oder?» Lilli grinste.

Ella grinste zurück. «Was Bequemes, das dreckig werden darf. Ich werd 'nen Fresskorb mitnehmen.»

«Das klingt spannend.» Nun war auch Anne neugierig geworden.

Natürlich ließ es sich Lilli nicht nehmen, ebenfalls einen Picknickkorb zu richten und auch einige Flaschen Limonade einzupacken. Sie trafen sich bei Johannes am Kiosk. Ella versuchte, ihn zu überreden mitzukommen, doch er wollte den Kiosk nicht schließen. Und da auch Robert lieber zu Hause geblieben war, stiegen die vier ohne die beiden Männer in die S-Bahn.

Nach ein paar Stationen nahmen sie den Bus Richtung Weißensee. In der Nähe des Sportforums mit seinen Sporthallen, dem Schwimmbad und der Eisbahn, wo berühmte Athleten trainierten, die für die Republik internationale Medaillen errangen, stiegen sie aus. Zielstrebig überquerte Ella die Straße und marschierte auf eine Laubenkolonie zu, hinter der ein riesiger Trümmerberg aus überwachsenem Kriegsschutt aufragte.

Weiter ging's bis zu einem eingezäunten Garten mit einer hölzernen Laube darin. Ella öffnete das Gartentor. «Kommt rein und schaut euch um!» Sie schien vor Stolz ein Stück zu wachsen. «Und guckt euch die Datsche an! Is die nich wunderschön?»

Lilli bewunderte das kleine Holzhaus, das mit viel Liebe gepflegt und eingerichtet war, während die Mädchen jede Ecke des Gartens untersuchten. Es gab einen Apfel- und einen Pflaumenbaum, eine Hecke, in der Brombeerranken und Himbeersträucher wuchsen. Neben einer kleinen Rasenfläche waren ein paar schnurgerade Beete angelegt. Ein paar späte Erdbeeren hingen noch an den Stauden, und hinter der Regentonne, in einem dichten Busch versteckt, entdeckten sie einen Igel. In einem anderen Beet wuchsen Salat, Kohlrabi und eine Reihe Karotten. Frisches Gemüse! Auch Lilli war begeistert von diesem Gartenparadies. Gemüse kam in den meisten Haushalten nicht oft auf den Tisch, die Gemüsekisten im Konsum waren nur selten ausreichend gefüllt.

«Ist das jetzt dein Reich?», erkundigte sich Lilli.

Ella nickte. «Ja, aber was soll ich allein hier?» Sie deutete auf das Gemüse und die beiden Obstbäume. «Das is für mich alles zu viel. Bitte, wir nehmen die Datsche zusammen. Das würd mich so freun!»

Den stacheligen Fund in den Händen, kam Anne angelaufen. «Das gehört alles dir? Das ist so schön hier! Können wir öfters rauskommen?»

«Natürlich!» Ella strahlte. «Und nehmt euch Karotten mit nach Hause und vom Salat, der schon groß is.»

Lilli trat auf sie zu und umarmte sie. «Du bist so eine gute Seele, danke. Wir werden einen wundervollen Sommer haben.»

«Und im Herbst pflücken wir die ganzen Äpfel und Pflaumen», kündigte Cornelia an. «Ich schau mal, wie hoch ich raufklettern kann.» Und schon schwang sie sich auf den untersten Ast. Lilli verkniff sich, sie zu ermahnen, vorsichtig zu sein. Die Mädchen waren fast dreizehn und beide sportlich.

«Komm auch hoch!», rief Cornelia ihrer Schwester von oben zu. «Hier hat man eine tolle Aussicht!»

Und so folgte ihr Anne ins grüne Blätterdach.

Lilli und Ella setzten sich auf die lasierte Holzbank, genossen die Sonne und öffneten zwei Flaschen Limonade, solange sie noch kühl waren.

«Und, wie kommst du zu diesem Schatz? Durch Michael?»

«Ja. Er hat mich mal wieder abholen lassen. Wollte wissen, ob ich in Urlaub will. Aber ich hab gesagt, was soll ich denn da allein? Dann hat er von den Datschen erzählt. Und ich lieb es im Grünen, das weißte ja.» Sie senkte ein wenig die Stimme. «Ich glaub, die Leute, denen das gehört hat, ham in den Westen rübergemacht. Kann ich gar nich verstehen, wenn man so was Schönes hat.»

♦

Michael verließ an diesem grauen Tag im April 1958 das Büro früher als sonst. Üblicherweise waren seine Abende nicht sonderlich spannend. Meist war er in Gedanken bei den Schwierigkeiten, die er für das Ministerium lösen sollte, selbst wenn nebenher einer der Radiosender lief oder er in einem Kinosessel saß. Der letzte Film, den er gesehen hatte, war im Kino *Babylon* am Rosa-Luxemburg-Platz gewesen. *Tatort Berlin* hieß der Streifen, ein Kriminalfilm über die Aufklärung des rätselhaften Todes eines an der Sektorengrenze erschossenen Volkspolizisten. Michael konnte sich kaum mehr an den Film erinnern. Die Tage, Wochen und Monate verschwammen im Rückblick. Nicht einmal seine Beförderung zum Hauptmann, die erst wenige Wochen zurücklag, schien ihm heute wichtig. Doch heute war alles anders. Er spürte seit langer Zeit zum ersten Mal wieder dieses Kribbeln von Vorfreude in seinem Innern und hoffte, dass ihm der Abend in guter Erinnerung bleiben würde, obgleich der Revuefilm *Meine Frau macht Musik* nicht das war, was er für sich selbst ausgewählt hätte. Aber der Film war nicht das Entscheidende.

Natalia.

Er ließ ihren Namen wie einen guten Tropfen Wein in seinem Mund zerrinnen. Vor zwei Wochen hatte er sie kennengelernt, als sie mit ihrem Schuh in einer Weiche der Straßenbahnschiene hängen geblieben war und er den Absatz des kostbaren Stücks ohne größere Schäden hatte befreien können. Zum Dank hatte sie ihn auf einen Kaffee eingeladen, und sie waren ins Plaudern gekommen, sodass er tatsächlich nach seiner Mittagspause zu spät ins Ministerium zurückgekehrt war. Und nun also Kino.

Natalia war eine Wucht! Eine Frau, die man ein Mal ansah und den Blick dann nicht mehr abwenden konnte. So ging es ihm zumindest. Ihr länglich schmales Gesicht, die hervortretenden Wangenknochen und die leicht schräg stehenden dunklen Augen, fast schwarz wie ihr langes, glattes Haar.

Ihre Mutter stammte aus Warschau, der Vater kam aus der Ukraine. Obgleich ohne Vater groß geworden, war sie zu einer starken, selbstbewussten Frau herangewachsen, die wusste, was sie wollte, und hocherhobenen Hauptes energisch durchs Leben schritt. Michael hatte das Gefühl, dieses Selbstbewusstsein würde sie wie der Hauch von Parfum umwehen.

Fast war er ein wenig nervös, als sie nun auf ihn zukam, ihren Arm unter seinen Ellenbogen schob und sich die Treppe hinauf in den Vorführsaal geleiten ließ. Ihre Hand während des Films auf seinem Schenkel war ihm viel zu intensiv bewusst. Es regte sich etwas in ihm, was er so lange unterdrückt hatte. Wie gern hätte er sie an sich gezogen und sie geküsst und dann ... Er verbot sich, in seinen Träumen zu versinken, doch das war auch gar nicht nötig, denn es war Natalia, die vorschlug, noch etwas zu trinken, und anbot, er könne gerne mit zu ihr kommen.

Ja, diese Frau griff mit beiden Händen zu und nahm sich vom Leben das, was ihr zustand – zumindest ihrer Meinung nach.

Sie hielten sich nicht lange mit den Getränken auf, obgleich sie eine erstaunliche Auswahl an wirklich guten Spirituosen in ihrem Kleiderschrank aufbewahrte. Michael dachte lieber nicht darüber nach, woher die stammten. Einen vorzüglichen Cognac in der Hand, schlenderte er durch den Raum und ließ den Blick über den wild mit Büchern und Schriften bedeckten Schreibtisch wandern.

Neben unauffälligen Titeln fielen ihm auch Werke von Franz Kafka auf – *In der Strafkolonie* und *Das Urteil* –, noch bedenklicher war Max Frischs *Homo Faber*. Und dann auch noch 1984 von George Orwell! Michael kannte die Titel der verbotenen Bücher. Wenn er einmal einen Blick auf solch eine Liste geworfen hatte, blieb die Aufstellung wie eine Fotografie in seinem Gedächtnis gespeichert. Und das, was er hier liegen sah, würde im Ministerium einen Aufschrei auslösen und vermutlich nicht nur das ...

Es blieb ihm keine Zeit, über solche Nebensächlichkeiten nachzudenken. Denn Natalia zögerte nicht. Sie schob sich zwischen ihn und den Schreibtisch, schlang ihre Arme um ihn und begann ihn leidenschaftlich zu küssen, während ihre Finger sein Hemd aufknöpften. Stürmisch befreite er sie von ihrem Kleid, dem zarten BH, dem Schlüpfer aus Seide. Sie schien sich daran nicht zu stören. Klammerte sich nur noch fester an ihn und zögerte keinen Moment, als er sich auf ihr Bett fallen ließ und sie über sich zog.

Nein, so hatte er die körperliche Vereinigung noch nicht erlebt. Wild und völlig ohne Scham. Diese Frau war unglaublich, und er fühlte schon jetzt ein brennendes Verlangen nach dem nächsten Mal, dass er es kaum abwarten konnte.

♦

Am 12. Juni 1958 wurde der Tag des Lehrers gefeiert. Es gab wie üblich kleine Geschenke, eine Dankesrede des Gruppenratsvorsitzenden der Pioniergruppe, in diesem Schuljahr übernahm das Klassenkamerad Paul, und natürlich gab es einen perfekten Fahnenappell, sodass jeder Lehrer auf seine Klasse stolz sein konnte.

Auch Lilli war von ihrer Klasse beschenkt worden, und die Zwillinge sichteten am Nachmittag neugierig die Gaben, die die Mutter bekommen hatte.

«Hm, Pralinen», verkündete Cornelia. «Und das sind nicht die Dinger aus dem Konsum.»

«Oh Mutti, eine Rosenseife. Damit du eine ganz dufte Lehrerin bleibst», sagte Anne.

«Und hier, ein Taschentuch, mit deinen Initialen bestickt.»

Blumen hatte es auch gegeben, wobei die Auswahl eher kläglich ausfiel, was allerdings weniger an den Bemühungen der Schüler lag. Zu diesem besonderen Tag wurden einfach zu viele Blumen verlangt. Auch wenn der Tag seit seiner Einführung 1951 jedes Jahr bekannt war, das Blumenangebot für die Lehrer und Lehrerinnen war immer viel zu knapp berechnet. *Trotz der schönen Produktionspläne im Arbeiter-und-Bauern-Staat*, dachte Lilli.

Nach dem Festtag für die Lehrer waren die Sommerferien zum Greifen nah!

«Weilemanns von gegenüber fahren für zwei Wochen an die Ostsee», stellte Cornelia ein wenig neidisch fest.

Lilli nahm sie tröstend in die Arme. «Ich weiß. Ich habe es seit Januar versucht, aber wir sind wieder nicht zum Zug gekommen. Das tut mir leid. Vielleicht klappt es im nächsten Jahr. Die Quartiere dort sind eben rar und sehr begehrt. Aber wir können im August in den Harz fahren, zu Familie Berger. Sie werden uns ihre Kammer wieder vermieten.»

Das war nicht schlecht, aber eben nicht die Ostsee. Und es würde auch noch vier Wochen dauern, bis es losging.

Zum Glück gab es Pionierlager. Und in eins davon fuhren die Zwillinge für die ersten achtzehn Tage ihrer Ferien. Die Reichsbahn unterstützte zusammen mit dem VEB Elektrokohle in Berlin-Lichtenberg eines der zahlreichen Zentralen Pionierlager und ermöglichte so den Enkelinnen eines pensionierten und verdienten Ingenieurs die Teilnahme.

Das Lager war in der Nähe des kleinen Ortes Gräbendorf, fünfundzwanzig Kilometer südlich von der Stadtgrenze Berlins entfernt. Zu Ehren des polnischen Generals Karol Świerczewski trug es seinen Namen und lockte mit seinen Badeseen, darunter auch der von Wald umgebene Hölzerne See.

Schnell waren die Rucksäcke gepackt, und bereits am zweiten Ferientag ging es los. Lilli, Johannes und Robert standen am Bahnsteig und winkten den beiden, bis sie nicht mehr zu erkennen waren.

«Na, dann wollen wir mal sehen, was sich dort im Lager alles so rumtreibt», sagte Cornelia keck, ließ sich in einen der Waggonsitze fallen und packte erst mal eine ihrer belegten Schrippen aus.

Anne lachte. «Willst du deinen Proviant jetzt schon aufessen? Ich schau mir lieber an, wie das Essen dort ist. Vielleicht teile ich mir Muttis gute Schrippen lieber ein.»

Im Lager angekommen, machten sie sich zusammen mit den anderen Neuankömmlingen neugierig und aufgeregt mit allem vertraut. Es gab ein Haus, in dem die Mahlzeiten eingenommen und das auch für Spiele bei Regen genutzt wurde. Untergebracht waren sie in großen Zelten, in denen ein Bettgestell neben dem anderen stand. Die Mädchen bezogen ihr Lager und deponierten ihre Habseligkeiten, dann mussten sie sich bereits zum ersten Fahnenappell sammeln. Schnell das rote Pionierhalstuch umgebunden, sie waren ja keine Jungpioniere mehr, die blaue Halstücher trugen. Seit der vierten Klasse gehörten sie zu den Thälmannpionieren.

Alle nahmen Aufstellung, wie sie das von der Schule gewohnt waren, und schmetterten das Lied der Pioniere:

Für uns bringt jeder Monat Glück und Freude,
und ohne Sorgen jeder Tag beginnt
voll Frohsinn, Fröhlichkeit und neuen Liedern
in unsrem Land, wo alle Menschen glücklich sind.
Lasst laut den Ruf der Hörner klingen,
die Trommel rührt mit Jubelschlag!
Lasst uns das Lied der Freundschaft singen,
die Jugend grüßt den neuen, maiengoldnen Tag.

Dann wurden sie in Gruppen aufgeteilt und die Pionierleiter vorgestellt, die für unterschiedliche Aktivitäten verantwortlich sein würden.

Lena und Britta, die die Betten neben den Zwillingen bezogen hatten, waren schon zum dritten Mal hier und wussten, wo der Hase langlief.

«Die Heidi, die ist in Ordnung», klärte Lena auf. «Die versteht Spaß und nimmt's mit der Nachtruhe und der Sauberkeit nicht so genau. Aber hütet euch vor Gerda. Die hat schon Mädchen, die sich ihrer Meinung nach nicht ordentlich genug gewaschen haben, unters eiskalte Wasser gestellt. Das ist 'ne Zicke!»

«Der Hannes geht», fuhr Britta fort. «Ist ein ganz roter, aber trotzdem lustig. Und Alfred nennen wir heimlich Adolf. Ich sag euch, das ist ein alter Nazi! Bei dem machen wir Sport, der kennt keine Gnade.»

Das erlebten sie gleich am nächsten Morgen, noch vor dem Frühstück!

«WALDLAUF!»

Einer der FDJler gab das Tempo vor, und Alfred trieb die Jugendlichen von hinten an.

«Das nennt man nun Ferien!», stöhnte Anne, hielt aber tapfer mit.

Cornelia dagegen war in ihrem Element und lief leichtfüßig neben dem mindestens drei Jahre älteren Rolf her, der immer mal wieder einen Spurt einbaute, aber so leicht ließ sie sich nicht abhängen. Alfred war begeistert. Allerdings nur von Cornelia. Die Nachzügler, die das Tempo nicht halten konnten, beschimpfte er als faule Säcke, denen er noch Beine machen würde.

«Ich hab jetzt schon eine Blase an der Ferse», jammerte Lena beim Frühstück.

Das Wetter an diesem Tag war herrlich, und der Hölzerne See lud zum Baden ein. Am nächsten Vormittag mussten sie allerdings erneut vor Alfred Aufstellung nehmen.

«Ich ahne Schlimmes», stöhnte Britta.

«Oh ja, er will wieder Krieg spielen!», stimmte ihr Lena zu.

Offiziell hieß es *Geländespiel*, aber Alfred versetzte seine Gruppe gleich in die richtige Stimmung. «Stellt euch vor: Dort drüben vom Feld her nähert sich die Armee des Feindes. Ihr habt euch hier verschanzt, um sie mit euren Handgranaten gebührend zu empfangen.» Er demonstrierte, wie man diese korrekt und kraftvoll auf den Angreifer schleuderte.

Danach mussten sie unter «Stacheldraht» durchrobben, ohne in den Dornen hängen zu bleiben. Der Stacheldraht war zwar ein Netz und die Dornen nur kleine Glöckchen, aber diese tiefste Gangart war ganz schön anstrengend. Zu ihrer eigenen Überraschung löste Anne diese Aufgabe am elegantesten und berührte kein einziges Glöckchen, während Lena fünfmal mit dem Hintern die Glocken zum Klingeln und Alfred in Rage brachte.

«Wenigstens ist es trocken», grummelte Lena. «Letztes Jahr mussten wir durch den Schlamm robben und haben dann auch noch 'nen Anschiss bekommen, weil wir unsere Klamotten nicht mehr sauber gekriegt haben.»

Als Nächstes folgte ein Hindernisparcours, den sie zu zweit meistern mussten.

«Das ist nicht fair», schimpfte Britta. «Ihr seid ein eingespieltes Team.»

Jedenfalls schlugen sich die Zwillinge gut, und Cornelia jubelte vor Freude. Im Gegensatz zu vielen anderen fand sie es lustig, an Seilen und Netzen hochzuklettern und glatte, hohe Wände zu überwinden.

Am Abend wurde ein großes Feuer entzündet, um das alle bis spät in der Nacht beisammensaßen und Pionierlieder sangen. Heidi spielte Gitarre. Aus der Küche wurden Schüsseln mit Schrippen und Würstchen gebracht, die sie an Stöcken über der Glut knusprig brieten. Zischend verdampfte das Fett in den Flammen.

«Schade, dass Martin nicht dabei ist», bemerkte Cornelia, die ungewöhnlich verträumt wirkte. Seit er im Westen war, hatten sie sich nur wenige Male gesehen. Er war nicht mehr der Freund, der ältere Bruder, der nur einen Stock tiefer wohnte. Dennoch war da eine Vertrautheit zwischen ihnen geblieben. Wenn sie sich nicht sahen, schrieben sie einander regelmäßig. Mit ihm konnte sie noch immer über alles reden. Sicher, mit Anne auch, aber bei Martin war das etwas anderes. Er sah die Dinge von einer anderen Warte. Er war schon fast ein Mann.

Anne lächelte ihre Schwester an. «Ich mag ihn auch, aber ich denke, nicht ganz so sehr wie du.»

Cornelia antwortete nicht. Sie schaute hinauf in den Sternenhimmel, unter dem die Rauchschleier des Feuers vorbeitrieben.

♦

Im Pionierlager flogen derweil die Ferientage dahin. Am Wochenende stand ein besonderes Fest auf dem Programm.

«Was passiert da?», wollte Cornelia wissen, als sie den Eintrag «Neptunfest» auf der Aktivitätenliste am Aushang entdeckte.

Lena verdrehte die Augen. «Oh nein, wieder dieser Schwachsinn. Ich hasse das!»

«Warum?

Lena zuckte mit den Schultern. «Einer der Leiter verkleidet sich als Neptun, die anderen sind seine Häscher. Die kommen dann mit einem Ruderboot angefahren, während wir uns alle zu ihrem Empfang am Ufer aufstellen müssen.»

«Hört sich doch ganz lustig an», wandte Anne ein.

«Dann will ich dir die Vorfreude nicht verderben. Trotzdem solltest du lieber hoffen, nicht zu denen zu gehören, die für die Taufe ausgesucht werden!», lautete Lenas rätselhafte Antwort, ehe sie sich, mit Handtuch und Seife bewaffnet, zu den Duschen aufmachte, um vielleicht noch von der Sonne angewärmtes Wasser zu erwischen.

Am Sonntag stellten sich Cornelia und Anne mit den anderen Neulingen des Pionierlagers am Seeufer auf, um Neptun und sein Gefolge zu begrüßen. Anne fand es eher albern, so wie die Pionierleiter sich ausstaffiert hatten; alle waren leicht bekleidet und mehr oder weniger grün bemalt. Neptun Adolf trug sogar eine Pappkrone auf dem Kopf und einen Dreizack in der Hand.

Am Ufer angekommen, hielt er eine Rede, bei der er ankündigte, dass er nun seine Häscher aussenden würde, um ihm würdige Kandidaten zu bringen, die durch die Taufe in sein Unterwasserreich aufgenommen würden. Zudem würde ein jeder einen passenden Namen verliehen bekommen.

Anne fiel auf, dass so mancher zu ahnen schien, was ihnen blühen könnte, und versuchte, sich hinter größeren Jugendlichen zu verstecken ... Da packte die Häscherin namens Seeschlange alias Gerda zu und zog Anne zu Neptun. Widerstand zwecklos! Neptun hob eine Flasche hoch, deren Inhalt schon ekelerregend aussah – und auch so roch und schmeckte, wie Anne schnell feststellen musste, als mehrere Hände sie festhielten und ihr das Gebräu in den Hals schütteten.

IGITT! Anne spuckte und würgte, dann spürte sie einen Stoß und flog samt Kleidern und Schuhen ins Wasser. Rundum kreischte und platschte es, als weitere Täuflinge neben ihr landeten.

«Was war *das* denn Widerliches?», erkundigte sich Cornelia, als sie die triefende Schwester zum «Trockenlegen» zu ihrem Zelt begleitete.

«Keine Ahnung. Aber es war schreeeecklich!» Anne schüttelte sich noch immer.

Im Zelt trafen sie auf Lena, die Anne aufmunternd anschaute.

«Na, du hast es überlebt. Auch den Neptun-Spezialtrank: Limo mit Essig und Maggi», klärte sie die Zwillinge auf. «Übrigens, dein Name gefällt mir. Willkommen, Seenacktschnecke!» Sie kicherte und streckte Anne die Hand hin. «Ich heiße übrigens ‹Schleimige Auster›, falls mein Neptunname vom vergangenen Jahr noch gilt.»

Am vorletzten Tag waren noch einmal sportliche Wettkämpfe angesetzt. Es winkten Urkunden und Ehrennadeln, wie das bei Sportereignissen so üblich war. Aus dem großen Korb, den die Gruppenleiter ans Sportfeld trugen, lugten allerdings auch diverse Süßigkeiten.

«Für so 'n bisschen Schokolade streng ich mich nicht an», verkündete Lena, doch Cornelia und Anne hatten einfach Spaß am Sport. Anne war inzwischen zu einer guten Turnerin geworden. Mühelos stemmte sie sich aus der Rolle rückwärts in den Handstand und beeindruckte zum Abschluss mit ihrem blitzsauberen Radschlag, der Radwende und dem Flickflack, was ihr großen Jubel einbrachte.

In der Leichtathletik konnte sie ihrer Schwester allerdings auch weiterhin nicht das Wasser reichen. Doch das gelang auch sonst keinem der Pioniere.

Die Männer in den dunklen Anzügen, die bei den Pionierleitern standen, entdeckte Anne erst später, als Cornelia noch zu einem Einhundertmeterlauf gegen einen FDJler antreten musste, der für seine Schnelligkeit bekannt war, doch sie besiegte auch ihn. Die Männer klappten ihre Notizbücher auf und schrieben eifrig mit.

Britta hatte Anne beobachtet. Sie biss ein Stück von ihrer Schokotafel ab, die sie beim Weitsprung gewonnen hatte, und nickte in Richtung Anzugträger. «Das sind Talentsichter für die KJS. Die suchen sich die Besten für das neue Schuljahr raus. Ich glaub, der Rothaarige mit dem Bart ist von der Heinrich-Rau in Hohenschönhausen.»

«KJS? Die Kinder- und Jugendsportschule, nicht wahr?» Anne war beeindruckt. Die Schule war das Sprungbrett zu einer großen Sportkarriere, zu Reisen in aller Herren Länder, zu Wettkämpfen und Medaillen. Ein Traum, der aber sicher auch ganz viel Druck bedeutete, denn Partei und Land erwarteten Erfolge. Ob sie jetzt ihre Schwester Cornelia im Visier hatten?

Kapitel 21

«Dürfen wir Martin besuchen?»

Diese Frage bekam Lilli häufig zu hören. Nachdem Martin und seine gesamte Klasse im Dezember 1956 in den Westen gegangen waren, um dort das Abitur machen zu dürfen, hätte sie eigentlich erwartet, dass das Interesse der beiden abkühlen würde, doch zu ihrer Überraschung galt der letzte Besuch vor dem Urlaub dem Wahlbruder, und kaum waren sie aus Thüringen zurück und die Taschen ausgepackt, war Cornelias erster Gedanke, Martin zu sehen. Und da Lilli meist die Gelegenheit nutzte, die Mädchen in den Westteil der Stadt zu begleiten, um sich dort mit Ilse zu treffen oder Wolfgang zu einem Auftritt zu begleiten, hatte sie ganz und gar nichts dagegen. Es wunderte sie nur, dass auch Martin an der Freundschaft festhielt, sogar jetzt, nachdem er drüben eine gleichaltrige Freundin gefunden hatte. Eifersüchteleien zwischen den Mädchen schien es nicht zu geben. Für Cornelia blieb Martin der große Bruder, und für Anke, seine Freundin, war das noch nicht einmal vierzehnjährige Mädchen keine Konkurrenz.

Jedenfalls bot die letzte Ferienwoche eine gute Gelegenheit für diesen Besuch. Alle konnten am nächsten Tag ausschlafen, und die Mädchen würden in der Schule nicht aus Versehen zu viel ausplaudern, denn gern gesehen wurden Besuche im Westen natürlich nicht. Ja, manche Lehrer reagierten gar heftig ablehnend, und es konnte durchaus einen negativen Einfluss auf die monatlich vergebenen Kopfnoten haben, wenn der Verdacht aufkam, ein Schüler könne zu wenig Begeisterung für den Sozialismus und zu viel Nachsicht mit dem faschistischen Kapitalisten haben.

Es war schon problematisch genug, dass die Mädchen daheim fast nur noch Westsender auswählten wie den SFB oder den RIAS. Sie wollten die Musik, die sie mit Martin und seinen Freunden auch drüben hörten. Und selbst Lilli bevorzugte Stücke, wie sie Wolfgang und seine Band spielten, die durchaus auch eigene Lieder schrieben und nicht nur das nachspielten, was aus den USA kam.

Bei Veranstaltungen im Osten gab es strenge Vorschriften. Mindestens sechzig Prozent der gespielten Stücke mussten von hier stammen. Natürlich gab es da kreative Möglichkeiten, aber zu frei sollte die Regel nicht ausgelegt werden. Die staatlichen Maßnahmen reichten bis zur Verweigerung von Spiellizenzen oder einem generellen Auftrittsverbot. Lilli wusste von Wolfgang, dass es Indexlisten gab sowie sprachliche und inhaltliche Vorgaben zu Liedtexten. Texte mussten deutsch sein, und selbst der Bandname durfte nicht englisch klingen. Für jeden Auftritt mussten die Künstler ihre Spiellisten zur Prüfung beim Ministerium für Kultur einreichen.

«Manche haben schon Extraprovokationen in die Texte geschrieben, damit die Zensoren – die man ja nicht so nennen darf – was zum Streichen haben und anderes vielleicht übersehen. Man kann aber nie vorher sagen, was durchkommt.» Lilli verstand sehr gut, dass Wolfgang unter solchen Bedingungen keine Musik im Osten machen wollte. «Künstlerische Freiheit ist nicht erwünscht», sagte er frustriert. Und das galt ebenso für Literatur und die bildenden Künste. «Die Idee der Kunst muss der Marschrichtung des politischen Kampfes folgen», hatte Ministerpräsident Grotewohl gesagt. «Kunst um der Kunst willen gibt es nicht.» Wie so vieles andere auch diente die Kunst im Osten der Agitation und gehörte zur allgegenwärtigen *Rotlichtbestrahlung*, wie das die Menschen spöttisch nannten.

Als Lilli an diesem Tag vom Einkaufen zurückkam und die Wohnungstür öffnete, schallten ihr schon die neuesten Songs aus Amerika entgegen. Rasch schloss sie die Tür, lief ins Wohnzimmer und drehte die Musik leiser.

Die Mädchen, die wild getanzt hatten, ließen enttäuscht die Arme sinken.

«Mutti, das ist *Tequila* von den Champs», rief Cornelia empört. «Das ist klasse!»

«Ja, das darfst du so sehen, und mir gefällt die Musik ebenfalls, aber der SFB und der RIAS sind Feindsender. Die zu hören ist verboten, was ihr beide sehr wohl wisst.»

«Spielverderberin», murrte Cornelia und warf sich mit verschränkten Armen aufs Sofa. Aus dem Äther erklang nun eine andere Stimme, samtweich und dunkel, die keinen kaltließ:

Don't, don't, that's what you say
Each time that I hold you this way
When I feel like this and I want to kiss you
Baby, don't say don't
Don't, don't, leave my embrace
For here in my arms is your place

Anne stieß einen tiefen Seufzer aus und ließ sich neben ihre Schwester sinken. «Elvis! Ich liebe dich!»

Vermutlich verstand sie nur wenig von dem, was Elvis sang, denn die einzige Fremdsprache, die die Mädchen bisher im Unterricht hatten, war Russisch. In manchen Schulen wurde in der Oberstufe Englisch oder Französisch angeboten. Die wenigen Wörter aus dem Englischen, die sie kannten, stammten also von Martin und ihren anderen Freunden im Westen.

Lilli warf die Arme in die Luft. «Mädchen, wir haben doch schon so oft darüber gesprochen. Großpapa und ich könnten wirklich Ärger bekommen, wenn das an falscher Stelle bekannt würde. Für so was kann man entlassen werden oder Schlimmeres.»

«Großpapa ist nicht mehr bei der Reichsbahn. Er ist jetzt Rentner», widersprach Cornelia.

«Ja, aber ich bin Lehrerin, und gerade da wird Linientreue erwartet.»

«Aber du magst die Musik doch auch. Ich weiß es, denn Wolfgang spielt solche Sachen», murrte Anne, und Cornelia fügte hinzu: «Pah, wie sollen die von *Horch und Guck* das mitkriegen? Hier im Haus halten wir doch zusammen. Da ist kein Verräter dabei.»

«Horch und Guck? Kinder, Menschen, die bespitzeln, gibt es überall bei uns. Und das Schlimme ist ja gerade, dass man es ihnen nicht an der Nasenspitze ansieht. Ihr habt recht, hier im Haus sind wir miteinander vertraut, zumindest all diejenigen, die seit Jahren hier zusammenwohnen. Aber schon ein Besucher kann gefährlich werden. Es geht einfach darum, privat und öffentlich auseinanderzuhalten. Ihr seid klug genug, das zu verstehen», erklärte Lilli wohl schon zum tausendsten Mal.

«Das wissen wir, Mutti. Manchmal hab ich schon den ollen Riegel von ganz unten in Verdacht», gab Anne zu bedenken. «Immerhin führt er unser Hausbuch.»

Cornelia stimmte ihrer Schwester zu. «Das würd ich dem zutrauen, so neugierig, wie der immer rumschleicht, aber da unten kriegt der nichts mit. Der hört auch nicht mehr so gut.»

Lilli schüttelte den Kopf. «Wenn wir einen Informanten im Haus haben, dann würde ich eher auf die Weilemanns von nebenan tippen.»

«Du denkst, die spionieren?», rief Anne überrascht. «Ich finde, die sind sehr nett und hilfsbereit.»

«Ja, er trägt gern den Leuten ihre Kohlen oder den Einkaufskorb bis in die Küche und bleibt dann auf einen Kaffee oder Schnaps», sagte Lilli.

«Und deshalb verdächtigst du ihn?» Cornelia zog die Stirn kraus.

«Nein, nicht deshalb. Aber die Weilemanns wohnen erst seit ein paar Monaten bei uns im Haus und haben bereits einen Telefonanschluss bekommen – mit einer eigenen Nummer!»

«Das wusste ich nicht.» Cornelia pfiff durch die Zähne.

Anne wiegte traurig den Kopf. «Schade, ich finde beide Töchter nett. Jetzt müssen wir uns also genau überlegen, was wir denen erzählen?»

Lilli setzte sich zwischen ihre Töchter und legte die Arme um deren Schultern. «Ja, das meine ich. Und das stört mich hier im Osten am meisten. Aber wenigstens könnt ihr mit mir, Großpapa und Johannes über alles reden. Wir sind Familie. Oder drüben gibt es Ilse und Clara. Auch Wolfgang ist vertrauenswürdig und natürlich Martin.»

«Und Ella», fügte Cornelia hinzu. «Sie war doch von Anfang an so was wie unsere Oma und hat sich immer um uns gekümmert, auch als wir noch ganz klein waren und in Tante Ilses Wohnung gelebt haben. Das hast du uns erzählt.»

Lilli öffnete den Mund, schloss ihn dann aber rasch wieder.

Ella und Michael, nein, das war kein gutes Thema. Auf dieses Glatteis wollte sie sich lieber nicht wagen. Die Zwillinge waren nicht dumm, und es wäre gefährlich, sie auf diesen Pfad zu führen. Sie konnte nur hoffen, dass Ella in Michaels Gegenwart nichts entschlüpfte, das ihnen schaden könnte. Sosehr sie sich für beide freute, dass sie nach all den Jahren wieder zueinandergefunden hatten. Michael gehörte mit ziemlicher Sicherheit zum MfS. Und ob er in dieser Position je so großzügig sein würde, die Dinge auf sich beruhen zu lassen, darauf wollte sie lieber nicht bauen.

♦

Gleich am zweiten Schultag des neuen Schuljahres musste Lilli die letzten beiden Stunden ihrer Achtklässler verlegen, weil sie im Rektorat ihrer Töchter verlangt wurde. Mit mulmigem Gefühl machte sie sich auf den Weg. Was konnten die beiden denn so Schlimmes angestellt haben, dass man die Mutter herbeorderte? Oder ging es um irgendwas, das während der Ferien passiert war? Solche Termine bedeuteten jedenfalls selten etwas Gutes.

Es wunderte Lilli nicht besonders, Cornelia in Anwesenheit der Rektorin, des Parteisekretärs der Schule und zweier ihr unbekannter Männer vorzufinden. Einer war klein und dick mit Halbglatze, der andere groß und athletisch mit auffällig rötlichem Haar und Bart. Cornelia wirkte aufgeregt, die Männer blickten ernst drein.

«Worum geht es?», fragte Lilli und reckte angriffslustig das Kinn vor. Die Löwenmutter, die bereit war, ihr Junges zu verteidigen, ganz gleich, wie stark und gefährlich der Gegner war.

Rektorin Lebmann schien die unterdrückte Aggression zu spüren, denn sie beeilte sich, beruhigende Worte zu finden. «Guten Tag, Frau Wagenbach. Danke, dass Sie so schnell kommen konnten. Darf ich vorstellen, das sind die Genossen Linder und Bergendoff. Es ist uns eine besondere Ehre, sie hier an unserer Schule begrüßen zu dürfen.»

Lilli setzte sich neben Cornelia und nickte den Herren zu.

«Eigentlich suchen sie ihre Talente bei jüngeren Schülern», fuhr die Rektorin fort, «doch unsere Cornelia ist ihnen im Ferienlager in Gräbendorf ins Auge gefallen, und sie würden sie hier gerne noch einmal laufen sehen.»

Lilli blinzelte verwirrt. «Was meinen Sie damit?»

«Nun, die Genossen sind auf der Suche nach geeigneten Schülern für die KJS in Hohenschönhausen!» Frau Lebmann deutete eine Verbeugung in Richtung der Besucher an. «Es wäre für uns *alle* eine Ehre, eine unserer Schülerinnen an der Heinrich-Rau zu wissen und später bei großen Wettkämpfen mit ihr mitzufiebern.»

Genosse Bergendoff hob die Hand. «Noch ist nichts entschieden, Genossin Lebmann. Ich denke, Cornelia möchte uns jetzt erst einmal ihr Können demonstrieren?»

Und das tat Cornelia, innerlich aufgeregt und außen locker und konzentriert. Ja, dachte Lilli, das Laufen gehörte einfach zu ihr, schneller zu sein, als alle anderen.

Die Herren verglichen ihre Stoppuhren und nickten anerkennend. «Ich denke, das ist vielversprechend», sagte der kleine Dicke. «Du kannst jetzt zu deiner Klasse zurück. Wir würden uns noch gerne mit deiner Mutter unterhalten.»

Die Zwillinge platzten fast vor Spannung, als sie nach der Schule heimkamen.

«Und, nehmen die mich auf?», fragte Cornelia, kaum dass sie zur Tür herein war.

Lilli nickte. «Ja, du bist sehr gut und sollst gefördert werden, sagen sie. Du darfst nächste Woche in die KJS wechseln.»

«Juhuu!», schrie Cornelia und machte ein paar Tanzschritte. Dann hielt sie inne. «Und Anne? Kann sie mitkommen?»

Lilli schüttelte den Kopf.

«Aber sie turnt fantastisch!»

«Ich fürchte, für diese Schule ist das nicht gut genug. Mit dem Turnen fangen die Kinder dort bereits in der ersten oder zweiten Klasse an.»

Cornelia zog einen Flunsch und verschränkte die Arme vor der

Brust, doch Anne hakte sich bei ihr unter. «Jetzt komm, so eine Chance kriegt man nur ein Mal im Leben. Das da ist riesig, Cornelia! Und wir sehen uns dann immer am Nachmittag.»

«Am Wochenende», korrigierte Lilli. «Nach Hohenschönhausen ist Cornelia zu lange unterwegs, um täglich hin- und herzufahren. Zumal sie sehr viel trainieren muss. Nein, die Herren haben die Unterbringung im Internat empfohlen.»

Cornelia protestierte, doch Lilli riet ihr, erst einmal in Ruhe darüber nachzudenken. «Liebes, das muss nicht sofort entschieden werden. Überlege, was *du* willst. Auch für deine Zukunft, und dann sprechen wir am Wochenende wieder darüber. Wenn du möchtest, kannst du auch mit Großpapa reden. Du weißt, wie stolz er immer auf eure Erfolge ist und wie sehr er dein Lauftalent schätzt.»

Doch ehe Lilli mit ihrer Tochter noch einmal über die Sportschule sprechen konnte, hielt sie am nächsten Tag ein Mann an, der seiner Aufmachung nach nur vom MfS kommen konnte.

Der Fremde hielt sich nicht lange mit Höflichkeiten auf. «Wir überprüfen für die Heinrich-Rau potenzielle Kandidaten.»

Lilli spürte, wie ihr kalt wurde. «Ja und?»

«Lassen Sie uns ein Stück gehen», schlug er vor.

Widerstrebend folgte ihm Lilli und wartete mit Unbehagen darauf, was der Agent des MfS alles ausgegraben hatte.

«Also, erstens müssen diese Westausflüge Ihrer Tochter aufhören. Und zweitens kann sie sich natürlich nicht mehr mit diesem Republikflüchtigen, diesem Martin Ehrberger, und seinen Schulfreunden treffen.»

Lilli ballte die Hand in ihrer Jackentasche zur Faust. «Sonst noch etwas?», erkundigte sie sich so ruhig, wie ihr möglich war.

«Kommen wir zu Ihnen», fuhr er fort.

«*Ich* will nicht auf diese Schule gehen», widersprach Lilli, doch er lachte nur nachsichtig.

«Es ist doch klar, dass die ganze Familie verlässlich zu Staat und Partei stehen muss, was bedeutet, dass auch Sie Ihre Westkontakte beenden müssen. Und dann dieser Musiker! Ein Grenzgänger, der die Vorteile unseres Staates ausnützt, um beim Klassenfeind seine verabscheuungswürdige Musik zu spielen!»

«Ich denke nicht, dass Herr Plattner und seine Musik etwas mit der Schule meiner Tochter zu tun haben», presste Lilli zwischen den Zähnen hervor.

«Nicht wenn Sie sich nicht weiter mit ihm treffen», sagte der Staatssicherheitsmann. «Ach ja, da ist noch was. Wir würden Ihnen nahelegen, in die Partei einzutreten. Es wundert mich eh, dass Sie das als Vorbild unserer hoffnungsvollen Jugend nicht längst getan haben. Sie sind ja nicht einmal Mitglied in der Gesellschaft für Deutsch-Sowjetische Freundschaft. Ist es gar möglich, dass Sie sich abfällig über unsere Brüder aus Moskau geäußert haben?»

«Wie kommen Sie denn auf diesen Gedanken?» Lilli spürte, dass sie ihren wachsenden Zorn kaum noch unterdrücken konnte. «Wär's das dann?»

Der Agent lächelte süffisant. «Aber ja. Ich komme wieder auf Sie zu!»

Am Abend berichtete Lilli ihren Töchtern so sachlich wie möglich von ihrem Gespräch. Cornelia sah sie so ungläubig an wie Anne, doch Lilli versicherte beiden, dass die Staatssicherheit das tatsächlich ernst meinte. Ganz sicher würde sie ein Auge darauf haben, ob ihre Verbote eingehalten würden.

Anne schwieg, während Cornelia ein paarmal schwer schnaufte. Dann streckte sich die Dreizehnjährige zu ihrer vollen Größe, blickte Lilli fest in die Augen und rief: «Die können mich mal! Sollen die sich andere suchen, die sie für ein paar Medaillen durch die Gegend hetzen können. Ich mach da nicht mit. Ich geb meine Freunde nicht auf!»

♦

«Tja, und dann habe ich Nein gesagt und bin in meiner alten Schule geblieben. Meinst du, ich hab mich richtig entschieden?» Cornelia blieb stehen und sah zu Martin auf. Zum ersten Mal, seit sie ihm die ganze Geschichte von der KJS erzählt hatte, klang sie verunsichert.

Es war ein noch ungewöhnlich warmer Samstag Ende September, als Cornelia mit Martin den Ku'damm entlangschlenderte. Natürlich hatte sie mit Anne über das Thema gesprochen, mit Mutter und Großpapa und mit Onkel Johannes, ehe sie der Rektorin ihre Entscheidung mitgeteilt hatte, dennoch war es ihr wichtig, nun auch mit Martin zu reden und zu hören, was er über die ganze Sache dachte. Anne hatte den Wink verstanden und hatte die Mutter und Wolfgang zu Ilse und Clara nach Schöneberg zum Kaffeetrinken begleitet.

Martin sah Cornelia an und überlegte. «Du weißt, dass nicht ich dir das sagen kann. Es ist dein Leben, auf das sich diese Entscheidung auswirken wird.»

«Dann findest du, ich hätte mich diesen ganzen Verboten unterwerfen sollen?»

Martin nahm sie in die Arme. «Nein, das finde ich nicht. Ich freue mich, und ich bin stolz auf dich, dass du dich für die Freiheit entschieden hast und dir deine Freunde selbst aussuchst. Ich will nur nicht zwischen dir und einer Sportkarriere stehen, die du dir über alles wünschst.» Er ließ sie los und trat zurück.

«So ist das nicht. Ich laufe gerne, und ich habe auch Spaß am Training, aber alles aufgeben, um für das Land und die Partei Medaillen zu holen?»

«Um für dich selbst Medaillen zu erringen», korrigierte Martin.

Cornelia schüttelte den Kopf. «Das ist mir nicht wichtig. Ich kann ja weiter in der Gruppe der Gesellschaft für Sport und Technik trainieren, das reicht mir. Ich laufe, weil ich mich dabei wohlfühle und den Kopf freibekomme, nicht um mir Urkunden an die Wand zu hängen.»

Sie schlenderten weiter. Martin kaufte ihnen an einem der Eiswagen je eine Waffel mit Vanille- und Schokoladeneis. Genüsslich schleckend, schlenderten sie weiter.

«Wie lange hast du Zeit?», erkundigte er sich.

«Och, noch lange. Wir treffen uns erst um sieben in der Rankestraße vor der Ewigen Lampe.»

«Ihr geht in die ‹Stachelschweine›? Das Kabarett ist klasse. Ich hab die gesehen, als sie noch in der Badewanne aufgetreten sind.»

«Wir gehen alle zusammen. Clara hatte Geburtstag. Wenn es noch Karten gibt, könntest du ja mitkommen», schlug Cornelia vor.

Doch Martin lehnte ab. «Ich bin nachher noch verabredet.»

«Mit Anke?»

«Claudia», korrigierte er.

Cornelia runzelte die Stirn. «Bin ich vergesslich, oder hast du 'ne Neue?»

Martin wurde tatsächlich ein wenig rot. «Wir sind erst seit zwei Wochen zusammen.»

«Und Anke?»

«Geht jetzt mit einem anderen.»

Cornelia zog eine Grimasse, während sie ihre Hand in die seine schob. «Bin ich froh, dass Schwestern nicht so häufig ausgetauscht werden wie Freundinnen.»

Martin lachte. «Du bist so einzigartig, dich kann man gar nicht austauschen.»

«Sagt der, der mehr als einen Monat gebraucht hat, um mich und

Anne auseinanderzuhalten», murmelte Cornelia, grinste aber verschmitzt. «Was ist, gehen wir noch in den Zoo? Ich liebe den Tierpark und war schon so lange nicht mehr dort.»

Martin ließ ihre Hand los und deutete eine Verbeugung an. «Also dann, kleine Schwester, lass uns in den Zoo gehen und unsere Affenverwandtschaft besuchen.»

♦

Erntezeit! Darauf freuten sich die Zwillinge schon lange. Am Wochenende würden sie mit Ella und Lilli zur Datsche rausfahren und ganze Eimer voll mit Pflaumen und Äpfeln von den Bäumen holen. Zuerst die Pflaumen. Die Äpfel konnten noch die eine oder andere Woche weiterreifen.

Allerdings musste Anne am Freitag noch einige Arbeiten für ihren Posten als *Agitatorin* der Thälmannpioniere ihrer Klasse erledigen. Der zuständige Gruppenrat bestand aus dem Ratsvorsitzenden, seinem Stellvertreter, einem Freundschaftsratsmitglied, dem Kassierer, dem Schriftführer und dem Agitator. Letzterer war für die Ausarbeitung der Wandzeitung verantwortlich, in der Berichte über die Aktivitäten der Pioniergruppe in ihrer Schule veröffentlicht wurden.

Cornelia war zum ersten Mal nicht für einen Posten vorgeschlagen worden, was vermutlich mit ihrer Weigerung zu tun hatte, an der KJS «Heinrich Rau» zu einer berühmten Sportlerin ausgebildet zu werden. Cornelia hatte das Ganze mit einem Achselzucken quittiert und sich für Anne über deren Nominierung gefreut.

Am Samstag zogen sie bei bestem Herbstwetter los. Lilli und Ella lasen erst alles auf, was auf dem Boden lag und noch gut war, und pflückten dann von den unteren Zweigen, während die Zwillinge wie die Affen geschickt in den Baum hinaufstiegen, um die besten Früchte in ihren Beuteltaschen zu sammeln.

Bis Sonntagabend hatten sie mehr Früchte beisammen, als sie essen oder Lilli und Ella in den nächsten Tagen würden einkochen können. Deshalb trafen sie sich am Montagnachmittag nach getaner Arbeit bei Lilli und schleppten zwei volle Eimer zum nahe gelegenen Konsum, dem man eigene Produkte aus den Laubenkolonien zu einem festgelegten Preis verkaufen konnte. Diese Regelung trug dazu bei, dass gerade im Sommer und Herbst das Angebot an Obst und frischem Gemüse besser wurde. Natürlich hatte Lilli den Mitbewohnern ihres Hauses in der Linienstraße rechtzeitig Bescheid gegeben, sodass diese die aus Ellas Garten stammenden Früchte gleich kaufen konnten. Das Absurde war, dass durch die staatlichen Abnahme- und die ebenfalls festgeschriebenen niedrigen Verkaufspreise der Produkte die Bewohner der anderen Wohnungen für das Obst aus Ellas Garten beim Konsum weniger bezahlen mussten, als Ella vom Leiter des genossenschaftlichen Ladens ausbezahlt bekam.

«Das hat sich gelohnt», freute sich Ella und hielt Lilli die Hälfte des Geldes hin, doch diese weigerte sich strikt, einen Anteil an diesem seltsamen Handel anzunehmen.

♦

Michael sah auf die Uhr. Nur noch eine halbe Stunde, dann konnte er gehen. Er freute sich auf Natalia, die ihn erwartete. Noch immer war für ihn jedes ihrer Treffen wie ein Rausch. Das Begehren noch stärker als zu Beginn, obgleich sie nun schon sieben Monate zusammen waren. Michael schob den Schreibtischstuhl zurück und packte die Unterlagen, die er mitnehmen wollte, in seine Tasche. In Gedanken sah er Natalias wundervolles Haar vor sich und glaubte ihren so ganz eigenen Duft in der Nase zu haben.

Es klopfte kurz, und schon stand Mielke im Zimmer. Mit Nachdruck schloss er die Tür.

«Sie wollen gehen, Genosse Weber?», sagte er in seltsam unpersönlichem Tonfall. Seit vergangenem Jahr war Mielke am Ziel seines Strebens angelangt und endlich Minister für Staatssicherheit, der Herr vom «Schild und Schwert» der Partei, aber das war nicht der Grund für sein kühles Auftreten.

Michael schloss seine Aktentasche. «Ja, warum? Gibt es noch etwas, das ich für Sie tun kann, Herr Minister?» Er hoffte sehr, dass die Antwort *Nein* lauten würde, doch Mielke ließ sich in einen der Sessel sinken und deutete auf den anderen. Was blieb Michael da anderes übrig, als sich zu ihm zu setzen? Er bot Mielke eine Zigarette an, wobei er hoffte, dass das Gespräch nicht länger dauern würde, als bis diese geraucht wäre.

«Wir müssen miteinander reden», sagte Mielke nun fast väterlich. «Ich hatte gehofft, dass wir da drum herumkommen, aber das geht mir jetzt schon zu lange, und ich will nicht, dass es für Sie was Ernstes wird.»

Michael schwante Schlimmes. «Was meinen Sie?», erkundigte er sich vorsichtig, obgleich er sich nun sicher war, worauf das hier hinauslaufen würde.

«Sie sind kein Narr. Nein, ganz im Gegenteil, Sie sind einer meiner besten Mitarbeiter. Sagen Sie nicht, Sie haben noch nicht bemerkt, mit wem sie sich da eingelassen haben?»

Michael schwieg.

«Sie haben nicht *einen* Blick auf ihren Schreibtisch geworfen? Bei den vielen Nächten in ihrer Wohnung?»

Kollegen aus dem Ministerium waren in Natalias Wohnung gewesen. Seinetwegen? Michael spürte ein Magengrummeln. Bekam Natalia jetzt Ärger? Aber warum?

«Ich verstehe Sie ja, Genosse. Sie sind jung, und die Nowak ist eine außergewöhnlich attraktive Frau. Ich verstehe auch, dass Sie, wenn Sie über Nacht in ihrer Wohnung sind, anderes im Sinn haben, als sich Dinge auf ihrem Schreibtisch aufmerksam anzusehen. Dennoch kann ich mir nicht vorstellen, dass Sie sich gar nicht mit ihr unterhalten haben und *so* blind sind. Das würde nämlich nicht zu Ihrem Rang passen, Hauptmann Weber! Wenn Ihnen aber die politischen Ansichten der Dame bekannt sind und Sie alles gesehen haben, dann macht es mich nicht glücklich, dass Sie es vorziehen, nichts zu sagen!»

Hatte er selbst die Staatssicherheit auf Natalia aufmerksam gemacht? Oder war sie bereits zuvor beobachtet worden?

«Was werden Sie jetzt tun?», fragte er mit belegter Stimme.

Mielke sah Michael eine Weile stumm an. «Schlagen *Sie* etwas vor. Sie sind ein erfahrener Mitarbeiter des Ministeriums, Hauptmann. Was sollen wir denn Ihrer Meinung nach tun?»

«Das möchte ich nicht entscheiden», sagte er leise. «Ich bin in dieser Sache nicht objektiv.»

Mielke nickte. «Na, wenigstens sind Sie einsichtig. Also werde ich Ihnen sagen, wie's weitergeht. Sie geben der Dame nachher, wenn Sie sie sehen, den Laufpass. Für immer. Ich will nicht, dass Sie durch diese Sache kompromittiert werden. Ihr Name sollte in der Akte nicht auftauchen. Das wäre für Ihre Karriere nicht gut. Haben Sie verstanden, Michael?»

Michael nickte. Er wusste nicht, was er sagen sollte. Eine schreckliche Leere breitete sich in ihm aus.

«Vielleicht hätten Sie sich doch die Mühe machen sollen, zuerst einen der Texte zu lesen, die diese Dame schreibt, ehe Sie sich dazu entschlossen, das Bett mit ihr zu teilen!»

«Ich werde das beenden. Sofort.»

«Ja, das werden Sie», bekräftigte Mielke. «Und dabei wird das Ministerium mit keiner Silbe von Ihnen erwähnt.»

Er erhob sich. Es gab nichts mehr zu sagen.

Wie betäubt hörte Michael das Zuklappen der Tür.

♦

Wie beendete man eine derart leidenschaftliche Beziehung aus einem normalen, trivialen Grund? Am liebsten wäre er wieder davongelaufen, doch das ging nicht. Natalia wusste zwar noch immer nicht, wo er wohnte, aber die Gefahr, dass sie sich irgendwo irgendwann wieder über den Weg laufen würden und es zu einer unschönen Szene käme, wollte er nicht riskieren.

Das Herz war ihm schwer, als er die knarzenden Stufen zu ihrer kleinen Wohnung hinaufstieg.

Natalia sah wieder umwerfend aus, als sie die Tür öffnete, doch noch ehe sie ihn berührte, hielt sie inne. «Was ist los? Ist was passiert?»

Michael versuchte, sich zusammenzureißen. Ihm kam plötzlich der Verdacht, dass irgendeiner seiner Kollegen alles mithören könnte. War Natalias Wohnung schon verwanzt? Dann wüsste Mielke genau, ob er dem MfS treu blieb – oder ob er eine verdächtige Konterrevolutionärin warnte.

Michael küsste sie flüchtig. «Wir müssen reden.»

Natalia verdrehte die Augen. «Ein ganz schlechtes Zeichen, wenn Männer so was sagen. Also, was gibt es? Eine andere? Eine Ehefrau, deren Existenz dir plötzlich wieder eingefallen ist? Heim, Herd und Kinder, zu denen du zurückmusst?»

Michael schwieg. Schrieb wirklich ein Kollege ihre Worte mit?

«Nein, keine Ehefrau, keine Kinder», wehrte er ab. «Aber ja, da ist jemand anders, dem ich Treue geschworen habe, und daran werde ich mich halten. Ab sofort und in Zukunft.»

«Das fällt dir spät ein», erwiderte Natalia in einem Ton, der wie ein Messer in sein Herz schnitt.

«Wir werden uns nicht mehr sehen», stellte Michael klar.

Natalia schnaubte abfällig. «Nachlaufen werde ich dir ganz sicher nicht, obwohl ich geglaubt hatte, du würdest zu den wenigen Männern gehören, die es vielleicht wert wären. Nun denn, ich hab mich geirrt. Mach dir um mich keine Sorgen. Ich komme zurecht und werde mich wieder intensiver meiner Arbeit widmen.»

«Deinen Texten und Artikeln.» Michael trat an ihren Schreibtisch.

«Ja, als Autorin und Journalistin, soweit das hier in diesem Land möglich ist.»

Michael griff nach Orwells 1984 und hob es in die Höhe. Natalia schien verwirrt und öffnete den Mund, doch Michael legte den Finger an die Lippen. «Ich denke, wir haben genug gesagt. Küss mich noch einmal. Zum Abschied.»

Sie sah ihn spöttisch an. «Einen Kuss, an den du dich dann immer erinnern wirst?»

«Ja, so in der Art», sagte er, während sein Blick noch einmal über den Schreibtisch huschte. Dann trat er auf sie zu, küsste sie zärtlich und drückte ihr einen dünnen, zerfledderten Band in die Hand.

Natalia löste sich von ihm und starrte auf die Novelle in ihrer Hand. *In der Strafkolonie* von Franz Kafka. Sie schüttelte den Kopf, dann weiteten sich ihre Augen, und sie starrte Michael an.

«Lebe wohl», sagte er mit Nachdruck. «Ich wünsche dir alles Gute.»

Kapitel 22

Lilli traf Wolfgang bei Johannes am Kiosk und wärmte sich erst einmal bei einem Glas Grog auf. Während sie trank, lauschte sie der Diskussion der beiden.

Johannes hatte Lillis Freund zu Anfang misstrauisch und mit Argusaugen beobachtet, doch schon bald schien er Gnade vor seinen Augen zu finden. Wolfgang mochte Johannes und unterhielt sich gerne mit ihm. Er war einer der wenigen Menschen hier im Osten, mit denen er wagte, auch politisch ganz offen zu sprechen – zumindest, wenn kein anderer Kunde in der Nähe war.

«Entschuldige, dass ich so spät bin. Ich wurde in der Schule aufgehalten», sagte Lilli, als die beiden zu einem einvernehmlichen Ende ihres Gesprächs gekommen waren.

Wolfgang zog sie vertraulich an sich und küsste sie. «Ich habe mir die Zeit hier mit interessanten Gedanken vertrieben», sagte er.

Lilli sog hörbar die Luft ein. «Und wie viel Grog getrunken?»

«So viel, bis uns warm wurde», wich Wolfgang aus.

Lilli lachte. «Du wirst dich nachher bei deiner Probe ständig verspielen», prophezeite sie. «Zum Glück ist das heute kein Auftritt vor Publikum. Hast du noch Zeit für einen Spaziergang?»

«Für dich doch immer, mein Herz», rief er überschwänglich, und Lilli warf Johannes einen vorwurfsvollen Blick zu. «Du sollst ihn nicht betrunken machen, wenn er noch Saxofon spielen muss!»

«Ach, das beflügelt», behauptete Johannes und nahm den Instrumentenkasten entgegen, um ihn, solange die beiden unterwegs waren, in seiner Kammer zu verwahren. Das war praktisch, denn so konnte Wolfgang nachher von hier aus direkt in die Bahn steigen und zu seiner Probe in den Westen fahren.

Ihre Finger in seiner warmen Hand in der Manteltasche vergraben, schlenderten die beiden davon. Sie querten das noch immer unbebaute Bahnhofsdreieck in Richtung Spree. Da ihnen heute nicht viel Zeit blieb, beschlossen sie, nur ein wenig am Ufer entlangzuspazieren. Wolfgang erzählte von den neuen Stücken, die sie proben wollten, und Lilli berichtete von einer Schülerin, deren Mutter schwer erkrankt war und ins Krankenhaus gebracht werden musste.

«Das arme Mädchen steht mit seinen zwölf Jahren ganz alleine da, bis ihre Mutter wieder heimkommt. Der Vater hat sich bereits vor Jahren in den Westen abgesetzt. Darüber haben wir im Kollegium gesprochen und nach einer Lösung gesucht.»

Sie schlenderten die stille Uferstraße entlang. Neben ihnen floss die Spree träge dahin, in deren schwarzem Wasser sich die schmale Sichel des Wintermondes spiegelte.

«Und, habt ihr eine gefunden?»

Lilli stöhnte. «Dieses ewige Hin und Her, und keiner trifft eine Entscheidung. Ich hätte von Anfang an sagen sollen, dass Lotta so lange bei uns wohnen kann. Verwandte hat sie hier in Berlin nicht, und sie muss ja zur Schule. Ich wollte nicht zulassen, dass sie in irgendein Heim geschickt wird und dort alleine mit ihren Problemen ist, wo sie sich doch solche Sorgen um ihre Mutter macht.»

Wolfgang blieb stehen und wandte sich Lilli zu. «Also kommt sie so lange zu euch, wo du sie bemuttern kannst.»

«Ich weiß, eigentlich ist das nicht meine Aufgabe. Ich bin nur ihre Lehrerin ...»

«... aber dir ist jedes deiner Schulkinder wichtig, als wäre es ein

Stück Familie. Und gerade, weil du so ein wunderbarer Mensch bist, liebe ich dich mehr, als ich dir sagen kann.» Er küsste sie lange und zärtlich.

Lilli kuschelte sich an seinen warmen Mantel. «Ich liebe dich auch, und ich genieße jede Minute, die ich mit dir verbringen darf.»

«Ich auch. Aus vollem Herzen!»

Eine Weile standen sie eng umschlungen schweigend da. Nun war es Lilli, die ihm ihr Gesicht entgegenreckte und ihn küsste. «Lass mich wieder eine richtige Frau sein», bat sie.

«Bist du dir ganz sicher, dass du das willst?»

«Ja! Du wirst mir die Liebe wieder beibringen, so wie es zwischen Mann und Frau sein sollte. In aller Zärtlichkeit, Hingabe und Leidenschaft. Ich will das wieder erleben, und ich glaube, dass es uns zusammen gelingen kann – wenn du Geduld mit mir und meinem launischen Körper hast.»

♦

Cornelia schien etwas zu beschäftigen. Wie immer blieb das Anne nicht verborgen. Sie hielt an und drehte sich zu ihrer Schwester um. «Spuck's aus!»

«Wir haben doch ausgemacht, uns an Samstag drüben mit Martin zu treffen und ins Kino zu gehen.»

«Jaaa?» Anne sah ihre Schwester fragend an. «Sag jetzt nicht, ihr habt euch gestritten.»

«Nein. Martin hat vorgeschlagen, in Hitchcocks *Vertigo – Aus dem Reich der Toten* zu gehen, aber vielleicht würde ich lieber mit ihm in Ruhe reden.»

«Alleine?»

Cornelia hob verlegen die Schultern. «Schon. Findest du das schlimm?»

Zu ihrer Überraschung schüttelte die Schwester den Kopf. «Nein, gar nicht. Wir wollen schließlich nicht unser ganzes Leben wie Kletten aneinanderhängen.» Cornelia sah Anne aufmerksam an, doch die schien das ernst zu meinen. «Die Frage ist nur, ob Mutti mich abends alleine zu ihm rüberlässt», sagte sie dann gedehnt, und wie so oft war Anne sofort klar, was ihre Schwester meinte.

«Zu diesen gefährlichen faschistischen Spionen da drüben im Westen?», spottete sie zwar, fügte aber gleich hinzu: «Du willst ihr nicht sagen, dass du alleine gehst?»

Betreten nickte Cornelia. «Würdest du das für mich machen?»

«Du weißt, ich hasse es, Mutti zu belügen. Meist kommt es doch raus, und dann ist sie wieder so traurig. Aber ja, wenn es dir wichtig ist, machen wir das so.»

Plötzlich fiel Cornelia etwas anderes ein. «Wie wirst du die ganze Zeit zubringen?»

«Zerbrich dir darüber nicht den Kopf. Ich werde mich schon nicht langweilen.»

Dieser Gedanke fiel Cornelia erst wieder ein, als sie mit Mutter, Großvater und Schwester am Sonntag verschlafen am Frühstückstisch saß.

Es war das erste Sonntagsfrühstück, das die Familie alleine einnahm. Lottas Mutter war aus dem Krankenhaus entlassen und wieder so kräftig, dass sie sich selbst um ihre Tochter kümmern konnte.

Cornelia und Anne hatten das Mädchen ganz nett gefunden. Sie hatten abends zu dritt die Karten- oder Brettspiele ausgepackt, doch jetzt waren sie auch froh, Mutter und Großvater für sich alleine zu haben.

Das Familienfrühstück am Sonntag war Lilli wichtig, wie alle wussten. Sie mühte sich stets, etwas Besonderes auf den Tisch zu stellen, buk Pfannkuchen oder briet Eier mit Speck und genoss es, wenn sie sich in Ruhe unterhalten konnten.

«Die Woche ist so hektisch», sagte sie oft. «Sonst erfährt man von euch ja nichts mehr.»

«Hektisch? Meine Woche nicht», murmelte Robert. Er besuchte zwar Johannes häufiger und ging jeden Tag lange spazieren, dennoch wussten alle, wie sehr ihm seine Arbeit fehlte.

Doch heute Morgen ging es erst einmal um den gestrigen Ausflug der Zwillinge.

«Und, wie war der Film?», erkundigte sich Lillie und sah Anne an.

«Gruselig», sagte Anne rasch.

«Wie war noch gleich der Titel?», hakte Lilli nach.

Cornelia kam ihrer Schwester zu Hilfe. *«Vertigo – Aus dem Reich der Toten.»*

Die Zwillinge tauschten Blicke.

«Und wie war es sonst? Wer war alles mit dabei?»

Vielleicht zögerte Anne zu lange, bis sie Udo und Manne nannte, die beiden Freunde, mit denen Martin in den Westen geflohen war.

«Soso», sagte Lilli in einem Ton, der Schlimmes ahnen ließ. Die Zwillinge konzentrierten sich auf ihre Frühstücksteller. Eine Weile herrschte gespannte Stille, während sie sich ihre Schrippen mit Margarine – Lilli hatte bei ihrem letzten Einkauf im Westen Sanella besorgt – und selbst gekochter Pflaumenmarmelade bestrichen.

Robert saß schweigend dabei, den Blick in die Ferne gerichtet, während der gute Kaffee – ein Geschenk von Ilse und Clara – kalt wurde.

Lilli schob ihm ihr halbes Brötchen auf den Teller. «Papa, bitte iss was. Du bist so dünn geworden.»

Mechanisch griff Robert danach, biss ab, kaute und schluckte.

Lilli betrachtete ihn besorgt, ehe sie ihre Aufmerksamkeit erneut den Zwillingen zuwandte.

«So, und nun zu euch. Wann gedenkt ihr, mir die Wahrheit zu erzählen?»

Die beiden taten unschuldig, aber ihnen war klar, dass sie verloren hatten.

«Also, wer von euch war gestern wo und mit wem?» Lilli blieb unerbittlich.

«Wie kommst du überhaupt darauf, uns so was zu fragen?», maulte Cornelia.

«Ich war heute Morgen unten und traf auf Herrn Riegel. Da fragt er mich, ob bei uns alles in Ordnung sei? Ich wundere mich und will wissen, wie er auf so eine Frage kommt. Und ahnt ihr, was er mir erzählt hat?»

Cornelia schnaubte abfällig. «Klar, der Olle mit dem Hausbuch hat mal wieder spioniert und sich um Sachen gekümmert, die ihn nichts angehen.»

Lilli ließ sich nicht drausbringen. «Er hat sich jedenfalls gewundert, dass eine meiner Töchter spät in der Nacht mit einem jungen Mann zurückkommt, sich verabschiedet, aber nicht hinaufgeht. Und dass dann, eine halbe Stunde später, die andere auftaucht. Erst dann gehen beide hinauf!»

«Der Blödmann kann uns ja nicht mal auseinanderhalten», stellte Anne wenig hilfreich fest.

Lilli hatte genug. Sie setzte ihren strengen Mutterblick auf und signalisierte damit deutlich, dass der Spaß vorbei war. Keine weiteren Ausflüchte. «Ich höre!»

«Ich war mit Martin in *Vertigo*, wie wir es besprochen haben», sagte Cornelia und sah ihrer Mutter in die Augen, während Anne – auch zu Cornelias Überraschung – rot wurde.

«Gut, fangen wir damit an, welche von euch nachts alleine mit der Bahn gefahren und allein heimgegangen ist, obwohl ihr wisst, dass ich das nicht erlaube!»

«Ich», gab Cornelia zu. «Martin konnte mich nicht heimbringen. Wenn ihn die Grenzer erwischt hätten, säße er jetzt im Gefängnis!»

Lilli hob abwehrend die Hand. «Das ist nicht die Frage. Die lautet vielmehr, *wo* war Anne?»

«Also ... Also ich hab in letzter Zeit öfters mit Alex gesprochen.»

«Mit dem Alex aus der Schule? Wann denn?» Cornelia war sichtlich perplex. Sollte es da etwas von ihrer Schwester geben, das sie nicht wusste?

«Ja, mit dem. Immer wenn du am Nachmittag deine Runden auf der Aschenbahn drehst», gab Anne zu. «Ich finde ihn nett und interessant. Und er hat mich gefragt, ob ich mal mitkommen will. Zu seiner Jugendgruppe.»

«Der ist doch gar nicht in der FDJ», widersprach Cornelia.

«Stimmt.» Anne schüttelte den Kopf und sah ihre Mutter prüfend an.

Für einen Moment war Lilli verwirrt. Es gab keine anderen Jugendgruppen mehr neben den Pionieren und der FDJ. Dafür hatte die Partei gesorgt.

«Es ist eine Gemeindegruppe für junge Leute, die zur Versöhnungskirche drüben bei der Bernauer Straße gehört», gab Anne widerstrebend zu.

«Du warst in der *Kirche?*», rief Cornelia ungläubig.

«Quatsch! Das war kein Gottesdienst, wir haben uns im Gemeindehaus getroffen. Wir haben gesungen und geredet, ein paar haben Bier getrunken, ich aber nur Limonade. Das war auch nicht viel anders als bei der FDJ.»

«Ich denke mal, ihr habt dort andere Lieder gesungen», vermutete Lilli.

«Ja und?»

«Dagegen ist nichts einzuwenden, zumindest nicht von meiner Seite», sagte Lilli schnell.

Anne seufzte sichtlich erleichtert. «Wir haben über den Aufstand in Ungarn geredet. Da hat keiner ein Blatt vor den Mund genommen, und der Jugendgruppenleiter, ein Vikar, hat über die NVA gesprochen. Er nannte es absurd, den Frieden mit immer mehr Waffen verteidigen zu wollen. Und dass Offiziere in die Schulen kommen und Jungen überreden, sich für ein paar Jahre *freiwillig* zu melden. Wobei die Rektoren und Parteisekretäre der Schulen sie dabei unterstützen, die Schüler zu erpressen, wenn sie das Abitur machen und studieren wollen.» Anne schien so erfüllt von diesem Abend, dass sie erst jetzt bemerkte, wie sich Lilli über die Augen wischte. «Mutti, was hast du denn?», fragte sie erschrocken.

«Ach, Anne, Kind, hast du dir das gut überlegt mit der Jungen Gemeinde? Und auch an die Folgen gedacht?»

«Das ist gemein. Cornelia darf mit einem, der in den Westen abgehauen ist, ins Kino, aber ich darf mich nicht mit Alex verabreden. Nur weil er Christ ist.»

Die Lippen bebten, die Stimme zitterte. Cornelia, die neben ihrer Schwester saß, beobachtete erstaunt deren Gefühlsausbruch – und schwieg.

Lilli stand auf, ging um den Tisch herum und nahm Anne in die Arme. «Nein, das meine ich nicht. Du darfst Alex auch gerne mit nach Hause bringen. Ich habe nichts gegen ihn, wenn du mir sagst, dass er ein netter Junge ist. Aber wenn du mit ihm zur Jungen Gemeinde gehst statt zu den Treffen der FDJ, dann kann das nicht nur, dann *wird* das Folgen haben, die du vielleicht noch nicht bedacht hast.»

«Und deshalb darf ich ihn dort nicht mehr treffen?» Jetzt flossen die Tränen.

«Liebes, hör zu. Ich möchte nur verhindern, dass du nicht weißt, was es bedeuten kann, wenn du dich in diesen Jungen verliebst und ihn zu den Treffen begleitest. Die Kirche hat hier bei uns einen schweren Stand.»

Plötzlich straffte Robert sich und sah erstaunt von einer zur anderen. «Was ist denn los? Warum weint Anne? Ist etwas passiert?»

«Ach, Papa», sagte Lilli nur, «aus welcher Welt kommst du denn gerade zurück?»

♦

Solange das Schuljahr noch nicht zu Ende gegangen war, hatte Anne mittwochs brav die Treffen der FDJ besucht und war nur wenige Male mit Alex kurz im Gemeindezentrum gewesen. Jetzt aber waren Sommerferien, und viele Familien fuhren weg. Also nahm sich Anne Urlaub von der FDJ und traf sich stattdessen häufiger mit Alex, nicht nur in den Stunden, wenn Cornelia ihr Lauftraining auch weiterhin in ihrer Sportgruppe der GST, der Gesellschaft für Sport und Technik, absolvierte.

In der Jungen Gemeinde wurde Anne freundlich aufgenommen. Alex' Onkel war der Pfarrer der Versöhnungskirche, Alex' Vater saß im Vorstand des Gemeinderats.

«Unsere Familie stand der evangelischen Kirche schon immer nahe», erzählte Alex, als er mit Anne Hand in Hand die Bernauer Straße entlanglief. «Mein anderer Onkel und mein Großvater sind dafür im KZ gestorben.»

Sie gingen auf die vor ihnen aufragende Kirche aus rotem Backstein zu.

«Den Baustil nennt man übrigens neugotisch», erklärte Alex, vielleicht um von dem traurigen Thema wegzukommen. «Kaiserin Auguste Viktoria hat die Kirche gestiftet.»

Anne feixte. «Baujahr? Architekt? Turmhöhe?»

Alex stieß einen Seufzer aus. «Ich wollte dich nicht langweilen, entschuldige.»

Sie blieb stehen und wandte sich ihm zu. «Ach, Alex, du langweilst mich doch nicht. Ich weiß, dass eure Familie dieser Kirche nahesteht, deshalb ist es für mich interessant, wenn du was darüber erzählst.»

«Du bist das tollste Mädchen, das ich je getroffen hab», stieß er hervor und wurde dabei rot.

Anne drückte stumm seine Hand und lächelte ihn an, bis er weitersprach.

«Das Spezielle an unserer Kirche und der Gemeinde ist, dass die Kirche genau auf der Grenze zwischen der DDR und dem Westen steht und damit die Gemeinde auf beiden Seiten lebt. Unser Pfarrhaus und das Gemeindehaus gehören zum Osten, ein Teil des Friedhofs liegt bereits im Westen. Auch in der Jungen Gemeinde sind wir eine gemischte Gruppe. Deshalb gibt es so spannende Diskussionen bei uns.»

«Ja, das ist das Schöne!», bekräftigte Anne. «Ihr dürft offen reden, ohne bespitzelt zu werden oder den Mund verboten zu bekommen.»

«Na, das mit dem Bespitzeln ist nicht unbedingt gesagt. Mein Vater meint, dass Mielke sehr daran interessiert ist, uns zu unterwandern und dem MfS alles zu berichten.»

«Warum nur? Ihr tut doch nichts», sagte Anne.

Sie gingen weiter.

«Mein Onkel hat übrigens eine Lücke im Gesetz entdeckt», berichtete Alex weiter. «Eigentlich müssen alle Zeitungen den Zensoren vorgelegt werden, die man ja nicht so nennen darf. Unsere Zeitung, *Die Stafette*, mussten wir nach dem Aufstand 1953 einstellen. Der offizielle Grund war, weil es nicht genug Papier gäbe! Aber wir drucken unten im Keller des Gemeindehauses nun unsere Blätter mit dem Vermerk ‹Für den innerkirchlichen Gebrauch›, und so wird nicht kontrolliert, was wir schreiben. Ich kann dir mal ein paar unserer Ausgaben zeigen, für die Jugendliche aus Ost und West Artikel geschrieben haben.»

Sie betraten das Gemeindehaus. Alex und Anne wurden von den anderen herzlich begrüßt. Die, die Anne noch nicht kannte, stellte Alex ihr vor. Als alle da waren, griff der Vikar zur Gitarre. Ein gemeinsames Lied zur Einstimmung des Nachmittags.

♦

Er hatte sie gesehen! *Natalia.* Allein ihren Namen zu denken bereitete ihm Schmerzen. Ihr Gesicht schob sich über sein eigenes, das sich blass in der Fensterscheibe spiegelte. Vergeblich versuchte Michael, die Erinnerungen an sie beiseitezuschieben. Er ließ den Blick aus dem Wohnzimmerfenster seiner neuen Wohnung zu dem riesigen Komplex auf der anderen Straßenseite wandern.

Viele seiner Kollegen beim MfS waren in letzter Zeit umgezogen. Hierher nach Hohenschönhausen. Die Wohnungen rund um das Untersuchungsgefängnis und das Arbeitslager der Staatssicherheit waren jetzt nur noch von Genossen und deren Familien bewohnt, die treu zum Ministerium und zur Partei standen. Mielke wollte verhindern, dass zu viel aus seinem Gefängnis nach außen drang oder Unbefugte gar aus den höheren Stockwerken umliegender Häuser über die Mauer blicken konnten.

Michael wohnte jetzt in solch einer Wohnung und sah in den Hof des geheimen Lagers X, in dem, voneinander getrennt, Frauen und Männer ihre Strafen absaßen oder, genauer gesagt, abarbeiteten. Fast alle waren für politische Vergehen verurteilt. Kriminelle fand man hier nur selten, es sei denn, sie verfügten über spezielle Fähigkeiten, die das MfS für sich nutzen konnte. Während die gefangenen Frauen in der Untersuchungshaftanstalt kochten, nähten und putzten, waren im Lager der Männer technische Fähigkeiten gefragt. Wer weniger begabt war, musste am Bau des neuen Zellentrakts mitarbeiten, die Spezialisten aber wurden in den großen Hallen eingesetzt, wo gebaut wurde, was der MfS an technischen Spielereien für seine Zwecke benötigte: Abhörgeräte und andere technische Geräte zur Überwachung. Es konnte aber auch sein, dass Autos zu speziellen Zwecken umgebaut wurden, beispielsweise, um Oppositionelle zu entführen – auch aus dem Westen.

Seine Gedanken kehrten zu Natalia zurück. Zu ihren Lippen, zu ihrem Duft, zu ihrer zarten Haut. Aber auch zu ihrem wundervollen Lachen und den klugen Bemerkungen, die sie zu jedem Thema zu sagen hatte.

Er träumte von ihrem Körper, der ihn umschlang, ihren Händen, die ihn überall berührten, ihrem Mund, der ihn in Ekstase trieb. Gequält schloss Michael die Augen, die Bilder blieben. Sehnsucht, Schmerz und Erregung vermischten sich, doch plötzlich merkte er, dass es ein anderes Gesicht war, das vor seinem inneren Auge schwebte.

Lilli. Seine zarte, schöne, wundervolle Lilli.

♦

Wie so häufig in den vergangenen Wochen schaute Anne noch kurz bei Ella vorbei. Wenn sie von ihren Treffen mit Alex im Gemeindehaus kam, lag Ellas Wohnung auf ihrem Heimweg. Na ja, zumindest war es kein großer Umweg.

Ella freute sich jedes Mal, einen der Zwillinge zu sehen, und hatte immer ein paar Kekse oder ein Stück Schokolade für sie beiseitegelegt.

«Ich versteh ja, dass du den Alex magst und ihn sehn willst», sagte Ella an einem Abend im Juli. «Aber dass du immer mit ihm in die Kirche gehst, versteh ich nich.»

«Wir gehen eigentlich nie in die Kirche», berichtigte Anne. «Die Treffen der Jugendgruppe finden nur im Gemeindehaus der Kirche statt. Wir singen, essen und trinken zusammen, diskutieren und tanzen auch manchmal – übrigens ohne dass sich jemand dafür interessiert, ob die Musik aus Ost oder West stammt. Es ist einfach schön, offen, voller Vertrauen. Jeder hat mich gleich akzeptiert, obwohl ich ja kein Mitglied der Gemeinde bin. Das will auch keiner wissen, und es drängt mich niemand, am Gottesdienst teilzunehmen.»

Ella überlegte und nickte dann. «Ja, das klingt schön.»

«Die haben auch andere Gemeindegruppen», berichtete Anne. «Frauen in deinem Alter, die miteinander backen, und Leute, die gerne miteinander wandern oder andere Dinge zusammen machen.» Ella schwieg und rührte in ihrer Teetasse.

«Möchtest du mal mitkommen und dir die Leute ansehen?», schlug Anne vor.

«Ich weiß nich …»

«Nur einmal. Und wenn es dir nicht zusagt, musst du ja nicht noch mal hin. Dort drängt dich wirklich niemand.»

«Aber ich muss doch arbeiten …», sagte Ella gedehnt, wobei durchaus Neugierde mitschwang.

Anne strahlte. «Die anderen Männer und Frauen doch auch. Wie wär's, wenn ich dich Sonntag um zwei abhole und wir zusammen hingehen?»

♦

Robert, Johannes und Wolfgang saßen schon am Tisch, während Lilli und die Zwillinge noch in der Küche rumorten. Wolfgang erhob sich und schielte um die Ecke. «Kann ich euch helfen?»

«Ja, steh uns nicht im Weg. Die Küche ist für uns drei schon zu klein.»

Entschuldigend hob er die Hände. «War ja nur 'ne Frage. Aber wenn ihr keine Männer in der Küche duldet ...»

«Wir haben alles im Griff, wir sind nur spät dran, weil wir wieder mal in vier Läden mussten, bis wir alles beisammenhatten.»

Später, als sie bei Tisch saßen und ihre Soljanka löffelten, kam Lilli noch einmal auf das Thema zurück.

«Es ist eine Schande. Habt ihr im Westen irgendwo schon mal Schlangen vor den Supermärkten gesehen? Oder haben Ilse und Clara jemals darüber geklagt, dass sie was nicht kochen konnten, nur weil es diese oder jene Zutat nirgends gab? Ich nicht!»

Anne nickte zustimmend. «Und da wollen wir gar nicht von den Dingen reden, die hier jeder gerne hätte. Schuhe, Klamotten oder was auch immer. Da heißt es nur: ‹Ham wa nüscht!› Ich glaub, keinen Satz hört man öfter in Ostberlin.»

«Vielleicht ist es eben zu schwierig, schon fünf Jahre im Voraus zu wissen, wie viele junge Mädchen in Berlin 1960 rote Turnschuhe oder Jeans haben wollen», schaltete sich Wolfgang ein.

«Hm», schnaubte Cornelia. «Wenn die von der Partei das nicht richtig planen können, dann sind entweder die falschen Leute dort – lauter alte Zausel, die eben nicht wissen, was die Leute wollen. Oder wir alle sagen endlich: Das geht so gar nicht, das System ist Mist, das muss man ändern!»

«Sagst du solche Sachen auch in der Schule?», wollte Johannes wissen.

«Also ich nicht», stellte Anne gleich klar, «aber Cornelia steckt schon öfters 'nen Tadel wegen *konterrevolutionärem Gerede* ein. Oder auch mal wegen *mangelndem Respekt, Impertinenz, frechem Mundwerk.*»

Cornelia bewarf ihre Schwester mit Brotstücken. «He, wer ist jetzt das Lästermaul?»

«Aufhören, ihr zwei», schimpfte Lilli, doch auch sie musste lachen.

«*Ich* habe jedenfalls nicht im Deutschunterricht gesagt, dass die MfS-Vernehmungen an Gestapo-Methoden erinnern. ‹'nen schönen Staat ham wa›, hat Jochen gesagt.»

Lilli starrte ihre Töchter entsetzt an, und Johannes wollte wissen, was daraufhin passiert sei.

«Der Wöller war fuchsteufelswild und ist gleich zum Direx gerannt. Die haben den Jochen von der Schule ausgeschlossen. Zu *uns* ist er jedenfalls nicht mehr zurückgekommen. Heftig, nicht wahr?»

Lilli nickte mit trauriger Miene. «Ja, und ich hoffe, das ist euch eine Lehre. Außerhalb dieser vier Wände sind nur die Gedanken frei, und selbst nur die, die man euch nicht von der Stirn ablesen kann. Also bitte, schaltet euren Kopf ein, bevor ihr mit eurem Mundwerk loslegt.»

Kapitel 23

Michael lauschte der Übertragung der Pressekonferenz. Die näselnde Stimme von Partei- und Staatschef Walter Ulbricht mit seinem sächsischen Dialekt klang ein wenig verzerrt aus dem Radiolautsprecher. Der Staatsratsvorsitzende stellte sich heute am 15. Juni 1961 den Fragen der Journalisten, von denen viele aus dem kapitalistischen Ausland angereist waren. Michael nickte anerkennend. Ulbricht schlug sich gut. Sollten die ruhig endlich begreifen, dass der Arbeiter-und-Bauern-Staat für die Zukunft Europas stand.

Eine Journalistin von der *Frankfurter Rundschau* meldete sich zu Wort: «Bedeutet die Bildung einer Freien Stadt Ihrer Meinung nach, dass die Staatsgrenze am Brandenburger Tor errichtet wird? Und sind Sie entschlossen, dieser Tatsache mit allen Konsequenzen Rechnung zu tragen?»

Jetzt wurde es interessant. Michael lehnte sich in seinem Sessel vor, um ja kein Wort zu verpassen. Mit angehaltenem Atem lauschte er Ulbrichts Antwort.

«Ich verstehe Ihre Frage so, dass es in Westdeutschland Menschen gibt, die wünschen, dass wir die Bauarbeiter der Hauptstadt der DDR dazu mobilisieren, eine Mauer aufzurichten. Mir ist nicht bekannt, dass eine solche Absicht besteht. Die Bauarbeiter unserer Hauptstadt beschäftigen sich hauptsächlich mit Wohnungsbau, und ihre Arbeitskraft wird dafür voll eingesetzt. Niemand hat die Absicht, eine Mauer zu errichten!»

Michael schüttelte den Kopf. Da hatte der alte Fuchs sich rausgewunden, ohne direkt zu lügen. Nein, er plante keine Mauer. Organisiert hatte man lediglich Berge von Stacheldraht aus der BRD und *Wäschestangen*, wie die Betonstelen auf den Bestelllisten genannt wurden. Mehr brauchen wir nicht, überlegte Michael, um diesem Menschenstrom, der uns ausbluten lässt, einen Riegel vorzuschieben. Wir werden uns in Zukunft vor den Faschisten aus dem Westen schützen! Sie haben uns lange genug zum Narren gehalten, im Westen D-Mark gescheffelt, um dann bei uns billige Wohnungen und Lebensmittel abzugreifen, die unser Volk mit seiner Hände Arbeit gebaut und produziert hat! Damit ist bald Schluss. Ihr werdet euch noch umschauen!

Schon vor Wochen war Genosse Mielke auf ihn zugekommen und hatte ihn zu einem Treffen mit dem Genossen Erich Honecker mitgenommen. Dieser suchte aufstrebende, verlässliche Genossen für die Vorbereitung einer streng geheimen Aktion des Politbüros. Auf Verschwiegenheit musste absolut Verlass sein. Auch zu den Brüdern nach Moskau durfte momentan nichts durchdringen. Das war nach Michaels Geschmack.

Bis 1955 war Honecker noch Vorsitzender der FDJ gewesen, doch er war ehrgeizig und wollte mehr. Zwei Jahre hatte er mit Schulungen beim großen Bruder in Moskau zugebracht und war nach seiner Rückkehr zum Mitglied des Politbüros ernannt worden. Inzwischen war er zum Sekretär des Nationalen Verteidigungsrats aufgestiegen, weshalb diese Geheimaktion in seine Zuständigkeit fiel. Alles sollte absolut reibungslos und perfekt zu Ulbrichts Zufriedenheit ausgeführt werden.

Der erste Teil der geheimen Aktion bestand darin, ohne Verdacht zu erregen, genügend Stacheldraht aus der BRD zu beschaffen sowie rund um die Hauptstadt Lager mit Drahtrollen und Betonpfeilern anzulegen. Der zweite, schwierigere Teil stand ihnen in der

Nacht zum Tag X bevor. Da würde es dann darauf ankommen, dass nicht nur die Planung perfekt war, sondern dass alles wie die Rädchen einer gut geschmierten Maschine reibungslos ineinandergriff. Dann und nur dann würde die Überrumpelung perfekt gelingen! Bis die drüben sich die Augen gerieben hatten, waren Tatsachen geschaffen und jeder aufkeimende Widerstand im Keim erstickt!

♦

Cornelia und Anne saßen nebeneinander in ihrer alten, verkratzten Schulbank, während Fräulein Frieder die Zeugnisse zum Ende der 10. Klasse der POS verteilte. Vor zwei Jahren war die 8. Volksschule Berlin-Mitte in der Gipsstraße, wie alle Grund- und Mittelschulen der DDR, in eine Polytechnische Oberschule umgewandelt worden. Jede dieser Schulen bestand nun aus zehn Klassenstufen, die sich in Unter-, Mittel- und Oberstufe unterteilten.

Die früheren Oberschulen und Gymnasien, auf denen man anschließend das Abitur ablegen konnte, nannten sich jetzt EOS, Erweiterte Oberschule, und durften nur von den Schülern besucht werden, die eine Empfehlung ihrer POS erhielten.

Nun war also Zeugnistag. Einige Mitschüler der Zwillinge warteten ängstlich, andere waren übermütig und scherzten, wobei manche von ihnen vermutlich auch ihre Nervosität zu überspielen versuchten.

Cornelia und Anne waren ganz entspannt und hatten dazu auch allen Grund. Sie gehörten schon immer zu den besten Schülerinnen, wobei Anne obendrein ordentlich und fleißig war, während Cornelia eher zu ein wenig Chaos neigte und die eine oder andere Lehrkraft mit ihren Streichen oder ihrem losen Mundwerk verärgerte. Dennoch dachte Cornelia nicht, dass heute irgendeine böse Überraschung auf sie wartete.

Die Glocke klingelte zur Mittagspause. Gemeinsam gingen die beiden in den Schulhof und nahmen auf ihrem Lieblingsplatz im Schatten einer Kastanie auf dem Mäuerchen Platz.

«Komm, lass deines zuerst durchsehen», verlangte Cornelia.

Die Schwester schob ihr das Abschlusszeugnis der POS hin.

«Mensch, du kleiner Streber», kommentierte Cornelia und erntete einen Rippenstoß. «Na, wenigstens hast du in Russisch auch nur eine Drei.»

«Und du hast in Sport wieder mal eine Eins mit fünf Sternchen», gab Anne zurück. «Meine Schwester, schnell wie ein Gepard!»

«Ich wär noch schneller, wenn ich irgendwoher gescheite Laufschuhe bekommen könnte. Mit diesen Schläppchen kann man doch nicht laufen. Und mit dem, was die hier sonst Turnschuhe nennen ...»

«Frag Tante Ilse, die kann dir nichts abschlagen. Es wundert mich eh, dass du das nicht schon längst getan hast.»

«Hab ich ja, aber dann hat mir einer dieser bescheuerten Grenzer die nagelneuen Schuhe abgenommen, und ich hatte noch nicht den Mut, ihr das zu beichten.»

«Ich geh jede Wette ein, der Grenzer hat eine Tochter mit deiner Schuhgröße, die jetzt stolze Besitzerin der besten Westlaufschuhe ist.»

Cornelia grummelte. «Da liegst du vermutlich richtig, aber jetzt lass mich deine Beurteilung lesen und die Kopfnoten sehen. Vermutlich steht da wieder so was wie: ‹Fleißigstes Mädchen der Klasse› oder zumindest: ‹brav und vorbildlich›.» Sie schlug sich die Hand auf den Mund, um einen Aufschrei zu unterdrücken, denn Anne hatte sie kräftig in die Seite gekniffen.

«Bei mir steht bestimmt wieder, dass ich mir ein Beispiel an dir nehmen soll.» Cornelia kicherte und zog Annes Zeugnisseite mit der Beurteilung und den Noten für Betragen, Fleiß, Ordnung und Mitarbeit zu sich heran. Ihr Blick glitt weiter nach unten. Was stand denn da bei der Versetzung? Wo war die Empfehlung für den Wechsel in die Erweiterte Oberschule, um in zwei Jahren das Abitur abzulegen?

«So eine Schlamperei», sagte Cornelia. «Das müssen wir korrigieren lassen. Die haben bei dir die EOS gar nicht genannt.»

Zum Ende der Pause postierten sich die beiden vor dem Lehrerzimmer und warteten darauf, dass Fräulein Frieder herauskam, um sie auf den Fehler aufmerksam zu machen. Zu ihrer Überraschung wirkte die Lehrerin verlegen und, ja, vielleicht auch ein wenig bestürzt.

«Da kann ich leider gar nichts machen. Dazu müsstet ihr ins Rektorat gehen, aber heute ist da niemand mehr. Hier habe ich übrigens noch einen Brief für eure Mutter. Anne, ich denke, da steht alles drin.» Sie senkte den Blick, wandte sich ab und ging dann schnell davon.

Verwirrt sahen sich die Mädchen an. Anne steckte den Brief ein, und gemeinsam kehrten sie ins Klassenzimmer zurück, wo sie noch eine Doppelstunde Russisch erwartete.

♦

«Schlechte Nachrichten?», erkundigte sich Johannes, als Lilli Molle und Mampe verlangte, sich auf einen der inzwischen klapprig gewordenen Stühle fallen ließ und sich mit fahrigen Bewegungen eine Zigarette anzündete.

Johannes brachte ihr Bier und Schnaps und setzte sich zu ihr. Wortlos schob Lilli ihm den Brief der Schule hin, unterschrieben von der Rektorin und vom Parteisekretär der Schule. Johannes las das Schreiben aufmerksam durch.

«Dass die sich immer so sperrig ausdrücken müssen.» Er warf

Lilli einen Blick zu. «Wie kommen die auf den Gedanken, Anne müsste sich erst ‹in der Produktion bewähren›, statt an der EOS Abitur zu machen? Warum zweifeln die ‹an ihrer Treue zur Idee des Sozialismus›?» Johannes runzelte die Stirn.

«Nun», sagte Lilli, «Anne war in diesem Schuljahr häufig bei Treffen der Jungen Gemeinde und nahm weniger oft an Aktionen ihrer FDJ-Gruppe teil.»

«Anne? Unsere liebe und so folgsame Anne widersetzte sich der FDJ? Das ... Das wusste ich gar nicht, davon hat sie nie erzählt.»

Lilli seufzte tief, stürzte den Klaren herunter und stellte das Glas auf den Tisch zurück. «Er heißt Alex», bekannte sie, «und sie ist in ihn verliebt.»

«Ja, das weiß ich», bekannte Johannes. «Anne hat mir ein wenig von ihm erzählt. Aber geht das nicht schon ein Jahr?»

Lilli nickte. «Das Problem ist, er stammt aus einem christlichen Elternhaus.»

«Und übt deshalb einen ‹gefährlichen, konterrevolutionären Einfluss› auf Anne aus?» Johannes schenkte Lilli noch einmal nach. «Was für ein Humbug!»

«Ja, das klingt lächerlich, ist aber für Annes Lebensweg durchaus bedrohlich.»

«Was ist das denn für ein junger Mann? Kennst du ihn? Hier ist sie noch nie mit ihm aufgetaucht.»

«Er ist nett, höflich, zuvorkommend. Anne hat ihn mir schon im vergangenen Sommer vorgestellt, er hat auch einige Male bei uns gegessen. Cornelia mag ihn auch sehr. Und sogar Robert hat sich mit ihm unterhalten.»

«Aber?»

«Junge Gemeinde statt FDJ!»

«Au, das ist natürlich schlimm!»

«In den Augen der Partei auf alle Fälle. Diese Treffen laufen nicht ‹staatstreu› ab im Sinne des Politbüros. Bei der Jungen Gemeinde wird zwar auch musiziert, aber sie singen andere Lieder. Sie diskutieren offen und kritisch miteinander, stellen Fragen. Andererseits engagieren auch sie sich bei gemeinnützigen Aktionen wie die FDJ.»

Johannes verstand nur zu gut. «Und jetzt? Kann ich dir irgendwie helfen, Lilli?»

«Ich brauche nur ab und zu einen Menschen, mit dem ich offen reden kann, ohne auf meine Wortwahl zu achten und zu fürchten, dass mir die eine oder andere nicht parteikonforme Äußerung als Bumerang an den Kopf knallt. Genau dafür brauche ich dich!»

«Und wer wirft den Bumerang?»

«Na ja, in unserer POS gibt es sehr eifrige Genossen, die nicht zögern, jede Verfehlung zu melden. Zum Glück haben wir aber auch einige Lehrer der ganz alten Schule, die noch im Kaiserreich geboren sind.»

«So alte Zausel wie mich», scherzte Johannes, und sie mussten beide lachen.

«Mit denen komme ich jedenfalls besser klar als mit den meisten Junglehrern, die so eifrig ‹staatstreu› agieren.» Lilli schmunzelte. «Du kannst die Genossen schon an ihrem offenen Kragen erkennen. Nie würden sie sich eine Krawatte umbinden! Die alte Garde ist dagegen stets korrekt gekleidet mit Weste und Krawatte. Uns Lehrerinnen sieht man es zum Glück nicht so einfach an, wie unser Herz schlägt.»

«Und, was hast du jetzt vor?»

Lilli hob hilflos die Schultern. «Ich kann und will Anne weder drängen, ihren Freund aufzugeben, noch, sich so zu verstellen, dass es diesen Parteilern passt. Gleichzeitig will ich nicht, dass sie sich ihre berufliche Zukunft verbaut.»

Johannes streichelte ihr sanft über die Wange. «Lilli, hast du nie darüber nachgedacht, mit den beiden rüberzugehen?»

«Tausende Male! Aber Robert kann ich nicht mehr verpflanzen. Du kennst ihn selbst besser als jeder andere. Er ist manchmal kaum ansprechbar, ich glaube, dann lebt er nur noch in der Vergangenheit. Dabei liebt er seine Enkelinnen, die es ab und zu schaffen, ihn ins Leben zurückholen. Dann geht ein Lächeln über sein Gesicht. Er liest ihnen selbst heute noch manches Mal vor, als wären sie noch Kinder. Zeit scheint für ihn anders zu vergehen als für uns. Und die Mädchen lieben es und sitzen dann mucksmäuschenstill neben ihm auf dem Sofa. Wie früher ... Aber es gibt noch andere Gründe. Ich habe hier meine Arbeit und Cornelia ihre GTS-Sportgruppe. Ich wüsste gar nicht, wie das drüben im Westen für uns wäre.»

«Und wenn nur Anne rübergehen würde? Sie könnte bei Ilse und Clara wohnen und dort ihr Abitur machen», wagte Johannes vorzuschlagen.

Lilli verbarg ihr Gesicht in den Händen. «Sag das nicht. Das geht mir schon seit Stunden durch den Kopf, aber was hätte das für Folgen? Sie könnte nicht mehr zu uns zurück, und du glaubst doch selbst nicht, dass so ein *unerlaubter Grenzübertritt* keine Konsequenzen für Cornelia und mich hätte?»

Johannes seufzte. «Nein, du hast recht. Wenn, dann müsst ihr alle drei gehen.»

«Ich werde meinen Vater nicht alleine zurücklassen!»

«Wobei wir wieder am Anfang wären.»

♦

Cornelia und Anne saßen unweit des Bahnhofsdreiecks nebeneinander auf der Kaimauer an der Spree und warfen Brotstücke in das trübe Wasser, um die sich die Enten balgten. Brot und Schrippen gehörten zu den wenigen Lebensmitteln, die nicht nur billig waren, sondern die es auch in genügender Menge gab, sodass Bauern gern Brot statt teures Viehfutter an ihre Schweine verfütterten oder Kleingartenbesitzer an ihre Hühner. Und die übrigen Schrippen vom Morgen landeten bei den Enten im Wasser.

Lilli sah das nicht gern und erzählte dann immer vom Krieg und den Monaten danach, in denen sie gehungert hatten und um jedes Stück Brot froh gewesen waren, doch die Zwillinge hatten den Hunger nicht mehr bewusst erlebt und liebten es einfach, Enten und Tauben zu füttern.

«Das ist so ungerecht!», schimpfte Cornelia und schleuderte noch ein Stück hartes Brot in die Spree. «Ausgerechnet du darfst nicht auf die EOS, darfst kein Abi machen trotz der guten Noten, sogar in Fleiß und Ordnung. Wenn überhaupt, dann müssten sie mich ausschließen.»

«Ich müsste mich nur entschließen, mich wieder zuverlässig bei der FDJ zu zeigen, und mich für unsere russischen Freunde engagieren», sagte Anne resigniert. «Und mich natürlich von der Jungen Gemeinde fernhalten.» Sie seufzte tief. «Vermutlich dürfte ich Alex nicht mehr treffen, oder er müsste sich ebenfalls von der Kirche abwenden. Aber kann ich das von ihm verlangen?»

«Wenn du ihm wichtig bist?»

Anne riss die Augen auf, aber ihre Schwester winkte ab.

«NEIN, die dürfen so was nicht von dir verlangen! Was geht es die Partei an, mit wem du dich nach der Schule triffst und wen du zum Freund hast? *Konterrevolutionär*, dass ich nicht lache! Und jetzt sollst du in irgendeinem dummen VEB eine Lehre machen. Genossin Buchhalterin oder, noch schlimmer, Produktion am Band oder so was. Perlen vor die Säue, sage ich, du bist viel zu intelligent, um dein Potenzial an stumpfsinnige Arbeit zu verschwenden.»

Wider Willen musste Anne lachen. «Oh, du denkst, wir sind etwas Besseres und haben mehr verdient? Was für ein unsozialistischer Gedanke im Arbeiter-und-Bauern-Staat.»

«SED-Staat!», schnaubte Cornelia.

«So ist das halt. Die Partei sagt, wo's langgeht. Wir Schüler gehen erst zu den Jungpionieren, ab der 4. Klasse zu den Thälmannpionieren, ab Klasse 8 zur FDJ und später, wie Großvater, in die Partei. Nur dann können wir was werden. Vielleicht sollte ich tatsächlich in die Partei eintreten, dann würden Sie mich das Abitur machen lassen.»

«Willst du das denn?» Cornelia sah ihre Schwester ungläubig an.

«Nein, natürlich nicht. Ich will, dass alles so bleibt und ich weiter zur Schule gehen darf.» Dann fügte sie nachdenklich hinzu: «Meinst du, Mutti kann beim Direx was ausrichten?»

Cornelia hob frustriert die Hände. «Wie sollte sie? Sie engagiert sich ja nicht mal in der Deutsch-Sowjetischen Freundschaft, geschweige denn in der Partei.»

«Das können die ja auch nicht ernstlich von ihr verlangen!», empörte sich Anne. «Ich weiß zwar nicht, was genau passiert ist, als die Russen einmarschiert sind, aber Ella hat mal was angedeutet. Mutti hat bestimmt nichts übrig für die *sowjetische* Freundschaft.»

Cornelia griff nach der Hand ihrer Schwester. «Weißt du, Anne, vielleicht solltest du einfach rübergehen so wie Martin und im Westen das Abi machen. Hast du daran schon mal gedacht?»

«Aber ich dürfte dann nie mehr zurück! Ich könnte dich und Mutti und Großvater nicht sehen.»

«Wir könnten zu dir kommen. Wir besuchen Ilse, Martin und all die anderen ja auch drüben.»

Anne schüttelte den Kopf. «Ich weiß nicht. Wenn, dann müsstest du mitkommen.»

Cornelia nickte. «Ja, sofort!»

«Dann müsste ich Alex aber auch verlassen. Es ist so schrecklich.» Tränen rannen ihr über die Wangen.

Cornelia wirkte ebenfalls nicht überzeugt. «Was machen wir

dann mit Mutti und Großvater? Und Johannes und Ella? Was passiert mit unseren Freunden? Ach, Anne, es ist wirklich verzwickt.»

♦

Es war schon spät, als Cornelia die Küche betrat und Robert mit Mantel und Hut vorfand.

«Großpapa, willst du noch weg? Es ist schon spät!»

Er warf einen Blick Richtung Fenster und nickte. «Jaja, aber dann ist nicht so viel los, verstehst du?»

«Wo ist nicht viel los? Was hast du denn vor?»

Robert öffnete seine Tasche und deutete auf das verzierte Kästchen, das er, seit Cornelia denken konnte, wie seinen größten Schatz hütete. «Ich gehe zum Bahnhof, zu Luise», sagte er leise.

«Aber Großpapa, Luise ist seit vielen Jahren tot. Mutti war damals noch ein kleines Kind, das weißt du doch.»

«Ja, ich weiß, aber heute ist ihr Geburtstag. Da besuche ich sie immer. Sie wartet bestimmt schon seit Stunden auf mich und denkt vielleicht, ich habe sie heute vergessen. Aber das tu ich nicht. Ich denke immer und immerzu daran, was passiert ist und was ich getan habe.» Er packte ganz vorsichtig die roten Rosen ein, die er mit viel Hartnäckigkeit und Bestechung im Blumenladen ergattert hatte.

Cornelia wusste, dass er in solchen Momenten durch vernünftige Argumente nicht zu erreichen war, trotzdem versuchte sie es noch einmal. «Geh lieber morgen auf den Friedhof und lege die schönen Blumen auf ihr Grab», schlug sie vor, doch Robert schüttelte störrisch den Kopf. «Ich muss ihr noch was bringen. Das darf nicht in falsche Hände kommen. Ich muss es verstecken.» Er holte das verschlossene Kästchen aus seiner Tasche und zeigte es Cornelia kurz, ehe er es sorgsam wieder in seiner Ledertasche verbarg.

«Warum? Hast du Angst, jemand würde es hier in der Wohnung finden?»

«Lilli, wenn ich mal nicht mehr bin, und ich will nicht, dass sie das liest.»

Cornelia wartete geduldig, ob er noch mehr preisgeben würde.

«Da drin sind die Tagebücher deiner Großmutter. Nach ihrem Tod habe ich selbst noch einiges reingeschrieben. Lilli soll nicht schlecht von ihrer Mutter denken. Oder von uns anderen.»

«Auch von dir?», hakte Cornelia nach.

«Ja, von mir und von Johannes.»

«Dann gib sie doch mir. Ich verstecke sie vor Mutti, das verspreche ich dir.»

Der Großvater wiegte unentschlossen den Kopf. «Du bist noch zu jung, um das zu lesen. Vielleicht später, ja, ich denke, später wäre es gut, dass du und deine Schwester sie bekommen.»

«Gut, wir werden damit warten.» Sie streckte die Hand nach der Tasche aus, doch Robert verbarg sie hinter seinem Rücken. «Nein, ich bring sie zu Luise. Ich habe jetzt endlich den perfekten Platz entdeckt. Ganz in der Nähe steht jetzt ein Informationshäuschen.»

Robert wurde immer leiser und verlor sich in seinen Gedanken. Cornelia musste sich vorbeugen, um ihren Großvater noch verstehen zu können.

«Ich ... Ich verstecke sie dort, wo Luise ihren letzten Atemzug aushauchte. Nicht ... Nicht in *meinen* Armen. Nein, Johannes war als Erster ... unten, an der Leiter ... Ich musste erst runterklettern ... Zu spät ... Ihr Blick ... Johannes hat ihr die Augen geschlossen.»

Robert schaute auf und fixierte Cornelia. «Du weißt, wo. Ich hab dir die Stelle mal gezeigt.» Er schwieg wieder für einige Momente. Dann sammelte er sich. «Ich konnte Luise nicht mehr sagen, wie leid es mir tut ... Dass ich ihr verzeihe.» Er wandte sich Richtung Tür.

«Soll ich dich nicht lieber begleiten?», schlug Cornelia vor.

«Es ist schon viel zu spät, um sich noch in der Stadt rumzutreiben», widersprach er mahnend.

«Für dich aber auch, Großpapa!», gab die Enkelin zurück. «Mutti und Anne übernachten heute bei Ilse und Clara. Wir müssen ja nicht erzählen, was du vorhast. Das ... Das ist unser Geheimnis.»

Robert griff nach Cornelias Hand. «Dann komm!»

Als Erstes sahen sie bei Johannes vorbei, der noch ein paar späte Gäste bewirtete. Die Jugendlichen waren vermutlich in Westberlin im Kino gewesen oder in einem der Tanzschuppen.

Als er jetzt zu Robert und Cornelia trat, legte er dem Freund die Hand auf die Schulter. «Es ist ihr Geburtstag, ich weiß. Sollen wir zusammen rübergehen?»

Robert schüttelte den Kopf. «Nein, lasst mich ein paar Minuten mit ihr allein.»

Cornelia sah Johannes fragend an, doch der nickte, wenn auch schweren Herzens. «Luise! Schon so lange tot, und noch immer kannst du nicht damit abschließen und deinen Frieden finden», murmelte er, als er seinem Freund hinterhersah.

Plötzlich durchschnitt ein Geräusch alle Gedanken. Dann eine Trillerpfeife, laute Schreie, das Quietschen einer scharf bremsenden Bahn.

«OPA!»

Johannes schreckte auf und sah, wie Cornelia davonsprintete, folgte ihr, so schnell er konnte. Als er den Bahnsteig endlich erreichte, glaubte Johannes, keine Luft mehr zu bekommen. Hier war sie gestorben vor so vielen Jahren. Aber wo war Robert? Dann entdeckte er Cornelia, die auf die Knie gefallen war, den Blick starr auf die Schienen gerichtet, wo die Lokomotive des einfahrenden Zugs zum Stehen gekommen war. Er sah, wie sie bebte, dann warf sie den Kopf in den Nacken und stieß einen Klagelaut aus, der an ein waidwundes Tier erinnerte. Johannes hinkte weiter. Einer der Vopos wollte ihn aufhalten, doch er stieß ihn zurück.

«Lassen Sie mich zu ihr. Ich gehöre zur Familie!»

Schwerfällig ließ er sich neben Cornelia auf den Bahnsteig sinken.

«Sieh nicht hin», sagte Johannes, wo er doch selbst den Blick nicht abwenden konnte. Da lag sein Freund. Im Gleisbett, die Beine bereits unter der Lok, ein Dutzend rote Rosen auf seiner Brust und um ihn herum verteilt. Tot, er war tot, kein Zweifel.

«Er hat ihn gestoßen!», schrie eine Frau und deutete auf einen der Vopos, der sofort wild den Kopf schüttelte.

«Der alte Mann, er ... er ist vor mir davongelaufen. Ich wollt doch nur wissen, was er da macht ... aber er ließ sich nicht stoppen, lief immer weiter ...» Der junge Mann stand sichtlich unter Schock.

«Er ist vor den Zug gesprungen», behauptete ein anderer Uniformierter. «Ich habe es ganz genau gesehen! Der Genosse trägt keine Schuld.»

«Der Alte war verwirrt, der wusste doch nicht mehr, was er tat. Den habe ich hier schon öfters gesehen, war völlig orientierungslos», mischte sich ein Dritter ein.

«Ich weiß, was ich gesehen habe», bekräftigte die Frau, wandte sich dann aber abrupt um und eilte davon.

Eine Woche später fand die Beerdigung statt. Dunkel erinnerte sich Lilli an den eisigen Wintertag vor fast dreißig Jahren, an dem sie schon einmal an dieser Stelle gestanden und in ein offenes Grab gesehen hatte. Nun streute sie Blütenblätter auf den Sarg ihres Vaters.

«Jetzt seid ihr wieder zusammen», murmelte sie.

Sie konnte nicht weinen. Sie war noch zu geschockt. Dafür hörte sie die Mädchen hinter sich schluchzen. Ella war bei ihnen, hatte den Arm um ihre Schultern gelegt und sie an sich gedrückt. Auch Ilse und Clara waren gekommen.

Johannes stand an Lillis Seite und hielt ihre Hand, war ihr Trost und Stütze. Auch er ließ für den Freund ein paar Blütenblätter vom Sommerwind davontreiben.

Die offizielle Untersuchung war abgeschlossen. Das Ergebnis lautete: Der bereits verwirrte Robert Wagenbach habe auf den Ruf des Volkspolizisten nicht gehört. Stattdessen sei er davongelaufen und vor den einfahrenden Zug gestürzt, wobei er zu Tode kam. Ein Unfall, an dem keiner Schuld trage, außer vielleicht die Angehörigen, die den Verwirrten aus den Augen und unbeaufsichtigt auf den Bahnsteig gehen ließen.

Kapitel 24

«Die Entscheidung ist gefallen», verkündete Minister Mielke. Er hatte Michael in sein Büro gerufen und wartete, bis dieser die Tür geschlossen hatte, ehe er weitersprach. «Genosse Ulbricht hatte vorgestern in Moskau eine Besprechung mit Chruschtschow, und der hat endlich nachgegeben. Die Sicherung der Westgrenze ist genehmigt. Dann wollen wir mal sehen, dass der ‹Abstimmung mit den Füßen›, wie die Leute im Westen das so nennen, endlich ein Riegel vorgeschoben wird.»

«Ein bewachter Riegel aus Stacheldraht quer durch die ganze Stadt», sagte Michael leise.

Mielke hob den Blick und sah ihn scharf an. «Sie haben doch nicht plötzlich Bedenken, Hauptmann Weber?»

Michael schüttelte den Kopf. «Nein, im Gegenteil, Genosse Minister. Wir müssen mit allen Mitteln verhindern, dass unser Arbeiter-und-Bauern-Staat weiter ausblutet. Ja, wir machen eine schwere Zeit durch, aber in ein paar Jahren werden uns die Menschen dankbar sein, dass sie nicht im faschistischen Westen leben müssen.»

«Genau!», bekräftigte der Minister und schob Michael eine Mappe mit Anweisungen für die nächsten Tage über den Schreibtisch.

Michael klappte den Deckel mit der Aufschrift *Streng geheim* auf und begann zu lesen.

Vorbereitungen für die Nacht vom 12. auf den 13. August 1961
Aufstellung der für die Aktion benötigten Kräfte:
5000 Angehörige der Deutschen Grenzpolizei
5000 Kräfte aus Schutzpolizei und Volkspolizei-Bereitschaft
4500 Mann aus Betriebskampfgruppen zur Abriegelung der Straßen und Schienenwege nach Westberlin
NVA: 1. und 8. motorisierte Schützendivision sowie die Einheiten aus Prora als zweite Sicherungsstaffel eintausend Meter hinter der Grenze postiert
Es wurde zugesagt, dass sich die sowjetischen Truppen in erhöhter Gefechtsbereitschaft bereithalten und an den alliierten Grenzübergängen Präsenz zeigen.

Michael ließ den Blick über den mehrere Seiten langen Ablaufplan wandern. Ganz am Ende stand der entscheidende Name. Offensichtlich ging es für den ehemaligen Leiter der FDJ auf der Karriereleiter aufwärts.

Für Planung und Umsetzung verantwortlich ist der ZK-Sekretär für Sicherheitsfragen und Sekretär des Nationalen Verteidigungsrats der DDR, Erich Honecker.

Michael schloss die Mappe und sah zu Mielke hinüber. «Genosse Honecker scheint an alles gedacht zu haben.»

«Ja, und Sie sorgen dafür, dass das so umgesetzt wird!»

Michael erhob sich und klemmte die Mappe unter den Arm. «Natürlich, Genosse Minister, Sie können sich auf mich verlassen!»

Mielke nickte. «Davon bin ich überzeugt, sonst hätte ich Sie nicht vorgeschlagen. Machen Sie das richtig, dann wird das nicht zu Ihrem Schaden sein, und dann können Sie auch unter den schönsten Frauen wählen, welche Sie wollen.»

Michael schwieg. Er nickte dem Minister für Staatssicherheit nur noch einmal zu und verließ das Büro.

♦

Eigentlich hatten sie vorgehabt, zu einem der Seen rauszufahren und ein Mutter-Töchter-Wochenende zu verbringen. Zelten, baden, Lagerfeuer – so wie sie das früher manchmal gemacht hatten. Ruhe haben, Zeit füreinander und vielleicht über die Zukunft sprechen, das hatte Lilli Anfang der Woche zu Johannes gesagt, doch dann wurde das Wetter immer schlechter, und auch fürs Wochenende war Regen angesagt, die Temperaturen weit weg von hochsommerlichem Badewetter.

Die Zwillinge entschieden, dass ihnen das Zelten zu ungemütlich wäre, sie wollten lieber daheimbleiben. Lilli spottete zwar, dass die Damen mit zunehmendem Alter empfindlich wurden, dennoch war auch sie ganz froh, sich nicht mit den schweren Rucksäcken in einen Zug quetschen zu müssen, um dann zurück auch noch ein patschnasses Zelt zu transportieren. Sie luden Johannes und Ella für den Samstag zum Abendessen ein. Ella freute sich und versprach, einen Pflaumenkuchen mitzubringen, und Johannes kam ausnahmsweise nicht mit der Ausrede, er könne seinen Kiosk nicht schließen. Momentan gab es große Lieferschwierigkeiten und kaum Ware im Angebot. Es war, als wollten sie ihn aushungern und damit die Übergabe des Kiosks an die Genossenschaft erzwingen.

«Das trifft die Sache vermutlich ziemlich genau», kommentierte Lilli und berichtete, wie sie einmal mehr stundenlang von Laden zu Laden geeilt war, um das zu kaufen, was sie auf den Tisch bringen wollte, doch auch heute war Improvisation angesagt.

«Dafür habe ich Spreegurken bekommen, die ich vergangene Woche vergeblich gesucht habe», berichtete sie. «Ich habe gleich mal fünf Gläser mitgenommen. Wer weiß, wann es wieder welche gibt. Außerdem kann ich sie ja bei irgendwem im Haus eintauschen, sollte ich was anderes brauchen.» *So lückenhaft funktioniert auch im Jahre 1961 das System der Fünfjahrespläne,* dachte Lilli und fügte schnell hinzu: «Es tut mir leid, dass ich kein ordentliches Fleisch bekommen habe.»

«Das macht doch nichts. Ich liebe dein Jägerschnitzel», versicherte Johannes, ein Zwinkern in den Augen.

Lilli legte ihm zwei der panierten und kross ausgebackenen Jagdwurstscheiben auf den Teller, während Cornelia Nudeln austeilte und Anne Soße aus Tomaten, Essig, Zucker und Zwiebeln – angedickt mit etwas Mehl – darübergab.

«Ich habe den dringenden Verdacht, dass der Metzger alle guten Fleischstücke für besondere Freunde im Kühlraum versteckt. Vielleicht sollte ich mal wieder einen Abstecher zu Ilse machen und Lucky Strikes mitbringen. Damit könnte ich vielleicht in die Riege der bevorzugten Kunden aufsteigen.»

Johannes lachte. «Das schaffst du schon.»

Wie immer, wenn er dabei war, wurde es spät. Ella hatte sich bereits kurz nach zehn verabschiedet und sich auf den Heimweg gemacht, doch Johannes schien es nicht eilig zu haben, was Lilli und ihre Töchter freute. Mit ihm konnten sie einfach über alles reden, er zeigte Interesse, hörte aufmerksam zu und gab kluge Antworten. Nur über sich selbst sprach er nicht gern, obgleich die Zwillinge ihn immer mal wieder über seine Zeit in Frankreich bei der legendären Aveline ausfragten. Das Thema Krieg vermieden sie alle. Das war wie eine stille Übereinkunft, die keiner brach.

Es war Mitternacht, als sich Johannes entschloss, den Heimweg anzutreten.

«Bleib doch, du kannst hier schlafen», bot Lilli an.

Beiden fiel vermutlich gleichzeitig ein, dass das leere Bett im

Nebenzimmer Robert gehört hatte, daher wunderte es Lilli nicht, dass er fast barsch ablehnte und sich auf den Weg machte.

Sie hatten an diesem Abend nicht über Annes Zukunft gesprochen, doch diese beschäftigte Johannes' Gedanken, als er langsam durch die dunklen Straßen Richtung Alex ging.

Überall ragten Gerüste und neue Mauern in die Höhe. Die Ruinen hier an prominenter Stelle in der Stadt waren weggeräumt, neue Häuserblocks wuchsen in die Höhe, ganz im Stil des modernen Sozialismus mit breiten Straßen für Aufmärsche und Paraden. Insofern kehrte der Alexanderplatz zu seinen Wurzeln vor einhundertfünfzig Jahren zurück, als er schon einmal als Paradeplatz diente und sich später zum Einkaufsparadies für wohlhabende Bürger mauserte.

Die traditionsreichen Kaufhäuser wie das Tietz waren verschwunden, die Verkaufsräume erst von den Nazis verwüstet, die prächtigen gründerzeitlichen Häuser später im Bombenhagel vernichtet.

Motorenlärm ließ Johannes aufblicken. Ein Konvoi aus Militärlastwagen näherte sich von der Großen Frankfurter Straße her, ach nein, jetzt hieß sie ja Karl-Marx-Allee, und im nahen Friedrichshain, ab dem Strausberger Platz, würde dann die Stalinallee mit modernen Verwaltungsbauten und Palästen für die Arbeiterklasse entstehen. So zumindest der Plan der Regierung.

Johannes starrte den Lastwagen hinterher, deren Ladung von grauen Planen verdeckt war. Verwundert schüttelte er den Kopf, ging aber weiter bis zur Stadtbahnhaltestelle Marx-Engels-Platz, etwas südlich des Hackeschen Markts. Er erklomm die Treppe zu den Stadtbahnbögen, wo die Schienen über die noch zur Kaiserzeit aus rotem Backstein errichteten Viadukte die Innenstadt einmal von Ost nach West durchquerten. Johannes stieg in den nächsten Zug ein. Der Wagen war leer und rumpelte Richtung Friedrichstraße. Johannes schaute aus dem Fenster und erblickte noch eine Kolonne von Militärfahrzeugen. Dieses Mal waren auch Mannschaftswagen dabei. Er konnte die Uniformierten eng aneinandergedrängt auf den Pritschen sitzen sehen. Wie seltsam. Was war hier los?

Der Zug hielt direkt hinter einer anderen S-Bahn, die den Bahnhof Friedrichstraße blockierte. Eine Durchsage verkündete, dass die Bahn nicht weiterfahren würde. Das wurde ja immer merkwürdiger. Johannes stieg die Stufen zur Bahnhofshalle runter und trat auf den Platz hinaus. Drüben am Schiffbauerdamm entdeckte er noch mehr Militär. Verwundert querte Johannes den sich zur Spree hin öffnenden Bahnhofsvorplatz und näherte sich dem Reichstagsufer, von wo aus er einen guten Blick auf die Vorgänge jenseits der Spree hatte. Plötzlich marschierten bewaffnete Betriebskampftruppen mit ihren Schirmkappen und ausgebeulten Uniformen auf seiner Uferseite auf ihn zu und folgten dann der Straße weiter nach Westen. Verwirrt zog sich Johannes zu seinem Kiosk zurück, hinter dem nun mehrere Schützenpanzerwagen die Friedrichstraße entlang nach Süden rollten. Johannes wurde zunehmend mulmig zumute. Er spürte, etwas Großes war im Gange. Etwas Ungeheuerliches!

Ein junger Mann bog mit seinem Fahrrad auf den Bahnhofsvorplatz ein und hielt neben Johannes an. Es war Max, ein Herumtreiber und Gelegenheitsarbeiter, wie sie im Arbeiter-und-Bauern-Staat nicht geduldet wurden. Einige Monate hatte er daher auch schon im Gefängnis gesessen. Wenn er mal wieder am Bahnhof auftauchte, spendierte Johannes ihm eine Zigarette oder einen Klaren. Dafür ging ihm Max bereitwillig zur Hand, wenn es galt, schwere Warenkisten zu schleppen und im Hinterzimmer aufzustapeln.

«'n Abend, Johannes. Haste gesehn, was da abgeht?»

«Ja, aber ich kann mir keinen Reim drauf machen. Weißt du, was los ist? Wozu die ganzen Wagen und Truppen in der Stadt? Selbst die Betriebsbrigaden sind angetreten!»

«Ick komm grad vom Brandenburger Tor. Dort sind se mit Schützenwagen aufgefahrn und ham den ganzen Platz der Sektorengrenze lang mit Männern von der NVA, mit Vopos und Betriebskampftruppen abgesperrt.»

Johannes war ratlos. «Was soll das denn? Was haben die vor?»

Max zuckte mit den Schultern. «Nix Gutes jedenfalls. Die wollten mich nich mal zum Tiergarten durchlassen, also dacht ick, ick mach einfach 'nen Schlenker Richtung Leipziger Platz, aber da sind se auch überall. Die laden jede Menge Stacheldraht ab und rollen den aus. Auf andren Wagen hab ich Betonpfosten gesehn.»

«Die machen die Grenze dicht, Max! Ich meine, komplett. Was die sich schon vor Jahren von Thüringen rauf bis nach Mecklenburg alles ausgedacht haben, um die Grenze unpassierbar zu machen, das blüht uns jetzt, hier, mitten in Berlin.»

Max war skeptisch. «Wie soll det denn funktionieren? Mit all den Straßen und Bahnen und so. Det kannste nich dichtmachen.»

«Und wozu dann der Stacheldraht und das Aufgebot an Truppen?», wandte Johannes ein.

«Glaub ick schon, dass so was dem Ulbricht reinlaufn würd und er sich denkt, dass so keiner mehr in den Westen abhaut, aber ick sag dir, du kannst nich alle Ostberliner einfach einsperrn. Die lassn sich das nich bieten. Der Spuk is bestimmt bald vorbei. Die Roten müssn halt mal wieder mit dem Säbel rasseln, um zu zeigen, wer det Sagen hat.»

Johannes war nicht überzeugt. «Nun, warten wir's ab. Wir können eh nichts anderes tun. Ich wünsche mir sehr, dass du recht hast und der Spuk wirklich bald vorbei ist. Aber sie haben alle Bahnen angehalten! Die stauen sich bereits oben auf den Gleisen, weil keine mehr nach drüben fährt.»

«Eben», sagte Max, «det funktioniert in so 'ner Stadt nich. Wie solln denn die ganzen Leute zur Arbeit komm'n, wenn keene Bahnen fahrn?»

Darauf wusste Johannes auch keine Antwort, doch er legte sich mit einem unguten Gefühl auf sein Lager. Er stellte im Radio den RIAS ein und wartete auf Nachrichten. Um 3:25 Uhr unterbrach der Sender sein Unterhaltungsprogramm, und der Sprecher meldete: «Starke Kräfte der Volkspolizei haben heute Nacht die Grenze zwischen Ost- und Westberlin gesperrt.»

♦

Wolfgang und die Band spielten am 12. August in der Badewanne, dem beliebten Jazzkeller im Femina-Palast in einer Seitenstraße vom Tauentzien. Ilse und Clara waren gekommen, doch statt mit den anderen Gästen zu tanzen, saßen sie mit ihren Drinks den ganzen Abend an ihrem Tisch, was sicher nicht an der Musik lag.

Ilse hätte gerne getanzt, doch Clara hatte Probleme mit ihrer Prothese. Eine wunde Stelle an ihrem Beinstumpf, die bei jedem Schritt schmerzte. Die musste erst wieder verheilen, und ohne Clara hatte Ilse keine Lust zu tanzen.

Es war schon gegen zwei und die meisten Gäste bereits gegangen, als Wolfgang an den Tisch der beiden trat.

«Warum ist Lilli heute nicht hier?», erkundigte sich Clara.

«Sie wollte dieses Wochenende mit den Zwillingen draußen am Müggelsee zelten», gab Wolfgang Auskunft.

Ilse verzog das Gesicht. «Bei dem Wetter? Da würden mich keine zehn Pferde dazu kriegen, in einem Zelt zu schlafen.»

«Sie waren sich noch nicht ganz sicher, aber selbst, wenn sie nicht gefahren sind, wollte Lilli das Wochenende mit den Mädchen verbringen.»

Die drei umarmten sich zum Abschied, dann bestiegen Clara und Ilse ein Taxi nach Schöneberg, während sich Wolfgang mit seinem Saxofonkoffer zur U-Bahn aufmachte. Er döste vor sich hin, als der Zug plötzlich stoppte und eine Durchsage ihn aus seinen angenehmen Träumen von Lilli riss.

Keine Weiterfahrt möglich? Was sollte das denn? Er versuchte, sich zu orientieren. Sie waren doch erst am Potsdamer Platz.

Auf dem Bahnsteig waren jede Menge Uniformierte zu sehen, die zudem alle Ausgänge in Richtung Ostteil der Stadt blockierten. Was hatten sich die Russen jetzt wieder für eine Schikane ausgedacht? Seine bisher gute Laune war bereits merklich eingetrübt, als Wolfgang mit den wenigen anderen Fahrgästen die Treppe zum Ausgang auf der Westseite hinaufstieg. Nein, er würde auf keinen Fall um diese Stunde mit seinem Instrumentenkoffer bis nach Friedrichshain laufen. Dann musste er eben das Geld für ein Taxi ausgeben. Erstaunt erblickte er rund um den Potsdamer Platz noch mehr Uniformierte. Aber das waren keine Russen. Das waren ganze Hundertschaften der Volksarmee, die entlang der Sektorengrenze eine regelrechte Menschenkette bildeten, während andere Stacheldrahtrollen von Lastwagen luden.

Ein seltsames Gefühl breitete sich in ihm aus. Was sollte der Blödsinn? Hatten die jetzt allen Ernstes vor, Stacheldraht mitten durch Berlin zu ziehen? Was für eine Schnapsidee. Wie sollte das denn funktionieren mit all den Straßen, die die Zonengrenzen querten oder an ihnen entlangführten, mit all den S- und U-Bahnen?

Misslaunig hielt er eines der Westtaxis an und setzte sich in den Fond. Das würde verdammt teuer werden, dachte er, als er seine Wohnadresse nannte.

«Det jeht nich», verkündete der Fahrer. «Det is im Osten, und da lassn se keen mehr durch. Hab ick vor ’ner Stunde schon mal probiert.»

Wolfgang überlegte. Er wollte wenigstens ein paar Stunden schlafen. Das nächste Hotel? Er sah Militärangehörige, die stabil wirkende Pfosten abluden, andere schlugen mit Spitzhacken den Straßenbelag auf. Plötzlich spürte er Furcht in sich aufsteigen. Was, wenn die das wirklich ernst meinten? Wenn die vorhatten, die Stadt genauso zu trennen, wie sie es mit den Gemeinden an der Grenze zwischen Westberlin und dem Umland längst getan hatten? War so etwas wirklich möglich? Nein, er konnte sich jetzt nicht ins Bett legen und schlafen. Er musste mit jemandem reden.

«Dann fahren Sie mich nach Schöneberg.» Er nannte Ilses und Claras Adresse.

Dort angekommen, klingelte er die völlig verdutzte Ilse aus dem Bett und bat um Einlass. «Ihr werdet nicht glauben, was da gerade in der Stadt vor sich geht!»

♦

Am Sonntag, dem 13. August, rieben sich die Berliner auf beiden Seiten der Grenze verdutzt die Augen. Die Radiosender in Ost und West vermeldeten, dass die Grenze nur noch mit besonderer Genehmigung passiert werden könne. Die Beurteilung dieser Maßnahme klangen im RIAS und im SFB natürlich ganz anders als im Ostradio. Zunehmende Unruhe schwappte durch die Stadt, doch die meisten sahen es wohl so wie Wolfgang. Das konnte nicht funktionieren. Man musste nur abwarten, bis sich alles wieder normalisierte.

Eine erste Folge war, dass die Stadtbahn und einige U-Bahn-Linien ausfielen, das Netz der Straßenbahn war im Osten eh schon abgetrennt. Die West-U-Bahnen, in deren Tunneln Ostgebiet unterfahren wurde, liefen bald wieder, allerdings mussten die Haltestellen, die auf der Ostseite lagen, nun mit unverminderter Geschwindigkeit durchfahren werden. Die Zugänge zu den unterirdischen Bahnhöfen waren gesperrt und wurden mit Brettern vernagelt. Geisterbahnhöfe entstanden, die alle von Grenzern besetzt wurden, die dafür sorgen mussten, dass kein Unbefugter den Bereich betrat oder einen Fluchtversuch wagte.

Eine zweite Folge war, dass Tausende Grenzgänger, die bislang täglich zwischen Ost und West gependelt waren, festsaßen. Der Weg zu ihrer Arbeit auf der anderen Seite der Stadt war ihnen verwehrt. Wenige andere, die in dieser Nacht gearbeitet hatten, so wie Wolfgang, konnten plötzlich nicht mehr zu ihren Familien nach Hause. Immer mehr Menschen sammelten sich auf der Ost-, aber auch auf der Westseite der Grenze und sahen ungläubig dabei zu, wie Arbeiter, bewacht von Grenztruppen und Soldaten, Straßen aufrissen, Betonstelen aufrichteten und Stacheldraht befestigten. Zwischen den Säulen des Brandenburger Tors standen Schützenpanzerwagen, die Waffen drohend Richtung Westen gerichtet. Außerdem verschloss eine lückenlose Menschenkette aus bewaffneten Grenzschützern, Vopos und Arbeiterkampfgruppen den Platz zwischen Tor und Tiergarten.

Wolfgang stand mit Ilse und Clara am Rand des Tiergartens und starrte fassungslos hinüber. Von Unruhe getrieben, waren sie schon am Morgen von Schöneberg gekommen, um das Unglaubliche mit eigenen Augen zu sehen. Hier im Westen sammelten sich immer mehr Menschen, der Zorn wuchs. Manche schrien «Verräter» und beschimpften die Uniformierten auf der anderen Seite. Einige erschienen mit hastig gemalten Plakaten und entrollten Banner. Die Westberliner Polizei hatte alle Mühe, die Wut der Menschen im Zaum zu halten.

Ilse ballte die Fäuste. «Ich möchte am liebsten eine Flasche oder einen Stein auf einen dieser grinsenden Vopos werfen!»

Clara starrte sie entsetzt an.

«Nein, natürlich tue ich so was nicht», beruhigte Ilse sie. «Aber das hier, das ist doch wirklich himmelschreiend. Das dürfen wir nicht hinnehmen! Wo sind unsere Politiker, wo die Kommandanten der Amis, Briten und Franzosen? Keiner lässt sich blicken, keiner gebietet diesem Irrsinn Einhalt!»

«Was sollen die denn tun? Mit Worten lassen sich die da drüben nicht beeindrucken», meinte Clara schon fast resigniert. «Sollen sie Panzer auffahren? Drohen? Schießen? Riskieren, dass die da drüben zurückschießen?» Sie legte den Arm um Ilse. «Die Westalliierten wollen nicht den nächsten Krieg provozieren.»

Wolfgang mischte sich ein. «Also dann lassen wir uns einfach gefallen, dass sie unsere Landsleute vor unseren Augen hinter Stacheldraht wegsperren? Wird Ostberlin nun zu einem riesigen KZ? Einem SED-Gulag?» Er wischte sich Tränen aus den Augen. «Lilli gehört zu den Eingesperrten, die Mädchen, dein Bruder ...»

Ilse schüttelte betroffen den Kopf, die Hände zitterten, als sie Wolfgang ein Taschentuch reichte.

«Ja, sie sind drüben», bestätigte Clara, «und wir stehen hier und können nur hoffen, dass unsere Politiker und die Alliierten besonnen reagieren. Denn eines darf nicht passieren: dass Deutsche gegen Deutsche kämpfen und sich gegenseitig umbringen.»

♦

Als Ella an diesem Morgen aus dem Fenster sah, traute sie ihren Augen nicht. Was war denn da los? Sie strich sich über ihr Kleid, schlüpfte in ihre Schuhe und trat auf die Straße hinaus. Nachbarn hatten sich in der Wolliner bereits versammelt und diskutierten aufgeregt miteinander. Neugierig rückte ihr Grüppchen Richtung Bernauer Straße vor, wo Uniformierte dabei waren, den Straßenbelag aufzuhacken und mit Pfosten die Durchfahrt zu blockieren. An der

Ruppiner- und der Brunnenstraße dasselbe Bild. Auch hier gab es keinen Weg mehr nach Westen. Die Häuser entlang der südlichen Straßenseite der Bernauer gehörten zur DDR, während der Gehsteig davor schon zu Westberlin gehörte. Von ihrem Platz kurz hinter dem Stacheldraht beobachtete Ella, zunehmend entgeistert, wie ganze Familien über die Straße in den Westen rannten.

«Verdammt, nehmt den Stacheldraht und versperrt damit die Haustüren und alle unteren Fenster», hörte sie den Befehl eines groß gewachsenen Uniformierten mit Sternen auf der Schulter, der einigen Soldaten Beine machte.

«Und wie kommen wir da jetzt hin?», wollte einer der Männer wissen.

«Na hintenrum, durch die Gärten und Höfe. Schlagt die Hintertüren ein, wenn sie euch nicht reinlassen, aber macht schnell, sonst sind die Häuser leer, und wir müssen niemanden mehr aufhalten.»

«Und schafft mir diese Schaulustigen vom Hals!», brüllte er in Richtung der versammelten Ostberliner.

Ella und die anderen wichen zurück, als sich zwei bewaffnete Posten näherten.

«Geht nach Hause! Habt ihr keine Arbeit?», brüllte einer der Soldaten.

Arbeit hatten die Männer und Frauen schon, aber heute war Sonntag. Also rotteten sie sich in sicherem Abstand zusammen und beobachteten weiter, was da in nächster Nähe vor sich ging.

♦

Ostberlin war ein Gefängnis geworden – ein großes Gefängnis, in dem sie alle eingesperrt waren. Natürlich konnte man die anderen Bezirke in der DDR besuchen, aber nun war nicht nur die Grüne

Grenze zur Bundesrepublik abgeriegelt, auch nach Westberlin gab es keinen Weg mehr.

Fast keinen. Jedenfalls keinen, bei dem man nicht Leib und Leben riskieren würde. Lilli konnte nicht glauben, dass sie sich vor einer Woche noch mit Ilse und Clara zum Kaffee getroffen hatte und drüben einkaufen gewesen war. Und Wolfgang? Wo war er? Sie erinnerte sich, dass er von einem Auftritt am Samstag in Westberlin gesprochen hatte. Warum hatte er sich noch nicht bei ihr gemeldet? Bei Herrn Riegel unten hatte er jedenfalls nicht angerufen. Lilli war auch schon bei Wolfgangs Nachbarn in Friedrichshain gewesen, doch niemand wusste etwas. Niemand hatte ihn seit Samstag gesehen.

Hatte er also drüben gespielt? War er etwa noch dort? Lilli wurde abwechselnd heiß und kalt. Freiwillig, oder hatten sie ihn nicht zurückgelassen?

Die Antwort erwartete sie, als sie nach der Schule nach Hause kam. Herr Riegel kam ihr mit einem Telegramm in der Hand entgegen, das er für sie angenommen hatte.

«Ihr Freund ist im Westen drüben», verkündete er, und sie hatte das Gefühl, dass ihm das nicht mal leidtat.

Mit schweren Schritten stieg Lilli die Treppe hinauf. Es war so schwer, die Tränen zurückzuhalten. Oben wurde sie von den Zwillingen empfangen. Cornelia war wütend, Anne weinte.

«Ich kann jetzt nicht mehr zu Martin und auch nicht zu Tante Ilse!», schrie Cornelia erbost. «Das dürfen die mir nicht verbieten. Ich will meine Freunde drüben sehen.»

«Wolfgang ist auch drüben», sagte Lilli müde und ließ sich in einen Sessel fallen. «Er war mit der Band bei einem Auftritt. Wahrscheinlich konnte er nicht wieder zurück.»

«Dann muss er jetzt dortbleiben, wo alle seine Sachen noch hier in seiner Wohnung sind?», rief Anne entsetzt.

Lilli nickte. «Ja, so wie Martin auch. Sie sind beide drüben, und wir können sie nicht mehr sehen. Genauso wenig wie Ilse und Clara.»

Und dann weinten sie alle drei über ihren Verlust und den Wahnsinn, ein Volk, das zusammengehörte, mit Stacheldraht von seinen Freunden und Verwandten zu trennen.

Kapitel 25

Am Morgen nach der Sitzung des Nationalen Verteidigungsrats traf Michael im Flur auf Genosse Mielke. Der winkte den Hauptmann in sein Büro und wies ihn an, die Tür zu schließen.

«Gibt es irgendwelche Beschlüsse, von denen ich wissen sollte?», erkundigte sich Michael.

«Det könnse laut sagen, Genosse», schimpfte Mielke, der sichtlich außer sich war. «Ulbricht springt im Viereck. Es sind Dutzende Vopos, die an der Grenze postiert waren, nach Westen abgehauen. Das Foto von diesem Schumann, wie er gestern über den Stacheldraht gesprungen ist, kommt schon in allen großen Westzeitungen. Die stilisieren diesen Volksverräter zum Helden!» Der Minister schnaubte verächtlich. «Das demoralisiert die Truppe, da hat das ZK ganz recht. Mit ein paar Wäschepfosten und Stacheldraht können solche Szenen leider nicht verhindert werden.»

Michael horchte auf. «Und was heißt das?»

«Das heißt, wir bauen jetzt eine Mauer. Stabil und unüberwindbar. Im Verteidigungsrat nennen sie es: *die Grenzanlagen pioniermäßig ausbauen*, und Honecker will sofort damit anfangen.»

«Im Ernst? Eine Mauer durch die ganze Stadt? Ihnen ist schon klar, dass wir hier von fünfundvierzig Kilometer Länge sprechen?» Vor Staunen bekam Michael seinen Mund nicht mehr zu.

«Mir müssen Sie das nicht sagen, Hauptmann! Das ZK und der Verteidigungsrat wollen das so, also wird es passieren. Und Genosse Honecker wird alles daransetzen, nicht zu versagen, sonst ist seine Karriere genau hier zu Ende.»

«Hat sich schon jemand Gedanken darüber gemacht, wie das umgesetzt werden soll?» Michael kaute nachdenklich auf seiner Lippe. «Ich meine, wir sind ja mit den meisten Bauprojekten in der Stalinallee schon reichlich im Zeitplan hinterher, von der noch immer aufgeschobenen Sanierung der Mietshäuser hier in Berlin erst gar nicht zu sprechen. Wir haben für so ein gigantisches Projekt weder genügend Material noch die ausreichende Zahl an Bauarbeitern.»

«Dann müssen andere Sachen eben zurückstehen», forderte Mielke. «Die Grenzsicherung hat oberste Priorität.»

Michael überlegte. «Was man schnell in großer Zahl ranschaffen könnte, wären Betonplatten aus dem Straßenbau und Schlackensteine, die aus den Abfällen der Schwerindustrie produziert werden.»

«Na, sehen Sie, es gibt immer eine Lösung.»

«Allerdings in Sachen Stabilität taugt das Zeug für eine Mauer nicht viel, ich meine die Schlackensteine. Einem halbwegs stabilen Fahrzeug hält so was nicht stand, sollte es jemand drauf anlegen, die Grenze zu durchbrechen.»

Mielke riss der Geduldsfaden. «Schluss jetzt! Mit irgendwas müssen wir anfangen. Später kann man dann immer noch Betriebe umrüsten, die große, verstärkte Wandstücke herstellen, um die Mauer Stück für Stück zu ersetzen.»

«Ich werde sehen, was kurzfristig zu beschaffen ist, Herr Minister.» Michael nahm Haltung an. «Aber ich befürchte, dass der Wohnungs- und Straßenbau um Jahre zurückgeworfen werden.»

Mielke winkte ab. «Man muss den Leuten klarmachen, dass der *Antifaschistische Schutzwall* zu ihrem Besten ist und nun eben Priorität hat. Versuchen Sie, wenigstens die Baustellen am Alex und in der

Stalinallee am Laufen zu halten. Sie wissen, das ist ein Herzenskind unseres Vorsitzenden.»

«Ich versuche es.»

«Gut, machen Sie sich schlau! Ich habe noch einen Termin mit den Genossen Innenminister Stoph und Verteidigungsminister Hoffmann. Wir müssen die Arbeiterbrigaden und die NVA so schnell wie möglich aus den Arbeiten zur Grenzbefestigung wieder rausziehen. In den Betrieben fehlen momentan viereinhalbtausend Arbeiter, und die NVA wird ebenfalls anderswo gebraucht. Es muss eine neue Grenzbrigade für die Sicherung Berlins geschaffen werden. Ich denke, die könnten wir aus der Bereitschaftspolizei rauslösen. Das müssen wir schnellstens hinkriegen. Ulbricht will, dass jeder Arbeiter in einer Woche wieder an seinem Platz im Betrieb ist.»

Bereits zwei Tage später wurden die ersten Betonplatten und Lastwagen voller Schlackensteine zum Potsdamer Platz transportiert. Die Baubrigaden begannen eine Mauer zu errichten: im Boden die verankerten Betonplatten, darüber einige Reihen mit Mörtel verbundener Schlackensteine. Auf der Mauerkrone wurden Y-förmige Eisenstäbe befestigt, die mit Stacheldraht verbunden wurden.

Innerhalb weniger Tage arbeiteten sich die Brigaden bis zum Brandenburger Tor vor, stets bewacht von bewaffneten Grenzern, um bei der Arbeit ja nicht in Versuchung zu geraten, die günstige Gelegenheit für eine Republikflucht zu nutzen.

Ein weiteres Kontingent Steine wurde zur Bernauer Straße transportiert, um die nach Westen zeigenden Fenster der direkt auf der Grenze stehenden Häuser zuzumauern. Nicht wenige der Bewohner nutzten die allerletzte Gelegenheit zur Flucht. Einige sprangen aus den oberen Stockwerken oder gar vom Dach in die Sprungtücher der Westberliner Feuerwehr.

♦

Trotz raschem Ausbau der Mauer rissen die Grenzdurchbrüche nicht ab. Daher rief Generalsekretär Honecker Ende September den Einsatzstab *Antifaschistischer Schutzwall* noch einmal zusammen. Mielke bestand darauf, dass auch Michael daran teilnahm, und schlug vor, ihn zum Major zu befördern, was Honecker sogleich unterstützte. Man sei mit der Arbeit des Genossen Hauptmann sehr zufrieden.

Honecker kam gleich zum Kern des Problems. «Die Grenzverletzungen müssen aufhören!»

Er war überzeugt davon, dass man, um das zu erreichen, nicht nur Fluchtversuche verhindern und die Aufgegriffenen hart bestrafen müsse. Er warf Mielke einen Blick zu, dann schlug er mit der Faust auf den Tisch. «Wir müssen das Risiko für Leib und Leben erhöhen, um diese Leute abzuschrecken!»

Er wandte sich an Verteidigungsminister Hoffmann. «Passen Sie das Gesetz für Schusswaffengebrauch der NVA entsprechend an!»

Hoffmann nickte.

«Aber schärfen Sie den Offizieren, ja, jedem Grenzposten ein, dass die Schusswaffe gegen Grenzverletzer nur in Richtung Staatsgebiet der DDR oder parallel zur Grenze einzusetzen ist. Genosse Chruschtschow hat ausdrücklich verlauten lassen, dass er keine Konfrontation mit den Westalliierten will.»

♦

Es war Herbst geworden. Die Blätter färbten sich und segelten von den Bäumen, während die Berliner Mauer wuchs. Ab und zu besichtigten die Mädchen den Schutzwall, ein Begriff, den das Politbüro ausgegeben hatte, das Wort Mauer war tabu. Zumindest laut durfte man es nicht sagen.

Cornelia ging wieder zur Schule, nun in die elfte Klasse der EOS «Max Planck» in der Singerstraße.

Ohne ihre Schwester war für sie nichts wie zuvor. Zunehmend hasste sie die FDJ-Treffen und die schmissigen Marsch- und Arbeiterlieder, die dort gesungen wurden. Neuerdings nahmen an den Treffen auch irgendwelche Heinis von der NVA teil, die großspurig für ein FDJ-Aufgebot warben. «Verpflichtet euch zum freiwilligen Dienst bei der Truppe! Das Vaterland ruft. Schützt unsere Republik!», lauteten ihre Parolen.

Einige Jungs ließen sich diesen Blödsinn tatsächlich einreden, aber die meisten schienen vernünftig. Allerdings gab es unter den Lehrern ein paar echte Genossen, die ins gleiche Horn bliesen und den Dienst am Vaterland als die größte Erfüllung priesen. Ausnahmsweise war Cornelia froh, ein Mädchen zu sein.

Anne fuhr seit dem 1. September jeden Morgen nach Friedrichshain. Ihr Weg führte sie zum VEB Werk Damenoberbekleidung Fortschritt. Sie faltete das Werbeblatt, das die Genossin der Ausbildungsabteilung ihr gegeben hatte, auseinander: «Für den Herbst empfiehlt Ihnen der VEB Damenoberbekleidung Fortschritt Werk Friedrichshain ein zweiteiliges Jumpermodell mit schmal fallendem Plisseerock.»

Anne rollte mit den Augen und stopfte das Blatt in ihre Tasche zurück. Sie trug ihre neue Situation mit Fassung, während Cornelia immer wieder das Gefühl hatte, an ihrem Zorn zu ersticken.

An diesem Abend dachten die Zwillinge allerdings weder an die Schule noch an den VEB. Sie spazierten zusammen durch die Stadt. Rechts des historischen Lustgartens ragten die Gerüste um den Dom in die Höhe, hinter dem Garten lag das Alte Museum. Wenn sie sich umwandten, glitt ihr Blick weit über eine trostlose Fläche voller Schutt und Müll bis zur Karl-Liebknecht-Straße, wie die frühere Kaiser-Wilhelm-Straße jetzt hieß. Sogar der Straßenname sollte nicht mehr an das Schloss des Kaisers erinnern, dessen Ruinen 1950 gesprengt worden waren. Hier, in prominenter Innenstadtlage, direkt an der Spree, würde irgendwann der Kulturpalast entstehen, mit Veranstaltungsräumen für alle Werktätigen, aber auch mit einem Tagungsort für die Volkskammer, die nur auf dem Papier ein demokratisches Parlament darstellte. Doch bis das Kulturhaus wirklich gebaut werden würde, konnte es noch dauern, da waren sich die Mädchen einig.

Sie folgten der alten Allee, die noch immer Unter den Linden heißen durfte. Auch hier waren etliche Narben des Krieges noch nicht völlig getilgt. Die größte Wunde, direkt am Pariser Platz, war die Ruine des früheren Luxushotels Adlon. Schon vor Jahren hatte Mutti die Mädchen einmal hierher mitgenommen und ihnen von dem berühmten Hotel erzählt, in dessen Restaurant Großpapa seiner Luise einst einen Heiratsantrag gemacht hatte.

«Hier seht ihr noch die Mauern des Bunkers. Ein großer Bunker, bei dem alle Gäste, aber auch viele andere Menschen bei den Luftangriffen Schutz fanden. Das Adlon hat den Krieg recht gut überstanden, in den letzten Monaten diente es mit seinem Bunker als Lazarett. Auch beim Einmarsch der Roten Armee kam das Hotel gut davon, doch dann entdeckten die Iwans den Weinkeller und begannen ihn zu plündern. Sie betranken sich und feierten, schließlich brach Feuer aus, und das riesige, wundervolle, kaiserliche Luxushotel brannte bis auf den Nebenflügel nieder.»

An die Geschichte ihrer Großeltern, aber auch an die Kriegswirren rund um das Adlon musste Cornelia immer denken, wenn sie das Brandenburger Tor erblickte. Heute achtete sie allerdings eher auf die Geschehnisse an der Mauer. Noch immer gingen die Befestigungsarbeiten weiter. Bis zum Tor selbst durfte nun kein Unbefugter mehr. Ein Lastwagen mit Panzersperren rollte gerade heran und wurde entladen.

Auch Anne schaute mit großen Augen und einem mulmigen Gefühl auf die Arbeiten. «Lass uns Johannes besuchen», schlug sie vor. «Dann kommen wir auf fröhlichere Gedanken. Das hier macht doch nur traurig und zornig.»

Cornelia nickte, hakte sich bei ihrer Schwester unter, und gemeinsam schritten sie Richtung Friedrichstraße. Bei Johannes gab's ein Bier, die Mädchen zündeten sich eine Zigarette an und plauderten ein wenig mit Johannes. Dann riefen Kunden nach der Bedienung, und Johannes zog sich zurück.

«Ich werde gehen!», sagte Cornelia unvermittelt.

«Was? Wohin?» Anne sah überrascht auf.

«Na, wohin wohl? In den Westen!»

«Zu Martin?»

Cornelia schüttelte den Kopf. «Nein, ja, auch, er ist nicht der Hauptgrund. Er ist mir ein Freund und Bruder, und ich habe ihn seit Monaten nicht mehr gesehen. Aber es geht um mehr. Ich will über mein Leben selbst entscheiden können und sagen dürfen, was ich denke, ohne zu riskieren, eingesperrt zu werden.»

«Das verstehe ich», gab Anne zu. «Aber das geht jetzt nicht mehr.»

«Es gibt immer einen Weg», murmelte Cornelia.

Anne kniff die Augen zusammen. «Meinst du was Bestimmtes?»

Um Cornelias Mundwinkel zuckte es. «Könnte sein. Findest du nicht, dass wir hier genau an der richtigen Stelle sind?»

«Wie meinst du das?» Anne ließ den Blick über den Bahnhofsvorplatz Richtung Reichstagsufer schweifen. «Denk ja nicht daran, durch die Spree zu schwimmen. Erinnerst du dich an den jungen Mann, der das Ende August im Humboldthafen versucht hat? Die haben den gnadenlos abgeknallt.»

«Ja, ich weiß, und ich habe auch nicht vor, ins Wasser zu gehen. Ich bin Läuferin, keine Schwimmerin.»

«Was dir auch nichts nützt. Nicht einmal ein Gepard läuft schneller, als eine Kugel fliegt.»

«Es wird keine Kugeln geben, weil niemand was bemerken wird. Ich schwöre dir, die Idee ist genial und absolut sicher.»

Anne sah ihre Schwester skeptisch an. «Was hast du vor?»

«Erst wenn du mir sagst, ob du mitkommst, verrat ich es dir.»

Anne presste die Handflächen an die Wangen und stöhnte. «Oh nein, bitte, zwing mich nicht, zwischen dir oder Mutti und Alex zu wählen.»

«Ich halte es hier nicht mehr länger aus», zischte Cornelia. Sie wollte noch etwas hinzufügen, als der Boden unter ihren Füßen plötzlich zu zittern anfing. Ein Dröhnen setzte sich durch die Luft und am Grund fort, das bestimmt nichts mit den ein- oder abfahrenden Zügen zu tun hatte.

Die Zwillinge sprangen auf und liefen zur Friedrichstraße rüber.

«Es kommt von Süden», rief Cornelia.

Nach einigen Querstraßen konnten sie sehen, was den Lärm und die Erschütterungen verursachte: russische Panzer! Soweit es die Straßenbreite zuließ, fuhren sie versetzt zueinander in einer Kolonne die Friedrichstraße entlang, über die Prachtstraße Unter den Linden hinweg auf die Grenzstelle für alliierte Militärs, Politiker und Diplomaten zu.

Von den Amerikanern wurde dieser Kontrollpunkt Checkpoint Charlie genannt, weil es der dritte war: Checkpoint Alpha war der Übergang Helmstedt-Marienborn, Bravo der Kontrollpunkt Dreilinden.

Anne griff nach Cornelias Arm. «Lass uns zurückgehen. Im Büro haben sie heute darüber gesprochen, dass die Amis hier am Grenzübergang fast ein Dutzend Panzer mit Bulldozerschaufeln postiert haben, so als planten sie, die Sperren der Friedrichstraße gewaltsam niederzureißen. Meine Chefin hat erzählt, es habe zuvor einen Zwischenfall mit einem hohen amerikanischen Diplomaten gegeben, wobei unsere Grenzer natürlich nichts falsch gemacht haben», sagte Anne sarkastisch. «Es handelt sich um eine reine Provokation der Amis. Und deshalb müssen die Russen jetzt natürlich viel mehr Panzer schicken, um zu zeigen, dass sie noch stärker sind.»

«Und so entstehen ganz aus Versehen Kriege», stellte Cornelia fest, wiegelte aber sofort ab, als sie Annes erschreckte Miene sah. «Jetzt reg dich nicht auf. Die werden das schon ohne scharfe Munition lösen. Lass uns lieber über meinen Plan sprechen.»

Doch davon wollte Anne an diesem Abend nichts mehr hören.

♦

Ende Oktober stellte Mielke eine Expertenkommission aus fähigen Mitarbeitern des MfS zusammen, um weitere Vorschläge zu erarbeiten, wie die Grenze endlich absolut undurchdringbar werden sollte. Die Leitung der Gruppe übernahm Mielkes Stellvertreter, Generaloberst Bruno Beater.

Michael wunderte sich nicht, dass auch er der Kommission angehören sollte. Er studierte die Untersuchungsberichte der Kollegen von erfolgreichen Grenzdurchbrüchen und ließ sich die Verhörprotokolle derer bringen, die es nicht geschafft, aber vernehmungsfähig überlebt hatten. Es gab noch viel zu tun! In den nächsten Tagen schritt Michael persönlich verschiedene Abschnitte der Grenze in Ostberlin ab und schrieb sich auf, wo es über- oder unterirdisch noch Schwachstellen gab.

Die Häuser an der Bernauer Straße waren längst geräumt und alle Lücken vermauert, dennoch stellten Häuser an der Grenze ganz allgemein eine Gefahr da. Man würde sie abreißen müssen. Michael machte sich entsprechende Notizen. Anders als zwischen Brandenburger Tor und Leipziger Platz, wo es seit der Kriegszerstörung eh keine nennenswerte Bebauung mehr gab, war die grenznahe Situation entlang der nach Osten führenden Zimmerstraße durchaus problematisch.

Auch andere sichtraubende Bauten sowie Bäume und Hecken in Grenznähe, aber auch die Laubenkolonien wie die zwischen Pankow und Reinickendorf musste man räumen und plattmachen.

Von allen Gebäuden an der Grenze war ihm die Versöhnungskirche an der Bernauer Straße der größte Dorn im Auge. Sie lag mitten auf dem Grenzstreifen und war inzwischen von keiner Seite mehr zugänglich. Ein unnötiger Klotz, der die Sicht der Grenzer behinderte!

Je nach Lage freies Schussfeld schaffen ... Breite, zwanzig Meter bis zur Grenzbefestigung ... Einführung einer Sicherheitszone, einhundert Meter in bebautem Gebiet ... Aufenthalt nur mit Passierschein ... Panzersperren an Sektorenübergängen – all diese Punkte notierte Michael für seine nächste Unterredung mit Minister Mielke.

Weitere Gefahren lagen unter dem Pflaster der Stadt. Bahntunnel, Versorgungsleitungen, Kanalisation, sonstige Schächte. Sie boten durchaus Möglichkeiten zur Flucht. Auch der Grenzverlauf direkt entlang der Spree, der Kanäle und des Humboldthafens forderte spezielle Sicherungen. An Unterwassersperren denken, schrieb er in sein Notizbuch.

«Sonst noch Vorschläge?», erkundigte sich Mielke, als Michael ihm Bericht erstattete.

«Ich denke, man könnte viele Versuche verhindern und auch weitere mögliche Schwachstellen erkennen, wenn man rechtzeitig *vor* den Fluchten von ihrer Planung erfahren könnte.»

In Mielkes Gesicht trat ein Ausdruck höchster Zufriedenheit. «Und, Genosse, wie stellen Sie sich das vor? Ich denke nicht, dass wir in Zukunft vorher freundliche Ansichtskarten mit der Ankündigung von Fluchtplänen zugesandt bekommen. Also, was ist der Plan?»

«Nein, das natürlich nicht. Aber vermutlich sprechen diese Leute mit Freunden oder Familienmitgliedern über ihre Fluchtabsichten. Es ist so schwer abzuwägen, wem man trauen kann. Ich schlage deshalb vor, gerade im direkten Grenzgebiet noch mehr geheime Informanten in der Bevölkerung anzuwerben.»

«Sehr gut!», lobte Mielke. «Und wissen Sie was? Die Abteilung Aufklärung der Grenztruppen wird in unsere Hauptabteilung I des MfS, der Militärabwehr, eingegliedert. Das heißt, alles, was sich rund um die Grenze abspielt, liegt von nun an ganz in der Hand des Ministeriums.» Er klopfte Michael väterlich auf seine Schulter. «Sozusagen alles in einer Hand!»

♦

Der 12. November 1961 hätte ein besonders schöner Tag im Leben der Zwillinge werden sollen. Man wurde schließlich nur einmal siebzehn Jahre alt, und ihr Geburtstag fiel sogar auf einen Sonntag.

Lilli gab sich viel Mühe, den beiden einen schönen Tag zu bereiten. Ella hatte einen Pfundkuchen, den typischen Berliner Rührkuchen, mit ein wenig mehr Rum als üblich gebacken und das Werk mit Schokoladenglasur überzogen, Johannes kam mit zwei Blumensträußen vorbei, und auch Annes Freund Alex ließ sich blicken, um beiden Mädchen ein Präsent zu überreichen. Lilli überredete ihn, ein Stück Kuchen mitzuessen und zum Abendessen zu bleiben. Und so saßen sie um den großen Tisch im Wohnzimmer, aßen Thüringer Klöße mit wenig Fleisch und viel Soße. Alle bemühten sich um eine fröhliche Stimmung, aber vermutlich genau deshalb dachten sie an all diejenigen, die heute nicht mit dabei sein konnten. Die drüben im Westen saßen und in eigener Runde den Geburtstag begingen, wie Ilse geschrieben hatte. Es war sogar ein Blatt von Martins Hand mit im Umschlag gewesen, doch es nützte Cornelia wenig, seine Worte zu lesen, wenn sie ihn und die anderen drüben nicht sehen und umarmen konnte.

Und dann sang auch noch Ivo Robić im Radio:

Dann nimm das alles nur nicht so schwer und denke stets daran:
Mit 17 fängt das Leben erst an!

Der hat gut reden, dachte Cornelia erbost und legte nun endgültig den Tag ihrer Flucht fest. Dieser Geburtstag war der Abschied von all den Lieben hier, um sie gegen die Menschen drüben einzutauschen, die ihr ebenfalls wichtig waren, und gegen Freiheit. Warum nur wollte Anne unbedingt hierbleiben?

Alex!

Die Antwort war einfach. Weil sie verliebt war und mit ihm zusammen sein wollte. Vor allem jetzt, nachdem sie ihrer Freundschaft wegen kein Abitur machen durfte.

Annes und Alex' Hände fanden sich unter dem Tisch.

Cornelia bemerkte es wohl, und es schmerzte sie – nicht weil sie Anne ihr Glück nicht gönnte. Es war gut, dass sie bei ihm Trost finden würde, wenn Cornelia erst einmal im Westen drüben war.

Und Mutti? Die musste bei Anne bleiben. Das war klar, obwohl sie ihren Wolfgang schmerzlich vermisste. Cornelia und Anne hatten öfters beobachtet, wie Lilli still in Großpapa Roberts Sessel saß und gedankenverloren aus dem Fenster schaute. Ein roter Ledersessel wie der, in dem ihre eigene Mutter früher immer so gern gesessen war. Es war das einzige teure Möbelstück in der Wohnung, auf dessen Kauf Robert bestanden hatte. Vermutlich hatte er sich seiner Luise so näher gefühlt, weshalb ihn Cornelia in Gedanken immer den Sehnsuchtssessel nannte. Es war klar, Mutti vermisste Wolfgang, auch wenn sie es vermied, über ihn zu sprechen.

Alex verabschiedete sich als Erster an diesem Abend, und Anne bestand darauf, ihn nach unten zu begleiten. Keiner kommentierte dies, und es wunderte sicher auch niemand, dass es ungewöhnlich lange dauerte, bis Anne zurückkehrte, mit zerzaustem Haar und roten Flecken auf den Wangen.

Beim Abschied umarmte Cornelia alle Geburtstagsgäste noch einmal besonders innig in dem Bewusstsein, dass es vermutlich das letzte Mal war.

Als Lilli später aus der Küche kam und sich zu ihr setzte, weinte Cornelia leise vor sich hin. Lilli drückte ihre Tochter an sich. «Ich verstehe dich. Mir ist auch oft zum Weinen, und ich bin gleichzeitig zornig, dass die Partei und die Russen den Menschen in Ost- und Westberlin so viel Leid antun und unsere Familien und Freundschaften zerreißen.»

«Denn gehen wir doch einfach alle rüber», versuchte es Cornelia noch einmal.

Lilli schüttelte den Kopf. «Vielleicht hätte ich früher auf dich hören sollen, aber jetzt ist das ganz unmöglich. Sie haben alle Schlupflöcher geschlossen. Hast du nicht mitbekommen, dass sie mehrere Leute bei Fluchtversuchen erschossen haben? Und noch mehr wurden verhaftet und sitzen nun für Jahre im Gefängnis. Nein, ich würde nicht riskieren, dass ihr beide zu Schaden kommt.»

«Dann gibst du Wolfgang einfach auf?»

«Nein, mein Kind, wir schreiben einander und hoffen, dass die Politiker bald Vernunft annehmen. Das können die so streng doch nicht lange durchhalten.»

♦

«Ist das wirklich dein allerletztes Wort?» Cornelia wollte es einfach nicht akzeptieren.

«Ich soll mich also zwischen dir und Mutti und Alex entscheiden? Das kann ich nicht!», wehrte Anne noch einmal ab, Tränen rannen die Wangen herunter, ihre Stimme zitterte.

«Wir nehmen Mutti mit. Jetzt, wo Großpapa tot ist, zählt ihr Argument nicht mehr, dass man alte Bäumen nicht verpflanzen darf. Wenn wir beide fest entschlossen sind, kommt sie sicher mit.»

«Und Alex?»

Cornelia zuckte mit den Schultern. «Frag ihn.»

«Aber dann muss er *seine* Familie zurücklassen. Sein Vater würde doch nie die Gemeinde im Stich lassen oder seinen Bruder, den Pfarrer.»

«Wir können auch nicht in der Stärke einer Fußballmannschaft auf den Bahnhof marschieren und durch den Lüftungsschacht kriechen.»

Cornelia rollte mit den Augen. Sie hatte ihrer Schwester den Plan genau erklärt. Schon vor vielen Jahren hatte sie bei ihren Versteckspielen auf dem Bahnhof Friedrichstraße dieses nicht verschlossene Gitter entdeckt. Und sie hatte selbst ausprobiert, dass man durch den Schacht dahinter kriechen konnte. Es war eine Verbindung von der Schalterhalle, die von Ostberlin her zugänglich war, hinunter zum unterirdischen S-Bahnsteig in dem für Ostberliner gesperrten Teil des Bahnhofs, wo nur noch Züge von und nach Westen verkehrten.

Damals hatte Cornelia den Schacht in die andere Richtung benutzt. Jetzt würde sie ihn brauchen, um ungesehen in den zum Westen gehörenden Bahnhofsteil zu gelangen.

«Die haben das Gitter längst verschlossen», vermutete Anne. «Ich habe gehört, dass sie selbst an den unterirdischen Abwasserrohren Gitter anbringen.»

«Nein, ist es nicht», widersprach Cornelia. «Ich habe das überprüft. Also, was ist? Heute Nacht werde ich gehen. Du kannst mitkommen oder hierbleiben. Und wenn geheim bleibt, wie ich es gemacht habe, könntet ihr später auch noch nachkommen ...»

«Sie erwischen dich», jammerte Anne. «Ich habe solche Angst. Ich könnte nicht damit leben, wenn sie dich erschießen oder du ins Gefängnis musst.»

Cornelia schloss ihre Schwester in die Arme. «Ich lass mich doch nicht von so einem faulen Grenzer erwischen. Dazu bin ich viel zu schnell.»

Bei einem Wettlauf vermutlich schon, aber ganz sicher nicht schneller als das Geschoss aus einer Feuerwaffe, aber das sprachen sie lieber nicht aus.

Anne wischte sich die Tränen aus dem Gesicht. «Ich ... Ich schaffe das nicht, durch so eine Röhre zu kriechen. Das ist finster und eng, hast du denn gar keine Angst?»

«Nein, gar nicht», behauptete Cornelia.

«Ich kann nicht mit rüberkommen, aber ich begleite dich zum Bahnhof», bot Anne an.

«Das ist keine gute Idee. Je weniger ich auffalle, umso sicherer!»

«Doch, ich komm mit. Denn wenn es eng wird, kann ich die Grenzer ablenken. Das haben wir als Kinder so oft gemacht, und es hat immer funktioniert.»

Cornelia überlegte, dann stimmte sie zu. Vielleicht auch aus dem sentimentalen Wunsch heraus, ihre Schwester so lange wie möglich bei sich zu haben.

Sie zogen sich gleich an, unauffällig in dunklen Röcken und Pullovern, und flochten sich gegenseitig ihr langes blondes Haar zu Zöpfen. Dann, als sie sicher sein konnten, dass die Mutter fest schlief, schlichen sie sich aus dem Haus. Cornelia hatte sich nur einen Stoffbeutel umgehängt, um nicht aufzufallen und sich beim

Kriechen durch den Schacht nicht selbst zu behindern. Zudem musste sie berücksichtigen, dass sie inzwischen deutlich gewachsen war. Dennoch glaubte sie, dass der Schacht keine Probleme machen würde. Sie war schlank und sportlich. Zur Sicherheit hatte sie Handschuhe und Polster für die Knie dabei.

Die Strecke bis zum Bahnhof verlief reibungslos, die Stadtbahn fuhr auch zu dieser Stunde regelmäßig vom Marx-Engels-Platz aus. Und auch in der Schalterhalle fielen sie nicht weiter auf. Hier waren immer Menschen unterwegs, Arbeiter auf dem Weg von der Nachtschicht, die ersten, die zur Frühschicht fuhren, oder Leute, die nicht wussten, wohin, wobei die meisten rasch von den Vopos verscheucht wurden.

Vorsichtig spähten sie in die verschiedenen Gänge, die Treppen hinauf und hinunter und lauschten den Schritten der patrouillierenden Posten. Seit dem Mauerbau war die Überwachung deutlich ausgebaut worden, doch Cornelia hatte gute Vorarbeit geleistet und wartete den rechten Moment ab, zu dem sie ungesehen an das Gitter herankamen. Es war noch immer nur lose in die Wand gesteckt und nicht anderweitig gesichert. Rasch zog sie es aus seinem Rahmen und lehnte es neben die Öffnung. Die Mädchen umarmten einander.

«He, ist da wer? Sofort rauskommen!», hallte eine barsche Stimme von der Treppe her.

«Schnell, versteck dich», befahl Cornelia und schob Anne in die Nische zwischen der Wandecke und der alten, geschlossenen Bude, die noch immer hier stand, sodass sie, wenn man sich von der Treppe her näherte, erst im letzten Moment entdeckt werden konnte. Cornelia selbst trat rasch hervor und hob entschuldigend die Hände. «Ich wollte zur Stadtbahn. Ah, da drüben geht es zum Gleis hoch.»

Cornelia huschte an dem Posten vorbei auf die Treppe zu.

«Halt, bleiben Sie stehen. Sie müssen zur Befragung mitkommen!»

Cornelia dachte gar nicht daran, dieser Aufforderung Folge zu leisten. Sie rannte die Treppe hinauf, der Mann, wie erwartet, hinter ihr her. Er rief nach Verstärkung, und schon hefteten sich mehrere Uniformierte an ihre Fersen, doch Cornelia verließ sich auf ihre Schnelligkeit – und auf ihre Ortskenntnis.

Sie rannte die Treppe zur Stadtbahn hoch, den Bahnsteig entlang und die nächste Treppe wieder runter. Die lauten Rufe der Posten verfolgten sie, doch der Abstand schien größer zu werden. Als sie sicher war, dass die Vopos sie nicht mehr sehen konnten, schob sie ihren Stoffbeutel hinter einen Mülleimer, wo sie ihn sich später zurückholen könnte. Noch zwei Ecken, dann durch die Eingangstür aus dem Bahnhof raus, über die Friedrichstraße rüber und irgendwo untertauchen. Cornelias Atem ging schneller, doch das Training zahlte sich aus. Ruhig bleiben, weiteratmen, weiterlaufen. Ich schaff das!, spornte sie sich an. Und wenn Anne daheim in Sicherheit war, könnte sie es in ein paar Stunden noch einmal versuchen. Hoffentlich war Anne so schlau, das Gitter wieder zu schließen, ehe sie sich davonmachte!

Unter die Rufe ihrer Verfolger mischten sich plötzlich Schüsse. Nein, so war das nicht geplant gewesen. Cornelia stieß die Schwingtür auf – und rannte gegen einen massigen Körper. Starke Hände griffen nach ihr.

«So, das war's», sagte jemand, riss ihr grob die Arme auf den Rücken und legte ihr Handschellen an.

Das war doch nicht möglich!

Jetzt erst kamen die Männer, die sie im Bahnhof verfolgt hatten, schnaufend und prustend durch die Tür. Sie mussten ihre Kollegen hier draußen per Funk verständigt haben – und sie war ihnen direkt in die Arme gelaufen. Nein, das war ganz und gar nicht gut. Aus der

Ferne erklangen Sirenen. Zwei Streifenwagen rasten auf den Bahnhofsplatz, und Cornelia begann zu ahnen, dass sie es in ein paar Stunden nicht noch einmal versuchen würde.

♦

Der Wecker klingelte. Noch war es draußen dunkel. Lilli hatte nicht gut geschlafen, Albträume hatten sie verfolgt und durch ein Labyrinth finsterer Gänge gejagt. Sie fühlte sich alles andere als erfrischt, aber es half ja nichts. Sie musste raus, aufstehen, die Mädchen wecken, Frühstück richten, ehe Cornelia und sie sich auf den Weg zur Schule machten und Anne zu ihrer Lehrstelle fuhr. Bei dem Gedanken spürte sie wieder einmal diesen ohnmächtigen Zorn. Mit welchem Recht? Sie war eine gute Schülerin, hatte immer bessere Kopfnoten bekommen als ihre rebellische Schwester. Anne war umgänglich, sanftmütig und ein durch und durch guter Mensch. Was maßten sich dieser Staat und die Partei an, unabhängig von den schulischen Leistungen zu entscheiden, wer Abitur machen durfte und wer nicht? Nur weil Anne nicht zur FDJ gehören wollte? Weil sie Freunde gefunden hatte, denen sie in die Junge Gemeinde gefolgt war? Weil sie dort gerne sang und musizierte? Lilli ballte die Hände zu Fäusten, während sie in ihre Hausschuhe schlüpfte.

In der Wohnung war es kalt. Eine von ihnen würde noch Kohlen aus dem Keller holen müssen, wenn sie die Wohnung am Abend einigermaßen warm vorfinden und warmes Wasser haben wollten. Lilli stöhnte, zog sich ihren Mantel über und ging zur Toilette im Treppenhaus, ein halbes Stockwerk tiefer. Sie wollte nicht an Ilse und Clara denken, die drüben in Schöneberg in einer renovierten Wohnung mit Bad, Toilette und Zentralheizung lebten. Von Kühlschrank und Waschmaschine erst gar nicht zu reden. Lilli hatte sich schon vor Monaten in die entsprechenden Listen eintragen lassen, doch die Lieferung bestellter Waren ließ auf sich warten. Und beim Renovieren der Wohnungen «in der Zone», wie der kapitalistische Feind den Osten nannte, ging gar nichts mehr voran. Es gab zwar noch Material und Handwerker, um die Prestigebauten rund um den Alex voranzutreiben, für die unmodernen und kriegsbeschädigten Wohnungen des werktätigen Volkes aber reichte es nicht. Vor allem seit man Arbeitskräfte und Material brauchte, um diese verflixte Mauer durch Berlin auszubauen. Den «Antifaschistischen Schutzwall», wie es ihnen der Parteijargon immer wieder einzutrichtern versuchte.

Lilli machte sich gleich auf den Weg in den Keller und füllte zwei Eimer mit Pressbraunkohle, die viel Rauch produzierte und nach Schwefel stank, aber wenig wärmte. Sie dachte an Martin und ihre erste Begegnung mit dem charmanten Jungen, der jetzt im Westen lebte.

Als Lilli in die Wohnung zurückkam, war die Tür zum Zimmer der Mädchen noch immer geschlossen, das Badezimmer leer. Sie spürte Ärger in sich aufsteigen. So ging das nicht, die Mädchen waren alt genug, um morgens rechtzeitig in die Gänge zu kommen. Laut scheppernd stellte sie die Eimer auf den Boden und riss die Zimmertür auf.

Doch was immer sie den Zwillingen an den Kopf werfen wollte, es blieb ihr im Halse stecken. Ihr Mund klappte stumm zu, als sie in das verlassene Mädchenzimmer starrte. Die Betten waren leer, Annes akkurat gerichtet wie immer, Cornelias eher nachlässig, aber beide eindeutig unbenutzt. Lilli ließ den Blick durchs Zimmer huschen. Was war geschehen? Die Mädchen mussten sich in der Nacht aus der Wohnung geschlichen haben.

Aber warum?

Lilli setzte sich auf eines der Betten. Zog den Mantel, den sie immer noch trug, fest um sich. Dass ihre Töchter am Morgen nicht da waren, hatte es noch nie gegeben. Lilli dachte an ihr Gespräch mit Cornelia am Abend ihres Geburtstags. Sie hatte geweint, sie hatten über die erzwungene Trennung zwischen Ost und West gesprochen. Ein Verdacht drängte sich in Lilli auf. Waren die Mädchen geflohen? Sie wusste, wie sehr Cornelia Martin und seine Freunde vermisste, die Musik, das freie Leben im Westen Berlins. Cornelia liebte es, bei Clara und Ilse zu übernachten, liebte den Hauch von Extravaganz, den die beiden verkörperten. Aber Anne? Alex war hier im Osten, Lilli wusste, wie sehr Anne in ihn verliebt war.

Ob Alex etwas wusste? Oder war er gar mitgegangen? Vielleicht sollte sie unten bei Herrn Riegel telefonieren und versuchen, Konkretes herauszufinden. Die Ungewissheit presste ihr Herz zusammen. Was, wenn es nicht funktioniert hatte? Was, wenn sie erwischt und ... Nein, diesen Gedanken durfte sie nicht weiterspinnen. Ihre Mädchen würden kein Opfer dieser mörderischen Politik werden. Sie hatten doch noch ihr ganzes Leben vor sich.

Verflucht, sie musste zur Schule, zu ihrer Klasse. Könnte sie behaupten, krank zu sein? Oder die Mädchen? Sie müsste mit zur Charité? Würde das jemand nachprüfen? Was aber, wenn sie wirklich drüben waren und das rauskam? Dann würde man sie der Mitwisserschaft beschuldigen, der Fluchthilfe.

Also zur Polizei gehen und sie als vermisst melden? Dann würde sich die Staatssicherheit einschalten. Man würde all die machtvollen Waffen von Schild und Schwert der Partei einsetzen, um die beiden in die Hände zu kriegen. Und was, wenn sie noch nicht in Sicherheit waren, noch auf ihre Chance warteten und dann durch die Meldung ihrer Mutter entdeckt werden würden? Die Folgen wollte sie sich gar nicht ausmalen. Auf versuchte Republikflucht standen Jahre Gefängnis! Oh Gott, ihre Babys hinter den Gittern der Staatssicherheit. Sie konnte sich nichts Schrecklicheres vorstellen.

Nein!

Sie musste sich zusammenreißen, durfte sich nichts anmerken lassen. Erst in die Schule gehen und normal ihren Unterricht halten, dann ... Ja, was dann? Zu Johannes! Wie so häufig in ihrem Leben war er die Rettungsleine, nach der sie greifen wollte. Er wüsste, was zu tun sei, er würde helfen. Wenn einer etwas wusste, dann Johannes. Sie spürte, wie die Panik etwas nachließ.

Nach Frühstück war ihr nicht mehr. Sie wusch ihr Gesicht mit kaltem Wasser, kämmte sich das Haar und zog sich schnell an. Dann machte sie sich wie jeden Morgen auf den Weg zur Schule.

Kapitel 26

Es war stockdunkel in dem engen Verschlag. Cornelia saß zusammengekauert auf einem Hocker. Ihre Knie berührten fast die gegenüberliegende Wand. Mit den Ellenbogen konnte sie sich wenigstens seitlich ein wenig abstützen, wenn sie bei jeder Kurve unvermittelt nach rechts oder links geschleudert wurde.

Das Fahrzeug holperte unvermittelt über eine Schwelle, Cornelia stieß schmerzhaft mit dem Kopf gegen die niedrige Decke, unter der vielleicht gerade einmal ein Vorschulkind aufrecht hätte stehen können. Dann ging es wieder rechts und links, ein Stück über Kopfsteinpflaster, beschleunigen, bremsen, Kurve. Cornelias Magen drehte sich, ihr war übel, sie würde sich übergeben müssen, wenn das noch länger so weiterging.

Beim Einsteigen hatte sie einen Blick auf die Außenseite des weiß lackierten Kastenwagens werfen können, dessen Aufschrift behauptete, eine Ladung *Frischfisch* zu transportieren. Man hatte sie schnell in einen der sieben fensterlosen Kästen geschoben, in dem sich außer dem Hocker, auf dem sie saß, nichts befand. Die Tür wurde zugeknallt und verriegelt, dann rumpelte der Wagen los. Vermutlich saßen jetzt auf der roten Sitzbank hinter dem Führerhaus die beiden Bewaffneten, die sie beim Einsteigen flankiert hatten. Mit ihren geladenen Schnellfeuerwaffen, um das gefährliche Subjekt, das auf dem Bahnhof Friedrichstraße verhaftet worden war, in seiner hermetisch verschlossenen Transportbox zu bewachen.

Nein, gefährlich war sie ganz sicher nicht. Eher gleiche ich dem Bild eines hilflos auf dem Trockenen zappelnden Fisches, dachte Cornelia. War diese Aufschrift auf dem Transporter bewusst gewählt worden, um den Verhafteten ihre Lage noch deutlicher vor Augen zu führen? Das traute Cornelia dem MfS durchaus zu.

Sie versuchte, sich abzulenken, und überlegte, wo sie sich gerade befanden, doch war es unmöglich, hier im Stockfinstern die Zeit, die sie fuhren, abzuschätzen, und sie hatte auch keinerlei Anhaltspunkte über die Fahrtrichtung. Die Fahrt dauerte ewig, so ihr Gefühl, und sie musste sich zweimal übergeben, ehe der Wagen hielt und sie Geräusche eines schweren, sich öffnenden Tores vernahm. Noch ein paar Meter, noch ein Tor, ein drittes, dann erstarb das Motorengeräusch. Draußen rumorte es, Schritte, gedämpfte Stimmen. Und endlich wurde der Verschlag geöffnet. Sie spürte eine Hand an ihrem Oberarm, taumelte aus dem Inneren ins Licht.

Es war ein Schock, eine schmerzhafte Explosion in ihrem Kopf, so grell waren die auf sie gerichteten Scheinwerfer. Cornelia hörte Befehle, jemand brüllte sie an, doch sie kämpfte noch zu sehr gegen ihre Übelkeit und die Blitze in ihrem Kopf, um die Worte zu verstehen.

Rüde wurde sie in einen Raum gestoßen. Jemand herrschte sie an, ihre Taschen zu leeren und alle persönlichen Gegenstände abzugeben. Ein Mann in Zivil trat ein und setzte sich an einen Tisch, während ein Uniformierter neben der Tür stand und scheinbar unbefangen zusah.

Cornelia gehorchte. Da war nicht mehr viel, was sie abgeben konnte. Ihre Stofftasche hatte sie bei der Flucht fallen gelassen, und außer einem Taschentuch und ein paar Münzen befand sich nichts in ihrer Jackentasche. «Mehr hab ich nicht», sagte sie leise, als sie diese auf den Tisch legte.

Der Zivile sah sie scharf an und bellte: «Ausziehen!»

Ein vierter Mann, jung und in grauer Uniform mit den rot umrandeten Schulterklappen der Staatssicherheit, der als einzige Waffe einen schwarzen Knüppel am Gürtel trug, trat auf sie zu und streckte fordernd die Hand aus.

Cornelia schlüpfte aus Schuhen, Jacke und Pullover.

«Weiter!»

Zögernd knöpfte sie ihre Bluse auf und zog ihren Rock aus, jetzt stand sie nur noch in Unterwäsche im grellen Licht vor den vier Männern.

«Ausziehn, ham se nich jehört? Oder soll ick helfn?», drängte der Knüppelmann, dessen rundes, bartloses Gesicht ihn so jung wirken ließ.

Cornelia presste die Zähne aufeinander, während sie die Strümpfe herunterschob und dann aus ihrer Wäsche schlüpfte.

«Beine auseinander, vorbeugen! Hände an den Hintern, Pobacken auseinanderziehn!»

Mit Entsetzen sah Cornelia, wie sich der Uniformierte Gummihandschuhe überstreifte. «Ich verlange eine Wärterin!», forderte sie mit erstaunlich fester Stimme, doch die Männer grinsten.

«Du redest nur, wenn du was gefragt wirst, und zu verlangen haste hier gar nüscht», lautete die Antwort, ehe der Mann mit seinen behandschuhten Fingern jede ihrer Körperöffnungen prüfte.

Cornelia kniff vor Entsetzen die Augen zu, um wenigstens die Blicke der Zuschauer nicht sehen zu müssen. Anschließend nahm sie die vergilbte Männerunterwäsche, Socken, Hose und Kittel entgegen, doch sie wagte nicht noch einmal zu protestieren.

Kurz darauf schlurfte sie in der alten Uniformhose, die ihr viel zu lang und zu weit war, und in zu großen Filzpantoffeln einen Gang entlang. Der mit einer Art bemustertem Linoleum belegte Boden dämpfte jeden Schritt. Der Boden und ihre Füße waren auch das Einzige, was Cornelia sehen konnte, denn sie musste mit gesenktem Kopf in der Mitte des Gangs drei Schritte entfernt vor dem Knüppelmann herlaufen, die Hände auf dem Rücken verschränkt, wobei es nicht einfach war, weder über die rutschende Hose zu stolpern noch mit den groben Wollsocken aus den zu großen Pantoffeln zu rutschen. Unauffällig neigte sie ein wenig den Kopf, sodass sie aus den Augenwinkeln zu beiden Seiten in regelmäßigen Abständen schwere, mit eisernen Riegeln verschlossene Türen erhaschen konnte.

Ihr Bewacher hielt inne und deutete mit seinem Knüppel auf eine Markierung an der Wand. «Hier aufstelln, Gesicht zur Wand, Hände auf den Rücken.»

Cornelia gehorchte, wagte aber leise zu fragen: «Wie heißen Sie?»

Keiner hatte sich ihr bisher vorgestellt, weder die Männer, die sie am Bahnhof festgenommen hatten, noch die, die sie hierher – wo auch immer das sein mochte – verschleppt hatten und demütigten.

Natürlich blaffte der Knüppelmann sie an: Keine Fragen, nur Antworten, wenn dazu aufgefordert, und Namen gäb's hier schon gar nicht. Den ihren hätte sie bereits mit der Abgabe ihrer Kleider verloren. Sie wär jetzt nur noch 'ne Nummer.

Der Schließer zog den Riegel der Tür mit solchem Schwung zurück, dass es wie ein Pistolenschuss durch den Gang schallte und Cornelia zusammenfuhr. Dann riss er die Tür auf und deutete mit seinem Knüppel ins Innere.

«Nummer hundertvierzehn-eins, eintreten!»

Cornelia sah sich in der Zelle um: zwei schmale Pritschen zu beiden Seiten, eine offene Kloschüssel in der Ecke nahe der Tür, hinten ein Tisch mit zwei Hockern, alles mit Winkeleisen am Boden befestigt. Ein Fenster gab es nicht. Nur in der Rückwand ein paar Glasbausteine, durch die diffuses Licht hereinsickerte, und eine hölzerne Klappe ganz oben, durch die ein wenig Frischluft hereinkam.

«Nicht laut reden, nicht singen, nicht pfeifen, tagsüber nicht aufs Bett setzen oder liegen und auch nicht die Füße hochlegen. Nachts, linke Pritsche, auf dem Rücken liegen, Gesicht zur Tür, Arme ausgestreckt auf der Decke! Wenn der Schließer kommt, Aufstellung nehmen, Hände an die Hosennaht und sich ordnungsgemäß melden.»

Seine Anweisungen, vermutlich schon tausendmal aufgesagt, ratterte er abgehackt herunter. Er machte eine kurze Pause und fügte, da sie ihn nur aus großen Augen anstarrte, hinzu: «Verstanden? Melden!»

«Ja», sagte sie leise und dann schnell: «Hundertvierzehn-eins.»

Der Schließer verschwand, die Tür fiel mit einem Schlag zu. Cornelia starrte noch verdattert auf die Tür mit der geschlossenen Durchreiche, als in der Mitte des oberen Drittels der Tür plötzlich etwas zur Seite geschoben wurde und in einer runden Aussparung ein unnatürlich vergrößertes, blutunterlaufenes Auge erschien, das erst sie und dann den Raum betrachtete, ehe es wieder verschwand. Cornelia schlug sich die Hand vor den Mund, um nicht aufzuschreien, so gruselte es sie. Erschöpft ließ sie sich auf einen der Hocker sinken. Sie lauschte. Eine ganze Zeit lang war nichts zu hören, dann erschien das Auge unvermittelt wieder und jagte ihr erneut einen Schauder über den Rücken. Am liebsten wäre sie aufgesprungen und hätte mit den Fäusten gegen die Tür getrommelt, doch das brachte ja nichts. So zwang sie sich, stattdessen ruhig zu atmen. Im Moment konnte sie nichts anderes tun, als ihre Kräfte zu schonen und darauf achtzugeben, dass sie nicht durchdrehte. Damit würde sie denen ja nur in die Hände spielen.

Reglos saß Cornelia da, ihr Rücken begann bereits, sich schmerzhaft zu verspannen. Außerdem musste sie, dringend. Misstrauisch beäugte sie die Toilettenschüssel ohne Klobrille. Irgendwann ging es nicht mehr anders. Sie erhob sich und wollte gerade die Hose runterziehen, als das Auge wieder erschien und sich auf sie richtete. Erschrocken fuhr sie zurück. Es kam ihr vor, als könne sie das Grinsen in dem runden, fast noch jungenhaften Gesicht des Wärters sehen, falls dieses Auge tatsächlich zu dem Knüppelmann gehörte, der sie hergebracht hatte. Zumindest war es ebenfalls graublau. Während sich der Spion die letzten Male schnell wieder geschlossen hatte, verharrte das Auge dieses Mal und blieb auf sie gerichtet.

Auf keinen Fall würde sie jetzt die Toilette benutzen! Cornelia kehrte zu ihrem Hocker zurück und tat so, als bemerkte sie den Beobachter nicht. Erst als sich das Guckloch wieder verdunkelte, huschte sie rasch zur Kloschüssel hinüber, um sich zu erleichtern.

Dann begann sie die wenigen Schritte in der Zelle auf und ab zu gehen, bis ihre Beine ermüdeten. Fünf Schritte hin, vier zurück. Nichts passierte. Nur verschiedene Augen spähten in unregelmäßigen Abständen durch den Spion.

Ich habe nichts Unrechtes getan, sprach sich Cornelia in Gedanken immer wieder vor. *Die müssen mich freilassen!*

♦

Lilli wusste nicht, wie sie diesen Schultag hinter sich gebracht hatte, doch endlich war sie auf dem Weg zum Bahnhof Friedrichstraße – zu Johannes. Sie blieb auf dem Gehsteig stehen, bis er seine Kunden bedient hatte, erst dann trat sie auf ihn zu, denn sie spürte, dass sie ihre Tränen nicht mehr zurückhalten konnte.

Johannes füllte seine spärlich gewordene Auslage auf. Statt *Spiegel*, *Stern* und *Bild*, *Berliner Morgenpost* oder *Tagesspiegel* lagen hier *Neues Deutschland*, *Junge Welt*, *Der Morgen* und andere Propagandablätter der SED und ihrer Vasallenparteien mit ihren unerträglich roten Worthülsen, in die sie ihre Lügen verpackten. Daneben *die Berliner Zeitung* und die *Neue Berliner Illustrierte*, *Guter Rat* und *Eulenspiegel*.

Auch sonst war sein Sortiment überschaubar geworden. Bevorzugt beliefert mit den eh knappen Gütern wurden der Konsum und die HO-Märkte. Die kleinen Läden, die noch in privater Hand waren, kamen ganz zuletzt dran und gingen deshalb häufig leer aus.

Plötzlich sah sie, wie sich sein Rücken verkrampfte, seine unversehrte Hand hielt mitten in der Bewegung inne, ehe er mit einem Ruck herumfuhr. Dass er ihren Aufruhr spürte, konnte sie an seiner Miene ablesen. Lilli stolperte auf ihn zu, und er umfing sie und zog sie an seine Brust. Sie spürte seine Hand beruhigend in ihrem Rücken.

«Ganz ruhig, meine Kleine. Komm erst mal rein, schließ die Tür und erzähl mir dann, was passiert ist.» In weiser Voraussicht nahm er eine Flasche Klaren mit in die Kammer, füllte ihr ein halbes Saftglas und drückte es ihr in die Hand. «Was ist los?»

«Nichts, das man mit viel Schnaps besser machen könnte», erwiderte Lilli leise und ließ sich auf Johannes' Feldbett sinken. Er setzte sich neben sie, legte den Arm um ihre Schulter und wartete, bis sie so weit war, dass sie berichten konnte.

«Sie sind weg, beide, ohne ein Wort. Ich kann es nicht fassen», stieß Lilli hervor und nahm dann doch einen großen Schluck des Hochprozentigen, hustete und schüttelte sich. «Weißt *du* etwas?», drängte sie.

Johannes zögerte. «Wenn du hoffst, die beiden hätten mich in ihre Pläne eingeweiht, so muss ich dich enttäuschen.»

Lilli schüttelte den Kopf, das wollte sie nicht glauben. «Aber irgendetwas weißt du. Du warst nicht überrascht, mich so zu sehen.»

«Sagen wir so, hier war heute Nacht einiges los, aber ich habe die Mädchen gestern am Nachmittag zum letzten Mal gesehen. Ich habe geschlafen, als es plötzlich zur Sache ging. Jede Menge Polizei, Grenzschützer, MfS-Leute. Nun ja, nicht nur ich vermute, dass es *zumindest den Versuch* einer Flucht gab.»

«Versuch?» Lilli wurde totenbleich. «Herr im Himmel, wurde geschossen?»

Johannes hob die Schultern, dann nickte er widerstrebend. «Es ist nicht bekannt, dass jemand zu Schaden kam.»

«Sagt wer?»

«Alle, die etwas mitbekommen haben. Zumindest war kein Krankenwagen da. Und Rudi, du weißt, der Alte, der immer drinnen auf der Treppe sitzt und bettelt, hat gesehen, wie die Vopos zu fünft hinter einem jungen blonden Mädchen herhetzten, das verdammt schnell war.»

«Cornelia», hauchte Lilli. «Weißt du, ob sie entkommen ist?»

Nein, das wusste er leider nicht. «Irgendjemand wurde verhaftet, doch die Aussagen widersprechen sich.»

Lilli biss sich auf die Lippen und dachte fieberhaft nach. «Die Polizei wäre längst bei mir gewesen, wenn sie die Mädchen in Gewahrsam hätten, also kann es nur die Staatssicherheit gewesen sein.» Sie schluckte trocken. «Wen kann ich fragen? Wer würde mir Auskunft geben?»

Johannes schwieg.

Plötzlich riss Lilli den Kopf hoch, die Augen weit auf. «ELLA!»

«Ella?», wiederholte Johannes verwirrt. «Du meinst, Ella hat Verbindungen zur Staatssicherheit? Du hältst sie doch nicht für eine Informantin?»

«Nein, das nicht», sagte Lilli fest. «Aber hat sie dir nicht erzählt, wie sie damals zu ihrer neuen Wohnung und der Arbeit im HO-Kaufhaus am Alex kam?»

«Nicht so genau, warum?»

«Ein schwarzer Wagen hatte sie ein paar Tage zuvor von der Straße geholt – und plötzlich gab's die Wohnung für sie allein! Sie sagte, Michael hätte sie ihr besorgt. So ganz einfach, eine unbeschädigte Wohnung in Berlin, ein paar Jahre nach dem Krieg, wo gerade hier im Osten immer noch Abertausende ohne richtige Unterkunft dastanden, in Lagern und Bunkern hausten, drei Familien in einer Wohnung. Sag mir, wer hat die Macht, sich einfach so eine Wohnung für seine Mutter zu besorgen?»

«Jeder, der zum Kader der SED gehört?»

«Oder noch wahrscheinlicher zum MfS, ihrem übermächtigen Schild und Schwert! »

Johannes drückte Lilli an sich. «Dann sprich mit ihr. Sei aber vorsichtig. Wenn ihr Sohn ein Offizier bei der Staatssicherheit ist, dann kannst du nicht sicher sein, wem ihre Loyalität gehört.»

«Du traust Ella zu, mich zu hintergehen, nach all dem, was wir zusammen durchgemacht haben?»

«Sie ist deine und meine Freundin, sicher, und sie steht auch zu uns, aber er ist ihr einziger Sohn. Ich will nur, dass du dir genau überlegst, was du ihr sagst. Ich kann den Kiosk zumachen und mit dir kommen», schlug er vor.

Lilli sprang auf. «Dann lass uns gehen. Sofort!»

«Sie wird noch nicht zu Hause sein. Die Läden schließen erst in einer Stunde.»

«Dann werden wir auf sie warten. Vor ihrer Haustür!», rief Lilli entschlossen.

Johannes hielt sie fest. «Du musst dich gedulden, wir dürfen nicht auffallen. Wir wissen nicht, was geschehen ist. Es wäre nicht gut, wenn alle Leute im Haus mitbekämen, dass wir eine Ewigkeit ihre Wohnungstür belagern. Die Neugier der Menschen kann gefährlich sein.»

♦

Müde und mit wehen Füßen kam Ella nach Hause. Sie arbeitete zwar schon lange nicht mehr für Fleischer Munk, der inzwischen dem Drängen der Genossenschaft nachgegeben hatte und kein selbstständiger Metzger mehr war. Ella musste auch keine halben Rinder und Schweine mehr in der Kühlkammer zerlegen, was allerdings immer noch weniger anstrengend gewesen war als ihre ersten Nachkriegsjahre auf dem Bau. Doch Spaß machte ihr ihre jetzige Arbeit im HO-Kaufhaus am Alex auch nicht besonders.

Als sie die Haustür aufschloss, tauchten unvermittelt zwei Gestalten aus der Dunkelheit auf. Ella fuhr zusammen, dann erkannte sie die beiden. «Johannes, Lilli? Was macht ihr denn hier?»

«Ahnst du es nicht?», erkundigte sich Lilli leise und sagte angesichts Ellas erstaunter Miene zu Johannes. «Sie weiß nichts davon!»

«Was denn?», begann Ella, doch Johannes legte den Finger auf die Lippen.

«Magst du uns nicht auf eine Tasse Tee hereinbitten, dass wir in Ruhe miteinander reden können?»

Ella hörte sich die Erklärungen der beiden Freunde schweigend an. Noch mehr als über das, was sie ihr erzählten, machte sie sich Gedanken darüber, was sie nicht aussprachen. Fragen, die unausgesprochen im Raum standen. Sie spürte den Schwingungen nach, die die beiden aussandten. Bei Lilli spürte sie neben Angst noch etwas anderes. Und auch Johannes drückte sich umständlicher aus, als es sonst seine Art war. Das Misstrauen war fast greifbar und bereitete ihr körperliche Schmerzen. Ihre liebsten Freunde vertrauten ihr nicht!

«Was is los mit euch? Denkt ihr, ich red mit denen von Horch und Guck?»

«Nein, das denken wir nicht», wehrte Johannes sofort ab. «Sonst wären wir ja nicht zu dir gekommen.»

Ella schüttelte verwirrt den Kopf. «Wie soll ich denn helfn, wenn ihr mir nich alles sagt? Was wollt ihr von meinem Michel? Was soll er denn für euch machn? Warum denkt ihr, er weiß was über die Kinder?»

Johannes und Lilli tauschten Blicke, dann nickte Lilli, und Johannes fuhr fort: «Weißt du, wo Michel arbeitet?»

«In 'nem Ministerium, irgendwo in Lichtenberg, also zumindest letztes Jahr noch. Ich hab ihn schon wieder lang nich mehr gesehn.»

«Aber er hat dich damals mit diesem Wagen abholen lassen und dir dann die Wohnung und deine neue Arbeit besorgt, nicht wahr?»

«Na, ich denk schon. Wer würd sonst so was für mich tun?»

«Du hast ihn doch in Uniform gesehen?»

Ella nickte.

«Weißt du noch, wie die aussah?», drängte Johannes. «Hatte er rote Streifen an den Schulterklappen? Und irgendwelche Sterne oder so?»

«Ja, er hat adrett ausgesehn. 'ne gute Uniform. Offizier is er, hat er gesagt.»

«Rot an den Schulterklappen?», wiederholte Johannes.

Ella nickte noch einmal, wenn auch widerstrebend.

Lilli stöhnte. «Also doch: das Ministerium für Staatssicherheit.» Was nur bestätigte, was sie schon damals gedacht hatte.

«Wie sahen die Schulterklappen genau aus», drängte Johannes weiter. «Irgendwelche Streifen, Sterne? Silber oder Gold?»

«So genau hab ich's mir nich angeguckt. Hab mich mehr gefreut, sein Gesicht wiederzusehn!» Alle schwiegen, dann gab sie zu: «Die warn silbern, die Klappen, so Streifen nebeneinander. Die Sterne golden.»

«Wie viele?»

Ella zuckte mit den Achseln.

Johannes und Lilli sahen einander an.

«Was bedeutet das?», wollte Lilli wissen.

«Dass er schon damals mindestens Leutnant war oder Hauptmann.»

«Danke, Ella», sagte Lilli und strich ihr über die Hand. «Weißt du, wie wir ihn erreichen können?»

Ella zögerte, dann setzte sie eine entschlossene Miene auf. «Ich hab 'ne Nummer gekriegt, für'n Notfall, hat er gesagt, und ich soll die keinem gebn, aber ich denk, das is jetzt wichtiger, oder?» Sie eilte nach nebenan und kam mit einer kleinen Karte zurück, auf der lediglich eine Nummer abgedruckt war, ohne Namen, ohne sonst einen Hinweis. «Ich hoff, das hilft uns», sagte sie, als sie die Karte in Lillis Hand drückte. «Michel wird mir nich bös sein, denk ich.» Sie suchte Johannes' Blick und spürte Erleichterung, als er nickte.

Johannes erhob sich, trat auf sie zu und drückte ihr einen sanften Kuss auf die Stirn. «Du bist ein Schatz, Ella, und ein wunderbar herzenslieber Mensch. Lass dir von niemandem je was anderes einreden!»

Ella blickte zu ihm hoch. Sah in seine warmen braunen Augen, in die sie sich schon vor einem halben Jahrhundert unsterblich verliebt hatte. Ja, sie liebte ihn noch immer, so schmerzhaft und tief wie in dieser einzigen Nacht, in der ihr Michel gezeugt worden war. Ob Johannes je daran zurückdachte? Vermutlich nicht. *Seine* einzige Liebe lag seit einer Ewigkeit in ihrem Grab. Luise. Die wunderschöne, talentierte, gut erzogene, beliebte Luise, deren perfektes Leben so plötzlich zerbrochen war. Jeder Knochen war auf der Plattform des Bahnhofs zerschmettert, zusammen mit all ihren Hoffnungen und Träumen, während sie selbst noch immer hier war.

Ella zwang sich den Blick zu senken und trat zurück, ehe ihre Knie nachgaben.

♦

«Woher haben Sie diese Nummer?», wiederholte der Mann am anderen Ende der Leitung nun schon zum dritten Mal, ohne auf ihre Bitte einzugehen.

Lilli dachte, sie müsse laut schreien. «Sagen Sie Michael Weber, dass ich ihn dringend sprechen muss! Sagen Sie ihm, Lilli Wagenbach braucht ihn. Er kennt mich, und ich denke, er wird ziemlich sauer werden, wenn Sie ihn jetzt nicht ans Telefon holen!»

«Ach ja, und da sind Sie sich ganz sicher?»

«JA!», schrie Lilli, obgleich sie sich über gar nichts sicher war. Er hatte sie verlassen, sich nie mehr bei ihr gemeldet, obgleich er bereits seit Ende des Krieges wieder in Berlin war. Warum sollte er jetzt mit ihr sprechen wollen?

Weil es zum Teufel um seine Töchter ging, von denen er sehr wohl wusste. Ella hatte mit ihm über die Zwillinge gesprochen, also war es, verdammt noch mal, seine Pflicht, ihnen jetzt zu helfen. Oder ihr zumindest zu sagen, was genau passiert war und wo die beiden steckten.

«Bitte! Richten Sie es ihm aus. Er kann mich telefonisch in der POS am Arkonaplatz erreichen oder am Abend beim Verwalter unseres Hausbuchs, Herrn Riegel. Meine Adresse ist ihm ja sicher bekannt.»

Lilli hielt inne. Das war jetzt vermutlich nicht klug gewesen. Sie entschuldigte sich. «Darf ich Ihnen die Nummern diktieren?»

Der Mann am anderen Leitungsende schnaubte. «Nein danke. Major Weber wird mit Ihnen Kontakt aufnehmen, wenn er es für richtig hält.»

♦

Bald schon würde sich alles aufklären, sagte sich Cornelia immer wieder, *sie haben nichts gegen mich in der Hand*, doch vorerst wollte niemand ihre Meinung hören. Der Schließer hatte ihr eine graugrüne Plastikschale, einen Becher und einen Löffel ausgehändigt. Dreimal am Tag konnte sie ein gedämpftes Schmatzen von Gummirädern auf dem Flur hören, dann wurde die Fressluke aufgerissen, «Schüssel!» gerufen und diese gefüllt wieder hereingereicht. Zum Frühstück gab es zusammengeklappte Brotscheiben mit einem Hauch Margarine und Marmelade und dazu etwas, das sogar für Kaffeeersatz scheußlich schmeckte. Mittags dann Suppe, Kartoffeln mit undefinierbarer Beilage oder Eintopf mit völlig zerkochtem Gemüse und ein paar fettigen Fleischbrocken darin, abends wieder Brot mit so etwas wie Streichwurst. Obst oder frisches Gemüse, Fehlanzeige. Ab und zu bekam sie Sauerkraut. Vorsorge gegen Skorbut wie früher auf langen Seereisen? Wie lange hatten die vor, sie hier drin festzuhalten? Cornelia versuchte, den Gedanken zu verdrängen, doch sie spürte die aufwallende Panik.

Wenigstens gab es heute Abend Pfefferminztee statt des grässlichen Muckefucks. Eine kleine Ablenkung, nach der sie gierig griff, während sie den lauwarmen Inhalt des Bechers in winzige Schlucke aufteilte.

Träge kroch die Zeit dahin. Sie wünschte sich etwas zu lesen, Papier und Stift oder irgendetwas anderes, mit dem sich ihr ruheloser Geist beschäftigen könnte, doch ihr blieben nur die kahle Zelle und das wechselnde Licht durch die Glasbausteine, sodass sie wenigstens die Tage zählen konnte.

Um 22:00 Uhr wurde das grelle Deckenlicht gelöscht, aber jedes Mal, wenn sich einer ihrer Beobachter näherte und die Klappe am Guckloch beiseiteschob, ließ er das Licht über der Tür aufflammen. Dann brüllte er. «Auf den Rücken, Arme an die Seite», und Häftling Nummer hundertvierzehn-eins war garantiert wieder hellwach. Wer konnte in dieser Stellung schon die ganze Nacht schlafen?

Am Morgen fühlte sich Cornelia so gerädert, dass sie sich nach dem Frühstück wieder auf die Pritsche legte, doch das führte schon wenige Minuten später zu einem Aufschrei, der sie auf den unbequemen Hocker zurückscheuchte. Wie sollte sie diesen Tag nur überstehen? Wie den nächsten und den übernächsten? Fast sehnte sie sich danach, dass jemand kommen und sie befragen würde. Die konnten sie nicht einfach ohne Anklage auf ewig hier einsperren!

Doch, die Mitarbeiter des MfS konnten, und sie hatten es nicht eilig, Cornelias Sicht der Dinge zu erkunden.

Kapitel 27

Der schwarze Wagen kam nahezu geräuschlos von hinten. Lilli bemerkte ihn erst, als er neben ihr hielt und die Beifahrertür aufgestoßen wurde. Ein Mann mittleren Alters stieg aus und sah sie mit ernster Miene an.

«Frau Wagenbach, steigen Sie ein», forderte er sie auf.

Lilli starrte ihn an. Kein Vopo. Ein Mann der Staatssicherheit in Zivil, das war klar. Doch was wollte er von ihr? Sie verhaften? Weshalb? Hatte sie Michael mit ihrem Anruf dermaßen verärgert, oder ging es um die Mädchen? War ihnen etwas Schreckliches passiert? Szenen aus Filmen drängten sich in ihr Gedächtnis. *Kommen Sie mit, Sie müssen die Leiche identifizieren.*

Lilli wurde schlecht, doch sie reckte sich und sah dem Mann fest in die Augen. «Wo bringen Sie mich hin?», verlangte sie zu wissen.

«Das darf ich Ihnen nicht sagen. Steigen Sie einfach ein.»

Möglichst würdevoll nahm sie im Fond des Wagens Platz und versuchte, durch die dunkel abgeklebten Scheiben zu erkennen, wohin sie fuhren.

Es ging nach Osten. Lilli erkannte den Berg aus Trümmerschutt, der sich aus dem Volkspark Friedrichshain erhob. Dann bogen sie Richtung Lichtenberg ab, das anscheinend ihr Ziel war, zumindest verließ der Wagen kurz darauf die breite Frankfurter Allee. Das Straßenschild Magdalenenstraße huschte vorbei. Ein verbotenes Gespräch mit einem Exilrussen fiel ihr ein, über eine Haftanstalt, die die Russen hier betrieben und dann Anfang der Fünfzigerjahre dem MfS übergeben hatten.

Der Schreck schoss ihr durch die Glieder, doch der Wagen fuhr nicht in einen Gefängnishof. Sie sah einen großen Neubaukomplex, an dessen Fassade sich Gerüste entlangzogen. Ältere Bürogebäude erhoben sich längs der Straße. War nicht das MfS ins frühere Finanzamt eingezogen?

Der Wagen bog in eine Hofeinfahrt und hielt hinter der nun wieder geschlossenen Schranke an. Die Beifahrertür öffnete sich, der Mann stieg aus und riss dann ihre Tür auf. «Kommen Sie mit!»

Während der Fahrer den Wagen wendete, begleitete sie der andere in den achtstöckigen, schlichten Betonklotz und brachte sie in ein Büro mit einem schweren Schreibtisch, verschlossenen Schränken und einer Sitzecke mit zwei Sesseln. Hinter dem Schreibtisch ein Drehstuhl, davor ein Holzstuhl, der im Gegensatz zu dem Drehstuhl sehr unbequem wirkte. Ein Mann in Uniform saß, über eine Mappe gebeugt, hinter dem Schreibtisch und sah auch nicht auf, als ihr Begleiter salutierte und die Besucherin ankündigte.

«Sie können gehen, Leutnant», kam es von der anderen Seite des Schreibtischs.

Lilli fuhr die Stimme durch Mark und Bein. Sie fühlte, wie ihre Knie weich wurden, und sie ließ sich auf den Besucherstuhl sinken. Erinnerungen stürmten auf sie ein, während sie auf das dichte dunkle Haar starrte, an der Wand dahinter die allgegenwärtigen Fotos von Marx und Ulbricht, zusätzlich das von Erich Mielke, dem Leiter des Ministeriums für Staatssicherheit.

Lilli überlegte krampfhaft, wie sie beginnen sollte, da hob er endlich den Kopf und sah sie an.

«Du wolltest mich sprechen?», begann er mit spröder Stimme.

Er, den sie so sehr geliebt hatte, dass sie gegen alle Widerstände bereit gewesen war, ihn zu heiraten und ihr Leben an seiner Seite zu verbringen. Der uneheliche Sohn einer einfachen Arbeiterfrau, doch das war ihr gleichgültig gewesen. Michael hatte schon immer zu ihr gehört. Seit sie als Kinder zusammen bei Johannes am Kiosk gespielt hatten.

«Michael!», stieß sie daher nur aus und starrte ihn an. Sie wollte sehen, was von dem jungen Mann noch da war und was die Jahre verändert hatten. Seine Züge waren reifer geworden, doch noch immer vertraut. Es war der Blick in seinen Augen, der ihn fremd erscheinen ließ. «Ich habe versucht, dich anzurufen», sagte sie und kam sich dumm vor.

«Ich weiß», sagte er mit dieser unpersönlichen Stimme, die sie nicht kannte. «Der Leutnant hat es mir ausgerichtet.»

«Dein Untergebener? Was bist du dann? Hauptmann, Major, General?»

«Major», sagte er knapp.

«Dein Leutnant war in Zivil. Du bist in Uniform. Um mich zu beeindrucken?»

Er zog die Brauen zusammen. «Warum sollte ich? Denkst du, es ist mein Wunsch, dich zu beeindrucken?»

«So war es zumindest früher einmal.»

Sein Mund nahm einen bitteren Zug an. «Ja, früher, als wir noch jung waren und naiv und voller unerreichbarer Träume.»

Lilli lehnte sich vor. «Sie waren zum Greifen nah! Wir haben uns geliebt! Ich habe dir versprochen, dich zu heiraten. Wir hätten glücklich sein können. Was ist nur passiert, dass du mich so ohne ein Wort verlassen hast? Weißt du, was du mir damit angetan hast? Du hast mir das Herz gebrochen!»

Der Ausdruck in seinem Gesicht wurde noch abweisender. «Dein Herz gebrochen? Ach ja? Wie lange hat es gedauert, es zu heilen? Ein paar Tage, oder waren es doch Wochen, bis du Trost gefunden hast?»

«Warum sagst du das? Du versuchst absichtlich, mich zu verletzen. Warum? Ich verstehe nicht.»

Er wischte ihren Einwand mit einer Handbewegung zur Seite und sagte stattdessen: «Du bist wie deine Mutter. Die schöne, verwöhnte, leichtfertige Luise, die sich von allen den Hof machen ließ, war es nicht so?»

«Du weißt gar nichts über meine Mutter!», wehrte Lilli ab, doch das ließ er nicht gelten.

«Sie war mit Johannes verlobt und hat dann Robert geheiratet, um doch noch ihr Luxusleben zu bekommen.»

«Du weißt, das ist nicht die ganze Wahrheit!» Lilli wollte dieses Nebengleis verlassen, doch er war noch nicht fertig.

«Ich weiß, dass ihr eingebildeten Bürger immer gemeint habt, die Welt müsse sich zu eurem Vergnügen und für euren Profit drehen.»

«Ach, kommst du mir jetzt mit den armen, ausgebeuteten Arbeitern? Danke, kein Bedarf. Deine rote Propaganda muss ich schon täglich von deinen Genossen in der Schule ertragen.»

«*Meine* Genossen? Da siehst du es! Dieser Staat existiert schon seit mehr als zehn Jahren, doch du hast deine bürgerliche Überheblichkeit noch immer nicht abgelegt!»

«Erstaunlich, nicht wahr? Wo ihr Genossen von Partei und Staatssicherheit doch so hart mit allen Druckmitteln daran arbeitet, jeden Gedanken, der euch nicht in den Kram passt, auszurotten.» Sie war so in Fahrt, dass sie das Ziel aus den Augen verlor und ihrem gesamten, über Jahre angesammelten Frust freien Lauf ließ, ohne zu überlegen, wo sie sich befand und was für Folgen das für sie haben könnte.

«Weißt du eigentlich, dass meine Mutter Johannes schon seit ihrer Kindheit liebt und dieser Liebe ihr Leben lang treu geblieben ist?», fragte er unvermittelt.

Was sollte das jetzt? Lilli schüttelte verwirrt den Kopf. «Und du meinst, weil er sie nicht geheiratet hat, musst du jetzt helfen, den Sozialismus aufzubauen? Arbeiter-und-Bauern-Staat, dass ich nicht lache. Diktatur der Parteikader und ihrer willigen Helfer beim MfS!»

«So denkst du also über unser Land. Interessant!»

Sie hielt seinem Blick stand. «Willst du mich jetzt verhaften lassen, wie so viele andere, deren einziges Vergehen darin besteht, ihre Meinung frei zu äußern, die leider nicht die eure ist?»

«Wir haben dieser Gesellschaft viel Gutes gebracht», behauptete Michael. «Als meine Mutter jung war, durfte sie nicht einmal davon träumen, eine dieser Eliteschulen zu besuchen und Abitur zu machen. Wir dagegen sorgen dafür, dass jedes Kind, egal, ob aus einer Bauern- oder Arbeiterfamilie, seine Träume leben darf!»

«Außer den Kindern, deren Eltern die falschen Berufe haben und die deshalb ausgeschlossen werden, egal, welche Noten sie erreichen.»

«Es kommt nicht auf den Beruf an, es ist ihre überkommene Einstellung. Auch Ärzte oder Anwälte können gute Genossen sein, und ihre Kinder dürfen selbstverständlich studieren.»

«Hauptsache, die Einstellung stimmt. Ich verstehe. Wir reden von Kindern, die brav in der FDJ Fähnchen schwingend jeden Propagandaumzug mitmachen – im Gegensatz zu denjenigen, die sich mit Jugendlichen der Jungen Gemeinde treffen?»

«Ich weiß, dass du von deiner Tochter Anne sprichst», gab Michael zu. «Cornelia durfte auf die EOS wechseln, Anne nicht. Aber bedenke, es ist nur zu ihrem Besten. Sie hat den falschen Weg eingeschlagen. Hat die Kirche nicht jahrtausendelang die Menschen unterdrückt, dumm gehalten und ausgeraubt? Abweichler auf Scheiterhaufen verbrannt? Solch einem Einfluss willst du deine Tochter aussetzen – und wirfst uns gleichzeitig unsere guten Erziehungsabsichten vor?»

«Halt!» Lilli hob die Hände. «Das bringt nichts. Da du offensichtlich gut über den Lebensweg der Mädchen informiert bist, sag mir, ob du weißt, was mit Cornelia und Anne passiert ist. Wo sind sie? Ich habe seit Tagen kein Lebenszeichen von ihnen.»

«Sie sind verschwunden, ohne mit dir darüber zu sprechen oder auch nur eine Nachricht zu hinterlassen, was sie vorhaben?»

Lilli fiel es schwer, auch nur zu nicken.

«Ihr scheint ja kein sehr vertrauensvolles Verhältnis zueinander zu haben», bemerkte Michael.

Lilli ballte die Fäuste, versuchte aber, ruhig zu bleiben. «Wir haben ein sehr gutes Verhältnis zueinander, doch habe ich vielleicht die Stärke ihrer Wünsche unterschätzt. Ich dachte, es wäre wichtiger, dass sie erst einmal die Schule fertig machen und auf eigenen Beinen stehen, ehe dass sie entscheiden, wie sie leben wollen. Vor allem aber habe ich euch unterschätzt! Ihr wollt alleine entscheiden, wie und wo wir zu leben haben, als wären alle Menschen der Zone euer persönliches Eigentum!»

Bei dem Wort *Zone* zuckte Michael kurz. Seine Miene war nach wie vor abweisend. «So ist das bei der Erziehung. Manchmal brauchen die Kinder ein wenig Zeit, um zu begreifen, was gut für sie ist, nicht wahr?»

Nein, auf diese Ebene würde sie sich mit ihm nicht begeben. Sie sah in seine kalten Augen. «Michael, was ist nur mit dir geschehen? Mit uns? Warum hasst du mich? Ich spüre gar Verachtung. Korrigiere mich, wenn ich mich irre. Was habe ich falsch gemacht, dass du mich verlassen hast?»

Für einen Moment glaubte sie, Unsicherheit in seinem Gesicht zu entdecken. Eine Verletzlichkeit, die sie rührte.

«Daran trägst du keine Schuld», gab er mit einer Stimme zu, die sie an früher erinnerte. «Das haben unsere Eltern und ihre Freunde verbrochen. Wir waren nur die Leidtragenden, aber das ist es nicht. Mir fiel dieser Schritt nicht leicht. Ich musste in meinem Exil in

Moskau immerzu an dich denken, und dann komme ich nach dem Krieg zurück und sehe, wie unwichtig ich für dich war. Eine Jugendliebelei, über die man schnell hinwegkommt, wenn nur ein anderer deinen Weg kreuzt.»

Lilli starrte ihn an. «Wovon sprichst du? Hast du mich beobachten lassen? Ja, klar, Horch und Guck, die wissen alles. Du sprichst von Wolfgang, oder?»

«Deinem Liebhaber, der sich in den Westen abgesetzt hat? Nein, den meine ich nicht. Der ist nur einer mehr. Ich meine meinen direkten Nachfolger, den Vater deiner Zwillinge!»

Lilli fiel die Kinnlade herunter. Sie erhob sich langsam von ihrem unbequemen Besucherstuhl und starrte Michael stumm an. Fassungslos schüttelte sie den Kopf.

Auch er stand auf, beugte sich vor und stützte sich auf der Tischplatte ab.

«Du meinst, ich habe kein gutes Händchen bei der Auswahl meiner Liebhaber?», stieß Lilli mit brechender Stimme hervor.

«Das ist ja offensichtlich! Wo ist der Vater deiner Kinder? Hat er sich jemals um sie gekümmert? Dich auch nur finanziell unterstützt? Nicht dass ich wüsste! Du hast ihn ja nicht einmal in der Geburtsurkunde der beiden angegeben!», rief er triumphierend aus.

«Was du alles weißt», erkannte Lilli bitter. «Wir sind alle gläsern, oder hast du vor allem mich und meine Mädchen so sorgsam ausspähen lassen?»

«Ich habe dich geliebt!», schrie er, aber es klang eher nach Hass als Liebe.

«So wie ich dich, selbst nachdem du mich schändlich verlassen hast!», schrie Lilli zurück. «Du willst wissen, mit wem ich ins Bett gegangen bin, du verdammter Idiot? Wer mich geschwängert hat? Der Mann, den ich – seit ich ein kleines Mädchen war – heiß und innig geliebt habe und der versprochen hatte, mich zu heiraten!»

Michael starrte sie erst verwirrt, dann ungläubig an. «Das kann nicht sein!»

«Du allwissender Blödmann. Sag nicht, du weißt nicht, wann die Kinder geboren sind. Am 12. November 1944. Kannst du nicht rechnen? Sie sind *deine* Töchter. Daran bestehen nullkommanull Zweifel, denn du warst in diesen Jahren der einzige Mann, mit dem ich intim war – bis deine Kommunisten kamen und die Russen mich bei Kriegsende vergewaltigten. Was aber ohne Folgen blieb, wie man so schön sagt. So hat sich mir das geliebte große Brudervolk vorgestellt!»

Nun war er es, der sie sprachlos anstarrte. «Aber wir haben nur zweimal miteinander geschlafen», versuchte er noch einmal, die Erkenntnis, die sich in ihm ausbreitete, zur Seite zu schieben.

«Wie du siehst, hat das gereicht.» Lilli sank auf den Stuhl zurück. «Cornelia und Anne sind deine Töchter, und nun, verdammt noch mal, sagst du mir, was mit ihnen geschehen ist. Johannes hat mir erzählt, dass in jener Nacht am Bahnhof einiges los war.»

«Du meinst, ein illegaler Grenzdurchbruch?»

Lilli schnaubte. «Nenn es, wie du willst, aber ja, ich denke, sie haben versucht abzuhauen, und ich verstehe, warum. Nachdem ihr zuvor schon einen Freund der Mädchen und seine ganze Klasse mit eurer Intoleranz in den Westen getrieben und Anne das Abitur verboten habt.»

«Ach, jetzt sind wir an allem schuld?», fragte er spöttisch, doch Lilli durchschaute, wie schwer er sich tat, seine Fassung wiederzugewinnen.

«Alles, was ich von dir wissen will, ist eins: Haben es die Mädchen geschafft? Behaupte jetzt nicht, dass ihr das nicht wisst. Das glaube ich nicht!»

«Nein, so unfähig ist das MfS nicht», spottete er noch immer. «Uns ist das Treiben deiner Töchter am Bahnhof schon lange ins

Auge gefallen. Wie sie sich einen Spaß daraus gemacht haben, die Vopos und Grenzer zu narren. Doch nun haben sie den Bogen überspannt. Der Antifaschistische Schutzwall wird immer dichter, und wir schlafen nicht.»

«Dann habt ihr sie also verhaftet und eingesperrt», schlussfolgerte Lilli.

«Cornelia ist in unserer Obhut, ja.»

«Und Anne?»

«Sie ist uns entwischt», gab er unwillig zu.

«Dann ist ihr die Flucht geglückt?» Lilli fasste sich an ihr schmerzendes Herz.

«Im Moment ist sie in Westberlin», knurrte er. «Aber sie wäre nicht die Erste, die unsere Agenten wieder zurückholen, um einen Flüchtigen seiner verdienten Strafe zuzuführen.»

«Das wirst du nicht tun», rief Lilli entsetzt. «Deine eigene Tochter! Das wirst du ihr nicht antun.»

«Du verkennst die Lage. Nicht ich habe hier das Sagen. Das ist Genosse Erich Mielke. Aber nein, ich denke nicht, dass er so etwas anordnen wird. Wir hätten viel zu tun, wenn wir jeden Flüchtling aus dem Westen zurückholen wollten», gab er zu.

«Wo ist Cornelia?»

«Wie jeder bei einem Fluchtversuch Ertappte in Untersuchungshaft.»

«Wo?»

«Das kann ich nicht sagen.»

«Du willst es nur nicht!» Lilli blitzte ihn empört an.

«Ich darf es nicht», widersprach Michael. «Das könnte mich alles kosten.»

«Kann ich sie wenigstens sehen?», bat Lilli, doch er schüttelte den Kopf.

«Erst nach dem Prozess.»

«Und wann findet der statt?»

«Sobald sie ein vollständiges Geständnis abgelegt hat. Ich denke nicht, dass das noch lange dauern wird.»

Lilli wollte nicht darüber nachdenken, wieso er so zuversichtlich war, dass ihre aufmüpfige Tochter in absehbarer Zeit zu so etwas bereit sein sollte. Stattdessen fragte sie: «Wird sie mit einer Gefängnisstrafe rechnen müssen?»

«Aber natürlich.» Michael schaute sie pikiert an. «Versuch und Beihilfe zum ungesetzlichen Grenzübertritt, darauf steht Gefängnis. So steht es im Gesetz. Wir leben schließlich in einem Rechtsstaat und halten uns daran.»

Lilli schnaubte. «Wie viele Jahre wird sie dafür bekommen?»

«Das entscheidet der Richter beim Prozess.» Michael zuckte mit den Achseln.

«Wie viele, erfahrungsgemäß?», drängte Lilli.

«Vielleicht drei, vielleicht fünf, vielleicht auch nur Bewährung, das kommt darauf an, wie kooperativ sie sich verhält.»

«Du meinst, ob sie sich von euch zum Spitzel pressen lässt?»

«Alles ist möglich», wehrte er ab.

«Wann kann ich sie sehen», versuchte es Lilli noch einmal.

«Nach der Verurteilung kann ich sicher einen Besuch arrangieren. Und Post darf sie dann auch bekommen», stellte er in Aussicht, aber das war für Lilli kein Trost.

«Kannst du dich wenigstens um sie kümmern und ihr die Haft erleichtern? Bitte! Du bist ihr Vater, und bisher hast du nichts für deine Töchter getan. Ich finde, sie hat deine Unterstützung jetzt verdient.»

«Sie hätte in ihrer Schule bleiben und ihre Staatsbürgerpflichten erfüllen sollen», schimpfte er und ließ sich kein Versprechen abringen.

Frustriert und ängstlich machte sich Lilli mit der Bahn auf den

Heimweg. Das MfS fühlte sich nicht bemüßigt, sie in einer seiner Karossen auch wieder nach Hause zu kutschieren.

♦

Es war mitten in der Nacht. Cornelia konnte kaum mehr zählen, wie häufig das Licht angegangen war und das spähende Auge sie angeglotzt hatte: mal ein braunes, dann das eiskalte graue, dann das blutunterlaufene mit den hellen Wimpern. Das Licht ging entweder mit dem deutlich vernehmbaren Klicken eines normalen Lichtschalters an, oder es flammte unvermittelt auf, ohne dass ein Geräusch zu hören war. Manchmal fragte sich Cornelia bang, ob sie vielleicht anfing, sich Dinge einzubilden.

Heute Nacht jedenfalls wurde unvermittelt der Riegel aufgeschoben, und eine Stimme bellte: «Hundertvierzehn-eins, raustreten!»

Cornelia fuhr von ihrer Pritsche hoch und taumelte blinzelnd auf die Tür zu.

«Aufstellen.»

Sie trat auf den Gang, drehte sich zur Wand und senkte den Kopf, während der Wachmann die Zelle wieder verschloss. Es war nicht der mit dem Mondgesicht. Der hier war lang und dünn, trug einen Schnauzer und hatte schlechte Zähne. Nur sein Auge glaubte sie bereits zu kennen.

Cornelia gab den Posten Spitznamen. Milchgesicht war der erste, diesen hier nannte sie spontan Bello wie den Hund der Nachbarin, der des Nachts häufig kläffte und die Bewohner ringsum aus dem Schlaf riss.

«Wo bringen Sie mich hin?», wisperte sie so leise, dass er es nicht hören konnte. Er hätte ihr eh keine Antwort gegeben. Obgleich sie sich seit Tagen danach sehnte, dass endlich etwas passierte, verspürte sie nun Angst.

Wieder schlurfte sie in den Pantoffeln über das beige Linoleum mit dem braunen Muster und versuchte, rechts und links so viel von ihrer Umgebung zu erfassen, wie es möglich war, ohne den Kopf auffällig weit zu bewegen. Sie sah die verschlossenen Türen mit den Klappen und Spionen und auf Schulterhöhe so etwas wie einen Telefondraht, der, immer wieder durch zwei Stecker verbunden, an der Wand entlanggeführt wurde, über die Türen hinweg und auf Schulterhöhe zurück. Genau in Zugriffshöhe des hinter ihr laufenden Wachmanns. Eine Alarmvorrichtung. Sollte ein Gefangener auch nur eine falsche Bewegung machen, konnte der Wächter den Draht ergreifen, die Stecker würden sich lösen, und die Leitung wäre somit unterbrochen. Es juckte ihr in den Fingern, es einmal auszuprobieren, aber ihr war klar, dass die Staatssicherheit keinerlei Sinn für Späße hatte und solch eine Kinderei sicher Folgen hätte, die ihre Situation nicht gerade verbessern würden. Nein, sie war nicht mehr in der Schule, wo man für einen Streich nur einen Tadel oder einen Eintrag ins Klassenbuch befürchten musste. Sie war in einem Gefängnis des MfS, irgendwo weit weg von Berlin, und vermutlich wussten weder ihre Mutter noch Ella oder Johannes, wo sie sich befand.

Und sie würden sie auch nicht finden, Cornelia gab sich keiner Illusion hin. Sie wusste von zu vielen Fällen, bei denen alle nur gegen Wände des Schweigens gelaufen waren, ohne je etwas zu erfahren. Das war ein Teil des bösen Spiels. Verunsichern, ängstigen, drohen, im Dunkeln lassen. So ließ sich ein ganzes Volk einschüchtern.

Was sie aber noch mehr belastete, war, dass sie keine Ahnung hatte, was mit Anne geschehen war. Hatte die Ablenkung funktioniert? War Anne unbemerkt entkommen, oder saß auch sie irgendwo in einer Zelle? Aber auch darauf würde sie von den Schließern hier keine Antwort bekommen. Ob es ihr beim Verhör gelingen würde, etwas zu erfahren?

Sie straffte sich ein wenig und schritt entschlossener voran, soweit das in den Filzlatschen möglich war. Als sie das Treppenhaus erreichten, flammte eine rot bemalte, kugelförmige Leuchte an der Wand auf. Cornelia musste sich erneut zur Wand drehen, stehen bleiben und warten, bis das Licht erlosch, dann erst ging es weiter. Kaum betraten sie das Treppenhaus, schaltete der Schließer das Licht wieder auf Rot. Die Isolierung in der Einzelhaft sollte derart allumfassend sein, dass die Häftlinge nicht einmal einen anderen Gefangenen zu Gesicht bekamen. Für einen Moment schoss ihr der Gedanke in den Sinn, Anne könnte genau in diesem Augenblick auch hier irgendwo in diesen Gängen mit ihrem Bewacher unterwegs sein. Vielleicht waren sie einander ganz nah, ohne voneinander zu wissen. Sollte sie es wagen und nach ihr rufen?

Nein, lieber nicht. Sie würden solch einen Versuch vermutlich beide Schwestern ausbaden lassen.

Im nächsten Stock ging es über einen Gang mit rotem Teppich an weiteren geschlossenen Türen entlang, aber es waren Bürotüren, keine Zellentüren. Dennoch schienen auch diese so dick zu sein, dass kein Laut herausdrang. Oder waren die Räume im Moment alle leer? Nein, das konnte nicht sein. Die Mitarbeiter des MfS sorgten ganz sicher dafür, dass die Zellen gut gefüllt waren und die Verhöroffiziere zu tun hatten. Warum auch sonst die Ampelanlage?

Als Bello eine der Türen öffnete, entdeckte sie sofort die dicke Innenpolsterung am Türblatt, die sicherlich keinen Laut nach draußen ließ. Cornelia musste auf einem Hocker mit unangenehm scharfen Kanten Platz nehmen, dann verließ Bello den Raum und schloss die Tür.

In dem schlichten Büro saß ein Vernehmer in Zivil hinter seinem Schreibtisch, den Blick gesenkt, und rührte in einer Kaffeetasse.

Die Vorhänge am Fenster waren geschlossen, obwohl man nachts vermutlich eh nicht viel sehen könnte.

Der Vernehmer füllte ein Formular aus, ohne von ihr Notiz zu nehmen, dann trank er einen Schluck Kaffee – zumindest roch es nach echtem Kaffee. Cornelia rutschte auf dem unbequemen Hocker hin und her. Endlich richtete er seinen Blick auf sie.

«Wollen Sie sich mir nicht vorstellen und ein wenig über sich erzählen?», fragte er, als wären sie sich gerade irgendwo in Berlin zufällig über den Weg gelaufen.

«Hundertvierzehn-eins», antwortete Cornelia, obwohl sie ahnte, dass dieser Offizier des MfS das nicht hören wollte, doch er ließ sich nicht provozieren.

«Sie heißen Cornelia Wagenbach, geboren am 12. November 1944.»

Sie nickte nur und verkniff sich zu erwidern, warum er denn frage, wenn er es eh wisse.

«Sie wohnen mit Ihrer Mutter Lilli und Ihrer Schwester Anne Wagenbach in der Linienstraße in Berlin und besuchen die EOS ‹Max Planck›, nicht wahr?»

Cornelia nickte und wartete.

«Wissen Sie, wo Ihre Mutter und Ihre Schwester sind?»

«Woher soll ich das wissen? Ich weiß ja nicht einmal, was für ein Tag heute ist und wie viel Uhr wir haben. Aber ja, es ist dunkel draußen und wohl mitten in der Nacht, daher nehme ich an, dass sie daheim in ihren Betten liegen und schlafen.»

Der Vernehmer verzog keine Miene. «Für Ihre Mutter kann ich das bestätigen ...» Er ließ das Ende des Satzes in der Luft hängen.

Cornelia versuchte, sich ihren Schrecken nicht anmerken zu lassen. Was war mit Anne geschehen? «Geht es meiner Schwester gut?», verlangte sie zu wissen. «Wo ist sie?»

Der Vernehmer fixierte sie mit starrem Blick. «Ich dachte, das wollen *Sie* uns erzählen. Aber fangen wir doch damit an, was Sie mitten in der Nacht auf dem Gelände des Bahnhofs in der Friedrichstraße zu suchen hatten? Sie haben Ihrer Mutter nichts davon erzählt, oder?»

«Nein.» Cornelia zwang sich dazu, so unbeteiligt wie möglich zu wirken. «Waren Sie nie jung und sind mal ausgegangen, um ein Bier zu trinken oder so, ohne Ihre Eltern zu fragen? Das ist eine Sache zwischen mir und meiner Mutter und nichts für das MfS. Oder sehen Sie sich für die Erziehung jedes Einzelnen zuständig?»

Schmunzelte er? Nein, vermutlich nicht.

«Ein Bier trinken? Alleine? Sicher nicht, bestimmt wollten Sie sich mit irgendwelchen Freunden treffen. Nennen Sie mir deren Namen, dann überprüfen wir das natürlich.»

Vorsicht! Sie durfte sich da in nichts verrennen und andere mit hineinziehen.

«Ich wollte alleine etwas trinken», behauptete sie. «Pubertärer Trotzanfall, wie mein Großvater das immer nannte.»

«Aha, und da sind Sie bis zum Bahnhof Friedrichstraße gelaufen», stellte der Vernehmer fest und ließ die Ungläubigkeit deutlich in seiner Stimme mitschwingen.

«Warum nicht? Ich brauchte frische Luft und bin halt gerne dort.»

Nun lächelte ihr Gegenüber unheilvoll. «Ich weiß. Sie und Ihre Schwester waren da häufig unterwegs. Ein schönes Spiel für zwei Mädchen, die sich zum Verwechseln ähnlich sehen. Die Vopos narren, bis man es eines Tages zu weit treibt.»

Das wusste er? Hatte die Staatssicherheit sie schon länger beobachtet? Warum?

«Kennen Sie eigentlich das Strafmaß für Republikflucht?»

Cornelia zuckte mit den Achseln. «Müsste ich? Ich sitze doch hier bei Ihnen.»

«Ja, weil wir so aufmerksam waren. Also sprechen wir von verhinderter Republikflucht, was keinen Unterschied macht.»

«Ich wollte nur ein Bier trinken!», beharrte Cornelia. «Und das gehört zu den Dingen, die hier nicht verboten sind, zumindest seit ich sechzehn bin.»

Der Vernehmer machte eine wegwerfende Handbewegung. «Glauben Sie ja nicht, dass Sie uns für dumm verkaufen können. Sagen Sie mir, was ich in Ihr Geständnis schreiben soll. Versuchte Republikflucht? Planung und Beihilfe zur Flucht? Widerstand? Was denken Sie, wie viele Jahre Haft da zusammenkommen können? Fünf? Acht? Mehr? Während Ihre Jugend hinter Gittern verrinnt ...»

Cornelia schüttelte vehement den Kopf. «Ich war nur auf dem Bahnhof, und wenn mir fremde Männer folgen und mich festhalten wollen, dann versuche ich, ihnen zu entkommen! Das würde jede Frau machen. Und der letzte Punkt», fügte sie triumphierend hinzu. «Wie sollte ich Beihilfe zur Flucht geleistet haben, wenn es keinen gibt, der geflüchtet ist?»

«Soso», sagte der Vernehmer nur. «Sie stellen sich also stur. Nun, wir haben Zeit. Wir können die ganze Nacht weitermachen und die nächste und die übernächste. Wenn ich müde bin, lasse ich mich von einem anderen Vernehmer ablösen, gehe essen und schlafen, aber Sie bleiben hier sitzen, bis sie vernünftig werden, uns die Wahrheit sagen und das Protokoll unterschreiben.»

Stunden vergingen. Sie belauerten einander, doch der Vernehmer brachte Cornelia nicht dazu, von ihrer Aussage abzurücken. Allerdings verriet er ihr auch nicht, was mit Anne geschehen war. Das erste graue Licht des Tages kroch bereits durch die Vorhänge, als er sie endlich entließ.

Diesmal wurde sie von Mondgesicht zu ihrer Zelle geführt. Im Treppenhaus huschte ihr Blick zu den Netzen, die in jedem Stockwerk über den Treppenschacht gespannt waren. Da sollte sich wohl keiner in seiner Verzweiflung hinunterstürzen können, um sich seiner Haft und den Verhören zu entziehen.

Ein Kloß, schwer wie ein Stein, drückte in ihrem Magen. Sie begann zu ahnen, dass an diesem Ort Verzweiflung und Todessehnsucht irgendwann von einem Besitz ergreifen konnten.

In ihrer Zelle warteten schon die üblichen Marmeladenbrote, der Tag begann, die Pritsche war tabu. Sobald sie am Tisch sitzend einnickte, schlug der Wachhabende gegen die Tür und brüllte sie an. Dann ging sie wieder eine Weile auf und ab, bis ihre Beine vor Erschöpfung nachgaben.

In der Nacht das nächste Verhör. Schlafentzug und seine Folgen schienen zu den Waffen des MfS zu gehören, durchzuckte es Cornelia. Setzten sie irgendwann auch auf körperliche Gewalt?

«Melden!»

«Hundertvierzehn-eins.»

«Raustreten!»

Die nächste lange Nacht begann. Cornelia kämpfte mit den Tränen. Was sollte sie dem Vernehmungsoffizier sagen? Wie konnte sie erreichen, dass er sie zufrieden ließ, ohne all die Vorwürfe zuzugeben und die Anklagepunkte zu unterschreiben?

Die Antwort war ganz einfach: gar nicht. Ein Geständnis war der einzige Weg zu Erleichterungen.

«Ich möchte einen Anwalt sprechen», bat sie zum wiederholten Mal und bekam dieselbe Antwort.

«Sie werden einen Anwalt vor dem Prozess bekommen, sobald Sie Ihr vollständiges Geständnis unterschrieben haben.»

«Ich habe nichts Unrechtes gemacht. Ich war nur am Bahnhof, und das ist nicht verboten.»

«Sie und Ihre Schwester wollten durch einen der Tunnel die Grenze unerlaubt passieren», widersprach der Vernehmer.

«Können Sie etwa Gedanken lesen? Sind die jetzt auch schon verboten?»

«Wenn Sie eine Straftat planen, ja, allerdings.»

«Das habe ich nicht», behauptete Cornelia kühl.

«Ach, dann kam Ihre Schwester ganz alleine in jener Nacht auf diese Idee? Sie wissen doch sicher, was unsere Grenzschützer angewiesen sind zu tun, wenn sich jemand unbefugt der Grenze nähert und auf ihren Befehl hin nicht stehen bleibt?»

Cornelia spürte, wie ihr eiskalt wurde. Wollte der Vernehmer damit sagen, dass die Grenzer auf Anne geschossen hatten? «Ist meine Schwester verletzt?»

Der Vernehmer hob die Schultern. «Wenn Sie mir nichts erzählen, warum sollte ich es dann tun? Verraten Sie mir, wie das alles in dieser Nacht geplant war, dann sage ich Ihnen auch etwas, das Sie wissen wollen ... Aber gut, ich zeige Ihnen meinen guten Willen und verrate Ihnen, dass Ihre Schwester Anne am Leben ist.»

«Ist ... Ist sie auch hier?»

Er wiegte den Kopf hin und her. «Vielleicht. Wir haben hier ein Haftkrankenhaus, in dem wir beispielsweise Projektile aus Flüchtigen rausholen, ehe wir sie verhören. Wissen Sie, auch die Ärzte und Schwestern dort sind treue Mitarbeiter des MfS.»

Cornelia schwieg und sah ihn trotzig an, bis er den nächsten Versuch startete.

«Was, wenn Ihre Schwester uns verraten hat, dass das alleine Ihre Idee war? Dass Sie sich alles ausgedacht und geplant haben?»

«Das würde Anne nicht», behauptete Cornelia, obwohl es ja stimmte. Plötzlich war sie sich nicht mehr sicher, was richtig war. Vielleicht konnte er ihr Schwanken fühlen, denn der Vernehmer stieß sogleich noch einmal in diese Kerbe.

«Also, wenn ich Sie richtig verstanden habe, dann hatten Sie mit der ganzen Sache nichts zu tun. Die Schuld liegt alleine bei

Ihrer Schwester Anne. *Sie* hat das alles ausgeheckt und Sie in dieser Nacht völlig ahnungslos mit hineingezogen. Die ganze Härte des Gesetzes sollte also allein Anne treffen, ich meine, wenn sie denn prozessfähig wäre ...»

«Nein!», schrie Cornelia. «Anne ist unschuldig. Sie müssen sie gehen lassen. Sie wollte das alles gar nicht.»

Sie hätte ihm sein zufriedenes Grinsen aus dem Gesicht schlagen mögen. Er hob das Schreiben, das er angefertigt hatte, hoch. «Sie sind also bereit, das Geständnis zu unterschreiben?»

Nein, sie blieb dabei. «Ich habe nichts zu gestehen.»

So ging es hin und her, während die Nacht verrann, doch sie kamen kein Stück weiter. Ab und zu verlor der Vernehmer die Geduld und wurde laut. Schließlich schüttelte er den Kopf. «Gut, dann müssen wir die Sache eben noch von anderer Seite beleuchten. Ich denke, wir werden Ihre Mutter zum Verhör herholen. Schließlich sind Sie noch nicht volljährig. Ist es nicht so? Eltern haften für ihre Kinder? Hier stehen genügend Zellen bereit.» Er blätterte in der Akte. «Ach ja, und dann gibt es ja noch diesen Johannes Rosenstein, der seinen Kiosk nicht an die Genossenschaft abgeben will. War er während des Krieges nicht in Frankreich? Hm, vielleicht ein Spitzel der Faschisten? Es könnte sich lohnen, ihm mal gründlich auf den Zahn zu fühlen. Wissen Sie, es gibt viele Möglichkeiten, Knöpfe zu drücken. Irgendwann ist der richtige dabei, und dann kommt die Wahrheit ans Licht.»

Cornelia protestierte, doch nun wollte er nichts mehr hören. Er riss die Tür auf und rief nach dem Schließer. «Gehen Sie in Ihre Zelle zurück», herrschte er Cornelia an. «Und überlegen Sie sich genau, wie viele Menschen Sie wegen Ihres Dickschädels ins Unglück stürzen wollen.»

Kapitel 28

22:00 Uhr. Das grelle Deckenlicht erlosch. Cornelia legte sich vorschriftsmäßig auf den Rücken, die Arme über der Decke. Hoffentlich ließen die sie heute Nacht in Ruhe. Die ganze Woche über hatte sie die Nachtstunden hauptsächlich beim Verhör verbracht. Cornelia fühlte sich erschöpft, quälend müde, dennoch war ein Teil ihres Geistes in Aufruhr und hielt sie wach.

Bereits nach wenigen Minuten flammte das Licht über der Tür auf, und das spionierende Auge ließ seinen Blick schweifen. Dann wurde es wieder dunkel. Irgendwo klopfte jemand eine Nachricht. Ihr Licht ging an.

Cornelia kniff die Augen zusammen. «Lasst mich endlich schlafen», knurrte sie leise.

Aus. Dunkel. Sich entfernende Schritte konnte sie nicht hören, aber kurz darauf erklang der Schrei eines Wärters. «Auf den Rücken, Hände auf die Decke.» Er schlug mit einem harten Gegenstand gegen eine Tür, dass es durch den ganzen Trakt hallte. So, jetzt waren sicher alle wieder wach.

Hell. Dunkel. Ein paar Minuten Ruhe. Vielleicht würde es nun doch klappen. Ihr Körper und ihr Geist waren so ausgelaugt und wollten nur noch schlafen, schlafen, schlafen.

Licht an.

«Hände auf die Decke!»

Cornelia hatte gar nicht gemerkt, dass sie die Decke bis ans Kinn hochgezogen hatte. Sie fror, legte die Arme aber wie gefordert auf die Decke.

Licht aus.

Keine fünf Atemzüge später ging das Licht wieder an. Das war ja noch schlimmer, als zum Verhör gebracht zu werden. Ehe sie darüber nachgedacht hatte, schrie sie auf. «VERDAMMT, lasst mich doch endlich schlafen!»

Die Tür wurde aufgerissen, und der Wärter stürmte rein. «Melden, los, aus dem Bett! Stellen Sie sich hin und melden Sie sich ordnungsgemäß.»

Cornelia zog sich die Decke über den Kopf. «Ihr könnt mich mal!», brüllte sie. «Lasst mich in Ruhe!» Schützend rollte sie sich wie ein Embryo zusammen.

«Sie sind ja hysterisch. Vielleicht müssen Sie sich erst mal beruhigen.»

Der Wärter ging hinaus und schlug die Tür zu. Der Riegel knallte. Wenige Minuten später kam er mit einem Vorgesetzten zurück, dem er ausführlich Bericht erstattete. Nun standen sie beide in Cornelias Zelle.

«Häftling Nummer hundertvierzehn-eins, Aufstellung, Hände an die Hosen, Gesicht zur Wand!»

Der Vorgesetzte mit den Sternen auf den Schulterklappen befahl, all ihre Verfehlungen in einem Bericht genauestens festzuhalten, dann würde er über die Disziplinierungsmaßnahmen entscheiden. Sie ließen Cornelia wieder allein, und für die nächsten zehn Minuten war es dunkel und still.

Dann der nächste Kontrollgang.

Das Licht wurde wieder eingeschaltet.

Das wachsame Auge erschien im Spion.

♦

Am Abend läutete es an der Tür. Lilli fuhr wie elektrisiert auf und lief in den Flur. Ihr Atem beruhigte sich erst wieder, als sie sah, dass es Ella war. Die beiden umarmten einander.

«Komm rein», forderte Lilli sie auf. «Hast du Hunger? Oder willst du etwas trinken?»

Ella lehnte ab. «Ich wollt nur wissen, ob's was Neues gibt. Wegen der Mädchen.»

Lilli schleppte sich müde ins Wohnzimmer zurück und ließ sich in den roten Sessel sinken. Ella nahm am Wohnzimmertisch Platz.

«Er hat sich nich gemeldet», schlussfolgerte Ella mit so viel Traurigkeit in der Stimme, dass Lilli den Blick hob. «Mein Michel hat dich wieder enttäuscht.»

«Ach, Ella, das ist nicht deine Schuld. Vielleicht hab ich zu viel erwartet. Ich dachte nur, jetzt, wo er endlich begriffen hat, dass sie seine Töchter sind ...»

Ella wand sich und blickte zu Boden.

Lilli legte die Stirn in Falten. «Wobei, wie kam er überhaupt auf den Gedanken, dass sie einen anderen Vater haben könnten? Du hast doch mehrmals mit ihm gesprochen. Hast du ihm nie was gesagt?»

Ella sah sie noch immer nicht an. «Ich wusst es gar nich sicher. Du hast auch nie was gesagt.»

Lilli stieß einen tiefen Seufzer aus. «Ich dachte, das wäre klar. Es tat nur so weh, auch nur an ihn zu denken. Ich konnte einfach nicht darüber reden.»

Ella sprang auf und kam zu Lilli, die nach den vom Alter faltig gewordenen Händen griff und eine davon an ihre Wange zog. «So viele Wunden. So viele Narben. Warum schaffen wir's nicht, offen und ehrlich zueinander zu sein und uns nicht immer gegenseitig zu verletzen?»

«Da hab ich keine Ahnung», gestand Ella. «Jeder hat da halt sein eigenes dunkles Loch.»

Ihre Wange in Ellas Hand gebettet, saß Lilli eine Weile da, dann sprang sie unvermittelt auf, lief in die Küche und kam mit einer Flasche Wein und zwei Gläsern zurück. «So, und wir trinken jetzt zusammen, wenn du schon nichts essen willst. Wobei ich auch kaum was runterbekomme.»

«Du bist auch wieder ganz dünn geworden», bemerkte Ella mit Sorge in der Stimme.

«Ich frage mich bei jedem Bissen, ob mein Kind genug zu essen bekommt oder ob sie hungern muss.»

Lilli öffnete die Flasche und goss die Gläser viel zu voll. Dann setzte sie eine trotzige Miene auf und stieß mit Ella an. «Wir werden das überstehen!», sagte sie hart. «Alle zusammen.»

Sie trank mehr und schneller, als ihr guttat, doch es dämpfte Sorge und Kummer zumindest für eine Weile.

♦

Als Cornelia am Morgen ihre Schüssel durch die Fressluke schob, um ihre Frühstücksbrote in Empfang zu nehmen, wurde plötzlich die Tür geöffnet, und der Schließer befahl ihr mitzukommen.

Zur Abwechslung ein Verhör am Tag? Vielleicht hatte ihr Vernehmer auch mal Lust, nachts zu schlafen.

Doch der Wachmann führte sie nicht zu den Verhörzimmern nach oben. Sie stiegen die Treppen hinunter in den Keller, dessen Gang nur trübe erhellt war. Cornelia überkam ein mulmiges Gefühl. Sie dachte an die angekündigte Disziplinierungsmaßnahme. Was hatten sie jetzt mit ihr vor?

Vor einer Tür blieb der Posten stehen. «Sie wollten es doch ruhig und dunkel, nicht wahr? Es soll keiner behaupten, dass wir den Wünschen unserer Häftlinge nicht entgegenkommen!»

Damit riss er die Tür auf, stieß Cornelia ins Innere und schloss hinter ihr wieder zu. Verdattert stand Cornelia da. Sie blinzelte, doch es war so stockdunkel, dass sie nicht einmal ihre Hand vor Augen auch nur hätte erahnen können. Eine Weile stand sie stocksteif da und wagte nicht, sich zu rühren. Dass diese Aktion eine Strafe sein sollte, war ihr sofort klar. Daher war sie vorsichtig. Wer konnte schon sagen, was im Dunkeln lauerte?

Nun, es werden schon keine Monster sein, versuchte sie, sich selbst Mut zu machen, aber so leicht ließ sich die Beklemmung nicht abschütteln. Ganz vorsichtig streckte sie die Arme aus, prüfte den glatten Boden, drehte sich einmal um ihre Achse, doch rundum war nichts. Zögernd glitt sie in ihren Pantoffeln Zentimeter für Zentimeter vorwärts, bis ihre Fingerspitzen auf etwas stießen. Es war gummiartig, gab etwas nach. Ein Stück weiter fühlte sie so etwas wie eine senkrecht verlaufende Naht. Dann setzte sich die Gummimatte oder was es auch war, fort. Mutiger geworden, tastete sich Cornelia voran. Zellen waren nicht groß. Irgendwann müsste sie eine Ecke des Raums erreichen und dann noch eine, bis sie an ihrem Ausgangspunkt zurück war.

Cornelia schob sich weiter und immer weiter, doch die Gummimatten nahmen kein Ende. Sie waren nur durch diese Nähte gegliedert, eine Ecke konnte sie nicht finden. Schritt für Schritt weiter. Kein Geräusch war zu hören, nur das Rauschen ihres eigenen Blutes in ihren Ohren.

Verwirrt blieb sie stehen. Das konnte nicht sein. Keine Zelle war so groß. Wohin hatte der Wärter sie gebracht? Sie begann leise vor sich hin zu sprechen, aber die Wände schienen jedes Wort in sich aufzusaugen. Panik stieg in ihr hoch, doch noch behielt Cornelia die Oberhand und setzte ihre Erkundung fort.

Nichts!

Sie legte die Handflächen rechts und links an eine der Nähte und ließ ihre Hände dann langsam auseinandergleiten, bis ihre Arme ausgestreckt an der Wand lagen. Eigentlich hätte sie nun ganz flach an der Wand stehen müssen, aber sie spürte in den Schultergelenken, dass ihre Arme ein wenig nach hinten gedrückt wurden. Endlich begriff sie. Es gab keine Ecken, weil dieses Gefängnis abgerundet und sie vermutlich bereits mehrmals im Kreis gegangen war. In dieser totalen Schwärze gelang es ihrem Verstand nicht, sich die Zellengröße vorzustellen. Es machte sie orientierungslos, irritierte sie zutiefst, war extrem bedrückend. Schließlich ließ sie sich an der Gummiwand entlang hinuntergleiten und kauerte sich auf den Boden. Es roch unangenehm scharf. Nach Desinfektionsmitteln, unter die sich der Gestank von Exkrementen und Erbrochenem mischte.

Wie lange hatten die vor, sie hier einzusperren?

«Bleib ruhig! Sie werden dich nicht verhungern oder verdursten lassen.» Die Wände sogen ihre Stimme auf und schlossen sie in sich ein, sie hörte kaum, was sie sprach. «Es ist dunkel und ruhig. Ich kann jetzt schlafen», redete sie sich ein, doch so einfach war das nicht. Wie sollte sie sich in einer völlig finsteren Gummizelle beruhigen?

Cornelia schrie, dass sich ihre Stimme überschlug, aber außer dass sie husten musste, erreichte sie damit nichts. Vermutlich konnte sie eh keiner hören. Sie könnte hier drinnen einen Anfall bekommen und sterben. Niemand würde etwas merken. Erst wenn sie in Stunden, Tagen, Wochen zurückkommen und ihre kalte Leiche entdeckten. Tränen rannen ihr über das Gesicht, und sie schluchzte, bis sie erschöpft wegdämmerte.

♦

«Noch immer keine Neuigkeiten?»

Lilli schüttelte den Kopf und lehnte sich an Johannes' Brust, was ihr ein wenig Trost gab. Wen hatte sie denn sonst noch außer ihm und Ella? Ihre Eltern waren tot, die Mädchen verschwunden, Wolfgang musste in Westberlin bleiben, und Michael ließ nichts von sich hören. Unter der Nummer, die Ella ihr gegeben hatte, meldete sich niemand mehr. Zweimal war sie zum MfS nach Lichtenberg gefahren, doch weiter als bis zur Pforte hatte man sie nicht vorgelassen, ganz gleich, was sie versucht und welche Argumente sie vorgebracht hatte.

«Wenn ich dir nur helfen könnte.» Johannes strich über ihr Haar.

Lilli wandte den Kopf. Ihr Blick schweifte über den Platz vor dem Bahnhof bis zu einer Stelle, an der Bauarbeiter dabei waren, ein Gebäude aus Stahl und Glas hochzuziehen. Gleichzeitig drang von den Bahngleisen der Lärm ein- und abfahrender Züge zu ihnen herunter. Sie sah zu der gebogenen Doppelhalle hinauf, auf deren Konstruktion ihr Vater so stolz gewesen war. Oft war sie an seiner Hand auf den Bahnsteigen entlanggegangen, er hatte ihr die ihm wichtigen Details gezeigt und erläutert, warum dies oder jenes für die Stabilität so einer riesigen Halle wichtig war. Lilli hatte vieles nicht verstanden, doch sie hatte ihren Vater geliebt und war gerne mit ihm hierhergekommen.

Er hatte ihr auch erzählt, dass es Johannes' Vater gewesen war, der die ursprüngliche Halle für den Kaiser gebaut hatte. Die Geschichte von den Festwagen und dem Kaiser in seiner prächtigen Uniform hatte sie gerne gehört, doch meist passierte dann etwas Seltsames. Irgendwann blieb der Vater stehen, seine Stimme versagte, Tränen standen in seinen Augen. Er sagte dann nichts mehr, und Lilli wusste, dass er an ihre Mutter dachte, an Luise. Sie war im Bahnhof Friedrichstraße gestorben, Johannes hatte ihr davon erzählt, der Vater hatte nie darüber gesprochen.

Vielleicht war dieser Bahnhof einmal ein Ort der Freude gewesen, ein Wahrzeichen für Aufbruch und Fortschritt. Für ihre Familie war er zu einem Ort der Trauer und der Tränen geworden. Hier war ihre Mutter jung gestorben und viele Jahre später auch ihr Vater. Hier waren ihre Kinder spurlos verschwunden.

Erneut presste sie ihr Gesicht an Johannes' Brust. «Ich werde noch verrückt», murmelte sie in seine Jacke.

Trotzdem hatte er sie gehört. «Hab Mut, Lilli, gib nicht auf. Hast du inzwischen etwas von Ilse gehört?»

Lilli deutete ein Kopfschütteln an.

«Findest du das nicht merkwürdig?», wollte er wissen. «Sie hat dir doch sonst jede Woche geschrieben.»

Lilli löste sich und starrte zu ihm hoch. «Ja, du hast recht. Was hat das zu bedeuten? Sie hätte sich doch gemeldet, wenn eines der Mädchen bei ihr aufgetaucht wäre.»

«Vielleicht hat sie das ja versucht und denkt, du wüsstest Bescheid? Oder sie denkt, dass du dich nicht zurückmeldest, weil du überwacht wirst?»

Lilli riss die Augen auf. «Verflucht noch mal! Die haben meine Post abgefangen.» Sie ballte die Hände zu Fäusten.

«Das wäre möglich», meinte Johannes. «Schließlich weiß keiner genau, wie viel sie mitlesen und was sie zurückbehalten.»

«Diese verdammte Spitzelbande! In was für einem Land müssen wir leben? Du hast recht, ich muss mit Ilse sprechen! Aber wie soll ich das anstellen, wenn mich keine Vermittlung in den Westen durchstellen kann – oder will?»

«Schick ihr ein Telegramm.»

Lilli küsste Johannes auf die Wange und machte sich sofort auf den Weg zum Postamt, um Ilse zu informieren. Aber wie? Wie sollte sie sich in einem kurzen Text unmissverständlich ausdrücken, wenn ihn mehrere Beamte lesen würden, bis er Ilse endlich erreichte?

Nach mehrmaligen Versuchen hatte sie ihn schließlich formuliert:

Erbitte dringend Nachricht STOP Feiert Anne mit
euch Weihnachten? STOP Cornelia ist verhindert STOP
Weiß noch nicht, wie lange STOP Weiß nicht,
wann ich sie fragen kann STOP Lilli

♦

Als die Tür sich endlich wieder öffnete, blendete sie der schwache Lichtschein so sehr, dass sie nichts erkennen konnte.

«Kommen Sie raus», befahl der Schließer.

Cornelia erhob sich schwankend und trat unsicher auf den Gang hinaus, wo sie einer der Vernehmer erwartete.

«Wir haben noch mehr Mittel, Sie zu Ihrem Geständnis zu bringen», sagte er fast sanft.

«Das ist Folter. Das ist verboten», hauchte Cornelia.

Der Mann im Anzug, der unter anderen Umständen sympathisch hätte wirken können, winkte ihr, ihm zu folgen.

«Oh nein, wir foltern niemanden. Es gibt bei uns keine Gewalt gegen Gefangene. Das war früher nach dem Krieg üblich, jetzt nicht mehr. Ich zeige Ihnen einmal, wie gut es Ihnen bei uns geht. Nach dem Krieg haben Insassen eines anderen Lagers hier im Untergeschoss das erste Gefängnis gebaut.»

Er zeigte ihr tatsächlich eine nur wenige Quadratmeter große Kellerzelle, in der sich nichts als eine hölzerne Pritsche und ein Eimer ohne Deckel befanden.

«Wir hatten in den Anfangszeiten drei bis fünf Gefangene in solch einer Zelle. Und unsere russischen Brüder vom SMAD verwahrten hier sogar bis zu acht Gefangene», berichtete er fast süffisant. «Aber dann haben unsere Lagerinsassen den schönen Neubau errichtet, in dem Ihre komfortable Zelle liegt.»

Er führte sie weiter. Mehrere Zellen wurden inzwischen offenbar als Abstellräume genutzt, andere waren wohl für spezielle Behandlungen gedacht gewesen. Der Mann erzählte in erschreckend neutralem Ton von Häftlingen, die im Winter nackt in der Kältezelle oder im Stehkarzer hatten ausharren müssen, in der Hitzekammer oder in einer Wasserzelle mit eisigem Wasser übergossen worden waren, bis sie ihre Geständnisse unterschrieben hatten.

«Irgendwann tun das alle. Sie unterschreiben. Heutzutage dauert es vielleicht ein wenig länger. Aber wissen Sie, das Gute ist, wir haben alle Zeit der Welt, während Ihr junges Leben verrinnt – angenehmer oder unangenehmer, das liegt alleine bei Ihnen.»

Nachdem Cornelia zurück in ihrer Zelle war, konnte sie nicht einmal mehr Erleichterung fühlen. Sie war erschöpfter als zuvor und verfiel in Apathie. Sie aß nicht und trank nicht, bis man sie in den Krankenflügel brachte. Eine Schwester, die alles andere als gütig dreinsah, zeigte Cornelia zwei Lederarmfesseln und deutete auf die Metallgitter des Bettgestells.

«Sie können sich entscheiden. Entweder Sie essen und trinken, was man Ihnen bringt, oder wir sorgen dafür, dass sie weder verdursten noch verhungern. Zwangsernährung ist *sehr* unangenehm, lassen Sie sich das gesagt sein. Uns stirbt kein Untersuchungshäftling weg. Und falls Sie denken, sie würden nicht verhört, solange Sie hier sind, kann ich Ihnen diesen Zahn auch gleich ziehen, mein Kind. Die Ärzte und wir Pflegerinnen stehen alle im Dienst des Ministeriums für Staatssicherheit und haben den Auftrag, die Vernehmungsoffiziere in ihrer Aufklärungsarbeit zu unterstützen. Also, ich gebe Ihnen jetzt einen Becher mit Tee, und den trinken Sie leer, haben wir uns verstanden?»

Cornelia gehorchte. Zwar musste sie sich gleich darauf übergeben, doch die Schwester sah vorläufig von weiteren Zwangsmaßnahmen ab, und nachdem die Gefangene die nächsten drei Tage trank und ihre Suppe aß und immer mehr bei sich behielt, wurde sie in ihre Zelle zurückgebracht.

♦

Vier Monate nach ihrer Verhaftung und so vielen Verhören, dass sie sie nicht zählen konnte, unterschrieb Cornelia das ihr vorgelegte Geständnis.

An diesem Tag sah sie zum ersten Mal seit ihrer Verhaftung den Himmel wieder. Der winzige Hof, in den sie geführt wurde, war ein nacktes Stück Beton, kahl wie die Wände, die das kleine Geviert mit dem Blick in das Himmelsblau umgaben. Oben auf den Laufwegen patrouillierten Wachen, die im Gegensatz zu den Schließern und anderen Wärtern innerhalb der Anstalt, die nur Gummiknüppel bei sich trugen, mit automatischen Waffen ausgestattet waren.

Cornelia fiel auf die Knie, legte den Kopf in den Nacken und blickte in den blauen Himmel hinauf, über den kleine weiße Frühlingswolken wanderten. Geräuschlos schluchzte sie in sich hinein.

An diesem Abend ging plötzlich die Tür ihrer Zelle auf, und ein ihr unbekannter Mann im Anzug trat ein, der wichtig aussah. Er blieb stehen, nachdem der Wärter die Tür gleich hinter ihm verschlossen hatte, und fixierte sie. Stumm. Regungslos.

Cornelia sprang von ihrem Hocker hoch und stellte sich so zackig auf, wie die Schließer es ihr eingebläut hatten.

Der Mann hob die Hand. «Setz dich wieder.»

Seine Stimme klang ganz nett, aber Cornelia war misstrauisch. Sie hatte es schon zu häufig erlebt, dass die Vernehmer zunächst freundlich taten und dann, ganz plötzlich, zu Berserkern mutierten. Vorsichtig, ohne den Fremden aus den Augen zu lassen, sank sie auf den Hocker zurück.

«Du hast dir eine Hafterleichterung verdient. Was würdest du dir wünschen?»

Vor lauter Überraschung fiel Cornelia nichts ein.

«Überlege in Ruhe», schlug der Mann vor. «Möchtest du vielleicht etwas lesen?»

Lesen? Ein richtiges Buch? Das klang nach Paradies!

«Ja!», rief sie und spürte, wie neue Lebensgeister in ihr erwachten. «Und ... Und könnte ich vielleicht etwas länger duschen ... Damit ich mir die Haare richtig waschen kann?», wagte sie sich hervor.

«Ich werde Bescheid geben», versprach er. «Noch etwas? Willst du vielleicht Obst?»

«Ja, das wäre toll ... aber am liebsten will ich meine Mutter sehen!»

«Das muss ich erst absprechen, aber ich versuche, es einzurichten.»

«Wer ... Wer sind Sie? Und warum wollen Sie das für mich tun?»

Er schwieg, hielt aber ihrem Blick stand. «Ich darf dir Rang und Namen nicht nennen. Ich wollte mich lediglich versichern, dass es dir gut geht.»

«Warum?»

«Weil es mir wichtig ist», sagte er rätselhaft.

Cornelia blickte stumm zu ihm hoch.

«Wer bist du?»

Sie sprang hoch, streckte den Rücken durch, nahm Haltung an. «Nummer hundertvierzehn-eins.»

Nun wirkte er fast traurig. «Nein, du bist Cornelia.»

«Wirklich?», sagte sie bitter.

«Ja, und wenn auch nur ein wenig von deiner Mutter in dir steckt, dann wirst du das überstehen, und es wird dich noch stärker machen.»

«Wer sind Sie?», wiederholte sie ihre Frage.

Er trat zur Tür und klopfte. Bevor der Schließer öffnete, wandte er sich noch einmal zu ihr um. «Ich bin Michael.»

Tatsächlich, Cornelia bekam am nächsten Tag zwei Äpfel und wurde zum extralangen Duschen geführt. Erstaunlicherweise zog sich der Schließer dieses Mal sogar vor die Tür zurück.

Als sie zurückkam, lagen auf ihrer Pritsche zwei Bücher für sie bereit: *Krieg und Frieden* von Leo Tolstoi. Und selbst über die *Erinnerungen an meinen Vater* von Irma Thälmann freute sie sich und begann sofort zu lesen. Was für eine Lust, die Augen über gedruckte Zeilen schweifen zu lassen! Endlich fand die quälende Langeweile, diese endlose Zeit allein mit ihren schweren Gedanken ein Ende.

Cornelia zwang sich, ganz langsam zu lesen, jedes Wort, jede Zeile, jede Seite, ehe sie umblätterte. Wer konnte schon sagen, wann sie neue Lektüre erhalten würde?

♦

Es war nicht Michael, der ihr die Nachricht überbrachte, dass sie ihre in Untersuchungshaft sitzende Tochter sehen dürfe. Lilli fragte gleich, ob sie den Patenonkel Johannes mitbringen dürfe, aber der Bote, den vermutlich Michael geschickt hatte, lehnte ab. «Die Mutter», lautete sein Auftrag. Er solle sie abholen und hinbringen.

Lilli war froh, dass ihr Schultag bereits um war und sie sich nicht im Rektorat beurlauben lassen musste. Erst als sie in dem dunklen Wagen saß, fiel ihr ein, dass sie sich keinen Ausweis oder so etwas hatte zeigen lassen, aber das war bei der Staatssicherheit sicher eh nicht üblich und würde nichts bringen, beruhigte sie sich. Sie konnte mitfahren und darauf vertrauen, Cornelia sehen zu können, oder sich weigern und weiterhin nichts über den Verbleib ihrer Tochter erfahren.

Da die Fragen, die sie an den Fahrer stellte, unbeantwortet blieben, konzentrierte sie sich auf die Wegstrecke. Ging es zum Ministerium für Staatssicherheit? Das dachte sie lange, bis der Wagen in die Magdalenenstraße abbog und auf den Hof der dortigen Haftanstalt fuhr.

Befangen stieg Lilli aus. Ein Uniformierter forderte sie auf, ihm zu folgen. Was würde sie hier erwarten? Mit einem mulmigen Gefühl sah sie sich um, bis sie einen nichtssagenden Raum erreichten. Nackte Wände, ein Tisch, zwei festgeschraubte Stühle. Eine dünne Gestalt saß, den Blick gesenkt, auf einem der Stühle. Blass, die einst gesunden rosigen Wangen eingefallen, dunkle Ringe unter den Augen, das Haar strähnig. Der goldene Schimmer, den die Sommersonne sonst hervorzauberte, war erloschen. Langsam hoben sich die langen Wimpern, bis ihr Blick die Besucherin erfasste.

«Mutti», hauchte die traurige, magere Gestalt, die noch vor wenigen Monaten ihre prächtige siebzehnjährige Tochter gewesen war.

Lilli machte einen schnellen Schritt nach vorne, um Cornelia in ihre Arme zu ziehen, doch der Posten, der sie begleitet hatte, hielt sie barsch zurück. «Kein Körperkontakt, nicht über den Fall sprechen und auch nicht über die Haftbedingungen, sonst ist der Besuch sofort beendet.»

Lilli gehorchte. Sie ließ sich auf den zweiten Stuhl sinken, legte ihre Hände auf den Tisch und glaubte, die Wärme von Cornelias Händen zu fühlen. Sie spürte, dass Cornelia genauso krampfhaft versuchte, nicht zu weinen, wie sie selbst.

«Oh mein Liebling, ich habe dich so lange gesucht.»

«Ach, Mutti, es war alles meine Schuld. Ich habe es nicht mehr ausgehalten. Sag mir, was mit Anne passiert ist.»

«Halt, das geht nicht!», rief der Aufpasser, doch da hatte Lilli schon geantwortet.

«Sie ist gesund und lebt bei Ilse.»

«Noch so was, und wir beenden das hier sofort!»

Worüber sollten sie denn reden? Über das Wetter? Die neue Frühlingsmode?

«Wenn ich es früher erfahren hätte, hätte ich dir etwas mitgebracht, aber die Nachricht kam völlig überraschend.»

«Ich brauche nichts. Ich habe heute Äpfel bekommen und lese Tolstoi. Mach dir keine Sorgen.»

«Du bist so dünn und blass, kommst du nie an die frische Luft?»

Der Aufpasser trat wieder in Aktion. «Nicht über die Haftbedingungen sprechen.»

«Johannes wird sich freuen, dass ich dich besuchen durfte. Und Ella.»

Lilli schwieg. Was sollte sie sagen? Wie konnte sie Cornelia etwas mitteilen, was sie in dieser Situation wirklich interessierte, ohne den Posten zu verärgern? So sahen sie einander stumm an und prägten sich den Anblick der jeweils anderen ein, denn wer wusste schon, wann sie sich wiedersehen würden. Ihre Fingerspitzen näherten sich einander, bis sie sich berührten. Noch schritt der Posten nicht ein.

«Es wird alles wieder gut», sagte Lilli beschwörend. «Du darfst den Mut nicht verlieren, und egal, was noch kommt, du hast danach noch immer ein Leben vor dir.»

Cornelia nickte. «Es ist nicht einfach, so jeden Tag, immer wieder …»

«Aber du bist meine tapfere Tochter, und du schaffst das. Ich glaube an dich!»

«Bist du mir böse, Mutti?»

Lilli schüttelte den Kopf. «Nur traurig, dass du das alles erdulden musst, für etwas, das in anderen Ländern …»

«Stopp!», brüllte der Posten.

Was sollte das? Nun war Lilli alles egal. Sie sprang auf, und Cornelia folgte ihrem Beispiel. Sie fanden sich, klammerten sich aneinander fest. Der Aufpasser schrie, die Tür flog auf, zwei Männer zerrten Lilli nach draußen, während sie schrie: «Ich liebe dich. Anne liebt dich. Wir werden alle wieder zusammenkommen!»

Dann schlug die Tür zu.

Kapitel 29

Nun dauerte es nicht mehr lange, bis ihr Prozess angesetzt wurde. Sie bekam Kleidung, die ihr leidlich passte, dann ging es in einem der geschlossenen Transporter zu Gericht. Dort traf sie ihren Anwalt, doch der konnte ihr nicht viel Hoffnung machen. Wenigstens erfuhr sie nun offiziell, dass ihre Schwester Anne tatsächlich noch in derselben Nacht, in der Cornelia verhaftet worden war, in den Westen gelangte und seitdem bei einer Ilse Rosenstein lebte – wie Lilli es ihr schon erzählt hatte.

Diese Nachricht baute Cornelia derart auf, dass sie den Prozess lächelnd an sich vorüberziehen ließ. Drei Jahre lautete das Urteil.

«Und wer weiß, wenn Sie kooperieren und sich als verlässliches Mitglied unserer Gemeinschaft beweisen, kommen Sie vielleicht früher auf Bewährung raus und haben noch ein langes, erfülltes Leben vor sich», sagte der Richter mit väterlich gütiger Stimme.

Kooperieren? Dieses Angebot kannte Cornelia schon, es bedeutete, fürs MfS zu arbeiten und andere Häftlinge auszuspionieren. Nein, das kam für sie nicht infrage! Eher saß sie jeden einzelnen Tag dieser drei Jahre ab!

Eine Überraschung erwartete Cornelia, als sie zurückgebracht wurde. Die Zeit der Einzelhaft war vorüber. Man brachte sie zu zwei anderen Frauen in eine Zelle, in der eines der Stockbetten noch frei war. Leider lag die neue Zelle unter der Erde und hatte kein Fenster.

Anders als in ihrer Einzelzelle, in der sie durch die Glasbausteine wenigstens erkennen konnte, ob es Tag oder Nacht war.

«Ah, Frischfleisch», begrüßte sie eine der beiden Mitgefangenen und streckte ihr die Hand entgegen.

Magda war einige Jahre älter und ebenfalls wegen versuchter Republikflucht verurteilt. Die andere, Suse, um die vierzig, war «eine ganz schlimme Konterrevolutionärin», wie sie selbst erklärte.

«Wenn man unserem Richter glaubt, dann waren wir am 17. Juni die allerschlimmsten Aufrührer und haben das Land ins Chaos gestürzt. Natürlich als Agenten der westlichen Faschisten!»

«17. Juni?» Cornelia stutzte. «1953? Nein, das kann doch nicht sein!»

«Nein? Warum denn nicht?», widersprach Suse. «Wir haben die Zentrale des MfS gestürmt, Akten vernichtet und die Genossen in unserem VEB zur Revolte aufgewiegelt.» Auch sie hielt Cornelia die Hand hin.

In Cornelia regte sich ein Gefühl der Erleichterung. Die beiden schienen in Ordnung zu sein. Sie schüttelte auch Suses Hand und sagte dann: «Ich bin froh, euch kennenzulernen. Bisher saß ich in Einzelhaft. Wie läuft es hier so? Ich meine, was tut ihr den ganzen Tag? Sitzt ihr auch nur rum und wartet, dass die Stunden vorbeigehen?»

Suse schüttelte den Kopf. «Nee, deine faule Zeit ist vorbei. Hier wirst du arbeiten müssen. Wir sind nämlich die Putztruppe der Nation. Andere nähen oder kochen. Und die Männer, die es hier im Lager gibt, müssen geheime Dinge fürs MfS bauen oder Autos reparieren und so.»

«Wisst ihr denn, wo wir sind? Ich weiß nicht einmal, ob ich noch in Berlin bin.»

«Das trägt dazu bei, die Häftlinge zu verunsichern und mürbe zu machen», erklärte Magda.

Suse fügte hinzu: «Du kannst mich ganz offen fragen, was du willst.»

Unwillkürlich wich Cornelia einen Schritt zurück.

«Oh nein, sieh mich nicht so an. Du fürchtest dich vor Spitzeln? Grundsätzlich hast du recht, vorsichtig zu sein. Einige Häftlinge arbeiten tatsächlich für den Verein, um ihre Strafe zu verkürzen. Bei uns musst du aber keine Angst haben. Doch wenn du bei etwas Bedenken hast, dann behalt es für dich. Keine ist dir böse, wenn du vorsichtig bist.»

«Es gibt Zellen, wo man abgehört wird», wandte Magda ein. «Aber nur da, wo sie hoffen, noch mehr rauszukriegen. Leute, die noch kein Geständnis unterschrieben haben oder wo sie auf der Suche nach Komplizen sind.»

Die Frauen erzählten Cornelia, dass sie sich im Lager X in Hohenschönhausen befand. Und sie merkte bald, dass sie hier auch schon ihre Untersuchungshaft verbracht hatte. Sie erkannte den Bürostock mit der Ampelanlage wieder und die Gänge mit den Zellentüren, durch die sie nun ihren Putzwagen schob. Die Türen, hinter denen die armen Kreaturen saßen, die man nachts verhörte und quälte, um aus ihnen das gewünschte Geständnis zu pressen – die Wahrheit dagegen interessierte keinen.

Es war natürlich streng verboten, mit den Häftlingen auf irgendeine Weise Kontakt aufzunehmen, doch Suse kannte einige Insassen und hatte ihre Lieblinge, denen sie winzige Briefchen mit etwas Salz oder Zucker durch die Ritzen an der Fressluke schob.

«Ich darf mich nur nicht erwischen lassen», sagte sie und zog eine Grimasse.

Cornelia war froh, wenn sie mit Suse oder Magda eingeteilt wurde. Es gab durchaus weibliche Häftlinge, vor denen sie sich fürchtete oder die ihr sofort unangenehm waren. An der Seite ihrer Zellengenossinnen machte es ihr nicht so viel aus, Flure, Büros,

Toiletten und die Duschräume der Untersuchungshäftlinge zu putzen.

Allerdings erlitt sie fast einen Zusammenbruch, als ihr Wärter sie eines Tages in den Keller hinunterführte und ihnen befahl, zwei mit dicken Gummipolstern ausgeschlagene Zellen zu reinigen. Sie stanken bestialisch nach Kot und Erbrochenem, aber das war es nicht, was Cornelia zitternd auf die Knie sinken ließ. Suse kauerte sich neben sie und legte den Arm um sie. Das war zwar verboten, doch der Wärter wandte sich ab und entfernte sich ein paar Schritte.

«Dich hatten sie also auch hier reingesteckt», sagte Suse bitter.

♦

Am Kiosk war momentan nichts los. Johannes setzte sich auf seinen Hocker und schlug den *Eulenspiegel* auf. Seit Chefredakteur Schmidt vor fünf Jahren nach der Veröffentlichung einer Ulbricht-Karikatur entlassen worden war, hatten die Beiträge spürbar an Biss verloren. Welcher der Redakteure wollte schon riskieren, auf die Abschussliste gesetzt zu werden oder gar am Verbot des Blattes Schuld zu tragen? Sie nahmen zwar noch die Tücken des Alltags aufs Korn, Partei und Politik wurden sicherheitshalber nicht mehr thematisiert.

Ein junger Mann in einem der typischen Mäntel, wie sie die Sicherheitsleute in Zivil trugen, trat aus der Bahnhofshalle und passierte den Kiosk. Johannes spürte für einen Moment den Blick auf sich ruhen, doch als er aufsah, hatte sich der Fremde schon wieder abgewandt. Dennoch hatte Johannes für einen Moment sein Gesicht gesehen und erkannte ihn sofort: Michael!

Nein, er kam nicht zu ihm, um den Mann zu begrüßen, bei dem er so viele Stunden seiner Kindheit verbracht hatte und der ihn noch immer von Herzen liebte. Es schmerzte Johannes, als er ihm nachblickte, wie er auf die Baustelle Richtung Spree zustrebte, aus der ein moderner, gläserner Bau emporwuchs.

♦

Michael hatte die Baustelle schon längst besuchen wollen, bislang kannte er das Vorhaben nur aus Plänen des Architekten. Heute jedoch schritt er mit Horst Lüderitz über die Baustelle, der enthusiastisch von seinem entstehenden Werk berichtete.

«Der Reisende aus dem Westen kommt am Bahnhof an, geht von dort durch einen kurzen Gang und betritt dann die neue Einreisehalle. Sie besteht aus einem Stahlgerüst mit viel Glas, das Pultdach steigt zum Ausgang hin an, der hier an der Nordseite an dieser gewölbten Glasfront sein wird.» Er nahm Michael mit zu der Stelle, an der der Verbindungsgang vom Bahnhof her in das neue Gebäude mündete. «Ich stelle mir das so vor. Der Reisende tritt aus dem Dunkeln in diese lichtdurchflutete Halle, die durch das ansteigende Dach noch größer wirken wird und direkt in den Berliner Himmel überzugehen scheint. Die Decke werden wir entsprechend in weißen und hellblauen Kassetten gestalten. Der Blick wandert durch die Frontscheibe hinaus über die Spree, hinter der sich die Bauten des neuen, modernen Ostberlins erheben. Ich sehe es schon vor mir!», rief er entzückt.

Michael brummte nur. Der Architekt hatte bisher keine Ahnung von der beschlossenen Nutzungsänderung, und jetzt war es wohl an ihm, Genosse Lüderitz in Kenntnis zu setzen.

Es hatte monatelang zähe Verhandlungen gegeben, unzählige Schreiben, Anträge und Verbesserungsvorschläge waren zwischen Ost und West hin- und hergewandert, bis man sich endlich über die zukünftige Nutzung des Bahnhofs Friedrichstraße einig wurde. Der Bahnhof selbst – über- und unterirdisch – lag ganz klar im russischen Sektor, das zweifelte keine Seite an. Andererseits war er *der* Knotenbahnhof für ganz Berlin, ohne den kein sinnvolles Verkehrsnetz, egal, auf welcher Seite, funktionieren würde. Also suchte man nach einem Weg, wie man den Bahnhof aufteilen und die Verkehrsströme so trennen könnte, dass beide Seiten ihn nutzen konnten, ohne dass ein Schlupfloch in den Westen entstand – was natürlich im Osten das vorrangige Anliegen war.

So saßen die Mitarbeiter des Ministeriums über den Plänen der verschiedenen Stockwerke, von der U-Bahn und der Nord-Süd-Bahn ganz unten bis zu den Fern- und S-Bahn-Schienen oben, und tüftelten, was wie baulich umzusetzen sei. Schließlich sollte der Bahnhof auch eine Einreisestelle für Westbürger in den Osten werden, die aber auch – streng kontrolliert und separiert – wieder ausreisen mussten.

Jedenfalls wurde irgendwann klar, dass man kein neues, repräsentatives Einreisegebäude brauchte, sondern dringend ein Zusatzgebäude für die Ausreise mit Platz für die zahlreich notwendigen Kontrollen, und genau das teilte Michael dem Architekten nun mit.

Lüderitz erstarrte, seine Augen weiteten sich, und er schnappte nach Luft. «Das ... Das können die nicht machen», krächzte er. «Das ruiniert mir das gesamte Konzept.»

Michael hob die Schultern. «Was ist so schlimm daran? Dann gehen die Leute eben hier an der Nordseite rein, steigen die Stufen runter statt rauf, werden kontrolliert und gehen danach rüber zum Bahnhof.»

«Und die Kontrollen finden in einer luftigen, gläsernen Halle statt unter den Blicken aller inner- und außerhalb des Gebäudes?», wandte der Architekt ein.

«Nein, das geht so natürlich nicht.» Michael schüttelte den Kopf. «Man muss einen Sichtschutz einbauen, die Halle aufteilen, eine

Reihe von hölzernen Kabinen für die Passkontrolle errichten und einen Bereich, wo das Gepäck untersucht wird.»

«Meine Halle!», jammerte der Architekt. «Sie konterkarieren mir alle Ideen. Das wird fürchterlich. Ich will nicht, dass mein Name für so etwas steht!» Anklagend deutete er auf den vom MfS ausgetüftelten Plan für die Nutzungsänderung der Einreise- zur Ausreisehalle, den der MfS-Major ihm vor die Nase hielt.

«Das lässt sich nun mal nicht ändern», wies ihn Michael barsch zurecht. «Ich erkläre Ihnen jetzt, wie die Aufteilung des Bahnhofs umzusetzen ist.»

Und so sollte die Realisierung dann aussehen: Die unteren Tunnelebenen mit der Nord-Süd-Linie der S- und U-Bahn waren allein für Westreisende reserviert. Alle direkten Ausgänge von dort zur Friedrichstraße oder zum Spreeufer sollten zugemauert, der Schienenbereich auf den Stadtbahnbögen mit seinen drei Gleispaaren zwischen Ost und West aufgeteilt werden. Auf dem ersten Schienenpaar von Norden aus gesehen, das unter dem schmalen Hallendach lag, würde die Endhaltestelle der S-Bahn Ost liegen. Zudem musste eine stabile Wand hochgezogen werden, die den Blick in die breitere Gleishalle verwehrte, wo auf dem mittleren Schienenpaar die alte Stadtbahn, von Westen kommend, endete, bevor sie Richtung Lehrter Bahnhof zurückfuhr. Auf den beiden südlichen Gleisen unter der großen Halle würde nur noch die Fernbahn von und nach Westdeutschland verkehren.

Die Schwierigkeit bestand darin, in den Gängen und Verbindungen im Bahnhofsgebäude mit all seinen Zwischenebenen die Ströme der unterschiedlichen Reisenden so zu trennen und zu lenken, dass ein reibungsloser und sicherer Ablauf gewährleistet würde.

Für die Einreiseschalter der aus dem Westen Kommenden brauchte man kein eigenes Gebäude, sie konnten in die alte Schalterhalle integriert werden. Schwieriger war es mit der Ausreise nach Westen, denn hier musste Ostberlin verstärkt kontrollieren können, der Sicherheitsaufwand war ungleich höher. Daher waren sie im Ministerium auf den Gedanken verfallen, den auf dem Spreedreieck entstehenden Neubau statt zur Einreise in den Osten für die Ausreise in den Westen zu nutzen, ob das dem Architekten nun gefiel oder nicht.

Zornig und sichtlich frustriert angesichts der angestrebten Veränderungen, verabschiedete sich Lüderitz, um zu seiner Arbeit zurückzukehren, während Michael auf dem Platz stehen blieb und den Blick an der modernen gläsernen Fassade hinaufwandern ließ.

Das hätte Robert gefallen, dachte Michael, verdrängte aber gleich den Gedanken an Lillis Vater. Er wollte auch nicht darüber nachdenken, unter welchen Umständen er da oben zu Tode gekommen war. In diesem Moment vernahm er einen ungleichen Schritt hinter sich, wandte sich aber nicht um, bis Johannes herangekommen war und ihn ansprach.

«Nun, bewunderst du euer neues Werk?», erkundigte er sich, offenbar bemüht, so neutral wie möglich zu klingen.

Michael kniff die Augen zusammen und fixierte den versehrten alten Mann abschätzend. «Was meinst du mit *euer* Werk? Zählst du dich nicht zu den Bürgern dieses Staates?»

«Das schon, aber wenn es nach mir ginge, bräuchten wir keine Einreisehalle. Dann gäbe es gar keine Grenze mitten durch diese Stadt.»

«Das wird keine Einreisehalle. Wir brauchen das Gebäude, um diejenigen zu kontrollieren, die aus Ostberlin ausreisen wollen. Es wird daher keine Willkommens-, sondern eine Abschiedshalle.»

«Was die Sache nicht besser macht», bemerkte Johannes. «Dann werden hier auf diesem Platz in Zukunft viele Tränen fließen.»

«Abschiede gehören zum Leben», kommentierte Michael schulterzuckend. «Außerdem, dir geht ja nichts verloren. Ob die Leute nun bei dir ein Bier zum Feierabend trinken oder weil sie sich von Besuchern aus dem Westen verabschiedet haben, kann dir gleich sein. Vielleicht braucht der eine oder andere dann sogar noch einen Schnaps dazu.»

Johannes' Blick wurde traurig. «Ist das alles, was du mir zu sagen hast? Du bist hier bei mir mit aufgewachsen. Wir waren einander vertraut, doch dann, mitten im Krieg, machst du dich ohne Abschied davon und meldest dich auch danach nicht mehr, obgleich du wieder in Berlin lebst. Du gehst an meinem Kiosk vorbei ohne Gruß – und sag jetzt nicht, du hättest mich nicht gesehen. Ich versteh das nicht. Was ist nur aus dir geworden?»

«Aus mir? Du meinst das Kind, das zwischen der armseligen Kammer meiner Mutter – die sich zudem prostituieren musste, um den vaterlosen Sohn durchzukriegen – und dem Kiosk eines Kriegsversehrten hin- und hergeschoben wurde? Ich denke, erstaunlich viel. Offizier für das Ministerium, das hätte es früher nicht gegeben. Da wäre ich vielleicht wie mein Onkel Paul irgendwann im Knast gelandet.»

«Nicht jeder, der ärmlich aufwuchs, landete zwangsläufig im Gefängnis», widersprach Johannes. «Deine Mutter und ich haben uns viel Mühe gegeben, dir Bildung und die richtigen Werte zu vermitteln.»

«Ja, und ich bin ihr sehr dankbar dafür. Ich hätte ihr und mir allerdings einen leichteren Weg gewünscht. Beispielsweise mit einem Vater, der sich zu seinem Sohn bekennt.»

Johannes starrte ihn an. Und Michael studierte seine Miene genau. Schuldbewusstsein konnte er nicht darin lesen, eher Verwirrung oder Unsicherheit. Es konnte nicht sein, dass er es nicht wusste! Oder doch? Michael überlegte, was seine Mutter ihm damals, bevor er weggegangen war, genau gesagt hatte.

«Bei allen Mängeln, die du als Kind vielleicht erlebt hast, wir haben dich geliebt und waren für dich da», bekräftigte Johannes, nachdem Michael so lange schwieg.

«Mag sein, jedenfalls leben wir nun endlich in einem Staat, in dem jeder alles werden kann! Die Mütter können arbeiten gehen, ohne sich sorgen zu müssen, was aus ihren Kindern wird. Sie sind gut versorgt von der Krippe über den Kindergarten bis in die Schule. Frauen werden nicht aus ihren Arbeitsverhältnissen verdrängt, die ihnen ein Mann wegnehmen will, und auch das Kind eines Arbeiters oder Bauern darf studieren, wenn es die geistigen Voraussetzungen mitbringt. Das nenne ich wirklichen Fortschritt! Aber Leute wie du mäkeln jetzt an ein paar Grenzkontrollen herum, die gar nicht nötig wären, wenn jeder seine Pflicht erfüllen und für die Gemeinschaft sein Bestes geben würde. Aber der Mensch bleibt gierig und selbstsüchtig und lässt sich von den Faschisten drüben wegen ein paar Südfrüchten und schlechter amerikanischer Musik verführen.»

Johannes schwieg geduldig, er spürte, dass Michael noch nicht fertig war.

«Wir wollen das Beste für die Menschen», unterstrich dieser, «aber viele sind zu dumm, das zu begreifen. Es bedarf eben einer Umstellungszeit bis zur perfekten Gesellschaft, und auf diesem einzig richtigen Weg muss jeder mitanpacken und darf nicht bei der ersten Schwierigkeit davonlaufen!»

«Du und deine Parteigenossen sagen, die Leute seien zu dumm zu begreifen, dass ihr sie auf den richtigen Weg führt», wiederholte Johannes. «Ich glaube dir sogar, dass du und viele deiner Genossen das ernst meinen, aber was ist das für ein Weg, der keine abweichende Meinung zulässt? Keine eigenen Gedanken und Ideen?»

Michael stampfte unwillig mit dem Fuß auf. «Leute wie du wollen nichts begreifen. Gar nichts. Wozu sollten wir jede Menge Umwege zulassen, die den Weg zum Ziel nur verlängern und die Übergangszeit unnötig erschweren?»

«Wie kommst du, wie kommt deine Partei darauf, den einzig wahren Weg und das einzig wahre Ziel zu kennen?» Johannes war nicht gewillt, diese Parolen unwidersprochen stehen zu lassen.

«Den Kommunismus haben ja nicht wir erfunden. Das waren die großartigen Geister Marx und Engels. Und was kann an der von ihnen entworfenen und absolut gerechten Gesellschaft falsch sein?»

«Du meinst so eine gerechte Welt, wie sie uns der große Bruder Sowjetunion vorlebt?»

«Auch die Sowjets befinden sich noch auf dem Weg dorthin», erwiderte Michael barsch.

Johannes blickte ihn ernst an. «Überlege dir eines, Michael, und du musst mir darauf keine Antwort geben. Ich möchte nur, dass du dir die Frage ehrlich vor dir selbst beantwortest: Glaubst du tatsächlich, dass all die Genossen mit ihren wichtigen Positionen und ihren Privilegien, die Staatssekretäre, Parteikader und Minister, deren Lebensstandard sich sehr wohl von dem des einfachen Bürgers unterscheidet, jemals ihre Macht über andere aufgeben würden? Dass ein Stalin, ein Chruschtschow, ein Ulbricht, ein Mielke in die Reihe des einfachen Werktätigen zurücktreten würde? Freiwillig?» Er hob die Hand. «Nein, sag nichts. Denk einfach mal drüber nach.» Damit drehte er sich um und hinkte zu seinem Kiosk zurück.

Erzürnt blickte Michael ihm hinterher, das nagende Gefühl in sich, dass er eben keinen Sieg errungen hatte.

♦

Im Laufe des Jahres war es zu einem festen Ritual geworden. Wenn Wolfgang am Samstagabend einen Auftritt hatte, begleiteten ihn Ilse und Clara, aber auch Anne und Martin. Sie saßen den Abend über an einem Tisch, manches Mal tanzten sie auch zusammen.

Martin mit Anne. Der gemeinsame Tanz brachte dann ein wenig Trost und befeuerte dennoch die Sehnsucht nach den Menschen, die nicht dabei sein konnten. Manchmal kam auch die Verzweiflung. Es bestand so wenig Hoffnung, dass sie irgendwann alle wieder zusammen sein würden, und doch wollten sie alle aushalten, wobei jeder auf seine eigene Weise mit Schmerz, Verlust und Trauer umzugehen versuchte. Anne beneidete Ilse und Clara. Sie wenigstens hatten einander gefunden, schon so lange, und durften zusammenleben. Warum glaubten diese SED-Bonzen, ungefragt über so viele Schicksale entscheiden, so viele Familien und Liebende trennen zu dürfen? Anne weinte an Martins Schulter, während er sie zum herzzerreißenden Klang des Saxofons in einem Bluesrhythmus wiegte. Sie dachte an Alex' letzten Brief. Sie vermisste ihn so sehr.

Damals in jener dramatischen Nacht, als Cornelia vor dem Vopo floh, hatte sich Anne in ihrer aufschäumenden Panik in den Schacht verkrochen. Ohne nachzudenken, war sie der Röhre bis zu ihrem Ausgang gefolgt und dort unten am Bahnsteig in die nächste S-Bahn gestiegen. Erst als diese drüben auf der Westseite hielt, wurde ihr bewusst, dass es nun vermutlich kein Zurück mehr gab. Vielleicht sollte es so sein. Sie waren Zwillinge und gehörten zusammen. Anne würde zu Ilse und Clara fahren und dort auf Cornelia warten, die sicher in ein paar Stunden nachkommen würde. Das dachte sie jedenfalls damals. Doch aus den Stunden wurden Tage, Wochen, Monate, und sie war nicht nur von Mutti und Alex getrennt, sondern auch noch von Cornelia!

Wenigstens ging Anne wieder zur Schule. In dieselbe, in der Martin drei Jahre zuvor sein Abitur abgelegt hatte. Inzwischen studierte er Maschinenbau an der Technischen Hochschule in Charlottenburg, wo Annes Großpapa Robert und sein Freund Johannes einst ihre Diplomprüfungen abgelegt hatten.

Sonntags luden Ilse und Clara meist zu einem späten Frühstück ein, zu dem sie sich alle wieder einfanden. Hatte einer von ihnen Post aus dem Osten bekommen, war das die Stunde, die Zeilen und vor allem die Botschaften dazwischen zu lesen. Gemeinsam reimten sie sich zusammen, was die Verfasser wirklich ausdrücken wollten. Im Gegenzug wurden die Briefe zurück meist in gegenseitiger Beratung geschrieben, um vermutlichen Kontrollen keinen Grund zur Beschlagnahmung zu liefern. Den seltenen Kontakt, den sie noch miteinander hatten, wollten sie sich nicht auch noch von der Staatssicherheit wegnehmen lassen.

♦

Michael wurde zu Genosse Mielke gerufen. Er fand den Minister in übler Laune vor.

«Setzen Sie sich.»

Michael gehorchte und richtete seinen Blick fragend auf seinen Vorgesetzten. «Was kann ich für Sie tun?»

«Ich komme gerade vom Staatsratsvorsitzenden und den Genossen Rumpf vom Finanz- und Reichelt vom Landwirtschaftsministerium.»

Michael wartete ab. Noch hatte er keine Ahnung, worum es gehen könnte.

«Es gibt wieder Probleme. Genosse Reichelt hat zu wenig Kalidünger, um die Erntevorgaben nächstes Jahr auch nur annähernd einhalten zu können, aber Genosse Rumpf hat natürlich keine Devisen zur Verfügung, um den nötigen Dünger zu besorgen. Und Walter Ulbricht sagt dann zu mir: Es muss eine Lösung gefunden werden. Kann ich zaubern?»

«Von wie viel Geld sprechen wir?», erkundigte sich Michael, der bereits überlegte, was das MfS tun könnte, um Devisen oder Kalidünger zu beschaffen. Der Staatsratsvorsitzende wollte doch nicht etwa ihr Ministerium verkleinern, um Geld zu sparen? Hatten sie diese Diskussion nicht bereits im vergangenen Jahr erfolgreich abgewehrt, als es plötzlich hieß: Nun, da der Antifaschistische Schutzwall die Welle an Republikfluchten ausgebremst hat, muss man sich doch keinen ausufernden Mitarbeiterstab des MfS mehr leisten.

Mielke hatte prompt reagiert. Natürlich würden sie gebraucht, sogar mehr denn je, denn all die Kritiker und angehenden Konterrevolutionäre, die zuvor einfach in den Westen geflohen waren, könnten nun ja nicht mehr gehen und müssten mit großem Aufwand überwacht werden, damit sie zu keiner Gefahr für die Republik heranwuchsen.

«Erinnern Sie sich an das Schreiben aus dem Kabinett Adenauer, das ich Ihnen gezeigt habe, Genosse Major?»

Michael wusste sofort, wovon der Minister sprach. «*Das* ziehen Sie in Erwägung?»

«Es wäre eine Möglichkeit, oder nicht?» Mielke überlegte. «Gebraucht würden mindestens drei Zugladungen. Ich würde sagen, vorsichtig gerechnet, Kalidünger im Wert von einer Million D-Mark.»

Michael pfiff leise durch die Zähne. «Das ist keine Kleinigkeit.»

«Und genau deshalb werden Sie sich jetzt intensive Gedanken darüber machen und einen Vorschlag ausarbeiten, mit dem wir alle leben können. Wie immer verlangt Genosse Ulbricht ein schnelles Ergebnis!»

♦

Als Lilli das Schulgelände verließ, um sich auf den Heimweg zu machen, kam ihr ein Mann entgegen. Trotz der fast sommerlichen Wärme trug er einen langen Mantel und hatte seinen Hut tief ins

Gesicht gezogen, und obwohl der Gehweg an dieser Stelle nicht gerade schmal war, rempelte er sie an, als er sie passieren wollte. Dann blieb er stehen.

«Entschuldigung», sagte er und tippte sich an den Hut.

Lilli sah hoch, konnte seine Augen jedoch nur verschwommen hinter den dicken, getönten Brillengläsern erkennen. «Nichts passiert», murmelte sie und ging weiter.

Ein seltsamer Kerl.

Sie erinnerte sich erst wieder an diese Begegnung, als sie daheim ihren Korb auspackte und einen Briefumschlag darin fand. Es stand nichts drauf. Mit mulmigem Gefühl öffnete Lilli den Umschlag und zog einen Zettel heraus. Vorsichtig faltete sie das Stück Papier auseinander.

> *Vertraust du mir?*
> *Dann komm heute um Mitternacht alleine zum Volkspark am Weinberg. Ich werde ebenfalls alleine kommen. Sag niemandem etwas.*
> M.

Lilli überlegte. Das war doch dort, wo vor dem Krieg das Walhallatheater gestanden hatte. Nicht weit weg und dennoch, alleine, mitten in der Nacht? Ihren Töchtern würde sie was erzählen, wenn sie solch ein Wagnis auch nur in Betracht ziehen würden.

Die Töchter, von denen eine seit Monaten im Gefängnis saß und sie die andere zwar in Sicherheit bei Ilse wusste, die aber ebenso unerreichbar für sie war.

Lilli ging durch die leere Wohnung, die früher mit so viel Leben und Wärme erfüllt gewesen war. Sie fühlte sich einsam, vermisste ihre Mädchen und ihren Vater. Sie fror, ganz egal, wie viele Kohlen sie nachlegte. Die Kälte kam von innen und breitete sich immer weiter in ihr aus.

Konnte ein Herz erfrieren?

Vielleicht nicht im medizinischen Sinn, aber es fühlte sich so an, als würde es langsam in ihr sterben. Sollte sie sich darauf einlassen? Es konnte auch eine Falle sein. Sie war sich nicht sicher, Michaels Handschrift zu erkennen. Und selbst wenn. Er war ein Offizier der Staatssicherheit. Der Feind schlechthin, der bei ihrem letzten Gespräch alles andere als einsichtig gewirkt hatte.

Doch was hatte sie jetzt noch zu verlieren?

«Ich habe die Iwans überlebt, ich lasse mich auch nicht von der Staatssicherheit kleinkriegen», knurrte sie, zerknüllte das Papier und warf es ins Feuer.

♦

Sie kam absichtlich ein wenig zu spät und ließ den Blick prüfend schweifen, doch außer der einen dunklen Gestalt mitten auf der Wegkreuzung konnte sie niemanden entdecken. Dieses Mal trug er keine Uniform. Mit dunklem Mantel und Hut passte er in das Bild der Männer vom MfS, die die Menschen hier zu Recht fürchteten. Lilli versuchte, sich nicht bange machen zu lassen.

«Guten Abend, Michael. Heute kein Limousinenservice zum Ministerium?»

«Nein, ich bin hier nicht als Offizier. Ich bin hier als dein Freund – und als Cornelias Vater.»

Lilli verschränkte abwehrend die Arme vor der Brust. «So? Woher dieser Einfall so plötzlich? Cornelia sitzt seit Monaten im Gefängnis und wurde zu drei Jahren verurteilt. Ich habe nicht das Gefühl, dass du irgendetwas für sie getan hast.»

«Du überschätzt meine Möglichkeiten. Trotzdem war ich nicht untätig.»

«Gebracht hat es jedenfalls nichts!», stellte Lilli bitter fest. «Noch drei Jahre im Knast, und ihre Jugend ist vorbei, ihre Seele zerstört. Wenn sie das nicht längst schon ist. Ich habe sie nach der Urteilsverkündung gesehen, und es hat mir das Herz zerrissen. Was habt ihr dem Kind nur angetan!» Hastig wischte sie ihre Tränen ab.

«Was passiert ist, kann ich nicht rückgängig machen», wehrte Michael ab. «Ich hatte weder mit ihrer Flucht noch mit ihrer Verhaftung zu tun. Ich kann nur dafür sorgen, dass sie noch eine Zukunft hat – sie und ihr als Familie.»

Lilli blickte ihn misstrauisch an. «Ach ja? Wie soll das denn gehen?»

«Das kann ich dir nicht sagen, aber ich habe da etwas erfahren. Ich will euch wirklich helfen, dazu musst du mir jetzt vertrauen und machen, was ich dir sage, auch wenn du denkst, du müsstest verzweifeln.»

«Das hört sich ja ganz wundervoll an», bemerkte Lilli sarkastisch.

«Es wird schwer», gab Michael zu, «doch einen anderen Weg sehe ich nicht, wenn ihr die drei Jahre nicht abwarten wollt.»

«Auf keinen Fall!»

«Dann ...», sagte er nur und trat einen Schritt näher. «Vertraust du mir?»

Lilli hob die Schultern. «Früher hätte ich keine Sekunde mit meiner Antwort gezögert, aber jetzt? Nachdem du mich und die Kinder derart im Stich gelassen hast?»

«Ich wusste es nicht, glaube mir. Ich hatte keine Ahnung, dass sie meine Töchter sind.»

«Warum nicht? Du kannst doch rechnen. Bist du denn nie auf die Idee gekommen? Ich ... Ich weiß, dass du uns schon früh nach dem Krieg beobachtet hast.»

Michael schaute sie überrascht an.

«Ja, ich habe dich gesehen, Michael. In der Kommandantenstraße. Herumgedrückt hast du dich, hast nicht den Mumm gehabt, mich anzusprechen.»

Michael vergrub die Hände in den Taschen, suchte nach Haltung. «Ich dachte, wenn es jemand mit Sicherheit weiß, dann meine Mutter. Du hast so viel Zeit mit ihr verbracht. Sie kennt die Mädchen.» Er schluckte. «Ich habe sie gefragt, doch sie meinte, die Kinder seien nicht von mir.»

Lilli riss die Augen auf. «*Das* hat sie gesagt? Bist du ganz sicher?»

«Ja, Lilli, genauso war es. Allerdings konnte oder wollte sie mir nicht sagen, wer der Vater ist. Sie sagte damals nur, dass es jetzt keinen Mann in deinem Leben gebe.»

Lilli schüttelte fassungslos den Kopf. «Wie kommt sie dazu, so etwas zu behaupten? Ich verstehe das nicht. Ja, ich habe ihr nicht gesagt, dass es deine Kinder sind, aber ich habe auch nie etwas anderes behauptet.»

Nun hob Michael die Achseln. «Vielleicht wollte sie es nur nicht wahrhaben?»

«Ja, aber warum denn nicht?»

Darauf gab er keine Antwort und kam stattdessen wieder auf den Grund ihres nächtlichen Treffens zurück. «Was bist du bereit, für Cornelias und für euer aller Freiheit zu tun?»

«Alles!»

«Alles? Überlege es dir gut!», warnte er.

«Da gibt es nichts zu überlegen. Ich will nicht länger in einem Land eingesperrt sein, das seinen Menschen vorschreibt, was sie zu denken und zu sagen haben. Das eine Mauer baut und auf seine Bürger schießt, die nichts anderes wollen als Freiheit!»

Bei ihren Worten biss er die Zähne so fest aufeinander, dass seine Kiefermuskeln hart hervortraten, doch er widersprach nicht. «Dann soll ich alles in die Wege leiten?»

Lilli zögerte nur einen Moment. «Versprichst du mir, dass du deine Entscheidungen als Cornelias Vater triffst und als der Mann, der mich geliebt und mich um meine Hand gebeten hat? Nicht als der Staatssicherheitsoffizier, der dieses System verteidigt?»

Er strecke ihr die Hände entgegen, die sie ergriff. «Ich schwöre es dir, Lilli. Du warst mein Leben. Meine ganz große Liebe.»

«Ach, Michael!» Lilli presste sich an ihn und umschlang ihn. «Ich verstehe noch immer nicht, wie es so weit kommen konnte. Der Weg lag doch klar vor uns.»

«Manches Mal können wir nicht alles erkennen, was vor uns liegt», sagte er ausweichend, erwiderte aber die Umarmung.

Als er seine Arme wieder lockerte, sah sie zu ihm hoch und glaubte, in das Gesicht des Mannes zu sehen, den sie so schmerzlich geliebt hatte. Sie konnte es in seinen feuchten Augen sehen, dass er ebenso fühlte. Er beugte sich ein wenig zu ihr herab, und sie war sicher, dass sie sich nun küssen würden. War das alles nur ein Albtraum gewesen? Sie waren wieder jung und zusammen. Seine Lippen näherten sich den ihren. Ihr Herz raste, doch kurz bevor sie sich berührten, drehte er den Kopf zur Seite und hauchte ihr nur einen Kuss auf die Wange, ließ sie los und trat zurück.

Lilli traten Tränen in die Augen, rannen über ihr Gesicht. Noch einmal fühlte sie sich verraten, verlassen und zurückgestoßen. Er konnte sehen, was in ihr vor sich ging, und griff nach ihrem Arm, den sie vergeblich versuchte, ihm zu entringen.

«Lilli, glaube mir. Ich werde dich nicht noch einmal enttäuschen. Bitte! Denk immer daran, wenn du in den dunkelsten Stunden zu zweifeln beginnst.»

Ein eiskalter Schauder rann über ihren Rücken. Nein, sie wollte sich jetzt nicht ausmalen, was hinter seinen Worten stecken könnte.

Michael sprach weiter: «Ich weiß, was ich tue, und am Ende wird alles gut – für dich, für Cornelia und für Anne.»

«Und für dich?», wollte sie wissen.

Michael schüttelte den Kopf. «Mach dir über mich keine Gedanken. Ich komme schon durch, und wenn mich meine Fehler einholen, dann stehe ich zu den Folgen.»

Kapitel 30

Die nächsten Tage war Lilli nervös und im Unterricht immer wieder unkonzentriert. Sie wartete darauf, was auf Michaels Ankündigung hin passieren würde, doch der Alltag ging in aller Trostlosigkeit einfach weiter. Nur ihr Kollege Frank, dem sie von ihren Töchtern und deren Flucht erzählt hatte, trat manchmal zu ihr und sprach ein paar tröstende Worte. Helfen konnte er jedoch auch nicht. Lilli erwog, Ella zu besuchen und sie auf die Ungeheuerlichkeit anzusprechen, die Michael behauptet hatte. Wenn sie in sich hineinhörte, dann glaubte sie ihm. Andererseits konnte sie keinen Grund erkennen, warum Ella das behauptet haben sollte.

Nein, Michael hatte gesagt, dass sie über dieses Treffen schweigen müsse, und Ella würde wissen wollen, wie sie nach all dieser Zeit auf diese Frage käme. Also beschloss sie abzuwarten.

Es dauerte bis Anfang November. Sie hatte gerade ihren Neuntklässlern die letzte Stunde Biologie gegeben, als Rektor Hübner in der Tür erschien und sie ins Lehrerzimmer bat.

«Gerne.» Lilli packte ihre Sachen zusammen, schloss die Mappe und folgte, nichts ahnend, dem Genossen, der kaum älter war als sie selbst. Als sie dann aber sah, dass das gesamte Lehrerkollektiv und der Parteisekretär auf sie warteten, begann sie zu ahnen, dass der Stein ins Rollen gebracht worden war. Im Hintergrund entdeckte sie zwei Männer, die zweifellos zum Ministerium gehörten.

«Frau Wagenbach, wir müssen Sie bitten, mit uns zu kommen», sagte der ältere mit dem militärisch kurzen Haarschnitt.

«Weshalb?»

«Das ist jetzt kein Thema», wehrte er ab. «Das werden wir nicht vor Ihrem Kollektiv besprechen. Kommen Sie einfach mit.»

«Werde ich morgen wieder bei meiner Klasse sein?», fragte Lilli.

Der Bürstenschnitt sah sie mit einem Ausdruck an, den sie nicht zu deuten wusste. «So etwas kann man nie vorhersagen, doch ich würde dem Genossen Rektor vorschlagen, eine Vertretung für Sie zu organisieren.»

Lilli spürte, wie es in ihrem Hals eng wurde. Gehörte das zu Michaels Plan, oder war dieser schiefgegangen und das nun die Folge?

Ihre Hände, mit denen sie ihre Tasche an sich drückte, zitterten, doch sie presste die Lippen aufeinander und folgte den beiden Männern zu ihrem Wagen.

♦

Es war schon spät in der Nacht, aber Johannes und Ella saßen immer noch in Johannes' Kammer neben dem bereits geschlossenen Kiosk beisammen. Johannes schenkte zum x-ten Mal Kaffee nach. Echten Bohnenkaffee aus dem Westen, von dem er einen Rest in einem Karton unter seiner Pritsche versteckte.

«Also, nach dem, was ich in ihrer Schule erfahren habe, wurde sie verhaftet und von der Staatssicherheit weggebracht», berichtete Ella.

Johannes schüttelte den Kopf. «Erst Cornelia, jetzt Lilli. Wir hätten es wissen müssen. Sie hat vermutlich zu hart um Cornelia gekämpft und ist dabei auf zu viele Füße getreten.»

«Das glaub ich auch», stimmte ihm Ella zu.

Sie schrak zusammen, als plötzlich die Tür aufging und ein

Mann eintrat, der Ella eine Hand auf die Schulter legte. Johannes sprang auf, als wolle er sich auf ihn stürzen. Entwaffnend hob der ungebetene Besucher seine leeren Hände.

«Michel!», stieß Ella perplex aus.

«Konspiratives nächtliches Treffen?», erkundigte er sich spöttisch.

«Was anderes könnt ihr Politbüromarionetten euch ja gar nicht vorstellen», knurrte Johannes.

Ella griff erschrocken nach seiner Hand. «Sag nix Unüberlegtes. Du weißt, was das für Folgen ham kann.»

Johannes spürte ihre Furcht und drückte beruhigend ihre Finger. Der Besucher sah interessiert auf die beiden Hände herab, die sich gegenseitig stummen Trost zusprachen. Dann griff er nach einem Stuhl und setzte sich ungefragt zu ihnen. Johannes ließ Ella los, seine Augenbrauen wanderten nach oben, während sein Blick von Ella zu dem Eindringling und wieder zurück glitt. War dieser Mann wirklich einmal das bezaubernde Kind gewesen, das einst auf seinem Schoß gesessen hatte?

«Hallo, Michael, Hauptmann der Staatssicherheit!»

«Fast. Inzwischen Major.»

Johannes zuckte mit den Schultern, das machte keinen Unterschied. «Warum kommst du gerade heute zu uns, statt wie sonst die Menschen, die dich immer geliebt haben, aus der Ferne auszuspähen?»

«Weil ich denke, dass ihr euch getroffen habt, um über Lilli zu sprechen und irgendwelche hirnrissigen Pläne zu schmieden, oder irre ich mich? Wisst ihr, für so etwas habe ich ein gutes Gespür, und ich hoffe, ich komme rechtzeitig, um euch von Dummheiten abzuhalten.»

«Was bezeichnest du denn als *Dummheiten*? Für Menschen einzustehen, die man liebt?» Johannes legte den Kopf schief.

«Kommt darauf an. Wenn man damit nur ihnen und sich selbst schadet, dann ja, dann bezeichne ich das als Dummheit.»

Für einige Momente saßen sie schweigend beisammen und taxierten einander.

«Wisst ihr, das Problem ist, dass keiner die Wahrheit ausspricht und jeder sich stattdessen in Geheimniskrämerei verliert, doch für das Unglück, das daraus entsteht, will dann niemand verantwortlich sein.»

«Interessant, solch einen Vorwurf aus dem Mund eines Staatssicherheitsoffiziers zu hören», kommentierte Johannes.

Michael stieß einen Laut der Verärgerung aus. «Ich sage das jetzt nicht als Offizier, sondern als dein Sohn!»

Johannes und Ella starrten zuerst ihn, dann einander an.

«Du hast das gewusst», behauptete Michael.

Johannes schüttelte den Kopf. «Der Verdacht kam mir, ja, aber Ella hat nie darüber gesprochen. Mir gegenüber hat sie es nie gesagt.»

Michael wandte sich an Ella. «Stimmt das, Mutter? Aber warum nicht? Vielleicht hätte er sich der Verantwortung ja gestellt?»

Beide Männer starrten sie nun an, die sich unangenehm berührt unter ihren Blicken wand.

«Ich wollt doch nur, dass Johannes mich und dich liebt. Ich wollt ihm aber keinen Druck machen. Er is so 'n anständiger Mann, wie's kaum welche gibt. Ich wollt nich, dass er sich 'ner Nacht wegen verpflichtet fühlt. Ich wollt seine Freundin sein. Dass er mich lieb hat. Und hat er sich nich um dich gekümmert? Mehr als die meisten Väter es tun? Er war immer für uns da, wenn wir was gebraucht ham!»

«Und doch war ich in der Schule immer der Junge ohne Vater, der Junge, dessen Mutter sich von irgendwem hatte schwängern lassen, der sie dann nicht geheiratet hat.»

«Es tut mir so leid», stieß Ella mit brüchiger Stimme hervor, doch Michael schüttelte den Kopf.

«*Ihm* muss es leidtun. Er hatte immer nur Augen für die verwöhnte Luise und hat die Frau, die ihn wirklich geliebt hat, nicht gesehen!»

Johannes starrte ihn sprachlos an.

Michael beendete das Thema mit einer Handbewegung. «Nun, darum geht es im Moment nicht. Es geht um Lilli und um Cornelia. Ich verlange von euch, haltet euch da raus! Sie vertraut mir, und das solltet ihr beide, verdammt noch mal, auch tun und nicht dazwischenpfuschen!» Die letzten Worte schrie er beinahe. Erschrocken hielt er sich die Hand vor den Mund. Ein leiseres «Bitte» schickte er noch hinterher, dann erhob er sich, riss die Tür auf und war auch schon in der Dunkelheit verschwunden.

Minutenlang rührten sie sich nicht, dann sprang Johannes auf und legte seine Hand auf Ellas Schulter. «Ja, ich habe Luise geliebt, aber dich habe ich auf meine Weise auch geliebt. Du hast immer zu meinem Leben gehört. Es tut mir so leid, Ella, dass ich dir Unrecht und Schmerz zugefügt habe.»

Ella erhob sich und wandte sich langsam zu ihm um. «Du kannst nix dafür. Ich hab nie gedacht, bei dir ’ne Chance zu haben. Wie hättste mich neben Luise überhaupt sehn solln?»

«Ach, Ella», sagte er traurig und trat noch näher.

«Hannes, du hast mir meinen Michel geschenkt. Ich hätt es mir nich anders wünschen können.» Sie lächelte zu ihm hoch. «Du hast so viel mehr verdient, Ella.» Er umarmte sie und küsste sie zart.

♦

Die Männer der Staatssicherheit brachten sie zum Ministerium. Für einen Moment hoffte Lilli, Michael würde sie dort erwarten, aber sie wurde in ein anderes Büro geführt und verhört. Zwei Männer in

Zivil wechselten sich ab, gönnten ihr keine Pause. Fragen und Verdächtigungen hagelten auf sie herab. Sie verstand, dass sie der Beihilfe zur Republikflucht ihrer Töchter angeklagt wurde, aber was sollten die Vorwürfe der Spionage, der republikfeindlichen Konspiration? Mit wem sollte sie denn im Westen konspiriert haben? Mit Wolfgang? Mit Ilse oder Clara? *Mitglieder feindlicher Spionageringe, die an der Zerschlagung der DDR arbeiteten.* Diesen Blödsinn konnten sie doch nicht ernsthaft denken?

Oh doch, die Männer machten nicht den Eindruck, als wüssten sie überhaupt, was Spaß bedeutet.

Die Zeit dehnte sich zur Ewigkeit. Lilli wusste nicht, wie sie noch sitzen sollte. Alles in ihr verkrampfte sich. Sie hatte Halsschmerzen und Durst und musste aufs Klo. Wenn jemand ihr gesagt hätte, sie wäre bereits tagelang verhört worden, sie hätte es geglaubt.

Irgendwann presste sie die Handflächen an die Schläfen und schrie: «Ich sag jetzt kein Wort mehr. Sie verdrehen mir jedes Wort im Mund. Ich will sofort mit Major Weber sprechen. Er ist hier ein hoher Offizier für das Ministerium, das weiß ich genau, und ich will ihn sehen!»

Das interessierte den Vernehmer nicht, und so ging es weiter, bis Lilli aufstand, wankte und in einem Schwächeanfall zusammensackte.

Zwei Mitarbeiter setzten die Angeklagte wieder auf den Hocker.

«Unterschreiben Sie hier, und es ist sofort vorbei», hörte sie eine Stimme zum x-ten Mal dasselbe sagen, dann verschwamm alles um sie.

Wie durch einen Nebel bekam sie mit, dass man sie zu einem Wagen führte. Im Stockfinsteren holperten sie durch die Nacht. Erst an ihrem Bestimmungsort durfte sie auf die Toilette und dann Wasser trinken, sodass sie es auf ihren eigenen Beinen bis in die Zelle schaffte.

Lange ließen sie ihr keine Zeit, sich zu erholen, dann wurde sie zum nächsten Verhör geschleppt. Wieder die unsinnigen Vorwürfe, wieder der Druck zu unterschreiben.

«Ich sage nichts. Ich will Major Weber sprechen!»

Zu ihrer Überraschung ging tatsächlich einige Minuten später die Tür auf, und Michael kam herein. Diesmal in Zivil. Er starrte sie an und bedeutete dem Vernehmer, draußen zu warten.

Als dieser die Tür geschlossen hatte, trat Michael auf sie zu und sagte laut: «Nun werden Sie doch vernünftig, Frau Wagenbach. Ihre Mithilfe in Sachen Republikflucht ist längst erwiesen, und Ihre Kontakte zu der Agentin Ilse Rosenstein sind seit Langem aktenkundig. Machen Sie es sich doch nicht so schwer. Sie bekommen angenehme Haftbedingungen, wenn Sie sich jetzt einsichtig zeigen.»

Lilli konnte es nicht fassen. Warum sprach er so mit ihr? War das derselbe Mann, den sie geliebt hatte? Der Vater ihrer Kinder? Der Mann, der vor kaum drei Wochen sagte, sie könne ihm vertrauen? Nein, davon war in seiner erstarrten Miene nichts mehr zu erkennen. War das seine Strafe für sie? Eine erfundene Anklage, die sie vielleicht für den Rest ihres Lebens ins Gefängnis brachte?

Er sah ihr in die Augen und legte dabei ein Stück Papier auf das vorgefertigte Geständnis, das sie unterschreiben sollte.

Sag nichts dazu.
Vertraue mir. Unterschreibe.
Es wird alles gut!
M.

Konnte das wahr sein? Wurden sie abgehört? Musste er jetzt den Vernehmer geben? Gehörte das alles zu seinem Plan?

Ich werde dich nicht noch einmal enttäuschen. Glaube mir und denk immer daran, wenn du in den dunkelsten Stunden zu zweifeln beginnst. Sie erinnerte sich an seine Worte an jenem Abend. Sie hatte ja keine Ahnung gehabt, wie dunkel es um sie herum werden würde.

Langsam hob sie den Blick, während er unauffällig den Zettel verschwinden ließ. Für einen Moment dachte sie, ihn zu erkennen, die Wärme in seinen Augen, die Liebe, die sie seit ihrer Kindheit schützend begleitet hatte.

Er nahm den Stift in die Hand und berührte sanft ihre Finger, als er ihn ihr übergab. Wie in Trance unterschrieb Lilli das Geständnis.

War sie verrückt, sich auf so etwas einzulassen?

Konnte es jetzt wirklich noch gut werden?

Sie wollte daran glauben, aber es gelang ihr nicht.

Die nächsten Tage in ihrer Zelle war Lilli nicht richtig wach, und sie schlief auch nicht wirklich. Es konnte kaum eine Woche vergangen sein, da wurde sie abgeholt und vor Gericht gestellt. Ein Anwalt sprach kurz vorher mit ihr. Ansonsten war keine Verteidigung vorgesehen. Vermutlich stand das Urteil eh schon fest, und so nahm sie die fünf Jahre Gefängnis wie unter Drogen und ohne die leiseste Gefühlsregung hin.

Sie hörte noch, dass sie in ein Gefangenenlager für Frauen in Hohenschönhausen kommen sollte, aber das interessierte sie schon nicht mehr.

♦

Der Riegel knallte, die Tür wurde aufgerissen. Die drei Frauen in der Zelle nahmen Haltung an. Ein neuer Arbeitstag. Im Gänsemarsch folgten sie dem Schließer in die Kammer mit den Putzutensilien. Suse und Magda hatten sich bereits mit Eimer und Lappen bewaffnet, da trat der Posten Cornelia in den Weg.

«Du nicht. Du kommst jetzt woandershin.»

Verwirrt starrten sich die Frauen an. In diesem Moment wussten sie nicht, ob sie einander jemals wiedersehen würden. So lief das hier. Ahnten die Wärter auch nur das Aufkeimen einer Freundschaft, wurden die Häftlinge getrennt. Oder auch wenn sich eine von ihnen etwas zuschulden kommen ließ, wurde eingegriffen.

Mit wirren Gedanken folgte Cornelia dem Mann.

«Du bist ab jetzt in der Küche», sagte er barsch und stieß eine Tür auf, hinter der auf großen Herden Töpfe dampften. Zwei Frauen in Anstaltskleidung rührten in etwas, das nicht besonders lecker, aber inzwischen vertraut roch. Eine weitere Frau schälte Kartoffeln, eine vierte stand an einem Spülbecken und wusch Pfannen und Töpfe aus. Sie war die einzige, die sich umwandte.

Cornelia glaubte auf die Knie sinken zu müssen. Es war Lilli, ihre Mutter, die sie fassungslos anstarrte.

«Du hilfst ihr spülen!», befahl der Schließer.

Auf puddingweichen Beinen wankte Cornelia auf Lilli zu. Sie spürte die Blicke der beiden Wächter im Rücken, die rechts und links der Tür saßen, und sie ahnte, dass sie sich nicht in die Arme ihrer Mutter stürzen durfte, wollte sie nicht gleich wieder weggeschleppt werden.

Auch Lilli machte keinerlei Anstalten, ihr entgegenzueilen. Stattdessen versenkte sie die nächste Schüssel im trüben Spülwasser. Cornelia stellte sich neben sie und griff nach einigen verkrusteten Löffeln. Langsam ließ sie ihre Hand in die lauwarme Brühe sinken. Unter Wasser fanden sich ihre Hände, verschränkten sich tröstend miteinander.

Mit dem Rücken zu ihren Wärtern wagten sie, sich mit gedämpfter Stimme auszutauschen.

«Mutti, das ist alles meine Schuld. Es tut mir so leid. Warum haben sie dich verhaftet?»

«So genau weiß ich das nicht, aber vielleicht hat das alles einen Sinn.»

Lilli konnte sich einfach nicht vorstellen, dass Michael so perfide war, sie zu hintergehen. Aber was genau hatte er ihr versprochen? Dass sie wieder mit ihrer Tochter zusammen sein würde ...

Nein, so schlecht konnte der Mann, den sie geliebt hatte, nicht geworden sein, oder war das hier seine Lösung? Dass Lilli und Cornelia hier im Lager Hohenschönhausen für die Gefangenen der Untersuchungshaft nähen, kochen und putzen sollten?

«Hast du jemanden kennengelernt, der sich Michael nennt?», erkundigte sich Lilli, als sie später gemeinsam dünne, trockene Brotscheiben mit ranzig riechender Margarine bestrichen.

Cornelia nickte. «Ja, er war der Einzige, der mir je einen Namen genannt hat.»

«Und, wie hat er dich behandelt?», fragte Lilli vorsichtig weiter.

«Er war irgendwie – seltsam.» Cornelia überlegte. «Er hat mich so komisch angesehen, aber er hat mir Bücher beschafft und ein paar andere Sachen. Er war der Erste, für den ich nicht nur eine Gefangenennummer war. Er hat nach meinem Namen gefragt. Das hatte seit meiner Ankunft Monate zuvor keiner mehr gemacht.»

Lilli wischte sich über die Augen. «Vielleicht wird doch noch alles gut. Es fällt mir schwer, darauf zu vertrauen, aber was bleibt uns anderes übrig? Ich *will* ihm glauben.»

«Diesem Michael? Warum? Wer ist er?»

«Ein Major der Staatssicherheit, den ich von früher kenne», antwortete Lilli ausweichend.

♦

Die ersten Schneeflocken schwebten sacht zur Erde. Während über den Einkaufsstraßen im Westen der Schein unzähliger bunter

Lampen sich zu einer geradezu magischen Lichtkuppel vermischte, war es in der Stadt auf der Ostseite eher düster. Es gab keine Leuchtmittel im Überfluss, weder in der Stadt noch für den privaten Gebrauch. Zudem war nicht einzusehen, Energie derart sinnlos zu verschwenden – noch dazu für ein ursprünglich kirchliches Fest!

Ella wartete, bis Johannes Zeit hatte, ehe sie zu ihm trat.

«Ella, wie schön, dich zu sehen. Was kann ich für dich tun? Willst du dich setzen?»

Er brachte ihr fürsorglich eine warme Decke und stellte ihr einen großen Becher heiße Milch mit einem Hauch Kakao hin, den sie lieber trank als Kaffeeersatz. Inzwischen war sogar die mit Wasser verdünnte Milch in der Wärme seiner Kammer wieder aufgetaut. Als er sie am Morgen beim HO gekauft hatte, war sie noch zur Hälfte zu Eis erstarrt gewesen.

«Also, was kann ich für dich tun?»

Ella überlegte, wie sie es ausdrücken sollte. «Ich möcht, dass wir uns gegenseitig helfen. Weißte, ich kann jetzt in Rente gehn, und ich denk, das werd ich auch machen. Das im HO is nich wie früher bei Wertheim, wo es so viele schöne Sachen gab, die ich gern verkauft hab. Aber jetzt, nee, das macht keinen Spaß.»

«Dann darf ich dich zu deinem Ruhestand beglückwünschen?» Johannes lächelte sie an.

«Ich werd jetzt aber nich den Tag über daheim rumsitzn. Ich will was tun, das mir Spaß macht.»

«Und, hast du schon eine Idee?», erkundigte sich Johannes interessiert.

Ella nickte heftig. «Ich will bei dir sein und dir helfen. Ich seh doch, wie schwer dir das Rumlaufen fällt. Wir könntn das doch zusammen machn? Ich will ja auch gar kein Geld. Die Wohnung is billig, und ich krieg Rente. Und wenn du willst, können wir auch zusammenwohnen. Ich hab ja zwei Zimmer, und die sind im Winter immer noch wärmer als dein Kabuff hier. Aber nur, wenn du magst.»

Johannes reichte ihr über den Tisch die Hand und umschloss die ihre, der man die harte Arbeit und das Alter anfühlte. «Ist es das, was du dir wirklich wünschst?»

Ella nickte. «Ja, das is, was ich schon immer will.»

Johannes überlegte. Auf seinem Gesicht zeichnete sich Überraschung ab. «Ja, Ella, das möchte ich auch, sogar sehr gerne.» Johannes erhob sich, zog auch sie hoch und umfasste sie mit seinem gesunden Arm. «Ach, Ella, ich bin ein alter Trottel. Danke, dass du den Mut gefunden hast, mich endlich aus meinem einsamen Leben herauszureißen.» Er küsste sie lange und zärtlich.

♦

Weihnachten stand vor der Tür. Es waren immer sehr emotionale Tage für alle Gefangenen, die von ihren Familien getrennt waren. Suse hatte schon die meisten Festtage hinter Gittern erlebt und versuchte, Cornelia zu trösten.

Es war noch ganz früh am Morgen, als plötzlich das Licht anging, die Tür aufgerissen wurde und der Wärter Suse und Cornelia befahl, herauszutreten und ihm zu folgen.

Verwirrt liefen sie über sonst nicht beschrittene Treppen und durch unbekannte Gänge. Sie mussten ihre Anstaltskittel ausziehen und bekamen die Kleider zurück, in denen sie verhaftet worden waren. Und schon standen sie vor einem der fensterlosen Transporter. Beide wurden in je eine Kabine gesperrt, dann rumpelte er los.

«Mutti, Mutti, sie bringen mich weg», wisperte Cornelia tonlos, während Tränen über ihre Wangen strömten. Der Gedanke, dass Lilli nachher in die Küche kommen würde, um Berge an Marmeladenbrote zu streichen, und dann vergeblich auf ihre Tochter wartete, zerriss ihr das Herz. Und das ausgerechnet an Weihnachten.

Die Fahrt endete in einer großen, geschlossenen Halle, in der Cornelia neben zwei weiteren Transportern gleicher Bauart einen ganz normalen Reisebus stehen sah.

«Steigen Sie alle ein», forderte sie ein Mann in Anzug mit militärischem Haarschnitt auf, der von zwei Uniformierten begleitet wurde. Und da stieg Lilli plötzlich aus einem der Transporter und folgte Cornelia in den Bus. Die beiden rückten in eine Sitzreihe in der Mitte und klammerten sich aneinander. Suse nahm auf der anderen Seite des Ganges Platz. Außer ihnen stiegen mehr als ein Dutzend Leute ein, deren durchscheinende Gesichtsfarbe, aber noch mehr ihr Blick zeigten, dass es sich ebenfalls um Häftlinge handelte. Und dann entdeckte Suse ihren Mann, der sich zu ihr drängte und sie wie ein Wunder anstarrte. Aber das war es auch, irgendwie.

Ein weiterer Kleinbus fuhr in die Halle. Kinder verschiedenen Alters wurden in den Reisebus gebracht und stürzten sich auf ihre offensichtlich lang entbehrten Eltern. Tränen flossen, als der Bus die Halle verließ und durch die Nacht fuhr.

«Da ... Da ist die Grenze», rief plötzlich jemand, und seine Worte pflanzten sich durch die Sitzreihen fort.

Konnte das sein? Passierten Sie gerade tatsächlich die Grenze?

Ein Mann, der bisher vorne beim Fahrer gesessen hatte, erhob sich und wandte sich an die Männer, Frauen und Kinder. Er war geradezu unpassend extravagant gekleidet. An seinen Fingern blitzten dicke Ringe.

«Von nun an sind Sie keine Bürger der Deutschen Demokratischen Republik mehr. Sie sind jetzt Bürger der Bundesrepublik Deutschland.»

Ein Moment der Ungläubigkeit, dann schrien die Ersten auf, andere lachten geradezu hysterisch. Erst als sich der Lärm ein wenig gelegt hatte, sprach der Mann weiter: «Sie alle werden dieses und jedes weitere Weihnachtsfest ab jetzt im Westen feiern.»

♦

Am zweiten Weihnachtsfeiertag trafen sie sich wieder bei Ilse und Clara. Der Tisch war festlich gedeckt. Der Braten schmorte im Ofen und verbreitete einen herrlichen Duft. Heute war auch Martin dabei. Er schien immer mehr zur Familie zu gehören und hatte sich die vergangenen Wochen darum gekümmert, Anne zu helfen, in ihrer neuen Schule in Westberlin heimisch zu werden und Unterrichtslücken zu füllen. Dennoch herrschte eine melancholische Stimmung, und Anne war seit Tagen noch stiller als sonst. Wolfgang verteilte Punsch und ahnte, dass heute noch Tränen fließen würden. Auch ihm war es schwer ums Herz. Vielleicht sollte er lieber Ilse und Clara in der Küche helfen, um sich von seinen sehnsüchtigen Gedanken abzulenken?

Er öffnete gerade die Küchentür, als es an der Haustür klingelte.

«Wolfgang, machst du bitte auf?», rief Ilse und grummelte: «Unangemeldeter Besuch zu Mittag am Weihnachtstag, na, das kann ich brauchen.»

Wolfgang machte sich auf den Weg und öffnete.

Stille.

Eine Stille, die sich durch die ganze Wohnung auszubreiten schien. Ilse blieb mit der Schüssel dampfender Klöße mitten in der Küche stehen. Ihre Hände begannen so zu zittern, dass sie die Schüssel abstellen musste. Sie riss sich die Schürze herunter und trat in den Flur hinaus.

Als Erstes sah sie nur Wolfgangs breiten Rücken, der von Schluchzern erschüttert wurde, während zwei Gestalten sich an ihn klammerten.

Als Ilse einen Schrei ausstieß, löste sich eine der beiden und lief auf sie zu. «Tante Ilse, wir sind da.»

In diesem Augenblick kamen Anne und Martin aus dem Wohnzimmer, und Cornelia stürzte auf sie zu.

♦

«Genosse, kommen Sie herein», forderte ihn Mielke auf. «Setzen Sie sich.»

Er deutete auf den unbequemen Besucherstuhl vor seinem Schreibtisch und fing an in einer Mappe zu blättern. Michael überlegte gerade, ob das etwas zu bedeuten hatte, dass sie nicht wie sonst in der Sitzecke bei einer Tasse Kaffee Platz nahmen, als Mielke ihn fixierte. Sein Gesichtsausdruck war ernst.

«Wissen Sie, Genosse, ich habe mir Ihre Liste der Freigekauften noch einmal genau angesehen und mir die Akten von einigen Fällen bringen lassen. Dabei ist mir etwas Seltsames aufgefallen.»

Michael schwieg. Seine Finger umklammerten die Kante der hölzernen Sitzfläche.

«Zwei Namen. Wagenbach. Cornelia, die Tochter, und Lilli, die Mutter. Aber ich denke, ich muss nicht mehr sagen. Sie sind mit den Fällen ja vertraut. Schließlich haben Sie alle Kandidaten ausgesucht.»

«Nach bestem Wissen und Gewissen, Genosse», erwiderte Michael mit fester Stimme und sah seinen Vorgesetzten an.

«Jaja, nur eines wundert mich. Wie kann es sein, dass die Mutter erst in den Tagen verhaftet wurde, als Sie bereits über der Liste saßen? Und wie erstaunlich schnell das mit ihrem Geständnis und der Verurteilung klappte.»

«Sie wollten, dass ich, sagen wir, harmlose Fälle aussuche. Verurteilte, die nicht wirklich eine Gefahr für die Republik darstellen.»

«Jeder, der die Partei und ihre Entscheidungen nicht unterstützt, ist ein Feind und für uns potenziell gefährlich.»

«Ja, natürlich, Genosse Minister.»

«Sehen Sie, Sie haben mir viele Jahre tatkräftig und treu gedient, das ehrt Sie, aber Sie wissen auch, wie schnell man das Vertrauen des Politbüros verspielen kann und wie solch ein Vertrauensverlust direkt auf die Anklagebank führt.»

Oh ja, das wusste Michael. Er hatte viele Menschen schnell aufsteigen und noch schneller und tiefer fallen gesehen. Er schwieg. Eine lahme Entschuldigung oder Ausrede wollte der Minister sicher nicht hören. Entweder würde er das hier überstehen, oder auch er würde fallen. Das war ihm bewusst gewesen. Er kannte das System gut genug. Das Risiko war er eingegangen.

Mielke betrachtete ihn aufmerksam. «Wir verstehen uns? Ich werde ein Auge auf Sie haben, und wenn ich glaube, es müsse sein, werde ich persönlich Ihre Vernehmung führen!»

Kapitel 31

«Bist du sicher, dass du mitkommen willst?», erkundigte sich Cornelia, doch Anne hing immer noch wie eine Klette an ihr.

«Und du sagst mir nicht, was du vorhast?»

«Ich weiß nicht, ob ich Erfolg haben werde, und will dich nicht enttäuschen, doch wenn ich finde, was ich suche, könnte es für uns ein denkwürdiger Tag werden.»

Die fast leere S-Bahn ratterte über die Schienen. Wie alle Züge der Reichsbahn war der Zug in die Jahre gekommen, vernachlässigt und schmutzig. Die Westberliner fuhren U-Bahn und Bus und boykottierten, wenn möglich, die marode S-Bahn. Keine Mark für Ulbrichts Mauer!

Es war eine absurde Situation. Trotz Trennung und Mauerbau gehörte die S-Bahn auch auf der Westseite mit ihren Schienen und Zügen noch immer der ostdeutschen Reichsbahn und wurde von dieser betrieben, wobei auf der Westseite inzwischen Westberliner Zugführer die Bahnen steuerten, die ihr Gehalt allerdings im Osten bezogen.

«Wir müssen hier aussteigen. Der nächste Bahnhof ist Friedrichstraße», drängte Anne, doch Cornelia blieb sitzen.

«Ich weiß. Da muss ich hin.»

Anne zerrte am Arm ihrer Schwester. «Bist du denn völlig bescheuert? Der Bahnhof gehört zum Osten!»

Cornelia ließ sich nicht rausbringen. «Nur ein Teil. Dort, wo die

West-S-Bahn hält und auch die Bahnsteige oben für die Fernbahn – das gehört offiziell dem Westen, und dort hat kein Ostgrenzer Zutritt. Also beruhige dich. Wir riskieren nichts.»

«Schon mal was von verdeckten MfS-Ermittlern gehört? Meinst du nicht, dass die nichts lieber tun würden, als dich wieder ins Gefängnis zu zerren?»

Cornelia holte ihren Personalausweis aus der Tasche. «Ich bin jetzt Bürgerin der BRD, die, glaube ich, ganz ordentlich für mich bezahlt hat. Nein, das wollen die nicht. Das wäre politisch gar nicht gut.»

Anne war nicht überzeugt, aber da hielt der Zug schon auf dem unterirdischen Bahnsteig der S-Bahn-West, und Cornelia sprang aus dem Wagen. Anne folgte ihr den Bahnsteig entlang und dann die Treppen hinauf bis in die große Gleishalle, zwischen deren Bahnsteigen die Westfernzüge hielten. Im schmalen nördlichen Teil der Halle, jetzt durch eine Stahlwand abgegrenzt, verkehrte die Ost-S-Bahn.

Cornelia blieb stehen und drehte sich zu ihrer Schwester um. «Erinnerst du dich noch, als wir einmal mit Großpapa Robert hier oben waren und er uns gezeigt hat, wo genau die Großmama starb?»

«Nicht so genau», sagte Anne unsicher.

«Aber ich. Und ich war hier, als er starb. An diesem Tag hatte er ein Kästchen dabei, dass er Großmama bringen wollte, an den Platz, an dem sie gestorben ist. Aber als er auf die Gleise fiel, hatte er es nicht mehr bei sich. Also denke ich, dass es noch dort ist, wo er es versteckt hat.»

«Und warum ist das so wichtig?»

«Er sagte, darin wären alle Geheimnisse unserer Familie verborgen. Er wollte auf keinen Fall, dass Mutti das liest, und er sagte auch, wir wären noch zu jung für die Wahrheit.»

«Und jetzt sind wir alt genug?», zweifelte Anne.

«Ja, und ich finde, nach all dem, was die Familie durchgemacht hat, steht uns die Wahrheit zu! Komm, dort drüben muss er irgendwo sein!»

Viele Versteckmöglichkeiten gab es hier nicht, doch in der Mitte des Bahnsteigs stand ein kleines Häuschen, in dem üblicherweise ein Mitarbeiter der Reichsbahn saß, um Auskünfte zu erteilen. Es hatte sich in den Jahren, seit sich Cornelia erinnern konnte, nicht verändert. Nachdenklich trat sie auf die Rückseite und betrachtete die nackte, geflieste Wand.

«Und?», wollte Anne wissen.

Cornelia streckte den Finger aus. «Schau dir die Fugen in der untersten Reihe an. Fällt dir an der dritten Fliese von links etwas auf?»

Sie holte ihre Nagelfeile aus der Tasche, ging in die Knie und schob das Metall in den dunklen Schlitz, der anders als bei den anderen Fliesen nicht von grauer Fugenmasse verschlossen war.

♦

Sie hatten heimlich die ganze Nacht über gelesen. Erst die Tagebucheinträge ihrer Großmutter Luise und dann die Briefe an sie, mit denen Robert nach ihrem Tod die Seiten gefüllt hatte. Sie hatten geweint, manches Mal auch gelacht, aber immer wieder lagen sie einander schluchzend in den Armen. Am Morgen klappten sie das letzte Buch zu.

Als Lilli am nächsten Tag von einem ihrer Behördengänge zurückkehrte, erwarteten die Zwillinge sie am Esstisch, auf dem einige ledergebundene Bücher lagen.

Lilli blieb stehen. Der Anblick dieser Bücher löste etwas in ihr aus. Zuerst wusste sie nicht mehr, wo sie diese schon einmal gesehen hatte, doch dann war ihr, als würde sie plötzlich wieder zum Kind.

Ihr Vater weinte bitterlich, und auch ihr schmerzte das Herz zum Zerspringen.

«Sind das ... die Tagebücher meiner Mutter?»

Sie setzte sich an den Tisch, schlug eines der Bücher auf, ließ ihren Blick den Worten ihrer Mutter folgen. «Wie kann das sein?», flüsterte Lilli.

«Mutti, weißt du, wer dein Vater ist?», fragte Cornelia vorsichtig.

«Aber ja, was soll die Frage?»

«Es ist nicht Großpapa Robert ...»

Lilli sah ihre Tochter aus weit aufgerissenen Augen an. «Was ... Wie meinst du das?»

Cornelia schluckte. Sah zu Anne hinüber. Meine Güte, was hatte sie sich da vorgenommen? Dann streckte sie sich innerlich und fasste neuen Mut. «Ich glaube nicht, dass Großmama sich das alles nur ausgedacht hat ...»

Bevor sie weitersprechen konnte, hob Lilli die Hand. «Johannes?»

«Du wusstest es!», stieß Anne hervor, die Wangen rot vor Aufregung, die Stimme rau.

Lilli schüttelte den Kopf. «Nein ... Nein, wie sollte ich? Andererseits, wer in aller Welt könnte es sonst sein? Sie hat ihn immer geliebt, das wusste ich.» Sie schaute die Mädchen an, dann legte sie behutsam ihre Hand auf die aufgeschlagene Buchseite. «Aber das? Ist das nicht Roberts Schrift?»

«Ja, das hat Großpapa geschrieben. Und da steht auch, dass Johannes noch ein Kind hat», berichtete Cornelia aufgeregt. «Es heißt Michael und ist Ellas Sohn, und du hast früher oft am Kiosk mit ihm gespielt ... Mutti, ist das der Offizier, der uns geholfen hat? Der Mann, der mich in der Zelle besucht hat?»

Anne sprang auf. «Mutti, was hast du denn? Ist dir schlecht? Du siehst aus, als würdest du gleich in Ohnmacht fallen.»

«Michael? Michael ist Ellas und Johannes' Sohn?» Ein Zittern erfasste Lilli, die Hände wurden feucht, das Atmen wurde schwer.

«Hier, da hat Großpapa mit Johannes gesprochen und geschrieben, dass Johannes zwei Kinder hat und er selbst keins.» Cornelia war so eifrig bemüht, die Puzzleteile zusammenzufügen, dass sie die wachsende Anspannung gar nicht recht wahrnahm, sie zumindest nicht zu deuten wusste.

Lilli war wie erstarrt, dann brach es aus ihr heraus: «Wir wussten es nicht. Niemand hat es uns gesagt. Wir wussten es nicht. Oh mein Gott, warum hat nie jemand mit uns gesprochen? *Deshalb* ist er gegangen. Das muss er gemeint haben. Er ist gegangen, nachdem Ella es ihm gesagt hat. Er wusste nicht, dass es bereits zu spät war.»

«Wie? Was? Mutti, wovon redest du? Ich versteh überhaupt nichts.»

Doch Anne nickte langsam. «Ihr habt euch ineinander verliebt, weil ihr es nicht wusstet.»

«WAS?», schrie Cornelia aufgebracht.

«Ellas Michael ist unser Vater, nicht wahr, Mutti? Unser Vater und gleichzeitig unser Onkel», sagte Anne sanft.

Und beide Mädchen lasen in Lillis Blick, dass dies die Wahrheit war. Eine Wahrheit, die keiner hatte wissen wollen und keiner hatte erfahren dürfen.

♦

Ein langer Arbeitstag war zu Ende. Für heute schloss der Kiosk. Johannes und Ella setzten sich in die Stadtbahn und fuhren zur Gartenkolonie hinaus. Ella ließ sich im Abendlicht des lauen

Sommerabends auf die Bank vor der Datsche sinken und streckte die schmerzenden Beine von sich. Johannes hinkte mit zwei Bierflaschen in der Hand zu ihr und setzte sich neben sie. Sie ließen die Flaschen gegeneinanderklirren.

«Auf dein Wohl. Du bist echt eine Schwerstarbeiterin!»

Ella lachte trocken. «Arbeiter-und-Bauern-Staat, weißte ja: Die Arbeiter arbeiten, und die Bonzen von der Partei trinken Wodka und legen die Pläne fest.»

Johannes stieß sie neckisch mit seinem Ellenbogen an. «So was traust du dich zu sagen? Du bist obendrein eine Konterrevolutionärin!»

«Pah!», stieß Ella nur aus und trank die Flasche in ein paar Zügen leer. Nachdenklich wandte sie sich an Johannes. «Weißte, unsre Wohnung is ja schon gut, so ham wir früher nich gewohnt. Dafür war's für Robert und Lilli und solche Leute 'n echter Abstieg zu uns Arbeitern runter.»

«Müsste dir das nicht gefallen? Ist das nicht die Gerechtigkeit, von der der Kommunismus spricht?»

«Nee!», rief Ella mit Nachdruck. «Wenn's denn so wär, dass jeder gleichbehandelt wird, aber warum hab ich die Wohnung bekommen und musste nich mehr Schweinehälften klein hacken? Weil mein Sohn jemand is, in der Partei. Und *er* das so wollte. Weißte, das is doch nich viel anders als früher mit den Junkern und dann mit den reichen Bürgern. Nur jetzt sind es andre, die sich und ihren Familien was zuschieben.»

«Ella, du bist ganz erstaunlich.» Johannes nahm ihre Hand und drückte einen Kuss auf den Handrücken, bevor er fortfuhr: «Ja und nein. Ich glaube schon, dass es vielen Arbeitern besser geht, dafür gibt es andere Ungerechtigkeiten. Es darf zum Beispiel nicht sein, dass die Arbeiter- und Bauernkinder – und natürlich die der Offiziere und Parteikader – das Abitur machen dürfen und Kinder der sogenannten Intelligenz oder die aus christlichen Elternhäusern ausgeschlossen werden.»

«Du meinst, dann wärn se nich gegangen? Cornelia und Anne?»

Johannes überlegte. «Ach, da kam so vieles zusammen. Ich bin davon überzeugt, dass man Menschen nicht ewig einsperren kann. Und junge Menschen schon gar nicht.»

Ella deutete vage nach Westen. «Könn se nich? Dann guck dir nur die Mauer an, die durch die ganze Stadt geht. Die wird immer höher und schrecklicher. Sperrzone, Stacheldraht, bissige Hunde. Grenztruppen, die auf ihre eignen Leute schießen. Damit kannste die Leute noch sehr lang einsperrn. Oder glaubste, dass sich da bald was ändert?»

Johannes seufzte tief und schwieg, während sich die Dämmerung herabsenkte und die Schatten sich vertieften.

Am nächsten Morgen früh um sechs waren sie schon wieder an ihrem Kiosk und schoben den Rollladen hoch. Unwillkürlich sahen sie beide rüber zur Ausreisehalle, deren gebogene Glasfront die noch tief stehende Morgensonne golden aufleuchten ließ, sodass der Fluss dahinter fast dunkel wirkte.

«Haste gehört, *Tränenpalast* nennen manche das Gebäude schon», sagte Ella.

«Wie treffend», kommentierte Johannes.

Nur einen Tag zuvor waren sie Zeugen tränenreicher Verabschiedungen geworden – Freunde und Verwandte aus der Bundesrepublik hatten, nach genauester Kontrolle, mit einem der Transitzüge in die Bundesrepublik oder mit der S-Bahn nach Westberlin zurückfahren müssen.

So nah die Angehörigen auf der Westberliner Seite auch zu sein schienen, für sie gab es keinen Weg in den Ostteil der Stadt. Zwar hatte die Reichsbahn auf den westlichen Grenzbahnhöfen bereits kurz nach der Absperrung Passierscheinstellen eingerichtet, doch das Polizeipräsidium im Westen hatte den Betrieb verboten. Es kam wie immer auf die politischen Feinheiten an, nichts durfte den leisesten Anschein erwecken, dass Westberlin diesen ungeheuerlichen Akt der gewaltsamen Teilung akzeptieren und legitimieren würde. Nicht wenige hegten noch immer die Hoffnung, dass Berlin wieder zusammenfinden würde.

«Ich fürchte, in absehbarer Zeit wird sich nichts ändern.» Johannes fuhr sich mit der Hand über die Augen.

«Du vermisst sie sehr, nich wahr?», fragte Ella leise.

Johannes sah seine Tochter Lilli vor sich, seine Enkelinnen Cornelia und Anne, die Luise so ähnlich sahen. Seufzend nickte er und strich zärtlich über Ellas Wange. «Ich bin so froh, dass ich dich bei mir habe.»

♦

Lilli und Ilse hatten den Fortgang der Verhandlungen in der Presse genau verfolgt. Der Regierende Bürgermeister von Westberlin, Willy Brandt, verhandelte mit dem stellvertretenden Ministerpräsidenten der DDR, Alexander Abusch, um die Chancen auszuloten, damit die Westberliner ihre Angehörigen im Osten wiedersehen konnten.

Dann, am 17. Dezember 1963, war es so weit. Das erste Passierscheinabkommen setzte der seit mehr als zwei Jahren währenden Trennung der Berliner ein Ende – zumindest für die bevorstehenden Weihnachtstage. Bereits zwei Tage später, am 19. Dezember, durften die ersten Westberliner in den Ostteil der Stadt reisen. Bis zum 5. Januar sollte der weihnachtliche Frieden andauern.

Lilli und Ilse machten sich sofort auf den Weg zu einer der bekannt gegebenen zwölf Schulen im Westen Berlins und kämpften sich beherzt durch endlos scheinende Schlangen bis zu den Antragsformularen vor.

«Wir sind Meisterinnen im Schlangestehen», sagte Lilli heiter zu Ilse, zu deren Stärken die Geduld noch nie gehört hatte.

Und dann traten sie ihre Reise an. Am ersten Weihnachtsfeiertag machten sich Ilse, Clara, Lilli, Cornelia und Anne auf den Weg zum Bahnhof Friedrichstraße, um für ein paar Stunden in die alte Heimat zurückzukehren.

Im Bahnhof wurden sie in kleinen hölzernen Kabinen von streng dreinblickenden Grenzern einzeln kontrolliert und alle Papiere sorgfältig geprüft, ehe man sie nach Ostberlin reinließ. Danach gab es kein Halten mehr. Freudestrahlend stürmten die Zwillinge durch das Bahnhofsgebäude auf den Vorplatz hinaus, wo Johannes vor dem altvertrauten Kiosk ein Zeltdach hatte aufstellen lassen, außerdem hatte er zwei weitere Feuertonnen besorgt. Dazwischen war eine Tafel aufgebaut, mit Zweigen, Nüssen, Strohsternen und einigen bunten Süßigkeiten dekoriert, was vermutlich Ellas Handschrift war. Mitten auf dem Tisch hatte Johannes eine Feuerzangenbowle angesetzt. Außerdem standen dampfende Krüge mit Kakao und Punsch bereit. Auf einem Rost über einer der Tonnen brutzelten Thüringer Würstchen.

«Ihr kommt genau richtig», wurden sie alle von Ella begrüßt, die eine nach der anderen in ihre Arme zog. Auch Johannes hatte Tränen in den Augen, als er erst seine Tochter umarmte und ihre Wangen küsste und dann seine Enkelinnen. Er wollte sie gar nicht wieder loslassen.

«Jetzt bin aber ich dran!», protestierte Ilse und schlang die Arme um ihren Bruder, den sie so lange nicht mehr gesehen hatte.

Es war ein klarer Wintertag, ab und zu ließ sich gar die Sonne sehen. Ella hatte für jeden eine Wolldecke besorgt, so hatten es alle warm und gemütlich.

Was gab es nicht alles zu erzählen!

Endlich mussten sie nicht wie in ihren Briefen jedes Wort abwägen. Sie konnten reden und lachen und scherzen wie früher. Eine heitere Leichtigkeit breitete sich in Lilli aus. Sie ließ sich Würstchen und Kartoffeln schmecken, trank Punsch und Bowle und genoss das so lang ersehnte Miteinander. Frieden legte sich über den Platz.

Lillis Blicke schweiften in die Runde und blieben an zwei leeren Stühlen hängen. «Fehlt noch jemand?», erkundigte sie sich bei Johannes. «Ich habe dir doch geschrieben, dass Clara und Wolfgang nicht mitkommen. Sie wollten die Passierscheine den Menschen überlassen, die ihre engsten Familienangehörigen im Osten so lange nicht mehr gesehen haben.»

«Ich weiß», bestätigte er. «Ella hat darauf bestanden, noch jemanden einzuladen.»

Lilli dachte an Michael, doch der würde sich als Major der Staatssicherheit bestimmt nicht in aller Öffentlichkeit mit Flüchtlingen und Verurteilten sehen lassen. Sie fragte sich, mit wem er wohl Weihnachten feierte – oder taten das die Offiziere der Staatssicherheit überhaupt nicht?

«Da kommt er ja», rief Ella plötzlich und stand auf. Sie ging einer Gestalt entgegen und führte den jungen Mann in den Lichtkreis der Feuertonnen. «Anne, schau mal, wen ich hier für dich hab.»

«Alex!» Anne sprang so stürmisch auf, dass ihr Stuhl umkippte.

Alex eilte auf sie zu und bedeckte ihr Gesicht mit Küssen. «Ich hab dich so vermisst!»

«Ich dich auch», seufzte sie. Dann saßen sie so eng wie möglich nebeneinander und umklammerten die Hände des anderen.

Ella verteilte Pflaumenkuchen. «Die ham wir noch zusammen gepflückt und eingekocht», sagte sie mit Wehmut in der Stimme.

Lilli nahm sich ein großes Stück. «Ja, es waren wunderschöne Wochenenden in deinem Garten draußen. Ich erinnere mich gern daran.»

Auch die anderen langten kräftig zu. Ella konnte wundervoll backen. Johannes verteilte noch einmal Punsch und Bowle und legte Holz in den Feuertonnen nach. Als er sich wieder setzte, beugte sich Ella zu ihm hinüber und flüsterte ihm etwas ins Ohr. Johannes sah auf. Cornelia folgte seinem Blick und erkannte wechselnde Gefühle in der Miene ihres Großvaters. Dann wandte Johannes seine Aufmerksamkeit wieder dem Kuchen auf seinem Teller zu, während Cornelia aufmerksam den Mann beobachtete, der einsam vor der Glasfront des Ausreisepavillons stand und zu der feiernden Runde hinübersah. Vermutlich fror er, denn er stampfte immer wieder mit den Füßen auf und hatte die Hände tief in den Taschen seines Mantels vergraben.

Zuerst konnte Cornelia sein Gesicht nicht zuordnen. Sie schaute zu ihrer Mutter hinüber, doch Lilli saß mit dem Rücken zu dem Fremden und unterhielt sich mit Anne und Alex. Auf einmal tauchte eine kahle Gefängniszelle vor ihr auf und ein Mann, der unvermittelt da war, um Bücher zu versprechen und Äpfel.

Das war er. Michael. Ellas Sohn, der mit ihrer Mutter zusammen aufgewachsen war.

Cornelia nahm noch einen Schluck Punsch und konnte doch die Blicke des Mannes nicht ignorieren. Noch einmal sah sie zu Lilli, dann schob sie energisch ihren Stuhl zurück und überquerte den Platz. Die Augenpaare folgten ihr, während sie auf den Fremden zuging. Wie erstarrt blieb er stehen, wo er war, doch er schaute sie nicht an.

Umso entschlossener trat Cornelia zu ihm und sprach ihn an. «So sieht man sich wieder, Michael.»

Er wand sich, von der Erinnerung an Hohenschönhausen sichtlich unangenehm berührt. Wusste er nicht, wie er mit der Situation umgehen sollte? *Glaubst du denn, das ist für mich einfach?*, dachte sie, dann fasste sie Mut und sagte beherzt: «Tolstoi und Äpfel. Ich habe es nicht vergessen. Danke.»

Sie bemerkte, wie er zusammenzuckte, und spürte gleichzeitig aufkeimende Wärme in ihrem Herzen.

«Willst du nicht mitkommen und dich ein wenig zu uns setzen? Es ist kalt. Wir haben noch jede Menge Feuerzangenbowle und heißen Punsch.»

Er starrte sie nur schweigend an und fand keine Worte.

«Es ist doch Weihnachten, Michael, sollte man da nicht mit der Familie feiern? Weißt du, ich freue mich sehr, dass ich heute hier mit meiner Mutter und Schwester zusammen sein kann, aber Anne und ich haben uns schon immer gewünscht, unseren Vater kennenzulernen.»

Als er sich immer noch nicht regte, nahm sie seine kalte Hand und drückte sie. «Möchtest du das nicht auch ... Vati?»

Er zwinkerte heftig, ließ sich dann aber von seiner Tochter zu den anderen führen.

Epilog

Im Sommer 1964 wurde eine generelle Amnestie für alle Republikflüchtlinge erlassen, die der DDR illegal vor dem 13. August 1961 den Rücken gekehrt hatten.

«Mutti, hast du das gehört?», rief Cornelia, als der Nachrichtensprecher des SFB im Radio zu anderen Themen überleitete. «Die haben eine Amnestie erlassen. Das muss ich gleich Martin erzählen!»

Sie schlüpfte in ihre Sandalen und verließ die Vierzimmerwohnung in Charlottenburg, in der Lilli, Wolfgang, Cornelia und Anne seit Ostern 1964 zusammenlebten. Eine schöne Wohnung unter dem Dach mit schrägen Wänden, Küche, Bad und Toilette. Vom Wohnzimmerfenster aus hatte man einen Blick bis zur Spree, die einen Straßenzug weiter nördlich verlief.

Zu Fuß waren es, in Cornelias strammem Tempo, zwanzig Minuten bis zu Martins Studentenbude nahe der Technischen Hochschule, die er mit Udo, seinem mit ihm geflüchteten Freund, teilte. Manne war weiter nach Westen gezogen und studierte inzwischen in Hannover. Als Cornelia ankam, war Martin schon von seinen Vorlesungen zurück. Etwas überrascht sah er sie an.

«Cornelia, schön, dich zu sehen. Sind wir verabredet?» Er drückte sie kurz an sich und trat dann zurück, um sie eingehend zu mustern. «Irgendwas ist geschehen. Ich kann es geradezu wittern!»

Cornelia kicherte und wippte aufgeregt auf und ab. «Hast du gehört, was sie drüben beschlossen haben?»

«Wenn du nicht so strahlen würdest wie ein Honigkuchenpferd, hätte ich gesagt, das kann nix Gutes sein.» Martin ging voran in die nicht gerade aufgeräumte Studentenküche und holte zwei Bier aus dem Kühlschrank. «Ich habe Durst. Du auch?» Sie folgte ihm.

«Ja, jetzt hör doch erst mal zu!», rief Cornelia ungeduldig. «Sie haben eine Amnestie erlassen!»

Martin, der seine Bierflasche zum Mund gehoben hatte, ließ sie wieder sinken, noch ehe er einen Schluck genommen hatte.

«Amnestie? Wer und für was?»

«Für alle, die *vor* dem Bau der Mauer getürmt sind. Eine pauschale Amnestie! Weißt du, was das bedeutet?»

Martin starrte sie einige Augenblicke an, dann stieß er einen tiefen Seufzer aus. «Ich darf meine Familie besuchen!»

«Ja», rief Cornelia. «Ohne dass du fürchten musst, verhaftet zu werden.»

Martin stellte behutsam seine Flasche auf den Küchentisch. Er schwieg erst einige Sekunden, ehe er hervorstieß: «Mutti und Vati und Regina, mein kleines Schwesterchen. Ich darf sie sehen!»

«Ja, ist das nicht wundervoll!»

Er drückte Cornelia an sich. «Du kannst dir nicht vorstellen, wie ich mich auf alle freue!»

Cornelia lehnte ihre Wange an seine Schulter. «Doch, das kann ich. Wenn du magst, begleite ich dich und besuche Johannes und Ella. Und Anne will bestimmt Alex wiedersehen.»

«Dann wird's ein richtiger Familienausflug», schloss Martin und lachte so befreit wie lange nicht.

Im September folgte ein weiterer Beschluss, der Johannes und Ella betraf.

«Hast du das gelesen?», erkundigte er sich und deutete auf den Zeitungsartikel, der beim ersten Überfliegen merkwürdiges Herzklopfen bei ihm ausgelöst hatte.

Ella las die ersten Sätze. «Heißt das, wie dürfen einfach rüber?»

Johannes spürte, wie sich in ihm ein Gefühl des Glücks ausbreitete. «Ja, genau, das heißt es. Rentner dürfen von nun an einmal im Jahr in den Westen reisen, um Verwandte zu besuchen. Für vier Wochen. Das hat der Ministerrat beschlossen. Es gilt für alle Männer ab 65 Jahren und für Frauen ab 60.»

«Dann darfste deine Schwester Ilse besuchen. Und die Lilli», rief Ella begeistert. «Und die Mädchen. Wir dürfen sie alle besuchen.» Eine Träne kullerte über ihre Wange. «Dass wir das noch erleben.» Sie griff nach Johannes' Hand und drückte sie.

♦

Es war ein wunderschöner Junitag 1965, an dem Lilli und Wolfgang, Ilse, Clara, Johannes und Ella und Martin sich auf den Weg zur festlich geschmückten Aula des Gottfried-Keller-Gymnasiums in Charlottenburg machten, um Cornelias und Annes großen Tag mitzuerleben: Die beiden bekamen heute feierlich ihre Abiturzeugnisse überreicht!

Ihre Schule lag in der Nähe der S-Bahn-Haltestelle Jungfernheide, doch die Zwillinge hatten von Süden her, vorbei am Charlottenburger Schloss, zu Fuß nur einen Schulweg von kaum einer Viertelstunde, und im Sommer konnten sie in der Mittagspause, wenn sie nicht nach Hause wollten, den nahe gelegenen Schlosspark genießen.

Nach ihrem Freikauf hatte sich Cornelia entschieden, die elfte Klasse nicht zu wiederholen. Sie hatte während ihrer Haft zwar viel versäumt, und die Stundenpläne in Ost und West unterschieden sich, doch sie wollte unbedingt mit Anne zusammen in eine Klasse. Anne hatte nach ihrer Flucht in Schöneberg den Rest der zehnten Klasse noch einmal absolviert und war dann problemlos in die Oberstufe versetzt worden. Also hatte Cornelia die Monate bis zum Ende des Schuljahrs gebüffelt und die Elfte tatsächlich mit gutem Ergebnis abgeschlossen. Gemeinsam waren sie dann nach Charlottenburg gewechselt, um in der Nähe der neu bezogenen Wohnung das Abi machen zu können.

Lilli glühte vor Stolz und drückte Wolfgangs Hände, während die besten Schülerinnen und Schüler von Rektor Dr. Harald Scherrinsky lobend erwähnt und mit Bücherpreisen bedacht wurden. Strahlend zeigten Cornelia und Anne ihren Gästen die Preise, als sie später das freudige Ereignis noch mit einem Umtrunk und einem Büfett feierten, zu dem Schüler und Eltern liebevoll gekochte und gebackene Köstlichkeiten beigetragen hatten.

Lilli drückte ihre Töchter abwechselnd. «Meine großen, erwachsenen Mädchen. Ich bin so glücklich!»

Wolfgang drehte sich um zu Ella und Johannes. «Es gibt übrigens noch etwas zu feiern. Lilli hat ihr Examen bestanden und wird ab dem nächsten Schuljahr wieder unterrichten dürfen.»

«Wir sind alle so stolz auf sie!», betonte Ilse, die einen Arm um ihr Patenkind gelegt hatte und mit dem anderen Claras Taille umfing.

«Nun seid ihr im Westen endlich angekommen, ihr alle», sagte Johannes und hob sein Glas.

♦

Im Januar 1985 hatte Anne eine Woche Urlaub und stattete Ella und Alex einen Besuch ab. Da Anne keine Kinder hatte, nahm sie ihren Urlaub stets außerhalb der Schulferien. Sie arbeitete als Ärztin im

Wenckebach-Krankenhaus in Tempelhof und war im Gegensatz zu ihrer Schwester Cornelia ledig geblieben. Cornelia und Martin waren doch noch zusammengekommen. Beide hatten zuerst in anderen Beziehungen ihr Glück gesucht, ihre Verbindung aber blieb stärker, und aus den Wahlgeschwistern wurde nach vielen Jahren ein Liebespaar. Zwei Kinder hatten sie inzwischen, einen Sohn mit zehn Jahren, den sie Johannes getauft hatten, und ein Mädchen mit sieben, das Luise hieß. Cornelia hatte wie Martin an der Technischen Hochschule studiert, war Diplomingenieurin geworden, hatte sich dann aber entschieden, bei den Kindern daheimzubleiben, denn anders als im Osten war es in Westberlin nicht einfach, eine Betreuung für die Kinder zu finden und wieder berufstätig zu werden. Die Familie lebte nach wie vor in Charlottenburg, während Anne ins quirlige Kreuzberg gezogen war.

Bei ihren früheren Besuchen im Osten hatte Anne stets bei Alex gewohnt, doch irgendwann waren diese seltenen Begegnungen zu wenig für ihn gewesen; er hatte dem Drängen seiner Eltern nachgegeben und eine junge Frau aus der Gemeinde geheiratet, um mit ihr eine Familie zu gründen. Anne und Alex schrieben sich weiterhin, doch sie sahen einander nur noch selten. Anne spürte, dass Alex' Frau Linda eifersüchtig war, und wollte keinen Unfrieden in die Familie tragen. Zwei Söhne hatte Alex inzwischen, die die POS am Arkonaplatz besuchten, an der Lilli viele Jahre unterrichtet hatte.

Annes erste Anlaufstelle an diesem kalten Januartag war Ellas kleine Wohnung in der Wolliner Straße. Natürlich hatte sie Kaffee, ein paar Orangen, Zucker und Butter mitgebracht, sodass sie erst gemeinsam einen Teig anrührten und Äpfel kleinschnitten, ehe sie sich den warm duftenden Obstkuchen schmecken ließen.

Wohl fühlte Anne sich hier, aufgehoben. Die kleine Wohnung war gemütlich und wie üblich blitzsauber.

Ella folgte ihrem Blick. «Ich müsst wieder was arbeiten», sagte sie. «Ich hab zu viel Zeit.»

Anne grinste schief. «Arbeiten? Hast du das nicht genug getan in deinem Leben? Du hast vergangenes Jahr die neunzig überschritten, schon vergessen? Es ist unglaublich, dass du noch so gesund und umtriebig bist.»

«Ja», sagte Ella, aber es klang nicht begeistert.

«Du vermisst ihn», stellte Anne fest und griff nach Ellas knöcherner Hand.

«Ja, jede Stunde», gab sie zu. «Unsere Zeit zusammen am Kiosk war so schön. Und jetzt bin ich wieder alleine.»

Sie schwiegen eine Weile, aßen noch ein Stück Kuchen und dachten an Johannes, der vor fünf Jahren gestorben war. Wie jeden Tag hatte er in aller Frühe den Rollladen des Kiosks hochgeschoben und die Zeitungen auf dem Tresen verteilt, dann rang er plötzlich nach Luft und klappte in sich zusammen. Als Ella sich zu ihm niederkniete, hatte sein Herz bereits aufgehört zu schlagen.

«Er hat seine Schwester Ilse nur um wenige Jahre überlebt», sagte Ella traurig, die wusste, dass Ilse wie ihr Bruder einem Herzinfarkt erlegen war.

Anne nickte. «Ja, und vor ein paar Monaten ist Clara gestorben. Ich vermisse die beiden sehr. Sie waren in den ersten beiden Jahren, als ich in den Westen rüber bin, meine Ersatzfamilie.»

Eine Weile hingen sie ihren Erinnerungen nach, dann erkundigte sich Anne: «Siehst du deinen Michael inzwischen häufiger?» Sie wusste, dass ihr Vater noch immer fürs MfS arbeitete.

Ella schüttelte den Kopf. «Nee, der lässt sich vielleicht einmal im Jahr blicken. Der kann nich wie'n normaler Sohn zum Kaffee kommen oder mich zum Essen ausführn. Es fühlt sich immer so an, als müsstn wir uns verstecken, aber er will einfach nich vom MfS lassen und was andres machen.» Sie zog eine Grimasse, dann wechselte sie das Thema. «Aber den Alex, den seh ich öfters. Der holt mich sonntags ab und nimmt mich mit ins Gemeindehaus. Da treffen sich die Alten. Er ist so nett zu mir, und seine Buben mag ich auch.» Sie warf Anne einen forschenden Blick zu und fügte dann leise hinzu. «Es tut mir so leid für euch beide. Ich mein, dass es nix werden konnte mit euch.»

«Ja, mir auch», stimmte ihr Anne zu. «Wir hatten eine so schöne Zeit damals bei der Jungen Gemeinde. Er hat mir übrigens geschrieben, dass er jetzt selbst zwei der Jugendgruppen leitet.»

Am nächsten Morgen läutete es kurz vor neun an der Tür, mehr als eine Stunde eher, als sie verabredet waren. Ella öffnete, während Anne das Frühstücksgeschirr abräumte.

«Alex, du bist früh dran. Aber schön, komm rein.»

«Ihr müsst mitkommen!», rief er sichtlich angespannt und ohne Morgengruß.

«Was ist denn los?», erkundigte Anne sich irritiert, die zu Ella in den Flur trat, als sie seine Stimme erkannte.

«Die Kirche wird gesprengt!»

Anne und Ella starrten ihn an.

«Welche Kirche?», fragte Anne. «Eure ... Unsere Kirche? Die Versöhnungskirche an der Bernauer Straße?»

Alex nickte. «JA! Der Bischof hat eingewilligt und sie gegen ein neues Gemeindezentrum in Hohenschönhausen eingetauscht, daher gehört sie jetzt dem Staat, und für den ist sie nur ein störender Klotz an seiner Grenze, der wegmuss. In einer Stunde wird gesprengt. Wollt ihr dabei sein? Mein Onkel und mein Vater wollen so nah rangehen, wie sie dürfen. Um Abschied zu nehmen.»

«Die Beerdigung einer Kirche», murmelte Anne. «Das gefällt denen vom Politbüro.»

«Wenn es nach denen ginge, würden sie die ganze Kirchengemeinde gleich mit in die Luft jagen», schimpfte Alex. «Aber wir geben unseren Widerstand nicht auf ...»

«Pass bloß auf, dass sie euch nicht erwischen.» Anne sah ihn aufmerksam an. «Ich nehme an, ihr habt noch immer eure verbotene Druckerei im Keller? Wir wissen alle, dass das MfS keinen Spaß versteht. Und auch im Westen hören wir immer wieder von den Verhaftungen.»

Alex grinste und sah plötzlich mehr als zwanzig Jahre jünger aus. Wie der junge Mann, in den sie sich damals verliebt hatte. Anne schluckte trocken und half Ella, die natürlich mitwollte, in ihren Mantel.

Sie näherten sich der Straßenecke, wo die Absperrungen begannen. Anne erkannte Pfarrer Hildebrandt und dessen Bruder, Alex' Vater, der eine Kamera um den Hals hängen hatte. Vor den beiden Männern standen Alex' Söhne Thomas und Simon, elf und acht Jahre alt, mit erwartungsvollen Gesichtern. Die beiden Männer zogen höflich die Hüte, als sie Ella begrüßten. Anne reichte ihnen die Hand und begrüßte dann die beiden Jungs.

«Anne Wagenbach, sieh an. Ich hätte Sie kaum wiedererkannt», sagte der Pfarrer und tätschelte ihr die Hand. «Sie haben sich einen traurigen Tag für Ihren Besuch ausgesucht.»

Anne murmelte ein paar mitfühlende Worte und hakte sich dann wieder bei Ella unter. Plötzlich senkte sich Stille herab über die Menschen, die sich in der Bernauer Straße versammelt hatten. In kleinen Gruppen standen sie beieinander und sahen angespannt hinüber zu dem Gotteshaus aus rotem Backstein, das so lange schon keine Gläubigen mehr in seinen Mauern beherbergt hatte. Annes Blick glitt zu der Gruppe von Männern, die gekommen war, um zu zerstören. Sorgfältig brachten sie ihre Sprengladungen an, um erst einmal nur das Kirchenschiff in sich zusammenfallen zu lassen. Der Turm, der nur wenige Meter von der Mauer zwischen

Ost und West stand, sollte erst in der nächsten Woche zerstört werden.

Um Punkt zehn explodierte die erste Ladung am südöstlich gelegenen Chor. Eine Reihe weiterer Sprengungen folgte, mit Bruchteilen einer Sekunde Verzögerung, und setzte sich fort bis zum Fuß des Turms. Staubwolken wurden in alle Richtungen gedrückt, der Chor sackte in sich zusammen, das Kirchenschiff brach ein. Als sich die Staubwolke legte, ragte nur noch der Kirchturm mahnend in den trüben Winterhimmel.

Ein Raunen ging durch die Menschenmenge. Pfarrer Hildebrandt wischte sich die Augen. Alex' Vater ließ die Kamera sinken, mit der er den Akt der Zerstörung festgehalten hatte. Ella seufzte tief. «Ich war ja nich oft in der Kirche, aber so was dürfen se nich machen.»

Alex und Anne standen schweigend da. Anne dachte an ihre gemeinsamen Stunden hier in dieser Kirche zurück. Tiefe Traurigkeit breitete sich in ihr aus.

«Opa, das war ja mal ein riesiger Wumms! Und wie die Wände alle einfach so umgekippt sind», rief Simon beeindruckt von der Macht der Zerstörung.

Thomas, der ältere der beiden Söhne, wandte sich zu Alex um. «Mama fragt, ob du morgen zum Essen kommst.»

Simon drückte sich an seinen Vater. «Und was ist mit heute, Papa? Bitte, komm doch mit uns.»

Alex schüttelte den Kopf. «Nein, Simon, das geht nicht. Ich habe mit Mama ausgemacht, dass ich morgen nach der Arbeit vorbeischaue. Und ja, Thomas, sag der Mama, dass ich gerne mit euch esse.»

Der alte Pfarrer und Alex' Vater verabschiedeten sich von Ella und Anne und machten sich dann mit den Jungs auf den Weg. Simon drehte sich noch einmal um und winkte seinem Vater.

Anne sah Alex fragend an. «Was ist los? Ist was passiert?»

Alex senkte den Blick. «Linda meint, ich würde sie nicht genug lieben, und vermutlich hat sie recht.»

Anne riss die Augen auf. «Und, was bedeutet das?»

«Wir lassen uns scheiden.»

«Aber was passiert mit den Jungs?»

«Thomas und Simon werden mit ihrer Mutter in der Neubauwohnung in der Platte bleiben, mit Zentralheizung und allem, was man braucht.»

«Und du?»

«Ich wohne momentan in meinem alten Zimmer bei meinem Vater.»

Anne war sichtlich erschüttert, mit einer solchen Entwicklung hatte sie nicht gerechnet. «Und was sagt dein Vater dazu? Und dein Onkel Jakob?»

«‹Was Gott zusammengefügt hat, soll der Mensch nicht trennen. In guten und in schlechten Zeiten.› Was erwartest du von dem Pfarrer, der uns getraut hat?»

«Und von dem Vater, der unbedingt Linda als deine Frau sehen wollte», ergänzte Anne traurig.

Sechs Tage später machte sich Anne zusammen mit Lilli, Wolfgang, Cornelia und Martin auf, um in sicherer Entfernung – und doch nah genug – vom Westberliner Wedding aus dem letzten Akt der Zerstörung beizuwohnen.

Während der untere Teil des Turmes in sich zusammensackte und die Spitze dann in einem Stück Richtung Osten kippte, dachte Anne an Alex, der sicher irgendwo dort drüben, auf der anderen Seite Berlins, stand und der Sprengung des Kirchturms ebenfalls beiwohnte. Vermutlich waren es nur wenige Hundert Meter, dennoch fühlte es sich an, als wären sie durch Kontinente und Ozeane getrennt.

♦

«Wolfgang, komm schnell!», rief Lilli, die nach dem Abendessen gerade den Fernseher angeschaltet hatte.

Wolfgang kam aus der Küche, wo er das Geschirr abgetrocknet hatte, und setzte sich zu ihr, das Tuch noch in der Hand.

«Die DDR-Grenze ist offen!», verkündete der Nachrichtensprecher noch einmal und schien seine eigenen Worte nicht fassen zu können. Damit war er sicher nicht allein. Lilli sah, dass Wolfgang wie versteinert und mit offenem Mund auf den Bildschirm starrte und den Worten des Nachrichtensprechers lauschte.

«Alles begann bei der heutigen Pressekonferenz des Politbüros, als der 1. Sekretär der SED-Bezirksleitung Berlin über das Bedürfnis der Bevölkerung, zu reisen oder die DDR zu verlassen, sprach. Auf die Nachfrage eines italienischen Journalisten teilte Schabowski der staunenden Presse mit, dass Westreisen ab sofort für jedermann möglich seien.» Schabowski wurde mit den brisanten Sätzen eingeblendet: «Und deshalb haben wir uns dazu entschlossen, heute eine Regelung zu treffen, die es jedem Bürger der DDR möglich macht, über Grenzübergangspunkte der DDR auszureisen ... Also, Privatreisen nach dem Ausland können ohne Vorliegen von Voraussetzungen, Reiseanlässen und Verwandtschaftsverhältnissen beantragt werden. Die Genehmigungen werden kurzfristig erteilt ... Das tritt nach meiner Kenntnis, ähh, ist das sofort, unverzüglich.»

Lilli und Wolfgang reichten einander die Hände. «Ich hätte nicht geglaubt, dass wir das erleben dürfen», sagte Lilli bewegt und richtete ihre Aufmerksamkeit wieder auf die Nachrichtensendung, wo nun Aufnahmen von verschiedenen Grenzübergängen gezeigt wurden. Immer mehr Menschen versammelten sich an den Übergängen Sonnenallee, Invalidenstraße und vor allem in der Bornholmer Straße, um die Grenze zu passieren, doch die Grenzer wussten offensichtlich von nichts. Die Schlagbäume blieben geschlossen.

«Tor auf! TOR AUF!», begann die Menge in der Bornholmer Straße zu skandieren und brachte die Grenzbeamten zunehmend in Bedrängnis.

Lillis Hand verkrampfte sich. «Sie werden doch nicht wieder die Russen rufen und Panzer schicken», ächzte sie.

Wolfgang schüttelte den Kopf, doch auch er war nicht frei von Furcht, dennoch behauptete er: «Dazu ist es zu spät. Wir haben verfolgt, zu was für einer Massenbewegung die Friedensmärsche angewachsen sind. Und wir haben gesehen, was am 30. September in der Botschaft in Prag geschehen ist. Vielleicht ist das jetzt wirklich das Ende», sagte Wolfgang, während sie beide staunend zusahen, wie die Grenzer dem Druck der Menge nachgaben. Ein Kameramann wurde auf einen der Grenzer zugeschoben und dokumentierte, wie dieser die ihm entgegengestreckten Personalausweise neben dem Lichtbild *ungültig* stempelte. Die Schranke wurde hochgezogen und entließ die ersten DDR-Bürger über die Bösebrücke in den Westen.

«Damit sind diese Leute alle ausgebürgert», stellte Wolfgang ein wenig schockiert fest, während sie die jubelnden Menschen bei ihrem Zug in die Freiheit beobachteten – Menschen zu Fuß, Menschen in Trabis, glückstaumelnd und ausgelassen.

«Entweder ist ihnen das nicht klar, oder es ist ihnen schlicht egal», vermutete Lilli. «Wie mächtig muss die Sehnsucht nach Freiheit in all diesen Menschen angewachsen sein!»

♦

Am 10. November, nach einer ermüdenden Nachtschicht mit verschiedenen Notfällen, fuhr Anne von Kreuzberg aus mit der

U-Bahn bis zur Friedrichstraße. Sie verließ die Station auf Höhe der Kochstraße und kam am Checkpoint Charlie, dem Übergang für alle Angehörigen im diplomatischen Dienst, die Treppe hoch. Die ganze Nacht über waren die Meldungen und Gerüchte durch das Krankenhaus geschwirrt. Obwohl Anne hundemüde war, musste sie sich erst selbst ein Bild von der Lage in der Stadt machen, ehe sie Ruhe finden würde.

Ein wenig unsicher näherte sie sich der Schranke auf der amerikanischen Seite. Ihr Blick wanderte über die breite Schneise direkt hinter der Mauer, die durch die ganze Stadt geschlagen worden war: Kfz-Sperre, Kontrollstreifen, Lichttrasse, Beobachtungstürme, Panzersperren, ein Grenzsignalzaun und auf weiter Strecke noch eine Hinterlandsmauer. Höchstmögliche Sicherung gegen den faschistischen Westen!

Sie spürte die Blicke der amerikanischen Posten auf sich ruhen, als sie still ein paar Schritte vor der Schranke stehen blieb und den Blick nach Norden die Friedrichstraße hinaufwandern ließ.

War der Albtraum der Trennung nun tatsächlich vorbei?

Von der anderen Seite näherte sich eine unauffällige Gestalt in einem schlichten Mantel, doch trotz des Huts, dessen Krempe ihr erschwerte, sein Gesicht zu sehen, erkannte sie ihn. Vielleicht an seinem Gang. Vielleicht war es auch ihr Herz, das nach ihm rief. Anne hob die Hand, um sich bemerkbar zu machen, doch sie traute sich nicht, ihn zu rufen. Bewegungslos sah sie zu, wie er auf einen der DDR-Grenzposten zuging und ein paar Worte mit ihm wechselte. Er zog etwas aus seiner Tasche und zeigte es dem Grenzer. Der zögerte, dann nickte er. Auch Alex neigte den Kopf, dann passierte er die Absperrung und schritt hocherhobenen Hauptes durch die Sperrzone auf das amerikanische Postenhäuschen zu.

Anne spürte, wie ein Schluchzen in ihr aufstieg. Ihre Hand sank herab, während ihr Blick sich an der Gestalt festsaugte, die immer näher kam. Jetzt hatte er sie entdeckt. Sein plötzliches Strahlen durchfuhr sie wie ein Blitz und wandelte sich in eine wunderbar wärmende Welle. Da gab es kein Halten mehr. Ihre Beine liefen einfach los. Ihre Ohren vernahmen die Schreie der GIs, doch sie konnte nicht mehr anhalten!

«Ma'am, stop, Ma'am!», schrien sie und rissen die Gewehre hoch, doch da hatte sie die Grenzlinie bereits hinter sich gelassen und stürzte in Alex' weit geöffnete Arme. Innig küssend schob er Anne wieder bis hinter die Linie in den amerikanischen Sektor zurück. Die GIs ließen ihre Waffen sinken und umringten sichtlich gerührt das glückliche Paar, das endlich zusammen sein durfte.

Dichtung und Wahrheit

Alle meine Hauptfiguren, die durch die beiden Bände *Berlin Friedrichstraße* – «Novembersturm» und «Tränenpalast» – führen, sind erfunden. Sie interagieren allerdings mit zahlreichen historischen Persönlichkeiten, die – neben erfundenen Begegnungen – möglichst historisch genau dargestellt sind. Dafür habe ich etliche Biografien und andere Quellen zurate gezogen.

Für die Geschichte vom Fall Berlins und dem Einmarsch der Roten Armee habe ich mich an Augenzeugenberichte angelehnt, mich vor allem eng an die Tagebuchaufzeichnungen von Anonymas *Eine Frau in Berlin* gehalten, die den Einmarsch miterlebt und diese Tage so bedrückend beschrieben hat. Die Details zu den Luftangriffen und der Zerstörung Berlins stammen aus: *Luftangriffe auf Berlin, Die Berichte der Hauptluftschutzstelle* 1940–1945. Außerdem habe ich mir Luftbildkarten aus den Jahren 1943, 1945, 1953 und 1984 besorgt.

Auch für das Alltags- und Schulleben in der DDR der 1950er- und 1960er-Jahre liegen mir viele Berichte vor. Jürgen Kleindienst hat zahllose Sammlungen zu diversen Bänden im Berliner Zeitgut Verlag zusammengetragen. Alle offenen Fragen hat mir Dr. Stefan Wolle vom DDR Museum Berlin mit viel Geduld und Ausdauer detailliert beantwortet. Egal, ob es ums Telefonieren ging, um Kohle, Zigaretten und Grog oder die S-Bahn und die kuriose Rechtslage im Westteil der Stadt auch nach dem Mauerbau.

Die Vorlage für Martin und seine Klasse, die wegen einer Schweigeminute vom Abitur ausgeschlossen wurde, bildete Dietrich Garstkas Buch *Das schweigende Klassenzimmer*. Eine wahre Geschichte, die auch verfilmt wurde.

Für Cornelias und Annes Fluchtversuch habe ich ebenfalls zahlreiche Berichte von erfolgreichen und fehlgeschlagenen Fluchten aus der DDR gelesen. Auf die Idee mit dem Schacht im Bahnhof Friedrichstraße hat mich Karl-Heinz Richter in *Mit dem ‹Moskau-Paris-Express› in die Freiheit* gebracht. Dort schreibt er auf Seite 128:

«Am Grenzübergangsbahnhof Friedrichstraße in Ostberlin hielten hinter den Absperrungen auch die S- und U-Bahnen von und nach Westberlin. Reisende aus dem Westen konnten dort aus- und umsteigen, ohne kontrolliert zu werden. Kalle aus Westberlin war dorthin gefahren, hatte sich irgendwie über die unterirdischen Bahngleise zu einem Lüftungsschacht geschlichen und war dann auf die Straße geklettert. So hat er seiner Familie öfters Besuche in Ostberlin abgestattet, ohne in die Kontrolle der Grenzwächter zu geraten. Wie er kam, ging er auch wieder zurück, was eine tolle Sache war.»

Irgendwann ging es aber doch schief, (wegen einer verlorenen Apfelsine!), und so wurde Kalle verhaftet und traf im Gefängnis auf den Autor Karl-Heinz Richter, dem er seine Geschichte erzählte.

Für die Szenen in der U-Haftanstalt und dem Lager X in Hohenschönhausen bin ich dorthin gefahren, habe eine Führung mitgemacht und mit ehemaligen Häftlingen gesprochen. Bewegende Berichte findet man in Hubertus Knabe (Hg.) *Gefangen in Hohenschönhausen, Stasi-Häftlinge berichten*. Außerdem hat mich die Geschichte von Klaus Kordon bewegt, der nicht nur die Erich-Kästner-Biografie *Die Zeit ist kaputt* geschrieben hat, die ich immer wieder zurate gezogen habe. In seinem Jugendroman *Krokodil im*

Nacken verarbeitet er seine eigene Hafterfahrung in Hohenschönhausen.

Der erste Häftlingsfreikauf wurde Weihnachten 1962 realisiert: «20 Häftlinge und ebenso viele Kinder kamen gegen die Lieferung von drei Waggon-Ladungen Kalidünger frei.» Die ganze Geschichte rund um dieses Thema hat Ludwig A. Rehlinger in *Freikauf, die Geschäfte der DDR mit politisch Verfolgten 1963–1989* aufgearbeitet.

So, und nun muss ich beichten, dass meine Happy-End-Szene Weihnachten 1963 an Johannes' Kiosk am Bahnhof Friedrichstraße nicht möglich gewesen wäre.

Zwar gab es das Passierscheinabkommen vom 17. Dezember 1963, das Westberlinern über Weihnachten den Besuch ihrer Verwandten im Ostteil der Stadt genehmigte – es wäre also kein Problem gewesen, dass Ilse und Clara zu Johannes und Ella reisen. Doch Dr. Wolle sieht für Lilli und Cornelia mögliche Probleme, da es für ihre Fälle noch keine Rechtsgrundlage gab. Anne als Flüchtige nach dem Mauerbau hätte gar mit Verhaftung rechnen müssen. Aber wie hätte ich diese Weihnachtsszene ohne Anne schreiben können? Ich bitte also für diesen bewussten Verstoß gegen die Wirklichkeit zugunsten der Romangeschichte um Nachsicht.

Wie beschrieben, wurde im Sommer 1964 eine Amnestie für Geflohene vor August 1961 erlassen, wovon Martin profitiert hätte. Im September 1964 folgte das sogenannte Rentnerabkommen. Eine echte Amnestie für Anne und vermutlich auch für Lilli und Cornelia hätte erst der Grundlagenvertrag der DDR im Herbst 1972 gebracht. Alle Flüchtlinge bis 31. 12. 1971 wurden amnestiert und gleichzeitig aus der DDR-Staatsbürgerschaft entlassen.

Im Januar 1985 veranlasste die DDR-Regierung die Sprengung der Versöhnungskirche. Schon seit dem 13. August 1961 konnte sie von den westlichen Gemeindemitgliedern nicht mehr besucht werden, seit dem 23. Oktober 1961 war sie auch von Osten her nicht mehr zugänglich. Die Kirche wurde kurzerhand eingemauert, denn sie stand mitten in den stetig weiter ausgebauten Grenzsicherungsanlagen, bis sie schließlich zur Sicherung des freien Schussfeldes zerstört wurde. Seit dem 9. November 2000 steht an ihrem Platz die rund gebaute Kapelle der Versöhnung.

Und dann fiel die Mauer.

Am 9. November 1989 wurde ein neues Kapitel deutscher Geschichte aufgeschlagen ...

Übrigens, einer der letzten Untersuchungshäftlinge in Hohenschönhausen war 1990 Erich Mielke selbst. Er beschwerte sich so lange über die schlechten Haftbedingungen, bis sein Anwalt eine Verlegung in die JVA Moabit erreichte.

Wer sich noch intensiver mit der deutsch-deutschen Geschichte der Jahrzehnte zuvor beschäftigen möchte, findet in der Liste der von mir verwendeten Literatur viele Anregungen. Dort gibt es auch Angaben zu DVDs, den in diesem Roman zitierten Filmen und zahlreichen Zeitschriften.

Danksagung

Ein Jahr ist vorüber, die Coronapandemie leider noch nicht. Dennoch konnte ich für diesen Band im Sommer 2021 wieder nach Berlin reisen und habe mich gefreut, die vielen Orte selbst besuchen zu können, Museen zu «durchstöbern», durch die Straßen zu gehen, mit Menschen zu sprechen, die diese Zeiten erlebt haben. Das ist ja etwas Neues für mich, spielen meine bisherigen Geschichten doch immer so weit in der Vergangenheit, dass es keine Zeitzeugen mehr gibt.

Tiefe Spuren hat der Besuch in Hohenschönhausen bei mir hinterlassen. Die Führung durch die Gefängnistrakte noch mehr als die Dauerausstellung, gerade weil ehemalige Häftlinge die Besuchergruppen führen und zu weiteren Gesprächen gern bereit sind. Hier habe ich im Museumsshop einige der interessantesten Erfahrungsberichte entdeckt.

Sehr beeindruckt hat mich auch der Story Bunker im alten Anhalterbunker sowie das Buch *Im Bunker* von Waltraud Süßmilch.

Viel gelesen habe ich natürlich wieder – mehr als für jeden Roman zuvor. Die Liste finden Sie im Anhang.

Mein persönlicher Held bei meiner Recherche für diesen Roman ist der wissenschaftliche Leiter des DDR-Museums Dr. Stefan Wolle. Ich habe ihn mit so vielen Detailfragen gelöchert, und immer hat er innerhalb kürzester Zeit ausführlich geantwortet und mir mit vielen historischen, aber auch alltäglichen Details aus dieser Zeit geholfen. Ganz herzlichen Dank!

Mit Informationen über die Schulen nach dem Krieg und in der DDR-Zeit war das nicht so einfach. Danke aber an Andrea Schwienke, Konrektorin der Kastanienbaum-Grundschule in der Gipsstraße, von der ich Auskünfte über die Geschichte der Schule und tolle historische Fotos bekommen habe. Manfred Baumgart vom Max-Planck-Gymnasium in der Singerstraße hat mir den komplizierten Werdegang der Schulen mit unterschiedlichen Namen und an wechselnden Orten bis zum heutigen Max-Planck-Gymnasium beschrieben. Von Andreas Matschenz vom Landesarchiv Berlin habe ich den Hinweis zu den beeindruckenden Luftbildkarten aus verschiedenen Jahren bekommen, die mir Details zur Kriegszerstörung und dem Wiederaufbau vor Augen führten.

Vielen Dank auch an Bianca Staudacher, die mir so ausführlich von ihrer Schulzeit in der DDR in Sichtweite der Mauer in Staaken bei Spandau erzählt hat. Ihr Gruppenbuch der Thälmannpioniere aus der 5. Klasse war mir eine wundervolle Quelle für Cornelias und Annes Schulzeit.

Meine Lektorin Heike Brillmann-Ede hat sich mit dem zweiten Band von *Berlin Friedrichstraße* wieder viel Arbeit gemacht und läuft auch mal durch Berlin auf der Suche nach einem weiteren Detail, wenn ich hier aus der Ferne mit der Recherche nicht weiterkomme. Es macht mir viel Freude, mit ihr zusammenzuarbeiten, herzlichen Dank. Ich bedanke mich auch bei meiner Programmleiterin von Rowohlt, Katharina Dornhöfer, und meinem Agenten Thomas Montasser, der mich auf den Bahnhof Friedrichstraße aufmerksam gemacht hat.

Herzlichen Dank auch an meinen Mann, Peter Speemann, mein Computerfachmann, der auch als erster kritischer Leser den Text genau unter die Lupe genommen hat.

Ulrike Schweikert

Auszug aus der verwendeten Literatur

Adelmann, Quirin Graf/Gordon Freiherr von Godin (Hg.): *DDR-Führer. Das Buch zur Dauerausstellung*, Berlin 2017

Adlon, Hedda: *Hotel Adlon* (Autobiografie), Hamburg 1955

Anonyma: *Eine Frau in Berlin. Tagebuch-Aufzeichnung vom 20. April bis 22. Juni 1945*, München 2005

Bauer, Cornelia/Peter Lauterbach/Mario Zettwitz (Red.): *Konsum-Marken. Ein unterhaltsamer Rückblick auf das Ostprodukt 2*, Suhl 2018

Dies.: *Konsum-Marken. Ein unterhaltsamer Rückblick auf das Ostprodukt 3*, Suhl 2019

Baumann, Antje: *Mit der Schwalbe zur Datsche. Wörter aus einem verschwundenen Land*, Berlin 2020

Behling, Klaus: *Leben in der DDR. Alles, was man wissen muss*, Berlin 2019

Behling, Klaus (Hg.): *Wie der Osten zur Schule ging. Streifzug durch den Schulalltag der DDR*, Berlin 2020

Borchert, Wolfgang: *Draußen vor der Tür. Ein Stück, das kein Theater spielen und kein Publikum sehen will von 1947*, München 2018

Domma, Ottokar: *Der brave Schüler Ottokar* (Roman 1967), Berlin 1978

Ders.: *Ottokar, das Früchtchen* (Roman 1970), Berlin 1978

Ders.: *Ottokar, der Weltverbesserer* (Roman 1973), Berlin 1978

Dubodelova, Elena: *Wolfgang Weyrauchs Anthologie «Tausend Gramm». Ein Stück herausgerissenes Leben*, Norderstedt 2004

Dullau, Michael: *Chronik der deutsch-deutschen Grenze und der Grenztruppe der DDR von 1945 bis 1990*, Schweinfurt 2008

Eisenfeld, Bernd/Roger Engelmann: *23.8.1961 Mauerbau. Fluchtbewegung und Machtsicherung*, Bremen 2001

Erler, Peter/Hubertus Knabe: *Der verbotene Stadtteil. Stasi-Sperrbezirk in Berlin-Hohenschönhausen*, Berlin 2012

Falk, Gaby/Hans-Joachim Schneider (Hg.): *Kindheit in der DDR. Mit Sandmann, Frösi und Pioniertuch durch vier aufregende Jahrzehnte*, Köln 2013

Fischer, Ernst Peter: *Die Charité. Ein Krankenhaus in Berlin 1710 bis heute*, München 2009

Garstka, Dietrich: *Das schweigende Klassenzimmer. Eine wahre Geschichte über Mut, Zusammenhalt und den Kalten Krieg*, Berlin 2007

Giebel, Wielang: *1945 in Berlin. Untergang, Aufbruch*, Berlin 2015

Gieseke, Jens: *Die Stasi. 1945–1990*, München 2001

Gottwaldt, Alfred/Stefan Nowak: *Berliner Bahnhöfe – einst und jetzt*, Düsseldorf 1991

Greß, Gerhard: *Die Berliner Blockade 1948/49*, Freiburg 2013

Gries, Rainer: *Die Rationen-Gesellschaft. Versorgungskampf und Vergleichsmentalität Leipzig, München und Köln nach dem Kriege*, Münster 1991

Gympel, Jan: *Berliner Bahngeheimnisse. Spannendes und Überraschendes von Berlins U-, S- und Straßenbahn*, Berlin 2017

Haase, Baldur: *Briefe, die ins Zuchthaus führten. Orwells «1984» und die Stasi. DDR-Erinnerungen 1948–1961*, Berlin 2003

Hauswald, Harald/Stefan Wolle: *Voll der Osten. Leben in der DDR, Begleitbuch zur gleichnamigen Ausstellung*, Berlin 2018

Heym, Stefan: *Collin (Roman)*, München 2005

Hildebrandt, Rainer/Alexandra Hildebrandt: *Die Mauer. Es geschah an der Mauer, Das einzige historische Mauerbuch, das seit 50 Jahren existiert*, Berlin 2019

Hoffmann, Ruth: *Stasikinder. Aufwachsen im Überwachungsstaat*, Berlin 2013

Jaeckel, Gerhard: *Die Charité. Die Geschichte eines Weltzentrums der Medizin von 1710 bis zur Gegenwart*, Bayreuth 1963

Jähner, Harald: *Wolfszeit. Deutschland und die Deutschen 1945–1955*, Hamburg 2019 (Das Zitat findet sich bei Harald Jähner auf S. 10.)

Ders.: *Wolfszeit. Ein Jahrzehnt in Bildern 1945–1955*, Hamburg 2020

Jahn, Roland: *Wir Angepassten. Überleben in der DDR*, München 2015

Jeschonnek, Friedrich/Dieter Riedel/William Durie: *Alliierte in Berlin 1945–1994. Ein Handbuch zur Geschichte der militärischen Präsenz der Westmächte*, Berlin 2007

Kästner, Erich: *Das doppelte Lottchen* (Roman 1949), Zürich 2018

Kaule, Martin: *Relikte der Staatssicherheit. Bauliche Hinterlassenschaften des MfS*, Berlin 2014

Kleindienst, Jürgen (Hg.): *Nachkriegs-Kinder. Kindheit in Deutschland 1945–1950*; Berlin 1998

Kleindienst, Jürgen (Hg.): *Lebertran und Chewing Gum. Kindheit in Deutschland 1945–1950*, Berlin 2000

Ders. (Hg.): *Von hier nach drüben. Grenzgänger, Fluchten und Reisen im Kalten Krieg 1945–1961*, Berlin 2001

Kleindienst, Jürgen/Ingrid Hantke (Hg.): *Abhauen oder hierbleiben? In Konflikt mit dem DDR-System. 1949–1961*, Berlin 2013

Dies. (Hg.): *Im Konsum gibt's Bananen. Alltagsgeschichten aus der DDR*, Berlin 2017

Dies. (Hg.): *Schwarz über die grüne Grenze. Als Flucht noch möglich war 1945–1961*, Berlin 2011

Dies. (Hg.): *Siebzig Meter Angst. Fluchtgeschichten aus der DDR 1961–1989*, Berlin 2013

Dies. (Hg.): *Trümmerkinder. Zeitzeugen erzählen aus der Nachkriegszeit 1945–1952*, Berlin 2014

Knabe, Hubertus (Hg.): *Gefangen in Hohenschönhausen. Stasi-Häftlinge berichten*, Berlin 2007

Knabe, Hubertus/Andreas Engwert (Hg.): *Inhaftiert in Hohenschönhausen. Zeugnisse politischer Verfolgung 1945–1989, Katalog zur Dauerausstellung*, Berlin 2015

Kordon, Klaus: *Die Zeit ist kaputt. Die Lebensgeschichte des Erich Kästner*, Weinheim 1998

Ders.: *Krokodil im Nacken* (Roman), Weinheim 2008

Ders.: *Ein Trümmersommer* (Roman), Weinheim 1982

Kraus, Dorothea: *Tränenpalast – Ort der deutschen Teilung*, Berlin 2015

Krüger, Mirko: *DDR für Klugscheißer. Populäre Irrtümer und andere Wahrheiten*, Essen 2020

Kühn, Volker (Hg.): *Claire Waldoff. Weeste noch ...? Erinnerungen und Dokumente*, Berlin 1997

Lamprecht, Susanne (Redaktion): *Bekannte Marken aus der DDR. Die spannende Entdeckungsreise in die Welt der DDR-Produkte*, Renningen 2020

Marquardt, Angela: *Vater, Mutter, Stasi. Mein Leben im Netz des Überwachungsstaates*, Köln 2015

Neckelmann, Harald: *Anhalter Bunker Berlin. Die bewegte Geschichte eines monumentalen Bauwerks*, Berlin 2014

Rehlinger, Ludwig A.: *Freikauf. Die Geschäfte der DDR mit politisch Verfolgten 1963–1989*, Berlin 1991

Richter, Karl-Heinz: *Mit dem «Moskau-Paris-Express» in die Freiheit. Eine Flucht von Ost nach West*, Berlin 2003

Riess, Curt: *Berlin Berlin. 1945–1953*, Berlin 1953

Roth, Silvia: *Claire Waldoff. Ein Kerl wie Samt und Seide* (Romanbiografie), Leipzig 2016

Salber, Linde: *Marlene Dietrich* (Monografie), Reinbek bei Hamburg 2001

Sander, Helke/Barbara Johr: *BeFreier und Befreite. Krieg, Vergewaltigung, Kinder*, Frankfurt am Main 1992

Schöne, Jens: *Die DDR. Eine Geschichte des «Arbeiter- und Bauernstaates»*, Berlin 2020

Schülke, Klaus W.: *Eine Berliner Schulzeit im heißen und im kalten Krieg. 1943–1956*, Berlin 2014

Springer, Philipp: *Bahnhof der Tränen. Die Grenzübergangsstelle Berlin-Friedrichstraße*, Berlin 2013

Stapp, Wolfgang: *Rund um den Bahnhof Friedrichstraße*. 5 Spaziergänge, Berlin 2004

Staritz, Dietrich: *Die Gründung der DDR. Von der sowjetischen Besatzungsherrschaft zum sozialistischen Staat*, München 1984

Staudacher, Bianca: *Gruppenbuch Pioniergruppe Klasse 5 b*. Thälmannpioniere. Berlin 1980/81

Strittmatter, Erwin: Tinko (Roman 1954), Berlin 2019

Süßmilch, Waltraud: *Im Bunker. Eine Überlebende berichtet vom Bombenkrieg in Berlin*, Berlin 2004

Viergutz, Volker (Hg.): *Die Berliner Mauer 1961–1989*. Fotografien aus den Beständen des Landesarchivs Berlin, Buch und DVD, Berlin 2009

Welsch, Wolfgang: *Ich war Staatsfeind Nr. 1. Als Fluchthelfer auf der Todesliste der Stasi*, Frankfurt am Main 2001

Wolle, Stefan: *Die heile Welt der Diktatur*. Berlin 1998
(Das Zitat findet sich auf S. 241)

DVDs, Luftbilder und Karten

Berliner Nahverkehr im Kalten Krieg 1945–1990, DVD 2017

Berlin 1945 Trümmer, Tränen, Neubeginn, DVD 2014

Berlin 1945 Tagebuch einer Großstadt, DVD 2020

Escher, Dr. Felix: *Luftbildpläne Berlin von 1943, 1945, 1953 und 1984*

Stadtplan Berlin. Hauptstadt der DDR, 1968

Berlin. Vier Stadtpläne im Vergleich 1742, 1875, 1932, 2017, Berlin 2017

Filme

Das schweigende Klassenzimmer (2018)
Der Mann, der Sherlock Holmes war (1935)
Die Feuerzangenbowle (1944)
Die Mörder sind unter uns (1946)
Drei Männer im Schnee (1955)
Jenseits von Eden (1955)
Quax, der Bruchpilot (1941)
Meine Frau macht Musik (Revuefilm, 1958)
Tatort Berlin (1958)
Todesmühlen (Dokumentarfilm über die Konzentrationslager, 1945)
Vertigo – Aus dem Reich der Toten (1958)

Magazine

Berliner Geschichte, Zeitschrift für Geschichte und Kultur 2018: *Die Luftbrücke*, Berlin 2018

Geo Epoche 2014: *Die DDR. Alltag im Arbeiter-und-Bauern-Staat* 1949–1990, Hamburg 2014

Geo Epoche 2018: *Der Kalte Krieg 1947–1991: Das Kräftemessen der Supermächte im Schatten der Atombombe*, Hamburg 2018

SPIEGEL Geschichte 2010: *Der Krieg 1939–1945: Als die Welt in Flammen stand*, Hamburg 2010

SPIEGEL Geschichte 2015: *Die DDR. Leben im sozialistischen Deutschland*, Hamburg 2015

SPIEGEL Geschichte 2017: *Das deutsche Wunder. Aus Trümmern zur starken Demokratie*, Hamburg 2017

SPIEGEL Geschichte 2018: *Die Nachkriegszeit 1945–1949: Als Deutschland sich neu erfand*, Hamburg 2018

ZEIT Geschichte – Epochen. Menschen. Ideen: 1945. *Auschwitz, Berlin, Hiroshima: Die Welt zwischen Krieg und Frieden*, Hamburg 2015

Quellenangaben

Die Autorin zitiert Auszüge aus:

S. 42 // Lale Andersen, *Lilli Marleen* // T: Hans Leip; M: Norbert Schultz

S. 47 // Erich Kästner, *Notabene 45. Ein Tagebuch*, Cecilie Dressler Verlag, Hamburg 1961

S. 58 // Zarah Leander, *Davon geht die Welt nicht unter* // T: Michael Jary; M: Bruno Balz

S. 200 // *Heinrich heeßt er* // T&M: Claire Waldoff

S. 239 // Stefan Wolle, *Die heile Welt der Diktatur*, Ch. Links Verlag, Berlin 1998

S. 257 // *Lied der Pioniere* // T: Kullack/von Reden; M: Georg Kunoth

S. 258 // Rote-Fahne-Lied // T: Erich Weinert; M: Eberhard Schmidt

S. 258 // Kleine weiße Friedenstaube // T & M: Erika Schirmer

S. 295 // *Lied der Partei* // T & M: Louis Fürnberg

S. 355 // Elvis Presley, *Don't* // T: Jerry Leiber; M: Mike Stoller

S. 426 // Ivo Robić, *Mit 17 fängt das Leben erst an* // T: Mort Shuman; M: Doc Pomus